DE SCHADUW VAN MIJN MOEDER

Van dezelfde auteur:

Het meer van de meisjes

Carol Goodman

DE SCHADUW VAN MIJN MOEDER

the house of books

Oorspronkelijke titel
The Seduction of Water
Uitgave
Ballantine Books, New York
Copyright © 2003 by Carol Goodman
Copyright voor het Nederlandse taalgebied © 2003 by The House of Books, Vianen/Antwerpen

Vertaling
Annemarie Lodewijk
Omslagontwerp
Studio Jan de Boer BNO, Amsterdam
Omslagdia's
© MPM/Getty Images (boven) en © Michael Mayo/Photonica (onder)
Foto auteur
Brian Velenchenko

All rights reserved.
Niets uit deze uitgave mag worden verveelvoudigd en/of openbaar gemaakt door middel van druk, fotokopie, microfilm of op welke andere wijze ook, zonder voorafgaande schriftelijke toestemming van de uitgever.

ISBN 90 443 0839 4
D/2003/8899/155
NUR 302

Voor mijn dochter, Maggie —
de echte prinses van Tirra Glynn

Dankwoord

Veel dank ben ik verschuldigd aan mijn buitengewone literair agent, Loretta Barrett, wier vertrouwen en harde werken dit mogelijk hebben gemaakt, en aan mijn verbazingwekkende redacteur, Linda Marrow, wier inzicht en humor het schrijven tot iets heel plezierigs maken. Dank ook aan Nick Mullendore van Loretta Barrett Books, voor het feit dat hij altijd alles uitlegt en aan alle mensen bij Ballantine, die ervoor hebben gezorgd dat ik me bij hen thuis voel: Gina Centrello, Kim Hovey, Gilly Hailparn en Kathleen Spinelli.

Ik heb het geluk een kring van vrienden en familieleden om me heen te hebben die altijd bereid zijn om mijn eerste versies te lezen en daar commentaar op te geven. Dank aan Barbara Barak, Laurie Bower, Gary Feinberg, Emily Frank, Wendy Rossi Gold, Marge Goodman, Robert Goodman, Lisa Levine-Bernstein, Mindy Ohringer, Scott Silverman, Nora Slonimsly en Sondra Browning Witt.

Dank ook aan Mary Louise Morgan, die me in het St. Vincent's Home for Boys heeft rondgeleid, en aan Ed Bernstein voor het redden van het manuscript.

Maar vooral dank aan mijn echtgenoot, Lee Slonimsky, voor zijn niet-aflatende aanmoedigingen, inspiratie en liefde. Jij bent mijn muze.

Deel 1

De gebroken parel

1

Toen ik klein was, was mijn lievelingsverhaal, het verhaal waar ik elke avond weer om zeurde, *De selkie*.
'O, dát verhaal,' zei mijn moeder dan altijd. Ze zei het op dezelfde toon als wanneer mijn vader een complimentje maakte over haar jurk. O, dit oude ding, zei ze dan, terwijl haar lichtgroene ogen haar plezier verraadden. 'Wil je niet liever iets nieuws?' Waarop ze het een of andere mooie boek pakte dat ik van mijn tante Sophie, de zus van mijn vader, had gekregen. *The Bobbsey Twins* of, toen ik wat ouder was, *Nancy Drew*. Amerikaanse verhalen met een belerende boodschap en stoere, onverschrokken heldinnen.
'Nee, ik wil jouw verhaal,' zei ik dan. Het was haar verhaal omdat zij het uit haar hoofd kende en het van haar moeder had geleerd, die het weer van haar moeder had gehoord... een lijn van moeders en dochters die ik me, wanneer ik naast haar stond voor de spiegels in de hal, voorstelde als evenbeelden van mijzelf en haar.
'Nou ja, als je daar nu lekker van kunt slapen...'
Dan knikte ik en kroop nog wat dieper weg onder de dekens. Het was een van de weinige dingen waar ik altijd om bleef vragen, misschien wel omdat mijn moeders aanvankelijke aarzeling deel ging uitmaken van het ritueel – deel van het vertellen. Een spelletje dat we speelden omdat ik wist dat zij het leuk vond dat ik háár verhaaltje wilde, en niet een kant-en-klaar verhaal uit een boek. Zelfs wanneer ze zich al had gekleed om uit te gaan en alleen maar naar boven was gekomen om snel even welterusten te zeggen, kwam ze op de rand van mijn bed zitten. Dan schudde ze haar jas van haar schouders, zodat de zwarte bontkraag rond

haar middel gleed en ik me in de donkere, geparfumeerde zachtheid ervan kon nestelen, en beroerde zij, klaar om haar verhaal te vertellen, de lange snoeren parels om haar hals, zodat de kralen zachtjes tinkelden, en deed haar ogen dicht. Ik stelde me voor dat ze haar ogen sloot omdat het verhaal op de een of andere manier ín haar zat, op een onzichtbare perkamentrol die zich achter haar oogleden ontrolde en waarvan zij elke avond voorlas, elk woord precies hetzelfde als de avond ervoor.

'In een tijd voordat de rivieren verdronken in de zee, in een land tussen zon en maan...'

Hier deed ze haar ogen open en raakte de houten knoppen van het hoofdeinde van mijn bed aan, die door Joseph, de tuinman van het hotel, in de vorm van een halvemaan en een zon gesneden waren, ter vervanging van de originele, kapotte knoppen. Wij gebruikten het beddengoed en de meubels die te versleten waren om door gasten te worden gebruikt – dekens met losgeraakte zomen, ladekasten met krakende lades en tafels met vochtkringen op de plekken waar nonchalante stadse dames gloeiend hete theekopjes hadden neergezet zonder een schoteltje te gebruiken. Zelfs de kamers waarin wij woonden waren afdankertjes, de zolderkamers waar de dienstmeisjes hadden gewoond voordat in de noordelijke vleugel de nieuwe personeelsverblijven waren gebouwd. Het was waar mijn moeder zelf had geslapen toen ze pas als dienstmeisje in het hotel was komen werken. Toen ze met mijn vader, de hotelmanager, trouwde, zei ze dat ze het juist prettig vond om zo hoog te wonen. Vanuit de zolderkamers had je het mooiste uitzicht over de rivier die zuidwaarts in de richting van de stad New York stroomde en vervolgens naar zee.

'In dit land, waar onze voorouders vandaan kwamen, vertelden de vissers een verhaal over een man die verliefd werd op een van de zeehondenvrouwen, die door de mensen *selkies* werden genoemd, zeehonden die één keer per jaar hun pels konden afwerpen en vrouwen werden...'

'Maar waren het dan vrouwen die zich voordeden als zeehonden of zeehonden die net deden alsof ze vrouwen waren?'

Aan deze onderbreking besteedde mijn moeder geen aandacht, omdat ik altijd dezelfde vraag stelde en zij het antwoord in het verhaal had verwerkt.

'... en niemand wist wat zij het allereerst waren geweest, zee-

hond of vrouw, want dat maakte deel uit van hun geheim. Wanneer je in de ogen van de zeehond keek, zag je hoe de vrouw je aankeek, maar wanneer je de vrouw hoorde zingen, hoorde je het geluid van de zee in haar stem.'
Nog niet helemaal tevredengesteld over de vraag of de *selkies* nu eerder zeehonden of mensen waren, liet ik mijn moeder merken dat ze wat mij betreft verder kon gaan door nog wat dieper weg te kruipen onder de dekens en mijn ogen dicht te doen. Ik wist dat mijn moeder weg moest en dat ze niet onbeperkt de tijd had voor het verhaal. Als ze niet het idee had dat ik in slaap begon te vallen, liep ik het risico het hele verhaal mis te lopen.
'... en zo gebeurde het dat op een dag een boer naar de zee ging...'
'Ging hij schelpen zoeken voor zijn tuinpaden?' vroeg ik dan. 'Joseph heeft verteld dat ze dat in Frankrijk doen.' Joseph had na de oorlog in de mooiste hotels van Europa gewerkt. Op zijn rechter onderarm, nét zichtbaar wanneer hij de manchetten van zijn vaalblauwe werkhemden oprolde, stonden vage cijfertjes, in dezelfde kleur als de hemden die hij droeg.
'Ja, een pad van zeeschelpen, dat klinkt wel aardig,' zei zij glimlachend. Ze vond het altijd leuk wanneer ik nieuwe details verzon voor haar verhalen. 'Hij wilde dat het pad naar zijn huis in het maanlicht zou glanzen als gebroken parels. Daar dacht hij aan toen hij opkeek en op een rots een meisje in de zon zag zitten met een huid als vergruisde parels en gitzwart haar.'
Zwart haar. Net als mijn moeder. Net als ik. Nog niet zo lang geleden heb ik mijn moeders oude boek met Ierse volksverhalen gevonden waarin *De selkie* stond. De *selkie* in het boek is blond. Mijn moeder moet hebben besloten de heldin van haar verhaal donker haar te geven, net als wijzelf.
'Het donkerharige meisje met de huid van parelmoer zong zoals je het alleen in een droom zou kunnen horen, mooier dan alles wat je in een theater kunt horen of zelfs in Carnegie Hall...'
Wanneer ik op dit punt aangekomen stiekem naar mijn moeder gluurde, zag ik dat zij haar ogen nog gesloten had en keek als iemand die naar muziek zat te luisteren. Vervolgens zweeg zij even en ditmaal verstoorde ik de stilte niet met een vraag omdat ik meende dat ik, als ik maar goed genoeg luisterde, hetzelfde zou horen als zij. Het enige wat ik echter hoorde, waren de gedempte voetstappen en het gefluister van de dienstmeisjes en het

gekraak van de oude lift die late gasten omhoog voerde naar hun kamers. Als er al gezang klonk, kwam het van een van de gepensioneerde muziekleraressen die voor de hele zomer zolderkamers huurden. Zodra mijn moeder haar ogen opende, kneep ik de mijne weer stijf dicht.

'... en toen werd de boer verliefd op het donkerharige meisje en besloot dat hij met haar wilde trouwen, maar toen hij dichter bij de rots probeerde te komen waarop zij zat, hoorde zij hem en dook in het water. De boer stond op het strand naar haar uit te kijken, want hij wist zeker dat ze niet lang onder water kon blijven. Opeens zag hij, voorbij de golven van de branding, een glanzend, donker hoofd verschijnen. Alleen was zij geen meisje meer, maar een...'

'Zeehond!' riep ik uit, in mijn opwinding helemaal vergetend om mijn stem slaperig te laten klinken.

'Inderdaad. De boer bleef een hele tijd naar de zee staan kijken, peinzend over wat hij had gezien, of wat hij meende te hebben gezien, maar uiteindelijk bedacht hij zich dat hij de koeien nog moest melken en de kippen nog moest voeren en keerde hij de zee de rug toe en ging naar huis.'

'Maar hij kon het donkerharige meisje en haar prachtige stem niet vergeten.'

'Nee, dat kon hij niet. Zou jij dat kunnen?'

Mijn moeder stelde mij altijd dezelfde vraag, maar hoe vaak ze hem ook stelde, ik werd er altijd weer door overvallen. Niet omdat ik eraan twijfelde dat ook ik smoorverliefd zou zijn geworden op de donkerharige zangeres, maar omdat de manier waarop mijn moeder de vraag stelde mij op de een of andere manier het gevoel gaf dat ik iets anders zou moeten antwoorden, dat ik het lied van de *selkie* had moeten kunnen weerstaan. Kijk per slot van rekening maar eens wat er met die arme boer gebeurde...

Hij was zo stapelgek op het selkiemeisje dat hij geen oog meer dicht deed en het geluid van de oceaan, dat hij al vanaf de dag van zijn geboorte had gehoord, op zijn zenuwen begon te werken. Het leek wel of er altijd zand in zijn bed lag, hoe vaak hij zijn lakens ook uitklopte, en zelfs met alle ramen wijd open had hij het gevoel te stikken in zijn huisje.

(Bij dit gedeelte van het verhaal hoorde ik altijd een vreemde klank in mijn moeders stem. Toen ik klein was, dacht ik dat het te maken had met het zand tussen de lakens. Mijn moeder was tenslotte dienstmeisje geweest in het hotel en vertelde mij vaak hoe onbehoorlijk ze het vond wanneer gasten beschuitkruimels of *nog erger* in hun bed achterlieten. Maar later vermoedde ik dat die klank in haar stem meer te maken had met haar eigen slaapproblemen.) En zo ging het door totdat de boer zijn velden begon te verwaarlozen. Zijn koeien werden niet meer gemolken en zijn kippen zwierven op zoek naar voedsel op de erven van zijn buren. In zijn wanhoop riep hij de hulp in van een oude wijze vrouw die in een huisje op een klif boven de zee woonde. Toen zij zijn vernauwde pupillen zag, de manier waarop zijn ribben, als de romp van een lekgeslagen boot, uitstaken onder zijn tot op de draad versleten hemd, en hoe zijn haar als een kluwen zeewier hopeloos in de klit zat, wist zij meteen wat zijn probleem was.

'Hoe lang is het geleden dat je de *selkie* hebt gezien?' vroeg ze hem, terwijl ze hem in een stoel bij het vuur zette en een kopje bittere thee gaf.

'Morgen is het een jaar geleden,' antwoordde hij, 'op de kop af. Dat weet ik nog zo goed omdat het de eerste dag van de lente was.'

De oude vrouw glimlachte. 'Alsof je zo'n geheugensteuntje nodig had,' zei ze spottend, maar ze vertelde hem niet dat hij de *selkie* maar moest vergeten. In plaats daarvan zei ze dat hij zijn thee op moest drinken en dat die hem zou helpen de hele nacht door te slapen. 'En dan ga je morgen terug naar de rots waar je haar hebt gezien. Zwem naar de rots toe, maar kijk goed uit dat zij je niet hoort aankomen. Naast haar zul je een opgerolde pels zien liggen en die moet je snel weggrissen. Zodra je haar pels hebt, zal ze geen andere keus hebben dan je naar huis te volgen.'

'En zal ze dan bij me blijven en mijn vrouw worden?'
'Dan zal ze bij je blijven en je vrouw worden.'
'En zal ze me kinderen schenken?'
'Ze zal je kinderen schenken.'
'En zal ze dan op den duur van me gaan houden?'

De oude vrouw haalde haar schouders op, maar of ze daarmee wilde zeggen dat ze het niet wist of dat hij nu te veel vroeg, kwam de boer nooit te weten. De thee zorgde ervoor dat zijn oogleden dichtvielen en zijn armen en benen zwaar werden. Hij strompelde het hutje van de oude vrouw uit en slaagde er alleen in zijn huis te bereiken omdat de hele weg naar zijn voordeur bergafwaarts liep. Hij nam niet eens de moeite zijn bed op te zoeken, maar viel in slaap op een kleedje voor het haardvuur.

Toen hij de volgende ochtend wakker werd, was hij bang dat hij een gat in de dag geslapen had – hij had het gevoel een jaar geslapen te hebben – maar toen hoorde hij boven het gebulder van de oceaan uit een stem zingen. Haar stem.

Hij rende naar de zee en herinnerde zich op het allerlaatste moment dat hij heel stilletjes langs het strand moest sluipen en zo geruisloos mogelijk het water in moest glijden. Gelukkig overstemde het geklots van de golven van het opkomende tij zijn onhandige gespetter in het water. Hij zag het donkerharige meisje en naast haar een bundel – haar pels – glad en glanzend in het licht van de ondergaande zon, als een kooltje dat langzaam van binnenuit opbrandde. Zodra hij zijn hand op de pels legde, draaide het donkerharige meisje zich om en schonk hem een blik die het bloed in zijn aderen deed stollen. Haar ogen, omlijst door gitzwarte wimpers, hadden de zachtgroene kleur van zeeschuim. Hij opende zijn mond en kreeg zoveel zeewater binnen dat hij loodrecht naar de bodem van de zee zou zijn gezonken als hij de pels niet tegen zijn borst had gedrukt. De pels was zijn redding, zoveel drijfkracht bezat hij. Hij draaide zich om, zwom terug naar het strand en probeerde de blik van het meisje te vergeten. Ze zou wel van gedachten veranderen, dacht hij, zodra ze hem leerde kennen.

Het was moeilijker om aan land te komen dan hij had verwacht. Er was een plotselinge wind opgestoken die de golven hoog opzweepte. Hoewel de pels hem drijvende hield, leek hij hem tegelijkertijd mee te willen sleuren naar zee. De stroming die aan zijn benen trok leek bijna te leven, als een reusachtige aal die de adem uit zijn longen perste. Tegen de tijd dat hij zich op het strand had gewerkt, was hij te zwak om op zijn benen te staan. Hij had zich voorgesteld dat hij de pels voor het meisje omhoog zou houden, als een trotse veroveraar, maar in plaats daarvan drukte hij het zachte bont tegen zijn gezicht als een baby die op zijn dekentje sabbelt. De pels voelde nog helemaal warm aan – alsof hij de zon tot in het diepst van zijn vezels had opgenomen. Toen hij opkeek, zag hij het donkerharige meisje een paar meter verderop zitten, waar het zand een heuveltje vormde langs de kustlijn. Ze had haar knieën tegen haar borst getrokken en haar lange haar viel als een gordijn over haar benen om naar naaktheid te verbergen. Haar zeegroene ogen keken hem onbewogen aan. Ze zit gewoon te wachten om te zien of ik verdronken ben of niet, dacht hij. Toen ze zag dat hij niet dood was, stond ze op en liep in de richting van zijn huis. Uiteindelijk was hij degene die haar naar huis volgde.

Op dit punt in het verhaal aangekomen, wachtte mijn moeder altijd even om te zien of ik al sliep. Ik moest nu heel zorgvuldig te werk gaan. Als ik te wakker leek, zou ze besluiten dat haar verhaaltje niet werkte en mij streng toespreken dat ik moest gaan slapen. Als ze geloofde dat ik bijna sliep, zou ze stilletjes wegglippen, het licht uitdoen en de deur achter zich dichttrekken. Dan zou ik in het donker achterblijven met het onafgemaakte verhaal in mijn hoofd, dat mij wakker zou houden zoals het lied van de *selkie* de boer uit zijn slaap had gehouden. Het was het gevoel dat je krijgt wanneer je een half opgegeten boterham even neerlegt en vergeet waar je hem hebt gelaten; je blijft trek houden in die laatste hap. Ik zou helemaal alleen in het donker liggen, terwijl om me heen de geluiden van het hotel langzaam vervaagden, als een speeldoosje dat bijna is afgelopen. Ik wist dat mijn moeder diezelfde angst voor slapeloosheid had en dat zij, als ik het op het juiste, slaperige toontje vroeg, met een zucht haar met bont afgezette jas wat strakker om haar armen zou trekken, alsof ze het koud had, en verder zou gaan...

Een tijdlang leek alles goed te gaan met de boer en zijn selkiebruid. Ze schonk hem vijf kinderen: eerst een meisje en vervolgens vier zonen, allemaal met donker haar en lichtgroene ogen. Ze leerde koken en schoonmaken en de dieren en de tuin van de boer verzorgen. Alles wat zij aanraakte werd mooi. Ze hing schelpen en stukjes zeeglas voor de ramen, zodat ze muziek maakten wanneer het waaide. Met haar stem kon ze een merrie kalmeren die een veulen ging werpen en de schapen sussen zodat zij stil bleven staan voor het scheren.

Het enige wat ze niet onder de knie kreeg was breien en kantklossen en visnetten repareren. Hoe hard de dorpsvrouwen ook probeerden het haar te leren, ze kon geen knoop leggen. Ze slaagde er zelfs niet in haar dochters haar te vlechten of haar eigen jurk dicht te strikken. Sterker nog, het viel de vrouwen op dat ze, zodra zij bij het breikransje kwam zitten, zelf ook hun steken lieten vallen en dat de truien waaraan zij werkten bij de boorden begonnen te rafelen. Al gauw begonnen de vrouwen allerlei karweitjes voor haar te verzinnen om haar buiten het kransje te houden, en aangezien het breikransje juist de gelegenheid was waarbij de vrouwen hun verhalen en roddels aan elkaar kwijt konden, werd zij in feite buitengesloten.

Ze leek het niet erg te vinden.

Je kon haar in haar eentje horen zingen tijdens het werk. Ze zong zo mooi dat wildvreemden soms midden op straat bleven staan om naar haar te luisteren. Soms waren haar liederen echter zo droevig, dat de mensen uit het dorp zomaar begonnen te huilen en 's avonds de slaap niet konden vatten. Dit gebeurde vooral op twee dagen van het jaar: de voorjaars- en de najaarsequinox. Op die dagen was haar lied – en het leek werkelijk maar één lied te zijn dat zij bij het aanbreken van de dag inzette en waarmee zij pas ophield wanneer de zon in zee was gezonken – zo hartverscheurend droevig dat niemand in staat was enig werk te verrichten. Pap brandde aan, visnetten gingen verloren, er werd op duimen geslagen, kaas bedierf, er werd met inkt gemorst en truien veranderden in hoopjes vettige wol.

Na dit een paar jaar te hebben meegemaakt, verzochten de dorpelingen de boer zijn vrouw te verbieden op deze dagen te zingen.

'Ik kan net zo goed de aarde vragen niet meer te draaien,' zei hij tegen hen. 'Of het voorjaar om niet op de winter te volgen of de winter om weg te blijven na de herfst.'

Dit was het antwoord dat hij hun jaar in, jaar uit gaf, maar toen hun oudste kind tien jaar was, kreeg hij genoeg van de blikken die de vrouwen hem toewierpen en de dingen die de mannen achter zijn rug zeiden, over het feit dat hij zijn vrouw niet onder de duim kon houden.

'Het is voor je eigen bestwil,' zei hij tegen zijn vrouw. 'Van dat zingen word je alleen maar verdrietiger. En dan kun je weer niet slapen. Denk aan de kinderen. Wil je soms dat zij ook last gaan krijgen van jouw droefheid?'

De blik die ze hem schonk was dezelfde waarmee ze hem vanaf haar rots had aangekeken op de dag dat hij haar pels had weggenomen. Hij had die blik sindsdien niet meer gezien, en nu was het alsof zijn mond zich vulde met zeewater en hij zichzelf voelde wegzinken. Maar zij deed zonder te protesteren wat hij van haar vroeg. Op die eerste dag van het voorjaar bleef zij de hele dag binnen en deed haar mond niet open. Ze haalde de schelpen voor de ramen weg en sloot het rookkanaal van de schoorsteen, zodat ze de wind er niet doorheen zou horen fluiten. Toen haar dochter een versje zong bij het touwtjespringen gaf ze haar een standje. Ze had haar nog nooit ergens voor op haar kop gegeven. De dag na de equinox dacht de boer dat alles weer normaal zou worden, maar dat gebeurde niet. Ze verrichtte haar werk alsof ze uit steen was gehouwen. Ze maakte de pap, maar liet hem aanbranden. De dieren deinsden terug voor haar aanraking. Wanneer ze naar haar kinderen keek, leek het wel of ze dwars door helder water staarde.

En zo ging het de hele zomer. Eerst hoopte de boer nog dat zij wel zou bijdraaien, maar toen dit niet gebeurde, begon hij het haar kwalijk te nemen. Het meisje volgde haar moeder volgde wanneer deze 's avonds het huis verliet. Meestal vond zij haar moeder helemaal opgerold tussen de koeien in de stal of ingeklemd tussen de rotsen op het strand, in een poging een plekje te vinden waar zij de slapeloosheid kon overwinnen, die haar tegenwoordig onafgebroken kwelde. Naarmate de avonden killer werden, zag zij haar moeder rillen in haar dunne nachthemd. Ze vreesde dat haar moeder, als het zo doorging, nog dood zou vriezen.

Op een avond in september – de avond voor de herfstnachtevening – daalde de temperatuur, als in afwachting van het feit dat de planeet zich af zou wenden van de zon, zo ver dat het meisje kon zien hoe de adem van haar moeder bevroor op de rotsblokken om haar heen. De dichte mist die van zee kwam vormde ijskristallen in haar moeders haar en ze hoorde de bevroren haarlokken tegen elkaar tikken in de koude zeewind. Als ze niets deed, zou haar moeder tegen de ochtend stijf bevroren zijn.

Ze rende terug naar huis en maakte de dekenkist open, maar de boer had de extra dekens al op de bedden van zijn zoons gelegd. Haar handen schraapten over de bodem van de kist en haar handen krabden tot bloedens toe over het ruwe hout. Ze groef haar nagels diep in het hout om de pijn beter te kunnen voelen en opeens voelde ze tot haar verbazing hoe de bodem loskwam en haar handen wegzonken in iets warms en zijdezachts.

Ze dacht dat het leefde.

Zelfs toen ze de zware pels optilde en zag dat het een dierenhuid was, kon ze niet geloven dat het een dood ding was. De pels ademde warmte uit en voelde aan als een gloeiende kool. Ze hield hem tegen haar wang en rook de oceaan erin. Ze hoorde hoe de oceaan in elk afzonderlijk haartje gevangen zat, net zoals een schelp het geluid van de zee diep in haar kronkelingen verborgen houdt.

Ze wikkelde de pels om haar schouders en rende terug naar de plek waar haar moeder tussen de rotsen aan het strand lag. In plaats van haar trager te maken, leek de zware pels achter haar rug op de wind te zweven en haar tred juist te verlichten.

Toen zij haar moeder vond, dacht zij even dat ze te laat was, dat haar moeder al was doodgevroren. De zeenevel was op de huid van haar moeder bevroren in een fijne sluier van ijs, zodat haar moeder gevangen leek in een net van kristallen kralen. Maar toen zag ze dat de adem van haar moeder ook kristallen vormde en wist ze dat zij nog leefde. Ze legde de pels over haar moeder heen en kroop er zelf ook onder. Onmiddellijk voelde zij de huid van haar moeder warm worden; het net van ijs smolt en drong in de zachte, dikke pels.

Zo sliepen moeder en dochter onder de pelsmantel samen op het strand, en in haar slaap voelde het meisje hoe de hand van haar moeder haar aanraakte en haar angst wegstreelde.

Op dit punt in het verhaal aangekomen, viel ik zelf soms ook in slaap. Een van de punten van mijn deken was een beetje rafelig geworden en voelde aan als een stukje vervilte wol. Wanneer mijn moeder weg was, vond ik het fijn om die punt onder mijn wang te leggen en net te doen of het de zeehondenpels was, of de bontkraag van mijn moeders jas die ze bij speciale gelegenheden droeg: een feestje dat de plaatselijke school voor haar gaf, een etentje met haar uitgever in Rhinebeck, aan de overkant van de rivier, of een lezing in de stad. Dat soort dingen kwamen nog steeds voor, ook al was het al jaren geleden dat zij haar laatste boek had gepubliceerd en ook al werden de boeken die zij had geschreven – alle twee – steeds minder verkocht, totdat ze uiteindelijk nergens meer te krijgen waren.

Toch had mijn moeder nog steeds haar fans. Ze had twee boeken geschreven van een trilogie over een fantasiewereld die Tirra Glynn heette. Het eerste boek, dat zij vijf jaar voor mijn geboorte had geschreven, heette *De gebroken parel*. Het tweede boek, geschreven terwijl ze zwanger was van mij (ze vertelde mij altijd dat ik en het boek tegelijkertijd verwekt waren en dat wij allebei precies negen maanden nodig hadden gehad om geboren te worden), heette *Het net van tranen*. Niemand zou ooit weten hoe het derde boek zou heten, want dat verscheen nooit. Ik weet nog dat het tegen mijn zesde verjaardag liep toen mijn juf van de derde groep me vroeg of ik mijn moeder wel eens zag schrijven. Toen ik mijn moeder van dat gesprekje vertelde, haalde ze mij onmiddellijk van de openbare school en deed me op een particuliere school in Poughkeepsie. Twee jaar later zat ik weer op de openbare school. De verkoop van mijn moeders boeken was enorm teruggelopen. Wie wilde immers de eerste twee delen van een trilogie lezen als er toch geen derde boek zou komen?

Bovendien maakte het hotel moeilijke tijden door. Het waren de jaren zestig en de Amerikanen hadden vliegreizen en Europa ontdekt. Eén voor één sloten de grote hotels ten zuiden en westen van ons hun deuren. Zonder onze vaste kern van trouwe gasten – de families wiens grootouders al in het Equinox Hotel hadden gelogeerd en de kunstenaars die het uitzicht kwamen schilderen – hadden wij ook moeten sluiten. Wie wilde er nu drie uur rijden naar een plek waar je in een ijskoud meer kon zwemmen? Het Equinox Hotel, dat op een rots hoog boven de Hudson stond, lag veel te afgelegen, was veel te ouderwets en, toen mijn moeder eenmaal was vertrokken, gewoon ook veel te triest.

Toen ik tien was vertrok ze voorgoed. Ze was uitgenodigd om deel te nemen aan een panel van sciencefiction- en fantasyschrijfsters tijdens een tweedaags congres van de Universiteit van New York. Eigenlijk zou ze pas 's ochtends naar de stad vertrekken, maar omdat ze niet kon slapen vroeg ze Joseph haar alvast naar de overkant van de rivier te brengen zodat ze de nachttrein kon nemen. Ik hoorde haar op de gang voor mijn kamer met mijn vader praten. 'Maar waar denk je dan te overnachten?' vroeg hij. 'Je hotelreservering gaat pas morgen in.'

'Voor dat ene nachtje hebben ze vast wel een kamer,' zei ze tegen hem, met een lach in haar stem. Ik stelde me voor hoe zij nu haar hand op zijn voorhoofd legde en zijn haar naar achteren streek, iets wat ze altijd bij mij deed om me gerust te stellen. 'Maak je geen zorgen, Ben. Ik red me wel.'

Toen kwam ze mijn kamer binnen om me een nachtzoen te geven en ik drukte mijn gezicht in het donkere, zachte bont van haar kraag. Haar jas zat tot onder haar kin dichtgeknoopt en ze maakte hem niet los om hem rond haar middel te laten zakken, zoals ze bijna altijd deed wanneer ze mij een verhaaltje ging vertellen.

'Vertel het verhaal van de zeehonden nog eens,' vroeg ik. Ze legde haar hand tegen mijn voorhoofd, alsof ze wilde voelen of ik koorts had, streek het haar uit mijn gezicht en kamde er met haar vingers de klitten uit. Ik wachtte op haar antwoord. *Dát oude verhaal?* Maar in plaats daarvan zei ze: *vanavond niet.* Ze zei dat ik mijn ogen moest dichtdoen en moest gaan slapen en toen ik een paar minuten met dichte ogen had gelegen, hoorde ik de parels om haar hals tegen de knopen van haar jas tikken toen ze zich naar voren boog en mij een nachtzoen gaf. Even later was ze weg.

Eenmaal in New York schreef ze zich niet in bij het Algonquin Hotel, waar haar uitgever een kamer voor haar had gereserveerd, ook al hoorden we later dat er die avond wel degelijk kamers vrij waren geweest. Mijn moeder is er gewoon nooit naartoe gegaan. In plaats daarvan nam ze een kamer in het Dreamland Hotel – een bouwvallig hotel in Coney Island, vlak bij de plek van het oude Dreamland lunapark. Het was het laatste weekend van september 1973, het weekend waarin het Dreamland Hotel tot de grond toe afbrandde. Het duurde weken voordat wij te weten kwamen wat er met mijn moeder was gebeurd, omdat zij zich niet had ingeschreven onder haar getrouwde naam, Kay Greenfeder, of haar schrijversnaam, K.R. LaFleur, of zelfs maar onder haar meisjesnaam, Katherine Morrissey. Zij, en de man in wiens gezelschap zij was, stonden ingeschreven als de heer en mevrouw John McGlynn. De rechercheur die de namen zag, vermoedde om wie het ging omdat zijn vrouw, die een bewonderaarster van mijn moeder was, had gelezen dat zij werd vermist en de naam McGlynn herkende omdat mijn moeder haar fantasiewereld Tirra Glynn had genoemd.

Hij was helemaal uit de stad gekomen om mijn vader een bedelarmband te laten zien die mijn vader herkende als het cadeau dat hij en ik haar een jaar eerder voor kerst hadden gegeven. Zij spraken elkaar in de bibliotheek en ik verstopte me in de tuin voor de ramen van de bibliotheek en luisterde naar wat er werd gezegd. Mijn vader vroeg hem of ze de man die bij haar was al hadden geïdentificeerd, maar de politieman zei dat ze het lichaam van de man niet hadden aangetroffen. Dat mijn moeder alleen was gestorven.

Nog jaren nadien kon ik alleen maar slapen wanneer ik eerst het verhaal van het selkiemeisje had gehoord. Elke avond vroeg ik mijn tante Sophie, die na het vertrek van mijn moeder voor mij zorgde, mij het verhaal te vertellen.

'Dát oude verhaal?' zei ze dan, met dezelfde woorden als mijn moeder, die bij haar echter een heel andere betekenis hadden. 'Dat morbide verhaal?' De manier waarop ze het woord morbide uitsprak deed me altijd denken aan de manier waarop ze, toen ik nog klein was en iets lekkers wilde opeten dat op de grond was gevallen of op het schoteltje van een van de hotelgasten was achtergebleven, zei dat iets heel erg vies was. Maar morbide gedachten kreeg ik juist wanneer ik niet met mijn huishoudelijke taken bezig was of keurig op tijd naar bed ging zodat zij verder kon met haar werk. Net als mijn moeder, liet mijn tante zich meestal echter wel overhalen het verhaal te vertellen als ze dacht dat ik ervan in slaap zou vallen. Dan hield ik de vervilte punt van de deken tegen mijn wang en stelde me voor dat het de bontkraag van mijn moeders jas was en dat mijn moeders hand mijn haar streelde, net zoals de dochter van de *selkie* in haar slaap de handen van haar moeder in haar haar voelde. Mijn tante kon het verhaal letterlijk navertellen omdat het, zo wist ik inmiddels, het eerste hoofdstuk vormde van mijn moeders boek *De gebroken parel*, maar als ik mijn ogen stijf genoeg dichtkneep, was het nog steeds mijn moeders stem die het verhaal vertelde.

'Toen de dochter van de *selkie* de volgende ochtend wakker werd, was ze helemaal alleen op het strand. In haar slaap had ze de stem van haar moeder gehoord, die haar bedankte voor het terugbrengen van haar pels. "Nu kan ik terug naar de zee, waar ik thuishoor en waar ik vijf selkiekinderen heb, zoals ik op het land vijf mensenkinderen heb, op wie jij nu moet passen. Je moet niet om me huilen en wanneer je me mist, kom je maar aan de waterkant staan luisteren en zul je mijn stem horen in de branding. En elk jaar, op de eerste dag van de lente en de laatste dag van de zomer, zul je me zien zoals je me nu kent, als een vrouw in een vrouwenhuid."

Vastbesloten zich aan de belofte aan haar moeder te houden,

keerde het meisje terug naar het huis van haar vader, hoewel elke stap die haar verder weg voerde van de zee aanvoelde alsof haar voeten vastzaten in een net dat haar meetrok met het terugtrekkende getijde. Zelfs haar haar, dat gedurende de nacht bevroren was, leek haar omlaag te trekken. Maar toch ging ze naar huis en stak het fornuis aan en maakte pap en toen haar broertjes wakker werden, vertelde ze hun dat hun moeder weg was, maar dat zij voortaan voor hen zou zorgen en dat zij hen twee keer per jaar mee zou nemen om hun moeder op te zoeken.

Pas later, toen zij nog steeds het gewicht van het ijs in haar haar voelde en in de spiegel keek, zag zij haar moeders afscheidsgeschenk. Ze herinnerde zich hoe de handen van haar moeder 's nachts haar haar hadden gestreeld. Haar moeder, die geen steek kon breien, geen kant kon klossen of zelfs maar een knoop kon leggen, had een krans van zeeschuim geweven, bevroren tot een heldere steen, gevangen in een net, één enkele groene traan met de kleur van de zee.'

Vervolgens deed mijn tante het licht uit, trok de dekens recht en streek mijn haar uit mijn gezicht. Even voelde ik haar droge lippen langs mijn voorhoofd strelen en dan lag ik alleen in het donker te luisteren naar de geluiden van het oude hotel. Wanneer het buiten hard waaide kraakten en knarsten de balken en vloerdelen als houtblokken in een vreugdevuur en stelde ik me voor dat het hotel in brand stond. Maar wanneer alles rustig was en ik heel goed luisterde, meende ik nog net het geluid van de rivier ver beneden ons te kunnen horen. Dan dacht ik aan mijn moeder en hoe zij die laatste avond de rivier in zuidelijke richting had gevolgd en stelde ik me voor dat de oceaan aan het einde van de rivier haar had geroepen – dat zij niet was omgekomen in de vlammen van het Dreamland Hotel, maar in plaats daarvan was teruggekeerd naar haar andere familie onder de zee – dat het niet meer dan eerlijk was dat zij nu aan de beurt waren om haar bij zich te hebben. Zodra hun tijd erop zat zou ze weer bij me terugkomen, ik hoefde alleen maar geduldig af te wachten.

2

SCHRIJFOPDRACHT NR. 3
Schrijf over je lievelingsverhaal uit je kindertijd. Vertel het verhaal, maar ook door wie het je werd verteld en wat je er destijds van vond. Wat heb je van het verhaal geleerd? Wat vertelde het je over de de wereld waarin je leefde?

Ik probeer altijd een voorbeeld te geven van de schrijfopdrachten die ik mijn leerlingen geef. Dus zette ik het verhaal over 'Het selkiemeisje' voor mijn leerlingen op *Grace College* die mijn schrijfcursus volgden, op papier. Ik vond het best goed. Het beste dat ik de laatste tijd had geschreven.
Wanneer ik mijn studenten hun huiswerk opgeef, lees ik hun mijn eigen werk voor. Van alle plekken waar ik lesgeef, voel ik me op *Grace* voldoende op mijn gemak om persoonlijk materiaal te gebruiken. Veel van de studenten zijn immigranten die nog maar net in dit land zijn. Een aantal volgt het speciale onderwijsprogramma voor ex-gedetineerden. Het is niet alleen dat hun beperkte kennis van de Engelse taal hen minder intimiderend maakt of dat ik, vanwege hun onbekendheid met het Amerikaanse universiteitssysteem, niet bang hoef te zijn dat ze mij, een parttime hulpdocent zonder vaste aanstelling, zonder respect zullen behandelen. Integendeel, soms leidt hun naïveteit juist tot pijnlijke vragen, zoals waarom ik geen eigen kamer heb. Of waarom mijn postvakje zich niet op alfabetische volgorde tussen die van mijn collega's bevindt. Nee, als ik bereid ben meer van mijn persoonlijke ervaringen met mijn studenten op Grace te delen, komt dat omdat het deel uitmaakt van de instructies van de schoolleiding.

'Het is goed mogelijk dat jij de meest geletterde persoon bent die ze hier de hele dag tegenkomen,' vertelde mijn decaan me tijdens het vijftien minuten durende gesprekje waarmee ik hier werd aangenomen. 'Of in elk geval de meest geletterde persoon die bereid is de tijd te nemen om over iets anders met hen te praten dan over het klaarmaken van het lunchtrommeltje van de kleine Ashley of hoeveel stijfsel je moet gebruiken voor de overhemden van Brooks Brothers. Praat met hen over waar ze vandaan komen – en laat hen dan schrijven over dingen die hen bezighouden.'

Natuurlijk was ik dolblij met zulke sociaalvoelende, menselijke instructies van de vakdecaan Engels. Pas toen ik besefte dat de eindopstellen van mijn leerlingen beoordeeld zouden worden door een commissie van vakdocenten – en dat negen van de tien niet zouden slagen – begon ik mijn twijfels te krijgen bij deze menslievende benadering van het lesgeven.

'Ik dacht dat ik het zo goed deed bij jou in de klas,' kreeg ik te horen van Amelie, een negenentwintigjarig kindermeisje uit Jamaica, dat haar best deed voldoende geld te verdienen om haar eigen kinderen te laten overkomen naar New York. Ze hield een schrift omhoog waar de rode inkt vanaf droop en waar een vette 1 boven was gekalkt.

Ik leerde al snel dat ik mijn studenten een slechte dienst bewees door hen niet elke les te laten schrijven en niet elk fout woord en elke slechte zin te corrigeren. En zelfs dan slaagde de helft van hen er niet in de vuurproef van de beoordelingscommissie te doorstaan. Soms vroeg ik me af of mijn zelf geschreven werk hun kritiek zou overleven.

Niettemin probeer ik altijd opdrachten te vinden die hen interesseren. Het idee van de sprookjes beviel me vanwege de multiculturele waarde ervan, vanwege het feit dat het taalgebruik in sprookjes meestal eenvoudig is, en omdat ik nu eenmaal altijd dol ben geweest op sprookjes. Ik had ze zelfs gekozen als onderwerp voor mijn scriptie. Ik ben ermee grootgebracht. Ik wist mijn moeder altijd wel achter haar bureau vandaan te lokken door om een verhaaltje te vragen. Later, toen ik oud genoeg was om haar boeken te lezen, besefte ik dat zij er sprookjes in had verweven. Misschien was ze nog steeds op zoek geweest naar nieuwe sprookjes voor het derde boek dat zij nooit had voltooid. Waarschijnlijk was het een vorm van research geweest –

mij voorlezen uit Grimm of Andersen. Ik kwam er bij mijn moeder al vroeg achter dat ik veel gemakkelijker iets van haar gedaan kreeg wanneer ik het in verband kon brengen met haar schrijfwerk. Zij ging graag mee voor een wandeling naar de watervallen als ik het presenteerde als een zoektocht naar een betoverde plek. Zij moet er zelf mee zijn begonnen – het idee dat de bossen rond het hotel bevolkt werden door water- en bosgeesten, dat in het voorjaar elke boom zijn eigen nimf had – maar ik werd bijzonder handig in het vinden van alle hoeken en gaten waar iets magisch mee aan de hand was. De plekken waar in het voorjaar de viooltjes bedekt waren met spinrag waren sprookjestenten en de rotsspleten die waren geborduurd met fluweelzacht mos waren sprookjesdekens. Mijn moeder had elke rots en elke bron een naam gegeven: Halve Maan, Kasteel, Avondster, Zonsopgang en Twee Manen. Later bouwde Joseph, geheel volgens de ideeën van mijn moeder, belvédères – of huppah's, zoals hij ze noemde – op deze plekken. Ik denk wel eens dat zij, als zij wat minder van haar creatieve energie in haar directe omgeving had gestoken, dat derde boek misschien wel had afgekregen.

'Dus uw moeder was ook schrijfster?' vraagt meneer Nagamora, een bejaarde Japanse man die als kleermaker bij een plaatselijke stomerij werkt. 'U treedt dus in haar voetsporen?' Ik herinnerde me niet deze klas te hebben verteld dat ik schrijfster was. Misschien dachten zij dat alle leraressen Engels in het geheim romans schreven.

'Mijn moeder schreef fantasy-romans,' zeg ik tegen meneer Nagamora. 'Ik schrijf meer realistische fictie.'

'Mogen we uw boeken in de klas lezen?' vraagt mevrouw Rivera, die elke avond, nadat ze in Great Neck haar drie kinderen heeft verzorgd, met de trein naar de stad komt.

Dit is de reden waarom ik mezelf had voorgenomen mijn studenten niet te vertellen dat ik schrijfster was.

Want als er iets nóg moeilijker is dan uitleggen waarom ik geen echte docente ben en dat het niet Dr. Greenfeder is, maar Iris Greenfeder, en dat dat komt doordat ik mijn proefschrift nog niet heb geschreven, is het wel uitleggen waarom er geen boeken zijn. Een paar tijdschriften, zeg ik altijd maar snel, omdat ik tot mijn eigen ergernis toch graag indruk wil maken op deze groep recente immigranten en ex-gedetineerden, maar nee, geen bladen die je bij de kiosk zult aantreffen. En eerlijk gezegd, ook al zouden ze de kleine literaire tijdschriftjes die mijn gedichten en verhalen hebben geplaatst kunnen vinden, dan nog weet ik niet of ik wel zou willen dat mijn leerlingen ze lazen. Stel je voor dat meneer Nagamora het verhaal zou lezen over het tienermeisje dat een rockband overal achterna reist en uiteindelijk trouwt met een rodeoclown in Arizona. En wat zou mevrouw Rivera vinden van de clitorale beeldspraak in een aantal van mijn vroege gedichten?

In feite is 'De dochter van de selkie' (zoals ik het heb genoemd) mijn eerste werk sinds jaren waarvoor ik me bij mijn studenten niet meen te hoeven schamen. Mevrouw Rivera vindt het interessant dat ik in een hotel ben opgegroeid waar mijn moeder en mijn tante allebei ooit zijn begonnen als dienstmeisje. Zelf heeft zij in een van de grote hotels in Cancun gewerkt en zij zegt dat de dames daar precies zo waren als de gasten die ik had beschreven – altijd vragen om iets extra's, altijd slordig met het meubilair. Amelie, die mijn cursus voor de tweede keer volgt nadat ze er in de herfst voor was gezakt, vraagt hoe ik het vond om te worden opgevoed door de zuster van mijn vader, en even later blijkt dat haar kinderen bij de zuster van haar man in Jamaica wonen en dat zij bang is dat 'dat mens hen tegen mij opzet'. Meneer Nagamora is geïnteresseerd in het gebruik van zeeschelpen voor tuinpaden. Ten slotte gaan ze allemaal de verhalen opschrijven die zij als kind te horen hebben gekregen en gaan daar zo in op dat wij de laatste klas zijn die het gebouw verlaat. Hudson Street ligt er ongewoon verlaten bij, en wanneer ik in westelijke richting naar de rivier en mijn huis rijd, voel ik voor het eerst sinds lange tijd dat ik mij erop verheug te lezen wat mijn leerlingen hebben geschreven.

Aangemoedigd door mijn succes, besluit ik dezelfde opdracht aan mijn studenten op de kunstacademie te geven. Zij zijn al bezig aan collages van mythische archetypen voor het vak assemblage. Ik vertel hun dat ze foto's van hun kunstwerken kunnen inleveren als ze voor beide vakken hetzelfde sprookje gebruiken (ze proberen me altijd over te halen hen extra punten te geven voor kunstprojecten). Ik laat hun een dia zien van Helen Chadwicks *Loop my Loop*, waarin blond haar vervlochten is met varkensdarm, en een filmfoto uit Disney's *Assepoester* en vraag hun na te denken over de manier waarop beelden uit sprookjes afhankelijk van degene die ze vertelt een andere betekenis krijgen.

Ik lees hun een citaat voor van de kunstcriticus John Berger dat ik vele jaren geleden heb onderstreept in mijn exemplaar van Marina Warners *From the Beast to the Blonde*: 'Als je je herinnert hoe je als kind naar verhaaltjes luisterde, zul je je ook herinneren hoe fijn het was om een verhaal heel vaak te horen, en dat je tijdens het luisteren drie mensen werd. Er vindt een ongelooflijke samensmelting plaats: je wordt de verhalenverteller, de held van het verhaal en je herinnert je hoe je zelf eerder naar het verhaal hebt geluisterd...'

Natalie Baehr, een derdejaars studente sieradenontwerpen, wier blauwe haar is opgestoken met Hello Kitty-haarspelden, merkt op dat de lelijke stiefzusters in Disney's *Assepoester* een roodharige en een brunette waren, in tegenstelling tot Assepoesters blonde Marilyn Monroe-haar. 'Net zoals uw moeder de heldin in het verhaal over de *selkie* van een blondine in een brunette veranderde, waarmee zij het dominante culturele schoonheidsideaal ondermijnde teneinde een gevoel van eigenwaarde te voeden in haar vrouwelijke nageslacht.'

Is dat wat mijn moeder in gedachten had, vraag ik me af, half gehypnotiseerd door de bungelende plastic poesjes in Natalies haar, het ondermijnen van het dominante culturele schoonheidsideaal? Ik denk eraan hoe mijn moeder vaak aan haar bureau zat, afwezig, uren achtereen, zonder te schrijven, alleen maar uit het raam starend, naar de manier waarop het licht boven de Hudsonvallei veranderde.

'Of de weigering van de *selkie* om te breien,' zegt Gretchen Lu, die textielontwerpen als hoofdvak heeft, 'een overduidelijke ondermijning van traditionele sekserollen.'

Sekserollen? Ik stelde me voor hoe Gretchen zo'n zin zou spellen en zag mezelf het laatste woord al rood omcirkelen en in de kantlijn schrijven: *woord?* Ik zou er echter geen punt voor aftrekken. Niet in deze klas. Op Grace zou ik wel moeten, omdat zo'n woord nooit door de leescommissie zou komen, maar hier op de kunstacademie stond ik mijn studenten enige vrijheid met de Engelse taal toe. Ze zijn hier eerder visueel ingesteld dan verbaal, zoals ze zelf zo graag zeggen. *Picta non verba,* zou het devies van deze school kunnen luiden als hij er een had.

Het belangrijkste is dat mijn studenten het een leuke opdracht vinden. Gretchen wil 'De kleine zeemeermin' doen. Ze heeft al een idee voor een object met gescheurde netkousen en dode vissen (ik kon alleen maar hopen dat ze plastic vissen bedoelde). Mark Silverstein, een van de moderne techneuten, zoals ze nogal geringschattend worden genoemd, heeft een idee voor een etalage-inrichting voor de 'Nieuwe kleren van de keizer': naakte paspoppen die borden vasthouden met de namen van beroemde modeontwerpers erop. Ik herinner hen eraan dat er ook nog iets geschreven moet worden voor de opdracht, en laat hen vrolijk babbelend achter bij de ingang van Dean & Deluca op University Avenue. Ik loop in zuidelijke richting en net wanneer ik langs Washington Square Park loop, begint het zachtjes te sneeuwen. Het is niet zo heel erg ongewoon dat het in de derde week van maart nog sneeuwt, maar het voelt toch als een soort voorteken. Ik weet echter niet waarvan.

Wanneer ik de volgende ochtend vanuit de trein naar de rivier zit te kijken, zie ik dat het ijs van de oevers is gesmolten en dat de wilgen langs de waterkant die gelige gloed hebben gekregen die ze altijd krijgen vlak voordat ze uitlopen. Zoals altijd op dit moment van de week, ben ik helemaal door mijn ideeën heen. Ik betwijfel ten zeerste of het tiental mannen dat ik vanochtend les zal geven – gedetineerden van de Rip Van Winkle-gevangenis – net zo enthousiast zal zijn over mijn sprookjesproject als mijn studenten van de kunstacademie. Ook al wordt de gedetineerdenklas verondersteld hetzelfde lesprogramma te volgen als de klas van Grace (zodat de leerlingen gemakkelijk kunnen overstappen van de één naar de ander) heb ik mijn leerplan voor Rip Van Winkle moeten beperken tot opdrachten die a) mijn studenten interesseren, en b) geen rellen veroorzaken. Hoewel ik nog nooit een rel heb veroorzaakt, hebben de bewakers toch een keer moeten ingrijpen bij een meningsverschil dat ontstond over de vraag of Billy Budd nu wel of niet het 'vriendinnetje' van kapitein Vere was. Het is een klas waar je heel voorzichtig moet omspringen met bepaalde onderwerpen, omdat ze al heel gauw iets te 'nichterig' vinden.

Wanneer de conducteur de halte voor de gevangenis omroept, ben ik halverwege mijn tweede beker Dunkin' Donuts-koffie, maar nog steeds slaperig omdat ik de avond ervoor tot heel laat ben opgebleven met Jack. Misschien moet ik het hier geen sprookjes noemen, maar 'verhalen voor het slapengaan' of 'volksverhalen.' Ik vraag me af of een van deze termen wellicht nog een bijbetekenis heeft in de gevangenistaal.

Wanneer ik uit de trein stap en in de lichte miezerige regen loop, ben ik er nog steeds niet uit. Het is maar een klein eindje lopen van het treinstation naar de gevangenispoort – wat een van de redenen is waarom ik dit baantje heb aangenomen toen de decaan me vroeg of ik de gevangenisklas wilde lesgeven.

Ik had ook verwacht dat het me iets zou opleveren om over te schrijven. Tot dusverre hebben de levens van mijn leerlingen mij echter nog niet geïnspireerd. De wekelijkse ervaring van het onderwijzen van grammatica en literatuur aan deze mannen heeft mij eerder duidelijk gemaakt dat het pure hoogmoed is te denken dat je je de ervaringen van een ander zou kunnen voorstellen, laat staan op papier zou kunnen zetten.

Wanneer ik me bij de balie heb gemeld en op mijn begeleider wacht, zijn mijn gedachten niet bij wat ik vandaag in de les zal gaan doen, maar bij het deprimerende feit dat hoe meer ik les geef in schrijven, des te minder ik zelf op papier lijk te krijgen. Ooit had ik het idee dat lesgeven een goede achtergrond was voor een schrijver – daarom ben ik ook aan mijn studie begonnen, maar nu is het gewoon het zoveelste in mijn leven dat onvoltooid blijft.

De veiligheidsbeambte (geen bewaker, was mij tijdens mijn oriëntatiecursus verteld) arriveert en overhandigt mij mijn identiteitskaartje, dat ik om mijn nek hang. Iris Greenfeder, Hulpdocent p.t., staat er. Iris Greenfeder, bijna afgestudeerd, zou er moeten staan. Iris Greenfeder, bijna... zo gaat het bij mij nu altijd, een hele reeks van bijna's: bijna gepubliceerd, bijna docente, bijna getrouwd. De laatste tijd lijkt mijn leven uit niets anders meer te bestaan. En wat blijft er dan uiteindelijk over? Een donut die tot op het gat is opgegeten, zou mijn tante Sophie zeggen.

De agent stopt bij de ingang van de binnenplaats om een reeks geheimzinnige handgebaren uit te wisselen met zijn collega in de toren. Ik krijg het gevoel een privégesprek af te luisteren en wend mijn blik af. Het grasveld, doorsneden door elkaar kruisende betonnen paden, daalt steil af naar de rivier, maar de bakstenen muur met zijn spiraalvormige kroon van prikkeldraadrollen is zo hoog dat er slechts een minuscule glimp van de rivier zichtbaar is. Ik heb me vaak afgevraagd of de architect van deze gevangenis dat expres heeft gedaan om de gedetineerden te plagen met dat suggestieve glimpje vrijheid.

Mijn begeleider heeft inmiddels geregeld dat wij de open ruimte mogen oversteken en wij vervolgen onze weg. Het begint nu wat harder te regenen en ik wil mijn paraplu uit mijn boekentas halen, maar bedenk me bij de gedachte aan de bewakers in de toren en de automatische wapens die zij binnen handbereik hebben.

Mijn klaslokaal bevindt zich in een laag gebouw dat tegen de gevangenismuur aan is gebouwd. Mijn leerlingen zijn er al. Mijn begeleider wacht tot ik de presentielijst heb afgewerkt en wij te horen hebben gekregen dat een van mijn leerlingen in de isoleercel zit en een ander voorwaardelijk is vrijgelaten. Wanneer ik alle namen heb gehad gaat de agent weg. Toen ik pas lesgaf in Van Wink (zoals de gedetineerden de gevangenis noemen) vond ik het eng dat mijn begeleider wegging. Toen ik het baantje aannam was ik ervan uitgegaan dat er te allen tijde iemand in het lokaal zou blijven. Wat ik nu erger vind, is de wetenschap dat de beveiligingsbeambte vlak buiten de open deur staat, binnen gehoorsafstand van mijn les. Op de meest vreemde momenten tijdens de les benauwt de aanwezigheid van die onzichtbare toehoorder mij zo nu en dan.

Terwijl ik mijn papieren uit mijn tas haal, nemen de onderuitgezakte mannen vóór mij een houding aan die niet veel verticaler is. Het is niet zozeer een gebrek aan respect als wel de krappe tafeltjes die hen tot deze houding dwingt. De tafeltjes in het lokaal zijn van die ouderwetse middelbare-schooltafels, waar de stoeltjes aan vast zitten. Als de mannen rechtop zouden gaan zitten, zouden hun knieën tegen de onderkant van het niervormige schrijfblad stoten. Simon Smith is zo groot dat hij alleen zijdelings tussen tafel en stoel past. Ik heb de directeur om ander meubilair gevraagd, maar de tafels zitten aan de vloer verankerd. Het enige verplaatsbare meubelstuk in het lokaal is het lichtgewicht plastic stoeltje achter mijn bureau (dat ook stevig aan de vloer is vastgeschroefd) en toen ik dat een keer achter het bureau vandaan trok om wat dichter bij mijn leerlingen te kunnen zitten, werd mij onmiddellijk te verstaan gegeven dat dat niet mocht. Tegenwoordig ga ik dus maar op de rand van mijn tafel zitten.

Emilio Lara, mijn oudste student dit semester, vraagt of hij misschien iets voor mij kan uitdelen. Hij is iemand die, binnen de beperkingen van zijn situatie, altijd wel probeert het een of andere hoffelijke gebaar naar mij te maken. Als het zou mogen, zou hij vast mijn zware boekentas voor me dragen, met me mee wandelen naar de overkant van de binnenplaats en alle deuren voor mij open houden. En vervolgens met mij mee naar buiten lopen. Hij beweert hier te 'zitten' voor valsemunterij, maar ik heb mijn twijfels bij de romantische misdrijven die deze kerels voor mij bedenken, ook al vind ik het wel lief dat ze de moeite nemen alternatieven te verzinnen voor de veel waarschijnlijker moorden, verkrachtingen en drugshandel. Neem Aidan bijvoorbeeld. Hij zegt dat hij hier zit voor wapensmokkel voor de IRA.

'Ik ook,' zei Simon Smith, mijn honderdvijftig kilo zware leerling uit het zuiden van de Bronx, de eerste keer dat Aidan met deze informatie naar voren kwam, 'Eerlijk waar, ik ben een Ier.'

Vandaag proberen Aidans blauwgroene ogen mij nerveus te ontwijken. Moet hij soms nog iets inleveren dat ik ben vergeten? Volgens mij niet. Meestal laat ik deze mannen in de klas hun werk maken. Ik denk niet dat ze in de meest bevorderlijke omgeving verkeren voor het maken van huiswerk (hoewel zij, van al mijn studenten, wel over de meeste vrije tijd beschikken). Er moet iets anders aan de hand zijn met Aidan. Hij heeft het soort uiterlijk – bleke huid, zwart haar, lichte ogen met donkere wimpers – dat mijn tante Sophie dat van een 'zwarte Ier' zou noemen. (Jarenlang heb ik gedacht dat zij daarmee bedoelde dat er in Ierland zwarte mensen woonden). Normaal gesproken maakt hem dit tot een opvallende verschijning, maar vandaag is zijn melkwitte huid zo bleek dat hij lijkt te versmelten met het schilferende en afbladderende pleisterwerk. De volle, zwarte wimpers zakken steeds verder omlaag. Ik weet zeker dat hij halverwege de grammaticales zal slapen. Op dat moment neem ik een besluit. Later zal ik aanvoeren dat het ook kwam doordat mijn enige alternatief voor het doorbrengen van die regenachtige ochtend in de gevangenis een les was over de fijne kneepjes van het zwevend participium. Zelf weet ik echter dat het eigenlijk was omdat ik Aidan wakker wilde houden.

'Aidan,' zeg ik, 'heb jij wel eens gehoord van de legende van het selkiemeisje?'

Tot mijn voldoening zie ik een beetje kleur verschijnen op Aidans bleke gezicht.

'Selkie?' vraagt Simon Smith. 'Ik heb eens een danseresje gekend dat Silky heette.'

Emilio Lara maakt een afkeurend geluid en ontbloot zijn tanden, zodat zijn ene gouden tand goed zichtbaar wordt, maar hij zegt niets. Hoffelijkheid heeft zijn grenzen en Simon is echt heel groot.

'Het selkiemeisje is een Ierse legende,' zeg ik tegen Simon, 'een volksverhaal. Daar gaan we ons vandaag mee bezighouden.'

'Gaat u ons een sprookje voorlezen?' vraagt Simon.

De klas gonst van het geritsel van bewegende armen en benen en het gebonk van knieën tegen hout. Ik meen zelfs, vanuit de gang, een ongelovige zucht te horen. Nu kan ik niet meer terug, denk ik, maar dan zie ik dat de mannen er echt voor gaan zitten en mij aandachtiger aankijken dan ik de afgelopen paar weken heb meegemaakt. Hun lichamen lijken naar voren te leunen en als hun tafels niet aan de vloer vastzaten, zouden zij vast wat dichter naar mij toe schuiven. Ook al kunnen zij zich niet verplaatsen, toch heb ik het gevoel dat ik opeens het middelpunt vorm van een kring. Ze lijken net kinderen die op een verhaaltje zitten te wachten. En opeens dringt het tot me door. Zij vormen het volmaakte publiek voor mijn verhaal.

3

Uiteindelijk zijn mijn studenten als publiek echter niet voldoende. Tegen de tijd dat ik bij Rip Van Winkle op de trein stap, heb ik het idee dat het stuk mogelijk geschikt is voor publicatie. Met deze gedachte reis ik terug naar de stad, vergezeld door de regen, die mij vanuit de bergen omlaag volgt door de brakke wateren van Inwood Park, tot aan de kades van Hoboken en Chelsea Piers: een frisse toevoeging die ten slotte door de havens van Manhattan zal stromen, langs de Narrows en de stranden van Coney Island, en uiteindelijk in de Atlantische Oceaan terecht zal komen.

Mogelijk geschikt voor publicatie, neurie ik de volgende paar dagen bij mezelf, terwijl het intussen onafgebroken blijft regenen. Op een avond ga ik tegen zonsondergang naar de grote bibliotheek aan 42nd Street om te kijken welke van de obscure literaire tijdschriftjes die in het verleden werk van mij hebben geplaatst nog bestaan. De meeste bestaan niet meer, maar ik laat me niet ontmoedigen. Ik wandel terug via Bryant Park, waar de regendruppels kristallen netten hebben geweven rond de kale takken van de Londense platanen. De straatlantaarns op Eighth Avenue worden weerspiegeld in het natte plaveisel. De geluiden van het verkeer worden gedempt door de regen en getransformeerd in iets vloeibaars. Auto's rijden door de centimeters hoge laag water die zich in de goten heeft verzameld. Claxons klinken heel ver weg, alsof ze een grote afstand over water moeten overbruggen. Wanneer het regent in de stad, ruik je meestal de zee of de bergen. Vanavond lijkt het of ik ze allebei kan ruiken. Een bedwelmende mengeling van dennengeur en zout, smeltende sneeuw en rottend hout.

De regendruppels op mijn paraplu pingelen mijn nieuwe lievelingsnummer: *mogelijk geschikt voor publicatie.* Henry James' *Summer Afternoon* kan wel inpakken: *mogelijk geschikt voor publicatie* is de mooiste zinsnede in de hele Engelse taal. Het geeft niks dat al die andere tijdschriften niet meer bestaan; ik weet al wie ik het ga toesturen: Phoebe Nix van *Caffeine.* Toen ik haar een paar weken geleden tegenkwam op een open poëzieavond in het Cornelia Street Café, vertelde ze me dat ze het gedicht dat ik had voorgelezen erg goed vond. 'Heb je er wel eens aan gedacht meer over je moeder te schrijven?' vroeg ze. Ik haalde mijn schouders op en zei dat ik liever niet teerde op de roem van mijn moeder – of in dit specifieke geval: vroegere-roem-entegenwoordige-vergetelheid. Ik vertelde haar dat ik het grootste deel van mijn leven bezig was geweest te herstellen van mijn moeders schrijfblokkade. De meeste mensen moeten lachen wanneer ik dat zeg, maar Phoebe had me bloedserieus aangekeken. Aangezien ze eruit zag als een jaar of negentien had ik haar reactie toegeschreven aan onvolwassenheid.

Later, toen ik samen met Jack boven in het restaurant stond, gaf ze mij haar visitekaartje, waar op stond dat zij hoofdredactrice was van *Caffeine* – het nieuwe literaire tijdschrift dat ik in boekwinkels en cafés had zien liggen.

'Weet je van wie zij een dochter is?' vroeg Jack toen we op straat liepen.

'Nee, is ze beroemd?'

'Vera Nix,' zei hij, een dichteres die net zo beroemd was om haar zelfmoord als om haar poëzie.

'Shit,' zei ik en vertelde Jack hoe ze had gereageerd op mijn opmerking over 'mijn herstel van mijn moeders schrijfblokkade.'

'Het lijkt wel of jij een soort radar hebt,' zei Jack, hoofdschuddend, met iets van bewondering in zijn stem, 'die mogelijk succes signaleert en je er vervolgens zo snel mogelijk bij vandaan loodst.'

Toch stuurde ik haar enkele van mijn gedichten toe. Van de ene schrijversdochter aan een andere, ook al had mijn moeder zichzelf niet van het leven beroofd. Niet echt tenminste. Ze schreef me een vriendelijk briefje terug, waarin ze de gedichten afwees, maar mij aanmoedigde het vooral nog eens te proberen.

Ik legde Phoebe Nix' briefje in mijn 'nog eens proberen'-doos

– mijn vaders oude sigarenkistje dat op mijn bureau stond. Altijd wanneer ik het openmaakte steeg de geur van Cubaanse sigaren eruit op en was het een ogenblik net alsof mijn vader bij me in de kamer was. Of de kamer zojuist had verlaten. Toen ik klein was, was het mijn manier om hem te vinden in het hotel – door de geur van zijn sigaren te volgen van de lobby naar het restaurant, terug naar de keukens, via de achtertrap naar de linnenkamers en naar zijn kantoor op de eerste verdieping. Uit angst dat de geur op een dag voorgoed zou vervliegen, maakte ik het kistje maar heel af en toe open.

Ik was ervan overtuigd dat mijn 'nog eens proberen'-brieven een zelfde soort uiterste houdbaarheidsdatum hadden. Mijn ervaring – van twintig jaar lang allerlei literaire tijdschriften te hebben aangeschreven – had me geleerd dat ik na zo'n bemoedigend briefje van een uitgever nog ongeveer drie pogingen kon wagen. Als ze na drie keer nog niets wilden plaatsen, gaven ze het hoogstwaarschijnlijk op. Dan begon de glans van de belofte te vervagen en kwam mijn aan mezelf geadresseerde envelop terug zonder bemoedigend krabbeltje, en met niets anders dan een slecht gekopieerd afwijzingsstrookje. Als een magische amulet in een sprookje, bezaten dus ook deze brieven een beperkte werking en moesten derhalve verstandig worden gebruikt.

Tegen de tijd dat ik het gebouw bereik heb ik besloten het briefje van Phoebe Nix in de strijd te gooien – ik kan de Cubaanse tabak al bijna ruiken in de vochtige oostenwind uit de richting van de rivier. Om me op die geur te kunnen concentreren beklim ik met mijn ogen dicht en één hand op de smeedijzeren balustrade de steile treden, om prompt te struikelen over iemand die op de bovenste tree zit. Ik schrik, in de verwachting dat het een van de zwervers uit de buurt is die zit te schuilen voor de regen, maar ik ontspan me wanneer ik besef dat het iemand is die ik ken. Mijn opluchting verdwijnt echter weer snel wanneer ik me realiseer waarvan ik hem ken. Het is Aidan Barry.

'Ik wilde u niet laten schrikken, professor Greenfeder,' zegt hij, terwijl hij overeind komt. 'Ik wilde dit aan u geven.'

Hij heeft iets in zijn hand dat verpakt is in een blauw- wit tasje van Blockbuster Video. Het ziet er niet uit als een pistool, maar ik deins toch achteruit en val bijna achterover de trap af. Hij steekt snel zijn hand uit om me bij mijn arm te grijpen en te voorkomen dat ik val en ik hou mijn adem in. Ik kijk de straat in om te zien of er iemand loopt, maar zelfs bij helder weer is mijn hoekje van Jane Avenue, pal naast de West Side Highway en de rivier, niet erg druk bevolkt. Nu, in de regen, zie ik alleen de koplampen van auto's op de Highway. Het is vrijdag. Niet een van Jacks avonden om langs te komen.

Aidan laat mijn arm los, kijkt omlaag en schudt zijn hoofd. Ik zie regendruppels glinsteren in zijn zwarte haar. 'Ik had hier niet moeten komen, maar ik was aan het werk in Varick Street en ik wist dat u in de buurt moest wonen omdat ik uw adres had gezien op het verhaal dat u aan ons hebt uitgedeeld...'

'Aan het werk in Varick Street, hoe bedoel je? Ben jij dan geen... ik bedoel, zit jij dan niet... in de gevangenis?'

Aidan begint te lachen. Ik heb sinds vorige maand werkverlof, juf. Ik kom binnenkort voorwaardelijk vrij. Volgende week stap ik over naar uw klas op Grace. Ik dacht dat ze u dat soort dingen wel zouden vertellen.'

Ik schud mijn hoofd. Ik wil wedden dat alle docenten met een vaste aanstelling op Grace wel te horen krijgen wanneer hun gedetineerde leerlingen worden vrijgelaten. Of misschien geven die wel helemaal geen les aan de gevangenisklassen. 'Zei je net dat je mijn adres wist van het verhaal dat ik aan jullie heb uitgedeeld?'

Hij haalt een stapel gevouwen papieren uit het tasje en overhandigt mij het gekopieerde exemplaar van 'De dochter van de selkie,' dat ik in al mijn klassen heb uitgedeeld. In de linker bovenhoek staan mijn adres, telefoonnummer en e-mail: het is het standaardformulier dat ik altijd gebruik om werk toe te sturen aan tijdschriften. Ik had er niet eens op gelet toen ik het voor mijn leerlingen had gekopieerd. Al mijn studenten hadden nu dus mijn privéadres, inclusief een tiental gedetineerden in de Rip Van Winkle-gevangenis.

'Shit,' zeg ik, terwijl ik het papier voor Aidans gezicht heen en weer wapper. 'Vertel me alsjeblieft dat mijn telefoonnummer niet op de muren van de mannentoiletten van Van Wink staat gekalkt.'

Aidan glimlacht en schudt zijn hoofd. Regendruppels rollen uit zijn haar en bevochtigen de kraag van zijn spijkerjack. Eén druppel raakt mij en rolt in mijn nek, zodat ik huiver. 'Hé, wees maar niet bang,' zegt Aidan, 'Emilio zag dat u uw adres op het papier had laten staan en toen hebben we de cipier om correctievloeistof gevraagd. De mannen in de klas mogen u graag. Zij zullen uw adres heus aan niemand doorvertellen of zoiets. Eigenlijk had ik het ook niet moeten houden, maar dat verhaal over uw moeder deed me denken aan een sprookjesboek dat ik had toen ik klein was en ik besloot te proberen dat te pakken te krijgen zodat ik mijn opstel erover kon schrijven.' Aidan staat nog steeds met het blauwwitte plastic tasje in zijn hand. Ik pak het van hem aan en kijk erin. Er zit een boek in en nog een stapeltje papier.

'Kom je je opstel bij me inleveren? Maar ik had toch gezegd dat jullie er volgende week tijdens de les aan mochten werken?'

Aidan haalt zijn schouders op en huivert. Het spijkerjack dat hij draagt is veel te dun voor de maartse avond en bovendien is het doorweekt. Onder normale omstandigheden zou ik hem even binnen vragen, maar ook al ben ik nu wel over de eerste schrik heen van het feit dat een van mijn gevangenen zomaar los op straat loopt; ik voel er niets voor hem uit te nodigen om binnen te komen. 'Ik had toch niets te doen in de trein,' zegt hij en vervolgens, terwijl hij op zijn horloge kijkt: 'Trouwens, ik moet er vandoor, anders mis ik mijn trein terug naar huis. Ik logeer in een detentiehuis in de buurt van de gevangenis. Ze hebben niet graag dat je te laat thuis bent. Ik had niet verwacht dat u zo laat thuis zou komen. Zeker een belangrijk afspraakje gehad, hè?'

Ik denk aan het uur dat ik zojuist heb doorgebracht in de leeszaal van de openbare bibliotheek en wil Aidan niet teleurstellen. Wanneer was mijn laatste belangrijke afspraakje? Kon je de woensdag-, zaterdag-, en zondagavonden die ik met Jack doorbracht eigenlijk wel afspraakjes noemen? 'Ja,' zeg ik tegen Aidan, 'een belangrijk afspraakje.'

Aidan trekt de kraag van zijn spijkerjasje omhoog en steekt zijn handen in zijn zakken. 'En waar is die geluksvogel nu? Jullie hebben toch geen ruzie gehad?'

'Ik was eigenlijk van plan vanavond wat te gaan schrijven,' zeg ik, terwijl ik in Aidans blauwgroene ogen kijk. Het is voor het eerst dat ik hem ergens anders zie dan in het ziekelijke schijnsel van de tl-verlichting in de gevangenis. Zelfs in de straatverlichting ziet hij er beter uit. Ik zie dat zijn lange, donkere wimpers glinsteren van de regen en dat zelfs het T-shirt onder zijn jack doorweekt is. Hij ziet eruit alsof hij regelrecht uit de rivier komt, in plaats van uit Varick Street. 'Maar nu ga ik toch maar proberen wat werk na te kijken.' Ik haal de dubbelgevouwen vellen papier uit de plastic tas die Aidan me heeft gegeven. Ik zie dat ze handgeschreven zijn. In het plastic tasje zit ook nog een kleiner bruin papieren zakje met de naam *Books of Wonder* erop gedrukt, een kinderboekwinkel in 18th Street.

'Hé, dat is een van mijn favoriete zaken,' zeg ik tegen Aidan.

'Ja, ik heb vijf winkels afgelopen voordat ik er een had gevonden die het boek dat ik me van vroeger herinnerde in voorraad had.'

Ik haal het boek uit het papieren zakje en zie dat het een oude uitgave is van Ierse volksverhalen. De band is van lichtgroene stof met een gouden belettering en de letters komen te voorschijn uit het golvende haar van een vrouw die op een rots zit. Hetzelfde haar houdt de figuur van een man gevangen die naast het rotsblok in de golven zwemt.

'Aidan, wat prachtig, maar het is vast heel duur. Dit kan ik onmogelijk aannemen.'

'Natuurlijk wel, juf. Waar zou ik het zelf moeten laten? Wat denkt u dat mijn medegevangenen ervan zouden zeggen als ze zagen dat ik sprookjes las?'

Ik kijk naar het boek en zie dat de vrouw naakt is. De man die in zee zwemt is ook naakt; het haar van de *selkie* kronkelt als een slang om zijn armen en benen. Ik voel mezelf blozen en hoop dat dit Aidan niet opvalt in de flauwe gloed van de straatverlichting.

'Goed, dan zal ik het voorlopig voor je bewaren. Maar zodra je andere huisvesting hebt gevonden...'

'Best,' zegt hij, terwijl hij met zijn rug naar de straat de trap afloopt. 'Over een maand of twee kan ik zelf een huisje gaan zoeken – als ik tenminste vast werk vind. Ik hoop dat u het boek mooi vindt – en mijn opstel ook. Ik heb er heel erg mijn best op gedaan. Ik had in geen jaren meer aan al die verhalen gedacht.'

Aidan staat al met één voet op de straat wanneer hij zich bijna terloops weer naar mij omdraait, alsof hem opeens iets te binnen schiet. Iets in de weloverwogen manier waarop hij omkijkt, geeft me het gevoel dat hij om geld gaat vragen, om onderdak, om de een of andere gunst... 'Vertel me eens,' zegt hij, 'als uw moeder Ierse was en uw vader joods, als wat bent u dan eigenlijk grootgebracht?'

Zijn vraag verbaast me vooral omdat hij van iedereen die het stuk tot nu toe heeft gelezen de enige is die mij dit heeft gevraagd.

'Als niks,' zeg ik. 'Niet godsdienstig. Je bent alleen joods als je moeder joodse is, en mijn moeder had het katholicisme al opgegeven...' Ik zwijg even en probeer me te herinneren waarom mijn moeder de Kerk ook al weer had afgezworen, maar zoals bij zoveel zaken betreffende mijn moeder heb ik geen directe bewijzen, slechts een verwarrende stilte. Toen ik een jaar of zes was, vond ik tussen mijn moeders sieraden een klein gouden hangertje waarop het gezicht stond afgebeeld van een mooie vrouw met een roos. Iets in het gezicht van de vrouw trok mij meer aan dan alle glinsterende kralen bij elkaar en ik hing het kettinkje om. Een paar dagen later had mijn moeder het opeens in de gaten.

'Geef hier,' zei ze, terwijl ze het van mijn hals trok, 'voordat je vader of je tante het ziet.'

Het kettinkje bezeerde mijn nek toen ze het wegtrok, maar wat ik erger vond, was de blik op het gezicht van mijn moeder. Zo had ik haar nog nooit zien kijken en ik begreep niet waarom ze opeens zo boos was. 'Anders vindt ze het nooit erg wanneer ik haar kralenkettingen draag,' snikte ik tegen mijn vader toen hij ijs tegen mijn nek hield.

'Ja, maar dit was anders. Het was een heiligenmedaillon – iets wat katholieken dragen – en je moeder heeft mij ooit beloofd dat ze je alleen zou laten dopen, maar je verder niet katholiek zou opvoeden. Niet dat ik daar bezwaren tegen had, maar misschien dacht ze dat ze mij of Sophie daarmee zou kwetsen.'

'Ze heeft me wel laten dopen,' zeg ik tegen Aidan, blij dat ik toch nog iets kon aanvoeren naast het volkomen ontbreken van enige godsdienst in mijn leven.

'Tja, ze wilde natuurlijk niet dat u in de hel zou eindigen. Dat zou zelfs de meest afvallige katholieke moeder haar kind niet aandoen.'

'Ja, maar ze heeft er wel mee gewacht tot ik drie was. Kennelijk had ze toch niet zo'n haast met het redden van mijn onsterfelijke ziel.'

'Drie!' Kijk eens aan. Nu ben ik er toch in geslaagd deze goed katholieke jongeman te shockeren. Deze goed katholieke bajesklant, breng ik mezelf in herinnering. Om de een of andere reden heb ik er geen voldoening van; in plaats daarvan voel ik me enigszins beschaamd, hoewel ik niet weet of ik me voor mezelf schaam of voor mijn moeder. 'Ze heeft gewacht tot ze me kon meenemen naar dezelfde kerk in Brooklyn waar zij zelf ooit was gedoopt – St. Mary Star of the Sea.'

Aidan schudt zijn hoofd. 'Ik ben zelf opgegroeid in Inwood en bijna mijn hele familie woont in Woodlawn. Ik ken Brooklyn niet.'

'Toen de priester mij door het gangpad naar mijn eigen doop zag lopen kreeg hij een rolberoerte.'

Aidan grinnikt. 'Dat kan ik me voorstellen.'

Ik glimlach en begin nu goed in het verhaal te komen.

"'Hoe kom je erbij om zo lang te wachten?" zei de priester tegen haar. "Ze is er nu toch?' zei mijn moeder tegen hem, "wilt u haar nog dopen of niet?"'

'En deed hij het?'

'Hij heeft mijn zieltje gered.'

'Uw moeder klinkt als een heel bijzonder iemand,' zegt hij. 'Mijn moeder had zoiets nooit durven zeggen, zo bang was ze voor priesters. Mijn grootmoeder is een ander verhaal... maar over haar heb ik het in mijn opstel. Dat zult u nog wel lezen.'

Aidan kruist zijn armen voor zijn borst en wrijft ze warm. 'Nou...' zegt hij.

Ik ben nog steeds niet van plan hem binnen te vragen – ik ben niet achterlijk – maar ik voel dat wij ons er allebei van bewust zijn dat als de situatie anders was geweest, dit het moment zou zijn geweest waarop ik dat had gedaan. Ik zie mijn flat voor me – ik bewoon het hoekappartement op de bovenste verdieping, inclusief de zeshoekige toren die uitkijkt over de rivier – als een verlaten schip dat ergens boven onze hoofden drijft. Hij zou het uitzicht vast mooi vinden. Het is het uitzicht dat hij vanuit de gevangenis zou hebben wanneer die muur er niet had gestaan.

'Ik moet nu echt mijn trein gaan halen,' zegt hij.

'Ja,' zeg ik, opgelucht. 'Tot volgende week donderdag.'

'Maandag,' verbetert hij mij, alvorens zich om te draaien, 'voortaan zit ik immers in uw klas op Grace.'

Ik knik, maar hij heeft zich al afgewend. Het ligt op het puntje van mijn tong om te zeggen dat hij te gevorderd is voor die klas. Hij zou best naar een hogere klas kunnen – daar kan ik hem ook gemakkelijk voor aanbevelen – maar ik hou mijn mond. Ik geef geen les in die hogere klas.

Ik zie hem in oostelijke richting over Jane Avenue lopen en vervolgens linksaf slaan naar Washington Avenue. Ik denk eraan hoe mijn vader vroeger op de oprit van het hotel stond om belangrijke gasten en hoogwaardigheidsbekleders uitgeleide te doen. Hij bleef altijd staan wachten tot hun taxi de bocht om was en was verdwenen achter de muur van dennenbomen die aan de achterkant van het hotel stond. Toen ik hem eens vroeg of hij dat misschien uit beleefdheid deed, begon hij te lachen. 'Nee,' zei hij tegen mij, 'ik wil alleen graag zeker weten dat ze echt weg zijn.'

4

Aidans sprookje, dat had ik natuurlijk kunnen weten, is een verhaal over een betoverde prins. Daarvoor had hij de keuze uit tientallen sprookjes, stuk voor stuk met zo'n beetje hetzelfde verhaal. Een jongeman van koninklijke komaf en met eersteklas kwaliteiten, zit gevangen in een weerzinwekkende vermomming: een kikker, een beer, een wild dier. *Een ex-gevangene.* Teneinde hem te redden en hem zijn eigen lichaam en zijn rechtmatig erfdeel – hij blijkt namelijk de prins van het hele koninkrijk – terug te bezorgen, dient een prinses vervolgens door zijn oppervlakkige lelijkheid heen te kijken. 'Belle en het beest' of 'De kikkerprins' had voor de hand gelegen, maar in plaats daarvan heeft hij gekozen voor 'Tam Lin', een Keltisch verhaal over een prins die ontvoerd wordt door elfen, maar uiteindelijk wordt gered door de ware liefde.
Ik gooi het opstel op de stapel ongelezen werk op mijn bureau. Het papier, vochtig en gekreukt, glanst in het flauwe licht dat door het raam binnenvalt. Ik heb mijn bureaulamp nog niet aan geknipt. En hoewel ik eigenlijk van plan was het briefje van Phoebe Nix uit de 'nog eens proberen'-doos te halen, zit ik een paar minuten lang alleen maar doelloos uit het raam te staren.
Mijn flat is een hoekappartement op de vierde verdieping. Het is maar één kamer, maar die bevindt zich wel in de hexagonale toren op de hoek van Jane en West Avenue. Ik heb drie ramen, die elk in een andere richting kijken. Mijn bureau staat onder het middelste raam van de hoek van de toren. Soms denk ik dat ik met een slechter uitzicht misschien meer zou schrijven, maar het is juist dit uitzicht dat mij al zoveel jaren aan dit appartement bindt – nou ja, het uitzicht en de huur. Ik kijk in zuidwestelijke

richting, waar de rivier uitmondt in de haven, naar een nevelige plek waar volgens mij de zee moet beginnen. Het is altijd mijn droom geweest om ergens te wonen waar ik de zee kan zien en het begint erop te lijken dat ik nooit dichterbij zal komen dan dit. Vanavond echter, in het donker en de regen, lijkt de oceaan ver weg. Ik kan maar net de olieachtige glans van de rivier zien, die traag en duister voortstroomt, als het een of andere zeemonster dat de lichtjes van New Jersey meetorst op zijn brede rug. De lucht die onder mijn raamkozijn door waait ruikt naar steen, naar water uit een diepe put. Ik zie dat de wind, die uit het noordwesten komt, regen naar binnen blaast en de werkstukken van mijn leerlingen nat maakt. Ik sta op om het raam dicht te doen en mijn vingers strijken langs het zachte hout van mijn vaders oude sigarenkistje. Nog niet, denk ik. Eerst een paar opstellen lezen, onderhandel ik met mezelf, en dan maak ik het kistje pas open. Ik knip mijn lamp aan, besluit het raam toch nog maar even open te laten staan, en pak Aidans opstel.

TAM LIN

Dit was een verhaal dat mijn grootmoeder me vroeger vertelde. Ze zei altijd dat de elfjes ons zouden komen halen als we niet luisterden naar de nonnen op school, of onze catechismus niet leerden. Ze zei dat de elfjes gevallen engelen waren die niet slecht genoeg waren om duivels te worden, maar ook niet goed genoeg om engeltjes te blijven. Om niet zo alleen te zijn, stalen ze graag kinderen. Ik had het idee dat dat ook gebeurd moest zijn met mijn broertje Sean, die was gestorven toen hij vier en ik twee jaar oud was, maar toen ik Ma vroeg wat Sean voor stouts had gedaan om te worden ontvoerd, kreeg ik een draai om mijn oren. Het was de enige keer dat ze mij ooit heeft geslagen. Pa daarentegen... maar dat is weer een ander verhaal.

   Maar goed. Mijn oma vertelde me dus verhalen over kinderen die gestolen werden door elfjes en een van die verhalen ging over een jongen die Tam Lin heette. Mijn oma zei dat die Tam Lin meestal een lieve jongen was, maar dat hij niet altijd naar zijn ouders en de nonnen luisterde en soms in het bos ging spelen wanneer hij eigenlijk op school hoorde te zitten. Op een

45

dag was hij in het bos op jacht, toen hij op een gegeven moment zo moe werd dat hij onder een boom ging liggen en in slaap viel.

Dat deel van het verhaal sprak me erg aan. Onder een boom in slaap vallen. Ik kwam graag in Inwood Park, op plekken waar niemand anders kwam. Een parkwachter vertelde me eens dat de bomen in Inwood Park de enige bomen op het eiland Manhattan zijn die nog nooit zijn gekapt. Een maagdelijk woud, noemde hij het, wat wel een grappige term is voor een stadspark waar mensen allerlei dingen doen die niets met maagdelijkheid te maken hebben. Maar goed. Het leek mij altijd een groot avontuur om eens een keer een hele nacht in het park door te brengen, maar ik had er beslist nooit in slaap durven vallen.

Die Tam Lin echter, die was op een dag in het bos toen hij een oude waterput vond. Hij had dorst, dus dronk hij wat uit de put en viel in slaap. Toen hij wakker werd, was hij omringd door elfjes. De elfenkoningin was een oude vrouw die er heel mooi uitzag, maar ook een beetje griezelig omdat zij wit haar had en helemaal in het groen was gekleed. Ze vertelde Tam Lin dat de waterput van de elfen was en dat hij, omdat hij eruit had gedronken, nu ook van de elfen was. Ze zei dat hij daar wel blij mee mocht zijn, omdat hij nu eeuwig zou leven, net als de elfen. Ze gaf hem een wit paard en een groen pak (omdat elfen dat nu eenmaal dragen) en dwong hem met haar mee te gaan.

Dit gedeelte maakte me bang omdat oma altijd zei dat, als Pa niet ophield met drinken en ons slaan, de mevrouw van het maatschappelijk werk zou komen om ons mee te nemen naar een tehuis. Onze mevrouw van het maatschappelijk werk was heel lang en mager en droeg haar haar zo strak naar achteren getrokken dat haar huid glom – net als een ballon die bijna knapt. Ik vond dat ze een beetje op die elfenkoningin leek en ik wist bijna zeker dat Tam Lin liever bij zijn familie was gebleven dan dat hij met haar meeging, ook al kreeg hij dan het eeuwige leven.

En dan zit er natuurlijk ook altijd nog een addertje onder het gras, waar ze je niet eerst voor waarschuwen. Zoals wanneer je cornflakes koopt voor het cadeautje dat erin zit en er dan achterkomt dat je eerst tien merkjes uit de dozen moet knippen en ook nog extra moet bijbetalen voordat je dat cadeautje krijgt, dat uiteindelijk toch maar een waardeloos stukje plastic blijkt te zijn. Die elfen moesten namelijk een prijs betalen voor dat eeuwige leven. Elke zeven jaar, op Halloween, moesten zij een mens offeren. Toen het weer Halloween was, ging Tam Lin een eindje rijden met de elfen en passeerden zij de waterput waar hij een jaar eerder in slaap was gevallen. Dit verbaasde hem, want hij had de put sinds zijn ontvoering door de elfen niet meer gezien, en opeens begreep hij dat hij weer terug was in de sterfelijke wereld. Hij zat net te denken dat hij er misschien vandoor kon gaan en naar huis kon vluchten, toen een van de andere ruiters hetzelfde idee kreeg en zijn paard de sporen gaf. Meteen stortten alle elfen zich op de jongen en toen ze met hem klaar waren, was er niets meer van hem over dan een hoopje afgekloven botten.

Je zult begrijpen dat Tam Lin behoorlijk bang was en hij besloot dan ook niet te vluchten voordat hij een plan had.

Er gingen vier Halloweens voorbij en Tam Lin kon niets bedenken. Hij zag dat de elfenkoningin genoeg van hem begon te krijgen en hij wist dat hij, als hij niet snel iets verzon, de volgende zou zijn om geofferd te worden. Op de zesde Halloween reed hij een eindje achter de andere ruiters en toen hij de waterput passeerde, zag hij daar een meisje staan. Ze keek alsof ze zojuist een geest had gezien en in zekere zin was dat ook zo. Een heel gezelschap geesten zelfs.

Tam Lin klom van zijn paard en liep naar het meisje toe. Onderweg zag hij een roos en plukte die voor haar – misschien zou ze minder van hem schrikken als hij haar een cadeautje gaf. Hij prikte echter zijn vinger aan de doornen en gaf een gil. Hij vond het een beetje gênant dat het meisje zag hoe hij zich bezeerde, maar toen pakte zij haar zakdoekje, wikkelde dat om Tam Lins hand en bekommerde zich om hem. Ze wist nu namelijk zeker dat hij geen elf was. Omdat hij bloedde.

'Kom met me mee,' zei het meisje, toen ze het bloeden had gestelpt.

Maar Tam Lin hoorde de elfenpaarden al terugkeren en wist dat de elfenkoningin hen allebei zou doden.

'Dat kan niet,' zei hij tegen haar, 'maar als je hier volgend jaar met Halloween terugkomt kun je me misschien redden.' Hij vroeg haar om wijwater uit de kerk mee te brengen en aarde uit haar tuin. 'Wanneer je me langs ziet rijden, moet je me van mijn paard trekken en me heel stevig vasthouden, wat er ook gebeurt. Dan zal ik bevrijd zijn van de elfen en kunnen wij trouwen. Maar als je me niet redt, zullen de elfen mij doden omdat ik tegen die tijd zeven jaar bij hen heb gewoond.'

Het meisje keek hem weifelend aan, maar zei toch dat ze op Tam Lin zou wachten en de volgende Halloween bij de waterput zou zijn en toen moest Tam Lin weg.

Ik heb altijd het idee gehad dat dat laatste jaar het ergste moet zijn geweest voor Tam Lin, omdat hij niet wist of het meisje terug zou komen of misschien al een ander had gevonden of te bang zou zijn om zich aan haar belofte te houden en bovendien wist hij dat hij in dat geval levend zou worden opgegeten door de elfen. Het is net zoiets als wanneer je bijna voorwaardelijk wordt vrijgelaten en je wilt het niet verpesten, maar je begint je te ontspannen omdat je aan thuis begint te denken en dat is dan juist het moment dat je alles weer verziekt.

Natuurlijk wist ik toen nog niets van voorwaardelijk vrijkomen, maar nu wel, en dat is waarschijnlijk een van de redenen waarom ik juist aan dit verhaal moest denken.

Want voor Tam Lin ging alles goed. Het meisje – Margaret heette ze geloof ik – stond bij de waterput en toen ze Tam Lin zag, trok ze hem van zijn paard en hield hem zo stevig vast dat ze hem bijna keelde. De elfenkoningin was woest toen ze Tam Lin en het meisje zag.

'Laat hem los,' zei ze, 'dan geef ik je al het zilver van de wereld.'

'Nee,' zei het meisje. 'Ik houd mijn Tam Lin goed vast.'

'O,' zei de elfenkoningin, 'dacht je dat je Tam Lin vasthield?' En toen het meisje keek, zag ze dat ze een enorme slang vasthield – of liever gezegd, dat hij haar vasthield! Maar ze liet niet los.

'Laat hem los,' zei de elfenkoningin, 'dan geef ik je al het goud van de hele wereld.'

'Nee,' zei het meisje. 'Ik houd mijn Tam Lin goed vast.'

O,' zei de elfenkoningin, 'dus jij dacht dat dat Tam Lin was?' En de slang veranderde in een leeuw die midden in Margarets gezicht brulde. Maar ze liet nog steeds niet los.

Nu was de elfenkoningin zo kwaad dat ze haar witte haar

uit haar hoofd trok. Ze gilde: 'Wacht maar!' en veranderde Tam Lin in een gloeiend brandijzer dat de huid van het meisje schroeide. Toch hield ze hem vast, tot ze haar eigen brandende huid rook. Toen pakte ze het flesje wijwater dat ze had meegebracht en sprenkelde het in de put. Vervolgens gooide ze het gloeiende brandijzer er achteraan en opeens stond daar Tam Lin, naakt, sorry, maar zo was het nu eenmaal, omdat al zijn kleren waren verbrand.

Margaret trok hem uit de put en gaf hem haar eigen jas. Ze strooide de aarde uit haar tuin in een cirkel om hen heen en ook al stond de elfenkoningin nog zo te razen en te tieren, ze kon er niets meer aan doen. Tam Lin en Margaret gingen samen naar haar kasteel (ze bleek een prinses te zijn) en... nu ja, de rest kunt u zich wel voorstellen.

Ik denk dat u zich ook wel kunt voorstellen waarom ik dit verhaal heb uitgekozen. Ik zit nu al zeven jaar hier in de Rip Van Winkle – ik was tweeëntwintig toen ik werd veroordeeld – en nu sta ik op het punt voorwaardelijk te worden vrijgelaten. Ik had niet gedacht hier ooit nog uit te komen, maar nu ik weet dat ik straks vrijkom, vraag ik me onwillekeurig af hoe het daarbuiten zal zijn.

Wanneer je eenmaal aan iets naars gewend bent – zoals in de gevangenis zitten of ontvoerd zijn door de elfen – is het volgens mij beter om dat maar te accepteren in plaats van te proberen het te veranderen. Want stel dat je de kans krijgt om je leven te veranderen en je maakt er een zooitje van? En stel dat dat je laatste kans is?

Ik bedoel, op dit moment heb ik het idee dat ik er alles voor over heb om te voorkomen dat ik hier ooit nog eens terugkom, maar ik ken zoveel kerels die, wanneer ze eenmaal op vrije voeten zijn en weer in hun oude buurt terugkeren, geen fatsoenlijke baan kunnen krijgen, want wie gaat er nou in zee met een ex-gedetineerde? Vervolgens belanden ze dus weer bij hun oude vrienden en datgene waarvoor ze ooit de bak in zijn gedraaid – drugs of wapens of autodiefstal – en voor je het weet zitten ze weer vast. En dan kunnen ze het verder wel vergeten. Zo gaat hun leven er dan voortaan uitzien. De gevangenis in en uit, als een soort draaideur. Daarom vraag ik me wel eens af wat het allemaal voor zin heeft.

Maar altijd wanneer ik aan Tam Lin denk, voel ik me wat

49

beter. Omdat Margaret in hem geloofde. Zij hield hem vast, zelfs toen hij eruit zag als een slang of een leeuw. Zelfs toen zij zich aan hem brandde. Ze bleef hem stevig vasthouden. En dan denk ik: misschien kom ik ook nog eens iemand tegen die in mij gelooft, ook al ben ik een ex-gevangene. Misschien wil iemand het ooit eens met mij proberen. Wat denkt u, juffrouw Greenfeder?

Ik laat Aidans opstel op het bureau vallen alsof het zo'n zelfde brandijzer is als in het verhaal, alleen is hier geen waterput om hem in te blussen. De rechtstreekse vraag – mijn naam – wekt me hardhandig uit de warme vertrouwdheid van het sprookje. Het is net alsof de ridder op het boek met de verzameling Keltische volksverhalen dat ik van Aidan heb gekregen, zich vanaf het groen-gouden omslag naar me omdraait en naar me knipoogt. Ik heb het gevoel dat er iemand naar me kijkt, kwetsbaar als ik hier zit in deze cirkel van lamplicht.

Ik steek mijn hand uit, knip de bureaulamp met het glimmende kapje uit en sluit het raam. Iets in Aidans verhaal heeft me koude rillingen bezorgd. Het is geen verhaal dat mijn moeder me ooit heeft verteld, maar het doet me wel denken aan de romans van mijn moeder. Haar boeken zitten vol gedaanteverwisselingen, dieren die hun pels afwerpen om onder de mensen te gaan leven en beesten wiens ware menselijke aard wordt verhuld door valse pelzen: vrouwen die in zeehonden veranderen en mannen die vleugels op hun rug krijgen. In de loop der jaren heb ik de sprookjesoorsprong van de meeste van haar figuren weten te achterhalen. Het is het onderwerp van mijn proefschrift: 'Onderhuids: strategieën van onthulling en verhulling in de fantasyfictie van K.R. LaFleur.' De wezens die zijn gedoemd om keer op keer hun huid af te werpen, zonder ooit hun echte huid te vinden, zijn duidelijk afgeleid van de Ierse selkielegendes. De mannen die vanwege een vervloeking door het leven moeten als zwaanachtige vogels, zijn ontstaan uit een combinatie van bronnen waaronder De mabinogion en Hans Christian Andersens verhaal 'De wilde zwanen.' Ik heb de gedaanteverwisselingen in haar verhalen echter nooit in verband gebracht met het verhaal van Tam Lin, die tot drie maal toe van gedaante verwisselt alvorens de betovering wordt verbroken.

Ik zou opgewonden en blij moeten zijn met deze nieuwe aanwijzing die Aidan Berry mij heeft gegeven, maar zijn verschijning voor de deur van mijn appartement heeft me niettemin van mijn stuk gebracht. Hij moet toch geweten hebben dat ik van hem zou schrikken. Het is absoluut ongepast – agressief zelfs. En toch, wanneer ik eraan denk hoe hij eruit zag, nat en verkleumd, terwijl hij in de regen op mij zat te wachten, maakte hij toch wel een erg kwetsbare indruk op me. Angstig. Ik ben geraakt door de manier waarop hij me de problemen van een voorwaardelijke vrijlating heeft beschreven. Het lijkt wel of hij bang is van zichzelf en er niet op durft te vertrouwen dat hij niet het slachtoffer zal worden van de een of andere primitieve terugslag. Hij heeft wel wat weg van Tam Lin, die iemand vraagt hem goed vast te houden, opdat hij niet zal veranderen in een beest of, nog erger, een levenloos voorwerp dat brandt.

Maar wat kan ik voor hem doen, wat verwacht hij van mij?

Ook al heb ik het licht uitgedaan, toch heb ik weer dat gevoel dat er iemand naar mij kijkt. Ik reik omhoog om het rolgordijn van het raam links van mijn bureau omlaag te trekken, maar laat eerst nog even mijn blik door de straat onder mij dwalen. Vanuit dit raam kan ik de stoep zien en een smalle strook van de goot die wordt verlicht door de straatlantaarn aan de zuidzijde van Jane Avenue. Er valt een schaduw over het trottoir, maar de veroorzaker van deze schaduw bevindt zich te dicht aan mijn kant van de straat om zichtbaar te zijn voor mij. Ik kan niet eens zien of het de schaduw van een mens is of van een levenloos voorwerp, een berg afval aan deze kant van de straat, een afgedankt meubelstuk misschien. Ik luister of ik voetstappen hoor, maar het enige wat ik hoor is regen, verkeer op de West Side Highway en, heel vaag in de verte, de Hudson die in de richting van de oceaan stroomt.

5

Ik stuur 'De dochter van de selkie' naar *Caffeine* en word binnen een week teruggebeld door Phoebe Nix, die vertelt dat ze het niet alleen wil plaatsen, maar dat ze het voor het moederdagnummer wil gebruiken. De zeldzame keren dat er een verhaal van mij is geaccepteerd heb ik maanden – soms zelfs jaren – moeten wachten totdat het daadwerkelijk in druk verscheen. Tot twee maal toe zijn tijdschriften die mijn werk hebben geaccepteerd failliet gegaan voordat mijn bijdrage was verschenen. Nu zegt Phoebe dat mijn verhaal op 1 mei in de winkels zal liggen – dat is al over drie weken.
'Ik vind het erg goed dat je hebt besloten die dingen over je moeder te schrijven,' zegt Phoebe. 'Voel je misschien ook iets voor een *vervolg?*' Bij het woord *vervolg* gaat de stem van Phoebe Nix omhoog op een manier waarvan ik kriebels in mijn maag krijg, zo blij word ik ervan. *Vervolg* zou wel eens het eerstvolgende refrein kunnen worden in het lied dat ik de laatste tijd zing en zou mijn favoriete zinsnede *mogelijk geschikt voor publicatie* wel eens van de eerste plaats kunnen gaan verdringen.
'Toevallig loop ik al een tijdje met die gedachte rond,' lieg ik.
'Misschien zou je meer kunnen schrijven over hoe het was om op te groeien in een hotel – dat moet toch heel bijzonder zijn geweest. Na de dood van mijn ouders ben ik ook min of meer opgegroeid in hotels... Ik probeer me te herinneren of ik ooit in het hotel van jouw ouders ben geweest...'
'Mijn ouders waren niet de eigenaars van Hotel...' wil ik haar corrigeren, maar zij valt mij in de rede.
'En je zei dat de meisjesnaam van je moeder Morrissey was? Die naam komt me wel bekend voor. Volgens mij komt die naam

voor in mijn moeders dagboeken. Denk je dat onze moeders elkaar hebben gekend?'

Hoewel het mij uitermate onwaarschijnlijk lijkt dat mijn moeder de beroemde dichteres Vera Nix kende, laat ik een soort neutraal gemompel horen.

'Hoe dan ook,' zegt Phoebe, 'zullen we samen lunchen zodra de drukproeven van "De dochter van de selkie" binnenkomen? Had ik je al verteld dat ik het een geweldige titel vind?'

Ik ben zo blij, dat ik onze 'niet-overdag-met-elkaar-bellen regel overtreed en Jack opbel. Hij is zo blij voor me dat hij van onze woensdag-zaterdag-zondag routine afwijkt en me uitnodigt nog diezelfde avond – dinsdag – met hem uit eten te gaan. We spreken af in Washington Square Park, halverwege mijn appartement en Jacks zolderverdieping aan de Lower East Side. Terwijl ik door de West Village wandel, weet ik niet meer wat ik nu het fijnste vind: Phoebe Nix' reactie op mijn verhaal, de warmte in Jacks stem na het horen van mijn goede nieuws, of de manier waarop het onverwachte warme weer de bomen langs Bleecker Street in bloei heeft weten te zetten.

Wanneer ik het park in loop, herinner ik me dat het nog maar een paar weken geleden is dat ik na mijn lessen aan de kunstacademie op weg naar huis even bleef staan om naar de vallende sneeuw te kijken. Ik weet nog dat ik toen dacht dat de sneeuw ergens een voorteken van was, maar dat ik niet wist waarvan. Nu weet ik het. De sneeuw was een voorteken van mijn geweldige nieuws, van deze vroege voorjaarsnamiddag en van de manier waarop de laatste zonnestralen op de neerdwarrelende witte bloesemblaadjes vallen, zodat het lijkt alsof ze midden in de lucht blijven zweven. In het park lopen studentes van de NYU in topjes die hun navel bloot laten en jongens die op hun skateboards om hen heen draaien. Er heeft zich een kleine menigte gevormd rond een paar streetdancers en de lucht geurt naar de witte bloesem van de bomen en marihuana. Wat een magische transformatie! Als een sprookjeskoninkrijk dat zijn winterse betovering heeft afgeworpen.

In de zuidoostelijke hoek van het park kijk ik uit naar een bankje om op Jack te gaan zitten wachten, maar hij is er al. Alweer een verrassing – meestal is hij te laat. Hij heeft zijn gebruikelijke met verf bespatte T-shirt verwisseld voor een zachtblauw spijkerhemd – vaal, maar schoon en gestreken. Is het zijn overhemd dat mij er – voor het eerst sinds jaren lijkt het wel – op opmerkzaam maakt hoe blauw zijn ogen zijn? Of komt het doordat ik hem bijna nooit meer overdag zie? Hoe lang is dat al geleden? Alle tijd die hij overhoudt na het lesgeven aan de kunstacademie en Cooper Union gebruikt hij om te schilderen in zijn atelier. Zijn beste werkuren – en het beste licht om bij te werken – zijn 's ochtends vroeg. Hij vindt het prettig om wakker te worden op zijn zolderverdieping en meteen aan de slag te kunnen. Daarom komt hij elke woensdag- en zaterdagavond naar mijn appartement, maar blijft dan nooit slapen, ook al zien we elkaar zondagavond alweer. Soms kookt hij voor me bij hem thuis (Jack kan heerlijk koken en 's zomers heeft hij op zijn dak verse tomaten en basilicum staan), maar ik ben nog nooit bij hem blijven slapen.

Tante Sophie verwijt mij dat ik mijn eigen carrière als schrijfster ondergeschikt maak aan de zijne. Wat uit haar mond nogal vreemd klinkt, gezien het feit dat zij haar eigen studie heeft opgegeven om bij haar broer in New York te gaan wonen toen het hotel vreselijk verlegen zat om een boekhouder. Of misschien is dat wel precies waarom zij er zo op hamert dat ik niet dezelfde fout maak als zij.

Wat zij echter niet begrijpt, is hoe goed onze afspraken mij uitkomen. Ik heb altijd het gevoel gehad dat wij precies hetzelfde zijn en geluk hebben gehad dat wij elkaar tien jaar geleden bij een cursus 'Tekenen aan de rechterzijde van het Brein' in het Omega Instituut zijn tegengekomen. Hoeveel mannen zouden akkoord gaan met mijn onregelmatige werkschema en begrijpen dat ik tijd nodig heb om te schrijven? Hoeveel mannen zouden begrip hebben voor de tijd die ik 's middags achter mijn bureau doorbreng, terwijl ik niets anders doe dan uit het raam staren en wachten tot de muze vanuit New Jersey naar mij toe komt?

Maar wanneer Jack opstaat om mij te begroeten – waarbij ik de groene papieren puntzak zie die hij in zijn armen houdt (Nee maar, hij heeft bloemen voor me meegebracht!) – schieten er twee gedachten tegelijk door me heen. Ten eerste dat het toch iets vreemds heeft, iets vampierachtigs zelfs, zo'n relatie die zich volledig buiten het daglicht afspeelt, en ten tweede, hoe knap hij is en hoeveel ik van hem houd!

'Gegroet, zegevierende heldin!' zegt hij, terwijl hij mij met een sierlijke buiging het boeket overhandigt – witte irissen, mijn naamgenoten. Wanneer hij zich voorover buigt om me te zoenen, zie ik lichte vlekjes in zijn haar, die ik eerst aanzie voor verfspettertjes, vervolgens voor bloesemblaadjes, totdat ik me opeens realiseer dat het gewoon grijze plukjes zijn. Hoe lang is het in vredesnaam geleden dat we voor het laatst zoiets eenvoudigs hebben gedaan als afspreken in het park?

'Ik dacht dat we wel bij Mezzaluna konden gaan eten,' zegt hij. Dat is ons favoriete restaurantje in *Little Italy*, maar het is al zo lang geleden dat we er geweest zijn dat ik niet eens weet of het nog wel bestaat. We wandelen in zuidelijke richting over Thompson, en verder over West Broadway. Meestal ergert Jack zich wanneer we door Soho lopen. Hij kan zich de tijd nog herinneren dat de wijk bestond uit leegstaande pakhuizen en hier en daar wat reformzaken. Nu zijn het één en al peperdure kledingboetieks en trendy galerietjes, speciaal voor de toeristen. Ik verwacht dat hij tekeer zal gaan over de verschillende galeriehouders en kunstenaars die 'voor het grote geld zijn gegaan', maar in plaats daarvan vraagt hij me naar het verhaal dat *Caffeine* gaat publiceren.

'Eigenlijk is het meer een essay, een memoire over mijn moeder.'

'Memoire?' vraagt hij argwanend. 'Sinds wanneer schrijf jij memoires?'

'Nou ja, het zijn niet mijn eigen memoires.' Ik weet hoe Jack denkt over de stortvloed van egocentrische memoires die zich de afgelopen jaren over de boekwinkels heeft uitgestort. 'In feite vertel ik in mijn eigen woorden een sprookje dat mijn moeder – en later Tante Sophie – mij vroeger vertelde. Ik had mijn studenten gevraagd over hun lievelingssprookje te schrijven en dat heb ik toen zelf ook gedaan. Als voorbeeld, begrijp je.'

'Nou, ik ben blij dat er nog iets nuttigs is voortgekomen uit dat lesgeven.' Alweer een van Jacks favoriete uitspraken: elke minuut die je niet besteedt aan je kunst is verloren tijd. Lesgeven is een noodzakelijk kwaad. Vroeger zei ik dan vaak dat ik lesgeven juist leuk vond, maar dat heb ik opgegeven, niet zozeer omdat hij me niet geloofde, maar eerder omdat ik er zelf steeds minder in begon te geloven naarmate ik hem trachtte te overtuigen. 'Ik hoop alleen niet dat je de kant van de memoires uitgaat omdat het nu eenmaal commercieel is.'

'Ik heb het niet geschreven omdat memoires commercieel

zijn,' zeg ik tegen Jack. We zijn inmiddels aangekomen bij Mezzaluna, maar blijven nog even voor de deur van het restaurant staan terwijl Jack wacht tot ik hem vertel waarom ik het dan wel heb geschreven. Kennelijk gelooft hij er niets van dat ik het voor mijn studenten heb geschreven. Dat zou net zoiets zijn als wanneer hij een schilderij zou maken dat precies zou passen in het interieur van een klant. En opeens weet ik zelf ook niet meer precies hoe ik erbij ben gekomen om 'De dochter van de selkie' te schrijven – heb ik het geschreven als voorbeeld voor een huiswerkopdracht, of kwam die opdracht pas later?

'Ik heb de laatste tijd veel aan mijn moeder gedacht,' zeg ik, 'aan hoe ze die sprookjes vertelde en hoe de sprookjes vervolgens onderdeel gingen uitmaken van haar romans. Misschien dat ik er, als ik haar boeken weer zou lezen en naar alle sprookjes zou kijken die ze gebruikte, achter kan komen wat erop had moeten volgen. Ik bedoel, waarom ze het derde deel van haar trilogie nooit heeft geschreven. Misschien was er iets met dat derde boek wat het voor haar te moeilijk maakte om het te schrijven – net zoiets als toen John Steinbeck ophield met het schrijven van de Koning Arthur-verhalen toen hij op het punt belandde waar Lancelot en Guinevere elkaar kussen.'

'Je denkt dus dat je, door achter de oorzaak van haar schrijfblokkade te komen, dat van jezelf kunt oplossen?'

Ik vind het een gemene opmerking, maar wanneer ik hem aankijk zie ik dat het niet zijn bedoeling was mij te kwetsen. Jack kan gruwelijk eerlijk zijn, maar alleen omdat hij denkt dat het uiteindelijk zal helpen. Toch moet hij de tranen in mijn ogen hebben gezien, want terwijl wij bij Mezzaluna naar binnen gaan, fluistert hij in mijn oor: 'Misschien heb je wel gelijk. Eigenlijk werkt het immers al? Je bent per slot van rekening weer aan het schrijven.'

Ik draai me naar hem om, maar de ober komt al op ons af met twee menu's in zijn hand en Jack begroet hem glimlachend. Tegen de tijd dat we zitten en Jack een fles wijn heeft besteld, besluit ik het over iets anders te hebben. Ik vraag hem of het al een beetje wil vlotten met de schilderijen voor de expositie op de kunstacademie. Maar Jack wil het nog steeds over mijn werk hebben.

'Ik meen het. Je ziet er heel anders uit. Ik kan het altijd aan je zien wanneer je werkt. Dan straal je iets uit.'

Ik bloos. Eigenlijk heb ik sinds 'De dochter van de selkie' niets meer geschreven – ik moest al die opstellen immers nakijken – maar ik doe iets wat ik bij Jack nog nooit eerder heb gedaan. Ik lieg. 'Ja,' zeg ik tegen hem, 'ik ben weer aan het schrijven. Iets nieuws. Het loopt lekker.'
'Dat is geweldig, Iris. Om je de waarheid te zeggen, begon ik me wat zorgen te maken, maar ik wilde niets zeggen.'
Ik glimlach en pak het menu. Toen Jack en ik elkaar pas kenden, vond ik het geweldig iemand te hebben gevonden die van me hield omdat ik schreef, maar vervolgens was ik me gaan afvragen wat er zou gebeuren als ik ophield met schrijven. Zou hij dan ophouden van mij te houden?
'Vertel eens,' zeg ik in mijn wanhoop om van onderwerp te veranderen, 'wat is jouw lievelingssprookje?'
Jack schiet in de lach en een paar kruimels van het brood dat hij in zijn mond heeft vliegen in het rond. 'Kun je dat niet raden?' vraagt hij.
Ik schud mijn hoofd en neem een slokje van de wijn die de ober voor me heeft ingeschonken.
'"Jack en de bonenstaak", natuurlijk.'
'Ach welnee. Dat kan het niet zijn.'
'Echt waar. "Jack en de bonenstaak."'
'Alleen vanwege je naam?'
'Ja, aanvankelijk misschien wel. Hoezo, wat mankeert er aan "Jack en de bonenstaak"? Is het soms niet griezelig genoeg, net als al die verhalen over gekwelde maagden van jou?'
'Ik weet het niet – het is een beetje voor de hand liggend, vind je niet? En bovendien heb ik die Mickey Mouse- versie ervan in mijn hoofd en heb ik die bonenstaak daarin altijd een beetje obsceen gevonden...'
'Het is een goed verhaal – slimme jongen leidt boze oude reus om de tuin en ontsnapt met de toverharp, hakt de bonenstaak om en leeft nog lang en gelukkig.'
O, ik begrijp het al, de boze, oude reus is de kunstwereld.'
'Hé, ik heb jouw sprookje ook niet onderworpen aan een psychoanalyse.' Jack kijkt oprecht gekwetst.
'Sorry. Je hebt gelijk. Het is jouw sprookje. En er zit tenminste geen boze, ouwe heks in.'
'Precies, en bovendien gaat het over tuinieren.'
Natuurlijk. Jack is een enthousiast tuinier en dat valt bepaald

niet mee wanneer je in hartje New York woont. Maar Jack is een van die New Yorkers die zijn dagelijks leven leidt alsof hij midden in landelijk Nebraska woont. Voor zijn koffie en gebakken eieren gaat hij elke dag naar dezelfde cafetaria (waar hij over veilingprijzen roddelt in plaats van over de prijzen van veevoer), doet twee keer per week boodschappen bij de Green Market op Union Square, en op zijn dak verbouwt hij tomaten in oude blikken vaten. In zijn vale spijkeroverhemden, met verfspetters besmeurde jeans en van die laarzen die je per postorder kunt bestellen bij JCPenney, lijkt hij meer op een boer dan op een kunstenaar uit de grote stad. Hij rijdt zelfs in een pick-up.

'... ik zou wel eens echt willen tuinieren,' zegt Jack. 'Je weet wel, in echte aarde, in plaats van vijf verdiepingen boven het asfalt.'

'Doe niet zo mal. Hoe wilde je dat doen? Naar Long Island verhuizen?'

Het is al sinds jaar en dag een van Jacks vaste overtuigingen dat buiten de stadsgrenzen alle gevaren schuilen die de kunstenaar in de val kunnen lokken. Dubbele garages, hypotheken, grasperken die op zaterdag gemaaid moeten worden, baantjes van negen tot vijf, kinderen die moeten eten en later moeten gaan studeren... Wij zijn reeds lang geleden overeengekomen dat een dergelijk leven de doodsteek zou betekenen voor in elk geval één van onze artistieke carrières. Jack had er daarbij vriendelijk op gewezen dat het meestal de carrière van de vrouw was die er als eerste aan moest geloven.

Jack schudt zijn hoofd. 'Long Island in geen geval. Maar het lijkt me wel fijn om even uit de stad weg te zijn. Ik weet niet of ik nog een zomer in de stad kan verdragen. Misschien is het wel leuk om een beetje naar het noorden te gaan. Wat vind jij?'

Nodigt Jack me nu uit de zomer met hem buiten de stad door te brengen?

'Misschien,' zeg ik voorzichtig, terwijl ik een slokje van mijn wijn neem. Ik zie ons al samen in een of ander klein hutje in het bos zitten, waar Jack kan schilderen en ik kan schrijven, met een beekje in de buurt waar we in ons blootje kunnen gaan zwemmen, en een groot metalen bed met een verschoten lapjesdeken erover waar we zomaar midden op de dag kunnen gaan liggen vrijen.

'Nou, laten we er maar eens over nadenken,' zegt Jack. Ons

eten komt – linguini met mosselen in knoflook – en we laten het onderwerp varen, maar het beeld blijft me bij en wanneer we die avond bij mij thuis in bed liggen, voelt de straatverlichting die door mijn ramen naar binnen schijnt en mijn smalle bed verlicht aan als warme zonnestralen.

De volgende dag baad ik me nog steeds in de gloed van Jacks enthousiasme – en de subtiele verandering die ik in onze relatie voel – en ik besluit mijn goede nieuws te delen met mijn tante Sophie. Zodra ik haar stem hoor – Ramon, de baliemedewerker, heeft mij doorverbonden met de linnenkamer waar zij het beddengoed aan het inventariseren is, en aan het geritsel en geruis op de achtergrond kan ik horen dat zij tijdens het telefoneren gewoon doorgaat met lakens vouwen – weet ik dat ik een vergissing heb gemaakt. Goed nieuws en tante Sophie gaan niet samen. Als goed nieuws een lichtbron is, is tante Sophie een zwart gat dat alle stralen meezuigt in haar gravitatieveld en ze dooft. Ik vertel haar dat *Caffeine* mijn verhaal heeft geaccepteerd – in de hoop haar moederinstinct aan te wakkeren vertel ik haar dat het voor het moederdagnummer is en dat ik haar een exemplaar zal toesturen – en ik luister naar de uitroeptekens in de korte stilte die hierop volgt. Ik hoor het vleugelgeklapper van zware lakens en dan volgt de onvermijdelijke vraag.

'En, wat betalen ze je voor dat zeehondenverhaal?'

'Tante Sophie,' zeg ik, 'dat heb ik u toch al eens uitgelegd? Literaire tijdschriften kunnen zich niet veroorloven om te betalen. Maar je bouwt er natuurlijk wel krediet mee op...'

'Dus je houdt het geld wel van ze te goed?'

'Niet dat soort krediet.' Ze weet het best. Met haar zesenzeventig jaar is tante Sophie nog uitstekend bij de pinken. Ze heeft vijftig jaar lang de boekhouding van het hotel gedaan en heeft er nog nooit een cent naast gezeten. 'Het gaat om de eer. Ik kan het vermelden wanneer ik weer iets instuur en dan is de kans groter dat mijn volgende verhaal geplaatst zal worden.'

'En krijg je er dan wel geld voor?'

'Nou, misschien,' lieg ik. 'Als het tijdschrift groot genoeg is. *Caffeine* heeft een heel goede naam...'

'Wat is dat eigenlijk voor een naam voor een tijdschrift? *Caffeine*? Wat verkopen ze? Literatuur of koffie?'

'Het achterliggende idee is dat het in cafés wordt gelezen en

dat het stimulerend werkt – net als koffie. Het is een goed tijdschrift. Vorig jaar stond er een verhaal in van John Updike.'
'Tja, die meneer Updike zal het zich wel kunnen veroorloven om zijn verhalen voor niks weg te geven, maar jij... met jouw salaris? Hoeveel heb je vorig jaar in totaal verdiend?'
'Achttienduizend dollar,' zeg ik, terwijl het hart me in de schoenen zinkt. Ze weet heel goed wat ik heb verdiend. Ze vult mijn belastingaangifte altijd in.

Ik hoor een krakend geluid, alsof er botten breken, maar dan besef ik dat ze bezig is de kreukels uit lakens te slaan. Ik zie haar voor me, in de linnenkamer achter de personeelsverblijven in de Noordvleugel. De vouwtafel staat onder een rij ramen die uitkijken over de ronde oprijlaan bij de achteringang van het hotel. Toen ik klein was, klauterde ik vaak op de vouwtafel, wurmde mezelf tussen de stapels opgevouwen linnengoed – dat nog warm was van de drogers – veegde een cirkel schoon op de beslagen ruiten en keek naar de arriverende gasten. Het was een perfect uitzichtpunt, waar ik zelf ongezien kon blijven. Door de telefoon hoor ik het sissen van de stoomijzers en ik breng de hoorn naar mijn linkeroor en schud mijn hoofd alsof ik water in mijn oren heb. Ik kan wel zeggen dat het haar niets aangaat hoeveel ik verdien, maar dat gaat het wel. Ze stuurt mij elke maand een cheque om mijn schamele salaris aan te vullen. Anders zou ik me waarschijnlijk niet eens dit kleine flatje kunnen veroorloven. En zelfs deze flat heb ik aan haar te danken, want die is aan mij overgedaan door een oude kennis van haar uit haar studietijd.

Terwijl ik de telefoon weer naar mijn andere oor verplaats, wacht ik op wat onvermijdelijk komen gaat. Meestal wordt de opmerking over mijn schamele salaris op de voet gevolgd door wat ik zou kunnen verdienen als ik mijn malle ideeën over het schrijverschap overboord zet en terugkom naar het hotel om mijn vaders oude baan als bedrijfsleider over te nemen. Sinds mijn vader vorig jaar is overleden, hebben de Mandelbaums, de eigenaars van het hotel, er geen twijfel over laten bestaan dat ik die baan te allen tijde kan krijgen.

'Je zou gewoon verder kunnen gaan met schrijven,' heeft Cora Mandelbaum tegen me gezegd, 'wanneer je 's avonds klaar bent met werken. Je moeder heeft hier ook geschreven.'

Maar mijn moeder was hier geen bedrijfsleidster. Hoewel ze in

Hotel Equinox was begonnen als kamermeisje, heeft ze na haar huwelijk met mijn vader nooit meer iets anders gedaan dan gastvrouw spelen en gedurende het hoogseizoen de gasten verwelkomen. Buiten het seizoen, tussen oktober en mei, wijdde ze zichzelf geheel aan het schrijven. Mijn vader moest echter zelfs in die maanden nog keihard werken. Er moesten reparaties worden uitgevoerd en voorraden worden geïnventariseerd. Hoewel ik buiten het seizoen waarschijnlijk wel zo nu en dan wat tijd zou kunnen vrijmaken om te schrijven, ben ik altijd bang geweest dat de verantwoordelijkheden van het hotel te zwaar op me zouden drukken. Ik weet dat mijn vader, na vijftig jaar lang bedrijfsleider van het Equinox te zijn geweest, gebogen leek te gaan onder de zware last ervan, bijna alsof de statige zes verdiepingen letterlijk op zijn schouders drukten. Trouwens, ik wil helemaal niet uit de stad weg.

Ik wacht nog even, maar mijn tantes gebruikelijke aanbod om mij een baan te geven blijft achterwege.

'Het hotel gaat volgende week weer open, hè?' vraag ik ten slotte. 'Is alles klaar?'

Nu smeek ik haar bijna om mij te overstelpen met de gebruikelijke verhalen over wat er op het laatste moment allemaal nog mis is gegaan en kolossale blunders van de beheerders die ik, als ik dat zou willen, zou kunnen verhelpen door in de voetsporen van mijn vader te treden.

'Min of meer,' zegt ze. 'Ik heb het gevoel dat het er allemaal niet meer zo veel toe doet. Aan het eind van dit seizoen gaat het hotel immers dicht.'

'Dicht?' zeg ik, maar het komt er meer uit als een zucht dan als een woord, want het lijkt wel of alle lucht uit mijn longen wordt geperst. Geen wonder dat mijn tante vanmorgen zo kalm is, met dit nieuws achter de hand waarvan zij weet dat het mij zal treffen als een donderslag bij heldere hemel.

'Ja, Ira en Cora houden het eindelijk voor gezien. Ze hebben een klein motelletje in Sarasota gekocht. Met een beetje geluk hebben ze medelijden met een oude vrouw als ik en laten ze me 's nachts achter de balie zitten en bedden opmaken. Maar ik maak me grotere zorgen om jou, *bubelah*, want ik zal je geen geld meer kunnen sturen.'

Bubelah. Nu wordt ze opeens moederlijk. Nu ze me het slechte nieuws vertelt.

'Tante Sophie, weet u het zeker? De Mandelbaums hebben het al jaren over ophouden, maar het hotel is hun lust en hun leven...'
'Het heeft ze jaren van hun leven gekost, zul je bedoelen. Ja, ik weet het zeker, ik ben nog niet seniel hoor. Ze hebben hun motelletje gekocht, het personeel ontslag aangezegd en het hotel te koop gezet.'
'Dan wordt het dus waarschijnlijk overgenomen. Misschien kun je wel voor de nieuwe eigenaar blijven werken.' Misschien kan ik dan nog steeds wel bedrijfsleidster worden. Nu mijn verfoeide reservebaantje er opeens niet meer is, voel ik me opeens ontheemd.
'Wie koopt er nu zo'n oud, onrendabel hotel? Het zou een vermogen kosten om het op te knappen en waarvoor? De laatste twintig zomers zijn we niet meer volgeboekt geweest. Sterker nog, de afgelopen tien jaar hebben we nog niet halfvol gezeten. En we hebben al twee keer zo lang geen winst meer gemaakt. Er rusten retentierechten op het pand en er zijn achterstallige belastingen. Ik begrijp toch al niet waarom Ira en Cora nog zo lang zijn gebleven.'
'Maar wat gebeurt er wanneer niemand het koopt?'
'Dan wordt het gewoon gesloopt. Ze kunnen het moeilijk langzaam tot een ruïne laten vervallen. Voor je het weet gaan kinderen er allerlei rottigheid uithalen. Ze gaan het slopen en dan wordt er een park van gemaakt.'
'Maar ze kunnen het toch niet zomaar slopen? Het is meer dan honderd jaar oud. Hoort het niet op de monumentenlijst of zoiets?'
Tante Sophie haalt haar neus op. Even denk ik dat ook zij verdrietig wordt van de gedachte dat het hotel gesloopt zal worden, maar dan besef ik hoe warm en vochtig het is in de linnenkamer en realiseer ik me dat ze gewoon een loopneus heeft. Zelf heb ik mijn stoel omgedraaid en tuur nu in noordelijke richting uit mijn raam naar de rivier, alsof ik, als ik maar goed genoeg mijn best doe, op de westelijke oevers van de Hudson de witte zuilen van het Equinox Hotel kan zien oprijzen. Hoewel het meer dan honderdvijftig kilometer noordelijker ligt, ben ik de aantrekkingskracht van het hotel altijd blijven voelen, als een anker dat mij hier, in de monding van de haven, op mijn plaats houdt.
'Ik kan me niet voorstellen dat het er niet meer zou zijn,' zeg ik.

'Niets is eeuwig, *shayna maidela*.' *Shayna maidela*. Zo noemde mijn vader me altijd. Mooi meisje. Ik kan me niet herinneren dat mijn tante me ooit eerder zo heeft genoemd, maar vandaag krijg ik opeens een stortvloed aan Jiddische koosnaampjes over me heen. 'Het is zonde van je tijd om je zo druk te maken over het verleden. Terwijl je zelf zulk geweldig nieuws had met dat verhaal van je in dat chique koffietafeltijdschrift! Ga toch lekker naar buiten, de zon in, je zit veel te veel achter dat bureau over het verleden te piekeren. Net je moeder. Morbide gewoon. Maak je toch niet druk om een oud hotel en een oude vrouw. Ga naar buiten en geniet van de zon.'

6

Als een soort directe reactie op mijn tantes goede raad om van de zon te genieten, regent het de hele volgende week. De regen berooft de bomen van hun witte bloesem, zodat er alleen kale takken overblijven en er een modderige drab van vertrapte bloemblaadjes op de trottoirs ligt. Het lijkt wel weer hartje winter.

Jack zegt onze woensdagavond af – zodat hij de tijd kan inhalen die hij dinsdag met mij heeft doorgebracht – en ik besef dat onze dinsdagavond samen geen grote ommekeer was, maar eerder een verkeerd genoteerde post in het kasboek die ergens anders weer goedgemaakt moet worden.

Al mijn klassen leveren hun sprookjesopstellen in. Alles bij elkaar zijn het er zesentachtig, inclusief Aidans handgeschreven verhaal, dat ik, wanneer ik het bericht van zijn overplaatsing in mijn postvakje ontvang, bij de opstellen van Grace College leg. Tegen de tijd dat ik me door alle spel- en taalfouten, veel te lange zinnen en verkeerd gebruikte leestekens heb geworsteld, lijkt de stapel met rode pen gecorrigeerde opstellen op een berg bebloed papier en lijken mijn met rode inkt besmeurde vingertoppen de handen van een slager.

Tegen het eind van elke dag – wanneer ik mijn lessen heb afgedraaid en het aantal opstellen dat ik mezelf tot doel heb gesteld heb nagekeken – ga ik aan mijn bureau zitten en probeer zelf te schrijven. Ik staar uit het raam, waar op sommige dagen, vlak voor het invallen van de duisternis, de wolkendeken wegtrekt, zodat er een dunne strook koperkleurig licht boven de skyline van New Jersey te zien is. Mijn pen tikt op het bureau op de maat van *vervolg* en *mogelijk geschikt voor publicatie*. Ik probeer aan mijn moeder te denken en te verzinnen wat ik over haar moet schrijven. In plaats daarvan denk ik aan mijn vader en hoe verdrietig hij zou zijn geweest als hij had geweten dat het hotel misschien zou worden gesloopt.

Het hotel was zijn hele leven. Hij was er rechtstreeks vanuit de oorlog terechtgekomen, gekleed in het enige kostuum dat hij bezat – andere veteranen verfden hun uniform en bleven het gewoon dragen, maar mijn vader verbrandde het zijne – en met niets anders dan de echo van de waarschuwingen van zijn eigen vader in zijn oren. 'Wat is dat voor baan voor een jood? *Hotelier?*' had mijn grootvader tegen hem gezegd. Hij hoorde verder te studeren en accountant te worden, maar op de eerste schooldag stapte hij op een trein naar het noorden om te reageren op de advertentie die de Mandelbaums in de *Times* hadden geplaatst en waarin zij vroegen om een nachtportier voor het Equinox Hotel – 'een familiehotel in het hart van de Catskills, uitkijkend over de prachtige rivier de Hudson.'

'Dat trok me aan,' vertelde mijn vader zijn gasten vaak onder het genot van een sigaar en een glas bronwater in de Sunset Lounge (mijn vader dronk nooit alcohol). 'Een familiehotel. Tegen het eind van de oorlog heeft een Franse familie mij onderdak geboden in hun hotel terwijl ik herstelde van een longontsteking. Het hotelleven beviel me. En verder dacht ik natuurlijk dat de Mandelbaums joods waren.'

Maar dat waren ze niet. Het waren Quakers. Het hotel stond in de Catskills, ten noordoosten van Grossingers en de Concord, heel afgelegen op een smalle heuvelrug boven de Hudson. Het was zo'n hotel waar rijke families uit de grote stad generaties lang de zomers hadden doorgebracht met wandelen en zwemmen in het ijskoude meer – niet met het spelen van bingo en canasta aan de rand van een zwembad. Het vertier dat 's avonds werd geboden was eerder een lezing over vogels of het zingen van volksliedjes rond het kampvuur, dan een optreden van een Russische komiek of een dansavond. Maar de Mandelbaums vonden het geen punt dat mijn vader joods was of dat hij nog nooit in een hotel had gewerkt.

'Ik vond dat hij er zo schoon en keurig uitzag,' vertelde Cora Mandelbaum me eens. 'Ik wist meteen dat hij een harde werker was. Dat hij ons nooit teleur zou stellen.'

En dat had hij ook nooit gedaan. Tot dat laatste voorjaar, toen hij terugkwam uit het ziekenhuis in Albany met de mededeling dat de aanvallen van indigestie waarvan hij 's avonds na het eten last had niet aan Cora's gevulde kool lagen, maar werden veroorzaakt door een tumor, hoog in zijn maag, te dicht bij zijn hart om operatief verwijderd te kunnen worden. De artsen gaven hem nog acht maanden.

'Dan ben je dit seizoen onze gast,' zei Cora tegen hem. 'Je gaat lekker in een makkelijke stoel zitten en doet het rustig aan. Laat die werkstudenten het werk maar doen.'

Maar mijn vader was er de man niet naar om het rustig aan te doen, ook al wekte hij die indruk soms. Om een gast gezelschap te houden ging hij wel eens met zijn sigaar en zijn bronwater naar de zonsondergang zitten kijken, alsof hij alle tijd van de wereld had. Mijn vader haastte zich nooit. Maar intussen hield hij met één oog de nieuwe barkeeper in de gaten, hield zijn oren gespitst voor laat arriverende gasten, voor het geknerp van grint op de oprit en het gerinkel van de bel op de balie. Dat laatste seizoen werkte hij met diezelfde ongehaaste charme gewoon door, en toen de laatste gast was vertrokken ging hij terug naar het ziekenhuis in Albany – alsof hij dat van tevoren zo had afgesproken – en stierf.

Misschien, denk ik nu, is het maar beter dat hij niet heeft hoeven meemaken dat het hotel wordt verkocht of afgebroken. Maar ik kan het geen troostrijke gedachte vinden. Zelfs mijn lunchafspraak met Phoebe Nix – *lunch met mijn uitgever*, neurie ik bij mezelf – kan de sombere stemming waarin ik me voel wegzinken niet verlichten.

Wij hebben afgesproken bij Tea & Sympathy, een piepklein restaurantje op Greenwich Avenue voor geëmigreerde Engelsen met heimwee naar worstjes met aardappelpuree en van die typisch Engelse stoofschotels. Toen zij deze plek voorstelde, herinnerde ik me dat haar beroemde moeder getrouwd was geweest met de een of andere Engelse lord en verwachtte ik dus getrakteerd te worden op een *high tea* en overvloedige anekdotes over het leven aan de overkant van de oceaan.

Maar er is niets overvloedigs aan Phoebe Nix. Ik heb haar natuurlijk nog maar één keer eerder ontmoet, tijdens die lezing, en was even vergeten wat een sobere jonge vrouw zij is. Er zit geen grammetje vet aan haar in T-shirt en strakke spijkerbroek gestoken figuurtje, hetgeen ervoor zorgt dat het voor haar gemakkelijker is om zich in het smalle plekje te wurmen dat Tea & Sympathy voor ons heeft gereserveerd dan voor mij. Haar blonde, ragfijne haar is zo kort geknipt dat ik de vorm van haar schedel kan zien en bij haar slapen de lichtblauwe aderen zie kloppen onder de kleurloze huid, als blauw dooraderde rotsen in een bergbeekje. Haar enige opsmuk is een subtiel bewerkte trouwring die zij aan haar rechterduim draagt.

'Van mijn moeder geweest,' zegt ze, wanneer ze mij ernaar ziet kijken. 'Het is het enige wat ik van haar heb. Al haar andere juwelen zijn weer teruggevloeid in het familiebezit, maar ik had toch geen enkele behoefte aan al die voorouderlijke rommel.'

'Hij is prachtig,' zeg ik, terwijl ik me over ons piepkleine tafeltje buig – en een theezeefje omgooi – om Phoebes duim beter te kunnen zien, die op haar met roosjes beschilderde porseleinen theekopje rust.

Ze neemt de ring van haar duim en geeft hem aan mij. Ik houd de smalle, zilveren ring tussen mijn vingers – als de dood dat ik hem in mijn Earl Grey zal laten vallen – en bekijk het ontwerp. Het duurt even voordat ik me realiseer dat de ring gegraveerd is met een in elkaar verstrengeld patroon van prikkeldraad en doornen. En dan laat ik hem inderdaad vallen – in de suikerpot.

'Wauw,' zeg ik, terwijl ik de ring uit de suiker vis. 'Jouw vader en moeder moeten interessante huwelijksgeloftes hebben afgelegd.'

Phoebe schudt haar hoofd en blaast in haar gloeiend hete thee (kamille – dezelfde kleur als haar haar, zonder suiker).

'Ik heb het er zelf in gegraveerd,' zegt ze. 'Daar heb ik eerst een speciale cursus voor gevolgd. Ik wilde er, elke keer dat ik ernaar keek, aan herinnerd worden dat het huwelijk een val is. Het heeft mijn moeder het leven gekost. Het weerhield haar van schrijven en op een gegeven moment vond ze dat ze dan maar beter dood kon zijn.'

'Wauw,' zeg ik al voor de tweede keer vandaag (ik zal wel veel indruk op haar maken met mijn woordenschat), 'hadden ze zo'n slecht huwelijk?' Ik geef Phoebe haar moeders ring terug.

'*Elk* huwelijk is zo slecht,' zegt Phoebe, terwijl ze controleert of er geen suikerkristallen meer aan de ring kleven. Ze steekt de ring in haar mond, zuigt en spuugt hem vervolgens in haar servet. Vlak voordat de ring weer om haar duim zit, meen ik heel even bloed op haar servet te zien – alsof het prikkeldraad en de doornen in Phoebes mond tot leven zijn gekomen – maar dan zie ik dat het de geborduurde roosjes op het stoffen servet zijn. 'Maar dat weet jij ook wel. Ik bedoel, *De selkie* – het verhaal dat je hebt gebruikt als middel om je moeders verhaal te vertellen – is een klassiek verhaal over de gevangenschap van het huwelijk. De ware aard van de vrouw – haar pels – wordt gestolen door de bruidegom. Hij houdt haar gevangen door haar pels te verbergen. Dat heeft mijn vader ook gedaan. Hij beloofde mijn moeder financiële ondersteuning zodat zij kon schrijven, maar toen ze niet meteen aan kinderen wilde beginnen – ze was al over de veertig toen ze mij kreeg – was hij woedend op haar omdat ze hem geen erfgenaam bezorgde om zijn familienaam, Kron, in stand te houden. Hij maakte haar leven tot een hel – met zijn drank en zijn vrouwen – en toen zij zich ten slotte gewonnen gaf en een kind kreeg, had hij de pest in dat ik geen jongen was. Zes maanden na mijn geboorte pleegde mijn moeder zelfmoord.'

Phoebe neemt een slokje van haar thee en ik bestudeer een portret van koningin Elizabeth dat achter haar aan de muur hangt omdat ik niet weet wat ik moet zeggen. Het allerergste, stel ik me zo voor, is de wetenschap dat je eigen moeder zo snel na je geboorte voor de dood kiest. Ik was in elk geval al tien toen mijn moeder stierf.

'Onze moeders hadden veel met elkaar gemeen,' zegt zij na een ogenblik stilte. 'Het zou interessant zijn als zij elkaar hadden gekend.'

'Heb je nog in de dagboeken van je moeder gekeken om te zien of zij mijn moeder kende?' vraag ik.

Phoebe kijkt me aan en maakt dan een voor haar doen expressief gebaar. Zij houdt haar smalle hand schuin en toont mij een lege handpalm. 'In haar vroege New Yorkse dagboeken heeft ze het wel over een Katherine, maar ik weet niet zeker of dat jouw moeder is. Haar latere dagboeken liggen in mijn buitenhuis. Ik zal ze wel eens doorkijken wanneer ik daar de komende zomer weer ben. Maar ook al kenden zij elkaar niet, toch vertonen hun verhalen opmerkelijke overeenkomsten. Mijn moeder stopte in het jaar voor haar dood met schrijven en jouw moeder was niet in staat haar derde boek te voltooien. Heb jij ook niet het idee dat dat iets met haar huwelijk te maken had?'

Ik schud mijn hoofd. Hoewel ik het een eer vind dat Phoebe mij zomaar opneemt in haar zusterschap van auteursdochter –

per slot van rekening was haar moeder een beroemd dichteres, terwijl mijn moeder een in vergetelheid geraakte genreschrijfster was, wier twee fantasy-romans niet eens meer in druk verschijnen – kan ik niet toestaan dat zij de schuld voor dat onvoltooide derde boek bij mijn vader legt. 'Integendeel, mijn vader moedigde mijn moeder juist aan om te schrijven. Toen zij elkaar leerden kennen, was zij kamermeisje in het hotel; op een gegeven moment vond hij delen van haar roman onder de stapels linnengoed en in plaats van haar te ontslaan, gaf hij haar een van de gastenkamers om in te schrijven.'

Ik zie Phoebes ogen boven de rand van haar theekopje groot worden, maar ga toch verder.

'Toen hij erachter kwam dat ze het liefst op het postpapier van het hotel schreef – van dat dure papier met een watermerk – bestelde hij speciaal voor haar een riem extra. En toen hij haar ten huwelijk vroeg, gaf hij haar in plaats van een ring een typemachine. Een Underwood,' besluit ik zwakjes. Gelukkig komt juist op dat moment onze lunch – een salade zonder dressing voor Phoebe, *Welsh rarebit* en scones voor mij – anders was ik nu nog bezig met mijn lofzang op mijn vader en het huwelijk.

Phoebe prikt een plukje rafelige andijvie aan haar vork en zwaait dat voor mijn neus heen en weer.

'Maar als jouw vader zo'n volmaakte omgeving wist te scheppen om in te schrijven, waarom heeft je moeder haar derde boek dan nooit geschreven?'

Ik kijk naar het plasje gesmolten kaas op mijn bord en haal mijn schouders op, maar zelfs dat is een te groots gebaar voor het benauwend krappe interieur van Tea & Company. Door de beweging van mijn schouders glijdt mijn paraplu van mijn stoelleuning, rolt open en plof als een grote, natte vogel op de grond.

'Haar eerste twee boeken heeft ze geschreven voordat ik werd geboren,' zeg ik, terwijl ik me buk om mijn paraplu op te rapen waarbij ik mijn hoofd stoot tegen het tafeltje naast ons. 'Dus waarschijnlijk moet ik ervan uitgaan dat haar onvermogen om het derde boek te voltooien meer te maken had met het moederschap dan met het feit dat zij getrouwd was.'

Tegen de tijd dat ik Tea & Sympathy verlaat, verbaast het mij bijna dat Phoebe Nix 'De dochter van de selkie' nog steeds in *Caffeine* wil plaatsen. Maar ze heeft mij een stapeltje drukproeven gegeven, dat ik onder mijn regenjas heb geschoven om droog te houden, dus ik neem aan dat het nog steeds doorgaat. Ik heb echter wel het gevoel dat ik mijn eerste lunch met mijn uitgever totaal heb verknald. De regen doet er ook al geen goed aan. Mijn paraplu – die bij Tea & Sympathy een heel eigen leven is gaan leiden – waait prompt binnenstebuiten en zweeft weg in de richting van het St. Vincent-ziekenhuis. Mij rest niets anders dan mijn hoofd te buigen tegen de woeste regen en over Jane Avenue in de richting van de rivier te lopen, waar al deze wind en regen vandaan lijken te komen.

Wanneer ik eindelijk thuis ben, zijn de drukproeven slap en nat. Ik lees mijn essay, dat in druk helemaal niet aan status lijkt te winnen, maar juist lijkt te zijn gekrompen en verwelkt. Ik heb het gevoel dat het kleine beetje dat ik nog steeds goed vind, niet meer van mij is. Ik vertel een verhaal dat mij door mijn moeder is verteld en dat zij weer van haar moeder heeft gehoord. Toen ik het schreef, leek het daar juist om te gaan – de manier waarop verhalen overgaan van moeder op dochter. Maar in plaats van het gevoel van een matriarchale band bespeur ik nu een vleugje – net als de dode vissenlucht die vanavond van de rivier komt – een vleugje diefstal. Heb ik niet gewoon het verhaal van mijn moeder gestolen? Zelfs de titel, 'De dochter van de selkie – die Phoebe zo goed vond en die mij een gepaste variant leek op 'De selkie' – klinkt me nep in de oren, alsof ik hem al eerder ergens ben tegengekomen. Ik zoek zelfs op Amazon.com of ik nog andere boeken met die titel kan vinden, maar 'De dochter van de optimist' van Eudora Welty komt er nog het dichtst bij in de buurt.

In de volgende weken klaart het regenachtige weer wat op, maar mijn somberheid wordt er niet minder van. Ik ben te onrustig om aan mijn bureau te blijven zitten. Ik maak geen vorderingen met het schrijven over mijn moeder en raak schandalig achterop met mijn nakijkwerk. Dat vind ik vervelend, omdat mijn leerlingen echt opgewonden waren over de sprookjesopdracht en elke keer wanneer ik met lege handen een lokaal binnenkom, zijn ze heel teleurgesteld dat ze hun werk niet terugkrijgen. Op een maandag, ergens eind april, besluit ik dat ik die dag, voordat ik naar de avondcursus op Grace ga, alles moet hebben nagekeken, maar wanneer ik Mrs. Rivera's opstel lees, waarin zij een Mexicaanse versie van 'Rapunzel' heeft opgeschreven, krijg ik – net als de zwangere moeder in het verhaal – opeens een overweldigende trek in verse groente. Er is geen heksentuin om het uit te stelen, dus ga ik in plaats daarvan maar naar de groentemarkt op Union Square. Ik houd mezelf voor dat ik alleen wat sla ga halen voor de lunch, maar ik weet natuurlijk best dat ik Jack hoop tegen te komen.

In plaats daarvan loop ik Gretchen Lu tegen het lijf. Ze staat bij een groentekraampje en pakt net twee grote plastic vuilniszakken aan van een jonge vrouw in een overall.

'Professor Greenfeder,' zegt ze, terwijl ze haar zakken in twee wit gehandschoende handen omhoog houdt. 'Komt u vanavond ook naar de opening?'

Hoe ik mijn hersenen ook pijnig, ik heb geen idee over welke opening ze het heeft.

'Sorry, Gretchen, ik weet even niet...'

'De studentenexpositie, professor. Mijn toelatingsstuk is geïnspireerd op uw sprookjesopdracht.'

O, ja. Dooie vis. 'Natuurlijk. Jij hebt "De kleine zeemeermin" gedaan, is het niet?'

'O, nee. Te Disney-achtig. Ik ben van gedachten veranderd. Hebt u mijn opstel nog niet gelezen?' In gedachten zie ik Gretchen Lu's opstel helemaal onderaan de stapel op mijn bureau liggen, maar zij praat alweer verder, zich niet bewust van de lakse praktijken van haar lerares Engels. 'Ik wilde iets wat meer verband hield met mijn hoofdvak – u weet wel, textiele werkvormen. Dus toen heb ik Hans Christiaan Andersen nog eens gelezen en dan weet u wel welk sprookje daar uiteindelijk uit is gekomen.'

Weet ik dat? In gedachten loop ik mijn lijstje verhalen van Hans Christiaan Andersen na – 'De sneeuwkoningin'? 'Het tinnen soldaatje'? 'Het lelijke eendje'? – maar er schiet me geen enkel textielthema te binnen. Ik raak afgeleid door de bergen verse groenten om ons heen, die in vochtige stapels bij elkaar liggen, alsof ze zojuist ergens op het platteland van een bedauwd veld zijn geplukt.

'De wilde zwanen!' zegt Gretchen. 'U weet wel, dat kleine meisje, Elisa? Van wie al haar elf broers in zwanen veranderen? En dat zij dan elf hemden moet breien om ze weer terug te veranderen? En dat ze met niemand mag praten tot ze klaar is met breien? En dat haar schoonmoeder ervoor zorgt dat het net lijkt alsof zij haar baby's vermoordt, door bloed om haar mond te smeren? En dat zij zich dan niet kan verdedigen omdat ze niet kan praten?'

Hoewel ze elke zin in een vragende vorm stelt, wacht Gretchen mijn antwoorden niet af, dus kan ik niet anders doen dan luisteren en knikken, net als een klein groepje boeren en klanten hier op de markt die ook helemaal in haar verhaal opgaan.

'En dat ze dan wordt verbrand als heks? Maar dat ze blijft breien en dat ze ten slotte alle elf hemden afheeft, op de mouw van de laatste na en dat ze, wanneer haar broers komen aanvliegen op het dorpsplein waar zij zal worden verbrand, de hemden naar hen toegooit en zij weer in jongens veranderen, behalve de laatste, die het hemd met één mouw krijgt? Hij heeft een gebroken vleugel in plaats van een arm.'

Gretchen haalt diep adem en ik merk dat het kleine gezelschap dat zich om ons heen heeft verzameld ook een zucht slaakt om zich vervolgens weer te wijden aan het uitzoeken en kopen van verse kruiden en geitenkaasjes en boeketjes wilde bloemen. Bestaat er werkelijk een plek waar zulke wilde bloemen bloeien? vraag ik me af. Staat het dennenbos om het meer – Tirra Glynn, noemde mijn moeder die bossen altijd – vol viooltjes? Groeien er venusschoentjes rond de vijver bij Twee Manen? Is het werkelijk al bijna mei?

'Vindt u dat geen griezelig detail? Die gevleugelde arm?' Gretchen huivert van plezier en de vuilniszakken in haar gehandschoende handen schudden als de pompons van een cheerleader.

'Inderdaad,' zeg ik, me afvragend hoe ze dat detail in haar werkstuk heeft verwerkt. Het is ongetwijfeld beter dan die dode vissen.

'Hoe laat begint het, Gretchen? Ik wil je werk dolgraag zien.' Gretchen tilt haar linkerhand op om op haar horloge te kijken. Opeens zie ik dat wat ik voor handschoenen heb aangezien, in werkelijkheid verband is.

'Acht uur,' zegt ze. 'Nog maar zeven uur te gaan en ik moet nog drie hemden breien. Ze gaan me dan wel niet op de brandstapel zetten,' zegt ze grinnikend, 'maar ik weet precies hoe Elisa zich voelde.'

'Waar brei je ze van...' En opeens weet ik het weer. Ik hoef niet in de vuilniszak te kijken die Gretchen met haar bekraste en verbonden handen behulpzaam voor me openhoudt. Netels. Daar moest Elisa in het verhaal de hemden van breien. Brandnetels.

'Jezus,' zeg ik tegen Gretchen, terwijl ik voorzichtig haar rechterhand aanraak. Ik zie dat boven de rand van het witte verband haar huid bezaaid is met rode speldenprikjes, net piepkleine bloeddruppeltjes. Ik ben zelf eens in de brandnetels gevallen. De uitslag was zo erg dat mijn moeder me een week lang havermeelbaden heeft laten nemen.

Gretchen haalt haar schouders op voor mijn bezorgdheid en glimlacht. 'U weet wat ze zeggen, professor Greenfeder, "Een mens moet lijden voor zijn kunst."'

7

Omdat zij zichzelf heeft verwond bij de uitvoering van mijn huiswerkopdracht, voel ik me min of meer verplicht om naar Gretchens expositie te gaan. Het enige probleem is dat mijn lessen op Grace pas om halfnegen zijn afgelopen. Terwijl ik me haastig door de rest van de opstellen worstel die ik nog moet nakijken, bedenk ik me dat het eigenlijk wel pedagogisch verantwoord is om mijn klas op Grace een vroegertje te geven en hen uit te nodigen voor de studentenexpositie van de kunstacademie. Gretchen heeft me een handjevol folders gegeven en ik zie dat het thema van de expositie *Dromen en nachtmerries: jeugdherinneringen* is. Onder de plaats en het tijdstip heeft iemand een tekening gemaakt van een kwijlende wolf met een omahoedje. Ik weet dat in elk geval een aantal van mijn leerlingen iets met sprookjes zal hebben gedaan, dus eigenlijk sluit het prachtig aan op de huiswerkopdracht die mijn studenten op Grace pas hebben gemaakt.

Tegen vieren heb ik alle opstellen nagekeken, op één na – die van meneer Nagamora, die ik voor het laatst heb bewaard omdat zijn Engels zo slecht is dat het gewoon pijnlijk is om te lezen en een verschrikking om na te kijken. Ik besluit even te pauzeren en een hapje te eten alvorens een poging te ondernemen meneer Nagamora's syntaxis te ontwarren. Ik bak de rabarberstengels en het paardebloemengroen dat ik op de groentemarkt heb gekocht in olijfolie en knoflook en schep het over een schaaltje pasta. Ik neem maar zelden de moeite om voor mezelf te koken, maar deze verse groenten eisen wat extra respect. Ik heb geen echte keukentafel (laat staan een eettafel!), alleen een aanrechtblad en één wiebelige barkruk, dus vanavond eet ik aan mijn bureau, zodat ik uit het raam kan kijken. Hoewel de waterkant waar ik op uitkijk voornamelijk uit pakhuizen en kades bestaat, meen ik er iets verder naar het noorden een stukje groen tussen te zien. De laatste paar keer dat ik met de trein naar Rip Van Winkle ben geweest regende het, dus is het me nog niet opgevallen dat de beboste delen van de Palisades alweer groen beginnen te worden. Tante Sophie heb ik trouwens ook niet meer gesproken sinds zij mij heeft verteld dat het hotel te koop staat. Het zal echter nog wel even duren voordat het hotel wordt verkocht of iemand besluit het te slopen. Ik heb nog tijd genoeg om er in de vakantie naartoe te gaan en wandelingen te maken in de groene bossen achter het hotel. Tijd genoeg om in het meer te gaan zwemmen.

Ik eet mijn pasta met groenten en hoewel ik vol zit, voel ik me nog niet verzadigd. Net als bij Rapunzels moeder overstijgt mijn verlangen naar groen de meer vleselijke lusten. Het groen waar ik naar verlang is het doorschijnende bonte groen van een bosrijk dal, zacht varengroen, schaduwachtig dennengroen, zonovergoten watergroen. Hoewel ik me altijd thuis heb gevoeld hier in de stad, besef ik nu pas hoezeer ik altijd afhankelijk ben geweest van dat stukje natuur enkele uren hier vandaan om me terug te kunnen trekken – al was het alleen maar in gedachten.

Opeens schrik ik op uit mijn groene dagdromen en realiseer me dat ik te laat ga komen voor de les. En ik heb nog niet eens meneer Nagamora's opstel nagekeken. Al het werk dat ik vandaag heb verzet is voor niets geweest als ik niet alle werkstukken tegelijk terug kan geven. Ik besluit zijn opstel snel door te lezen, zonder iets te corrigeren, zodat ik in elk geval een idee heb waar het over gaat.

Aanvankelijk verbaast het me hoe moeilijk ik het vind om te lezen zonder mijn rode pen in mijn hand. Tot twee keer toe wil ik hem pakken, maar dan geef ik me over aan de pure schoonheid van het verhaal, zichtbaar als de weeffout in een lap goudbrokaat, en lees met mijn handen in mijn schoot verder. Wanneer ik punten zou aftrekken voor elke taalfout die meneer Nagamora heeft gemaakt – voor al zijn misdaden tegen de Engelse taal – zou hij zeker een vette onvoldoende krijgen. Omdat het verhaal zo mooi is en omdat ik geen tijd meer heb, krabbel ik in plaats daarvan een grote 10 in de bovenhoek van zijn opstel en schuif het in mijn boekentas voordat ik van gedachten kan veranderen.

Onderweg naar school praat ik meneer Nagamora's 10 voor mezelf goed door te besluiten hem het verhaal hardop te laten voorlezen. Het verhaal over een arme Japanse wever die trouwt met een geheimzinnige vrouw die magische stoffen kan weven voor zeilen, zal een volmaakte inleiding vormen voor de rol die textiel kan spelen in sprookjes. Want verder heb je natuurlijk nog 'Repelsteeltje', waarin de molenaarsdochter goud spint uit vlas, en 'De drie spinsters', waarin de heldin na enig zoeken drie mismaakte zusters vindt om haar werk voor haar te doen. Wanneer de prins het afzichtelijke drietal op zijn trouwdag onder ogen krijgt en hoort dat hun afwijkingen veroorzaakt zijn door jarenlang spinnen, verbiedt hij zijn jonge bruid om ooit nog te spinnen. Er lijkt een subversieve rode draad door deze verhalen te lopen die zich keert tegen de eentonigheid van vrouwenwerk. Ik denk aan de verbanning van spinnewielen in 'Doornroosje'. Ik denk aan mijn moeders verhaal, waarin de *selkie* niet kan breien, maar bij wijze van afscheidsgeschenk een krans van zilte nevel weeft in het haar van haar dochter. Ik denk aan Gretchen Lu's gewonde handen. Het kon niet beter, denk ik. Eerst luisteren naar het verhaal van meneer Nagamora en daarna gaan kijken wat Gretchen Lu van 'De wilde zwanen' heeft gemaakt.

Wanneer ik de klas vertel dat we eerder ophouden en een uitstapje gaan maken, ontstaat er een opgewonden geroezemoes, maar ook een rimpeling van onrust. Ik moet mevrouw Rivera beloven dat ze de trein van eenentwintig uur negenenveertig naar Great Neck zal halen (de familie bij wie ze inwoont verwacht van haar dat ze ook op haar vrije dagen in het huis slaapt – voor het geval een van de kinderen 's nachts wakker wordt) en Amelie uitleggen hoe ze met de ondergrondse terug kan naar Queens zonder te voet de halve stad door te hoeven lopen. Aidan zegt niet veel, en opeens bedenk ik me dat hij zich waarschijnlijk aan een avondklok te houden heeft in het doorgangshuis waar hij woont. Ik zeg tegen hem dat het niet erg is als hij niet mee kan naar de expositie, maar hij grijnst en zegt dat hij het voor geen goud wil missen.

Tijdens dit rumoerige overleg deel ik de nagekeken opstellen uit – dankbaar dat het lawaai de teleurgestelde zuchten en kleine kreetjes van blijdschap overstemt waarmee mijn leerlingen op hun cijfers reageren. Na zoveel jaar heb ik er nog steeds moeite mee degene te zijn die cijfers moet geven en een oordeel moet vellen. Ik vraag me bezorgd af of ik niet te streng ben geweest voor degenen met slechte cijfers en te toegeeflijk voor de beteren. Wanneer ik meneer Nagamora zijn opstel terug wil geven, besluit ik bijna het terug te trekken – zo zeker ben ik opeens van de roekeloosheid van die tien – en even blijven de blaadjes trillend tussen ons in hangen voordat ik ze langzaam op zijn tafeltje leg. Ik zie zijn gerimpelde gezicht verstrakken wanneer hij naar het cijfer in de rechterbovenhoek kijkt en even denk ik dat hij het verkeerd begrijpt. Betekent een tien misschien iets anders – iets schandelijks – in Japan? Maar dan begrijp ik dat zijn gespannen uitdrukking niets anders is dan zijn poging de glimlach te verbergen die zich uiteindelijk over zijn gezicht verspreidt.

'Ik weet zeker dat ik heel veel fouten...' begint hij, naar mij opkijkend.

'Maar het verhaal is zo mooi,' zeg ik. 'Zou u het aan de klas willen voorlezen? Als u het hardop voorleest, denk ik dat u er later zelf de fouten wel uit kunt halen.'

Zie je nu wel, zeg ik tegen mezelf, ik verlies het doel van de grammatica heus niet helemaal uit het oog. Ik weet zeker dat ik ooit eens ergens heb gelezen dat dit verbeteren-door-het-hardop-voorlezen-van-de-tekst een legitieme retorische methode is.

Meneer Nagamora krijgt zo'n vuurrode kleur dat ik vrees dat hij zijn opstel niet voor de klas zal durven voorlezen. Hij staat echter onmiddellijk op en kiest er uit eigen beweging voor om voor de klas te gaan staan, waar het enige teken van zenuwen het zachte trillen van de blaadjes in zijn hand is wanneer hij ons het verhaal voorleest van 'De kraanvogelvrouw.'

'In Japan hebben wij ook een verhaal van een man die met een vrouw trouwt die op een geheimzinnige manier bij hem komt, net als uw Ierse boer die met zijn zeehondenbruid trouwt. Uw verhaal deed mij denken aan een verhaal dat mijn vader me vertelde en waarvan ik jarenlang heb gedacht dat het waar gebeurd was. Dat komt omdat het verhaal over een zijdewever gaat en dat was mijn vader vroeger in Japan.'

Meneer Nagamora haalt een keer diep adem en kijkt mij aan. Ik knik ten teken dat hij verder kan gaan. Wat mij verbijstert is dat de grammaticale fouten waarvan ik weet dat ze in zijn opstel staan, helemaal verdwijnen wanneer hij het verhaal hardop vertelt.

'De zijdewever in het verhaal maakte echter zeilen voor boten en mijn vader weefde zijde voor kimono's. Er was één patroon waar mijn vader echt om bekend stond – een patroon dat 'dansende kraanvogel' heette – en wanneer hij aan dit patroon werkte, vertelde hij altijd het verhaal over de zeilmaker.

'"Er was eens een zeilmaker die helemaal alleen woonde," vertelde mijn vader me.'

Het valt me op dat meneer Nagamora's stem verandert nu het zijn vader is die het verhaal vertelt. Ook recht hij zijn rug en houden de velletjes papier in zijn hand op met trillen.

'En hij was heel erg eenzaam omdat hij geen bruid had. In het voorjaar keek hij hoe de kraanvogels samen hun paringsdans dansten en hoewel hun dans heel mooi was, werd hij er verdrietig van omdat hij niemand had om 's avonds zijn rijst mee te delen, niemand om hem te helpen zijn stoffen te weven of te bewonderen hoe licht en fijn de zeilen waren wanneer ze helemaal klaar waren. Op een avond in het najaar hoorde hij de eenzame kreten van de kraanvogels die naar het zuiden vlogen voor de winter en dat geluid stemde hem zo droevig dat hij heel lang – tot diep in de nacht – in zijn deuropening bleef staan kijken hoe de vogels langs de maan vlogen. Hij hief zijn armen op en de lange mouwen van zijn kimono wapperden in de wind. Het deed hem denken aan de manier waarop de kraanvogels hun vleugels bewogen bij hun dansen en voordat hij goed en wel besefte wat hij deed, stond de wever te dansen in zijn deuropening. Hij draaide rond in grote cirkels, dook in elkaar en rekte zich uit, precies zoals hij de grote vogels dat had zien doen.'

Een van de jongere vrouwen achter in de klas giechelt en meneer Nagamora laat zijn opstel zakken en kijkt naar haar. Ik wil haar tot stilte manen, maar meneer Nagamora glimlacht en zegt: 'Ja, toen ik jong was, vond ik dat ook gek klinken en moest ik ook altijd lachen om deze passage. "O, dus dat vind jij grappig," zei mijn vader dan en dan was ik bang dat hij boos op me was, maar vervolgens sprong hij dan overeind van achter zijn weefgetouw en danste als een wildeman de kamer rond.' Meneer Nagamora zwaait zijn opstel als een tamboerijn boven zijn hoofd en springt op de giechelaarster toe, die een gilletje van verbazing en verrukking slaakt. Hij gaat de hele klas rond, zwaaiend met zijn armen, zodat de mouwen van zijn wijde vest flapperen als vleugels. Aidan Barry klapt de maat en even heb ik het verontrustende gevoel dat ik mijn klas niet meer in de hand heb, maar dan gaat meneer Nagamora weer voor de klas staan, schraapt zijn keel en leest verder alsof er niets is gebeurd. De klas, die tijdens meneer Nagamora's dans nog zat te joelen en te gillen, is ogenblikkelijk stil, alsof er een bezwering is uitgesproken.

'De wever danste die nacht zo lang door dat hij de volgende dag pas laat in de middag wakker werd. Hij schaamde zich dat hij een hele werkdag had verknoeid. Hij moest de volgende dag een zeil afleveren bij een scheepskapitein en hij was nog niet eens met weven begonnen. Maar toen hoorde hij in de weefkamer het geluid van de schietspoel tegen het weefgetouw. Hij dacht dat hij droomde, maar toen hij de deur wilde openen, merkte hij dat deze op slot zat. Van binnen riep een stem – een mooie stem, een vrouwenstem: "Wacht rustig af, dan komt alles goed." De wever begreep er niets van, maar hij was ook moe en hongerig, dus zette hij water op voor thee en wachtte. Die hele nacht bleef de deur op slot en klonk onafgebroken het geluid van de schietspoel tegen het weefgetouw. "Ik weet niet wie daar binnen zit, maar het is de sterkste weefster die er bestaat," dacht de wever. "Ik ga haar ten huwelijk vragen, ook al is ze nog zo lelijk." Maar toen de wever de volgende ochtend wakker werd, was de vrouw die naast hem neerknielde en hem het voltooide zeil voorhield helemaal niet lelijk. Zij was de mooiste vrouw die hij ooit had gezien, met een sneeuwblanke huid en ogen zo zwart als de nacht. Ze overhandigde hem het bundeltje witte zijde en toen hij het in zijn handen hield voelde het zo licht aan als de wind.

"Dit is mijn bruidsschat," zei de vrouw tegen hem, "als je tenminste met me wilt trouwen."

De wever was natuurlijk dolgelukkig met deze vrouw, die niet alleen mooi was, maar ook bekwaam en nuttig. Toen hij het zeil bij de scheepskapitein afleverde, kreeg hij twee maal zoveel betaald als anders, omdat het zeil zo dun en licht was.

De wever en zijn bruid konden die hele winter goed leven van het geld van dat zeil, maar in het voorjaar was het geld op en wist de wever dat hij weer een zeil moest gaan maken. Een boodschapper van de scheepskapitein kwam vragen om net zo'n zeil als het vorige. Een zeil dat de wind uit de hemel leek te kunnen lokken.

"Jij bent de enige die zo'n zeil kan maken," zei de wever tegen zijn bruid. "Wil je er nog eentje maken?"

De bruid van de wever gaf niet onmiddellijk antwoord, hetgeen de wever verbaasde omdat zij tot nu toe alles voor hem had gedaan wat hij van haar had gevraagd. Ten slotte antwoordde zij: "Ik geloof niet dat je begrijpt, echtgenoot van me, wat je van mij vraagt. Het werk vergt zoveel van mijn krachten. Ik heb het met liefde gedaan bij wijze van bruidsschat, als een geschenk uit mijn hart, net zoals jouw dans een geschenk was uit jouw hart. Maar als je werkelijk wilt dat ik dit doe, dan zal ik het voor deze ene keer doen."

De wever voelde zich beschaamd door haar woorden en dat vond hij geen prettig gevoel. "Ja, vrouw," antwoordde hij, "ik wil dat je dit voor me doet."

Dus ging zij naar de weefkamer, deed de deur achter zich op slot en twee dagen en twee nachten lang hoorde de wever onafgebroken het geluid van de schietspoel tegen het weefgetouw. Ten slotte riep zijn vrouw dat ze klaar was. Toen de wever binnenkwam, vond hij zijn bruid tegen het weefgetouw geleund, terwijl haar arme handen de schietspoel omklemden als vogelklauwen. Naast haar op de vloer lag het zeil, net zo smetteloos wit en licht als het vorige.

Opnieuw verkocht de wever dit zeil voor het dubbele van wat hij voor het vorige had gekregen. Ze konden twee jaar van het geld leven, maar tegen het einde van die twee jaren was het geld weer op. Toen hij naar zijn vrouw ging, wist ze al voordat hij een woord had gezegd wat hij wilde gaan vragen.

"Vraag dit niet van me, echtgenoot," zei zij. "Dan vraag je me om alles van mezelf te geven." Opnieuw voelde de wever zich beschaamd en dat vond hij geen aangenaam gevoel. "Zoals het een goede vrouw betaamt," antwoordde hij haar en ging haar voor naar het weefgetouw. Ditmaal werkte zij drie dagen en drie nachten zonder uit te rusten. De wever wachtte tot zij hem binnen zou roepen, maar toen hij niets hoorde begon hij ongerust te worden, toen bang en vervolgens boos. 'Wat is er nu zo moeilijk aan dat weven dat zij er zo'n probleem van maakt?" vroeg hij zich af. "Ik zal maar eens gaan kijken."

Toen hij de deur forceerde, wachtte hem een aanblik die hij zijn leven lang niet meer zou vergeten. Gevangen in het weefgetouw stond een enorme kraanvogel. In haar klauwen hield zij de schietspoel. De lange nek boog zich om een veer uit een vleugel te plukken en vervolgens gebruikte de vogel haar snavel om de veer om de schietspoel te leggen en de stof te weven uit haar donzige witte veren. De zijde die uit het weefgetouw kwam trilde mee met de bewegingen van de vogel, als veren in de wind. Terwijl hij met wijd open mond in de deuropening stond, draaide de vogel zich naar hem om en zag hij hoe de droevige zwarte ogen van zijn vrouw hem aankeken. Toen ze hem zag, liet ze de schietspoel vallen en vloog het raam uit.

De wever riep haar naam en volgde haar, maar hoewel ze heel langzaam vloog en dicht bij de grond bleef, kon hij haar niet bijhouden. Nog lang nadat hij haar uit het oog had verloren volgde hij het spoor van bloedige veren dat zij had achtergelaten, maar hij zou haar nooit meer vinden.'

Meneer Nagamora laat zijn opstel zakken. Opeens ziet hij er net zo vermoeid en uitgeput uit als de stervende kraanvogel. Verdwenen is de jeugdige man die even daarvoor nog heeft staan dansen; nu ziet hij er oud en verward uit en kijkt naar het kleine groepje vreemden dat voor hem zit. Om hem uit de pijnlijke situatie te redden, sta ik op van mijn plekje op de punt van een van de tafeltjes, maar hij houdt zijn opstel omhoog en wuift mij weg.

'Als jongen vond ik dit een heel droevig verhaal,' zegt hij. Een aantal van de studenten knikt. 'Maar wanneer ik het nu vertel, herinner ik me toch vooral het dansen van mijn vader. En ik ben blij dat ik dit verhaal heb als herinnering aan hem.'

Meneer Nagamora maakt een kleine buiging en de klas begint te applaudisseren – ik geloof dat het Aidan is die ermee begint – terwijl hij terugloopt naar zijn tafeltje.

Ik heb geen idee hoe ik op deze opmerkelijke prestatie moet reageren – geen enkele kernachtige, schooljuffrouwachtige opmerking wil me te binnen schieten. Dus stel ik maar voor om naar de kunstacademie te gaan om te zien wat mijn andere studenten hebben gedaan met deze opdracht die ik hun heb gegeven – een opdracht die een heel vreemd eigen leven lijkt te zijn gaan leiden.

We lopen in verspreide groepjes over straat. Ik zie dat Amelie en mevrouw Rivera beschermend allebei aan een kant van meneer Nagamora zijn gaan lopen, alsof hij een van de kleine kinderen is die zij voor hun werk verzorgen. Ik ben blij dat hij in goede handen is. Aidan Barry komt naast mij lopen en vertelt me over zijn reclasseringsbaantje bij de drukkerij. Het bevalt hem niet zo erg, zegt hij, en hij is bang dat hij het vak niet snel genoeg onder de knie krijgt. Als hij deze baan kwijtraakt, zegt hij, maakt dat een slechte indruk bij de paroolcommissie.

'Wat deed je voordat...' Voordat ik moet zeggen *voordat je in de gevangenis kwam*, antwoordt hij: 'Ik werkte in een hotel in Midtown. Eerst als portier, later als baliemedewerker. Dat vond ik leuk werk. Hotels hebben klasse. Als mijn familie een hotel had, zoals de uwe, dan zou ik daar beslist gaan werken, het vak leren, zodat ik er misschien zelf nog eens bedrijfsleider kon worden.'

'Het Equinox Hotel is niet van mijn familie,' breng ik hem in herinnering. 'Mijn vader was de bedrijfsleider, maar hij is vorig jaar overleden en mijn tante Sophie doet er alleen maar de boekhouding – hoewel ze wel de neiging heeft zich overal mee te bemoeien. En trouwens, het staat te koop en als niemand het koopt wordt het waarschijnlijk gesloopt.'

'Wat zonde,' zegt hij. 'Misschien kunt u zelf iemand vinden die het wil kopen.'

Ik begin te lachen. 'Ik ken niemand die zo rijk is, en ook al kende ik wel zo iemand, wie zou het willen kopen? Het zou miljoenen kosten om het te renoveren en ook al is de ligging werkelijk spectaculair, het is niet bepaald een toeristische toplocatie. Niemand gaat meer naar de Catskills.'

Aidan schudt zijn hoofd. 'U moet het familiebedrijf niet zo gemakkelijk opgeven.'

'Het is geen familiebedrijf...' begin ik, maar hij hoort me al niet meer. Wij zijn inmiddels aangekomen bij de studentengalerie en hij springt voor mij uit om de deur voor me open te houden, een gebaar dat het groepje rokers dat zich voor de ingang heeft verzameld bijzonder amuseert. Helaas weet ik het pijnlijke moment te verlengen door vlak voor de deur als aan de grond genageld te blijven staan.

De studentengalerie is een langgerekte, van glazen ruiten voorziene, spierwitte ruimte met de ingang aan Fifth Avenue. Het is een plek waar zelfs de meest schuchtere inspanningen van studenten verbluffend voor de dag kunnen komen. Het tableau dat vanavond het middelpunt vormt heeft geen hulp nodig. Mijn eerste reactie is dat meneer Nagamora's verhaal op griezelige wijze tot leven is gewekt, in elk geval het laatste gedeelte waarin de kraanvogel wegvliegt en een spoor van bebloede veren achterlaat. Ik zie heel veel veren en heel veel bloed. Nou ja, het zal wel rode verf zijn, maar toch... Het ziet eruit alsof er een kussengevecht met dodelijke afloop heeft plaatsgevonden – het My Lai der kussengevechten. Aan het plafond hangen reusachtige witte vogels en uit hun opengereten buiken dwarrelen witte veren als confetti uit confettiballonnen. De veren dwarrelen gestaag – hoe Gretchen dit voor elkaar heeft gekregen is mij een raadsel – neer op het tafereel van een bizar bloedbad. Elf – ik hoef ze niet te tellen om te weten dat het er elf zijn – babypoppen zitten in een kring om een brandstapel heen. In het midden van de brandstapel zit een etalagepop in een gescheurde Disney prinsessenjapon in kleermakerszit te breien. Zelfs vanaf het trottoir kan ik het bebloede verband om haar handen zien. Ze breit een hemd van stekelige groene bladeren – dat moeten de brandnetels zijn – en, nog angstaanjagender, prikkeldraad. Tien van de elf poppen dragen al hemden die gemaakt zijn van dit bizarre materiaal. De elfde pop staat rechtop en steekt zijn ene mollige babyvuistje omhoog naar het meisje op de brandstapel. Zijn andere armpje is van zijn lijf gerukt. Veren en bloed stromen uit het kleine gapende gat.

Het feit dat mooi geklede mensen – voornamelijk in het zwart – om dit tafereeltje heen staan en ernaar gebaren met hun plastic wijnglazen, maakt het geheel alleen maar angstaanjagender.

Mijn kleine groepje studenten van Grace heeft zich om mij heen verzameld. We zijn er onderweg een paar kwijtgeraakt – maar ik zie mevrouw Rivera en Amelie en meneer Nagamora. Wat zullen zij hier in vredesnaam van denken?

Het liefst zou ik het tafereel willen ontvluchten, maar hoe moet ik dat uitleggen aan mijn leerlingen? Bovendien, terwijl ik hier sta en Aidan nog steeds de deur voor mij openhoudt, krijgt Gretchen Lu mij in de gaten en komt naar buiten gerend om mij mee naar binnen te trekken.

'O, professor Greenfeder, wat ben ik blij dat u er bent. Het is een gekkenhuis. De raad van bestuur is uitgenodigd en er zijn journalisten en iedereen wil van me weten waar ik mijn inspiratie vandaan heb gehaald. Maar nu u hier bent, kunt u alles wel uitleggen, hè?'

8

Gretchen Lu neemt me bij de hand. Ook al zou ik me willen verzetten, de aanblik van haar stompe, verbonden hand, zo zacht als een poezenpootje, ontwapent mij volledig. Ze trekt me mee naar een groepje mensen dat voor haar project staat. Ik herken een paar van de docenten – voornamelijk fulltimers – en het hoofd van de vakgroep Engels, Gene Delbert. Gene, in zwarte spijkerbroek en leren jasje, staat nerveus met zijn glas rode wijn te spelen terwijl hij met een klein groepje oudere dames en heren praat van wie ik vermoed dat het bestuursleden zijn. Ik zie dat er een veer uit Gene's haar steekt en weersta de verleiding om hem eruit te trekken. Er staan hier wel meer mannen en vrouwen met veren in hun haar of aan hun kleren. Het gevolg is dat hun ernstige uitdrukking geveinsd lijkt, als kinderen die betrapt worden tijdens een kussengevecht en net doen of er niets aan de hand is.

'O, mooi,' zegt Gene, wanneer hij ziet dat Gretchen mij mee naar voren trekt. 'Daar hebben we de onderwijzeres die de opdracht heeft gegeven. Ik weet zeker dat zij zal kunnen uitleggen wat haar bedoeling is geweest.'

Gene zegt *bedoeling* op een manier zoals een advocaat het woord zou gebruiken in uitdrukkingen als *met kwade bedoelingen*. Het valt me ook op dat hij me voorstelt als onderwijzeres en niet als docente, waarmee hij de bestuursleden duidelijk maakt dat ik slechts een vervangbare parttimer ben. Ze hoeven niet bang te zijn voor lastige vaste aanstellingen wanneer ze me willen ontslaan voor het feit dat ik de aanzet heb gegeven tot dit gevederde bloedbad.

Ik haal een keer diep adem, laat Gretchens hand los en gebaar naar Elisa op haar brandstapel. Nu ik er vlakbij sta, zie ik opeens dat de mond van de etalagepop is afgeplakt met zilverkleurig isolatietape. Ik doe mijn mond open om iets te zeggen, maar de stem die ik hoor is niet de mijne.

'"De wilde zwanen" is een allegorie voor het onderdrukken van de vrouwelijke creativiteit,' zegt de stem, veel beter formulerend dan ik het zelf ooit had kunnen doen. 'Tijdens het werken wordt Elisa gedwongen om te zwijgen, net zoals de vrouwelijke kunstenaar wordt gedwongen haar ware stem op te geven teneinde in een mannelijk domein haar werk te kunnen doen.'

Wanneer ik me omdraai zie ik Phoebe Nix achter me staan, met één hand op mijn schouder en de andere gebarend in de richting van het tableau. Het is zo'n opluchting voor me dat zij het kunstwerk uitlegt dat ik even vergeet me af te vragen wat zij hier in vredesnaam doet.

'Maar wat kan de vrouwelijke kunstenaar scheppen als zij geen artistieke vrijheid heeft?'

Phoebe zwijgt even, terwijl wij nadenken over de vraag en Gretchens kunstwerk. Ik zie dat de kleine hemdjes die de babypoppen dragen niet zomaar zijn gebreid in twee recht, twee averecht, maar in afwisselende kabels van brandnetels en prikkeldraad. Als ik me niet vergis, is Gretchen er zelfs in geslaagd een gerstekorrel in de kabel te verwerken. Wat een aandacht voor details! Ook al is zij straks wellicht verantwoordelijk voor mijn ontslag, ik zal Gretchen toch een 10+ moeten geven.

'Lelijke kleren?' hoor ik ergens achter mij Mark Silverstein mompelen bij wijze van antwoord op Phoebes vraag. Vanuit mijn ooghoeken probeer ik Marks kunstwerk 'De nieuwe kleren van de keizer' te zien, maar zijn onopvallende verzameling naakte etalagepoppen staat als een groepje ongenode gasten ergens weggestopt in een hoek. Geen wonder dat hij de pest in heeft.

Phoebe negeert Marks opmerking en beantwoordt haar eigen vraag. 'Zij schept een gevangenis voor haar nakomelingen en fabriceert uit oude mythen en het complot van de stilte een gewaad van prikkeldraad voor haar dochters.'

Even kom ik in de verleiding Phoebes versie van het sprookje te corrigeren. De babypoppen in hun hemdjes van brandnetels en prikkeldraad zijn niet Elisa's dochters, het zijn haar broers. Maar dan zie ik dat verscheidene van de oudere bestuursleden en de meeste docenten gretig staan te knikken. Slechts één man – een veel oudere man in een prachtig antracietgrijs kostuum –

knikt niet met de anderen mee. In plaats daarvan kijkt hij mij aan, alsof hij me uitdaagt Phoebes vergissing te ontmaskeren. Maar ik pieker er niet over om het tij van acceptatie en goedkeuring dat de menigte heeft bevangen te keren. Ik voel de spanning uit de ruimte verdwijnen. Gesprekken worden hervat, de menigte splitst zich weer op in groepjes van twee of drie; mensen staan een beetje met hun wijnglazen te spelen en plukken veren uit elkaars haar als vriendelijke chimpansees die elkaar vlooien. Ik zie Aidan Barry een gezellig babbeltje maken met Natalie Baehr en glimlach en denk dan opeens *O, god, moet ik Natalie nu niet vertellen dat hij in de gevangenis heeft gezeten?* en vervolgens zie ik dat de oude man in het grijze pak weer naar me staat te kijken.

Ik wend me van hem af en zie dat Phoebe naast me staat.

'Bedankt voor je uitleg,' zeg ik tegen haar. 'Ik ben blij dat je er bent.'

Phoebe glimlacht niet, haalt haar schouders niet op en fronst niet eens een wenkbrauw. Ik heb nog nooit iemand ontmoet die zo weinig gesticuleert als zij.

'Ik ben met mijn oom Harry meegekomen; hij zit in het bestuur. Het leek me wel een goede plek om wat exemplaren van het tijdschrift uit te delen. Als je me had verteld dat je ook iets met deze expositie te maken had, had ik kunnen proberen het in het nummer van deze maand te verwerken.'

'Bedoel je dat het al uit is?'

'Ja, we zijn iets eerder ter perse gegaan. Er ligt een stapel bij de deur.' Ik draai me om naar de ingang en zie opeens dat een aantal mensen in de galerie in een zachtlila tijdschrift staat te bladeren. De gedachte dat sommigen wellicht op dit moment mijn verhaal staan te lezen bezorgt me een eigenaardig gevoel in mijn maag.

Mijn golf van misselijkheid aanziend voor opwinding – iemand die zelf geen gelaatsuitdrukkingen gebruikt zal ze bij een ander natuurlijk eerder verkeerd interpreteren – zegt Phoebe: 'Ik heb een paar exemplaren voor jou in mijn tas, maar eerst wil ik je voorstellen aan mijn oom. Hij is een imperialistisch fossiel, maar stinkend rijk en een groot beschermer van de schone kunsten, dus lijkt het me nuttig als je kennis met hem maakt.'

Phoebe neemt me met een verrassend stevige greep bij de hand en trekt me mee naar de man in het grijze pak die met zijn rug naar ons toe staat.

'Oom Harry, ik wil je voorstellen aan Iris Greenfeder, een van de schrijfsters in de *Caffeine* van deze maand.'
De man draait zich naar ons om. Zijn blauwe ogen kijken vaag maar niet onvriendelijk. Ik zie hoe hij zijn gelaatstrekken omvormt in een uitdrukking van beleefde belangstelling. Even voel ik medelijden met hem. Hij is ouder dan ik aanvankelijk dacht, minstens zo oud als mijn vader – of de leeftijd die mijn vader nu zou hebben wanneer hij nog zou leven. Ik weet nog dat mijn vader, naarmate hij ouder werd, last kreeg van zijn voeten als hij lang achtereen moest staan en hoe vreselijk hij het vond om in een volle ruimte te staan met allemaal pratende mensen om zich heen; hij zei dat hij dan bijna niet kon verstaan wat mensen zeiden. Ik kan me dus voorstellen hoe moeilijk het voor deze man is om belangstelling te veinzen voor de halfzachte schrijfsters van zijn nichtje. Het strekt hem echter tot eer dat ik even later zijn vage blik zie veranderen in iets heel onverwachts – voor hem misschien wel net zozeer als voor mij: oprechte belangstelling.
'Ik vrees dat ik je naam niet goed heb verstaan,' zegt hij.
Ik vertel hem hoe ik heet – waarbij ik mijn best doe hard genoeg te praten om voor hem verstaanbaar te zijn, maar niet zo hard dat het lijkt alsof ik schreeuw – en hij herhaalt mijn naam, waarna hij een slokje van zijn rode wijn neemt en een vies gezicht trekt. Hij is ongetwijfeld gewend aan betere wijnjaren.
'Iris is bezig aan een memoire over haar moeder, die fantasyromans schreef,' zegt Phoebe.
'O ja?'
'Nou ja, ik ben nog maar net begonnen.'
'Wie was je moeder?' vraagt hij, zo gretig dat ik er een beetje van schrik.
'Ze schreef onder de naam K.R. LaFleur,' vertel ik hem. 'U zult wel nooit van haar hebben gehoord.'
'LaFleur.' Phoebes oom bolt zijn wangen alsof hij op een wijnproeverij is. Ik verwacht bijna dat hij zijn wijn zal uitspugen. 'De bloem. Was haar voornaam misschien een bloemennaam?'
'Nee, ze heette Katherine, maar iedereen noemde haar Kay. Ik weet niet waarom ze de naam LaFleur heeft gekozen...'
Alweer iets wat ik niet van mijn moeder weet, denk ik. Harry Kron lijkt mijn verwarring te bespeuren en schiet me te hulp.
'Ze zal er haar redenen wel voor hebben gehad. Mijn naam bij-

voorbeeld, *Kron*, betekent in het Duits 'kroon' en daarom heb ik mijn eerste hotel zo genoemd.'

Hij zwijgt even – een korte pauze, als een redenaar die de momenten voor applaus en gelach van tevoren heeft ingecalculeerd – en ik realiseer me dat er nu van mij wordt verwacht dat ik de naam herken. De naam *Harry Kron* zegt me aanvankelijk niets, maar de woorden *kroon* en *hotel* wel degelijk.

'Het *Crown Hotel*,' zeg ik, 'vlak bij Grand Central? Mijn vader zei altijd dat dat het best georganiseerde hotel van New York was. Hij bewonderde de hele keten. Bij de organisatie van ons eigen hotel waren de Crown Hotels zijn grote voorbeeld.'

Bij het woord *keten* zie ik het gezicht van Harry Kron vertrekken en besef dat ik een blunder heb begaan. De Holiday Inn is een keten, zelfs het Hilton, maar de Crown Hotels, een twaalftal pareltjes die bekend staan om hun luxe en exclusiviteit, zijn meer een lijn, zoals een lijn van volbloed renpaarden of de afstammelingen van een koninklijke familie. 'Kroonjuwelen,' worden ze ook wel genoemd en ze staan stuk voor stuk vermeld in de blauwe Michelin-gidsen die mijn vader op de plank boven zijn bureau in zijn kantoor had staan. Ik voel hoe mijn keel samenknijpt. Dat gebeurt me wel vaker bij de aanblik van oude mannen. Zo zou mijn vader er hebben uitgezien als hij was blijven leven. (Gek genoeg doet de aanblik van oude vrouwen me helemaal niets; ik kan me mijn moeder gewoon niet voorstellen als oude vrouw.) Maar deze man heeft niet alleen een leeftijd die mijn vader nooit zal bereiken, hij is alles wat mijn vader had willen zijn – de ultieme hotelier.

'Aha, dus je vader had een hotel en je moeder schreef... wat een intrigerende combinatie. Misschien heb ik je ouders gekend...'

'O, nee, dat betwijfel ik. Het is maar een klein hotelletje, een eind buiten de stad – het Equinox Hotel. Mijn vader is er bijna vijftig jaar bedrijfsleider van geweest. Hij is vorig jaar overleden.'

'Het spijt me dat te horen. En je moeder?'

'Mijn moeder is overleden in 1973, toen ik tien was.'

'Ach, dan was ze net als mijn schoonzuster, Phoebes arme moeder, misschien te gevoelig voor deze wereld.'

'Zij is omgekomen bij een hotelbrand – niet in het onze – ik bedoel, ze logeerde in een ander hotel. Het Dreamland in Coney Island.'

Ik zie een blik van weerzin over Harry Krons gezicht trekken en ik weet niet zeker of dat door het noemen van zo'n ordinair hotel is of door de gedachte aan een hotelbrand – de nachtmerrie van iedere hotelier.

'Ja,' zegt hij, 'die brand kan ik me herinneren. Heel tragisch. Brand is het grootste gevaar in een hotel en vroeger waren de brandveiligheidsvoorschriften nogal laks. Nog steeds zijn niet alle bedrijfsleiders zo strikt in het naleven van de voorschriften als ze zouden moeten zijn. De Crown Hotels zijn altijd toonaangevend geweest op het gebied van brandveiligheid. Al lang voordat het wettelijk verplicht werd hadden wij al nooduitgangen en sprinklersystemen geïnstalleerd.'

'Ja, dat weet ik,' zeg ik opgewonden, 'dat heeft mijn vader me verteld. Hij liet pompen installeren om water uit het meer te kunnen pompen en verplichtte de obers een cursus brandbestrijding te volgen. Vooral mijn moeder was altijd doodsbang voor brand...'

Ik zwijg, onderbroken door een beeld van mijn moeder, een beeld waarvan ik niet eens wist dat ik het had, waarin zij door de gangen van het hotel loopt met haar handen op de muren, als een blinde, op zoek naar kortsluiting in de bedrading.

Wanneer hij de emotie op mijn gezicht ziet, komt Harry Kron mij galant te hulp. 'Dan is het dubbel tragisch dat zij in een hotelbrand moest omkomen. Wat was de meisjesnaam van je moeder?'

'Morrissey,' zeg ik. 'Katherine Morrissey.'

'Aha,' zegt Harry, 'ik meende al iets Iers in je te zien. Je lijkt vast op je moeder.'

Ik glimlach. Ik wil wel graag op mijn moeder lijken, want zij was heel mooi. Het is waar dat ik mijn moeders donkere haar en lichtgroene ogen heb, maar ik ben steviger gebouwd dan zij, meer als de Oost-Europese familie van mijn vader, en ik heb een enigszins bleke huid.

'Morrissey,' zegt hij nogmaals. 'Interessant.'

'Nou, je moet het stuk van Iris in *Caffeine* maar eens lezen, oom Harry.' Ik ben bijna vergeten dat Phoebe er ook nog is.

'O, dat zal ik zeker doen.' Ik weet zeker dat het meer is dan een beleefd leugentje en ik voel me belachelijk gevleid door het idee dat deze man van de wereld mijn verhaal gaat lezen. 'Een schrijfster die in een hotel woont. Hoogst interessant. Op welke

plek in het hotel schreef je moeder? Was ze net als Jane Austen, die in de salon zat te schrijven en snel alles in een la verstopte als er iemand binnenkwam?'
'O, nee, zij schreef...' Ik word in de rede gevallen door Aidan Barry, die met Natalie Baehr in zijn kielzog naar mij toekomt.
'Professor Greenfeder, u moet echt even komen kijken wat Natalie heeft gemaakt – het is zo klein dat u het makkelijk over het hoofd zou kunnen zien.'
Ik steek een vinger in de lucht ten teken dat ik eraan kom, maar Harry Kron glimlacht grootmoedig en spreidt zijn armen alsof hij mij en Aidan en Natalie wil omhelzen. 'Ik heb lang genoeg beslag op u gelegd, juffrouw Greenfeder. Laten we snel het werk van uw studenten gaan bekijken.'
Dat doet me plezier, zowel voor mezelf als voor Natalie. Per slot van rekening heeft Phoebe gezegd dat haar oom een echte mecenas is. Misschien kan hij iets voor Natalie betekenen.
We lopen naar een glazen vitrine in een hoek van de zaal. Aidan heeft gelijk. Natalies kunstwerk is zo klein en weggestopt dat ik het zeker over het hoofd zou hebben gezien. En ik had het niet graag willen missen. In de vitrine hangt – aan dunne draden zodat hij wel lijkt te zweven – een smalle band van kristal en parels, zo fijn dat hij uit dauw gesponnen lijkt te zijn. Het stuk zou als halssnoer of als diadeem gedragen kunnen worden, maar zoals het daar bijna zwevend in de vitrine hangt, lijkt het meer dan een gewoon sieraad, iets elementairs. Van elk element lijkt het iets in zich te hebben: bevoren als water, gevormd door de wind, schitterend als vuur, met de aarde verbonden door één enkele groene traan. Natalie heeft de krans nagemaakt die wordt beschreven in mijn moeders versie van 'De selkie'.
'Natalie, je hebt de ketting van mijn moeder gemaakt,' zeg ik, zo ontroerd dat ik mijn stem amper durf te vertrouwen.
Harry Kron, die een leesbril heeft opgezet om het kaartje te kunnen lezen waarop Natalie de passage uit het verhaal heeft getypt waarin het halssnoer van de selkie wordt beschreven, draait zich naar mij om, zijn ogen vreemd vergroot door zijn brillenglazen. 'Had jouw moeder zo'n ketting?'
'O, nee,' zeg ik, lachend, 'mijn moeder droeg bijna nooit sieraden – hooguit een snoer nepparels.' Net zoals ik zo-even een beeld voor me zag van mijn moeder die haar handen langs de muren van het hotel laat glijden, kan ik nu bijna het geluid horen

van mijn moeders parels wanneer zij zich in bed over mij heenboog om me welterusten te kussen. 'Ze beschreef het in haar boeken – het net van tranen, noemde ze het, maar ik denk dat ze het idee uit de legende van de selkie had...'
Ik aarzel. Was dat zo? Nu ik erover nadenk, kan ik me eigenlijk geen enkele versie van 'De selkie' herinneren waarin een halssnoer voorkomt.
'Of ze heeft het tijdens het schrijven van haar boeken aan het verhaal toegevoegd,' zeg ik. 'Dat deed ze wel vaker. Ze nam sprookjes en veranderde ze hier en daar en creëerde er een hele fantasiewereld uit. Ik heb altijd het gevoel gehad dat ze op de plekken waar ze in de sprookjes iets veranderde over zichzelf vertelde, over iets dat haar zelf was overkomen...' Ik zwijg. Dit was de stelling geweest van mijn proefschrift en ik had er nooit gemakkelijk over kunnen praten, wat waarschijnlijk de reden is waarom ik nog steeds niet ben afgestudeerd.
'Dat moet je in je memoire verder uitdiepen,' zegt Phoebe, 'de raakpunten van je moeders leven met haar kunst.'
Harry Kron knikt en kijkt nog eens naar Natalies halssnoer. 'Inderdaad. Ik zou heel graag willen weten wat hier de oorspronkelijke inspiratie van is.'

Ik blijf nog een uurtje hangen en drink drie (of zijn het er vier?) glazen vol zure, groenachtige wijn. Met een draaierig gevoel in mijn hoofd loop ik naar huis. Ik heb nog niet eens de tijdschriften bekeken die Phoebe in mijn boekentas heeft gestopt toen ik wegging. Op Abingdon Square blijf ik staan bij een lantaarnpaal en haal een exemplaar van *Caffeine* te voorschijn.
De aanblik van mijn naam op het omslag bezorgt me een onverwacht licht gevoel in mijn hoofd. Maar dat kan ook van de wijn komen. Ik hoor hier blij mee te zijn. Mijn naam staat boven aan de lijst van schrijvers die een bijdrage hebben geleverd aan deze uitgave. Zelfs de afbeelding die Phoebe heeft uitgekozen voor het omslag verwijst naar mijn verhaal. Het is een inkttekening van een naakte vrouw die op een rots zit, haar lange haar om haar heen gespreid als een visnet. Een naakte man zit verstrikt in haar haren. De tekening wordt omlijst door een rand van Keltische spiralen waarin sierlijk golvende zeehonden zwemmen. Het is dezelfde illustratie als op het omslag van het boek dat ik van Aidan heb gekregen. Wat een eigenaardige keuze

voor het moederdagnummer, denk ik, maar dan zie ik het onderschrift: 'De levens van onze moeders herschreven: het verbreken van knellende banden.'

Het idee om een exemplaar van dit nummer voor moederdag op te sturen naar mijn tante Sophie kan ik nu wel vergeten. Ik moet morgen maar een mooi vest voor haar gaan kopen voor bij het adressenboekje dat ik al voor haar heb.

Tegen de tijd dat ik thuis ben is de uitgelaten stemming die ik op het feestje nog voelde helemaal verdwenen en heeft net zo'n bittere nasmaak gekregen als de geur van gekookte groenten die in mijn eenkamerappartementje hangt. Ik loop alle gesprekken nog eens na, op zoek naar dingen die ik verkeerd heb gezegd, als waren het steken die ik heb laten vallen. Hoe heb ik de Crown Hotels een keten kunnen noemen? Hoe heb ik zo door kunnen zeuren over hoe mijn vader Harry Krons organisatietechnieken trachtte na te volgen? Hoewel hij mij beleefd heeft verteld dat hij me zeker 'in de gaten zou houden', was het Natalie Baehr die hij eruit had gepikt en aan wie hij zijn visitekaartje had gegeven.

'Ik ben van plan het logo van de Crown Hotels te vernieuwen,' zei hij tegen een overdonderde en sprakeloze Natalie. 'Volgens mij kan ik wel iets doen met deze buitengewone tiara die jij hebt gemaakt.'

Fijn voor Natalie, denk ik, terwijl ik mijn slaapbank zo hardhandig uitschuif dat mijn hand tussen de lattenbodem blijft steken. Ik hoor blij voor haar te zijn. Ik hoor me te verheugen in het succes van mijn studenten.

Wanneer ik echter in bed lig en aan de eigenaardige mengeling denk van mijn studenten bij de expositie, schop ik de lakens van me af en lig ongemakkelijk te woelen. Wat een stommiteit! Harry Kron was niet de enige die Natalie Baehr zijn kaartje had gegeven. Ik had Aidan en Natalie telefoonnummers zien uitwisselen. Hoe moest ik aan Natalie uitleggen dat Aidan net uit de gevangenis kwam?

Ik draai me op mijn andere zij en probeer aan iets positiefs te denken dat vanavond is gebeurd. Een aantal van mijn studenten van Grace heeft volgens mij een leuke avond gehad. Mevrouw Rivera heeft met een paar studenten textiele werkvormen een heel gesprek gevoerd over borduurtechnieken van de Maya's. Ik heb haar zelden zo zorgeloos gezien. Maar daarna had ik meneer Nagamora gezien. Een paar minuten voordat ik wegging zag ik opeens hoe hij in een hoekje stond te glimlachen en te knikken naar de groepjes mensen, die hem grotendeels negeerden. Ik vertelde hem nogmaals hoezeer ik had genoten van zijn verhaal 'De kraanvogelvrouw' en bood aan samen met hem terug te wandelen, maar op dat moment kwam Phoebe net met het stapeltje *Caffeines* en toen ik me weer omdraaide was meneer Nagamora verdwenen. Ik keek om me heen of ik hem nog ergens zag, maar hij was gevlucht, net zo snel als de vogel in zijn verhaal, eenzelfde spoor van bebloede veren achterlatend.

Ik sluit mijn ogen en kreun hardop om het beeld dat mij daar wacht – de zwanen van papier-maché, hangend aan het plafond van de galerie, met opengescheurde buiken waaruit het witte dons omlaag dwarrelt.

Ik sta op, loop naar mijn badkamer en geef over. Een zuur, groenig gal dat eruit ziet als smerig zeewater. Na afloop voel ik me wat beter, maak mijn bed weer op en probeer te slapen. Net wanneer ik echter wegdoezel, hoor ik de vraag die Harry Kron me stelde en waarop ik geen antwoord heb gegeven. *Waar in het hotel zat je moeder altijd te schrijven?*

Het antwoord is dat zij overal in het hotel schreef, tussen de maanden oktober en mei, wanneer het hotel dicht was. Eerst schreef ze alles met de hand, meestal op het briefpapier van het hotel – waarmee ze zich natuurlijk de woede van tante Sophie op de hals haalde omdat dat zo duur was. En alsof het nog niet erg genoeg was dat ze juist dat papier gebruikte, klaagde tante Sophie altijd, pikte ze het ook nog eens uit de laden van de gastenkamers, zodat mijn tante de voorraad altijd moest controleren en aanvullen voordat het hotel weer openging. Zelfs wanneer mijn vader een stapel van precies hetzelfde papier voor haar bestelde, liet ze die stapel onaangeroerd totdat het tijd was om te gaan typen. Ze dwaalde graag van de ene kamer naar de andere, net zolang tot ze er een had gevonden waarin ze wilde gaan zitten schrijven. Daar ging ze aan het bureau zitten, haalde een vel papier uit de la, pakte de vulpen die ze altijd bij zich droeg uit haar zak en schreef net zolang tot de voorraad papier in dat bureau was uitgeput. Dan ging ze weer weg, waarbij ze het dunne stapeltje met de hand beschreven papier soms achterliet of het zo slordig meenam naar de volgende kamer dat er een paar velletjes tussenuit gleden en in de lange, verlaten gangen op de grond dwarrelden, en zij een spoor van losse witte blaadjes achterliet, als de veren van een vogel in de rui.

Mijn vader of tante, en later ikzelf, raapte ze op en gaf ze aan haar terug, waarop zij ze lukraak op een stapel legde die gedurende de winter langzaam groeide, totdat ze tegen het voorjaar in een van de kamers neerstreek en wij na een periode van stilte hoorde hoe zij begon te typen: een regelmatig, ritmisch getik dat klonk als regendruppels op het dak.

Het was bijna onvoorstelbaar dat er een roman uit dat lukrake ronddwalen kon voortkomen – en toch was dat tot twee keer toe gebeurd. Pas na mijn geboorte was er ergens iets misgegaan. De pagina's hadden zich opgehoopt en het typen was begonnen, maar de jaren gingen voorbij en er kwam geen boek. Het was alsof ze op een leeg weefgetouw had zitten weven.

Ergens midden in de nacht begint het opeens te regenen en het is dat geluid dat mij ten slotte in slaap sust en mij volgt in mijn dromen. In mijn droom loop ik door de gangen van het Equinox Hotel. Ik vlucht niet voor het geluid, maar volg het juist, op zoek naar de bron. Terwijl ik de grote trap oploop, laat ik mijn handen langs de muren glijden, zoekend naar trillingen. Aanvankelijk voel ik slechts een flauwe vibratie, maar dan beginnen de muren te schudden en te trillen en besef ik dat ik mijn doel nader. De kroonluchter op de overloop van de eerste verdieping rammelt zo hard dat de kristallen druppels klingelen als een klokkenspel. Dit hevige gerammel, dat het oude hotel als in een aardbeving op zijn grondvesten doet schudden, komt uit de kamer boven aan de trap, de kamer waarvan de deur in zijn scharnieren rammelt.

Pas wanneer ik de facetgeslepen deurknop aanraak herinner ik me dat dit een kamer is waar ik niet mag komen – het is een suite die is gereserveerd voor bijzonder belangrijke gasten – maar het is al te laat, de deur zwaait open, het afschuwelijke geluid verstomt en maakt plaats voor een zo mogelijk nog afschuwelijker stilte. Iets draait zich naar mij om vanuit de donkere kooi bij het raam, maar dan is er een krachtige windvlaag die in mijn wijd geopende ogen blaast en mij een ogenblik lang verblindt. Wanneer ik weer kan zien is de kamer verlaten en herinnert alleen het briesje uit het open raam nog aan de vleugels die heel even langs mijn vochtige gezicht zijn gestreken.

Wanneer ik mijn ogen open is het ochtend. Het raam boven mijn

bed is 's nachts opengewaaid en de regen heeft mijn lakens doorweekt. De telefoon rinkelt. Ik neem op en hoor een stem die meer weg heeft van een soort gekras en heel even, nog half slapend, denk ik aan de reusachtige vogel boven de oude zwarte typemachine. In mijn droom trok de vogel veren uit zijn borst en stak ze achter de gladde, zwarte schrijfrol van de typemachine. Degene die ik aan de lijn heb hoest en ik verplaats de hoorn naar mijn andere oor.
'...feder?' Ik versta alleen het laatste stukje.
'Ja, u spreekt met Iris Greenfeder,' zeg ik.
'Je spreekt met Hedda Wolfe. Ik was de literair agent van je moeder. Ik wil graag de memoire zien die je over Kay aan het schrijven bent.'

9

'De wolf? Hedda Wolfe, de literair agent?' vraagt Jack die avond. Toen ik hem belde en vertelde dat Hedda Wolfe mij had opgebeld, zei hij dat hij meteen naar me toe kwam, ook al was het pas dinsdag.
'De enige echte,' zeg ik. 'In *Poets & Writers* heb ik gelezen dat haar workshop "de wolfshop" wordt genoemd. Ze heeft dagen dat ze schrijvers met huid en haar verslindt.'
'Maar ze kan ze ook maken,' zegt Jack. 'Ik heb gehoord dat ze een voorschot van zes cijfers heeft losgepeuterd voor de eerste verhalenbundel van een twintigjarige.'
Het verbaast me dat Jack – die ogenschijnlijk altijd zoveel minachting heeft voor commerciële kunst – zich druk maakt om voorschotten van zes cijfers. Ik doop een asperge in de hollandaisesaus die ik meteen besloot te gaan maken toen Jack op de stoep stond met een bosje dunne, witte asperges en een armvol seringentakken. De saus is klonterig omdat hij opeens achter me kwam staan toen ik er aan het fornuis in stond te roeren, waarna hij zijn koele wang tegen mijn nek legde en zich in de holte van mijn rug nestelde. Dit is nieuw, dacht ik, terwijl ik het gas onder het sauspannetje uitdraaide en me in zijn omarming omdraaide als iets dat zich ontspant na heel strak opgerold te zijn geweest. Dat gevoel bleef ik houden terwijl we de liefde bedreven, alsof ik heel strak opgewonden was geweest en nu langzaam loskwam, met een passie waarvan ik dacht dat we die al lang geleden waren kwijtgeraakt. Vroeger was het altijd zo, herinnerde ik me terwijl Jack, te ongeduldig om het bed uit te klappen, mij op de brede vensterbank tilde.
Toen wij elkaar leerden kennen hadden we allebei al een relatie

met iemand anders – hij met een kunststudente aan Cooper, en ik met mijn docent Middeleeuwse literatuur aan de City University – maar ik was als een blok gevallen voor zijn hartstocht. Ik herinnerde me de eerste avond dat ik hem mee naar huis had genomen en wij, staand tegen deze zelfde vensterbank de liefde bedreven, zo wild dat de ruiten in hun sponningen trilden en daarna nog een keer, in bed. Vervolgens was ik midden in de nacht wakker geworden omdat hij me lag te strelen. Zodra ik mijn ogen opendeed kwam hij in me en kwam heel snel klaar, zonder op mij te wachten en zonder zich te verontschuldigen. Ik had het niet erg gevonden en was juist diep onder de indruk van zijn verlangen naar mij. Het is daarna nooit meer op die manier gebeurd. Hij is de afgelopen tien jaar een tedere, attente minnaar geweest, maar ik heb wel eens het gevoel dat die derde keer dat wij die eerste nacht samen vrijden de laatste keer is geweest dat hij meer naar mij verlangde dan ik naar hem. Dat een bepaalde extra spanning op dat moment was verdwenen en er een verschuiving in onze verlangens had plaatsgevonden waarbij ik voortaan altijd degene was die meer wilde.

Minnaar en beminde. Moest er niet altijd van elk één zijn? Ik heb me de afgelopen tien jaar eigenlijk altijd de minnaar gevoeld, maar vanavond bemerk ik een lichte verschuiving, zo subtiel als de fijne nevel van de regen die door de horren naar binnen kwam en mijn rug doorweekte voor het raam, een verandering in de manier waarop zijn ogen mij volgden toen ik naar het fornuis liep en weer verder ging met het roeren in de hollandaisesaus en het stomen van de asperges. Een verandering in de manier waarop hij keek naar hoe ik de borden op het bed zette, alsof ik de een of andere machtige tovenares was en deze dampende citroenachtige botersaus een betovering die ik over ons beiden had uitgesproken. Zelfs de seringen, die koel en teleurstellend geurloos waren geweest toen Jack ze aan me gaf, hebben zich in de warmte van mijn kamer, in de warmte van onze vrijpartij, geopend en hun zware paarse geur – de geur van bloemen die maar heel kort en slechts éénmaal bloeien – in de lucht verspreid.

Pas wanneer we de asperges met de klonterige hollandaisesaus zitten te eten, begin ik me af te vragen in hoeverre deze verandering toe te schrijven is aan mijn recente succes en voel ik me gedwongen hem van mijn bedenkingen wat betreft Hedda Wolfe te vertellen.

'Mijn moeder heeft een keer behoorlijk ruzie met haar gehad,' vertel ik hem.
'Weet je ook waar het om ging?'
'Ik heb mijn moeder tegen mijn vader horen zeggen: "Als het aan haar lag, zou ik alles opgeven voor het schrijven – zelfs mijn gezin."'
'Wat denk je dat ze daarmee bedoelde?'
'Ik denk dat ze niet wilde dat mijn moeder mij zou krijgen. Waarschijnlijk heeft ze gedacht dat het krijgen van een kind slecht zou zijn voor haar carrière als schrijfster.'
'En daar kreeg ze gelijk in.'
Ik begin te lachen om Jack niet te laten zien hoezeer zijn opmerking mij kwetst. En eigenlijk is het ook wel grappig. Hedda Wolfe – literaire trendsetter, een vrouw die auteurs kon maken en breken – die mij, als een verkeerd gekozen metafoor of een langdradige passage, zesendertig jaar geleden met een ferme streep van haar pen bijna het bestaansrecht had ontnomen.
'Je wordt bedankt, Jack,' zeg ik, in een poging luchtig te blijven klinken. 'Het komt er dus op neer dat jij vindt dat ik beter niet geboren had kunnen worden...'
'Je weet best dat ik het zo niet bedoel, Iris, maar ik denk wel dat het verhaal van je moeder gaat over de consequenties van het opgeven van je kunst. Het is bedoeld als waarschuwing.'
'Ja, een waarschuwing tegen het logeren in goedkope hotelletjes, in gezelschap van clandestiene minnaars zul je bedoelen.'
'Hoe denk je dat ze daar terecht is gekomen? Denk je werkelijk dat ze ten tijde van die brand in dat hotel had gezeten als ze was blijven schrijven? Denk je dat ze haar bevrediging ergens anders had gezocht als ze dat derde boek had afgemaakt?'
Het lijkt een onwaarschijnlijke verklaring, maar dit is voor het eerst dat ik Jack een geloof in monogamie en huwelijkstrouw heb horen aangeven als kenmerk van een tevreden kunstenaar. Het is een verleidelijke gedachte. Misschien is dit wel de reden waarom hij al die jaren zoveel afstand tot mij heeft bewaard – het gevoel dat ik incompleet was als kunstenares. Misschien leidt dit boek wel tot meer dan een contract met zes cijfers.
'Ik moet nog heel veel uitzoeken,' zeg ik. 'Ik weet bijna niets van het vroege leven van mijn moeder. Misschien ga ik de komende zomer wel een tijdje naar het hotel, vooral nu het zich laat aanzien dat dit de laatste zomer gaat worden voor het Equinox.'

'Dat zal je goed doen,' zegt hij, terwijl hij mijn hand streelt en wat dichter bij me komt zitten. Hij raakt mijn gezicht aan. Zijn handen ruiken naar boter en citroen. 'Ik zou ook de stad wel uit willen zodra de cursussen zijn afgelopen.'

'We mogen van mijn tante vast de zolderkamers wel gebruiken,' zeg ik, terwijl ik naast hem ga liggen en me tegen zijn handen aan duw. 'Het licht is er prima en de uitzichten adembenemend.'

Jack wijst me er niet eens op dat hij geen landschapschilder is, iets wat hij anders altijd wel doet zodra ik over de mooie uitzichten van het Equinox begin. Hij heeft het te druk met het landschap van mijn heup, mijn onderrug, de holte achter mijn knie. Dat gevoel van heel traag uitrollen dat ik eerder al had, verandert nu in een lichte trilling, als het gefladder van vlinderachtige vleugels tegen het omhulsel van mijn lichaam.

Wanneer ik de volgende ochtend naar het appartement van Hedda Wolfe wandel, draag ik de herinnering aan mijn nacht met Jack als een soort verborgen kracht met me mee: zoiets als röntgenogen of het vermogen om te vliegen. Ik ben een van mijn moeders superhelden geworden, die wezens waarover zij schreef, die hun vleugels tussen hun schouderbladen verborgen hielden en kieuwen tussen hun borsten hadden. Ik meen zelfs seringen te ruiken, en besef dan dat dat natuurlijk ook zo is – de bloemisten en Koreaanse kruideniers in Washington Street verkopen ze volop. Op elke straathoek zie je de topzware paarse bloesems – als suffige spaniëls met lange oren. Ik vraag me af waar ze eigenlijk vandaan komen. Het zijn geen bloemen die in kassen worden verbouwd. Ik herinner me de wilde struiken langs de oprit van het hotel, die elk jaar in mei slechts een week of twee in bloei stonden. Amper de moeite waard, vond mijn tante Sophie altijd en dan probeerde ze Joseph er weer van te overtuigen ze uit te graven en er iets netters voor in de plaats te zetten, zoals buxushagen of taxusbomen. Maar Joseph wist dat seringen mijn moeders lievelingsbloemen waren en pakte hun wortels elk najaar dik in om ze te helpen de winter door te komen. Wat zou ermee gebeuren als het hotel werd verkocht en gesloten? En wat gaat er trouwens met Joseph gebeuren, die nu tegen de tachtig moet lopen?

Wanneer ik op 14th de hoek omsla en in de richting van de rivier loop, wordt de geur van de seringen vervangen door iets metaalachtigs en scherps. Ik passeer een grote open marktkraam, waar een man de stoep staat schoon te spuiten. In de schaduwen hangen witte vormen en ik wend snel mijn blik af, naar de rivier, waar de lage bebouwing een ongebruikelijk uitzicht biedt op openlucht en zonneschijn. Ik zie een nieuw café op de hoek – in navolging van de marktcafés in de openlucht in Parijs – en de keurige, witte gevel van een nieuwe kledingzaak. Ik kijk nog eens naar het adres dat Hedda me heeft gegeven en hoop dat ik het niet verkeerd heb opgeschreven. In deze wijk was vroeger voornamelijk vleesverwerkende industrie gevestigd, en hoewel er nu ook restaurantjes en boetiekjes zijn, geloof ik niet dat het ook een woonbestemming heeft, en aan de telefoon was zij er heel duidelijk in dat ze mij bij zich thuis uitnodigde.

'Per slot van rekening,' zei ze, 'heb ik je als baby gekend.'

Wanneer ik het huisnummer eindelijk heb gevonden, blijkt het een bedrijfspand te zijn, een oud pakhuis. Ik druk op de bel en worstel met de zware, stalen deur. Ik moet drie keer bellen voordat ik hem eindelijk open krijg.

De begane grond bestaat uit leegstaande bedrijfsruimte – iets wat je tegenwoordig niet zoveel meer tegenkomt in de stad. De begane grond van Jacks gebouw zag er tien jaar geleden ook zo uit, maar nu is er een Zuid-Amerikaanse meubelwinkel in gevestigd. In een donkere hoek van de spelonkachtige ruimte zie ik een enorme weegschaal staan, waar een gigantische grijphaak boven hangt. Even komt me weer het beeld voor ogen van de bleke karkassen die ik zojuist op straat heb gezien, maar hier is natuurlijk alles leeg. In plaats van de stank van bloed, buiten op straat, hangt hier heel vaag de geur van koffiebonen. Rechts van mij voert een steile trap omhoog naar een stalen deur.

Ik loop de treden op, die uit golfplaten bestaan en hier en daar zodanig zijn doorgeroest dat je erdoor naar beneden kunt kijken. Tot dusverre heeft dit alles weinig weg van wat ik me bij de woning van de beroemde Hedda Wolfe had voorgesteld. Ik had iets deftigs verwacht, met heel veel boeken – een herenhuis in Chelsea met bloembakken voor de deur en ingebouwde boekenkasten vol eerste drukken.

Ik klop op de metalen deur en hoor die onmiddellijk herkenbare stem 'Binnen' roepen. Als de kapitein op een schip, denk ik, terwijl ik de deurknop omdraai.

De ruimte die ik betreed heeft wel iets weg van een schip. Misschien komt dat door de enorme halvemaanvormige ramen die van de vloer tot aan het plafond reiken en de indruk wekken dat je je aan boord van een luxe oceaanstomer bevindt, of het snel veranderende licht dat als de weerspiegeling van water in een ondergrondse grot over de zachtgroene muren golft – alleen ontstaat dat effect hier niet door water, maar door takken die voor het matglazen raam heen en weer bewegen. Onder de ramen staat een lange, lage bank zonder rugleuning. Hij staat ongeveer een meter van de muur af, als een meubel waarop je even zou kunnen gaan zitten om schilderijen te bewonderen – of in dit geval, de uitzichtloze ramen.

Tegen de andere muur staat een rij metalen stoelen met rechte rugleuningen. Ik vermoed dat die in een kring worden gezet wanneer zij haar workshops houdt.

Aan het eind van de kamer zit Hedda Wolfe achter een groot, vrijwel leeg bureau van het een of andere groenzwarte gesteente, onder nog zo'n halvemaanvormig raam, dat ditmaal voorzien is van helder glas, in plaats van mat. Pas wanneer ik een stap naar voren doe, staat zij op en komt achter haar bureau vandaan om mij te begroeten. Ik heb het gevoel dat zij eraan gewend is dat gasten altijd even gedesoriënteerd op haar drempel blijven staan.

Met uitgestoken hand om haar te begroeten loop ik over de vloer van brede planken naar haar toe, en pas wanneer zij haar beide handen optilt en met haar vingertoppen heel even mijn armen aanraakt, vlak boven de ellebogen, herinner ik me ergens te hebben gehoord dat Hedda Wolfe aan ernstige artritis lijdt, zo ernstig dat zij geen handen kan schudden. Zonder de gebruikelijke begroeting blijf ik staan, terwijl zij mij van top tot teen opneemt met haar grote, half gesloten grijze ogen.

Als ik haar stem niet had gehoord, zou ik er zeker aan hebben getwijfeld of dit dezelfde vrouw was die ik aan de telefoon heb gehad. Ik weet eigenlijk niet wat ik had verwacht. Klauwen misschien? Gloria Swanson in *Sunset Boulevard*? In elk geval niet deze slanke, elegante dame met halflang zilvergrijs haar, een zacht lila zijden jurk en damesachtige parels om haar hals en in haar oren.

'Ja,' zegt ze, terwijl haar zachte, verschrompelde handen langzaam van mijn armen glijden. 'Je hebt veel weg van Kay, en ook van Ben. Ik vond het heel erg,' zegt ze, terwijl ze me blijft aankijken, 'toen ik vorig jaar hoorde dat je vader was overleden. Ik heb Sophie nog geschreven en haar gevraagd jou namens mij mijn deelneming te betuigen. Maar misschien... nu ja, hoe dan ook, ik vind het heel erg. Hij was een goed mens, je vader. Een echte heer.'

Ze blijft me nog even aankijken, lang genoeg om te zien hoe mijn ogen vochtig worden, en gebaart me dan plaats te nemen in een van de twee leunstoelen voor het bureau, terwijl zij de andere neemt.

'En vertel me nu eens over dat boek. Hoe ben je op het idee gekomen het te gaan schrijven? Waarom juist nu?'

'Dat weet ik niet precies,' antwoord ik naar waarheid. 'Het begon ermee dat ik aan het verhaal moest denken dat mijn moeder me vroeger vaak vertelde – het verhaal over de selkie – en ik verwerkte het in een opdracht voor mijn leerlingen. Het verbaasde me hoe sterk mijn leerlingen reageerden op het idee de sprookjes op papier te zetten die zij als kinderen hadden gehoord...' Ik zwijg even, denkend aan Gretchen Lu's gewonde handen, en besef dat ik naar Hedda's handen zit te staren, die met de palmen omhoog in haar schoot liggen, opgekruld als een breiwerkje dat te strak is gebreid. Ik kijk snel naar Hedda's gezicht en zie nog net de ongeduldige blik in haar ogen.

'Dus het is niet omdat je nieuw materiaal hebt gevonden? Brieven... of een manuscript?' Ze buigt zich naar me toe en in haar schoot bewegen haar handen alsof ze iets willen grijpen, maar ik herinner mezelf eraan dat het door de artritis komt dat ze op heksenklauwen lijken. Ik kan echter wel zien waarom mensen bang voor haar zijn. Ik bedenk me dat zij wel de laatste persoon is aan wie ik iets zou willen laten lezen dat ik heb geschreven. Die plotselinge overtuiging geeft me het lef om eerlijk te zijn.

'Om u de waarheid te zeggen, weet ik nog niet eens zeker of ik wel over mijn moeder wil schrijven. Of dat ik het kan. Ik weet niet zoveel over haar. Ze sprak nooit over haar jeugd, haar familie, of dingen die haar waren overkomen voor de dag dat zij met haar ene koffertje aankwam in Hotel Equinox...'

'Nee,' zegt Hedda, achterover leunend en met een zachtere uitdrukking op haar gezicht. 'Kay wilde nooit over haar leven vóór het hotel praten. Met niemand.'

Ik haal mijn schouders op. 'Misschien viel er niet zoveel te vertellen. Misschien had ze een heel saai leven en creëerde ze daarom haar fantasiewereld. Tirra Glynn. Een magisch land, bevolkt door wisselkinderen en wezens die van gestalte kunnen veranderen.'

'Precies.' Met ogen die glinsteren van belangstelling, leunt Hedda Wolfe opnieuw naar voren. Het is bijna opwindend om die intelligentie op mij gericht te voelen en ik bedenk me dat dit de keerzijde van haar hardvochtigheid moet zijn – haar goedkeuring krijgen moest een mens het gevoel geven door zonnestralen te worden beschenen. Zij tilt haar handen van haar schoot en probeert haar vingers met elkaar te verstrengelen, maar zij spreiden zich slap uit op de plooien van haar zijden jurk.

'Wat precies?' fluister ik, vervuld van afschuw en schaamte. Die handen. Ik bedenk me opeens hoe afschuwelijk het is dat deze vrouw, die haar hele leven schrijvers heeft begeleid, waarschijnlijk niet eens meer een pen kan vasthouden.

'Wisselkinderen. Wezens die van gedaante veranderen. Ik denk dat Kay een leven achter zich liet toen zij in het Equinox Hotel arriveerde. Het is net alsof haar bestaan daar pas begon: op een zomerdag in 1949, toen ze vijfentwintig jaar oud was. Ze vormde zich om tot een van haar eigen romanfiguren. Maar wat het ook was waarvoor zij op de vlucht was, in haar boeken bleef het telkens terugkomen. Daarom wilde ze het tweede boek niet uitgeven.'

'Wilde ze het tweede niet uitgeven?' herhaal ik stompzinnig. De gedachte dat iemand zijn of haar boeken niet zou willen uitgeven is me zo vreemd dat ik haar waarschijnlijk met open mond zit aan te gapen.

'Eerlijk gezegd wilde ze het eerste ook al niet publiceren. Heeft je vader je dat nooit verteld?'

Ik schud mijn hoofd. Na het vertrek van mijn moeder deed ik mijn best haar niet ter sprake te brengen in het bijzijn van mijn vader; het was te pijnlijk de blik in zijn ogen te zien wanneer hij haar naam hoorde.

'Hij is degene die mij haar eerste boek liet lezen. Ik kwam elke zomer met mijn grootmoeder in het hotel en toen ik in de twintig was – en ik mijn eerste baantje had bij een literair agentschap – kwam ik er nog steeds in de weekends. Je moeder fascineerde mij altijd. Ze was... zo mooi, zelfs toen ze nog een kamermeisje was. Wanneer je je kamer binnenkwam en zij was je bed aan het

opmaken, voelde je je gewoon een indringer. En toen ze met je vader trouwde... zelfs de hotelgasten – de vaste gasten die al jaren in het hotel kwamen – woonden de plechtigheid in de rozentuin bij. Het was net een sprookje. Je wist gewoon dat ze een bijzonder iemand was en toen ik hoorde dat zij 's winters altijd schreef, moest ik gewoon zien wat ze schreef. Ik vroeg het aan je vader en toen liet hij me het klad van haar eerste boek zien.'
'Zonder het haar te vertellen?'
'Ja. Ik vrees dat ik hem heb overgehaald. Ik zei tegen hem dat ze waarschijnlijk gewoon bang was dat het niet goed genoeg was en dat niemand het zou willen uitgeven. Maar dat was het helemaal niet.'
'Maar ze heeft toch toestemming moeten geven om het uit te geven...'
'Natuurlijk, maar tegen de tijd dat ze wist dat ik het had, had ik al een bod van een uitgever voor wat destijds een heleboel geld was. Hoe kon ze het toen nog afwijzen? Ze hadden het geld nodig...'
'Voor mij? Omdat ze een baby zou krijgen?'
Hedda Wolfe brengt een van haar verschrompelde handen naar haar voorhoofd om haar ogen tegen de zon te beschermen en kijkt mij aan. 'Lieverd, dat was jaren voordat jij werd geboren. Maar inderdaad, omdat ze dacht dat ze een baby zou krijgen. Ik geloof dat dat de eerste miskraam was...'
Mijn mond is opeens kurkdroog. Dit is de eerste keer dat ik iets over een miskraam hoor, maar aan de andere kant, wie had mij dat nu moeten vertellen?
'De eerste?' vraag ik.
'Wist je dat niet? Ze had er twee voordat ze jou kreeg. Je hebt er geen idee van hoe dolgelukkig ze was toen jij werd geboren. We waren allemaal zo blij voor haar.'
'Wilt u zeggen dat u het helemaal niet afkeurde...'
Hedda begint te lachen. Het is de eerste keer dat ik haar lach hoor, en het geluid verrast me, zo onverwacht licht klinkt het. 'Waarom zou ik het in vredesnaam hebben moeten afkeuren? Ik was verschrikkelijk blij voor haar en eerlijk gezegd had ik ook een zelfzuchtige reden, want ik dacht dat het haar ervan zou weerhouden ervandoor te gaan. Bij Kay had je altijd het gevoel dat ze elk moment weg kon zijn, als een dier in het bos, klaar om weg te springen. Ik wilde dat ze bleef en haar boeken zou schrijven en dat deed ze ook... in elk geval een tijdje.'

'Maar ze was niet in staat het derde boek te voltooien.'
'Nee? Maar ze schreef toch wel degelijk.'
Ik kijk uit het raam achter het bureau, waar plataantakken tegen het glas krassen. Het eerste tere groen van het voorjaar kleurt al donkerder aan de takken; een mus zoekt tussen de blaadjes naar zaadjes. Ik denk aan de droom die ik pas heb gehad, over mijn moeder als een grote vogel die haar eigen veren uittrok om ze in de kooivormige typemachine te steken, het tikkende geluid dat mij achtervolgde door de gangen.
'Ja, ze schreef in de gastenkamers op het briefpapier van het hotel...' Ik zie dat Hedda glimlacht, alsof het om een dierbare herinnering gaat. '... en ik herinner me het typen... maar de jaren gingen voorbij en er kwam geen boek.'
'Dat betekent niet dat ze het niet heeft geschreven. Ik heb reden om te geloven dat ze het derde boek wel degelijk heeft afgemaakt.'
'Maar hoe kunt u dat weten? Ik dacht dat u ruzie met haar had...' Ik had hun ruzie niet ter sprake willen brengen, maar ik koester niet langer de illusie dat ik de koers van dit gesprek kan bepalen. Het is wel duidelijk dat Hedda Wolfe de touwtjes vanaf het begin in handen heeft gehad.
'Ben heeft het me verteld. Wij spraken nog wel met elkaar. Hij maakte zich zorgen om haar... ze was al een paar keer spoorloos verdwenen en ze leek afwezig. Hij zei dat ze het derde boek af had, maar dat ze het niet wilde publiceren. Natuurlijk had ze dat al eerder gezegd en toen was ze ook van gedachten veranderd en bovendien had ze na de publicatie van elk boek rustiger geleken. Ben hoopte dat het uitgeven van het laatste boek als een soort afsluiting zou kunnen fungeren van datgene waar zij bang voor was. Hij slaagde erin Kay over te halen over de telefoon met mij te praten. Ze zei dat het derde boek mij misschien niet erg zou bevallen, maar ze beloofde me dat ik het mocht zien wanneer het klaar was. Ze zou het meebrengen wanneer ze naar de stad kwam voor die conferentie, alleen is is ze daar nooit aangekomen.'
'Als ze het bij zich had, moet het verbrand zijn. We zullen dus nooit weten...'
Hedda Wolfe schudt ongeduldig haar hoofd. 'Ze maakte altijd een doorslag met carbonpapier. Ben zei dat hij het niet kon vinden: ik denk dat ze het heeft verstopt voordat ze naar de stad vertrok.'

'En nu denkt u dus dat het nog ergens in het hotel moet zijn.'
Ik kan de teleurstelling in mijn stem niet verbergen. Dit is dus wat de grote Hedda Wolfe van mij wil: dat ik mijn moeders verloren manuscript voor haar vind. Eigenlijk zou ik het een spannend idee moeten vinden dat zo'n manuscript wellicht bestaat. Heb ik niet mijn hele leven in mijn moeders twee romans zitten graven, om te proberen uit haar mythische fantasieverhaal de een of andere boodschap voor mij te ontcijferen? En altijd heb ik het gevoel gehad dat ik er bijna was, alsof de gevleugelde mannen en half-aquatische vrouwen plotseling van de bladzijde zouden springen om mij te vertellen waarom mijn moeder me had verlaten toen ik tien jaar oud was, voor een afspraak met een vreemde man in een vreemd hotel, en daar vervolgens dood was gegaan. Maar als ik het antwoord in de eerste twee boeken niet had kunnen vinden, waarom zou ik dan geloven dat het derde deel uitkomst zou bieden?

'Ik dacht dat je het misschien al had gevonden,' zegt Hedda. 'Daarom trof de titel van je essay me ook als een mokerslag. Zo zou je moeder het derde deel van haar trilogie namelijk hebben genoemd: *De dochter van de selkie.*'

10

Ik ben zo vol van alles wat ik van Hedda Wolfe heb gehoord, dat ik me 's avonds niet in staat voel om les te geven, dus geef ik mijn studenten van Grace opdracht een essay van vijf alinea's te schrijven over 'Wat het nieuwe millennium voor mij betekent.' Ik weet dat ik hier later, wanneer ik twintig nieuwe opstellen moet toevoegen aan mijn stapel nog niet gecorrigeerde opstellen, spijt van zal hebben, maar nu heb ik in elk geval tijd om uit het raam te staren, naar de verkeersstroom die langzaam in de richting van de Lincolntunnel kruipt, terwijl ik erachter probeer te komen wat ik nu eigenlijk voel.

Ik zou dolblij moeten zijn. Niet alleen heb ik mijn eerste contract getekend met een agente – en nog een beroemde ook – maar ik heb ook twee stukjes informatie over mijn moeder gekregen die in elk geval een deel van de last zouden moeten verlichten waaronder ik al jaren gebukt ga. Het eerste is dat mijn moeder blij was dat ze een kind kreeg. Ik heb altijd gedacht dat ze zo lang met kinderen had gewacht (hoeveel vrouwen van haar generatie wachtten tot hun achtendertigste met het krijgen van hun eerste kind?) omdat zij dacht dat het moederschap een negatieve invloed zou hebben op het schrijversschap. Maar als wat Hedda Wolfe me heeft verteld echt waar is en mijn moeder vóór mij twee miskramen heeft gehad, dan moest ze al veel langer een kind hebben gewild.

Het tweede is misschien nog wel belangrijker: mijn moeder heeft het derde deel van de Tirra Glynn trilogie wel degelijk voltooid. Ik heb altijd geloofd dat ik de reden was dat mijn moeder het derde deel nooit had geschreven. Al die keren dat ik achter haar aan liep door de gangen en de pagina's opraapte die zij liet vallen en later, wanneer ik luisterde waar het geluid van het typen vandaan kwam zodat ik wist waar ze was... Ik liet haar nooit met rust. Ik wist haar overal te vinden – geen wonder dat ze in zoveel verschillende kamers ging zitten werken! – voor een spelletje, een verhaaltje, haar tijd, haar aandacht. Wanneer ze dan opkeek van de pagina of de typemachine was haar blik even – heel even maar – volkomen leeg. Alsof ze was vergeten wie ik was. Het volgende moment had ze spijt en deed alles wat ik wilde – vooral als het om verhaaltjes ging. Ze moet zich schuldig hebben gevoeld voor dat korte gebrek aan herkenning – hoe kon een moeder haar eigen kind vergeten! – en ik leerde gebruik te maken van dat schuldgevoel, ook al kon alle aandacht van de wereld – en alle verhaaltjes van de wereld – dat ene moment waarop ik even helemaal niet meer voor haar bestond onmogelijk goedmaken.

Ik huiver en meneer Nagamora biedt aan het raam dicht te doen. Ik kijk naar mijn klas en zie dat de meesten klaar zijn. Alleen mevrouw Rivera zit nog druk te schrijven op een spiraalblok.

'Wie klaar is mag naar huis,' zeg ik tegen de klas. 'Vergeet niet voor volgende week *The Hunger of Memory* van Rodriguez uit te lezen.'

Ik keer mijn klas de rug toe en duw moeizaam het raam omlaag. Ik probeer mijn leerlingen te ontmoedigen om nog even te blijven hangen. Ik heb vanavond geen behoefte aan praten, geen zin in de excuses voor te laat ingeleverd werk van slechte leerlingen of het gebabbel en de vragen van de goede. Wanneer ik me echter omdraai, zit mevrouw Rivera er nog steeds en wanneer zij opkijkt van haar schrijfblok zie ik aan haar opgezette en roodomrande ogen dat ze heeft gehuild.

'Mevrouw Rivera,' zeg ik, 'wat is er? Wat is er aan de hand?'

Mevrouw Rivera haalt een gebloemd zakdoekje te voorschijn en snuit haar neus. 'Het spijt me, juffrouw, het was niet mijn bedoeling u lastig te vallen met mijn problemen.'

Ik loop om mijn bureau heen en ga op de stoel naast die van mevrouw Rivera zitten. Ik probeer zo te gaan zitten dat ik haar kan aankijken, maar het vaste tafeltje maakt dat onmogelijk. Ik draai de hele stoel met tafel om, waarbij ik me heel onhandig en luidruchtig voel, terwijl mevrouw Rivera diep ademhaalt en haar best doet haar om tranen te bedwingen.

'Stil nu maar.' Ik neem haar hand tussen de mijne. Hoewel ze ongeveer even oud is als ik voelen haar handen leerachtig aan. Ik voel het eelt en de ruwe plekken – zulke handen hadden de meisjes die in de wasserette werkten vroeger ook altijd en ik herinner me dat mevrouw Rivera eens heeft verteld dat ze vroeger ook in een hotel heeft gewerkt.

'Zijn het de lessen, mevrouw Rivera? U doet het prima, hoor. Uw laatste opstel – over "Rapunzel" – toont heel veel vooruitgang. Maar twee foute zinsconstructies en een keer vergeten een nieuwe alinea te beginnen. Ik weet zeker dat u de cursus goed gaat afsluiten.' Eigenlijk ben ik daar helemaal niet zo zeker van, maar ik wil verschrikkelijk graag voorkomen dat ze gaat huilen, voordat ik zelf ook begin. Ik voel nu al iets samenknijpen achter in mijn keel.

'Nee, daar gaat het niet om, professor Greenfeder' – ze spreekt mijn naam uit als *fedder* zodat het precies klinkt als wat het in het Duits betekent: groene veer – 'uw lessen zijn op dit moment het enige wat nog goed gaat in mijn leven. Het is allemaal mijn eigen schuld. Ik heb het vorige week zo leuk gehad op die expositie waar u ons allemaal mee naartoe hebt genomen – u bent de enige lerares hier die zulke dingen voor ons doet en die echt om ons geeft...'

Ik krimp ineen en denk aan mijn eigen zelfzuchtige redenen om de klas mee te nemen naar de galerie.

'... dus u kunt er echt helemaal niets aan doen.'

'Waar kan ik niets aan doen?'

'Dat ik ontslagen ben. De Rosenbergs hebben me ontslagen.'

'Alleen maar omdat u wat later thuis was? Dat is verschrikkelijk! Hoor eens, ik schrijf ze wel een briefje, of ik bel ze op...'

Mevrouw Rivera schudt haar hoofd. 'Ze zeiden dat ik naar drank rook – en ik had maar één glaasje wijn op, juffrouw, eerlijk waar, ik houd niet eens van alcohol. Ze hebben al iemand anders gevonden en het aan de kinderen verteld, dus ze zullen nu zeker niet meer van gedachten veranderen. Ze komen nooit op hun woord terug wanneer ze de kinderen eenmaal iets hebben verteld.'

Elke keer dat ze het woord *kinderen* zegt, begint mevrouw Rivera's kin te trillen en toch blijft ze het woord heel bewust herhalen, bijna alsof ze zich wil harden tegen de herinnering aan haar voormalige pupillen. Ze is niet alleen haar baantje kwijt,

maar ook de band met de kinderen voor wie ze jaren heeft gezorgd. En deels dank zij mij.
'Laat me in elk geval proberen met hen te praten – ik bedoel, dat ze het de kinderen hebben verteld, wil toch nog niet zeggen dat ze niet meer van gedachten kunnen veranderen.'
'O nee, ze zeggen dat terugkomen op een beslissing slecht is voor hun ... hoe zeg je dat... *waardigheid*?'
'Geloofwaardigheid?' vraag ik. Zij knikt.
Ik kan me al een aardig beeld vormen van de Rosenbergs uit Great Neck. Mensen met principes die netjes de verzekeringen van hun kindermeisje betalen (voor het geval ze nog eens een regeringsambt willen gaan bekleden) en het snoepen en tv-kijken van hun kinderen streng aan banden leggen.
Ik geef een klopje op mevrouw Rivera's door hard werken ruw geworden handen. 'Misschien kan ik een ander baantje voor u regelen,' zeg ik.

Voordat ik die donderdag op weg ga naar Rip Van Winkle, probeer ik voor de zoveelste keer mijn tante Sophie te bereiken. Ik probeer haar al de hele week te bellen. Sinds ik het plan heb opgevat mevrouw Rivera een baantje in het hotel te bezorgen, heb ik een veel beter gevoel bij het hele gedoe met de memoires van mijn moeder. Niet dat het ergens op slaat, maar het idee dat mijn plannen om de zomer in het hotel door te brengen – om mijn tante en oudere personeelsleden en vaste hotelgasten die mijn moeder hebben gekend te ondervragen en op zoek te gaan naar een verloren manuscript – me wellicht in staat stelt te voorkomen dat mevrouw Rivera terug wordt gestuurd naar Mexico, doet de hele onderneming wat minder zelfzuchtig lijken. Het hangt echter allemaal af van tante Sophies toestemming en opeens, net nu ik eindelijk in wil gaan op het aanbod dat ze me al jaren probeert op te dringen, is ze onbereikbaar. Janine, de telefoniste van het hotel, klonk de laatste keer dat ik belde een beetje vreemd en ik begin me af te vragen of mijn tante mij misschien met opzet niet te woord wil staan.
'Ze was hier net nog,' vertelt Ramon me donderdagochtend. 'Ze loopt de hele week al rond te rennen alsof de duivel haar op de hielen zit en ze wil niet vertellen waarom. Wij vermoeden allemaal dat we een belangrijke hoogwaardigheidsbekleder te gast krijgen... Zal ik vragen of ze terug wil bellen?'

Ik vertel Ramon dat ik het grootste deel van de dag niet thuis zal zijn, maar dat ze me vanavond kan bellen. Onderweg naar het station vraag ik me af of wat Ramon heeft gezegd pure speculatie kan zijn. Een belangrijke gast? In het Equinox? Honderd jaar geleden misschien. In het hotel hebben presidenten gelogeerd, filmsterren, honkballers, een maffiabaas – die me door mijn vader werd aangewezen tijdens een wandelingetje door de rozentuin – en volgens mijn tante zelfs een keer een Russische prinses. Maar dat was vroeger. Het teruglopende aantal vaste bezoekers van het hotel bestaat de laatste twintig jaar uit een bonte verzameling emigranten, muzikanten, aquarellisten, vogelliefhebbers en verder voornamelijk de inmiddels bejaarde kleinkinderen van families die ooit de zomers in het hotel doorbrachten en nog steeds nostalgische herinneringen koesteren aan die gouden jaren.

De enige voor wie mijn tante zich zoveel moeite zou getroosten, is een aspirant koper.

Bij die gedachte sta ik midden in het Grand Central Station zo abrupt stil, dat forenzen die de perrons opkomen en op weg gaan naar de uitgang tegen me aanbotsen. Ik ga even in de betrekkelijke beschutting van de informatiekiosk staan en tuur omhoog naar het blauwgroene tongewelf boven mij, bijna alsof ik mijn toekomst tracht te lezen uit de sterrenstelsels die daar staan afgebeeld. Mijn toekomst. De toekomst van het hotel. Natuurlijk zou het mooi zijn als zich een koper meldde. Maar wat als de koper het hotel wil afbreken en helemaal opnieuw wil beginnen? De herbouw zou jaren kunnen duren – jaren waarin het hotel dus gesloten zou zijn. Geen werk voor mevrouw Rivera – om nog maar niet te spreken van mijn tante en Joseph of Janine, die inmiddels ook al in de zeventig moet zijn.

Ik kijk op mijn horloge en zie dat ik nog wat tijd over heb voordat mijn trein naar Rip Van Winkle vertrekt. Meestal neem ik de bus naar het Grand Central Station (in de ondergrondse heb ik altijd een beetje last van claustrofobie), maar vanmorgen voelde ik me – nog zwevend op de belofte van mijn ontmoeting met Hedda Wolfe – zorgeloos en ben ik me te buiten gegaan aan een taxi.

'Ik denk dat ik je memoires wel kan verkopen, of je het derde boek van je moeder nu vindt of niet,' zei zij, 'maar als we je moeders derde boek tegelijkertijd kunnen uitbrengen, denk ik

dat ik je wel een heel erg aardig voorschot kan bezorgen.'
Een heel aardig voorschot, ja ja. Ik wist niet exact welke monetaire waarde ik aan Hedda Wolfes opvatting van een heel aardig voorschot moest verbinden, maar ik had het gevoel dat het meer was dan ik ooit had durven hopen. Niet dat het geld het allerbelangrijkste is. Jarenlang heb ik mijn verhalen naar kleine tijdschriften gestuurd, workshops en schrijfcursussen gevolgd, lezingen en seminars bijgewoond en me net zoals zoveel anderen in de marge van New Yorks literaire leven bewogen. En toch heeft het idee ooit een echte schrijfster te worden altijd net zo ver bij me vandaan gestaan als de piepkleine glinsterende lichtjes op het beschilderde plafond boven mij. Als ik de zomer niet in het hotel kan doorbrengen, als ik het manuscript van mijn moeders derde boek niet kan vinden, is dat precies wat mijn dromen zullen blijven: een vage, verre droom.

Ik stap uit de schaduw van de kiosk regelrecht in een zee van zonneschijn die door de drie enorme gewelfde ramen in de oostkant van het stationsgebouw naar binnen stroomt. Het is alsof ik baad in zonlicht. Terwijl ik me een weg door de menigte baan kan ik de gezichten van de onbekenden die mij tegemoetkomen niet onderscheiden omdat zij de zon in de rug hebben. Het licht is zo scherp dat het bijna als een soort nevel werkt, die de omtrekken van de gestaltes die op me afkomen vervaagt. Ik houd mijn hoofd omlaag, mijn hand boven mijn ogen en loop in de richting van mijn trein, maar word tegengehouden door een donkere gestalte die me de weg verspert. Ik kan zijn gezicht niet zien, maar ik zie wel dat het een grote man is in een donker kostuum dat glanst in het scherpe zonlicht, bijna als de vacht van een dier. Kasjmier, denk ik, of alpaca. Het materiaal nodigt je bijna uit het te strelen. De manier waarop de man me aankijkt – ik neem althans aan dat hij me aankijkt – is verontrustend en ik probeer door te lopen, maar wanneer ik om hem heen wil lopen legt hij twee vingers op mijn elleboog en draait zich om om met mij op te lopen. Zodra het licht op zijn gezicht valt herken ik hem. Het is Harry Kron.

'Zo, juffrouw Greenfeder,' zegt hij. 'Ik heb veel aan u gedacht.' Het lijkt hem niet eens te verbazen dat hij me hier midden op een druk station tegen het lijf loopt. 'Welke trein neemt u?'

'De Metro-North van acht uur drieënvijftig,' vertel ik hem.

'Hmmm. Een ogenblikje alstublieft.'
We hebben het perron bereikt waar mijn trein staat te wachten. Hij kijkt omhoog om te zien welke stations de trein aandoet en knikt.
'Ik wilde eigenlijk een sneltrein nemen, maar deze kan ook wel...'
'Maar ik wil u geen oponthoud bezorgen...' Het verbaast me dat de rijke oom van Phoebe Nix met de trein reist. Hoort hij niet eerder in een limousine met getinte ramen?
'Ik ben dol op treinen,' zegt hij, alsof hij mijn gedachten kan lezen. 'En de Hudson-lijn is een van mijn favoriete routes. Ik kan me geen betere manier voorstellen om een voorjaarsochtend door te brengen dan met een treinreis langs de Hudson in gezelschap van een mooie, getalenteerde schrijfster. Tenzij u onderweg natuurlijk andere bezigheden heeft.'
Ik denk aan mijn boekentas vol opstellen die ik nog moet nakijken, maar dat zou net zoiets zijn als een klein jongetje vertellen dat je niet met hem naar het circus kunt omdat je nog moet werken.
'Ik zou uw gezelschap bijzonder op prijs stellen,' zeg ik.
'Mooi, zullen we dan maar?' Harry Kron gebaart in de richting van het perron alsof hij me naar de dansvloer wil begeleiden. Hij neemt zijn attachékoffertje in zijn rechterhand, trekt mijn hand onder zijn linker elleboog en samen dalen wij af in de krochten van het Grand Central, waar de trein van acht uur drieënvijftig op ons wacht. De trein, die tegen de forenzenstroom in rijdt, is bijna leeg en wij vinden al snel twee plaatsen tegenover elkaar, naast het raam aan de kant van de rivier. Hij laat mij vooruit rijden en gaat tegenover me zitten. Hij is zo lang dat onze knieën elkaar net niet raken.
'Zo,' zegt hij, wanneer de trein zich in beweging zet, 'en waarheen voert de reis op deze mooie lenteochtend?'
Ik vertel hem over mijn baan in de gevangenis en hij fronst bezorgd zijn wenkbrauwen.
'Maar is dat wel veilig?'
'Er staat te allen tijde een bewaker op de gang en al mijn leerlingen zitten in de normaal beveiligde afdeling.'
'Kleine diefjes dus en drugsdealers. Ik kan me niet voorstellen dat het een productieve uitlaat is voor je talenten. Ik heb overigens bijzonder genoten van je verhaal in het tijdschrift van mijn

nicht – hetgeen ik bepaald niet kan zeggen van het overgrote gedeelte van de onzin die zij uitgeeft.'

We zijn de tunnel uit en krijgen de rivier in zicht, zodat ik in staat ben me bescheiden af te wenden terwijl ik hem bedank voor zijn compliment.

'Je kunt je tijd beter aan schrijven besteden in plaats van je talent te verspillen aan ongeletterde criminelen.'

Ik word verscheurd tussen verontwaardiging uit naam van mijn leerlingen – ik denk aan Aidan en zijn prachtige versie van het verhaal van Tam Lin – en dankbaarheid voor het feit dat hij mij getalenteerd acht. Ik kies voor eerlijkheid.

'Ik heb het geld nodig,' zeg ik.

Hij kijkt fronsend uit het raam en kijkt lichtelijk gegeneerd, alsof ik zojuist de een of andere gênante lichaamsfunctie ter sprake heb gebracht.

'Je moet een contract zien te krijgen voor die memoires die je wilt schrijven. Heb je al een literair agent?'

Ik antwoord bevestigend. 'Hedda Wolfe,' zeg ik.

Zijn ogen worden groot. 'Je meent het. Hedda.'

'Kent u haar?'

'O, ja,' antwoordt hij. 'Er zijn heel veel commissies waarin wij beiden zitting hebben. Ik weet zeker dat zij je een voorschot kan bezorgen waarmee je in alle rust aan je boek kunt werken.'

'Dat is ook zo, maar dan heb ik wel wat meer nodig dan alleen het eerste hoofdstuk en het zou ook helpen als ik het derde boek van mijn moeder kon vinden.'

'Heeft ze dan een derde boek geschreven? Ik dacht dat het er twee waren.' Harry Kron knipt zijn koffertje open en haalt er tot mijn stomme verbazing een paperbackuitgave uit van mijn moeders beide romans – een uitgave in één band, verschenen in de jaren zeventig ten tijde van de Tolkien-rage. Ik herinner me dat mijn vader woedend was over de omslagillustratie van een sexy zeemeermin met rood haar. 'Er komen niet eens zeemeerminnen voor in haar boeken,' had hij dagen achtereen lopen tieren. 'Hebben die lui ooit de moeite genomen haar boeken te lezen?'

'Misschien krijgen we nu eindelijk eens wat royalty's te zien,' had mijn tante geantwoord. En inderdaad, de royalty's van die uitgave hadden mijn hele studie betaald en het eerste jaar van mijn postdoctoraal.

'Kijk eens, jouw verhaal heeft mij ertoe aangezet het werk van je moeder te lezen. Ik vrees dat ik haar boeken nooit had gelezen.' Hij schudt zijn hoofd en kijkt oprecht spijtig. 'Ik ben normaal gesproken niet zo'n liefhebber van sciencefiction – of noem je dit fantasy? – maar ik moet zeggen dat de boeken van je moeder daarop een uitzondering vormen. Het is heel fascinerend hoe zij gebruik maakt van al die oude Europese legenden om haar fantasiewereld te scheppen. Die selkiewezens bijvoorbeeld, die op zoek zijn naar een verloren halssieraad – hoe denk je dat ze daaraan is gekomen?'

'De selkies zijn afkomstig uit een Iers volksverhaal, hoewel ik nooit een versie van het verhaal heb kunnen vinden waarin een halssnoer voorkomt. De zoektocht naar een verloren sieraad is natuurlijk wel een veel voorkomend archetypisch queestethema – net als de ring in Tolkien of de Graal in de Arthurlegenden...'
Ik zie dat Harry Krons ogen verstarren, zoals bij de meeste mensen gebeurt wanneer ik woorden ga gebruiken als *archetypisch* en *queeste-thema*. 'Hoe dan ook, ik heb de betekenis van dat halssnoer – het net van tranen, zoals het wordt genoemd – nooit kunnen achterhalen. In de boeken is het een geschenk van een moeder aan haar dochter, maar dan wordt het gestolen door de boze koning Connachar en in Boek Twee weer teruggevonden door de held Naoise.'

'Is dat dan niet het einde van het verhaal?'

'Jammer genoeg voor Naoise – maar gelukkig voor lezers die van vervolgverhalen houden – bezorgt het halssnoer hem niets dan problemen. Tegen het einde van Boek Twee weet selkie Deirdre dat zij het halssnoer moet vinden en vernietigen. Waarschijnlijk doet ze dat in Boek Drie en komen wij er dan meteen achter wat de betekenis van het sieraad is.'

'En waarom denk je dat er een derde boek is?'

Ik vertel hem wat Hedda Wolfe heeft gezegd. Terwijl ik praat, kijkt hij uit het raam, meer onder de indruk van de rode rotsen van de Palisades en de blauwe glinstering van de Hudson dan van wat ik zeg.

'Nu ben ik dus van plan de zomer in het hotel door te brengen om het boek te gaan zoeken en met mensen te praten die mijn moeder hebben gekend.'

'Zijn er daar nog veel van?' vraagt hij, terwijl hij uit zijn doezelige bewondering van de rivier lijkt te ontwaken. Het ritme

115

van de trein en de schittering van het wateroppervlak hebben mij ook slaperig gemaakt en alvorens zijn vraag te beantwoorden onderdruk ik een geeuw. 'Jawel, mijn tante en de tuinman, Joseph, en Janine, de telefoniste. Een aantal van de vaste gasten misschien – maar dat hangt er vanaf hoeveel er deze zomer zullen komen.' Vervolgens leg ik hem uit dat het hotel in financiële moeilijkheden verkeert en leeft hij weer een beetje op. Dit ligt meer in zijn straatje dan obscure mythologische fantasiewezens.

Wij praten nog wat verder over hotels en hij raakt steeds geanimeerder en vertelt me over zijn favoriete hotels in Europa, de Villa d'Este aan het Comomeer, Hotel Hassler in Rome ('Het eerste hotel waar ik na de oorlog werkte was in Rome, waar ik voor de oorlog een kunststudie volgde,' vertelt hij), de Ritz in Londen, Hotel Charlotte in Nice. Veel van deze namen ken ik uit de verhalen van mijn vader over het naoorlogse Europa en ik vertel hem welke hotels de voorkeur van mijn vader hadden.

'Ik geloof dat hij Joseph, onze tuinman, in Hotel Charlotte heeft leren kennen,' besluit ik. 'Hij zei altijd dat de tijd die hij tegen het eind van de oorlog in Europa heeft doorgebracht voor hem de reden is geweest om in een hotel te willen werken.'

'Ach ja,' zegt Harry Kron, nu weer helemaal wakker, en ik zie zijn ogen oplichten. 'De oorlog heeft velen van ons de ogen geopend voor een heel nieuwe wereld. Dat klinkt misschien paradoxaal – dat er iets goeds kan voortkomen uit zoveel verschrikkingen en verwoesting – maar toch is het waar, in elk geval voor mij. Voor mijn broer Peter, Phoebes vader, lag dat anders; hij heeft een jaar in een krijgsgevangenenkamp in Udine, in Noord-Italië doorgebracht en is daar na de dood van Mussolini uit ontsnapt, waarna hij is ondergedoken in een villa van een oude vriend van onze familie in de buurt van Ferrara.'

Ik denk aan wat Phoebe me over haar vader heeft verteld en hoe zij hem heeft afgeschilderd als de grote boosdoener in het huwelijk van haar ouders. 'Was hij erg getraumatiseerd door zijn ervaringen in het kamp?'

'Hij wilde er nooit zoveel over zeggen; hij vermaakte ons liever met verhalen over de wijnkelders van gravin Oriana waarin hij zich maandenlang verborgen heeft gehouden en spannende ontsnappingen in Alpenpassen. Hij deed net of het een romantisch avontuur was. Ik denk dat het burgerleven na de oorlog erg saai voor hem was; hij heeft nooit meer een echt doel in zijn le-

ven gevonden, terwijl de oorlog in mijn geval juist richting heeft gegeven aan mijn toekomst. Ik kreeg de fantastische kans om monumentenofficier te worden.'
'Wat is dat?'
'Wij droegen zorg voor het bewaken van kunstwerken en monumenten van nationale artistieke betekenis. Ik ben daar in Cambridge voor gerekruteerd vanwege de tijd die ik al in Italië had doorgebracht. Ik ben direct betrokken geweest bij het terugvinden van een schat aan kunstwerken uit Florence die de nazi's uit het Uffizi hadden gestolen.'
'Dat moet u veel voldoening hebben geschonken.'
'Bijzonder veel. Ik heb vriendschap gesloten met een groepje Amerikanen en heb toen besloten na de oorlog de Europese cultuur naar Amerika te brengen. Na de oorlog hebben jullie Amerikanen Europa ontdekt. Er traden veranderingen op in de smaak voor voedsel, wijn en kunst. Zoveel nieuwe mogelijkheden. Dat zag ik allemaal toen ik in New York arriveerde... Het was niet alleen dat er plotseling meer geld was, maar mensen waren ook bereid het aan andere dingen uit te geven... lekker eten, wijn, elegante hotels, net als de grote hotels in Europa.'
'En toen hebt u uw eerste hotel gekocht – het Crown Hotel in New York?'
'Ja.' Hij glimlacht bij de herinnering. 'En jouw vader is toen ook in de hotelbusiness gegaan.'
Ik knik. Mijn vader had natuurlijk niet het geld om een hotel te kopen en waarschijnlijk beschikte hij ook niet over dezelfde ondernemersvisie als Harry Kron. Hij zag het leven in een hotel meer als een soort veilige vluchthaven, denk ik, een beetje rust en vrede na alles wat hij in de oorlog had meegemaakt.
'Het land was zichzelf aan het herontdekken,' zegt Harry. 'En ik dacht: hoe kun je dat beter doen dan met reizen en hotels? In een mooi hotel heb je de kans jezelf opnieuw te ontdekken.'
'Ja, dat zei mijn vader ook altijd. Hij zei dat vakanties mensen de kans gaven om hun beste beentje voor te zetten en dat een goed hotel het beste in mensen naar boven behoort te brengen.'
Harry Kron glimlacht. 'Ik had je vader graag willen kennen.'
Ik knik en de plotselinge brok in mijn keel verhindert me om iets te zeggen. Wij kijken uit het raam naar het helderblauwe lint van de rivier, onze constante metgezel op deze reis. Ik zie aan de omgeving dat ik bijna op mijn bestemming ben en dan roept de

conducteur de naam van de gevangenis om, die tevens de naam van de stad is.

'Zo,' zeg ik, terwijl ik de riem van mijn boekentas over mijn schouder hang, 'de tijd is nog nooit zo snel voorbijgegaan. Ik vond het erg gezellig.'

'Ik ook.'

'Blijf toch zitten,' zeg ik, wanneer ik hem aanstalten zie maken om op te staan.

Hij staat toch op en houdt de deur voor me open die naar het platform tussen de treinstellen leidt en blijft daar naast me staan terwijl de trein het station binnenrijdt. De deur staat open en ik zie de rails onder ons voorbij flitsen als de spaken van een wiel, waarbij de een naadloos overgaat in de ander. Ik word er even duizelig van en Harry Kron legt zijn hand over de mijne op de leuning die ik vastgrijp om mijn evenwicht te bewaren. Ik besef dat hij zelf ook niet zo stevig op zijn benen staat, want hij knijpt zo hard in mijn hand dat ik op mijn lip moet bijten om geen gil te geven. Wanneer de trein ten slotte tot stilstand komt, moet ik mijn hand onder de zijne vandaan wringen.

'Nou, tot ziens dan maar,' zeg ik, terwijl ik de ijzeren treden afdaal. Wanneer ik op het perron sta draai ik me naar hem om. 'Goede reis...' begin ik, maar de ruimte tussen de treinstellen is verlaten en opeens realiseer ik me dat ik hem niet eens heb gevraagd waar hij zelf naartoe ging.

11

Mijn les op Rip Van Winkle duurt drie uur. Het heeft weinig zin om pauzes in te lassen omdat we toch geen van allen ergens naartoe kunnen, dus lijkt de les meestal eindeloos lang te duren. Vandaag echter schrijven mijn leerlingen opstellen voor hun eindcijfer. Tegen de tijd dat ze daarmee klaar zijn, ben ik erin geslaagd al hun eerdere werkstukken na te kijken. Ik kan hun geen vroegertje geven – of hen één voor één wegsturen – dus zitten we met elkaar opgescheept totdat de bewaker komt om ons terug te brengen over de binnenplaats. We praten over de verfilming van *Othello* die ik hen vorige keer heb laten zien – die met Kenneth Branagh en Laurence Fishburne. Het was een uitdaging geweest hen door Shakespeare heen te helpen en ik had het idee dat de film daarbij zou helpen. En dat was ook zo. Ze hadden erg genoten van de sluwe Iago, de zwaardgevechten, Laurence Fishburnes koninklijke uitstraling. Wat mij had verontrust was dat er een gejuich was opgegaan toen Othello Desdemona vermoordde.

'Dat kreng kreeg gewoon haar verdiende loon,' weet een van mijn leerlingen mij vandaag te vertellen.

'Maar ze had niets gedaan – ze was hem niet ontrouw geweest,' probeer ik uit te leggen.

Mijn woorden zijn tot dovemansoren gericht. Desdemona's onschuld lijkt er niets mee te maken te hebben. Misschien omdat ze aan dergelijke kreten gewend zijn. *Ik ben onschuldig, ik heb het niet gedaan*, betekent hier niet zo erg veel. Zelfs Emilio Lara haalt zijn schouders op voor Desdemona's lot, maar is te zeer een heer om het uit te spreken. Tegen de tijd dat de bewaker ons komt ophalen voel ik me ontmoedigd en gedeprimeerd. Wanneer ik me bij de uitgang meld, realiseer ik me dat ik, als ik hun eindopstellen hier ter plekke nakijk en dan meteen hun eindcijfers uitreken, hier volgende week niet meer terug hoef te komen. Misschien komt het door Harry Krons opmerkingen – dat ik mijn talent verspil aan ongeletterde criminelen – of door de discussie over Othello. Of misschien ligt het aan het feit dat Aidan Barry niet meer in deze klas zit. Ik heb opeens verschrikkelijk genoeg van deze gevangenis.

Ik ga naar een cafetaria in Main Street, lees onder het verorberen van een Griekse omelet en een paar koppen koffie de eindopdrachten van mijn leerlingen, bereken hun cijfers en vul hun rapporten in. Tegen de tijd dat ik alles heb afgegeven en terugloop naar het station, hangt de zon al boven de bergen aan de overkant van de rivier. Ik heb hier een hele dag doorgebracht, maar ik heb in elk geval een gevoel van voltooiing – iets wat ik maar zelden heb.

Ik heb nog een half uur voordat de eerstvolgende trein naar de stad vertrekt, dus wandel ik naar de noordzijde van het perron en leun op de afrastering die het rangeerterrein scheidt van de rivier. De rivier is hier heel breed, een fjord eigenlijk, wat, toen ik het woord een keer opzocht, een rivier bleek te zijn die is overstroomd door de zee – net als de rivier in de boeken van mijn moeder. *In een tijd voordat de rivieren verdronken in de zee...* begon ze elke avond haar verhaal. Wat in feite gewoon een andere uitdrukking is voor *er was eens.*

Terwijl de zon neerdaalt op de Catskills verandert de kleur van de rivier in een ijzig staalblauw – waarschijnlijk door het toestromen van het water uit de Atlantische Oceaan. De lage bergen aan de overkant plooien het licht in met juwelen bezette stroken: smaragd, saffier, parelmoer en amethist. Je kunt bijna niet zien waar de bergen eindigen en de wolken, die in de zonsondergang langzaam paars kleuren, beginnen. Het is alsof de bergen de roze en lila stroken, die zwaar zijn van water, naar zich toe trekken, als een vrouw die een jas om haar schouders trekt. Geen wonder dat de vroegste Nederlandse kolonisten dachten dat de bergen bevolkt werden door goden en geesten. Het lijkt alsof ze een storm naar zich toe trekken. Ik sluit mijn ogen om de laatste warmte van de zon te voelen, voordat de regen mij bereikt. Mijn ogen zijn nog steeds gesloten wanneer ik opeens een hand op mijn schouder voel.

Wanneer ik me omdraai staat Aidan Barry met zijn hand boven zijn half toegeknepen ogen naar me te kijken.
'Professor Greenfeder! Ik dacht al dat u het was.'
'God, Aidan, wil je me alsjeblieft nooit meer zo besluipen? En al helemaal niet zo dicht bij de spoorrails.' Het is een idiote opmerking – we staan zeker tweeënhalve meter van de rand van het perron, maar ik probeer mijn verlegenheid te verbergen achter een schooljuffrouwachtige berisping. Ik moet mezelf er de laatste tijd steeds weer aan herinneren dat ik Aidans lerares ben en dat ik meer dan zeven jaar ouder ben dan hij.
'O, maar ik laat u heus niet op de rails vallen, net als die arme Anna Karenina. In elk geval niet voordat ik de aanbevelingsbrief van u heb gekregen die ik graag van u wil hebben.' Even meen ik Aidan te zien knipogen, maar het kan ook de zon in zijn ogen zijn geweest. Ik draai me om en begin weer terug te lopen, zodat hij niet meer in de zon hoeft te kijken om tegen me te praten (nee, zeg ik tegen mezelf, omdat ik het niet prettig vind alleen met hem te zijn op dit verlaten gedeelte van het perron) en hij komt naast me lopen.
'Over welke brief heb je het?'
'Mijn reclasseringsambtenaar...' Hij geeft zijn kin een rukje in de richting van de gevangenis. '... zegt dat ik een brief van een van mijn leraren moet vragen, waarin staat dat ik een keurige burger ben geworden, een bekeerd mens, zeg maar. Ik dacht dat u zo'n brief misschien voor mij zou kunnen schrijven. Geen van mijn andere leraren heeft zelfs maar de moeite genomen mijn naam te onthouden.'
'O, dat is vast niet waar.' Ik kan me niet voorstellen Aidan in de klas te hebben en niet precies te weten wie hij is. Wanneer ik hem een heimelijke zijdelingse blik toewerp, zie ik dat hij een beetje is aangekomen sinds hij uit de gevangenis is gekomen en dat zijn bleke huid wat kleur heeft gekregen. Hij laat zijn haar groeien en het krult een beetje over zijn oren en in de achterkant van zijn nek.
'Ik zal met plezier een brief voor je schrijven, Aidan; je was een uitstekende leerling. En als ik ooit nog iets anders voor je kan doen...'
'Nou, er is wel iets... maar dat vertel ik u wel in de trein.' Hij wijst met zijn duim over zijn schouder en ik kijk achter hem. In de verte, nog maar nauwelijks zichtbaar, kan ik de zilveren glinstering van de trein onderscheiden.

'Hoe wist je dat de trein eraan kwam?'
Aidan grinnikt en verplaatst zijn gewicht naar zijn hielen. 'Een oud indianentrucje. Het spoor loopt dwars door Van Wink. Ik ben eraan gewend de trillingen te voelen aankomen. Dat is iets wat je niet zomaar vergeet.' Het korte moment van trots vervaagt en maakt plaats voor iets anders, droefheid of schaamte, of een combinatie van die twee. Ik probeer me geen voorstelling te maken van wat hij nog meer heeft geleerd in de gevangenis en vraag me af of hij altijd in de schaduw ervan zal moeten leven.

We stappen in de trein en zoeken twee zitplaatsen naast elkaar. Hij gaat bij het raam zitten, hetgeen betekent dat ik naar hem kan kijken en tegelijkertijd de rivier kan zien. Onwillekeurig vergelijk ik deze terugreis met de heenreis. De zonovergoten reis in noordelijke richting, de samenpakkende wolken op weg naar het zuiden. Mijn twee mannelijke bewonderaars! De één oud genoeg om mijn vader te zijn, de ander jong genoeg om... wat? Mijn jongere broer te zijn, of zoiets. Ik ben zo druk bezig met het uitrekenen van ons leeftijdsverschil, dat ik iets mis wat Aidan mij vraagt.

'... dus denkt u dat er een kansje is dat u dat voor mij kunt uitzoeken, ik bedoel, ik weet natuurlijk best dat niemand graag een ex-gedetineerde in dienst neemt.' Weer glijdt die blik van schaamte over zijn heldere blauwgroene ogen, als de schaduw van de regen die ik eerder die namiddag over de bergen heb zien glijden, en het doet me pijn het te zien.

'Ik ben bereid persoonlijk voor je in te staan bij elke potentiële werkgever,' zeg ik, blij de schaduw te zien optrekken. We hebben inmiddels de buitenwijken van de stad bereikt en het donkere silhouet van de Bronx tekent zich af tegen een regenachtige, paarse hemel. De dichte wolken die ik boven de Catskills heb zien samentrekken, hebben ons naar het zuiden gevolgd. Over Aidans schouder zie ik de lichtjes van de skyline, tot ze opeens worden gedoofd door een gordijn van regen.

'Fantastisch,' zegt Aidan, waarna hij me zo'n brede glimlach schenkt dat ik het gevoel heb dat er iets loskomt in mijn borst, net zoals de wolken zojuist de regen hebben losgelaten. 'Ik weet zeker dat het werken in een hotel echt iets voor mij is. U zult er geen spijt van krijgen.'

Het spijt me echter wel degelijk, de hele verdere treinreis, maar ik weet niet hoe ik Aidan kan vertellen dat ik hem verkeerd heb begrepen – dat ik niet voldoende oplette omdat ik het te druk had met het beredeneren van een relatie waaraan ik helemaal niet van plan ben te beginnen. Zich volkomen onbewust van mijn berouwvolle gedachten, vertelt hij uitvoerig over zijn ervaringen in de hotelbranche. Hij zegt dat hij afstamt van een lange lijn van hotelmedewerkers. Zelfs vroeger, in Ierland, trokken de mannen van zijn familie naar Londen om daar in de grote hotels te gaan werken – het Connaught, het Savoy, het Ritz, het May Fair – en geld naar huis te sturen. 'Zo hebben mijn vader en moeder elkaar leren kennen – zij werkte als kamermeisje en hij als nachtportier. Ze kwamen naar Amerika omdat ze hier een neef hadden die hun werk had beloofd in een hotel in New York, maar tegen de tijd dat ze hier eindelijk waren was het hotel al gesloten. In die tijd is mijn vader begonnen te drinken – alsof hij had besloten dat de wereld toch niets goeds meer voor hem in petto had. Hoe dan ook, ik heb altijd het gevoel gehad dat het werk me in het bloed zit. U komt zelf uit een hotelfamilie, dus u begrijpt dat vast wel.'

Ik zou hem kunnen uitleggen dat ik het grootste deel van mijn leven juist mijn uiterste best heb gedaan werken in het hotel te vermijden. Het zou een goede inleiding zijn voordat ik hem vertel dat ik hem geen baan in het Equinox Hotel kan bezorgen – maar aangezien ik weet dat ik zelf ook van plan ben mijn tante om een baan te vragen, kan ik het niet over mijn hart verkrijgen. Wanneer de trein het station binnenrijdt beloof ik mezelf dat ik Aidan over een paar dagen gewoon zal vertellen dat ik het aan mijn tante Sophie heb gevraagd, maar dat ze geen werk voor hem had. Met dat vaste voornemen hang ik mijn boekentas over mijn schouder en knoop mijn regenjas dicht. Samen lopen we het perron op en naar de uitgang, waarbij we allebei automatisch in een stadse tred vervallen, tot een golf van forenzen op weg naar de treinen ons tegemoet komt, het grote getij dat zich juist weer terugtrekt uit de stad. Aidan pakt me bij mijn arm en loodst me door de menigte. Het gewelfde plafond boven ons is nu donker en in de duisternis lijken de lichtjes van de sterrenstelsels nog iets feller te schitteren.

Kan het nu werkelijk zoveel kwaad, vraag ik me af, om het gewoon voor hem te vragen? Grote kans dat er niet eens werk voor mij is, of voor mevrouw Rivera, laat staan voor Aidan.

Misschien gaat het hotel deze zomer niet eens meer open. Ik zal het vragen en dan kan ik Aidan in elk geval de waarheid vertellen, ook al zal het de zoveelste teleurstelling voor hem zijn, maar daar kan ik dan ook niets aan doen.
   Ik voel me meteen een beetje beter en bij de Vanderbilt uitgang draai ik me om om afscheid van hem te nemen. Maar in plaats van de hand te schudden die ik hem toesteek, tilt hij zijn beide handen op, met gebogen polsen en de palmen omhoog, zodat hij eruit ziet als de een of andere antieke figuur die rechtvaardigheid of evenwicht moet verbeelden. Het duurt wel een halve minuut voordat het doel van deze pantomime tot me doordringt. Het regent niet. De donderstorm die vanuit de bergen in het westen was komen aanrollen en zich een weg over de Hudson had gebaand, was eenmalig geweest. De regen heeft de straten nat gemaakt, de lucht verfrist en is weer verder getrokken.
   'Het is een prachtige avond,' zegt hij, 'ik loop met u mee naar huis.'
   En aangezien ik de waarheid van het eerste deel van die opmerking niet kan bestrijden, zie ik geen reden om niet in te stemmen met het tweede deel.
   Wij lopen in westelijke richting over 42nd Street en wandelen door Bryant Park omdat de bomen daar zo mooi zijn. Het gebladerte heeft nog steeds dat frisse voorjaarsgroen, nog niet dicht genoeg om de sierlijke structuur van de bomen te verhullen. De straatverlichting maakt spinnenwebben van de gladde natte takken. Aidan vertelt me van zijn familie, hoe het was om op te groeien in Inwood en dat hij, ook al was zijn vader er bijna nooit, altijd nog zijn grootmoeder, tantes en ooms en tientallen neven en nichten had gehad om die leemte te vullen.
   Wij lopen door de straten van het kledingdistrict en komen uit op de hoek van Ninth Avenue en 38th Street, de zuidrand van Hell's Kitchen.
   'Woont je familie nog steeds in Inwood?' vraag ik aan Aidan terwijl wij Ninth Avenue oplopen.
   'Mijn moeder woont er nog – mijn vader is een paar jaar terug overleden. De meesten van mijn neven en nichten wonen in Woodlawn.'
   'Wat fijn dat je zo'n goede band hebt met je familie,' zeg ik.
   Aidan trekt een lang gezicht. 'O, ik vind het allemaal een beetje klef. Het is wel een manier om werk te vinden, door contact te houden met de jongens, alleen...'

Aidan zwijgt even en wanneer ik naar hem kijk, zie ik dat hij niet zozeer om woorden verlegen zit, maar loopt te bedenken hoe hij zijn antwoord het beste in kan kleden. Ik vraag me af wat hij me niet wil vertellen.
'Alleen is dat werk soms niet helemaal naar mijn zin.'
Aidan kijkt me aan en ik knik. Met andere woorden, soms is het werk niet legaal. Dat probeert hij me te vertellen. Dat hij, als ik geen werk voor hem vind in het hotel, weer bij zijn oude maten terecht zal komen. Ik herinner me wat hij in zijn opstel heeft geschreven, over dat hij de ex-gedetineerden weer in hun oude gewoonten terug zag vallen omdat niemand bereid was het met hen te proberen en hen een kans te geven met een schone lei te beginnen. Tenzij er iemand was zoals het meisje in het sprookje, dat de jongen zelfs nog vasthield toen hij in een slang veranderde, en daarna in een leeuw en vervolgens in een vlammenzee.
Was het te veel gevraagd om verder te kijken dan wie hij nu leek te zijn, naar wat hij zou kunnen worden als iemand hem maar een kans gaf?
Hoewel ik Aidan verzeker dat hij me niet helemaal naar huis hoeft te brengen, zegt hij dat hij dat juist met alle plezier doet. Dat hij geniet van de frisse lucht en het gezelschap. Wanneer wij echter een pub in Chelsea passeren, zie ik zijn blik afdwalen en hoor ik de jonge mannen die voor de deur sigaretten staan te roken zijn naam roepen.
'Vrienden van je?' vraag ik terwijl we de kroeg, die trouwens de *Red Branch* heet, naderen.
'Ja, zoals ik al zei, ik ken de halve Ierse bevolking op het eiland Manhattan.'
'Nou, als je graag naar binnen wilt, laat mij je er dan vooral niet van weerhouden. Ik ben al bijna thuis.'
Aidan glimlacht. Even denk ik dat hij blij is dat ik hem van zijn belofte ontsla, maar dan slaat hij een arm om mijn schouders en trekt me dicht genoeg naar zich toe om iets in mijn oor te kunnen fluisteren.
'Vind je het erg om even mee naar binnen te gaan om iets te drinken?' vraagt hij. 'De jongens zullen het prachtig vinden om mij met zo'n chique dame te zien.'
Ik glimlach en kan niets doen aan de trilling die ik in mijn borst voel, telkens wanneer Aidan naar me kijkt. Het is geen avond waarop Jack naar me toe komt, dus waarom niet? Heb ik

soms geen verzetje verdiend na al het nakijkwerk dat ik vandaag heb gedaan? De pub ziet er licht en uitnodigend uit, niet als een van die louche Ierse kroegen in de buurt van het station. Door de deur zie ik een mengeling van jonge en oude mensen en ik hoor live muziek naar buiten komen. Er staan tafeltjes met flakkerende kaarsen in roestvrijstalen kandelaars en in het bovenlicht boven de deur prijkt een prachtig glas-in-loodraam, waarop drie mannen staan afgebeeld die zich moeizaam een weg banen door een woest kolkende zee, terwijl een vrouw in een rode mantel op de schouders van één van hen zit.
'Zie je dat raam?' vraag ik aan Aidan, in een poging tijd te winnen om te besluiten of ik op zijn aanbod zal ingaan of niet. 'Dat komt uit het verhaal "Het verdriet van Deirdre." Heb je daar wel eens van gehoord?'
'Was het niet Deirdre die er de oorzaak van was dat haar man en zijn twee broers werden afgeslacht?' vraagt Aidan, omhoog kijkend naar het raam. 'Ik heb me altijd afgevraagd waarom het "Het verdriet van Deirdre" heette, terwijl zij degene was die al dat verdriet veroorzaakte.'
'Echt iets voor een man,' zeg ik. 'Om de schuld weer aan de vrouw te geven. Zij kon er toch niets aan doen dat Naoise verliefd op haar werd?'
'Naoise?' Het is een van die namen die in de verste verte niet klinkt zoals hij wordt gespeld, maar Aidan spreekt de naam precies zo uit als mijn moeder dat altijd deed – *NIE-shè*.
'Dat is de kerel op wiens schouders zij zit. Hij wordt verliefd op haar en ze vluchten, samen met zijn broers Allen en Arden, omdat zij geacht wordt met de koning, Connachar Mac Ness, te trouwen. Ze wonen een tijdje heel gelukkig in Schotland, maar dan worden ze op slinkse wijze teruggelokt en probeert Mac Ness Deirdre terug te krijgen. Wanneer ze opnieuw proberen te ontsnappen, draagt Connachar zijn druïde op een oceaan te toveren om hen tegen te houden. Op die afbeelding proberen zij het water over te steken.'
'Halen ze het?'
'Nee. Mac Ness geeft opdracht hen te onthoofden. Deirdre werpt zich in de grafkuil en sterft in Naoises armen. Daarom heet het verhaal "Het verdriet van Deirdre". Zij heeft verdriet om alle doden die zij op haar geweten heeft. Mijn moeder noemde de hoofdpersoon in haar boeken Deirdre en er komt ook een

boze koning Connachar in voor en een held die Naoise heet, maar verder volgt zij het verhaal niet. Maar ik geloof wel dat zij de namen gebruikte om te wijzen op de gevaren van de liefde – wat er met je kan gebeuren wanneer je de stem van je hart volgt.'
Aidan staat nog steeds naar het raam te kijken. Het licht dat door het gekleurde glas schijnt, laat de schaduwen op zijn gezicht oplichten als edelstenen – smaragd, robijn en saffier. Wanneer hij zich naar mij omdraait zie ik dat zijn ogen net zo saffierblauw zijn als het glas in het raam.
'Ik denk dat er meer verdriet schuilt in het niet volgen van je hart,' zegt hij. 'Ga je mee naar binnen?'
Ik schud mijn hoofd.
'Zal ik je dan maar thuisbrengen?' Het valt me op dat hij het over *thuisbrengen* heeft en niet over *meelopen*, maar ik doe maar net alsof hij het laatste heeft gezegd.
'Nee, Aidan, dat hoeft niet, het is een mooie avond en ik ben al bijna thuis.' Hij haalt zijn schouders op en draait zich half om, zodat ik denk dat hij naar binnen wil gaan, maar in plaats daarvan buigt hij zich naar voren, kust me lichtjes op mijn wang en zegt iets wat ik niet goed versta. Dan is hij weg. Ik draai me om en loop verder. Ik ben al twee blokken verder voordat ik me realiseer wat hij heeft gezegd. 'Een andere keer dan misschien.'

12

Thuis staat op mijn antwoordapparaat een boodschap die klinkt als stromend water. Wanneer ik de volumeknop een streepje hoger draai klinkt het als stromend water met een Brooklyn-accent. Pas wanneer ik het geluid zo hard mogelijk heb gezet kan ik de boodschap van mijn tante verstaan.

'Ik bel met een mobiele telefoon,' zegt ze, elk woord rekkend alsof ze met traagheid wil goedmaken wat ze aan volume te kort komt. 'Ik heb nieuws dat ik met je wil bespreken, maar waar ik niet over kan praten via de telefoon. Vanavond om tien uur precies ben ik in de Hoo-Ha bij Sunset Rock. Ik neem aan dat je dan wel thuis bent. Het nummer is...'
Ik moet de boodschap nog zes keer afspelen voordat ik het nummer van mijn tantes nieuwe mobieltje heb ontcijferd. Wanneer ik het eindelijk heb, is het tien minuten voor tien.

De Hoo-Ha waar mijn tante het over heeft, is een klein houten gebouwtje met een bankje en een dak van cederhouten dakspanen, een van de twaalf kleine houten gebouwtjes die Joseph in de loop der jaren heeft gebouwd. Onze gasten hebben het meestal over belvedères of zomerhuisjes, en zo worden ze ook door een ander hotel genoemd, dat even ten zuiden van het onze ligt. Joseph noemt ze *chuppa's*, naar de primitieve onderkomens die in joodse huwelijksplechtigheden worden gebruikt. Mijn tante was bang dat onze niet-joodse gasten zich hierdoor zouden laten afschrikken, dus wanneer ze Joseph het woord *chuppa* hoorde gebruiken, deed ze altijd net of ze zijn uitspraak corrigeerde en zei: 'Hij bedoelt Hoo-Ha – zo noemen de Engelsen zulke gebouwtjes.' Tegen de tijd dat ik erachter kwam dat de Engelse term voor zo'n tuinhuisje een 'Ha-Ha' is, was het al te laat voor haar om de gewoonte weer af te leren.

De Hoo-Ha in kwestie, bij Sunset Rock, staat ongeveer vierhonderd meter van het hotel langs een pad in het bos. Ik kan me al niet voorstellen dat mijn tante daar overdag naartoe loopt, laat staan in het donker. Het pad loopt via een brug over een waterval en vervolgens over een rotsrichel met aan één kant een rotswand die twaalf meter steil omlaag voert. Wat heeft ze me in vredesnaam voor geheimzinnigs te vertellen?

Ik draai het nummer en mijn tante laat haar telefoon zeker acht of negen keer overgaan, alsof ze in een reusachtig landhuis zit, in plaats van in een hutje van anderhalf bij tweeëneenhalve meter. 'Hallo, Mata Hari,' zeg ik, 'je spreekt met je nichtje, codenaam Hoo-Ha.'

'Wat? Ben jij dat, Iris?' gilt mijn tante in de telefoon, alsof ze in een diepe put staat te schreeuwen. 'Volgens mij werkt dit ding niet.'

'Ik versta je heel goed, tante Sophie.'

'Wacht, zo gaat het beter. Ik wilde dit ding niet te dicht bij mijn oor houden voor het geval je er hersenkanker van krijgt, hoewel een tumor op mijn leeftijd eigenlijk niet zoveel meer zou uitmaken...'

'Tante Sophie,' val ik haar in de rede, 'waarom zit je daar in je eentje midden in het bos? Wat is er aan de hand?'

'Ik wilde niet dat Janine het zou horen. Je kent Janine – een grotere *yenta* kun je je gewoon niet voorstellen.'

Persoonlijk heb ik altijd gevonden dat Janine, die al veertig jaar de telefoniste van het hotel is, over de discretie beschikt van een priester in een biechtstoel. Zeker wanneer je nagaat wat ze in de loop der jaren allemaal moet hebben gehoord. Toen ik tien was, leerde ze me hoe ik met gesprekken mee kon luisteren zonder dat 'de ander' dat in de gaten had, maar de enige keren dat zij de informatie die zij op die manier te weten kwam prijsgaf, was wanneer haar, zoals zij het zelf noemde, 'informatie ter ore was gekomen van sinistere dan wel levensbedreigende aard.' Toen mevrouw Crosby in Kamer 206 haar echtgenoot, die haar verlaten had, bijvoorbeeld vertelde dat zij van plan was een flesje slaappillen te slikken, of toen ze de 'miljonair' die de *Sunnyside Suite* voor de hele zomer had gehuurd, met zijn advocaat zijn op handen zijnde faillissement hoorde bespreken, waarschuwde Janine mijn vader. 'Alles voor het hotel en de gasten,' zei Janine altijd. 'En in alle andere gevallen: vergeet het maar,' waarbij ze haar rood gelakte vingernagels over haar in een bijpassende tint gestifte lippen liet glijden, in een pantomime van vertrouwelijkheid. Maar mijn tante trotseert vast geen wilde dieren en hersentumoren om het over Janines karakter te hebben.

'Wat wilde je me nu eigenlijk vertellen?' vraag ik.

'Nou!' Aan de explosieve zucht die het woord begeleidt hoor ik dat mijn tante het nieuws het liefst zo lang mogelijk zou rekken, maar dat haar afkeer van de buitenlucht en de wetenschap hoeveel dit telefoontje moet kosten, haar dwingen het kort te houden. 'Het hotel is verkocht. De een of andere rijke hoteleigenaar uit de stad heeft het gekocht, met alles erop en eraan.'

'Een hoteleigenaar,' zeg ik. 'Dus het wordt niet gesloopt en het gaat deze zomer gewoon open?'

'We draaien deze zomer op volle capaciteit. De Grote Baas zegt dat hij extra personeel wil aannemen, en verder wordt alles opgeknapt en komen er advertenties in alle dagbladen. Hij wil eerst zien hoe het loopt en dan neemt hij aan het eind van het seizoen een beslissing over de toekomst van het Equinox.'

'Met andere woorden...'

'Met andere woorden, we moeten het beste seizoen van de afgelopen twintig jaar zien te draaien, anders sloopt hij de boel en schrijft het af als verliespost.'

'Nou, dat belooft een ontspannen zomertje te worden.'

'Ontspannen is voor de gasten,' zegt mijn tante, iets dat ze me mijn hele leven heeft voorgehouden. 'Het is natuurlijk niet erg bevorderlijk dat ik word omringd door een geriatrische staf. Wat we hier goed zouden kunnen gebruiken is wat jong bloed...'

'Ik kom naar je toe,' zeg ik. Eigenlijk zou ik het een beetje moeten rekken; ze heeft mijn hulp harder nodig dan ooit tevoren, maar ik zie gewoon helemaal voor me hoe mijn tante angstig in de schaduwen tuurt, bang voor wilde dieren die haar elk moment kunnen bespringen. 'Ik wil deze zomer graag werken...' Wat ik eigenlijk wil zeggen, is dat ik aan de memoires wil werken waarvoor ik zojuist een contract heb afgesloten, maar wanneer ze mij in de rede valt – kennelijk omdat ze me verkeerd heeft begrepen – bedenk ik me opeens dat ik haar misschien beter nog niets van de memoires kan vertellen. Waarom zou ik haar blij maken met een dode mus? Waarom zou ik mijn nieuwe goede gesternte blootstellen aan haar verzengende kritiek?

'Neem me niet kwalijk,' zegt ze, 'volgens mij hebben we een slechte verbinding. Dus juffrouw ik-moet-in-New-York-zijn-om-te-kunnen-schrijven wil deze zomer in het hotel komen werken?'
'Heel grappig. Ik heb zelfs een kamermeisje en een nachtportier voor je. Twee studenten die om werk verlegen zitten. Als je ze tenminste wilt hebben.'
'Zijn ze onder de negentig?'
'Ja, ik moet er alleen bij zeggen dat de man...'
'Ervaring in de hotelbranche?'
'Ja. Mevrouw Rivera heeft in een hotelcomplex in Cancún gewerkt; Aidan is piccolo geweest in een hotel in de stad, maar je moet wel weten dat...'
'Ik neem ze aan. Nee. Jij neemt ze aan. Dat hoort bij je nieuwe baan als bedrijfsleidster. En wanneer je toch bezig bent, probeer dan meteen een goede timmerman te vinden. Alle Hoo-Ha's moeten worden opgeschuurd; terwijl we hebben zitten praten heb ik een half dozijn splinters in mijn *tuckis* opgelopen.'
'Moet je niet met de nieuwe eigenaar overleggen voordat je mij aanneemt?'
'Nee. Hij heeft juist speciaal om jou gevraagd. Ik heb hem verteld dat je nooit in het hotel hebt willen werken, maar hij zei dat je er deze zomer waarschijnlijk anders over zou denken.'
'Het is Harry Kron, hè?' Ik voel me zo stom dat ik mezelf wel kan slaan. Niet alleen omdat ik de identiteit van de nieuwe eigenaar niet zelf heb kunnen raden – dat was natuurlijk waar hij vanmorgen naar onderweg was met de trein – maar omdat ik in mijn tantes toneelstukje van 'arme ik, je zult de baan wel niet willen' ben getrapt. Ze heeft al die tijd geweten dat ik ja zou zeggen.
'Inderdaad. Wij zijn het nieuwste kroonjuweel. Wanneer kun je hier zijn?'
Ik slaag erin mijn tante een ruw beeld te schetsen van mijn eindejaars- en nakijkschema en tegen de tijd dat we hebben afgesproken dat ik eind mei zal komen, valt de verbinding daadwerkelijk weg.
'Kijk goed uit op de terugweg,' roep ik nog in het geruis, dat afkomstig kan zijn van atmosferische storingen, maar dat ook het gevolg kan zijn van het feit dat mijn tante in de waterval is gestort. Pas wanneer ik ophang, realiseer ik me dat ik er niet

meer aan ben toegekomen haar over Aidans bedenkelijke achtergrond te vertellen.

Mevrouw Rivera barst in tranen uit wanneer ik haar vertel dat ze een baan heeft. Aidan is wat minder demonstratief, maar op de achterkant van zijn examenpapier krabbelt hij de boodschap: *Je hebt mijn leven gered. Je zult er geen spijt van krijgen.* Hun dankbaarheid bezorgt me een gevoel van edelmoedigheid. Ik voel me al een echte hotelier.

Jack is dolblij dat de plannen voor het boek zo gladjes verlopen. We brengen een genoeglijke middag door in het Metropolitan Museum met het bezichtigen van zijn lievelingsschilderijen. Hij heeft het over schilderen in de vrije natuur, over grotere doeken, over eindeloze luchten. Hij vertelt me dat hij er 'bijna honderd procent zeker van is' dat hij deze zomer met me mee kan naar het hotel.

Ik kijk de examenopdrachten in recordtempo na en een recordpercentage van mijn Grace-studenten – onder wie Aidan, Amelie en mevrouw Rivera – slagen voor hun examen. Ik maak een afspraak met mijn scriptiebegeleider (die, niet geheel onbegrijpelijk, verbaasd is na een stilte van bijna twee jaar weer iets van mij te horen) en vraag haar of ik de nog te schrijven memoires van mijn moeder kan gebruiken als proefschrift. Aanvankelijk is zij sceptisch, maar wanneer ik haar vertel dat ik een contract heb gesloten met Hedda Wolfe, zie ik lichtjes in haar ogen verschijnen.

'Heb je er al aan gedacht iemand een voorwoord te laten schrijven? Een onpartijdige deskundige op het gebied van vrouwenstudies om K.R. LaFleurs positie in de twintigste-eeuwse feministische dialectiek te bepalen?'

'Ik hoopte eigenlijk dat jij dat zou willen doen,' zeg ik.

Binnen enkele minuten hebben we een schema van deadlines en suggesties opgesteld.

Phoebe Nix belt en feliciteert me met mijn contract met Hedda Wolfe en vraagt me of ik wil overwegen een serie fragmenten uit de memoires in *Caffeine* te plaatsen. Ik antwoord dat ik dat met Hedda moet overleggen, maar dat het idee me wel bevalt.

'Laat Hedda je niet de wet voorschrijven,' zegt ze. 'Ze staat erom bekend dat ze haar schrijvers nogal op hun kop zit.'

'Maak je over mij maar geen zorgen,' zeg ik, waarna ik haar,

teneinde van onderwerp te kunnen veranderen, vertel hoe dankbaar ik ben dat haar oom Harry heeft besloten Hotel Equinox te kopen.
'Ja, Harry is echt een prins op het witte paard. Je zult je hotelletje niet meer herkennen wanneer hij er eenmaal mee klaar is. Wat dat betreft heeft Harry gouden handen, als een echte Midas.'
Wanneer ik ophang blijft die laatste opmerking me dwars zitten. Ik heb altijd een hekel gehad aan dat verhaal – dat kleine meisje dat in haar vaders armen rent en verandert in hard, levenloos goud. Alchemie met dodelijke afloop. Ik besluit dat Phoebe Nix behoorlijk rancuneus kan zijn – denk maar aan die trouwring met ingegraveerd prikkeldraad! Harry Kron is een geschenk uit de hemel. Hij heeft niet alleen het Equinox gered, maar, zo krijg ik tijdens mijn laatste lessen aan de kunstacademie te horen, hij neemt ook kunststudenten in dienst om de zomerhuisjes bij het hotel op te knappen, en sponsort zelfs een wedstrijd om een serie nieuwe zomerhuisjes te ontwerpen. De wedstrijd heet: 'Grappen in de tuin, grollen in het bos.' Ik wijd de laatste les aan het beschrijven van een paar van mijn favoriete Hoo-Ha's – Halvemaan, Avondster, Zonsondergang, Twee Manen, Wilde Roos – en het vertellen van het Hoo-Ha/*chuppa*-verhaal. Ik zie dat zowel Gretchen Lu als Natalie Baehr druk aantekeningen zitten te maken en zelfs al zitten te schetsen.
Na de les besluit ik een briefje te schrijven aan Harry Kron, om hem te vertellen van het enthousiasme van mijn leerlingen voor zijn wedstrijd en natuurlijk hoe blij ik ben dat het Equinox in zulke goede handen terecht is gekomen. Het geeft me meteen de kans om nog iets anders te regelen. Ik schrijf dat ik mijn tante nog niets heb verteld van de memoires of het contract dat ik heb getekend bij Hedda Wolfe. 'Ik wil niet dat ze valse hoop gaat koesteren,' schrijf ik. Zou hij het erg vinden om de kwestie niet ter sprake te brengen?
Het schrijven van het briefje stelt me ongeveer een dag lang op mijn gemak, maar dan beginnen Phoebe Nix' waarschuwingen voor Hedda Wolfe en haar voorspelling van de gedaanteverwisseling die het hotel zonder enige twijfel zal ondergaan onder de strenge hand van haar oom, als de ongenode gasten op het doopfeest van Doornroosje een domper op mijn vertrek te zetten. Terwijl ik de karweitjes wegstreep die nog tussen mij en mijn

vertrekdatum staan – boeken die moeten worden ingepakt en verstuurd, mijn abonnement op de *Times* opzeggen, regelen dat mijn post wordt doorgestuurd – maakt een gevoel van ongemak zich van mij meester, een gevoel van algehele malaise waaraan zelfs het einde van het regenseizoen en een aantal aaneengesloten lentedagen geen einde kunnen maken. De koele efficiency waarmee ik al deze klussen klaar, begint aan te voelen als het afhandelen van de zaken van een ter dood veroordeelde. Het lijkt wel of ik me aan het voorbeiden ben op de dood, in plaats van op een zomer in de bergen.

'Misschien ben jij gewoon niet geschikt om gelukkig te zijn,' zegt Jack op een hartverscheurend mooie ochtend in mei, wanneer ik hem opbel en mijn twijfels beken over de komende zomer. Ook al weet ik dat hij het niet onaardig bedoelt, toch kwetst zijn opmerking me. Ik heb altijd vermoed dat mijn moeder eraan moest hebben geleden – een onvermogen om gelukkig te zijn. Zelfs wanneer ze zat te lachen met gasten of te flirten met mijn vader, was er altijd die schaduw van verdriet die ik zag verschijnen wanneer ze zich even onbespied waande. Het een of andere slepende verdriet dat haar elke winter weer tot dat koortsachtige typen dreef, dat in mijn kinderlijke oren iets weg had van een dier dat zich een weg uit zijn eierschaal tracht te tikken.

'Je hebt gelijk,' zeg ik. 'Het wordt vast een fantastische zomer. Per slot van rekening zul jij er ook bij zijn.'

In de stilte die hierop volgt hoor ik alles wat Jack wil gaan zeggen. Ik hoef de details over de achtweekse cursus die hij mag gaan volgen in een kunstenaarskolonie in New Hampshire niet eens te horen.

'Ik kan natuurlijk best een paar weekends naar het hotel komen. Zo ver is het niet. Maar je weet hoeveel dit voor mij betekent...'

'Natuurlijk weet ik dat,' zeg ik. 'Ik ben echt blij voor je. We zijn allebei op de goede weg. Maar weet je, ik moet nu ophangen, want voordat ik vertrek wil ik nog wat informatie opzoeken in de bibliotheek.'

'Ik had het je niet over de telefoon willen vertellen,' zegt Jack. 'Ik had het je vanavond willen vertellen. Ik heb het zelf gisteren pas gehoord.'

'Het geeft niet,' zeg ik. 'Echt niet. Ik zie je vanavond.'

Ik leg de telefoon neer en staar naar de smetteloos blauwe hemel boven New Jersey en de witgekuifde golven op de Hudson. Eigenlijk had ik maar verzonnen dat ik nog naar de bibliotheek moet, maar opeens lijkt het een goed idee. Alles beter dan binnen blijven zitten. Ik pak een notitieblokje en een pen en wandel snel in de richting van het centrum. Ik geef mezelf tien blokken om te huilen en nog eens tien om boos te zijn. Na een tijdje begin ik begrip te krijgen voor Jacks standpunt. Als ik zelf een beurs had gekregen voor zo'n cursus aan Yaddo of MacDowell had ik er ook naartoe gewild. Als de situatie andersom was geweest, had Jack mij vast en zeker gesteund. Dit is per slot van rekening de reden waarom we al die jaren ongehuwd en kinderloos zijn gebleven – zodat we kansen zoals deze met beide handen kunnen grijpen.

Tegen de tijd dat ik door Bryant Park loop, voel ik me bijna gelukkig. De Londense platanen met hun witte bast, die nog maar net begonnen uit te lopen toen ik hier een tijdje geleden met Aidan liep, zijn nu helemaal groen. De achterkant van de bibliotheek staat te glanzen in de zon. Ik ben heel anders dan mijn moeder, denk ik, terwijl ik naar de voorkant loop, langs de twee marmeren leeuwen, ik kan wel degelijk gelukkig zijn. Waarom kon zij dat niet? In de marmeren hal van de bibliotheek probeer ik iets te bedenken wat ik hier over mijn moeder te weten kan komen. Iets wat ik met me mee kan nemen naar het hotel. Tenslotte is ook zij ooit uit deze stad vertrokken. Voelde zij toen diezelfde mengeling van hoop en angst die ik nu voel?

Haar eerste boek begint met een geheimzinnig wezen – half vrouw, half zeehond – die een rivier – de verdronken rivier – in stroomopwaartse richting volgt – op de vlucht voor een achtervolger. Onderweg ondergaat het wezen een letterlijke transformatie. 'Waar de rivier zilt begint te worden werpt de zeehond haar pels af en wordt een vrouw.' Had zij het hier over haar eigen tocht langs de Hudson en hoe die tocht haar transformeerde?

Ik besluit dat ik ga schrijven over de dag dat zij in het hotel aankwam. Ik zal haar treinreis langs de rivier vergelijken met de tocht die zij in haar eerste boek beschrijft. Net zoals de selkie in haar verhaal halverwege de rivier haar pels afwerpt, ontdeed mijn moeder zich van haar verleden en werd herboren op de dag dat zij in het Equinox Hotel arriveerde. 21 juni 1949.

Ik weet de datum zo precies omdat mijn ouders ook op 21 juni zijn getrouwd. Precies een jaar na haar komst traden zij met elkaar in het huwelijk. 'Ze kwam op de allereerste zomerdag,' zei mijn vader altijd. 'Gedragen op wolken van schoonheid...' De oudere vrouwelijke gasten waren altijd dol op dat verhaal en hoe oubollig het ook klonk, je wist meteen dat mijn vader het meende. Haar komst in het hotel was het begin van zijn leven geweest – maar wat was het voor mijn moeder geweest – een begin of een einde?

Ik sla linksaf en loop de brede gang in naar Zaal 100, waar zich de microfilms van de afdeling tijdschriften bevinden. Van alle ruimtes waar je in deze bibliotheek kunt werken, is dit mijn minst favoriete. De zaal heeft niet de mooie muurschilderingen van de tijdschriftenleeszaal aan de andere kant van de gang of de hemelsblauwe plafonds van de Rose-leeszaal op de derde verdieping, maar wat het wel heeft is het rolletje met de microfilm waarop de *New York Times* van 1949 staat, van juni tot en met december. Ik vind een vrije microfilmviewer, koop een kopieerkaartje en draai de film, na hem een paar keer verkeerd in het apparaat te hebben gestopt, door naar de voorpagina van dinsdag, 21 juni 1949. Ik zie een foto van vier mannen die elkaar de hand schudden, met het onderschrift: Grote vier beëindigen conferentie in Parijs, een verhaal over paus Pius' excommunicatie van Tsjechoslowaakse leiders, en een klein artikel over een vredesverdrag in Oostenrijk. Naoorlogse berichten, niet al te opwindend, maar ik maak toch een kopie van de eerste twee pagina's om ze later nog eens goed te kunnen lezen, omdat ik het lastig vind om de tekst rechtstreeks van het scherm te lezen. Ik loop de rest van de krant ook door en zie – en kopieer – een berichtje over het weer. 'Zomer begint, maar biedt geen verlichting in de ergste droogte in 41 jaar.' Droge zomers waren altijd groot nieuws in het hotel, vanwege de hectares dennenbossen in de omgeving en de altijd aanwezige dreiging van bosbranden. Ik moet mijn tante toch eens vragen of er die zomer branden zijn geweest.

Ik maak kopieën van de amusementspagina's voor de bioscooplijsten. Dit zijn de films die mijn moeder kan hebben gezien in de weken voordat zij de stad verliet: Joan Crawford in *Flamingo Road*, Vivien Leigh in *Anna Karenina*, Anna Magnani in *The Bandit*. En verder, in het 50th Street Beverly Theater, 'uw laatste kans om *Gone With the Wind* te zien.' Mijn kopieerkaart is al bijna op, wanneer ik besluit om ook nog even naar 22 juni te kijken. Alles wat er op de dag van mijn moeders aankomst in het hotel is gebeurd, kan per slot van rekening pas de volgende dag in de krant hebben gestaan. Wederom is er op de eerste pagina's weinig opwindends te vinden, dus draai ik de pagina's snel door. Het gezoem van de film maakt me slaperig in de warme ruimte. Mijn ogen vallen al half dicht wanneer ik plotseling een bekende naam voorbij zie flitsen.

Ik stop de film en rol hem terug. Het is een kort artikel, en de naam staat niet in de kop; 'Vrouw uit Brooklyn omgekomen bij treinongeluk' – maar in de volgende regel: 'Dood van Rose McGlynn mogelijk zelfmoord'. Wanneer ik zie dat de dagtekening Rip Van Winkle, New York is, glijdt mijn hand van de knop en springt de film een paar beelden tegelijk vooruit. Tegen de tijd dat het me is gelukt de film terug te draaien en het verhaal te vinden, zit ik bijna te hyperventileren in de benauwde ruimte. Ik besluit het artikel te kopiëren en mee naar boven te nemen om het te lezen.

Met het gekopieerde nieuwsbericht in mijn inmiddels zweterige handen geklemd, loop ik de drie trappen op naar de Rose-leeszaal. Het is niet alleen dat ik zuurstof nodig heb, maar ik heb ook het idee dat wat ik zo meteen ga lezen heel belangrijk zal blijken te zijn. Zo'n soort onthulling wil ik niet meemaken in Zaal 100. De Rose-leeszaal, met zijn plafonds met vergulde cassettes en glanzende houten tafels, is de plek waar de echte schrijvers werken. Dit is de plek waar beroemde biografen tientallen jaren achtereen op hun projecten zwoegen. Wanneer ik later terugkijk op deze dag, wil ik me herinneren dat dit de plek is waar ik ben begonnen het verhaal van mijn moeder te vertellen. Ik vind een plekje aan de zuidzijde van de zaal en lees mijn artikel.

Het noodlot sloeg gisteren toe op het treinstation Rip Van Winkle toen Rose McGlynn, van Mermaid Avenue, Coney Island, onder de trein viel die op weg was naar de stad. Zij overleed ter plekke.
Getuigen verschilden van mening over hoe de jonge vrouw kon vallen, maar ten minste één getuige verklaarde dat Miss McGlynn op de naderende trein leek te wachten en vervolgens 'zo'n beetje naar voren leunde en op het spoor viel.'
Er zijn geen familieleden gevonden die commentaar konden

leveren op deze mogelijkheid. Miss McGlynns moeder overleed in 1941, toen Rose zeventien was, waarop haar drie jongere broers werden overgedragen aan de kinderbescherming. Haar vader, John McGlynn, overleed vier jaar later. Buren verklaarden dat zij onlangs haar baan was kwijtgeraakt. Een jonge vrouw die met Miss McGlynn meereisde, maar haar naam niet vermeld wilde zien, zei dat zij samen op weg waren naar de Catskills om werk te gaan zoeken in de hotels aldaar. 'Ze wilde een nieuw leven beginnen, maar nu zal ze die kans nooit krijgen.'

Ik leun achterover en staar omhoog naar de wolken en de blauwe hemel op het beschilderde plafond boven mij. Tirra Glynn had mijn moeder de fantasiewereld in haar boeken genoemd. Zij en haar onbekende metgezel stonden op de avond dat zij omkwam in de brand in het Dreamland Hotel ingeschreven als de heer en mevrouw McGlynn. Op de dag dat mijn moeder in Hotel Equinox arriveerde, had Rose McGlynn – een Iers meisje dat afkomstig was uit Brooklyn, net als mijn moeder – zelfmoord gepleegd. Ik ben er onmiddellijk van overtuigd dat de niet bij naam genoemde reisgenote mijn moeder moet zijn geweest, hetgeen betekent dat zij heeft gezien hoe haar vriendin zich voor de trein wierp. Twee meisjes die heel veel met elkaar gemeen hebben, proberen hun leven te veranderen, alleen vindt één van hen daarbij de dood: de gebeurtenissen zijn een afspiegeling van de verhaallijn van haar fantasiewereld waarin de selkies hun pels afwerpen om een nieuw leven te gaan leiden – alleen moeten sommigen van hen die poging met de dood bekopen.

Ik verzamel de kopieën die ik heb gemaakt en verlaat de bibliotheek. Binnen heb ik de hele middag onder een helderblauwe hemel gezeten, dus is het een hele verrassing wanneer ik buiten kom en zie dat de avondschemering is ingevallen en de lantaarns in Bryant Park al branden. Dit verhaal van een tragische dood zou het onbehaaglijke gevoel over mijn zomerplannen eigenlijk moeten verergeren, maar in plaats daarvan tintelen mijn vingertoppen bijna van opwinding, met het verlangen om thuis te komen en te gaan schrijven. Het is een gevoel waarop ik mijn hele leven heb gewacht: ik heb een verhaal te vertellen.

Deel 2

Het net van tranen

13

DE GEBROKEN PAREL

Er was eens een grote slang die op de bodem van de oceaan in het land van Tirra Glynn lag, en in zijn bek hield hij een parel die de ziel van de wereld was. Maar koning Connachar wilde deze parel voor zichzelf en hij dook in de zee en stal hem van de slang. Voordat hij echter het strand weer kon bereiken, spatte de parel in honderdduizend stukjes uiteen. Overal om hem heen glinsterde het water wit van de stukjes van de parel en toen hij zich op het zand sleepte en achterom keek naar de zee zag hij dat de glanzende scherfjes een pad vormden dat naar de maan leidde. Hij doopte zijn handen in het schuim van de branding en probeerde het glinsterende zand op te scheppen, maar de stukjes parel gleden tussen zijn vingers door.
Vanaf die tijd werden de selkies verbannen uit Tirra Glynn en vervloekt. Nooit kunnen wij terugkeren naar de zee. Onze enige ontsnapping is de verdronken rivier die twee maal per jaar wegvloeit van de zee. Maar zelfs als wij met de vloed kunnen meezwemmen en onze pelzen afwerpen op de plek waar het zilte water verandert in zoet, zitten wij nog immer gevangen in een huid die niet de onze is. Wij kunnen honderdduizend pelzen afwerpen zonder ooit onszelf te kunnen zijn.
Wat Connachar betreft: de uiteengespatte parel was in zijn huid gedrongen en had een pantser rond zijn hart gevormd, want dat gebeurt er wanneer je maar naar één enkel ding kunt verlangen en het dan verliest.

Om naar het Equinox Hotel te reizen neem ik dezelfde trein die ik elke donderdag neem om in Rip Van Winkle les te geven. Het is dezelfde trein die mijn moeder in 1949 moet hebben genomen. Zo beschreef mijn moeder haar eerste reis naar het Equinox: 'Ik was nog nooit zo ver van huis geweest. De enige trein waar ik ooit in had gezeten was die naar Manhattan, naar mijn werk. Zelfs de Bronx leek heel ver weg. Een andere wereld. Als je een avondje ging dansen en je leerde een jongen uit de Bronx kennen, dan zei je jammer – ook al vond je elkaar nog zo leuk. Maar een vriendin had me over het baantje verteld en die zomer... 1949... was het in de stad te heet om te werken. Ik moest er weg. Een vriendin vertelde me dat ze in een hotel in de Catskills nog mensen aannamen, dus schreef ik een brief en toen schreef er iemand – dat was natuurlijk je tante Sophie – terug dat mijn getuigschriften er prima uitzagen en dat ze, hoewel ze eigenlijk al geen mensen meer aannamen voor het seizoen, toch nog wel een meisje konden gebruiken. Het hotel had een goed jaar. Alle mannen waren weer terug uit de oorlog en de mensen hadden weer een beetje meer geld, of in elk geval meer dan ze de jaren daarvoor gewend waren geweest.

Dus nam ik de ondergrondse naar het Grand Central Station en miste de trein die ik eigenlijk had willen nemen. Ik moest een uur wachten. Ik was te zenuwachtig om te gaan zitten. Ik liep maar heen en weer en omhoog te kijken naar het plafond en de sterrenbeelden die daarop stonden afgebeeld. En weet je wat ik dacht? Ik dacht dat ik net zo goed daar naartoe kon gaan, naar de Melkweg en al die sterren die daar waren, naar een heel andere planeet, in plaats van het een of andere afgelegen plekje in de bergen ten noorden van New York. Het scheelde niet veel of ik had de ondergrondse terug naar Coney Island genomen.'

Mijn moeder heeft vast niet geweten hoe onverdraaglijk dit deel van haar verhaal voor mij was. Waarschijnlijk wilde ze me duidelijk maken hoeveel obstakels het noodlot had opgeworpen tussen haar en haar uiteindelijke bestemming, maar voor mij was het niet te bevatten. Hoe was het mogelijk dat ze de trein niet had willen nemen die haar naar het Equinox zou brengen? Naar mijn vader. Naar mij.

'Maar dat heb ik natuurlijk niet gedaan; ik heb de trein genomen. Ik ben nog wel een keer bijna van gedachten veranderd, toen we bij Rip Van Winkle moesten overstappen. Ik vond het zo'n grappige naam, echt een naam uit een sprookje vond ik, maar aan de andere kant niet zo grappig omdat het ook de naam van een gevangenis was. De trein naar het noorden had vertraging en toen ik de trein naar het zuiden zag aankomen, ben ik bijna het spoor overgestoken om weer terug te gaan naar de stad.' Daarna zweeg ze altijd even. Een beetje plagerig, vond ik als kind, net alsof ze me bang wilde maken. Later vond ik het grappig dat dit nu juist het station was waar ik elke week uitstapte om les te gaan geven in de gevangenis. Er waren dagen dat ik na mijn lessen terugging naar het station en een overweldigende aandrang voelde om de smalle loopbrug tussen de sporen over te steken en aan de overkant op de trein naar het noorden te gaan staan wachten. Het voelde bijna als heiligschennis om dit station in zuidelijke richting te verlaten; alsof ik op die manier het besluit van mijn moeder alsnog ongedaan maakte en mezelf uit het leven schreef.

Wanneer we op het station van Rip Van Winkle stoppen, denk ik aan de vrouw die op 21 juni 1949 op dit spoor de dood heeft gevonden, en vraag me af of zij de reden was waarom mijn moeder altijd even zweeg wanneer ze mij dit verhaal vertelde. Sloeg ze bewust de passage van dat gruwelijke ongeval over? Had ze het gezien? Had ze Rose McGlynn gekend? Wanneer de trein zich weer in beweging zet, vind ik het vooral verbazingwekkend dat mijn moeder het ongeval misschien heeft gezien en niettemin op die trein naar het noorden is gestapt – nadat het lichaam van Rose McGlynn van het spoor was verwijderd – en haar reis heeft voortgezet. Ik staar uit het raam naar de rivier en de lage blauwe bergen aan de overkant en probeer een glimp op te vangen van het hotel, maar het is vandaag een beetje nevelig en ik zie het niet en voordat ik er erg in heb roept de conducteur mijn station al om.

Wanneer ik uit de trein stap, herken ik de oude, caramelkleurige Volvo stationcar die Joseph al zo lang gebruikt en tot in de puntjes onderhoudt. Ik verwacht bijna dat Joseph eruit zal stappen en met zijn manke been over de parkeerplaats naar me toe zal komen lopen (in het concentratiekamp hebben ze een van zijn benen gebroken, en het is nooit goed gezet) om mijn bagage uit mijn handen te trekken, maar ik weet zeker dat mijn tante me heeft verteld dat Joseph te oud is om te rijden. Toch zou de aanblik van een oude Joseph die monter uit de auto was komen springen, me minder hebben verbaasd dan de gestalte die ik nu

werkelijk om de wagen heen en met een brede grijns in mijn richting zie lopen.
'Wat is er, professor, dacht u soms dat de hotelleiding u hier zomaar zou laten staan?' zegt Aidan, terwijl hij mijn koffers van me overneemt. Hij zwaait de kleinste koffer onder zijn arm en neemt de grootste in dezelfde hand, zodat hij zijn rechterhand vrijhoudt om aan de klep van zijn denkbeeldige pet te tikken.
'Het verbaast me alleen dat je gasten afhaalt – ik dacht dat je was aangenomen als piccolo.' Wat me werkelijk verbaast is dat Joseph hem in zijn oude, geliefde Volvo laat rijden.
'Dat dacht ik ook, maar toen uw tante mij zag, zei ze dat ik Joseph beter een handje kon gaan helpen. Kennelijk zijn de meeste van de piccolo's over de zestig en reumatisch en anders zijn het wel magere studentjes die nog nooit in hun leven met hun handen hebben gewerkt. Dus nu doe ik de zware klussen; ik sjouw en rij met kruiwagens vol planten heen en weer totdat Joseph heeft besloten waar hij ze hebben wil, ik sleep met hout voor de nieuwe zomerhuisjes, ik schep grint voor de tuinpaden... niet dat ik wil klagen hoor... Wenst u de complete chauffeursbehandeling, mevrouw?' zegt hij, terwijl hij het portier voor me openhoudt en met een van zijn gehandschoende handen een uitnodigend gebaar maakt naar het gebarsten leer van de achterbank van de Volvo. 'In de minikoelkast staat een mooie champagne voor u klaar en we hebben CNN op de autotelevisie.'
'Nee, dank je,' zeg ik, terwijl ik het voorste portier zelf opentrek. 'Van champagne en tv word ik toch maar wagenziek. Ik kom wel voorin zitten. Ik ben ook personeel, hoor.'
'U hoort bij de hotelleiding, professor,' zegt hij, terwijl hij achter het stuur gaat zitten. 'Vergeet dat niet.'
'Dat had je gedacht. Ik mag al blij zijn als mijn tante me geen grint laat scheppen. En luister eens, dat *professor Greenfeder* moest je nu ook maar vergeten. Niemand in het hotel heeft me sinds mijn tweede ooit anders genoemd dan Iris.'
'Niet Miss Iris?'
Ik schud mijn hoofd. 'Mijn vader wilde niet dat ik zo'n verwend nest zou worden als Eloise van het Plaza.' Alvorens de wagen te starten kijkt Aidan me van opzij met een schuine blik aan. 'Oké,' geef ik toe, 'het heeft niks geholpen. Ik ben toch een verwend nest geworden.'
Aidan grinnikt. 'Joseph noemt je Miss Iris. In elk geval tegen

mij. Volgens mij probeert hij me duidelijk te maken dat ik beneden jouw stand ben.'
'O, doe me een lol. Joseph is nog van de oude stempel en... nou ja, hij heeft me een beetje onder zijn hoede genomen na de dood van mijn moeder. Hij moet je wel hoog hebben zitten als hij je zomaar in zijn Volvo laat rijden.'
'Hij had geen keus. Ik ben de enige die met een versnellingspook overweg kan. Nee, ik vrees dat die Joseph van jou niet zo dol op mij is. Ik verdenk hem ervan dat hij me zo onder het zware werk probeert te bedelven dat ik zelf mijn ontslag neem of een hartaanval krijg.'
'Het spijt me, Aidan, het was niet mijn bedoeling je zo'n rotbaantje te bezorgen.' Wat me eigenlijk dwars zit is de gedachte dat Joseph en Aidan niet met elkaar overweg kunnen. Hoewel hij nooit zoveel zei, vond ik het altijd prettig om bij Joseph in de buurt te zijn, en na de dood van mijn moeder mocht ik hem vaak helpen in de tuin. Dan werkten we in genoeglijk stilzwijgen in de bloemperken en luisterden allerlei dingen af die de gasten tegen elkaar zeiden zonder dat ze ons in de gaten hadden. Joseph sprak nooit over al die afgeluisterde gesprekken, maar maakte mij met een knipoog of een knikje of een grijns duidelijk wat hij van de gast in kwestie vond en ik leerde op zijn mensenkennis te vertrouwen. 'Zal ik met hem praten?'
'Nee, doe maar geen moeite, dat maakt het misschien alleen maar erger. Ik ben aan zulke dingen gewend – bewakers die in de gevangenis een hekel aan me hadden konden me meer narigheid bezorgen dan zo'n oude, manke tuinman.'
Ik kijk naar Aidan – we rijden net over de Kaatskill Bridge en hij kijkt recht voor zich uit, zich concentrerend op de smalle rijbaan – en zie weer die blik van schaamte die altijd over zijn gezicht glijdt wanneer de gevangenis ter sprake komt. Is dit misschien wat Joseph heeft opgevangen? Ik kan me zo voorstellen dat Joseph – met al zijn ervaringen in het concentratiekamp – dergelijke dingen aanvoelt.
'En, is het hele hotel in rep en roer voor de komst van de nieuwe eigenaar?' vraag ik, in een poging van onderwerp te veranderen. 'Wanneer wordt hij verwacht?'
'O, je bedoelt Sir Harry?'
'Sir Harry?'
'Wist je dat niet? Hij is door de koningin in de adelstand ver-

heven voor wat hij in de oorlog allemaal heeft gedaan. Hij heeft een stel beroemde schilderijen uit handen van de nazi's gered en ze na de oorlog terugbezorgd aan hun rechtmatige eigenaars.'
'Echt waar? Ik wist wel dat hij in de oorlog monumentenofficier was, maar ik wist niet dat hij tot ridder was geslagen.' Hoe had Phoebe hem ook alweer genoemd? Een ridder op het witte paard? 'Verwacht hij echt van ons dat we hem Sir Harry noemen?' We bevinden ons nu op het hoogste punt van de brug en in de verte zie ik, als golfjes in het water, de blauwe heuvels van de Catskills. Een smalle strook wolken scheidt de bergen van de rivier, zodat ze lijken te drijven. Altijd wanneer ik ze zo zie moet ik eraan denken hoe Washington Irving ze noemde: 'een afgescheurde arm van de grote Appalachen.' Op de een of andere manier lijken ze heel ergens anders vandaan te komen, een soort bergen in ballingschap die hier ronddrijven in een vreemd land. Zo noemde mijn moeder de bergen in haar fantasiewereld: de drijvende bergen. En daar, oprijzend uit een blauwe plooi, zie ik de witte zuilen van het Equinox Hotel, als een Griekse tempel in Arcadië.
'Neuh, gewoon meneer Kron. Maar onder elkaar noemen wij slaven hem Sir Harry. Heeft wel iets chics, vind je niet?'
We zijn de glimp van Arcadië die we vanaf de brug konden opvangen alweer gepasseerd en rijden door het stadje Kaatskill. Ik heb gehoord dat er zich een paar restaurants en antiekhandelaren hebben gevestigd, maar er zijn nog steeds meer lege winkels dan bezette en de meeste zaken zijn nog dezelfde naargeestige, stoffige wapenwinkels en taxidermisten die ik me uit mijn jeugd herinner. Jacht en sportvisserij zijn nog steeds de meest lucratieve toeristische attracties van de streek. In de uitlopers van het stadje maken verkleurde en afgebladderde borden reclame voor hotels en vakantieoorden die allang niet meer bestaan. We passeren reclameborden voor hertenvoer en petroleum voor fornuizen. Ik kijk uit naar het kleine groenwitte bordje met de rand van dennenbomen, dat jaren geleden door Joseph is uitgesneden en door mijn moeder is beschilderd. Het is de enige reclame die het Equinox ooit heeft gemaakt. Maar wanneer wij de weg verlaten en de lange privéweg oprijden die omhoog voert naar het hotel, zie ik een heel nieuw bord, gebroken wit met glanzende paarse letters. HET NIEUWSTE KROONJUWEEL ... staat erop te lezen, HET CROWN EQUINOX.

'Crown Equinox? Heeft hij het een andere naam gegeven? Dat heeft mijn tante me niet verteld.'

'Hij geeft alles wat van hem is een nieuwe naam,' zegt Aidan, terwijl hij een bocht iets te snel neemt, 'net als God.'

Ik haal diep adem en de dennengeur weet me onmiddellijk te kalmeren. Natuurlijk heeft het hotel een nieuwe naam gekregen. Wat maakt het ook uit? Het belangrijkste is dat het hotel er nog is. Ik draai het raampje omlaag om de warme, harsachtige lucht diep in te ademen. Tussen het dichte geboomte door vang ik een glimp op van water, het beekje dat van de waterval naar beneden stroomt. Wij zijn de enige auto op de weg en op het geluid van de Volvo en het stromende water na is het stil – een stilte die ik me herinner als typerend voor deze bossen, net alsof de donkere dennen al het geluid absorberen.

'De bomen zien er dor uit,' zeg ik, in een poging het gesprek af te leiden van Harry Krons vernieuwingen – het bos kan hij per slot van rekening niet veranderen, evenmin als de berg, of de waterval. 'En we hebben nog wel zo'n nat voorjaar gehad.'

'Dat dacht ik ook toen ik hier aankwam, maar kennelijk hebben wij in de stad alle regen gehad, want hier is het droog geweest. Joseph zegt dat het te maken heeft met de regenschaduw...'

'De berg trekt de wolken naar zich toe, maar het regent aan de andere kant van de berg. De oostkant. Ik heb dat nooit helemaal goed begrepen.'

Aidan schudt lachend zijn hoofd. 'Ik ook niet, maar ik ben er al snel achtergekomen dat je net zo goed een standbeeld kunt ondervragen als Joseph vragen wat hij ergens mee bedoelt.'

'En denkt Joseph dat het een droge zomer wordt?'

'Hij voorspelt de droogste zomer in eenenvijftig jaar. Maar dat is in elk geval goed voor de zaken. Niemand geeft graag geld uit aan een hotelkamer in de bergen als hij alleen maar binnen naar de regen kan gaan zitten kijken.'

Ik knik, ook al concentreert Aidan zich zo hard op de kronkelende, steile weg dat hij dat toch niet kan zien. Hij heeft gelijk, denk ik, gasten hebben een hekel aan regen. Het is niet hun probleem als het waterpeil in de reservoirs laag staat of de dennennaalden in het bos kurkdroog zijn. Het enige wat zij willen is goed wandelweer en droge tennisbanen, heldere zonsopgangen om te schilderen en prachtige zonsondergangen achter de ramen van de lobby wanneer zij van hun aperitiefjes nippen. Wanneer we ons op het laatste rechte stuk naar het hotel bevinden dringen Aidans woorden pas volledig tot me door. De ergste droogte in eenenvijftig jaar. Precies wat ik in de krant in de bibliotheek heb gelezen over de zomer dat mijn moeder hier aankwam, alleen was het toen eenenvéértig jaar sinds de vorige droogte. Ik kan bijna niet wachten tot ik bij het hotel ben, zodat ik me er zelf van kan overtuigen dat het er nog staat en dat het niet door brand is verwoest in de tijd dat Aidan en ik de berg opreden.

Natuurlijk staat het er nog. Wanneer we de laatste bocht om komen, verschijnt het hotel koel en wit op zijn heuvel boven de Hudson-vallei, met slanke Corinthische zuilen die een weerspiegeling zijn van de omliggende witte dennen. Geen wonder. Het hout voor het hotel is hier ter plekke gekapt en plaatselijke houtbewerkers hebben er de zuilen van gemaakt. Het lijkt alsof de dennen een bladerdak van tropisch gebladerte hebben gekregen. 'Als je goed kijkt,' heeft Joseph me eens verteld, terwijl hij me op zijn schouders zette en naar de bewerkte zuilen wees, 'zie je dat ze tussen al die Griekse tierelantijnen eikeltjes en dennentakken hebben verwerkt. En hier, aan de onderkant' – hierbij zette hij me op de grond en liet hij zich langzaam op zijn knieën zakken – 'als je onder de verf voelt...' Hij legde zijn grote, ruwe hand over mijn kleine handje, tot ik het patroon kon voelen dat in het hout was uitgesneden.

'Een pijl!' zei ik, trots dat ik het geheime teken had gevonden. 'Maar waar is die voor?'

'Het teken van de Britse Kroon,' zei hij, wijzend op de bossen rond het hotel. 'Diezelfde pijl zul je terugvinden op sommige van de oudste bomen in het bos. Ze waren bedoeld voor de scheepsmasten van de Britse marine.'

In mijn ogen heeft het hotel wel iets van een schip. Een wit schip op een zee van blauwe lucht – de geest van Henry Hudsons *Halve Maen* misschien – in afwachting van het meest geschikte getijde om de thuisreis te aanvaarden.

'Kijk eens wie er op je staat te wachten,' zegt Aidan wanneer we de ronde oprit oprijden. 'Hij kon het niet uitstaan dat hij je niet zelf kon ophalen.'

'Ik denk dat hij het erger vond om de Volvo uit handen te geven,' zeg ik, maar eerlijk gezegd ontroert het me om Joseph in het bloembed voor een van de zomerhuisjes te zien staan. Hij staat zo roerloos dat ik even het beangstigende gevoel heb dat hij een standbeeld is, dat hij een ornament is geworden in zijn eigen tuin, maar dan tilt hij een hand op, haalt een opgevouwen rode halsdoek uit het borstzakje van zijn overhemd en veegt ermee over zijn gezicht. Het lijkt wel of de stof de diepe groeven rond zijn ogen en zijn mond laat verdwijnen. Zonder te glimlachen – ik weet niet eens of ik Joseph ooit heb zien glimlachen – ontspant zijn gezicht en kijkt me aan met de zachte blik die hij normaal gesproken reserveert voor boomwortels en tulpenbollen.

Wij komen tot stilstand onder de overkapping en een geüniformeerde piccolo – een mager, pukkelig joch dat er niet ouder uitziet dan zestien – wil mijn portier openen, maar ik ben al achter Aidan aan de bestuurderskant uitgestapt, zodat ik Joseph als eerste kan begroeten. Bij de ingang heeft zich een groepje mensen verzameld en ik heb zo'n vermoeden dat mijn baan als bedrijfsleidster ingaat op het moment dat ik daar naar binnen ga. Een ogenblik lang zou ik toch weer het liefst dat kleine, verwende nest zijn.

'*Shayna maidela,*' zegt Joseph schor wanneer ik hem een zoen op zijn gerimpelde wang geef. Mooi meisje. Zo noemde hij mijn moeder altijd. 'Je gaat met de dag meer op je moeder lijken.'

Ik schud mijn hoofd. Ik weet dat ik nooit zo mooi zal zijn als mijn moeder, maar ik ben altijd blij met Josephs leugentje. Het is net zo goed een leugentje voor hemzelf als voor mij, denk ik, terwijl hij zijn gezicht weer afveegt met de rode doek. Zo heeft hij het gevoel mijn moeder weer terug te zien.

'Jij, daarentegen, bent werkelijk weer geen spat veranderd.' En dat is echt waar. Volgens mij zag Joseph er al oud uit op de dag dat hij voor het eerst voet in dit hotel zette. 'En kijk toch eens naar je rozen,' zeg ik, wijzend op de dieprode klimrozen die in een boog over het zomerhuisje groeien. Ik weet dat hij liever geprezen wordt om zijn bloemen dan om zichzelf.

'Het is een wonder dat ze het zo goed doen zonder regen. Ik geef ze elke dag met de hand water uit het meer.'

'Loop je dan met emmers water uit het meer te slepen?'

'O, ik heb hulp.' Joseph wijst met zijn duim over zijn schouder naar Aidan, die inmiddels achter hem staat met mijn koffers. Achter Josephs rug rolt Aidan met zijn ogen en articuleert geluidloos: 'Dertig emmers per dag laat hij me sjouwen.'

'En de pomp in het meer, werkt die dan niet meer?' Dit was

een van mijn vaders uitvindingen geweest, een hydraulische pomp die water uit het meer haalde voor de hoteltuinen en, het allerbelangrijkste, voor als er brand zou uitbreken. Het drinkwater is afkomstig uit een bron bij het hotel, maar zelfs in natte zomers geeft die bron niet genoeg water voor de tuinen en er zou dan ook nooit genoeg zijn om een brand mee te blussen.
'Die meneer Kron van je heeft hem buiten werking laten zetten voor reparaties.'
'Het is mijn meneer Kron niet,' zeg ik op verdedigende toon, hoewel ik er eigenlijk wel een beetje trots op was geweest dat ik de redder van het hotel had geleverd.
Aidan is naast me komen staan en kijkt naar de rozen die over de boog groeien. Joseph draait zijn hoofd om en kijkt naar de Volvo, waarvan het portier nog wijd open staat. Waarschijnlijk kijkt hij of hij beschadigingen kan bespeuren aan zijn geliefde auto, maar dan kijkt hij weer naar Aidan en mij en vraagt fronsend: 'Waar is die jongeman van je? Die zou toch meekomen?'
'O, Jack?' Ik herinner me dat Jack, toen we hier vorig jaar waren, de hele dag achter Joseph aan liep en hem bestookte met vragen over de tuin. 'Hij kon niet mee. Hij heeft een beurs gekregen voor een opleidingscursus in een kunstenaarskolonie. Een heel prestigieuze...' Bij het zien van Josephs blik en Aidans opgetrokken wenkbrauwen, begin ik te stamelen.
'Yaddo?' vraagt Joseph. 'MacDowell?' Ik schud mijn hoofd, heimelijk lachend om het feit dat Joseph die namen van instituten heeft opgepikt van het afluisteren van gesprekken tussen schilders, en noem de iets minder bekende kolonie waar Jack naartoe is gegaan.
Joseph wappert met een grote, eeltige hand door de lucht. 'Dan had hij beter hier kunnen komen schilderen en jou gezelschap kunnen houden.' Joseph werpt een boze blik op Aidan en opeens begrijp ik waar hij zich zorgen om maakt. Hij denkt dat er iets gaande is tussen Aidan en mij. En we staan hier nota bene samen onder de rozenboog van een van zijn *chuppa's* – Wilde Roos, heet deze – op precies dezelfde plek waar mijn vader en moeder elkaar het jawoord hebben gegeven. Ik zet een stap uit de beschutting van de boog, maar Aidan doet hetzelfde en onze schouders raken elkaar.
'Nou,' zegt Aidan, 'dan zal ik Iris' koffers maar eens naar boven gaan brengen.'

Ondanks het feit dat ik hem zelf heb gezegd dat hij me bij mijn voornaam mocht noemen, is het toch vreemd hem mijn naam te horen uitspreken.

'Daar hebben we piccolo's voor,' zegt Joseph, zich omdraaiend naar de voordeur. 'Ik heb een klusje voor je.'

Wanneer Joseph met zijn rug naar ons toe staat, plukt Aidan handig een roos uit het prieeltje en houdt hem achter zijn rug, zodat Joseph hem niet kan zien. Dan geeft hij mij een knipoog. Ik probeer mijn gezicht in de plooi te houden wanneer we langs Joseph lopen.

'Ik kom straks de rest van de tuinen bekijken,' zeg ik tegen Joseph.

'En ik zal deze even in de foyer zetten,' zegt Aidan, mijn koffers optillend.

Wanneer we om de wagen zijn heen gelopen en Aidan mij de roos aanbiedt, schiet ik in de lach. 'Dat zal Joseph je niet in dank afnemen. Hij is de enige die de bloemen mag plukken.'

Maar Aidan pakt me de roos plagerig weer af. 'Oh, hij heeft al wraak genomen. Moet je zien.' Aidan houdt zijn hand op en ik zie een lange, bloedende schram in zijn handpalm. 'Ik zal hem maar voor je vasthouden tot je iets hebt gevonden om hem in te zetten. Denk je dat hij ze speciaal met zoveel doornen kweekt?'

Ik haal een papieren zakdoekje uit mijn zak en druk het tegen Aidans hand. En zo treft mijn tante ons aan, hand in hand op de drempel van het hotel.

14

DE GEBROKEN PAREL

Toen mijn moeder me het verhaal vertelde over de selkie die haar kinderen verlaat om terug te keren naar de zee, vroeg ik haar of ze ooit was teruggekomen.
'Nee, maar eens zal de dochter zich bij haar moeder in zee voegen. Daarom heeft ze die krans voor haar geweven uit zeeschuim en dauw en haar eigen tranen. Als de dochter het net van tranen in zee gooit, zal het veranderen in een pad van maneschijn dat terugvoert naar het land onder de zee – naar Tirra Glynn.'
Pas toen ik ouder was vertelde mijn moeder me dat het net van tranen ons was ontstolen. Connachar had het meegenomen naar het Sterrenpaleis en zolang hij het daar bij zich hield was er geen terugkeer naar zee mogelijk. 'Je bent nu oud genoeg om het te weten,' zei ze tegen mij, 'en oud genoeg om voor je broertjes te zorgen wanneer ik wegga. Beloof me dat je voor je broers zult zorgen.' Ik beloofde het haar.
De volgende dag was mijn moeder verdwenen. Ze glipte weg als een tochtvlaag door een kamer, en liet niets anders achter dan leegte en stilte. Ik wist dat het nu, net als voor de dochter van de selkie in het verhaal, mijn taak was om voor mijn broers te zorgen, maar in plaats daarvan dacht ik aan het net van tranen dat van ons was gestolen en ergens in het Sterrenpaleis lag. Dus negeerde ik mijn moeders laatste wens. Ik liet mijn broertjes aan hun lot over en ging als slavin naar het Sterrenpaleis.

'Daar ben je dan. Ik dacht al dat je je trein had gemist.' Mijn tante Sophie trekt mij naar zich toe voor een snelle kus, waarbij haar brillenglazen tegen mijn zonnebril tikken. Zij draait zich om en voordat ik de kans krijg haar eens goed te bekijken trekt ze me mee naar binnen. Mijn eerste indruk van haar is dat ze de afgelopen zes maanden is gekrompen.

'Jij daar, Barry, was jij nog van plan Miss Greenfeders koffers naar haar kamer te brengen, of lijken het je wel mooie plantenbakken voor in de foyer?'

'Joseph zei...'

'Het kan me niet schelen wat Joseph zei. Er komt straks een limousine met een groot gezelschap uit de stad en dan hebben we alle piccolo's nodig.'

Aidan haalt zijn schouders op en neemt mijn koffers onder zijn linkerarm. Met zijn rechterhand trekt hij aan een lok van zijn haar, waarna hij zich omdraait en naar de liften loopt. Het duurt even voordat ik besef wat hij eigenlijk deed. Hij raakte zijn voorlok aan, ten teken van eerbiedige gehoorzaamheid. Een teken van respect van de pachter aan zijn landheer, in dit geval spottend gebruikt. Het wordt nog gekker als ik zie dat de roos die hij voor me heeft geplukt uit zijn achterzak steekt. Ik doe mijn best om niet te grijnzen en loop achter Aidan aan naar de liften, maar mijn tante grijpt me stevig bij mijn ellebogen, draait me om en bekijkt me van top tot teen. Ik voel me weer net als toen ik klein was, en zij mijn kleding inspecteerde alvorens me in de eetzaal te laten. Het geeft mij meteen de kans haar te bekijken. In mijn ogen is mijn tante, net als Joseph, altijd al oud geweest, en daarom heb ik de neiging om tekenen van ouderdom bij haar over het hoofd te zien. Haar haar was al grijs voordat ik werd geboren maar haar enigszins ronde gezicht heeft zich behoorlijk goed gehouden in de strijd tegen de rimpels. Sterker nog, zij behoort tot die vrouwen die er beter uit gaan zien naarmate ze ouder worden. Als zij er niet al sinds haar jeugd van overtuigd was geweest dat ze lelijk was – ze had het altijd moeilijk gehad met haar gewicht, had mijn vader me eens verteld – had ze er misschien van kunnen genieten dat ze een knappe vrouw was. Ik heb in de loop der jaren meerdere vrijgezellen belangstelling voor haar zien tonen, maar zij is iemand die zich altijd de verdedigende houding aanmeet van de onaantrekkelijken onder ons.

'Je gaat je natuurlijk nog wel even omkleden,' zegt ze tegen me. 'Ik hoop dat je geschikte kleding bij je hebt.'
Eerlijk gezegd had ik het idee dat ik al geschikte kleren droeg. Ik heb me nogal uitgesloofd met mijn eenvoudige kaki rok en een keurig gestreken katoenen blouse in wat ik zelf een nogal flatteuze kleur roze vind. Een kledingkeuze waarmee ik wat mij betreft aan alle kanten uitstraal dat ik een *hotelmanager* ben, maar wanneer ik mezelf eens goed bekijk, zie ik dat de rok gekreukt is, dat mijn blouse half uit mijn rokband hangt en dat mijn instappers bedekt zijn met grassprietjes.
'Ik ga me meteen verkleden,' zeg ik. 'Ik wil alleen eerst nog even rondkijken.'
We bevinden ons tussen de Sunset Lounge en het bureau van de portier. Toen mijn moeder hier net was, heeft mijn vader me verteld, haatte ze de ingang van het hotel.
'Het is net alsof je via de personeelsingang binnenkomt,' klaagde ze. 'Het straalt helemaal niets uit – het geeft je niet het gevoel dat je in een hotel bent aangekomen.'
Het probleem is dat het hotel met de voorkant naar het oosten staat, boven op een smalle richel boven de Hudson. Wat het zo spectaculair maakt is nu juist dat uitzicht, de weidse luchten, dus leek het de oorspronkelijke bouwer van het hotel logisch om het hotel in oostelijke richting te oriënteren. Alleen is het onmogelijk het hotel vanuit oostelijke richting te benaderen. Daar is de richel te smal voor. Voordat mijn moeder de inrichting onder handen nam, kwamen de gasten via de achterdeur binnen en moesten zich dan een weg banen door een doolhof van ouderwetse Victoriaanse lounges alvorens geconfronteerd te worden met dat spectaculaire uitzicht over lucht en rivier.
Mijn moeder liet de muren uitbreken om één grote foyer te creëren en liet de marmeren vloer verlagen zodat je vanaf de drempel over de zachtgroene fluwelen banken en eiken tafels heenkijkt en alleen maar aandacht hebt voor de enorme glazen deuren in de oostelijke gevel en het uitzicht van louter lucht. De belofte van de buitenkant wordt nu ook binnen waargemaakt; je voelt je aan boord van een schip dat boven de wolken drijft.
Als kind, verborgen in een van de diepe banken, zag ik de ene na de andere gast binnenkomen, nerveus hun bagage in de gaten houden en hun kleren rechttrekken na een lange autorit, waarna ze opkeken en helemaal stil werden van de aanblik van zoveel

hemel. Ik kon bijna aftellen hoe lang ze er vervolgens over deden om door de foyer en door de openslaande deuren naar buiten te gaan, naar het van een lange rij zuilen voorziene terras met uitzicht over de vallei. Daar wil ik nu zelf ook naartoe, maar tante Sophie trekt me mee naar de balie, die langs de hele zuidelijke gevel van de foyer loopt.

Ramon, het hoofd van de receptie, kijkt me glimlachend aan wanneer we naar de balie lopen. 'Welkom thuis, Iris.'

'Van nu af aan wordt dat dus *Miss Greenfeder*,' bitst mijn tante. 'Dat lijkt me passend voor de nieuwe bedrijfsleidster.'

Achter Sophies rug rol ik met mijn ogen en articuleer geluidloos 'Iris' tegen Ramon, die met veel bombarie een diepe buiging voor me maakt. '*Miss Greenfeder*, maar natuurlijk – fijn om weer een Greenfeder in het management te hebben...' Ik voel dat Ramon zich opmaakt voor een hele toespraak. Dertig jaar geleden was hij, vers van de toneelschool, naar de Catskills gekomen om met een repertoiregezelschap de animatie in de diverse hotels te verzorgen, maar toen de grote hotels in het zuiden en het westen hun deuren sloten, bleef hem niet veel anders over dan in de bediening gaan en borden wassen. Mijn moeder vond hem in de keuken van een cafetaria in Peekshill. Ze zei dat hij onder het citeren van Shakespeare de slechtste omelet maakte die je je voor kon stellen. Ze wist dat zijn dagen bij de cafetaria geteld waren en bood hem een baan aan als receptionist – 'hij heeft precies de goede stem om gasten te verwelkomen'. Dat was in het jaar voor haar dood.

'Ja, ja,' valt Sophie hem in de rede, 'we zijn allemaal erg blij dat ze terug is, maar nu moet ze aan de slag. Waar is het gastenboek?'

Het zware, in leer gebonden boek ligt opengeslagen onder Ramons lange, slanke vingers, maar hij neemt toch nog even een ogenblik om verbaasd te kijken – alsof hij het loodzware boekwerk kwijt is – alvorens het om te draaien en het over het marmeren blad van de balie naar mij toe te schuiven. Het ligt open bij de gasten die vandaag zullen arriveren en de bladzijde staat helemaal vol.

'Wauw, ik geloof niet dat ik ooit zoveel arriverende gasten op een dag heb gezien.'

'Het is een bedrijfsuitstapje voor Crown Hotels International,' legt Sophie uit. 'Volgende week hebben we er een voor museumcurators en in juni weer twee...' Ik blader door de komende paar weken en zie dat ze bijna helemaal vol staan. Tussen de clusters van kamers die zijn gereserveerd voor bedrijven en verscheidene organisaties die geld inzamelen voor goede doelen (ik herinner me dat Phoebe me heeft verteld dat Harry Kron een groot beschermheer van de schone kunsten is) herken ik een flink aantal bekende familienamen.

'De Van Zandts... zijn dat Bill en Eugenie die altijd in augustus kwamen?'

'Hun zoon en zijn gezin.'

'En Karl Orbach, maakte die geen deel uit van dat schildergroepje dat in het begin van de jaren zeventig een paar jaar achter elkaar is gekomen...'

'En die afschuwelijke muurschildering van naakte vrouwen in de Sunset Lounge heeft gemaakt...'

'En Claire Mineau en haar dochter, Sissy, en de gezusters Eden... Het lijkt wel een soort zomerreünie. Waarom komen ze juist nu allemaal?'

'Meneer Kron heeft alle oude gastenboeken doorgenomen en heeft iedereen die hier meer dan één keer te gast is geweest dit kaartje toegestuurd.' Mijn tante haalt een crèmekleurig kaartje uit de zak van haar vest en overhandigt het aan mij. Omringd door een rustieke sierrand van dennenappels en eikeltjes staat een tekst met een uitnodiging voor 'alle vrienden van het Equinox' om 'terug te keren naar de zomers uit hun jeugd, toen de tijd nog stil stond en zij geen andere afspraken hadden dan met de wereldberoemde zonsopgang en zonsondergang.'

'Wie heeft deze rotzooi geschreven?' vraag ik.

Ramon kucht theatraal in zijn vuist.

'Nee, tante Sophie, jij toch niet! Ik dacht altijd dat je een hekel had aan dit soort sentimentele rommel.'

'Ik probeer het hotel te redden,' zegt ze, haar schouders rechtend. Het valt me op dat ze, zelfs wanneer ze zich tot haar volle lengte opricht, nauwelijks tot mijn sleutelbeen komt. 'Meneer Kron heeft gezegd dat hij vooral de families wil terughalen die hier vroeger hele zomers doorbrachten.'

'Ik vraag me af waarom hij dat zo graag wil wanneer hij al die bedrijfsevenementen al heeft. Maar het is wel aardig dat hij de oude tradities in het nieuwe karakter van het hotel wil inpassen.'

Wat ik eigenlijk denk, is dat het mij voor mijn onderzoek goed van pas komt dat zoveel van de oude gasten terugkomen. Ik verwacht dat mijn tante een spottende opmerking zal maken over mijn onbaatzuchtigheid, maar voor het eerst sinds mijn aankomst zie ik haar glimlachen.

'Het is inderdaad erg aardig,' zegt ze. 'Meneer Kron heeft een korting van veertig procent goedgekeurd voor iedereen wiens familie hier placht te komen... al die oude, bekende gezichten... had je vader dit nog maar kunnen meemaken.' Sophies blik dwaalt af van het gastenboek en zij kijkt uit over het terras. Dan verdwijnt haar glimlach abrupt. 'Of misschien is het maar beter ook dat hij bepaalde mensen niet terug ziet komen.'

Ik volg haar blik naar de gestalte van een slanke vrouw die tussen twee zuilen in staat, scherp afgetekend tegen de blauwe lucht. Ik vraag me af wie zij kan zijn, maar dan tilt zij een knoestige hand op om het sjaaltje recht te trekken dat zij om haar haar heeft geknoopt en herken ik haar.

'Hedda Wolfe,' zeg ik voordat ik er erg in heb.

Sophie duwt haar bril wat verder op haar neus en staart mij aan. 'Ken je haar?'

Dit zou een uitgelezen moment zijn om mijn tante van mijn contract te vertellen, maar zij barst onmiddellijk los in zo'n hevige tirade tegen mijn literair agent dat ik de moed niet kan opbrengen.

'Ze heeft de laatste jaren van je moeder tot een hel gemaakt... belde voortdurend waar het volgende boek bleef... en nadat je vader haar had verboden hier nog langer te komen, stuurde ze haar assistenten om Kay op haar nek te zitten. Je ouders zouden zich omdraaien in hun graf als ze wisten...' Opeens zwijgt Sophie. Mijn moeder heeft natuurlijk geen graf. Van haar rest slechts as.

'Dat wist ik niet,' stamel ik. 'Ik heb haar een paar keer ontmoet in de stad, bij lezingen en seminars. Ze spreekt altijd heel aardig over moeder...'

'Het zou wat moois wezen als ze dat niet deed! Ze heeft heel veel geld verdiend aan Kay en ze heeft haar reputatie aan haar te danken. Als je haar al kent, moest je haar maar even gaan begroeten. Als hotelmanager is dat niet meer dan je plicht. Als je maar niet denkt dat ik haar kom knuffelen.'

Ik kan me helemaal niet voorstellen dat tante Sophie iemand zou knuffelen. Ik knik echter, alsof ik haar advies ter harte neem.

'Ja, ik denk dat ik haar maar even ga verwelkomen. Dan hebben we dat maar gehad.' Even ben ik bang dat Sophie zal aanbieden met me mee te gaan, maar gelukkig komt op dat moment het hoofd van de huishouding – een vrouw die ik nog nooit heb gezien – iets vertellen over een noodgeval in de wasserette en moet Sophie met haar mee. Nu kan ik naar het terras gaan – wat ik eigenlijk meteen al had willen doen – en een poging doen om mijn agente uit te leggen waarom mijn tante nog niet weet dat ik een boek aan het schrijven ben.

Ik loop door de glazen deuren naar buiten en zie Hedda Wolfe tegen een zuil geleund op de balustrade zitten. Met de dikke zijden sjaal om haar lichte haar en haar grote zonnebril lijkt ze een beetje op een jonge Jackie Kennedy – en ook een beetje op mijn moeder. Ze is gekleed in een bandplooibroek en een lichtblauwe katoenen blouse – een outfit die veel lijkt op wat ik zelf draag, alleen staat het haar op de een of andere manier chic. Niemand zou haar naar boven sturen om zich te verkleden. Zij blijft van het uitzicht genieten tot ik vlak naast haar sta.

'Iris,' zegt zij, terwijl zij bij wijze van begroeting een slap handgebaar maakt, zonder me een hand te geven. 'Ik vroeg me al af wanneer je zou komen. Ik wilde het natuurlijk niet aan je tante vragen.'

'Het spijt me van tante Sophie. Ze kan soms... een beetje snel zijn met haar oordeel.'

Hedda begint te lachen. 'Ze zou een geweldige uitgever zijn geweest. Ze heeft meer verstand dan de helft van de mensen in die branche. Nee, je hoeft je niet voor je tante te verontschuldigen. Het spijt me alleen dat ik het misschien moeilijk voor jou heb gemaakt. Toen ik Harry's uitnodiging kreeg, wist ik niet of ik er goed aan deed om te komen.'

'Heeft meneer Kron je uitgenodigd?' Eigenlijk zou het me niet zo moeten verbazen – hij had me immers al verteld dat hij haar kende.

'Ik geloof dat hij alle "oudgedienden" heeft uitgenodigd en mijn grootmoeder is hier twintig jaar lang elke zomer te gast geweest. Hij was echter zo vriendelijk een persoonlijk briefje bij de uitnodiging te doen waarin hij vertelde dat hij jou had ontmoet en mij complimenteerde met mijn "verstandige zet" om jou onder mijn hoede te nemen. Ik neem aan dat hij weet dat je een boek over je moeder wilt gaan schrijven?'

'Ja, dat heb ik hem verteld.'
'En je tante? Heb je haar over je project verteld?'
Teneinde Hedda's blik te ontwijken staar ik in de verte. Het is een van de eigenaardigheden van gesprekken die op dit terras plaatsvinden: mensen kijken elkaar hier nauwelijks aan – daarvoor neemt het uitzicht je te zeer in beslag. Vandaag heeft de zon alle kleur uit de vallei gebleekt en lijkt de rivier glad en ver weg.
'Nee,' zeg ik, 'haar heb ik nog niets verteld. Ik vrees dat ze het een heel slecht idee zou vinden. Ze zou vinden dat ik de vuile was buiten hang. Ik weet dat het laf klinkt...'
'Helemaal niet. Ik vind het heel verstandig. Sophie vond dat schrijven van Kay ook maar niets – als het aan haar had gelegen had je moeder haar creativiteit alleen maar kunnen uitleven in het opschudden van de kussens in de foyer. Ik heb altijd het idee gehad dat het kwam omdat Sophie zelf het schilderen heeft moeten opgeven. Niemand kan minder van een kunstenaar hebben dan een mislukte kunstenaar.' Ik ben een beetje uit het veld geslagen door haar hardvochtige toon, maar dan bedenk ik me dat ze misschien wel gelijk heeft. Voordat zij hier was gekomen om haar broer te helpen in het hotel, had Sophie op de kunstacademie gezeten. Ik heb me altijd afgevraagd waarom ze niet op z'n minst in haar vrije tijd is blijven schilderen, maar ze heeft me eens verteld dat ze, als ze niet serieus met haar kunst bezig kon zijn, liever helemaal niet schilderde. Toch heb ik het gevoel dat ik het voor mijn tante moet opnemen, maar dan legt Hedda een van haar zachte, verschrompelde handen op mijn arm en daar laat ik me volslagen door ontwapenen.
'Laat haar jou niet hetzelfde aandoen wat ze Kay heeft aangedaan. Je zult veel beter vragen kunnen stellen over je moeder en naar het manuscript kunnen zoeken als zij niet weet waar je mee bezig bent. En ik ben in de buurt als je goede raad nodig hebt bij je bevindingen. Ik ben van plan de hele zomer te blijven.'
'De hele zomer?' Meteen besef ik dat mijn verbazing wellicht onbeleefd overkomt. 'Ik bedoel, hoe ben je van plan te werken als je hier bent?'
'O, de wonderen van het internet,' zegt zij, wijzend op een dunne, zilverkleurige laptop die op een van de schommelstoelen ligt, 'en FedEx. Waarschijnlijk ga ik om de week een paar dagen naar de stad, maar verder zul je niet gemakkelijk van me afkomen.'

Na mijn gesprek met Hedda, loop ik de grote centrale trap op, ook al moet ik zes trappen op naar mijn zolderkamer. Wat ik wil is afstand scheppen tussen Hedda Wolfe en mijzelf. Ik heb nooit eerder opzettelijk iets verborgen gehouden voor mijn tante en het feit dat ik nu onder één hoedje speel met een vrouw die zij haat, maakt het nog erger. Terwijl ik echter de trap beklim, begin ik me steeds beter te voelen en niet, realiseer ik me, omdat ik Hedda Wolfe achterlaat, maar omdat ik het gevoel heb dat ik mezelf achterlaat – of in elk geval dat deel van mezelf dat mijn tante zou misleiden voor financieel gewin. Dit is iets wat ik moet doen, houd ik mezelf voor en bij elke trap voel ik me lichter worden en zie ik het uitzicht door de gewelfde ramen op elke overloop weidser en hoger worden. Het is alsof ik door de wolken klim. De vallei in de diepte wordt kleiner; het kronkelende lint van de blauwe rivier ontrolt zich in de verte. Het dikke tapijt dempt het geluid van mijn voetstappen en de kroonluchters schitteren zachtjes in de bleke middagzon. In plaats van buiten adem te zijn van de klim heb ik het gevoel dat ik voor het eerst sinds maanden weer echt kan ademen. Het is precies zoals mijn vader altijd zei: een goed hotel brengt het beste in de gasten boven.

Op de vierde verdieping eindigt de grote trap en moet ik naar de andere kant van de gang lopen, naar een deur die toegang geeft tot de smalle zoldertrap. Ik zie dat er nieuwe lopers in de gang liggen – in plaats van de oude, tot op de draad versleten gebloemde, liggen er nu crèmekleurig met paarsrode lopers met het logo van de Crown-hotels erop. De muren zijn glanzend gebroken wit geschilderd, met lavendelkleurige sierlijsten. Het is net een grote snoepdoos.

Ik gluur in een openstaande kamer die door een kamermeisje wordt schoongemaakt en zie tot mijn opluchting dat de renovaties hier nog niet zijn doorgedrongen. Mijn moeders kleurkeuze – bosgroen met wit – is vaal geworden, maar staat nog steeds mooi bij de tapijten in gedekte tinten en de verschoten zijden gordijnen. En wanneer ik de zoldertrap op loop zie ik dat hierboven nog helemaal niets is veranderd.

De meeste kamers die ik passeer zijn niet meer bewoond geweest sinds begin jaren vijftig de nieuwe personeelsverblijven zijn gebouwd. In de loop der jaren zijn deze kamers een opslagplaats geworden voor kapotte meubels – te goed om weg te gooien, vond mijn tante altijd – kerstversieringen en alle dingen die gasten achterlaten. 'Je weet maar nooit wanneer ze er opeens achterkomen dat ze iets missen en dan verwachten ze dat je het nog hebt. En natuurlijk dat je het ze kosteloos nazendt!'

Toen ik klein was rommelde ik graag in al die dozen met spulletjes – verbaasd dat mensen zo slordig waren dat ze zulke prachtige dingen achterlieten. Zijden nachtjaponnen en ochtendjassen werden het vaakst vergeten en dat kwam, zei mijn moeder altijd, omdat gasten ze aan de haakjes in de badkamer hingen en vervolgens aan de achterkant van de deur vergaten te kijken wanneer ze hun koffers weer gingen pakken. Maar er zaten ook schoenen bij en tennisrackets en verfdozen en dagboeken en sjaaltjes en goedkope namaak parelkettingen in alle mogelijke kleuren die mijn moeder wel eens droeg. Als zij ze om had leken ze altijd echt.

Ik zie meteen dat niemand de afgelopen jaren de moeite heeft genomen deze bergplaatsen op orde te brengen. Alle kamers staan vol dozen met afgedankte spullen – het afval van een halve eeuw zomervakanties. Tot ik de laatste kamer aan de linkerkant van de gang bereik, mijn oude kamer.

Iemand heeft de moeite genomen mijn oude kamer schoon te maken en op te ruimen. Het nachtkastje en het bureau, vol krassen en kringen, zijn afgestoft, en er ligt schoon beddengoed op het hemelbed. Ik leg mijn hand op de uitgesneden zon en maan op het hoofdeinde en hoor de stem van mijn moeder bijna haar verhaal beginnen... *In een land tussen de zon en de maan...* Mijn bagage staat netjes op de dekenkist aan het voeteneind van mijn bed en op mijn nachtkastje staat een enkele rode roos in een glas water. Aidan. Ik krijg een kleur bij de gedachte dat hij in dit kamertje is geweest, want de soberheid ervan zegt meer over mij dan ik zou willen.

Ik ga naar het raam en schuif de kanten gordijnen open om uit te kijken over de tuinen. Hiervandaan kan ik nieuwe gasten zien aankomen – en misschien ook Aidan als hij nog steeds in de tuin aan het werk is. De oprijlaan is verlaten, maar ik zie Joseph onder de rozenboog van het zomerhuisje – Wilde Roos – zitten, op de plek waar Aidan en ik zo-even nog stonden. Het is een teken van ouderdom, denk ik, dat ik Joseph zie zitten in plaats van snoeien, bemesten of graven. Dan zie ik dat hij niet alleen is. Degene die tegenover hem zit wordt aan het oog onttrokken door de rozen. Ik probeer het vanuit een andere hoek, zo nieuwsgierig ben ik naar Josephs gezelschap. Ik denk dat het komt omdat ze samen onder die *chuppa* zitten, want dat suggereert intimiteit en dat was ook waarom het Joseph zo ergerde om mij samen met Aidan onder de rozenboog te zien staan. En misschien is het Aidan wel – Aidan die naar Josephs nieuwe instructies zit te luisteren.

Wanneer ik eindelijk de goede hoek heb gevonden, zie ik dat het Aidan niet is. Ik herken haar aan haar blauwe zijden sjaaltje. Het is Hedda Wolfe. Terwijl ik toekijk, staat ze op om weg te gaan en gaat ook Joseph staan om haar na te kijken. Ik ben te ver weg om het goed te kunnen zien, maar wanneer ik Joseph met zijn rode halsdoek over zijn ogen zie wrijven, heb ik beslist de indruk dat hij tranen wegveegt.

15

DE GEBROKEN PAREL

Niet lang nadat ik in het Sterrenpaleis was aangekomen, zag ik het net van tranen om de hals van de vrouw. De traan van smaragd hing precies tussen haar borsten.
Het had me niet zo kwaad moeten maken. Ik was gewend aan de slordigheid van deze vrouwen – de manier waarop ze hun kleren lieten vallen waar ze stonden, als een pels die ze afwierpen en niet meer nodig hadden. Ook hun sieraden lieten ze in hoopjes liggen. Hun oorbellen legden ze op nachtkastjes waar ze 's nachts vaak op de grond werden geveegd door een achteloze hand, diamanten ringen legden ze in zeepbakjes en hun parelsnoeren hingen ze soms aan kapspiegels. En als ze een van hun kostbare prullen kwijtraakten wisten ze precies waar ze de schuldigen moesten zoeken: de selkievrouwen die hun kamers schoonmaakten.
Het net van tranen was voor haar gewoon een van haar vele glinsterende sieraden – iets wat mooi bij haar nieuwe groene jurk stond en de aandacht van de mannen op haar borsten vestigde, maar aan het eind van de avond was het gewoon een handvol stenen die tussen de munten en vuile zakdoekjes op haar kaptafel slingerde. Ik had het met mijn stofdoek kunnen oppakken en in mijn zak kunnen steken – de diamanten en parels waren zo licht geweven dat ze nauwelijks meer wogen dan een handjevol zandkorrels. Ik had ze meteen mee moeten nemen en er vandoor moeten gaan – ik had naar de rivier moeten gaan en de stenen in het diepste water moeten smijten – maar in plaats daarvan vertelde ik Naoise wat ik had gezien. En Naoise maakte een plan.

Ik doorzocht wel een paar van de dozen op zolder, maar de daaropvolgende paar weken had ik geen tijd om verder te zoeken naar het manuscript van mijn moeder. Ik was vergeten hoe het was om in het hoogseizoen een hotel te moeten leiden – of misschien hadden we nog nooit een seizoen als dit meegemaakt. Harry Kron had zichzelf overtroffen. Behalve de vroegere gasten die hij terug had gevraagd, trokken zijn naam en reputatie een rijke en artistieke clientèle zoals het Equinox Hotel nooit eerder had gezien. O, we hadden altijd al kunstenaars gehad, maar in het recente verleden waren het voornamelijk de kleine ploeteraars en degenen wiens roem alweer verbleekt was. Nu stond het gastenboek vol namen die ik herkende van de kunstpagina's van de *Times* – musici en theatermensen, architecten en schilders, schrijvers wiens werk ik bewonderde en hun uitgevers en agenten. Het zou een fantastische manier zijn geweest om contacten te leggen, als ik tenminste ooit over iets anders met hen had kunnen praten dan over hun warmwaterdruk of het ontbreken van tv's en minibars in hun kamers.

'De eerstvolgende die me de weg vraagt naar het overdekte zwembad stuur ik regelrecht naar de Holiday Inn in Kingston,' zeg ik op een hete, onbewolkte dag in juni tegen Aidan. Ik sta achter de inschrijfbalie te controleren welke gasten er vandaag zullen arriveren. Aidan zit in een draaistoel, precies tussen mij en het kantoortje waar Janine telefoontjes zit te beantwoorden. Ik zie dat telkens wanneer de telefoons even zwijgen, Janine een heimelijke blik op Aidan werpt en zich dan weer nerveus omdraait naar de oplichtende knoppen op haar schakelbord. Ik kan alleen maar hopen dat ze geen al te belangrijke gesprekken afkapt. Het valt haar niet mee het nieuwe telefoonsysteem onder de knie te krijgen en ik heb al een paar keer een goed woordje voor haar moeten doen bij Harry Kron. 'Kijk eens wat een weertje!' zeg ik tegen Aidan, om te voorkomen dat hij Janine nog langer afleidt. 'Waarom hebben mensen op zo'n prachtige dag behoefte aan een overdekt zwembad? Wat mankeert er aan het meer?'

'Slangen,' zegt Aidan, 'en modder. Niet zo'n aantrekkelijke combinatie. Ben je de laatste tijd nog bij het meer geweest?'

'Ik kom amper nog op het terras,' zeg ik tegen hem. Tussen het zorgen voor de gasten en het oplossen van onenigheidjes onder het personeel door heb ik sinds mijn aankomst nauwelijks een minuutje voor mezelf gehad. Ik weet nog hoe moeiteloos dit werk mijn vader altijd leek af te gaan – hij leek nooit haast te hebben. En mijn moeder wist de meest veeleisende gasten altijd wel te sussen. Maar zij waren met z'n tweeën en ik ben maar alleen.

'We hebben nog nooit problemen met slangen gehad en wat die modder betreft... ja, wat verwacht je dan op de bodem van een meer – hoogpolig tapijt?'

'Het komt door de droogte,' zegt Aidan. 'Het waterpeil is gezakt, zodat de waterkant modderig wordt en het water ondieper en warmer is – ideaal voor slangen.'

'Ik zal het er eens met meneer Kron over hebben om zand aan te voeren om een soort zonnestrand te maken – dat wilde mijn moeder ook altijd al doen, maar we hadden er nooit het geld voor – maar aan het uitblijven van regen kan ik ook niets veranderen.'

'Nee? Weet je dat zeker?'

Ik trek een lelijk gezicht naar Aidan. Zijn houding ten opzichte van Harry Kron grenst vaak aan het onbeschofte. Ik heb hem al eens achter de nieuwe eigenaar zien staan terwijl hij hem nadeed naar het personeel. Hij heeft al twee kamermeisjes in de problemen gebracht door hen aan het lachen te maken tijdens stafbijeenkomsten, onder wie ook mevrouw Rivera, die het zich echt niet kan veroorloven weer een baantje kwijt te raken. Ik heb Harry al naar Aidan zien kijken en ik weet dat hij alleen maar zijn dossier hoeft in te zien om erachter te komen dat hij voorwaardelijk vrij is. Elke dag verwacht ik dat Harry me zal bellen om te vragen waarom ik een ex-bajesklant heb aangenomen, en elke dag maakt Aidans gedrag het me lastiger om een antwoord te bedenken.

'Aidan, alsjeblieft,' fluister ik, me naar hem toe buigend, 'hij is wel de eigenaar. Het is belangrijk dat hij tevreden is met de manier waarop het hotel deze zomer reilt en zeilt. Daar hangt alles van af. En denk ook aan je eigen positie hier.'

Ik kijk achterom om te zien of Janine meeluistert, maar alle knopjes op haar schakelbord branden en zij is druk bezig zich een weg te banen door het doolhof van knipperende lichtjes.

'Je wilt toch zeker je voorwaardelijke vrijlating niet op het spel zetten?'

Aidan houdt zijn hoofd een beetje schuin en lacht naar me. Ik

zie dat een donkere haarkrul vochtig aan zijn kraag plakt en dat maakt me ervan bewust hoe warm en plakkerig ik me zelf voel in mijn panty (Sophie blijft volhouden dat blote benen niet kunnen). Over het algemeen maakt onze hoge ligging airconditioning overbodig, maar dit is een ongewoon hete zomer.
'Hé,' zegt hij, alsof hij mijn gedachten kan lezen, 'ik heb over een halfuur pauze. Zullen we een duik nemen?'
'Ik heb nog veel te veel te doen...'
'Ik vind dat het jouw plicht als hotelmanager is om persoonlijk de situatie bij het meer te gaan bekijken en het goede voorbeeld te geven door er zelf in te gaan zwemmen.'
'Ik weet het niet. Als er werkelijk slangen zitten...'
Aidan houdt zijn duim en wijsvinger omhoog en knijpt ze tegen elkaar. 'Ja, er zitten piepkleine slangetjes en die zijn als de dood voor mensen. Ik zal persoonlijk als je lijfwacht optreden en als een echte St. Patrick de slangen uit Tirra Glynn verbannen.'
Ik glimlach. Het is mijn moeders benaming voor het dennenbos om het meer die de doorslag geeft. Dat en de gedachte aan koel water... maar toch... slangen...
'En anders gaan we naar de zwempoel,' zegt Aidan. 'Daar zwemmen in het geheim alle eenvoudige arbeiders zoals ik.'
'Je bedoelt die poel onderaan de waterval?'
'Precies. Wanneer het donker is staat het eenieder vrij om al dan niet zwemkleding te dragen, maar mijn favoriete tijdstip is bij het invallen van de schemering.'
Ik vraag me af met wie Aidan allemaal al naar de poel is geweest.
'Goed dan,' zeg ik, terwijl ik op mijn horloge kijk en een laatste blik in het gastenboek werp. 'Ik zie je om vijf uur op het pad – bij het eerste zomerhuisje.'
'Het zomerhuisje dat Avondster heet?'
'Precies.'

Ik ben laat voor mijn afspraak met Aidan omdat het die middag druk is geweest met arriverende gasten en een crisis in de keuken vanwege een lading prei die bedorven is door de hitte, en de weigering van de nieuwe chef-kok om in plaats daarvan dan maar uien in de vissoep te verwerken, hetgeen betekent dat alle menukaarten voor het diner van vanavond opnieuw moeten worden gemaakt. Wanneer ik de bocht om kom en zie dat het pad voor Avondster verlaten is, ben ik al bang dat hij zonder mij is gegaan, maar dan zie ik de punten van iemands Converse basketbalschoenen boven de bank in het zomerhuisje uitsteken. Aidan zit onderuitgezakt een sigaret te roken en het uitzicht over de vallei te bestuderen.

'Waarom wordt dit huisje Avondster genoemd?' vraagt hij, nog voordat ik zelfs maar denk dat hij me hoort aankomen. Ik denk aan die dag op het treinstation, toen hij de trein lang vóór mij hoorde aankomen.

Ik ga op het bankje tegenover hem zitten en kijk omhoog naar het plafond. Aidan doet hetzelfde. De meeste zomerhuisjes hebben plafonds van ruw cederhout, maar dit heeft een koepeltje van gladde, gebogen planken die Joseph zo vakkundig tegen elkaar heeft gezet dat je de naden bijna niet kunt zien. De afbeeldingen zijn in de loop der tijd vervaagd, maar ik kan nog net een man met een knuppel onderscheiden, gehuld in een mantel van dierenhuid, die zijn hand in de bek van een grote slang steekt en er een ronde bol uit te voorschijn haalt die uiteen valt in een stroom van sterren. De sterren vallen langs een aantal verschillende zeewezens, totdat ze een kleine, slanke vrouw bereiken, die geknield op het strand zit en de sterren in een kleine amfora opvangt.

'Heeft Joseph dat allemaal bedacht?'

Ik schud mijn hoofd. 'Mijn moeder maakte de tekeningen en Joseph sneed ze uit.'

'Ik wist niet dat je moeder ook kon tekenen.'

'Ze vond het zelf niet zoveel voorstellen. Ze deed het alleen, zei ze altijd, om zich een goede voorstelling te kunnen maken van de dingen in haar boek.' Ik wijs naar het plafond van het zomerhuisje. 'Zo ziet het plafond van het Sterrenpaleis eruit. Daar bevindt Deirdre, haar heldin, zich aan het begin van het eerste boek. De plafondschildering vertelt het verhaal hoe Connachar de parel van de slang stal, hoe deze parel uiteenspatte en hoe de selkie de stukjes verzamelde om het net van tranen voor haar dochter te kunnen maken.'

'En zij liet Joseph dus al deze kleine huisjes maken bij de verschillende passages in haar boek.'

'Ik weet het, het klinkt idioot.'

'Nee, dit is leuker dan Disneyland. Kom op.' Aidan springt

overeind en pakt mijn hand. 'Ik wil een rondleiding door het magische koninkrijk.'
Ik begin te lachen, maar ergens heeft hij gelijk. Dit was mijn moeders magische koninkrijk – een wereld die was voortgekomen uit haar dromen – een uiting van pure fantasie, waar ik altijd jaloers op ben geweest en die ik nooit zal kunnen benaderen met mijn aardse proza. Ik kwam haar vroeger vaak tegen in een van deze belvedères, waar ze dan wat losse aantekeningen zat te maken of een beetje voor zich uit zat te staren. Soms, wanneer ik haar vroeg wat ze aan het doen was, vertelde ze me een deel van het verhaal dat ze probeerde te schrijven, maar naarmate ik ouder werd en het derde boek van haar trilogie op zich liet wachten, wuifde ze me weg wanneer ze me zag aankomen en vertelde me dat ik terug moest gaan naar het hotel om mijn hulp aan te bieden in de keuken of in de linnenkamer. Die laatste zomer zat ze hier heel vaak, afwezig en met een grote behoefte om alleen te zijn.
Ik zie dat Aidan me staat aan te kijken – en dat hij nog steeds mijn hand in de zijne houdt.
'Je denkt aan je moeder, hè?'
'Ik bedacht me hoe graag ik had willen doen wat zij heeft gedaan – mijn eigen wereld creëren. Het was net alsof niets haar kon raken, omdat zij altijd weg kon vluchten in een wereld waarvan zij de regels vaststelde en waar alles precies zo moest gebeuren als zij het wilde. Toen ze weg was heb ik dan ook heel lang gedacht dat ze daar naartoe was gegaan. Alsof ze nooit echt bij ons en in deze wereld had gehoord en was teruggekeerd naar de plek waar ze eigenlijk thuishoorde. Vanaf dat moment ben ik mijn eigen verhalen gaan verzinnen.'
'Aha, dus zo ben je gaan schrijven. Verzon je dan verhalen over je moeder die weer terugkwam?'
'Nee,' zeg ik, uitkijkend over de vallei. De hemel boven de bergen wordt al wat donkerder en er staat een ster aan de horizon – nog een reden voor de naam van dit zomerhuisje. 'Ik verzon verhalen over een meisje dat tussen de wilde dieren in het bos leefde. Voor zover ik me kan herinneren kwam er nooit een moeder in voor.'

Ik laat Aidan Halvemaan en Kasteel zien. Dan buigt het pad af naar het westen, weg van de berg, en daalt af in een woud van dennen en berglaurier die nog maar net in bloei staat. De geur ervan doet me aan de seringen denken die ik meer dan een maand geleden van Jack heb gekregen en ik vraag me af of er ook berglaurier groeit waar hij is en of die hem ook aan die avond doet denken. Jack belt elk weekend, maar zijn huisje in de kunstenaarskolonie heeft geen telefoon, zodat ik hem niet terug kan bellen en dat bezorgt me het gevoel dat hij buiten mijn bereik is. De regels van de kunstenaarskolonie (niet praten tussen negen en vier, geen telefoongesprekken, geen internetaansluiting) vormen een soort hardvochtige, grillige bezwering die over hem is uitgesproken. Hij kan net zo goed op de maan zitten.

De beek volgt hier het pad langs de zomerhuisjes Drijvende Berg en Zonsondergang, en stroomt dan in de Clove, waar het een waterval wordt. Eén pad buigt af en gaat naar het meer; het andere, smallere en meer overwoekerde paadje kronkelt omlaag naar de poel aan de voet van de waterval. Hier blijven we staan en kijken in de richting van het meer, dat ik in de verte zie liggen als een enigszins gelige groene vlek achter de veel donkerder dennenbomen. Ik hoor stemmen, een paar kinderen spetteren in het ondiepe water en ik zie een stelletje dat uitgestrekt op de rotsen bij het strandje ligt – een journalist en zijn vrouw, die volgens mij een artikel over ons schrijft voor een vakantiebijlage. Gasten. Hoewel het personeel gewoon in het meer mag zwemmen, aarzelen Aidan en ik allebei om in onze vrije tijd betalende gasten tegen te komen. Je weet maar nooit of ze gaan klagen of om allerlei dingen gaan vragen. Rechts van ons hoor ik het gestage geruis van water en ik draai me om.

Het bos is hier zo dichtbegroeid dat je de poel pas ziet wanneer je er al bijna voor staat. Het water is net zo zwartgroen als de met mos bedekte rotsen, zo donker dat het net is alsof de poel zich onder de grond bevindt, net als het ondergrondse meer in het verhaal van de twaalf dansende prinsesjes. Toen ik klein was, was ik ervan overtuigd dat je, als je maar diep genoeg dook, een ondergrondse grot zou vinden die net zo schitterend en sprookjesachtig was als het danspaviljoen op het eiland waar de prinsessen elke avond hun schoentjes aan flarden dansten, maar wanneer ik er dan een duik in nam durfde ik onder water mijn ogen niet open te doen.

Aidan heeft zich al uitgekleed en staat in zijn zwembroek. Hij is zo mager en wit dat hij wel een jonge berk lijkt in dit donkere bos. Ik schop mijn gympen uit en trek mijn T-shirtjurk over mijn hoofd. De schaduw is hier zo diep dat zelfs de hitte van vandaag (een record, heeft Joseph me vanmiddag verteld) hier nog niet is doorgedrongen en ik huiver wanneer mijn klamme, bezwete huid in aanraking komt met de lucht. Aidan staat aan de rand van het water en steekt er voorzichtig een teen in, maar ik weet wel beter. Ik klauter op de hoogste rots, ga op het uiterste randje staan, wacht heel even om in het bodemloze groen te turen en duik dan regelrecht het water in.

Het koude water is als een mes dat mijn warme, vermoeide huid als een appelschil van mijn lichaam pelt. Zo heeft mijn moeder me geleerd het water in te gaan. Elke andere manier, zei ze altijd, was niets anders dan een tergend langzame marteling. Ik vroeg me echter wel vaak af of een langzame marteling nu echt zoveel erger kon zijn dan een snelle marteling. Maar wanneer ik weer bovenkom en Aidans bewonderende blik zie – hij staat nog steeds aan de waterkant – ben ik blij dat mijn moeder me heeft geleerd dapper te zijn.

'Waar blijf je nou?' roep ik, terwijl ik mijn best doe mijn klapperende tanden in bedwang te houden. 'Het water is heerlijk.'

Na het zwemmen laat ik Aidan het laatste zomerhuisje zien, het twee verdiepingen tellende huisje dat Twee Manen heet. Het staat vlak bij de waterval, aan de rand van het bos, maar omdat het volledig overwoekerd is door een roofzuchtige blauwe regen zijn maar heel weinig mensen van het bestaan ervan op de hoogte. Het ziet eruit als een overwoekerde struik of een behaarde mammoet die in de laatste IJstijd ter ziele is gegaan. De rots waar het huisje op staat – alle huisjes staan met ijzeren stangen in een rots verankerd – is glad en glanzend en er staan allemaal halvemaantjes in gegraveerd – gletsjersporen die er zo'n veertienduizend jaar geleden op zijn achtergelaten. Ik vind de treden, houd een gordijn van ranken opzij en gebaar Aidan dat hij naar binnen kan gaan.

'Het lijkt wel of je een grot binnengaat,' zegt Aidan, zijn hoofd bukkend. 'Een grot onder water.'

Ik knik, maar zodra ik de ranken laat vallen is het zo donker dat hij het waarschijnlijk niet ziet.

'In mijn moeders tweede boek keert de held Naoise terug om Deirdre te zoeken en vinden zij elkaar in een onderwatergrot wanneer beide manen halfvol zijn...'

'Beide manen?'
'Tirra Glynn heeft twee manen – wat zeer hoge getijden tot gevolg heeft – en de één neemt af terwijl de ander opkomt. Kijk.' Ik wijs naar een gebogen lijn die de cirkelvormige vloer doorsnijdt. 'Dat is één halvemaan. De andere staat op de vloer boven ons.'

Ik wil de steile wenteltrap beklimmen die naar het tweede niveau voert, maar ik ben vergeten hoe smal de treden zijn en op de derde glijd ik dan ook uit. Aidan, die vlak achter me staat, grijpt me vast voordat ik kan vallen.

'Het is maar goed dat dit huisje niet zo gemakkelijk te vinden is, anders zouden heel wat gasten hier hun nek breken. Het verbaast me eigenlijk dat Sir Harry nog geen opdracht heeft gegeven het af te breken.'

'O, dat doet hij niet. Dat kan hij niet doen.' Ik loop verder de trap op, waarbij ik mijn voeten schuin neerzet zodat ze beter op de treden passen terwijl ik me goed vasthoud aan de gladde houten leuning.

'Het zou anders niet zo'n gek idee zijn om in elk geval de trap te renoveren.'

'Kijk eens naar deze leuning,' zeg ik. 'Wie kan er nog zoiets moois maken? Ik denk dat Joseph het niet meer kan.'

Aidan kijkt omlaag naar het gegroefde hout van de leuning onder zijn hand en ziet wat de meeste mensen in eerste instantie over het hoofd zien. Hij is bewerkt om op een slang te lijken. Wanneer we het tweede niveau bereiken, slingert de slang zich om de middenpaal en vervolgens, vlak onder het hoogste punt van het dak, opent zijn bek zich rond een grote, gladde bol.

Wij gaan op het smalle bankje zitten dat de ronding van de cirkel volgt en kijken omhoog. Het zonlicht, dat door de ranken van de blauweregen enigszins groen wordt gekleurd, valt door de spleten in het dak. We bevinden ons zo dicht bij de waterval dat de waterdruppels op de bladeren in de zon glinsteren als een web van diamanten. Zelfs in deze droge periode vult de waterval de groene ruimte met het geluid van ruisend water. Aidan heeft zijn jeans en witte overhemd over zijn natte zwembroek aangetrokken en slaat zijn armen om zich heen alsof hij het koud heeft, terwijl het hier onder al het gebladerte toch heel warm is.

'Ik heb het gevoel dat die slang me aankijkt,' zegt hij. 'Dat beest heeft Josephs ogen.'

Lachend schud ik mijn natte haren uit. 'Misschien. De slang is een soort bewaker – de parel in zijn bek moet de ziel van de wereld voorstellen. Wanneer hij wordt gestolen valt hij uiteen in een web van parels en diamanten – het net van tranen, noemde mijn moeder het – en raakt de wereld uit balans. Wanneer hij wordt teruggebracht zal het weer goed komen met de wereld en wordt het evenwicht hersteld – goed en kwaad, dag en nacht, een eeuwigdurende equinox.'
'Dat is nog eens een fantasie.'
'*Tikkun olam*, noemt Joseph het. Hebreeuws voor "het beter maken van de wereld". Volgens hem gingen de boeken van mijn moeder daarover, maar zelf heb ik altijd het gevoel gehad dat Joseph dat juist aan het doen was, door al deze kleine huisjes te bouwen na de verwoestingen die hij in de oorlog moet hebben gezien...' Ik zie dat Aidan zijn blik afwendt en denk al dat ik hem verveel, maar dan legt hij zijn hand op mijn lippen en gebaart dat ik stil moet zijn.
'Hoor je dat?'
Ik luister, maar ik hoor helemaal niets, alleen het zachte gefluister van de waterval en het kloppen van mijn eigen hart, dat behoorlijk op hol is geslagen door Aidans aanraking. Zijn hand glijdt omlaag van mijn lippen en gaat naar mijn hand. Hij wendt zijn gezicht van mij af en concentreert zich op de geluiden die alleen hij maar schijnt te horen, zodat ik me op hem kan concentreren, op zijn bleke huid, zo koel als marmer, de fijne zwarte haartjes die in zijn nek krullen. Zoals ik de afgelopen paar weken al zo vaak heb gedaan, herinner ik mezelf aan ons leeftijdsverschil, maar dat lijkt hier opeens zo onbelangrijk. Een waterdruppel valt van de bladeren boven ons en belandt op zijn jukbeen. Zonder erbij na te denken til ik mijn hand op om hem weg te vegen, maar dan hoor ik stemmen en blijft mijn hand halverwege zijn gezicht roerloos in de lucht hangen.
'... dus ze kwam hier om die man te ontmoeten?' De enigszins hese stem is die van een vrouw. Ik leun naar voren om het antwoord van haar metgezel te kunnen horen, maar het enige wat ik op kan vangen is een zwaar gemompel, een paar korte schoorvoetende woorden die in het ruisen van het water opgaan als kiezels in een meer.
'Ik weet zeker dat ze iemand had,' vervolgt de vrouw, 'iedereen wist het, behalve Ben natuurlijk.'

Nu klinkt het gemompel bozer, als het gerommel van de donder op een zomerse dag, maar ik kan het nog steeds niet verstaan. 'Ja, ik weet dat ze van Ben hield. Hoe kon ze ook anders? Hij aanbad de grond waarop ze liep en behandelde haar als een prinses. Maar ik weet dat er vóór hem nog iemand is geweest – iemand over wie ze niet wilde praten – dus wat als die man opeens is teruggekomen? Haar eerste grote liefde? Hoe kon ze daar weerstand aan bieden?'
Er klinkt geen antwoordend gemompel en dat stelt me zo teleur dat ik bijna zelf een antwoord roep. *Dat zou ze mijn vader nooit hebben aangedaan*, wil ik uitroepen, maar Aidan geeft een kneepje in mijn hand. Ik hoor Josephs en Hedda Wolfes verdwijnende voetstappen, maar ik laat hen gaan. Ik pijnig mijn hersens voor het een of andere bewijs dat Hedda het bij het verkeerde eind heeft – als mijn moeder hier ergens met iemand had afgesproken had ik hen zeker samen moeten zien – maar dan herinner ik me dat ik nooit in mijn eentje bij de poel mocht komen. Mijn moeder zei altijd dat ze bang was dat ik in het water zou vallen en zou verdrinken. Ik weet nog wel dat mijn moeder soms laat in de middag thuiskwam met vochtig haar, en dat zelfs op de allerheetste dagen haar huid dan koel aanvoelde. Ik durf er geen eed op te doen dat zij hier niemand ontmoette. Trouwens, wie ben ik om mijn moeder te verdedigen terwijl ik me zelf samen met een jonge man – een ex-gedetineerde, nota bene – verborgen houd in de schaduwen? Ik zie nog een waterdruppel op zijn witte hemd vallen, dat al doorweekt is in twee lange banen, op de plek waar de natte huid van zijn schouderbladen in aanraking komt met de stof – twee lange banen die net zo wasachtig en ondoorschijnend zijn als nieuwe huid. Ik til mijn hand op om een druppel water uit zijn hals te vegen, maar op dat moment draait hij zich naar mij om en komt mijn hand op zijn klamme borst terecht. Een druppel van de bladeren boven ons valt op mijn wang en hij buigt zich naar voren en drukt zijn lippen op de natte plek, terwijl ik met mijn vingers de waterdruppels volg die in zijn hals glijden. Zo begint het: de waterdruppels leiden onze handen en monden naar de stroompjes die ze op onze huid vormen. Aanvankelijk bewegen we heel langzaam, in hetzelfde tempo als het zachte, maar gestage vallen van de druppels, maar wanneer hij me neerlegt op de bank en ik omhoog reik om het

water te proeven dat over zijn ribben glijdt, veroorzaakt onze beweging een waterval die wij onmogelijk kunnen bijhouden, waaraan wij alleen maar kunnen toegeven.

16

HET NET VAN TRANEN

Ik was het Naoise verschuldigd om hem te helpen het net van tranen te stelen. Het was mijn schuld dat hij was veranderd in wat hij nu was. Ik had het tegen kunnen houden. Wanneer een man wordt betoverd, kan een selkie hem redden. Het enige wat ze hoeft te doen is haar pels afwerpen en die over hem heen gooien. Maar wanneer ze dat eenmaal heeft gedaan kan ze nooit meer terugkeren door de verdronken rivier, nooit meer uit haar eigen gevangenschap ontsnappen. Dat zijn de regels van de betovering. Dat zijn de keuzes die wij kunnen maken: het is het één of het ander. Toen Naoise en zijn broers begonnen te veranderen had ik hen kunnen helpen. Eén voor één zag ik hen veranderen in stomme dieren – voor eeuwig voor mij verloren – en ik deed niets. Ik verkoos mijn eigen vrijheid boven de hunne. Nu was Naoise de laatste. Ik zag de voortekenen, de bult op zijn rug waar de vleugels begonnen te groeien, de harde, donkere schittering in zijn ogen die de plaats innam van iets wat eerst menselijk was geweest. Hij geloofde dat het net van tranen ons allemaal kon redden. Hoe kon ik weigeren?

Voordat ik mijn verhouding met Aidan begon had ik me nooit gerealiseerd hoeveel geheime plekjes er in en rond het Equinox waren – vooral gedurende een droge, hete zomer als deze. Zo zijn er natuurlijk de zomerhuisjes, waarvan Twee Manen het meest afgezonderd ligt, maar veel van de andere bieden ook bescherming tegen spiedende ogen, ruimte genoeg voor een snelle aanraking, een verlangende blik, een kans om heel even het masker van onverschilligheid af te leggen. En dan zijn er nog de bossen – hectares dennenbossen met een deken van zachte, droge dennennaalden op de grond. Later vind ik dan, in de plooien van mijn huid, het roodachtige goudstof dat de naalden maken wanneer ze worden geplet. Ik zie Aidan datzelfde goudstof uit zijn nek vegen en denk aan de warme, prikkelige grond onder mijn rug, de koele gladheid van zijn borst boven mij. Bij de gedachte alleen al gaat er een golf van verlangen door mijn lichaam en moet ik even ophouden met waar ik mee bezig ben.

Mijn tante denkt dat ik een maagkwaal heb ontwikkeld.

Ik vraag me af of mijn moeder zich die laatste zomer ook zo heeft gevoeld – alsof ze haar dagen sleet in de huid van iemand anders – levend voor de schaarse momenten dat een aanraking haar kon bevrijden? Geen wonder dat ze over selkies schreef, denk ik, die hun eigen pelzen afwerpen en gedwongen worden in een andere vorm verder te leven. Maar dan schiet me te binnen dat ze al jaren vóór die laatste zomer over selkies schreef. Had zij zich dan altijd al een bedriegster gevoeld? Was haar hele leven met mijn vader en mij gebaseerd geweest op een leugen – ging ze gebukt onder een honderdjarige vervloeking, tot haar ware prins kon terugkeren om de betovering te verbreken?

Het liefst was ik eigenlijk nooit op het idee gekomen een boek over mijn moeder te schrijven. Ik weet niet of ik de antwoorden op al die vragen wel wil weten. Voor het eerst in mijn leven vraag ik me af of het wel zo belangrijk voor me is om schrijfster te zijn – iets waarvoor ik mijn hele leven keihard heb gewerkt. Ik kan toch ook hier blijven en het hotel runnen – samen met Aidan? Waarom zou dat niet genoeg zijn?

Maar ik weet best dat als ik de vragen niet zelf stel, anderen het wel zullen doen. Ik zie Hedda Wolfe iedere dag samen met Joseph door de tuinen wandelen en weet zeker dat ze hem niet alleen ondervraagt over de beste kunstmest voor rozen. Nadat ik echter een keer met Joseph heb gepraat, ben ik ervan overtuigd dat ze weinig van hem te weten komt.

'Ik zou het niet kunnen zeggen,' antwoordt hij, wanneer ik hem op de man af vraag of hij denkt dat mijn moeder die laatste zomer een verhouding had. 'Je moeder ging vaak in haar eentje op stap – ik heb altijd gedacht dat dat bij het schrijverschap hoorde.' Er klinkt een zweem van verwijt in zijn stem, maar ik weet niet of dat is omdat ik mijn moeder van ontrouw verdenk,

of omdat ik, zelf een schrijfster, haar behoefte aan eenzaamheid toch zou moeten begrijpen.
'Maar heeft ze het ooit gehad over iemand die ze al kende voordat ze hier kwam – een oud vriendje?'
Joseph kijkt op van het hostabed dat hij staat te wieden en kijkt me aan met die trieste, teleurgestelde blik, die me overigens meer zou kwetsen als het niet zijn gebruikelijke uitdrukking was. 'Wij wisten van elkaar dat we mensen waren kwijtgeraakt,' zegt hij tegen mij. 'Daar hoefden we niet over te praten.'
Op een middag, wanneer ik haar in haar eentje in de Wilde Roos zie zitten, spreek ik Hedda erover aan. Er ligt een dik manuscript op haar schoot, maar ze leest er niet in. Ik vermoed dat ze haar kans zit af te wachten om Joseph te overvallen.
'Ik vermoed dat mijn moeder gedurende haar laatste zomer hier een verhouding heeft gehad. Weet jij daar iets van?'
Hedda neemt de breedgerande strohoed af die zij altijd draagt wanneer zij in de tuin is en wuift zich er koelte mee toe. Ik zie dat haar greep op de rand er wat steviger uitziet en vermoed dat de warmte en de droogte goed zijn voor haar artritis. 'Hoezo? Heb je haar die zomer met iemand samen gezien?' vraagt ze zo gretig dat ik ervan schrik.
'Nee,' antwoord ik. 'Ik bedoel, ze was altijd wel in gesprek met een van de gasten, maar ik kan me niemand in het bijzonder herinneren. Ze maakte wel een afwezige indruk – erger dan anders, bedoel ik – en ik herinner me dat ze 's middags wel eens met nat haar thuiskwam, alsof ze had gezwommen...'
'In de poel onder aan de waterval?' vraagt Hedda. 'Waar dat verborgen zomerhuisje staat?'
Ik knik.
Hedda legt de hoed in haar schoot en steekt een losgeraakt strootje terug in de rand. Haar vingers lijken bijna behendig. 'Je moeder zou je vader nooit in de steek hebben gelaten voor een nieuwe vlam – maar Kay was wel heel erg trouw en als zij vóór jouw vader van iemand anders hield, een jeugdliefde misschien...'
'Maar als ze zo trouw was, waarom is ze dan weggegaan bij die eerste man?'
Hedda haalt haar schouders op en zet de hoed weer op haar hoofd. 'Vergeet niet dat Kay is opgegroeid in de crisistijd en daarna kreeg je de oorlog. Misschien was hij arm en is hij wegge-

gaan om zijn fortuin te maken... Misschien zijn ze elkaar in de oorlog uit het oog verloren. Ik weet het niet, Iris. Het is aan jou om dat uit te zoeken. Volgens mij zou het wel eens de essentie kunnen zijn van Kay's verhaal – een uit het oog verloren minnaar die bij haar terugkwam. Heb je Joseph er al naar gevraagd?'
'Hij wil me niets vertellen.'
Hedda glimlacht en ik zie dat ze blij is dat ik niet meer uit Joseph heb kunnen loskrijgen dan zij. Eigenlijk is dat vreemd, want het is toch ook in haar belang dat ik zoveel mogelijk te weten kom, zodat ik het boek kan gaan schrijven? Misschien is het haar manier om mij aan te sporen – haar stijl in het begeleiden van schrijvers staat bekend om die combinatie van liefdevol en keihard.
'Heb je het al bij andere werknemers geprobeerd die hier die zomer werkten?'
'Eh... ja, ik was van plan... Ik heb het een beetje druk gehad.'
Ik bloos en denk aan de uren die ik met Aidan heb doorgebracht, terwijl ik eigenlijk aan mijn boek had moeten werken.
Hedda wijst met haar kin in de richting van het pad, waar twee bejaarde dames zijn blijven staan om een border van stokrozen en dahlia's te bewonderen. 'Zij waren hier die zomer ook. Misschien hebben zij iets gezien.'
'De gezusters Eden? Die zouden volgens mij nog geen verhouding vermoeden wanneer ze over de naakte lichamen struikelden.'
Hedda buigt zich naar mij toe alsof ze me iets in mijn oor wil fluisteren, maar het is alleen om iets van mijn kraag te vegen. Haar zachte vingers tikken als een nachtvlinder tegen mijn hals. Dan veegt ze het roodgouden poeder van haar vingertoppen en glimlacht. 'Denk niet dat iedereen zo blind is als hij lijkt. Je zou er verbaasd van staan wat mensen soms allemaal zien.'

Nadat ik Hedda in de belvedère heb achtergelaten, voeg ik me bij de gezusters Eden en wandel met hen naar het terras aan de voorkant van het hotel. Ik kan me niet voorstellen dat zij werkelijk iets weten, maar nu zal het er voor Hedda in elk geval uitzien alsof ik mijn best doe. Wanneer ze me vertellen dat zij niet in hun eentje naar Sunset Rock durven te gaan, bied ik aan hen te vergezellen.
'Wij herinneren ons de dingen niet meer zo scherp als vroeger,'

vertrouwt de jongste zus, Minerva, mij op goed verstaanbare fluistertoon toe. Ik neem aan dat zij met 'wij' haar oudere zus, Alice, bedoelt. Alice werpt haar zus een woedende blik toe en wuift met haar wandelstok naar een daglelie. 'Praat voor jezelf, Minnie, ik ken die paden nog op mijn duimpje. Ik ontmoette elke avond een jongen bij Sunset Rock – elke avond, zelfde tijd, zelfde plaats.'

'Er zullen hier wel heel wat geheime rendez-vous hebben plaatsgevonden,' zeg ik, terwijl ik samen met de gezusters het pad afloop, langs Avondster. Ik zie de punten van Aidans basketbalschoenen boven het muurtje van het zomerhuisje uitsteken en voel een bijna tastbare pijn in mijn buik, maar ik kan de zusters nu moeilijk in de steek laten.

'Hemeltjelief,' zegt Minerva, 'ik kan je ervan verzekeren dat die afspraakjes van Alice volkomen onschuldig – zo niet volkomen uit de lucht gegrepen waren.'

'Nou, dat weet ik nog zo net niet,' zeg ik snel, om Alices reactie voor te zijn. 'Mijn moeder zei altijd dat jullie zoveel bewonderaars hadden dat het een wonder mocht heten dat jullie nooit waren getrouwd. Ze zei dat het jullie liefde voor de muziek moest zijn die ervoor had gezorgd dat jullie vrijgezel zijn gebleven.'

Mijn moeder heeft inderdaad een keer gezegd dat Alice een zeer getalenteerd pianiste was, maar dat zij had geweigerd haar jongere zuster in de steek te laten toen zij het aanbod kreeg om een tournee te maken. De twee gezusters hadden jarenlang 'dinermuziek' ten gehore gebracht in de grote hotels en toen die hotels hun deuren sloten, hadden zij nog een paar jaar in ons hotel gewoond – tegen gereduceerd tarief in de zolderkamers – tot zij allebei een baan hadden gevonden als muziekklerares op een meisjesschool ergens ten noorden van Saratoga.

'Jouw moeder was een heilige,' zeggen Alice en Minerva eensgezind, als een liedje dat zij vele malen samen hebben gezongen.

Het is niet de beste opening die ik me kan voorstellen – en ik voel me schuldig omdat ik bezig ben de trouw van de zusters aan mijn moeder te ondermijnen – maar ik dwing mezelf er toch toe. 'Nee,' zeg ik, 'een heilige was ze niet, vrees ik. In het hotel waar zij om het leven is gekomen stond zij immers ingeschreven als de vrouw van iemand anders.'

'Daar geloven wij niets van,' zegt Alice. 'Dat zou Kay Ben

nooit hebben aangedaan. Ze adoreerde die man.'
'Maar waarom zou ze zich dan hebben ingeschreven...'
'Je vader heeft ons verteld dat de politie geen andere menselijke resten heeft aangetroffen in de kamer waar... waar zij is gestorven. Dus misschien heeft ze zich alleen uit veiligheidsoverwegingen ingeschreven als getrouwde vrouw, begrijp je, zodat niemand haar zou lastigvallen. In 1973 stond Coney Island nu niet bepaald bekend als een goede buurt. Ik heb altijd gedacht dat ze naar haar oude buurt was teruggegaan om iemand te helpen – een oude kennis misschien.'
'Maar wie kan dat dan zijn geweest?' We hebben nu de bocht bereikt waar het pad heuvelafwaarts begint te gaan. Zonsondergang, een hoog, smal tuinhuisje, gebouwd op een enorm rotsblok, rijst boven ons uit. Als je er bovenop klimt, kun je in het westen de zon zien ondergaan boven de Catskill Mountains. Nu we hier zijn ben ik echter bang dat de zusters de klim naar boven niet meer kunnen maken. Alice staat te hijgen als een molenpaard.
'Minnie, ga naar boven en vertel me of het de moeite waard is om de klim te ondernemen,' zegt Alice. 'Ik blijf hier samen met Miss Greenfeder even op het bankje zitten om op adem te komen.'
Minnie kijkt weifelend en ik vraag me af of het verstandig is om haar de steile, smalle trap alleen te laten beklimmen – maar dan klimt ze behendig naar het zomerhuisje en verdwijnt uit zicht.
Alices vingers drukken zo hard in de palm van mijn hand dat ik bang ben dat de oude vrouw een hartaanval krijgt, maar wanneer ik haar aankijk zie ik dat ze helemaal zit te stralen. 'Ik wilde niets zeggen waar Minnie bij was – ze is in heel veel opzichten echt nog een kind.' Ik schiet bijna in de lach om het feit dat ze Minerva – die toch al een eind in de zeventig moet zijn – een kind noemt, maar dan zie ik dat Alice, ondanks al haar opwinding, heel serieus is.
'Minerva aanbad jouw moeder. Je weet toch dat het je moeder was die ons die baantjes als lerares wist te bezorgen? De directrice van de school bracht hier haar vakanties altijd door en die zomer weigerde je moeder die arme vrouw met rust te laten totdat zij erin toestemde Minnie en mij aan te nemen.' Alice buigt zich wat dichter naar mij toe en laat haar stem zakken. 'Het was bijna

alsof ze wist dat ze weg zou gaan en ons goed verzorgd wilde achterlaten.'
'Dus jij denkt dat ze van plan was om weg te gaan? Dan moet ze bijna wel een verhouding hebben gehad.'
Alice leunt weer naar achteren. Ze kijkt me een ogenblik aan en tuurt dan omhoog, naar het zomerhuisje, waar Minerva verschijnt. Ze wuift met haar sjaal als een vertrekkende passagier op een cruiseschip. 'O, Alice,' roept Minerva, 'het is nog precies zoals ik het me herinnerde. Je kunt kilometers ver kijken.'
Alice kijkt mij weer aan, haar blik verzacht door het enthousiasme van haar zuster, en dan glijdt er een huivering over haar gezicht en vullen haar ogen zich met tranen. 'Ze gedroeg zich niet als een vrouw die er vandoor ging met haar minnaar,' zegt Alice tegen mij. 'Ze gedroeg zich als een vrouw die zich opmaakt om te sterven.'

Tegen de tijd dat ik de twee gezusters weer veilig heb teruggeloodst naar het hotel, staat de zon laag aan de hemel en is Avondster verlaten. Ik vermoed dat Aidan naar de zwempoel is gegaan en op mij wacht in Twee Manen, maar ik herinner me net op tijd dat ik wordt geacht mijn opwachting te maken bij een cocktailparty die Harry Kron in de Sunset Lounge geeft voor een organisatie waarvan de naam me even niet te binnen wil schieten. De groep heeft voor een weekend gereserveerd, maar als het hen hier bevalt, heeft Harry me verteld, willen ze in augustus terugkomen voor een seminar van een week. Ik sta ervan versteld hoe Harry, die toch steenrijk moet zijn, zich over elke boeking weer even druk maakt, maar misschien is hij daar juist wel zo rijk mee geworden. Ik heb in elk geval begrepen dat hij van mij verwacht dat ik speciale aandacht zal besteden aan deze groep en ik heb nog maar amper twintig minuten om me om te kleden.
Jammer genoeg zijn allebei de liften bezet. Ik ren de eerste drie trappen op en doe het voor de laatste twee, helemaal buiten adem, wat rustiger aan. Tegen de tijd dat ik de zolderverdieping heb bereikt, ben ik kletsnat van het zweet. Er zijn hier boven geen douches en ik heb geen tijd meer om een bad te nemen, dus behelp ik me bij de wasbak door mijn gezicht te wassen en mezelf af te spoelen met koud water. Ik vul een oude, porseleinen kan met koud water, ga naakt in de ouderwetse badkuip op

181

pootjes staan en giet het water over mijn hals en schouders. Dan kam ik mijn vochtige haar, draai het in een slordige wrong en ga voor mijn kast staan. Geen enkele van mijn katoenen zomerjurkjes of hemdjurken is geschikt voor een cocktailparty. Ik zoek ongeduldig tussen mijn kleren en kom dan, helemaal achter in de kast, een rij linnen kledinghoezen tegen. Ik rits er één open en haal er een zwart, mouwloos cocktailjurkje uit de jaren vijftig uit. Ik houd het voor mijn gezicht en adem diep in om te proberen nog iets op te vangen van de geur *White Shoulders*, maar het enige wat ik ruik is het cederhout uit het kleine zakje houtspaanders dat tante Sophie in alle kasten hangt om motten tegen te gaan. Ik laat de jurk over mijn hoofd glijden en kom, na een korte worsteling met de ritssluiting, tot de ontdekking dat hij past. Dit verbaast me. Hoewel ik nooit echt zwaar ben geweest, heb ik altijd gedacht dat ik steviger was dan mijn moeder. 'Je hebt de bouw van de Greenfeders,' zegt tante Sophie altijd tegen me, 'Oost-Europese boeren – taai en stevig.'

Wanneer ik in de spiegel kijk zie ik dat de jurk bij mij korter valt dan hij voor mijn moeder moet zijn geweest, en hij zit ook wat strakker, maar hij staat me goed. Afgezien van een randje doorschijnende chiffon bij de schouders en de hals is de jurk heel sober – eenvoudig maar mooi van snit. Ik draai me om en kijk over mijn schouder om een glimp te kunnen opvangen van de achterkant en ik zie dat het enige wat niet klopt de randjes van mijn slipje zijn, dus trek ik dat gauw uit. Met een panty zou mijn buik waarschijnlijk platter lijken, maar ik mag hangen als ik me weer vrijwillig in zo'n warm, zweterig ding ga hijsen. Ik trek een paar zwarte sandaaltjes aan, spuit wat parfum op mijn polsen en hals om de geur van cederhout te verdoezelen, en ga naar beneden.

Op de tweede verdieping zwaait de deur van de linnenkast opeens open, waarop er een hand naar buiten wordt gestoken die mij naar binnen trekt.

'Aidan,' zeg ik, wanneer hij zijn mond van mijn lippen naar mijn nek laat glijden, 'ik geloof niet dat dit een goede plek is. Stel dat een van de kamermeisjes binnenkomt?'

'Maak je geen zorgen,' zegt hij, 'ze hebben het linnengoed net weer helemaal aangevuld en alle bedden zijn al opgemaakt.'

Het is waar dat de stapel opgevouwen lakens waar hij me tegenaan duwt warm aanvoelt en naar stijfsel ruikt, vers uit de wasserette. Aidans huid daarentegen is koel en smaakt naar mos en mineraalwater.

'Je hebt in de poel gezwommen,' zeg ik, wanneer Aidan me op een brede plank tilt. Ik hoor het hout kraken, maar ik klauterde als kind altijd op deze planken en weet dat ze stevig zijn.

'Het brak mijn hart om alleen te moeten gaan. Wat deed je in vredesnaam met die twee oude vrouwtjes?'

'Ik vervulde mijn rol van vriendelijke hotelier,' zeg ik, terwijl ik zijn gezicht streel en me in de duisternis van de kast probeer voor te stellen hoe hij kijkt. Zijn stem heeft een eigenaardige klank, alsof hij het werkelijk heel erg heeft gevonden dat we niet samen hebben kunnen zwemmen. 'En ik word op dit moment beneden in de Sunset Lounge verwacht om weer hetzelfde te doen.' De overtuiging in mijn stem sterft weg wanneer Aidans hand langzaam via mijn been omhoog glijdt en de strakke rok van mijn moeders cocktailjurkje wat hoger schuift.

'Aha, het feestje van Sir Harry's kunstclubje? Ze waren de zaal nog in orde aan het maken toen ik langs kwam. Je hebt nog tijd zat. Trouwens, heb je werkelijk zo'n haast om je bij een stelletje advocaten en curatoren te voegen die het over niets anders hebben dan over een paar schilderijen die in de Tweede Wereldoorlog zijn gestolen?'

Ik ben onder de indruk van Aidans kennis – hij weet er in elk geval meer van dan ik, maar dan dringt Aidan zich tussen mijn benen. Het is verrukkelijk, het gevoel klem te zitten tussen het warme, zachte linnengoed en zijn koele, harde borst. Het lijkt wel of ik tussen land en water zweef.

'Aidan,' zeg ik, in een laatste poging verstandig te klinken, op hetzelfde moment dat hij mijn been tegen zijn borst legt en zich bukt om mijn knieholte te kussen. 'Meneer Kron verwacht me...' maar Aidan heeft ontdekt dat ik geen slipje draag en opeens is mijn hele professionele façade helemaal niet zo geloofwaardig meer.

Het feestje begint net een beetje op gang te komen wanneer ik beneden kom. De gasten hebben zich vanuit de Sunset Lounge verspreid en staan op het flagstonepad of wandelen door de rozentuin, waar kleine, gietijzeren tafeltjes en stoelen zijn neergezet en waar lampionnen aan het latwerk zijn gehangen. Harry staat voor Wilde Roos met een paar mensen te praten die in het zomerhuisje zitten, dus werk ik me eerst maar door de gasten in de lounge heen, in de hoop dat hij, tegen de tijd dat hij me ziet, zal denken dat ik er al veel langer ben. Ik stel me voor aan de conferentiegangers en lees hun naamplaatjes, op zoek naar de mensen aan wie ik van Harry speciale aandacht moest geven. Zo is daar bijvoorbeeld de curator van een klein museum in Pittsburgh die zich gespecialiseerd heeft in het vaststellen van de herkomst van stukken, een collega curator van het Metropolitan Museum die de leiding heeft over een nieuw onderzoeksproject op het gebied van het vaststellen van herkomst, en verscheidene juristen die zich een reputatie hebben verworven door cliënten bij te staan in restitutievorderingen. Terwijl ik van het ene groepje naar het andere dwaal, valt me op dat er een soort rode draad door de gesprekken loopt. De juristen en kunsthandelaren die zijn aangesloten zijn bij *Art Recovery*, hebben het over de aansprakelijkheid van musea en hun nalatigheid in het vaststellen van de herkomst van hun bezit, terwijl de museumcuratoren op verontschuldigende toon de pogingen van hun musea verdedigen om de voormalige eigenaars van al hun kunstwerken zo goed mogelijk te achterhalen.

'Er zullen altijd hiaten blijven in de herkomst van sommige kunstwerken, maar een hiaat is niet noodzakelijkerwijze belastend bewijsmateriaal,' legt de curator van het Metropolitan uit aan een taxateur van joodse kunst die met joodse cliënten samenwerkt om hun verloren familiebezittingen op te sporen. 'Als alles correct is gebeurd en de aankoop in goed vertrouwen heeft plaatsgevonden...'

'Goed vertrouwen?' De taxateur, een slanke dame met rood haar in een gebreid pakje van St. John en Prada pumps die wegzinken in de zachte aarde van een dahliaperk, roept uit: 'Is dat een reden om iets wat gestolen is niet terug te geven?'

Ik zie dat Joseph, die om het gezelschap heen loopt om de citronellatoortsen aan te steken, naar de roodharige taxateur kijkt. Hij is waarschijnlijk bang dat ze met haar naaldhakken zijn dahliabollen doorboort. Ik wil net naar hem toe gaan om hem ervan te verzekeren dat ik zijn bloemperken in de gaten zal houden, wanneer Harry mij roept.

'Ah, Iris,' zegt hij. 'Wat zie je er mooi uit vanavond. Die jurk doet me denken aan iets wat mijn schoonzuster droeg naar de opening van het Cavalieri Hilton in Rome. Conrad Hilton kon

de hele avond zijn ogen niet van haar afhouden.'
Ik glimlach naar Harry. In plaats van zijn schoonzus stel ik me mijn moeder dansend voor in het Cavalieri Hilton. In een andere wereld is dat het leven dat zij had kunnen leiden, misschien als zij al succes met schrijven had gehad voordat ze met mijn vader trouwde en mij kreeg. Dan had ze kunnen reizen.

'Mijn moeder heeft in een van haar dagboeken geschreven dat ze het Cavalieri Hilton het lelijkste hotel vond dat ze ooit had gezien. *Een amputatie van de stad met vele borsten,* schreef ze in een van haar gedichten.'

De stem die ik uit het tuinhuisje hoor komen, wekt mij uit mijn dagdromen over mijn moeder in Rome. Wanneer ik naar binnen kijk, zie ik Phoebe Nix, die er heel koel en beheerst uitziet in een vormeloos, kleurloos linnen jurkje, met naast haar een slanke man in een krijtstreepkostuum en een gele vlinderstrik, die zachtjes instemt met de mening van Phoebes moeder over het Cavalieri. 'Een karikatuur van Koude Oorlog-architectuur,' mompelt hij, 'met die afschuwelijke Amerikaanse gewoonte om in elke kamer airconditioning en ijswater te willen hebben.'

'Ah, maar wel met een adembenemend uitzicht vanaf het restaurant op het dak,' zegt Harry tegen niemand in het bijzonder, terwijl hij weemoedig van zijn martini nipt.

'Phoebe,' zeg ik, 'ik wist niet dat jij hier was. Anders zou ik wel een speciale kamer voor je hebben gereserveerd...' Ik aarzel en realiseer me dat zij natuurlijk wel het nichtje van de eigenaar is. Dan zal Harry toch wel iets voor haar hebben geregeld?

'Helaas, mijn lieve nichtje slaat onze gastvrijheid af. Nogal beledigend, vindt u niet, Miss Greenfeder?'

'Gordon en ik zijn een tijdje in mijn huis in Chatham geweest,' zegt Phoebe, haar lange benen voor zich uitstrekkend. 'We zijn op de terugweg naar de stad.'

Gordon bloost tot aan de wortels van zijn kortgeknipte, krullende bruine haar. Zijn oren, die veel te groot lijken voor zijn kleine hoofd, kleuren eveneens mooi roze. Mannen met grote oren, denk ik bij mezelf, zouden geen vlinderstrikjes moeten dragen.

'Maar uw hotel is erg mooi, Miss Greenfeder,' zegt hij, terwijl hij opstaat en zijn glas neerzet om mij een hand te kunnen geven. 'Gordon del Sarto.' Ik schud zijn hand, verrast door zijn hoffelijkheid en zijn Italiaanse achternaam. 'We komen hier zeker een keer terug.' Hij glimlacht zo allervriendelijkst dat ik meteen spijt heb van mijn onaardige gedachten over zijn oren.

'Nu ja, wat maakt het ook uit,' zegt Phoebe, alsof wij haar allemaal proberen over te halen om te blijven. 'We hoeven toch pas maandag terug te zijn, Gordon? Ik weet zeker dat jij dolgraag meer wilt weten over al dat nazikunstgedoe.'

'Bent u geïnteresseerd in het opsporen van de oorspronkelijke eigenaars van kunst uit de Tweede Wereldoorlog?' vraag ik aan Gordon. Nu word ik niet alleen meer geïntrigeerd door zijn voorkomendheid en Italiaanse achternaam, maar ook door het feit dat dit eigenaardige, kleine mannetje kennelijk in staat is de koele tijdschriftenuitgeefster op stang te jagen.

'Het behoort niet helemaal tot mijn werkterrein – ik heb zojuist mijn proefschrift afgerond over goudbewerking in de Renaissance – maar ik loop deze zomer stage bij Sotheby's op de afdeling sieraden en we hebben wat problemen met het vaststellen van de pedigree van verschillende recente aankopen.'

'Pedigree?'

'Duur woord voor origine,' zegt Phoebe, terwijl zij opstaat en de kreukels uit haar jurk slaat alsof er een zwerm bijen onder is gekropen. 'En dat is dan in de kunstwereld weer een duur woord voor vroegere eigenaars. Als we dan toch blijven, wil ik wel weten in wat voor kamer je ons gaat onderbrengen. Het moet wel vlak bij een nooduitgang zijn, maar niet te dicht bij de liften, anders lig ik de hele nacht wakker. Kun je me laten zien wat je hebt?'

Ik kijk naar Harry om te zien of hij het goedvindt dat ik het feestje vroegtijdig verlaat. Hij geeft een klopje op mijn arm, alsof hij zich verontschuldigt voor de veeleisendheid van zijn nichtje. 'Ja, ga maar een mooie kamer voor Phoebe zoeken. Dan kunnen Gordon en ik het eens over die recente aankopen van hem hebben,' zegt hij en dan, wanneer Phoebe zich omdraait om haar tasje te pakken – een canvas boekentas, eigenlijk – brengt Harry zijn gezicht wat dichter bij het mijne en fluistert in mijn oor: 'Duur in onderhoud – net als haar moeder.' Ik probeer de glimlach die ik op mijn lippen voel verschijnen te onderdrukken, maar wanneer Phoebe opstaat kijkt ze mij achterdochtig aan en heb ik het gevoel dat zij heeft gehoord wat haar oom zei en weet waarom ik glimlach.

'Kom op,' zeg ik, in een poging opgewekt en managerachtig te klinken. 'Volgens mij weet ik een fijne kamer voor jullie tweeën.'
'Kamers,' zegt Phoebe wanneer we buiten gehoorsafstand zijn.
'Gordon en ik zijn geen minnaars. Hij vergezelt me alleen naar dit soort kunsttoestanden, zodat oom Harry niet voortdurend loopt te zeuren dat ik nu eens moet trouwen. Ik ken hem nog van Bennington en hij is de enige van mijn mannelijke vrienden met wie Harry enigszins op kan schieten. Harry ondervraagt hem graag over Italiaanse kunst omdat hem dat de kans geeft zijn tijd als bohémienachtige kunststudent in het Rome van voor de oorlog en de gloriedagen van het redden van Italiaanse schilderijen uit handen van de nazi's opnieuw te beleven.'
'Nou, die Gordon lijkt me heel aardig,' zeg ik. We zijn het gazon overgestoken en hebben het pad van flagstones bereikt, maar Phoebe buigt abrupt af naar het langwerpige prieel, waar een uitsluitend 's nachts bloeiende kamperfoelierank juist zijn pastelkleurige trompetbloemen opent. Ze lijken te glanzen onder de lampionnen. Phoebe buigt haar slanke hals naar een van de bloemen en ademt de geur diep in.
'Jij bent zijn type niet,' zegt ze, 'dus doe geen moeite.'
Het is zo'n onbeschofte opmerking dat ik geen idee heb wat ik moet zeggen, dus zeg ik maar niets. Hoewel ik haar tijdens onze eerdere ontmoetingen ook al een beetje abrupt had gevonden, is ze nooit eerder echt onbeleefd tegen me geweest. Misschien is ze gewoon kwaad op haar oom... of misschien heeft ze iets over mij ontdekt dat haar van gedachten heeft doen veranderen.
Phoebe kijkt op van de witte bloem. 'Niet dat je eruit ziet alsof je erom verlegen zit. Je maakt een heel voldane indruk. Ik dacht dat dat vriendje van je ergens in Vermont zat.'
'New Hampshire,' verbeter ik haar en wend mijn blik af. Een eindje verderop zie ik Joseph in het prieel een slap omlaag hangende pioenroos opbinden.
'Dan moet het iets nieuws zijn. Ik hoop dat hij je niet te veel afleidt van je onderzoek. Je bent hier toch om achtergrondinformatie te verzamelen voor het boek over je moeder?'
Haar opmerking klinkt heel achteloos en intussen trekt ze een van de kamperfoeliebloesems aan zijn dikke rank naar haar gezicht toe, maar wanneer ik naar haar moeders trouwring om haar duim kijk, denk ik plotseling te weten waarom zij haar houding ten opzichte van mij heeft veranderd.

'Hoe zit het eigenlijk met jouw research?' vraag ik. 'Jij zou wanneer je in je huis in Chatham was toch de dagboeken van je moeder inkijken? Ben je er al achter of onze moeders elkaar hebben gekend?'

Phoebe laat de rank los en uit de trillende bloem stijgt een klein wolkje gelig stuifmeel op.

'Ja, ze kenden elkaar... heel oppervlakkig. Mijn vader en moeder logeerden hier in de zomer van 1973 – vlak voordat ik werd geboren. Ik vrees dat mijn moeder niet erg onder de indruk was van de boeken van jouw moeder, maar ze vond het wel jammer dat ze met schrijven was gestopt...' Phoebes stem sterft weg en zij draait zich om om naar het hotel te gaan. Ik volg haar op de hielen, want ik wil maar al te graag alles horen wat Phoebe over mijn moeder te weten is gekomen.

Ik haal haar in op het flagstonepad, een paar meter van het hotel, waar ze is blijven staan om het gebouw te bekijken.

'Ik wil graag in de suite logeren die mijn ouders hier hebben gehad,' zegt ze. 'Ik geloof dat hij naar het een of andere verhaal van Washington Irving was genoemd.'

'Alle centrale suites, en dat zijn de mooiste, zijn naar iets van Washington Irving genoemd... een beetje goedkoop, ik weet het, maar mensen associëren deze streek nog steeds met hem.' Ik wijs naar de centrale spil van het hotel, waar elke verdieping een driekantig erkerraam heeft en noem, vanaf de vierde verdieping naar beneden, de namen van de middelste suites op.. 'Dat is de Knickerbocker, Rip Van Winkle, Half Moon, Sleepy Hollow en Sunnyside.'

'Heel apart,' zegt Phoebe droogjes. 'Volgens mij zaten zij in Sleepy Hollow.'

'Dan heb je geluk, want die is vrij. Ik zal de suite onmiddellijk voor je in gereedheid laten brengen... maar luister eens,' voeg ik eraan toe wanneer zij weg wil lopen, 'heeft je moeder misschien ook geschreven waarom zij dacht dat mijn moeder was opgehouden met schrijven?'

'Ze schreef: *Kay brengt veel te veel tijd door met de gasten.*'

'Is dat alles? Dacht zij dat mijn moeder niet meer schreef omdat de gasten haar te zeer in beslag namen?'

'O, ik ben een woordje vergeten. Wat ze eigenlijk schreef, was: *Kay brengt veel te veel tijd door met de getrouwde gasten.*'

17

HET NET VAN TRANEN

Tegen de tijd dat ik besloot Naoise te helpen het net van tranen te stelen, was het weer in handen van Connachar.
'Maar hoe krijgen we het bij Connachar vandaan?' vroeg ik aan Naoise. 'Hij is niet zo onzorgvuldig als die vrouw.'
'Hij is weer in heel andere dingen onzorgvuldig,' zei Naoise tegen mij. 'Bijvoorbeeld in de manier waarop hij naar jou kijkt.'
Terwijl hij dit zei, draaide Naoise zich van mij om en deed net of hij op de gang ging kijken of wij niet werden afgeluisterd, maar ik wist dat hij dat deed omdat hij mij niet durfde aan te kijken. Ik probeerde mijn hart te verharden, maar hij stond met zijn rug naar mij toe en ik kon zien hoe zich onder zijn schouderbladen vleugels begonnen te vormen, hoe de huid zich strak over het nieuwe bot spande en hoe het bot ertegenaan duwde om ruimte te krijgen. Binnenkort zou Naoise in een van de gevleugelde wezens veranderen en dan kon ik hem niet meer redden.
'En jij wilt dat ik dat gebruik om hem het net van tranen te ontfutselen?' vroeg ik hem, hem nog een kans gevend om zijn woorden terug te nemen. Maar toen Naoise zich naar mij omdraaide, zag ik in zijn ogen dat het dier dat in hem groeide hem al had overgenomen. Hij legde zijn vinger tegen mijn borstbeen en zijn nagel drukte zich als een klauw in mijn huid. Onder het bot voelde ik het samentrekken van kieuwen; ik voelde het dier dat ik had aangeroepen, het dier dat hij zou worden.

'Hij zal de verleiding niet kunnen weerstaan je het te zien dragen,' zei hij. *'Tenslotte is het voor jou gemaakt.'*

De ochtend na de cocktailparty vraag ik aan Ramon waar de oude gastenboeken worden bewaard.

'Vroeger lagen die altijd op zolder,' zegt hij, 'maar meneer Kron heeft ze aan het begin van de zomer allemaal meegenomen om een lijst van vaste gasten te kunnen opstellen die hij wilde uitnodigen. Hij zal ze nog wel hebben. Hoezo?'

Stom dat ik niet van tevoren een leugentje heb verzonnen. De waarheid is dat ik het boek van de zomer van 1973 wil inzien, om te kijken of er zich onder de ingeschreven gasten een getrouwde man bevond die eventueel mijn moeders minnaar had kunnen zijn. Ik heb geen idee hoe ik zijn naam zou moeten herkennen, maar ik hoop dat me opeens een lichtje zal opgaan. In haar boeken gebruikte mijn moeder variaties op echte namen van mensen – Glynn, bijvoorbeeld komt, zoals ik sinds kort weet, van het meisje dat op het treinstation is omgekomen op de dag dat mijn moeder op weg was naar het hotel. Misschien dat een van de namen in het gastenboek me aan iets in haar boeken zal doen denken.

Ik besluit Ramon de waarheid te vertellen – of in elk geval een deel ervan. 'Ik ben iets over mijn moeder aan het schrijven,' fluister ik. Gelukkig is het nog zo vroeg in de ochtend dat de foyer verlaten is. 'En ik denk dat er die zomer een man in het hotel logeerde die... nu ja, die misschien haar minnaar was.'

Ramon klakt zachtjes met zijn tong en schudt zijn hoofd. 'Dat was niets voor jouw moeder. Jouw moeder...'

'... was een heilige. Ja, dat hoor ik van iedereen. Ramon, jij bent hier pas halverwege de zomer van 1973 komen werken. Je hebt mijn moeder amper gekend.'

'Zonder haar had ik nu nog tot mijn ellebogen in het frituurvet gestaan.'

'Oké, goed, misschien had ze geen verhouding. Misschien stond iemand die ze van vroeger kende hier opeens voor haar neus om haar te bedreigen of haar om hulp te vragen.' Ik denk aan de theorie van Alice. Zelf geloof ik er niet in, maar Ramon misschien wel. 'Misschien is ze om die reden ook wel in dat hotel in Coney Island beland.'

'En wat heb je eraan om dat te weten?'

'Nou...' Zoekend naar een antwoord kijk ik om me heen. Ik zie dat we niet helemaal alleen zijn. Achter een van de banken zit een man op zijn knieën met een centimeter in zijn hand. Hij is de stoffeerder die Harry heeft ingeschakeld om het meubilair in de foyer onder handen te nemen. De kleurkeuze van mijn moeder zal plaatsmaken voor het kenmerkende paars en gebroken wit van de Crown Hotels. 'Dan zal ik weten of ze al dan niet van plan was ons te verlaten,' zeg ik.

Ramon kijkt theatraal van links naar rechts – wat een hopeloze acteur moet hij zijn geweest, denk ik, en wat een geluk dat mijn moeder hem heeft gered – en buigt zich dan over de balie. 'Ze liggen in de suite van meneer Kron, in zijn kast, waarvan de sleutel in zijn nachtkastje ligt.'

Ik staar hem met open mond aan, stomverbaasd over zijn gedetailleerde kennis van de suite van de eigenaar. Hij glimlacht. 'Paloma – het nieuwe kamermeisje – maakte er laatst een opmerking over. Ze vond het vreemd dat hij zoveel moeite deed om een stel oude, stoffige boeken achter slot en grendel te bewaren.'

'Paloma?' zeg ik. Het duurt even voordat het tot me doordringt dat hij het over mevrouw Rivera heeft.

Ramon grijnst. 'Niet tegen je tante vertellen, hoor,' zegt hij. 'Je weet hoe zij over personeelsromances denkt.'

Hoewel ik een loper heb die op alle kamers past, ben ik niet van plan naar Harry Krons suite te gaan en het gastenboek uit een afgesloten kast te pakken. Ik weet zeker dat het idee zelfs nooit in mijn hoofd zou zijn opgekomen zonder Ramons gedetailleerde blauwdruk van de plek waar het boek zich bevindt. Er is geen enkele reden om Harry niet gewoon te vragen of ik het gastenboek van 1973 in kan kijken. Hij is per slot van rekening een van de weinige mensen die weet dat ik aan een boek over mijn moeder werk.

Het enige probleem is dat ik hem dan een paar minuutjes alleen moet zien te spreken. Ik kan het hem moeilijk tijdens de dagelijkse stafvergadering vragen, waarbij mijn tante Sophie altijd pal tegenover mij, aan zijn linkerhand, de notulen zit bij te houden. Ik probeer het tijdens de brunch in de eetzaal, maar hoewel hij meestal alleen eet, zitten deze zaterdag Phoebe Nix en Gorden del Sarto aan zijn tafeltje. Wanneer hij mij bij de kok ziet staan die omeletten staat te bakken, wenkt hij mij en staat erop dat ik bij hen aanschuif.

Phoebe is net bezig de ober gedetailleerde instructies te geven over het koken van haar eitje. Ik wend me tot Gordon en vraag hem of zijn kamer naar zijn zin is, maar Phoebe, die de ober zojuist uitdrukkelijk heeft opgedragen dat haar toast heel, heel erg droog moet zijn, antwoordt in zijn plaats. 'Twee van de laden in mijn bureau zijn kapot en ik heb mijn voet opengehaald aan een uitstekende spijker in de kast.'

Ik beloof Phoebe dat ik Joseph – onze onofficiële timmerman – naar haar kamer zal sturen om er iets aan te doen, maar vraag me intussen af waar zij, met als enige bagage een canvas boekentas, twee laden en een kast voor nodig heeft.

'Nou, mijn kamer is hemels,' mengt Gordon zich in het gesprek. 'Letterlijk. Ik werd vanmorgen wakker van de zon die voor mijn raam opkwam. Het was net of ik midden in een Tiepolo-plafond zweefde.'

'Ik dacht dat de Renaissance jouw periode was, en niet de Barok,' zegt Phoebe tegen Gordon.

Gordon bloost tot aan de puntjes van zijn grote oren, bijna alsof Phoebe een indiscrete seksueel getinte opmerking heeft gemaakt, in plaats van een artistieke.

'Ik heb jou de kamer gegeven die heel populair was bij de schilders die hier vroeger kwamen om zonsopgangen te schilderen,' zeg ik tegen Gordon. 'Als je onder het kleed voor het raam kijkt, tref je daar nog verfspetters aan.'

We hebben het nog even over de Hudson River School-schilders die vroeger veel in het hotel kwamen en een aantal meer recente landschapschilders. Ik ben ervan onder de indruk dat Gordon deze minder bekende kunstenaars niet alleen kent, maar hen kennelijk ook niet beneden zijn stand acht. Ook Harry beschikt over een encyclopedische kennis van lokale volksschilders.

'Ik heb een idee,' zegt Harry. 'Kom – als onze gast uiteraard – de laatste week van augustus hier naartoe voor ons Kunstfestival. *Art Recovery* heeft besloten om terug te komen...' Hier geeft Harry mij een knipoog om me te laten weten dat de groep tevreden genoeg was over de accommodatie om opnieuw te boeken. '... en we gaan dan ook de "Grappen in de tuin, grollen in het bos"-wedstrijd jureren. Misschien zou je een verhaaltje kunnen houden over "Kunst in Hotel Equinox."'

Gordon zet lachend zijn koffiekopje neer. 'Ik zou het een eer vinden, meneer Kron...'

'O, Gordon,' valt Phoebe hem in de rede, 'zeg toch eens wat je bedoelt. Jij houdt veel liever een lezing over vijftiende-eeuwse Florentijnse juwelen, dan over de plaatselijke Klaas de Schilder. Oom Harry, hij heeft de dia's in de auto liggen. Zou *Art Recovery* hem dit weekend niet in kunnen passen?'

Harry legt zijn toast neer en schenkt zijn nichtje zijn volle aandacht. Ik herinner me wat hij gisteravond heeft gezegd. Duur in onderhoud, net als haar moeder. En dan herinner ik me wat er van Phoebes moeder is geworden. Vera Nix, een dichteres die al heel wat prijzen had gewonnen, omgekomen op haar vierenveertigste toen ze met haar auto van een brug af reed. Waarschijnlijk denkt Harry hier ook aan, want hij praat heel zacht en vriendelijk, alsof hij een opgewonden renpaard probeert te kalmeren.

'Natuurlijk zou ik Gordon heel graag over zijn specialiteit horen spreken, en ik zou hem er zeker al voor hebben gevraagd, ware het niet dat dit weekend de nadruk ligt op kunstwerken die tijdens de oorlog zijn verdwenen...'

Gordon schraapt zijn keel alsof hij iets wil zeggen, maar valt dan ten prooi aan een enorme hoestbui. Terwijl ik de ober wenk om zijn waterglas bij te vullen, legt Phoebe een hand op Gordons magere schouder en neemt het voor hem op. Ik moet toegeven dat ik het bijna ontroerend vind. Ondanks al haar scherpe kantjes, is het wel duidelijk dat Phoebe een sterk gevoel van verbondenheid heeft met diegenen om wie zij geeft. Ik begin nu ook te vermoeden dat zij hier gisteravond niet toevallig zijn komen opdagen – misschien is Phoebe aldoor wel van plan geweest Gordon op te laten nemen in het programma van dit weekend.

'Hij heeft een schilderij van een verdwenen ketting,' zegt Phoebe. 'Een vijftiende-eeuwse parelketting die van de een of andere Venetiaanse heilige is geweest en in de oorlog is verdwenen.'

'Ferronière,' kraakt Gordons stem tussen twee slokjes water door. 'Het is een *ferronière*.'

'Wat is dat?' vraag ik.

'Een soort vijftiende-eeuwse hoofdband,' antwoordt Phoebe ongeduldig.

'Dat is heel interessant,' zegt Harry, 'maar één dia van een verdwenen hoofdband maakt nog geen lezing.'

Gordon steekt zijn wijsvinger op, neemt nog een slokje water,

en schraapt zijn keel. 'Eerlijk gezegd, meneer, heb ik een bijzonder interessante diapresentatie samengesteld rond de verdwenen della Rosa *ferronière*. Ik heb portretten van de familie della Rosa en een aantal andere voorbeelden van *ferronières* bij Lippi en Botticelli...'
'Nou, dat klinkt als een degelijk programma. Daar ben ik wel nieuwsgierig naar. Zullen we voor vanavond afspreken, vóór het cocktailuurtje? Heb je genoeg om drie kwartier te vullen?'
'O, ja, meneer Kron, ik krijg wel meer dan een uur vol,' zegt Gordon stralend. Ik ben zo blij om Gordons succes dat het niet meteen tot me doordringt dat ik mijn kans heb gemist om Harry naar de gastenboeken te vragen. Nu is het te laat. Harry brengt een servet naar zijn lippen, schuift zijn stoel naar achteren en Gordon is al opgesprongen om hem een hand te geven.
'Dank u wel, meneer, ik weet zeker dat u er geen spijt van zult hebben. En natuurlijk zal ik de lezing over plaatselijke kunstenaars ook heel graag doen.'
'Uitstekend. Kom vanavond na het eten maar even naar mijn kamer, dan zal ik je alle oude gastenboeken geven. Die kun je uitkammen voor namen van kunstenaars die hier hebben gelogeerd.'

De rest van de middag kan ik mezelf wel voor mijn kop slaan dat ik hem niet om de boeken heb gevraagd. Ik had het best kunnen doen met Phoebe erbij. Zij weet immers van mijn boek en zij heeft me zelf op het idee gebracht dat mijn moeder wellicht een verhouding had met een gast. Maar uiteindelijk weet ik natuurlijk ook wel dat dat nu juist de reden is waarom ik niet in Phoebes bijzijn om de boeken heb gevraagd. Ik wil haar niet laten weten dat ik haar suggestie serieus neem – of hoezeer de gedachte me dwars zit.
Ik weet niet waarom het zoveel verschil maakt als de man voor wie mijn moeder mijn vader heeft verlaten getrouwd was en een gast van het hotel. Ik heb immers, ondanks alle heiligverklaringen van mijn moeder, wel geaccepteerd dat zij waarschijnlijk een minnaar had. Misschien ben ik me, na Hedda's suggestie dat het wellicht iemand was die ze van vroeger kende, in gedachten een bepaald beeld gaan vormen. Het enige wat ik van mijn moeders leven vóór het hotel weet, is dat ze is opgegroeid in een Ierse buurt in Brooklyn, een katholieke meisjesschool heeft bezocht

en is gedoopt in de Maria Sterre der Zee-kerk in Brooklyn, dezelfde kerk waar ze mij – veel te laat, hetgeen me mijn zielenheil had kunnen kosten – op mijn derde mee naartoe nam om me te laten dopen. Wat ik me dus voorstelde toen Hedda het over een jeugdliefde had, was een Ierse jongen, net zo arm als zij, een jongen die in mijn verbeelding heel veel wegheeft van Aidan Barry. Alleen kan het in 1973 natuurlijk geen jongen meer zijn geweest. Hoe ik mezelf ook voor de gek hou, zo kan ik het verhaal niet uitleggen. Er is geen enkele reden om aan te nemen dat mijn moeder, die in 1973 al in de veertig was, een verhouding had met een man van in de twintig. Er is geen enkel precedent voor mijn affaire met Aidan. Geen enkel excuus.

Na een van de kamermeisjes een standje te hebben gegeven voor het feit dat zij de linnenkast op de derde verdieping niet naar behoren heeft aangevuld (waarbij ik me halverwege mijn preek herinner dat Aidan en ik de vuile lakens in een ongebruikte etenslift hebben gepropt), besluit ik de kwestie in eigen hand te nemen en het gastenboek van 1973 uit Harry's suite te gaan halen. Om alles voor eens en voor altijd recht te zetten. Ik besluit te wachten tot Gordons lezing over vijftiende-eeuwse sieraden begint – een dik uur, heeft hij gezegd, en natuurlijk zal Harry erbij aanwezig zijn – en mezelf binnen te laten met mijn loper.

Ik ben het grootste deel van de middag bezig met het klaarzetten van de diaprojectoren en het instellen van de microfoons voor de lezingen van die avond. Het is geen gemakkelijk karwei. We gebruiken de bibliotheek en twee salons aan de noordzijde van de binnenplaats, tegenover de bar, en die ruimtes waren oorspronkelijk bedoeld voor het lezen van kranten en onderonsjes op regenachtige middagen, niet voor multimediabijeenkomsten. Als Harry's toekomstbeeld van het hotel als internationaal conferentiecentrum bewaarheid wordt, hebben de ruimtes een grondige opknapbeurt en een compleet nieuwe bedrading nodig. Intussen komt Aidan mij te hulp met een arm vol verlengsnoeren. Hij beweert op de middelbare school lid te zijn geweest van een AV-clubje, waarbij AV voor audiovisueel stond. Ik vind hem daar echter helemaal geen type voor en vermoed dat het iets is wat hij in de gevangenis heeft geleerd. Waar hij de kunst heeft geleerd om juristen en museumcurators voor zich in te nemen is me ook een raadsel. Tegen het eind van de dag loopt hij met diamagazijnen te sjouwen voor de roodharige taxateur van joodse kunst en maakt hij een mooie opstelling van haar negentiende-eeuwse Kiddushbekers op een tafel in de Gouden Salon. Ik sta in de bibliotheek, vlak voor de openslaande deuren die toegang geven tot de salon, met stoelen te schuiven, wanneer Harry Kron opeens naast me staat. Ik zie dat ook Aidan zijn aandacht heeft.

Aidan is druk in de weer met de met edelstenen bezette en gegraveerde bokalen, dus dit zou voor Harry een uitgelezen moment zijn om uiting te geven aan zijn eventuele bezorgdheid over Aidans achtergrond.

'Meneer Barry doet het goed bij de bedrijfsgasten,' zegt hij. 'Goed van je om hem aan te nemen. Misschien moesten we hem maar eens verlossen uit zijn positie van slaaf van Joseph en hem een functie geven met wat meer verantwoordelijkheid. Coördinator van bijzondere evenementen bijvoorbeeld. Wat vind jij?'

'Ik denk dat hij daar heel geschikt voor zou zijn,' zeg ik, opgelucht dat Harry kennelijk alleen maar positieve aandacht voor Aidan heeft. 'En het zou een geweldige kans voor hem zijn.' Ik leg de nadruk op dat laatste en blijf Harry iets langer aankijken dan strikt noodzakelijk is. Als hij van Aidans gevangenisverleden afweet, is dit het moment om het ter sprake te brengen.

Harry kijkt van mij naar Aidan en weer terug. 'Een goede manager weet wanneer hij risico's kan nemen en herkent belofte in de meest onwaarschijnlijke personen – een ruwe diamant, zogezegd.' Ik glimlach opgelucht. Hij weet het van Aidan. 'Heb ik je de laatste tijd nog verteld hoe goed je bent in je werk?' vervolgt hij. 'Jij bezit het zeldzame talent, dat van onschatbare waarde is in een hotelier, om het beste in de mens naar boven te kunnen halen.'

Ik krijg een kleur van plezier – maar ook van de gedachte aan wat ik vanavond ga doen. Maar het is nog niet te laat – ik kan hem nu ter plekke vragen of ik de gastenboeken mag inzien voordat hij ze aan Gordon geeft. Voordat ik echter iets kan zeggen, buigt hij zich dichter naar mij toe en fluistert in mijn oor. 'Ik moet je iets bekennen, Iris.'

Ik ben zo verbijsterd door de plotselinge intieme klank van zijn stem dat ik zenuwachtig begin te lachen, hetgeen Aidans aandacht even van de roodharige jonge vrouw afleidt.

'Meneer Kron, ik kan me niet voorstellen dat u iets te bekennen hebt.'

Hij glimlacht en legt heel even zijn vingers op mijn elleboog. 'Toch is het zo, lieve kind. Zie je, ik heb niet altijd zo'n goede mensenkennis als ik wel zou willen. Ik heb vaak mensen verkeerd beoordeeld... met zo nu en dan bijzonder vervelende consequenties... maar dat doet er nu niet toe, ditmaal zijn de consequenties een aangename verrassing. Want zie je, ik had niet verwacht dat je hier zo goed in zou zijn.'
'Waarin? In het leiden van het hotel?'
Hij knikt. 'Ik wist wel dat je competent genoeg zou zijn, begrijp me niet verkeerd, en ik wist dat je de juiste achtergrond had. Ik was alleen bang dat je geen hart voor het werk zou hebben. Dat schrijven altijd je eerste liefde zou blijven. En dat het boek over je moeder te veel van je tijd en je aandacht zou vergen. Maar nu zie ik dat ik me nodeloos ongerust heb gemaakt.'
Ik recht mijn schouders en probeer hem aan te kijken zonder mijn ogen neer te slaan. 'Ik zou het hotel nooit verwaarlozen.' Nu kan ik hem natuurlijk niet meer om het gastenboek vragen, denk ik.
'Natuurlijk niet – en ik weet nu dat dat door je moeder komt.'
'Mijn moeder? Maar u hebt mijn moeder nooit gekend.'
Harry glimlacht. Even denk ik dat hij me gaat vertellen dat hij haar wel degelijk heeft gekend. Ik denk aan de fantasie die ik laatst had over mijn moeder, dansend in het Cavalieri Hilton in haar jurkje van zwarte chiffon – alleen danst ze nu met Harry Kron. Hij moet in zijn jonge jaren heel knap zijn geweest. Hij is nog steeds een knappe man – dat zie ik aan de manier waarop Aidan vanuit de Gouden Salon naar ons staat te kijken. Hij had haar het leven kunnen geven waarvoor ze was geboren.
Maar in plaats van te bekennen dat hij mijn moeder heeft gekend, wijst Harry naar de zwartwitfoto's aan de muur van de bibliotheek. Het zijn foto's van evenementen in het hotel: picknicks en barbecues, feestelijke etentjes en dansavonden. Mijn moeder komt op de meeste foto's voor. Een krans van zwart haar rond haar bleke, tengere gezichtje, haar lichtgroene ogen, die zelfs op de zwartwitfoto's opvallen – omringd door donkere wimpers. Ze springt er op elke foto uit.
'Ik heb het gevoel dat ik haar door die foto's een beetje heb leren kennen,' zegt Harry. 'En ook uit de verhalen die mensen me over haar hebben verteld. Maar voornamelijk door jou. Jij hebt de gratie van je moeder, Iris. Ik denk dat je een fantastische toekomst tegemoet gaat bij de Crown Hotels.'

Een paar maanden geleden had ik nog niet kunnen denken dat ik ooit blij zou zijn met de belofte van een carrière in de hotelbranche, maar ik ben oprecht ontroerd en gevleid door Harry's woorden. Ik besluit bijna het gastenboek maar te laten zitten. Maar ik ben niet alleen onder de indruk van Harry's gevoel dat hij mijn moeder heeft leren kennen van haar foto's, maar ik ben ook een beetje jaloers. Terwijl hij Kay Greenfeder heeft leren kennen, ben ik bijna niets te weten gekomen. Ik moet weten met wie ze die verhouding had.

De bibliotheek is klaar voor Gordons lezing en op de binnenplaats is alles in gereedheid gebracht voor een drankje na afloop.

Ik besluit het eerste deel van de lezing bij te wonen en dan – wanneer hij het licht uitdoet voor de diapresentatie – de keuken in te glippen en de personeelstrap naar boven te nemen. Als het goed is, ben ik dan voor het einde van de lezing weer terug. Ik heb Aidan gevraagd de projector te bedienen, dus niemand zal me missen.

Langzaam druppelen de gasten de bibliotheek binnen en zoeken een plaatsje. Ze zijn aanzienlijk meer ontspannen dan gisteravond. Ik zie verbrande schouders en vochtige haren van zwempartijen en late douches. In plaats van de kleine onenigheidjes die ik gisteren hoorde, hoor ik vanavond meer gesprekken over het vak: exposities in musea en galerieën, subsidiemogelijkheden, zomerseminars in Praag en Florence. De brandende kwesties van herkomst en rechtmatig eigendom hebben het veld geruimd voor promotiekansen en roddels over het vak.

De enige die zenuwachtig lijkt is Gordon, die op het podium een stapel kaarten van acht bij vijftien staat door te nemen. Ik kijk of ik Phoebe ergens zie – ze hoort hier nu immers te zijn om hem morele steun te geven – en zie haar even later bij de deuren staan die naar de binnenplaats leiden. Ik vind dat ze vooraan zou moeten zitten, dat is toch wel het minste wat ze voor haar vriend kan doen.

Gordon moet een paar maal luidruchtig zijn keel schrapen voordat de aanwezigen eindelijk stil worden. Ik ben verschrikkelijk nerveus voor hem en wanneer ik naar Phoebe kijk, vraag ik me af of zij hetzelfde voelt en daarom wat verder weg is gaan staan.

'Ons verhaal begint niet in het door oorlog verscheurde Europa van zestig jaar terug, maar bijna zes eeuwen geleden in het Italië van de quattrocento...'

Mooi zo, denk ik, zes eeuwen om naar Harry Krons suite te gaan en weer terug te komen.

'Het begint met een geschenk van een moeder aan een jong meisje op haar huwelijksdag. Maar voordat ik u meer vertel over dat meisje, moeten we ons eerst verplaatsen naar het vijftiende-eeuwse Italië. Het is een periode van grote voorspoed. De rijke koopliedengildes steunen niet alleen de schilderkunst, maar ook het vervaardigen van juwelen en mode...'

Ik kijk om me heen naar deze modieuze mensen uit Manhattan. Ik zie dat de dameskleding sober en eenvoudig is, maar de schoenen peperduur; de glinstering van goud, parels of diamanten aan polsen, halzen en oorlellen is discreet maar kostbaar. Behalve de deelnemers aan *Art Recovery* zie ik op de middelste rij Hedda Wolfe zitten in een dupioni zijden japon met de kleur van eierschalen en een bloemvormige parelbroche op haar schouder.

'... veel schilders – Ghiberti, Verrocchio en Botticelli, om er maar een paar te noemen – begonnen als leerjongens in de werkplaatsen van juweliers, hetgeen leidde tot steeds meer afbeeldingen van sieraden in contemporaine schilderijen...'

Ik probeer me de mensen die hier vanavond zitten voor te stellen zoals zij zouden zijn afgebeeld door meesters uit de Renaissance. Phoebe, met haar bleke huid en ernstige ogen, ziet eruit als een van die dunne, ascetische engelen in *De Annunciatie*. Hedda zou eerder iets heidens zijn dan iets christelijks, denk ik, een sibille of een personificatie van iets. De roodharige taxateur zou natuurlijk geschilderd zijn door Titiaan. Harry Kron zou vanzelfsprekend zijn afgebeeld als de een of andere rijke Florentijnse edelman. Zo ga ik nog even door met mijn spelletje, tot ik opeens iemand zie die ik niet kan plaatsen, omdat hij noch hier past, noch in de Renaissance. Het is Joseph, die naast Phoebe in de deuropening staat, met zijn blik strak op het lege diascherm gevestigd. '... de herontdekking van de klassieke beeldhouwkunst maakte de strakke, verticale lijnen van de veertiende-eeuwse kleding wat losser en resulteerde in een overwinning van vorm over lijn.'

De kamer verduistert en een schaduwrijk groen bos, bevolkt door bleekgouden figuren in vloeiende draperieën vult de ruimte achter Gordon. Botticelli's *Lente*. Ik kijk naar Joseph en vraag me af of dit hetgeen is waarop hij heeft gewacht – deze prachtige

tuin. Maar hoe kon hij het programma kennen van Gordons diapresentatie? Zonder iets over deze dia te zeggen, drukt Gordon op de afstandsbediening en vult het scherm zich met een detail van een schilderij van Botticelli: een van de drie gratiën, haar golvende blonde krullen bijeengehouden door een enkel parelsnoer.
'Stijve kroontjes maken plaats voor lussen van parels om het losse of gevlochten haar uit het gezicht te houden... deze haarversiering werd een *ferronière* genoemd.'
Nu verschijnt er een dia van een in gedachten verzonken Madonna, waarvan Gordon ons vertelt dat zij is geschilderd door Filippo Lippi. Zij draagt een doorschijnende hoofdbedekking en op haar voorhoofd vormt een dun parelkettinkje een V. 'Zoals u kunt zien,' zegt Gordon, 'werd deze stijl zowel voor religieuze als voor seculiere onderwerpen gebruikt. Hetgeen ons bij de specifieke *ferronière* brengt waarover wij het vanavond zullen hebben, de della Rosa *ferronière*...'
Hoewel ik Gordons lezing erg interessant vind, realiseer ik me dat het tijd is om te gaan. Gelukkig voorziet Joseph mij van het perfecte excuus om met goed fatsoen weg te kunnen glippen. Ik doe net of ik de tuinman opeens zie staan en alsof ik denk dat hij mij nodig heeft. Ik sta op en glip via de deur waar hij voor staat naar buiten.
'Wilde je mij spreken, Joseph?' vraag ik.
Zonder zijn ogen van het diascherm af te wenden, schudt Joseph zijn hoofd. 'Ik heb vandaag met die jongeman staan praten over een van de schilderijen die hij gaat vertonen. Dat wilde ik zien.'
'O, nou, dan ga ik even snel naar de keuken om te kijken of alles gladjes verloopt...' Als Joseph mijn gedrag verdacht vindt, laat hij dat in elk geval niet blijken. Ik laat hem achter bij zijn schilderijen, loop de binnenplaats af, door de eetzaal naar de keuken en van daaruit naar de personeelstrap. Die trap wordt 's ochtends door de kamermeisjes gebruikt wanneer zij de kamers op gaan ruimen, en later nog eens tijdens het eten wanneer zij nog snel even naar boven gaan om beddengoed terug te slaan en pepermuntjes op de kussens te leggen. Op dit tijdstip zitten de kamermeisjes zelf te eten of staan ze achter de wasserette te roken, genietend van een paar minuten zonder gasten of hotelleiding. Ik bereik de tweede verdieping zonder iemand tegen te komen.

Harry's suite heet de Half Moon-suite, naar het schip van Henry Hudson dat door Washington Irving wordt genoemd in *Rip Van Winkle*. Eind jaren vijftig huurde mijn moeder een werkloze schilder in om een serie muurschilderingen te maken gebaseerd op Irvings verhalen. Wanneer ik mijn loper gebruik om Harry's kamer binnen te gaan en het licht aanknip, sta ik oog in oog met een portret van Henry Hudson op de boeg van zijn schip, de *Halve Maen*, dat boven de Catskill Mountains drijft. De muurschildering is aangebracht aan weerskanten van een groot raam dat uitkijkt op het westen, en de kunstenaar is erin geslaagd het uitzicht over de bergen in het schilderij te verwerken. Ik heb deze muurschilderingen altijd een beetje nep gevonden, maar laat me nu toch verrassen door de bijzondere compositie. Ik heb echter geen tijd om het te bewonderen. Ik ga de slaapkamer binnen en loop naar het nachtkastje.

Pas wanneer ik de la opentrek bedenk ik me dat ik er natuurlijk ook andere dingen in zal aantreffen. Harry is bijna een vader voor me geworden; ik wil geen gênante dingen over hem te weten komen. De la bevat echter geen compromitterend materiaal. Afgezien van de standaard hotelbijbel ligt er alleen een klein leren doosje en een blikje hoestpastilles. Ik maak het doosje open en daar, naast een Rolex-horloge, ligt een kleine sleutel die vermoedelijk van de klerenkast is.

Ik neem de sleutel uit het doosje, loop naar de kast en maak hem snel open. Opnieuw ervaar ik het als een opluchting dat Harry's persoonlijke bezittingen zo geordend en normaal zijn. Aan één kant van de kast ligt een stapeltje keurig gesteven witte overhemden en aan de andere kant hangen de lichtgewicht zomerkostuums. Ik ruik een flauwe geur van citroen en sigarentabak wanneer ik de jasjes opzij schuif om bij de stapel in leer gebonden boeken achter in de kast te kunnen. Terwijl ik de jasjes vasthoud laat ik mijn vinger langs de ruggen van de boeken glijden tot ik het jaartal heb gevonden dat ik zoek: 1973. Ik heb mijn beide handen nodig om het onder de andere boeken vandaan te trekken en terwijl ik trek blijft een van de schakeltjes van mijn bedelarmband in de stof van een van Harry's colbertjes hangen. Ik klem het boek tegen mijn heup en probeer mijn hand los te trekken, maar wat er gebeurt is dat ik een scheurtje maak in de grove bobbeltjesstof van het colbert en het zware gastenboek van mijn heup laat glijden, zodat het met een harde bons op de grond valt.

Even blijf ik doodstil staan luisteren, maar ik weet dat het onzin is om me zorgen te maken. Eén harde bonk in dit reusachtige schip van een hotel zal nauwelijks de aandacht trekken. Minder blij ben ik met het scheurtje in Harry's colbert. Hij is precies genoeg om zoiets meteen te merken. Ik houd de stof omhoog en schuif mijn hand onder de voering om te zien of ik de losse draadjes via de achterkant terug kan peuteren. Ik heb het bijna voor elkaar wanneer ik voel dat het kledingstuk in mijn handen ongewoon zwaar is. Ik heb al een hand in de zak gestoken wanneer ik me opeens bedenk dat dat niet zo'n goed idee is: maar dan hebben mijn vingers zich al om de harde, koele metalen greep van de revolver gesloten.

18

HET NET VAN TRANEN

Ik zou kunnen zeggen dat ik datgene wat ik heb gedaan, voor Naoise heb gedaan of dat ik het voor mijn volk heb gedaan, maar dat zou een leugen zijn. Die waterige beweging onder mijn huid maakte iets in mij wakker. Eerst dacht ik dat ik naar het net van tranen verlangde. Ik wist dat het mij veel beter zou staan dan dat mens van Connachar – omdat het voor mij was gemaakt. In mijn dromen voelde ik de parels en diamanten als koele dauwdruppels, als het schuim van de zee, op mijn huid. Ik stelde me het gewicht van de smaragd op mijn borstbeen voor en de afwezigheid ervan begon aan te voelen als een pijn – als alle andere dingen die ik al was kwijtgeraakt. 's Nachts gloeide mijn lichaam koortsig en wanneer ik uit deze dromen ontwaakte was ik uitgedroogd en lag ik naar adem te happen. Alleen de koelte van die stenen kon het vuur blussen. En toen begon ik van zijn handen te dromen die de stenen op mijn lichaam legden, en wist ik dat ik evenzeer naar die handen verlangde als naar de stenen zelf.

Meteen nadat ik het wapen heb ontdekt verlaat ik de kamer. Ik hou mezelf voor dat er geen reden tot paniek is. Veel mensen die in de stad wonen hebben vuurwapens. Vooral rijke, Rolex-dragende directeuren zoals Harry Kron. Sterker nog, mijn vader had vroeger ook een pistool – wij zaten hier 's winters immers wel heel erg afgelegen – maar mijn vader bewaarde het zijne in de afgesloten kluis achter zijn bureau. Het is vooral de toevallige manier waarop ik het wapen zomaar tegenkom in de zak van een colbertje, die mij zo van mijn stuk heeft gebracht en dat is de reden waarom ik zo onzorgvuldig ben bij het weggaan.

Ik trek de deur achter me dicht, maar halverwege de gang realiseer ik me dat ik hem niet op slot heb gedaan. Ik ga terug en vervloek in gedachten die ouderwetse veiligheidssloten die aan de buitenkant op slot moeten worden gedraaid. Als we het hotel gaan moderniseren is dat een van de eerste dingen die we gaan veranderen. Gasten komen altijd klagen dat zij voortdurend vergeten dat de deuren niet vanzelf in het slot vallen. En wat nog erger is, soms doen zij de deur op slot wanneer ze binnen zijn, vergeten dan waar ze hun sleutel hebben gelaten en kunnen er niet meer uit. Mijn moeder zei altijd dat het vreselijk gevaarlijk was in geval van brand en zorgde ervoor dat er altijd een extra kamersleutel aan een lint aan het hoofdeind van mijn bed hing.

Ik bevind me een paar passen van Harry's deur wanneer ik halverwege de gang de liftdeur hoor opengaan. Ik blijf staan, doe net of ik iets in mijn zak sta te zoeken, en hoop dat het een gast is die de andere kant op moet. Maar het is Phoebe en zij loopt, met een sleutel in haar hand, naar de suite van haar oom.

'Ik denk dat je je in de verdieping hebt vergist,' zeg ik tegen Phoebe, 'de Sleepy Hollow-suite is één verdieping lager.'

Phoebe blijft voor de deur van haar oom staan en kijkt mij aan. Dan kijkt ze naar het gastenboek dat ongemakkelijk op mijn heup balanceert. 'Ik weet heel goed op welke verdieping ik ben. Harry heeft me gevraagd even naar boven te gaan omdat hij zijn sigaren is vergeten.'

Phoebe heeft de sleutel al in het slot gestoken.

'Het verbaast me eigenlijk dat je het niet erg vindt om dat soort dingen voor hem te doen. Hij had het ook aan een van de kamermeisjes kunnen vragen.' Het is een behoorlijk tactloze opmerking, maar ik hoop dat Phoebe er voldoende door wordt afgeleid dat ze niet merkt dat de deur niet is afgesloten. In plaats daarvan vestigt het juist de aandacht op wat zij eigenlijk al heeft geraden.

'Maar eigenlijk hadden we jou ook wel kunnen vragen er een paar mee naar beneden te nemen,' zegt ze, terwijl ze de deur opendoet. 'Waarom laat jij me niet even zien waar mijn oom zijn sigaren bewaart?'

Ik krijg een kleur omdat ik zojuist op diefstal ben betrapt, maar wanneer ik Phoebe zie glimlachen besef ik dat het nog er-

ger is. Ze denkt kennelijk dat ik een verhouding heb met haar oom.
Terwijl ik achter haar aan naar binnen loop, probeer ik te bedenken hoe ik Phoebe van haar waanidee kan afhelpen. Ik heb liever dat ze denkt dat ik een dief ben dan dat ze me ervan verdenkt een verhouding te hebben met haar oom van zeventig.
'Phoebe, ik geloof dat ik je even moet uitleggen wat ik in de kamer van je oom deed.'
'Je bent me geen enkele uitleg verschuldigd. Jullie zijn allebei volwassen en ongetrouwd.' Phoebe loopt naar de salontafel en opent een houten sigarenkistje in de vorm van een doodskist. De geur van goede Cubaanse tabak komt ons tegemoet.
'Maar je begrijpt het niet. Ik was hier om het gastenboek van 1973 te pakken.' Ik laat haar het boek zien als bewijs. 'Omdat jij zei dat mijn moeder die zomer een relatie zou hebben gehad met een getrouwde gast. Ik dacht dat ik er zo misschien kon achterkomen wie het was.'
Phoebe kijkt argwanend naar het boek. 'Waarom heb je Harry er niet gewoon om gevraagd?'
Ik vertel haar van ons gesprek eerder deze avond, over zijn bezorgdheid dat de research voor mijn boek misschien ten koste zou gaan van het hotel. Phoebe pakt vier van de dikke sigaren. Haar kleine hand kan ze nauwelijks omvatten.
'Je was dus zo bang om oom Harry teleur te stellen dat je in plaats daarvan maar van hem hebt gestolen?'
Daar weet ik niets op te zeggen. Ik realiseer me dat ik het gastenboek tegen mijn borst geklemd houd, net alsof ik bang ben dat ze het uit mijn armen zal trekken, maar dan zie ik een blik op haar gezicht verschijnen die ik niet eerder heb gezien – een soort zachtheid, iets dat dicht in de buurt van medelijden komt. 'Dat effect heeft hij op wel meer mensen,' zegt Phoebe tegen mij. 'Hij is geen man die je wilt teleurstellen. Nu we het daar toch over hebben' – Phoebe houdt de sigaren omhoog – 'hij zit hierop te wachten – en ook op jou – hij heeft me niet alleen gevraagd deze Montecristo's te gaan halen, maar ook om jou te zoeken. Dus als ik jou was zou ik dat boek maar even opbergen en naar beneden gaan.'
'Dus je vertelt hem niets over het boek?'
'Op één voorwaarde. Jij vertelt me wat je te weten komt en ik mag als eerste een blik in de memoires werpen.' Phoebe ver-

plaatst haar gewicht op haar andere voet en rolt de sigaren door haar hand. Zo onrustig heb ik haar nog nooit gezien. Opnieuw vraag ik me af wat zij in haar moeders dagboeken heeft gelezen waardoor zij opeens zo graag wil weten wat ik zelf nog over mijn moeder te weten kom.

'Ik zal graag horen wat je ervan vindt,' zeg ik. Zoiets zeg je tijdens een schrijversworkshop, wanneer iemand op het punt staat je werk volledig af te kraken en het is hier ongeveer even oprecht bedoeld. Phoebe lijkt het echter zonder meer te accepteren. Ze kijkt nog een keer om zich heen, alsof ze controleert of ze niets heeft laten liggen – of misschien of ik niets heb gestolen – en dan valt haar blik op de muurschildering.

'Lieve god,' zegt ze, 'die is bijna net zo slecht als de schildering in mijn kamer, maar het is in elk geval geen ruiter zonder hoofd. Ik moet Harry toch nog even vertellen dat hij die dingen moet laten overschilderen.'

Boven in mijn kamer laat ik het boek op mijn bed vallen en plof er zelf naast. Wanneer ik mijn gezicht aanraak, voelt het gloeiend heet aan en er is een gebonk in mijn borst dat aanvoelt alsof er iemand zijn best doet om naar buiten te komen. Ik weet niet of het de reactie is op het stelen van het boek en het feit dat ik betrapt ben, of dat het door Phoebes vernederende suggestie komt dat ik een oogje zou hebben op haar oom. Tegelijkertijd fluistert een stemmetje in mijn oor: *Dan zou je nooit meer hoeven werken en zou je je helemaal op het schrijven kunnen concentreren.* Ik sta op, ga naar de badkamer en plens koud water in mijn gezicht. Ik kijk in de spiegel. Ik draag weer een van mijn moeders oude jurken, een wit linnen jurk in Empire-stijl, vlak onder de buste afgezet met een zwart fluwelen lint en een rij gitzwarte kraaltjes. Ik herinner me hoe Harry naar de foto's van mijn moeder had gekeken en even verandert het beeld dat ik van mijn moeder had, dansend in het Cavalieri Hilton met Harry, en ben ík het met wie hij danst.

Wanneer ik buiten kom is het cocktailuurtje bijna voorbij. De meeste *Art Recovery*-gasten zijn al naar de eetzaal gegaan. Er staan nog een paar achterblijvers bij de fontein. Zij staan zo druk te discussiëren dat ze zich niet kunnen losrukken voor het diner. Ik zie Gordon tussen twee mannen in staan – de ene herken ik als de curator van het Metropolitan Museum en de ander is een van de advocaten van *Art Recovery*.

'Als het stuk zou worden gevonden, van wie zou het dan zijn – van de familie della Rosa of van de Kerk? Want als het de Kerk is – dezelfde Kerk die niets heeft gedaan om een eind te maken aan de Holocaust – zie ik er niets in om het terug te geven,' zegt de curator van het Metropolitan wanneer ik de binnenplaats oversteek. In het voorbijgaan geeft Gordon me een knipoog; kennelijk geniet hij van de discussie die zijn lezing heeft losgemaakt.
'Wat wil je daarmee zeggen? Alles wat je vindt mag je houden?' roept de advocaat uit. Ik glip de donkere bibliotheek in voordat ze me horen giechelen. Alles wat je vindt mag je houden? Het lijkt wel een ruzie van derdeklassertjes op het schoolplein.
'Wat is er zo grappig?' Ik dacht dat er niemand in de bibliotheek was, maar een flikkerend lichtje trekt mijn aandacht naar het achterste gedeelte van de zaal, waar Aidan op een bank achter de diaprojector zit.
'Die kunsttypes,' zeg ik, terwijl ik me een weg baan tussen de dicht op elkaar gezette klapstoeltjes en op de leuning van de bank ga zitten. 'Ik weet dat ze het over belangrijke zaken hebben, maar ik heb toch het gevoel dat ze zich drukker maken om hun reputatie dan om het terugbezorgen van een stel Kiddushbekers aan de rechtmatige eigenaars.' Ik kijk uit de ramen naar de binnenplaats, maar omdat hier het licht uit is en de binnenplaats verlicht wordt door de lampionnen, kan niemand ons zien. Ik laat me van de armleuning van de bank glijden en ga dicht tegen Aidan aan zitten. Hij legt zijn arm om mijn schouder en streelt de achterkant van mijn nek waar mijn haar nog vochtig is van het water dat ik boven in mijn gezicht heb geplensd.
'Waar heb jij gezeten?' vraagt hij, me een zoen in mijn nek gevend. 'Je hebt de hele les gemist.'
'Dat is toch mijn tekst?'
'Je bent mijn lerares niet meer,' zegt hij, 'alleen nog maar mijn baas.'
Ik maak me van hem los en probeer zijn gezicht te zien, maar het is te donker om zijn uitdrukking te kunnen onderscheiden.
'Vind je dat vervelend?'
Hij haalt zijn schouders op. 'Ik hou niet van al die geheimzinnigheid. Zou het nu zo erg zijn als mensen het wisten van ons?'
'O, kom nou toch, Aidan, je wilt toch zeker niet gezien worden met zo'n oud mens als ik?' Waar ik natuurlijk eigenlijk op

uit ben is de verzekering van Aidan dat ik verre van oud ben, maar hij weigert te happen.
'Ik ben niet degene die dit geheim wil houden, Iris, dat weet jij net zo goed als ik. Heb je je vriend in New Hampshire al van ons verteld?'
'Jack en ik hebben nu niet bepaald een traditionele relatie,' zeg ik, en terwijl ik het zeg erger ik me aan de nuffigheid van mijn eigen stem. *Je bent mijn lerares niet meer,* zei hij, en toch voel ik me nog steeds zo. De nuffige schooljuf die wel eens even de regels zal vaststellen.
'Luister,' zeg ik, 'Harry heeft me vanavond verteld dat hij jou wel iemand vindt voor een leidinggevende positie – het coördineren van de bedrijfsbijeenkomsten bijvoorbeeld. Het zou een geweldige kans voor je zijn en wanneer je daar eenmaal je draai in hebt gevonden... nou, dan maken we allebei deel uit van het management. Dan is er geen enkele reden meer waarom mensen het niet mogen weten... als je dat dan nog steeds zou willen.'
In het schemerlicht van de bibliotheek meen ik Aidan te zien glimlachen. Hij streelt mijn wang en zijn koele aanraking doet me huiveren. 'Als jij dat wilt, Iris,' zegt hij, 'wachten we ermee tot we in een goed blaadje staan bij Sir Harry.'

Wanneer ik de bibliotheek een halfuur later verlaat zijn de curator en de advocaat verdwenen, maar Gordon is nog steeds op de binnenplaats en helpt Joseph met het verwijderen van sigarettenpeuken uit de plantenbakken.
'Gordon, straks mis je het diner nog – Joseph en ik ruimen hier wel op.'
'Ik zou geen hap door mijn keel kunnen krijgen,' zegt Gordon, terwijl hij een handvol peuken in de vuilniszak gooit die Joseph voor hem openhoudt. 'Ik denk dat het Metropolitan me een vaste baan gaat aanbieden.'
'Miss Greenfeder heeft gelijk,' zegt Joseph. 'Ga jij nu maar eten. Maar was wel eerst je handen.'
In plaats daarvan veegt Gordon zijn smoezelige handen af aan zijn katoenen broek en steekt Joseph zijn hand toe. 'Bedankt,' zegt hij, 'voor de tip.' Hij grijpt Josephs hand tussen zijn beide handen en loopt dan abrupt weg, alsof hij zich geneert voor deze uiting van emotie.
'Waar ging dat over?' vraag ik aan Joseph, die in een pot met een hibiscus staat te wroeten.

'Niks bijzonders. Ik heb hem alleen maar verteld van iemand die als gast in een hotel logeerde waar ik tegen het eind van de oorlog werkte – een Italiaanse gravin die wel eens verwant zou kunnen zijn aan de della Rosa's. Ik dacht dat zij, als ze nog in leven is, misschien iets weet over die verdwenen ketting waarin hij zo is geïnteresseerd. Kun je al die mensen nu niet eens verbieden overal hun rotzooi maar neer te gooien?' zegt hij, terwijl hij een verfrommeld cocktailservet tussen de wortels van de hibiscus vandaan plukt. 'Beesten zijn het.'

Wanneer ik de eetzaal binnenkom zijn de gasten al bijna klaar met eten en luisteren onder het genot van koffie en een toetje naar allerlei toespraken. De directeur van een van de Holocaust restitutiecommissies is zojuist een dankwoord voor iemand aan het afronden, dus ga ik bij het dessertbuffet staan en wacht tot hij is uitgesproken alvorens me weer bij Harry Krons gezelschap te voegen.

'... die onbevreesd zijn eigen leven op het spel zette om meer dan tweehonderd kunstwerken uit handen van de fascisten te redden,' zegt hij, zijn wijnglas heffend ter voorbereiding op een heildronk. 'Zonder zijn inspanningen zou onze wereld er vandaag de dag heel wat kleurlozer uitzien. Laten wij allen het glas heffen op onze gastheer, Sir Harold Kron.'

Er gaat een golf van heilwensen op en op een gegeven moment roept een zware, hese stem daarbovenuit: 'Op Harry', waarop iedereen onmiddellijk 'Op Harry' begint te roepen. Ik kijk waar de stem vandaan kwam en zie dat het Hedda Wolfe is, die tegenover Harry aan tafel zit, stralend in haar gebroken witte zijde met parels. Harry staat op van zijn stoel en knikt naar Hedda. Dan heft hij zijn glas naar de spreker en bedankt hem voor wat hij noemt zijn 'bescheiden aandeel in een grote, gemeenschappelijke inspanning om het kleine beetje te doen wat gedaan kon worden in het aangezicht van dat monsterlijke kwaad.'

'Je gaat je bijna afvragen,' fluistert een stem naast mij, 'of ze ook niet meteen een paar joden hadden kunnen verbergen terwijl ze bezig waren die kostbare schilderijen in veiligheid te brengen.'

Wanneer ik me omdraai zie ik mijn tante Sophie een kanten onderlegger van een Weense sachertorte rechttrekken.

'Het zal geen kwestie zijn geweest van het één of het ander,'

antwoord ik zacht, om me heen kijkend om me ervan te overtuigen dat niemand ons hoort. Sophie is natuurlijk altijd al kritisch van aard geweest, maar als haar stekelige opmerkingen Harry ter ore komen vrees ik toch dat ze haar baan wel kan vergeten. 'Ik wist wel dat Harry is geridderd voor zijn werk als monumentenofficier tijdens de oorlog, maar ik wist niet dat hij zoveel schilderijen in veiligheid heeft gebracht.'
'Niet alleen schilderijen. Ik heb gehoord dat hij ook een schat aan standbeelden – van Michelangelo en Donatello – heeft teruggevonden in een opslagruimte die de Duitsers als garage gebruikten.'
'Me dunkt dat een kunstenares als jijzelf daarvan onder de indruk zou moeten zijn.'
Sophie snuift. 'Ik zou zo'n Michelangelo maar wat graag inruilen voor je oudtante Hester die in Theresienstadt is omgekomen.' Onze oudtante Hester – een jonger zusje dat in Polen was achtergebleven toen de familie van mijn vader ging emigreren – is het enige ons bekende familielid dat in de Holocaust is gestorven, en toen ik klein was, sleepte Sophie haar er altijd meteen bij wanneer ik ergens over klaagde – zoals: 'Je oudtante Hester zou maar wat blij zijn geweest met eeen jas van vorig jaar, in plaats van dood te moeten vriezen in Theresienstadt.' Ik had daar altijd een hekel aan gehad.
'Ik weet zeker dat Meneer Kron oudtante Hester zou hebben gered als hij daar de kans toe had gekregen, maar intussen vind ik die Michelangelo's toch ook al heel aardig. We zouden er trots op moeten zijn dat de eigenaar van ons hotel een held is.'
Sophie werpt me een lange, taxerende blik toe en ik voel mezelf blozen. 'Ik had gedacht dat het je zwaarder zou vallen iemand anders de plaats van je vader te zien innemen,' zegt ze.
'Ik heb de plaats van mijn vader ingenomen – niet Harry Kron. Papa is hier nooit eigenaar geweest, alleen maar bedrijfsleider, net als ik – en dat is toch wat je altijd al hebt gewild, of niet soms?'
In plaats van mij aan te kijken, kijkt Sophie om zich heen, de eetzaal rond. De verlichting is gedempt, zodat de gasten kunnen genieten van het uitzicht over de Hudson-vallei en de rivier. De lichtjes van de stadjes aan de overkant van de rivier schitteren als even zovele diamanten op het vensterglas. De witte tafelkleden – die elke dag zorgvuldig worden gebleekt en gesteven – glanzen

als bevroren vijvers onder het kaarslicht. Alles glanst: de gebruinde, goedgevormde armen van de dames en hun dure zijden japonnen en mooie juwelen, de kristallen wijnglazen, het gepoetste tafelzilver... Het hotel heeft er in jaren niet meer zo goed uitgezien. 'Dit is toch wat je wilde?' vraag ik.

Ze kijkt me over haar schouder aan en opeens zie ik een blik die ik al jaren niet meer op haar gezicht heb gezien: onzekerheid. 'Ja,' zegt ze, 'dit is wat ik *dacht* dat ik wilde.'

Na het eten is er muziek op het terras en kan er worden gedanst. Het maakt me altijd een beetje zenuwachtig als er 's avonds in het donker nog dingen plaatsvinden op het terras, want ook al zijn de gevaarlijkste stukken afgezet met hekken en staan overal waarschuwingsborden, toch bestaat er altijd een kans dat iemand die te veel gedronken heeft de borden negeert, naar de rand van het klif loopt en naar beneden valt. We hebben in het verleden een aantal gekneusde enkels en gebroken polsen gehad en dan hebben we nog geluk gehad – er zijn plekken waar iemand bij een val ergere dingen kan breken. Het liefst zou ik zelf een oogje in het zeil houden, maar ik moet naar boven om het gastenboek door te kijken en terug te leggen in Harry's kamer, voordat hij het aan Gordon del Sarto wil geven. Gelukkig wordt Harry omringd door een bewonderende menigte die alles wil horen over zijn heldendaden in de oorlog. Hij gaat voorlopig nog niet naar boven. Ik zie dat Joseph ook nog in de buurt is en draag hem op eventuele afgedwaalde gasten bij de afgronden vandaan te houden, te beginnen met Phoebe Nix, die om Avondster heen slentert, op weg naar de rotspunt die zich daarachter bevindt.

Boven in mijn kamer haal ik het gastenboek onder mijn matras vandaan. Ik begin bij het begin en lees elke naam twee keer, in de hoop dat bij één ervan mij een lichtje zal opgaan. Ik herken sommige namen als die van families die elke zomer naar het hotel kwamen, maar ik zie dat er veel vrouwen bij waren – weduwen of ongetrouwd gebleven – die hier met vriendinnen of zussen of een nichtje kwamen. Natuurlijk zitten er ook mannen bij, maar die staan vaak voor kortere periodes geboekt – af en toe een weekendje weg van hun drukke werkzaamheden. Ik neem aan dat je in 1973 minder families had die de mogelijkheid hadden om hele zomers in de bergen door te brengen, en zij die dat wel konden kochten waarschijnlijk huizen in de Hamptons of de Berkshires.

Het boek is zo ingedeeld dat alle nieuwe gasten van een bepaalde dag op één pagina staan en terwijl ik het doorblader, kom ik veel pagina's tegen met maar één of twee inschrijvingen – en ook bladzijden die helemaal blanco zijn. Na een tijdje wordt het deprimerend, alsof ik het verval van het hotel weer helemaal opnieuw beleef. Als kind was ik me slechts half bewust van het langzame afnemen van het aantal gasten – voor mij betekende het minder werk, en meer tijd om lekker door het bos te draven en later, toen mijn moeder er niet meer was en niemand tijd had om mij in de gaten te houden, om stiekem de rivier over te steken en de trein naar de stad te nemen. Als tiener kon ik me niet meer voorstellen dat iemand vrijwillig de stad zou willen verlaten om naar ons hotel te komen.

Ik ben halverwege de maand juli wanneer ik de heer en mevrouw Peter Kron tegenkom, Phoebes ouders. Ik zie dat ze zich heeft vergist in de suite waarin zij logeerden – het was Sunnyside, op de begane grond, in plaats van Sleepy Hollow, op de eerste verdieping.

Wanneer ik de bladzijde omsla, glijdt er een foto uit het boek op de grond. Ik buk me om hem op te pakken en zie dat er een stempel op de achterkant staat – een cirkel van dennentakken met het bijschrift: ZOMERSE HERINNERINGEN AAN HOTEL EQUINOX 1973. Nog een van mijn moeders ideeën. Zij liet elke zomer een stempel maken en zette die dan op de achterkant van de foto's die werden gemaakt door de hotelfotograaf. Misschien moest ik dat ook maar weer eens gaan doen.

Ik draai de foto om en vraag me af wat hij in het gastenboek doet. Het is een portret van drie stelletjes die aan tafel zitten – zo heb ik er uit deze periode tientallen gezien. Aan het getoupeerde haar van de vrouwen en de brede stropdassen en bakkebaarden van de mannen zie je dat hij uit het begin van de jaren zeventig is. Alleen mijn moeder – die, samen met mijn vader, de enige is die ik aanvankelijk herken – ziet er tijdloos uit. Haar zwarte haar valt losser en natuurlijker dan de gekunstelde kapsels van de andere vrouwen. Zelfs de ene vrouw die er iets moderner uitziet – lang, steil blond haar met een dikke pony, een Marimekko mini-jurk – ziet er gedateerd uit. Haar ogen zijn te zwaar opgemaakt en haar pony hangt zo lang over haar voorhoofd dat het net is of ze oogkleppen draagt. Er gaat een huivering door me heen wanneer ik zie dat niet alleen mijn vader, maar ook de twee andere mannen naar mijn moeder kijken. Wanneer ik de foto weer omdraai zie ik onder de groene stempel de namen van de mensen staan. Dokter en mevrouw Lionel Harper, de heer en mevrouw Ben Greenfeder, de heer en mevrouw Peter Kron. Ik draai de foto nogmaals om en kijk geïnteresseerd naar Phoebes moeder, de beroemde dichteres – wie had kunnen denken dat zij zoveel oogmake-up droeg! – en daarna naar Phoebes vader. Hij is knap op een enigszins losbandige manier; zijn gezicht is ietsje te smal en zijn lippen krullen zich in een sensueel lachje. Ik herinner me dat Harry heeft gezegd dat zijn ervaringen in de oorlog – in een Italiaans krijgsgevangenenkamp en vervolgens ondergedoken op het Italiaanse platteland – hem rusteloos hadden gemaakt. Ik kijk naar zijn ogen, die donker zijn en omringd door diepe schaduwen. Ze lijken eerder gekweld dan rusteloos – en ze zijn op mijn moeder gericht. Hij is duidelijk stapelverliefd op haar. Opeens heb ik het gevoel dat Phoebe hierop moet hebben gezinspeeld – dat haar vader een affaire had met mijn moeder. Ze moet iets in haar moeders dagboeken hebben gelezen dat haar tot die conclusie heeft gebracht, en wanneer ik de uitdrukking in Peter Krons ogen zie, kan ik bijna geloven dat het waar is. Wat ik echter niet begrijp is waarom zij zou willen dat ik het weet.

19

HET NET VAN TRANEN

De eerste keer dat hij me de sieraden omdeed legde hij ze om mijn hals. Ik wist dat ze zo niet gedragen hoorden te worden, maar ik zag hoe zijn ogen glansden en toen ik mezelf in de spiegel zag, vond ik het eigenlijk ook wel mooi hoe de parels om mijn hals vielen en de groene traan trilde van mijn ademhaling.
'Precies dezelfde kleur als je ogen,' zei hij, terwijl hij achter me kwam staan, 'alsof ze voor je gemaakt zijn.' En zijn handen omvatten mijn keel en knepen heel zachtjes, maar ik voelde hoe sterk ze waren. De parels en diamanten trilden alsof ze bang waren dat mij iets zou overkomen. Ik deed mijn ogen dicht en hoorde het gebulder van de oceaan. Ik dacht aan de moeder die dit als afscheidsgeschenk voor haar dochter had gemaakt. Ik dacht aan mijn moeder, die zo snel was vertrokken dat ze geen tijd had gehad voor afscheidsgeschenken en alleen maar problemen had achtergelaten.
Ik dwong mezelf mijn ogen te openen. Mijn hals was bloot, maar ik zag een ring van glinsterende druppeltjes waar de stenen hadden gerust – een overblijfsel van de dauw en de zee waaruit ze waren voortgekomen – en in de spiegel zag ik hoe Connachar de kroon teruglegde in zijn geheime bergplaats.

Ik blader de rest van het boek ook nog door, maar na de foto, die ik besluit te houden, volgen er geen verrassingen meer. Er is geen enkele reden om te denken dat Harry de foto zal missen. Ik leg hem, met de afbeelding naar beneden, in de la van mijn nachtkastje en pak het gastenboek op. Wanneer ik op mijn horloge kijk is het nog maar halftien – te vroeg voor Harry om al naar zijn kamer te gaan. Ik heb nog tijd genoeg om het boek terug te brengen. Maar wanneer ik de loper uit mijn avondtasje wil pakken zie ik dat hij weg is. Ik doorzoek mijn hele kamer, maar kan hem nergens vinden. Ik had daarnet zo'n haast om naar beneden te gaan dat ik mijn kamer niet op slot heb gedaan; de laatste keer dat ik de sleutel heb gebruikt was om Harry's kamer binnen te komen. Toch ga ik op handen en knieën zitten en kruip onder het bed om hem te zoeken, maar het enige wat ik eraan overhoud is stof aan de zoom van mijn jurk en een splinter onder mijn duimnagel. Ik voel zelfs tussen mijn matras en de rand van het ledikant, maar vind niets. Ik ga op de rand van mijn bed zitten, pak de reservesleutel van het hoofdeinde en druk hem in mijn handpalm, terwijl ik mezelf voorhoud dat ik niet opgesloten zit. Toch voelt het alsof ik in de val zit. Hoe krijg ik het gastenboek nu terug in Harry's suite? Hoe ga ik tante Sophie uitleggen dat ik de loper ben kwijtgeraakt die op alle kamers van het hotel past?

Wanneer ik op mijn schreden terugkeer, vind ik hem vast wel. Ik stop de reservesleutel in mijn tasje en loop met het gastenboek onder mijn arm naar beneden. Wanneer ik zeker weet dat de hal verlaten is, open ik de ongebruikte etenslift waar Aidan en ik gisteravond die vuile lakens hebben verborgen en duw het boek eronder. Nu hoef ik in elk geval niet eerst weer helemaal naar mijn kamer als ik de sleutel vind. Wanneer ik de sleutel vind, verbeter ik mezelf. Ik heb inmiddels wel een idee waar hij moet zijn – in de bibliotheek, waar ik voor het eten een halfuur met Aidan heb doorgebracht.

Wanneer ik de bibliotheek echter binnenga, zie ik tot mijn teleurstelling dat de klapstoelen en de diaprojector al zijn weggehaald, dat de vloer is gestofzuigd en dat de divans en leunstoelen weer op hun plek zijn gezet. De sleutel kan dus zijn gevonden, opgezogen, onder een van de grote gemakkelijke stoelen zijn geveegd, of achter de kussens liggen waar Aidan en ik hebben gezeten. Ik sta op het punt die laatste mogelijkheid te onderzoeken wanneer ik me realiseer dat ik niet alleen ben.

'Zoek je iets, Iris?'

Hedda zit in een hoge oorfauteuil tegenover de open haard, en dat is de reden waarom ik haar niet meteen heb gezien. Dat en

het feit dat de leeslamp boven de stoel niet brandt, zodat zij in het donker zit. Ik ga op een ottomane voor het koude haardrooster zitten en zie dat haar jichtige handen zich om een leeg cognacglas klemmen.
'Ik kwam even controleren of de schoonmakers de zaal weer helemaal in orde hebben gemaakt na Gordons lezing.'
'Ik zie wel dat je je werk als bedrijfsleider heel serieus neemt. Harry was vanavond vol lof over je.'
'Hij heeft het hotel nieuw leven ingeblazen. Daar ben ik dankbaar voor – mijn vader zou het prachtig hebben gevonden het in zijn oude luister hersteld te zien.'
'Denk je? Jazeker, Ben was dol op het hotel, maar hij zag ook hoe Kay eraan ten onder ging.' Hedda tilt haar glas op en kijkt om zich heen, waarbij ze niet alleen aandacht heeft voor de bibliotheek, maar ook voor de donkere binnenplaats achter de openslaande deuren, de geluiden van een orkestje op het terras, en het hele reusachtige gewicht en leven van het hotel dat ons omringt. 'Denk je werkelijk dat hij zou willen dat jij jezelf eraan opoffert?'
'Ik offer mezelf toch niet op...'
'Hoe ver ben je dan al met je boek? Heb je al iets meer voor me om te lezen?'
Ik staar in de lege haard en heb het plotseling koud – koud genoeg om te wensen dat er een vuurtje in brandde. Dan zou ik tenminste iets omhanden hebben. In plaats daarvan merk ik dat ik aan de losse draadjes in de ottomane zit te peuteren – een nerveuze gewoonte waarvoor ik in mijn kindertijd vaak op mijn kop had gekregen van mijn tante.
'Ik denk dat ik iets heb ontdekt,' zeg ik, in de hoop haar verzoek om geschreven materiaal naar de achtergrond te dringen. Zo kan ik in elk geval aantonen dat ik niet alleen maar bezig ben geweest met het hotel. 'Ik denk dat je gelijk had toen je zei dat mijn moeder die zomer een verhouding had en dat het iemand was die ze van vroeger kende. Ik denk dat hij een getrouwd man was, die zij de bons had gegeven, en dat hij die zomer met zijn vrouw naar het hotel kwam. Zij pakten de relatie weer op... en toen de man terugkeerde naar de stad haalde hij haar over daar met hem af te spreken...'
'Hmm. En heb je ook een naam voor die mysterieuze getrouwde man?'

Ik hoor de scepsis in haar stem en eigenlijk klinkt het verhaal zoals ik het heb gereconstrueerd ook wel erg fantastisch. Waarom zouden Kay en Peter Kron elkaar ontmoeten in het Dreamland Hotel in Coney Island – hij kon zich toch wel iets chiquers veroorloven? En waarom had zij zich ingeschreven onder de naam *McGlynn?* Het liefst zou ik de hele theorie meteen maar weer overboord gooien, maar de blik in Hedda's ver uit elkaar staande grijze ogen – die koele, taxerende blik, alsof ik een kromme dichtregel ben die weggehaald moet worden – spoort mij aan.

'Volgens mij was het Peter Kron,' zeg ik. 'De man van Vera Nix. Phoebes moeder. Harry's...'

'Ja, ik weet wie Peter Kron was,' zegt Hedda op bitse toon. Ze gaat wat verzitten in haar stoel en het cognacglas valt bijna uit haar handen.

'Geef maar,' bied ik aan, terwijl ik me naar haar toe buig, maar dan zie ik dat haar vingers om de glazen bol bevroren zijn. Ik zie kleine halvemaantjes van vocht waar haar vingertoppen tegen het glas drukken en ik ben bang dat het kwetsbare glas onder de druk zal bezwijken. Zij slaagt erin haar rechterhand los te maken en gebruikt deze vervolgens om de vingers van haar linkerhand los te wrikken. Ik kijk maar even de andere kant op. Wanneer ik me weer omdraai staat het glas op het tafeltje naast haar stoel en heeft zij zichzelf weer geheel onder controle, alsof de worsteling met haar handen iets is wat zij heeft geobserveerd zonder er zelf iets mee te maken te hebben.

'Peter Kron,' zegt zij. 'Dat is een interessante mogelijkheid. Ik heb hem tot op zekere hoogte gekend omdat de eerste uitgever waarvoor ik werkte zijn vrouw vertegenwoordigde. Zoals zij hem behandelde, zou je het hem niet kwalijk hebben genomen als hij een verhouding had, maar ik geloof nooit dat Kay nu echt zijn type was...'

'Dat zou je anders niet zeggen als je hem naar haar ziet kijken op een foto die ik heb gevonden...'

'Werkelijk? Die wil ik dan wel eens zien. Het zou natuurlijk kunnen.' Hedda's vingers krommen zich nu helemaal naar binnen, als een trui die te strak gebreid is. 'Zij kenden elkaar al van voordat Kay hier naartoe kwam.'

Nu is het mijn beurt om verbaasd te zijn. 'Hoe dan?'

'Voordat ze hier kwam, werkte Kay in het Crown Hotel en

daar woonden Peter en Vera. In de penthouse suite.'
'Harry's eerste hotel? Ik wist niet dat mijn moeder daar heeft gewerkt. Maar dan moet Harry haar toch ook hebben gekend?'
Hedda glimlacht, alsof mijn belangstelling voor Harry iets bevestigt wat zij al vermoedde. 'Nu ja, Kay werkte er als kamermeisje. Ik kan me niet voorstellen dat Harry veel belangstelling had voor kamermeisjes, jij wel?'
Ik schud mijn hoofd. Het is iets wat me al eerder is opgevallen aan Harry. Hij behandelt zijn personeel heel vriendelijk, maar als hij iets tegen een van de kamermeisjes zegt, kijkt hij altijd naar een punt dat zich een paar centimeter boven hun hoofd bevindt. Het zal wel iets van de Britse aristocratie zijn dat voortkomt uit een jarenlang negeren van de betaalde hulp. 'Maar waarom zou Peter Kron dan wel belangstelling voor haar kunnen hebben gehad?' vraag ik.
'Ach ja, Peter... dat was een heel ander verhaal. Hij toonde juist weer een beetje te veel belangstelling voor de kamermeisjes, als je begrijpt wat ik bedoel. Er was er altijd wel eentje met wie hij iets had... Een aantal meisjes moest zelfs worden ontslagen... Ik ben ervan overtuigd dat hij wat dat betreft een nagel aan Harry's doodskist was. En Vera! Je zou bijna medelijden met haar hebben gekregen als ze zelf niet zo'n lastpost was. Kun je je voorstellen hoe het voor haar moet zijn geweest om in een hotelsuite te wonen, waar al die jonge meisjes in hun kittige uniformpjes de hele dag in en uit trippelden? Er komen verwijzingen voor in haar gedichten... 'Dames in zwart en wit', 'De domino's'... Ze zal er uiteindelijk wel aan gewend zijn geraakt, maar als ze heeft gedacht dat een van hen heel belangrijk voor hem was geworden...'
'Zoals mijn moeder?'
Hedda knikt. 'En als dat meisje vervolgens ook nog eens schrijfster bleek te zijn... Dat zou Vera volgens mij niet hebben overleefd.'
'Wanneer is ze gestorven?'
Even denk ik dat Hedda me niet heeft gehoord, maar dan beantwoordt ze mijn vraag en somt de feiten voor me op met een koelheid die me zelfs van haar verbaast.
'Vera en Peter zijn overleden in het voorjaar van 1974. Hun auto reed in Zuid-Frankrijk in een afgrond. Vera zat achter het stuur. In hun villa vond de familie een briefje waarin stond dat

zij al sinds de geboorte van de baby zelfmoord wilde plegen. De huidige theorie zou luiden dat zij aan een postnatale depressie leed.'

'Verdomme. Dus ze sleurde haar man mee de dood in, ook al betekende dat dat ze haar baby ouderloos achterliet. Wat ontstellend egoïstisch – hoe kan een vrouw tot zoiets komen?'

Hedda trekt een wenkbrauw op, maar zegt niets.

'Denk je dat het was omdat ze wist dat Peter Kron van mijn moeder hield? Maar mijn moeder leefde toen al niet eens meer!'

'Ze zou het niet overleefd hebben als ze had gedacht dat Peter nog van je moeder hield. Ze was ongelooflijk jaloers op andere schrijvers. Als je kunt bewijzen dat Kay een relatie had met de man van Vera Nix, kan ik je wel vertellen dat dat de belangstelling voor je boek enorm zou doen toenemen. Denk je eens in, een driehoeksverhouding van een rijke Britse aristocraat en twee Amerikaanse schrijfsters – en alle drie in een jaar tijd op tragische wijze om het leven gekomen. Zo'n verhaal lijkt me meer waard dan het leiden van dit ellendige hotel, denk je ook niet?'

Wanneer ik de bibliotheek verlaat, ben ik zo opgewonden door wat Hedda me heeft verteld, dat ik bijna vergeet dat ik mijn loper nog moet zoeken en het gastenboek terug moet brengen naar Harry's suite. Ik kan het me vooralsnog niet veroorloven Harry's vertrouwen te beschamen. Eerst moet ik hier nog zoveel mogelijk te weten zien te komen. Ik loop naar de balie en kijk in het kantoortje of daar soms een reserveloper hangt, maar dan herinner ik me dat we die van Harry hebben moeten weghalen – 'te riskant, iedereen kan er zo bij,' had hij gezegd. Denkend aan zijn voorzichtigheid, word ik misselijk bij het idee hem te moeten bekennen dat ik de mijne ben kwijtgeraakt.

Ik wil net weggaan wanneer ik stemmen hoor op de kleine veranda achter de foyer, waar gasten vaak koffiedrinken en de ochtendkranten lezen, maar die rond dit tijdstip meestal verlaten is. Ik luister naar de stemmen en herken die van Ramon. Hij declameert een romantisch citaat uit *Een midzomernachtsdroom*, iets over de maan: '... de maan (regentesse der stromen), bleek in haar woede...' Ik glimlach, denk aan zijn flirt met mevrouw Rivera – Paloma, vermaan ik mezelf... en realiseer me dan opeens dat alle kamermeisjes natuurlijk lopers hebben zodat zij de kamers kunnen schoonmaken. Ik gluur door de half openstaande deur, maar het is te donker om iets te kunnen zien. Ik zie echter wel waarom zij voor dit plekje hebben gekozen. Met het binnenlicht uit ziet het terras eruit als een sprookjesland met uitzicht op lampionnen die, opgloeiend als vuurvliegjes, langs het pad zijn gehangen en de gasten, in hun lichte linnen pakken en glanzende zijden japonnen, stralend in de maneschijn, als wezens van een andere wereld.

'Ramon,' fluister ik in de duisternis, vol berouw dat ik de betovering moet verbreken, 'ben je daar?'

Ik hoor een geschuifel en een zacht kreetje en even later komt Ramon verfomfaaid en enigszins in verlegenheid gebracht naar de deur.

'We dachten dat niemand ons hier in de gaten zou hebben...'

'Doet er niet toe, Ramon. Luister, ik wil je om een gunst vragen.'

Wanneer ik hem om Paloma's sleutel vraag, knikt Ramon en gaat terug naar het donkere terras, zonder te vragen waar ik hem voor nodig heb of wat er met mijn eigen sleutel is gebeurd. Ik ben blij toe, maar word er eens te meer aan herinnerd waar zijn blinde toewijding vandaan komt – opnieuw van mijn moeder. Ik denk aan het feit dat Ramon mijn moeder maar een paar maanden heeft gekend en toch bijna dertig jaar lang een beeld van haar heeft bewaard als zijn redster in nood. Ik kan me niet voorstellen dat ik ooit zoveel invloed op iemand zal hebben.

'Paloma is wel een beetje bezorgd of ze haar loper weer terug heeft voordat haar ochtenddienst begint,' zegt Ramon, terwijl hij de sleutel in mijn hand drukt.

'Sst, Ramon, ik zei toch dat je haar daar niet mee lastig moest vallen.' Achter Ramon verschijnt mevrouw Rivera. Haar haar, dat ze meestal in een strakke knot draagt, hangt nu los en reikt bijna tot haar middel. Ze kijkt me glimlachend aan en drukt met haar handen mijn hand om de sleutel. 'Maakt u zich geen zorgen, Miss Greenfeder, ik kan altijd een sleutel lenen van een van de andere meisjes.'

'Je krijgt hem vanavond nog terug,' beloof ik haar vastberaden, want ik herinner me maar al te goed dat ze door mijn schuld haar vorige baan is kwijtgeraakt. 'Waar ben je straks?'

Ik spreek met Paloma af dat wij elkaar om middernacht aan de voet van de achtertrap zullen treffen. Met een gevoel alsof ik een soort Assepoester ben, ga ik naar het terras. Ik wil eerst zeker weten dat Harry hier nog is voordat ik naar zijn suite ga.

Hij bevindt zich niet onder de feestgangers aan de zuidkant van het terras. Hier zijn tafels neergezet en de meeste gasten zitten daar in kleine groepjes omheen te praten met sigaretten en glazen champagne of cognac. Wanneer ik in noordelijke richting langs de bergrichel loop, zie ik echter een paar stelletjes en afgedwaalde gasten die over het hek zijn geklommen om op de platte rotsen aan de rand van de afgrond te gaan zitten. Het is natuurlijk ook heel verleidelijk – ik heb zelf ook menige zomeravond op die rotsen doorgebracht, turend in de duisternis, mijn benen boven de lichtjes in de vallei in de diepte bungelend. Ik ken de topografie van de rotsen echter veel beter dan deze gasten, en ik ben bang dat iemand zal uitglijden. Ik moet ze nu dus eigenlijk eerst allemaal in veiligheid brengen op het terras, maar als ik dat doe, vind ik Harry nooit en krijg ik het gastenboek ook nooit meer op tijd terug in zijn kamer. Ik zal Joseph vragen zich om de gasten te bekommeren; het verbaast me eigenlijk al dat hij ze nog niet van de rotsen heeft gejaagd.

Wanneer ik aan de andere kant van het terras kom, zie ik waarom. De afgrond onder de richel is hier veel steiler en de meeste gasten hebben zich dat kennelijk gerealiseerd en zijn op het terras van flagstones gebleven, voor de eetzaal, waar ook het orkestje staat opgesteld, of zitten in de zomerhuisjes langs het bergpad. De grootste groep zit in Halvemaan – ongetwijfeld omdat de twee smalle, halvemaanvormige banken er erg uitnodigend uitzien. De mensen in het zomerhuisje zitten echter niet en voeren ook geen gesprekken. Ze staan allemaal aan één kant van het huisje en hebben alleen aandacht voor de rotsen.

Er bevindt zich hier een enorm, plat rotsblok dat uitsteekt over de rand van het klif en als je helemaal naar de uiterste punt loopt, is het net alsof je boven de vallei hangt. Natuurlijk staan er borden die iedereen uitdrukkelijk verbieden dit te doen, maar zo te zien heeft iemand – een vrouw – die waarschuwingen in de wind geslagen en staat nu op de verst afgelegen rots, met haar rug naar haar vrienden, die haar smeken om terug te komen. Eén man loopt heel voorzichtig over het rotsoppervlak naar haar toe. Tussen de toeschouwers in het zomerhuisje herken ik Harry en Gordon. De vrouw op de rots – haar smalle schouderbladen steken scherp af in het maanlicht – is Phoebe. De man die naar haar toe loopt is Joseph.

Later zal ik me ervoor schamen dat mijn eerste gedachte is om van deze gelegenheid gebruik te maken en snel naar Harry's suite te rennen om het gastenboek terug te leggen, maar die onbetamelijke gedachte duurt maar heel kort en maakt al snel plaats voor een gedachte die eigenlijk niet veel betamelijker is: namelijk dat Phoebe het niet waard is om Josephs leven voor op het spel te zetten.

'Wat doet Joseph daar?' vraag ik, wanneer ik het zomerhuisje bereik. 'Hij is veel te oud om naar de rand te lopen.'

Gordon kijkt mij aan, maar draait zich snel weer om – bang, denk ik, om zijn ogen van Phoebe af te wenden. 'Ik wilde zelf gaan, maar hij zei dat hij het terrein beter kende.' Bij het woordje *beter* slaat Gordons stem over en ik voel me meteen heel verachtelijk dat ik zo gemakkelijk over Phoebes leven heb gedacht.

'Maar hoe is Phoebe daar terechtgekomen?' vraag ik.

'Eh... ik denk dat ze een beetje te veel heeft gedronken... en dat is ze niet gewend. Die tuinman probeerde haar over te halen om bij die rand vandaan te komen en toen begon ze opeens tegen hem uit te varen...' Gordon ziet er nog nerveuzer uit dan vlak voor zijn lezing.

'En toen heb ik haar laten weten wat ik van haar gedrag vond,' valt Harry hem in de rede, 'en nu laat ze mij boeten voor mijn bemoeienis. 'Phoebe, schat,' roept Harry, 'ik heb toch gezegd dat het me spijt. Kunnen we hier niet onder vier ogen over praten? Op een wat minder gevaarlijke plek, misschien?'

Phoebe geeft geen antwoord, maar de scherpe botten van haar schouderbladen trillen als de vleugels van een vogel die op het punt staat om uit te vliegen. Het beeld beangstigt me en doet me eraan denken dat Phoebes moeder zelfmoord heeft gepleegd. Joseph voelt de spanning ook, want hij steekt zijn hand op om Harry het zwijgen op te leggen en zet nog een stap in Phoebes richting. Hij staat nog hooguit anderhalve meter achter haar. Nog even en hij is haar dicht genoeg genaderd om haar vast te pakken als ze mocht besluiten te springen, maar zal hij haar in bedwang kunnen houden? Ik zie Josephs bibberige tred en ik ben niet de enige die het ziet.

'Wat een eigenwijsje is het toch, straks sleurt ze die man nog mee in de dood, net zoals Vera dat met Peter heeft gedaan...' zegt Harry.

Ik ben zo verbaasd door zijn opmerking – zo pal na mijn eigen ontdekkingen over Vera Nix en Peter Kron – dat ik niet meteen reageer op wat Harry doet. Het gaat zo snel – ongelooflijk dat een man van zijn leeftijd in staat is zijn benen over de rand van het zomerhuisje te zwaaien, op de rotsen te springen en al bijna bij Joseph te zijn voordat iemand van ons hem kan tegenhouden. Er is zelfs niemand die roept dat hij terug moet komen – iedereen houdt zijn adem in als Harry Kron met grote passen over de rotsen loopt, een arm om zijn nichtje heen slaat en haar mee terug sleept. Ook Phoebe is waarschijnlijk te verbaasd om zich te verzetten. In plaats daarvan laat ze haar lichaam verslappen, wat bijna even erg is omdat het Harry zijn evenwicht laat verliezen. Ik zie Joseph een stap naar voren doen om te voorkomen dat Harry valt en even staan zij gedrieën te wankelen – als een driepoot met één korte poot – maar dan herstellen ze zich. Overal om me heen hoor ik zuchten van verlichting opgaan, maar dan gebeurt er kennelijk iets anders dat het evenwicht op de rotsen verstoort, want opeens zie ik Joseph vallen.

Een van de vrouwen in het zomerhuisje slaakt een kreet. Ik ben hier waarschijnlijk de enige die weet dat er zich onder de plek waar hij zojuist nog stond een rotsrichel bevindt en dus ben ik degene die om het zomerhuisje heen rent om te zien of Joseph niets mankeert – alle anderen hebben hem waarschijnlijk al opgegeven – en het is maar goed dat ik dat doe, want Joseph is wel op de richel gevallen, maar hangt aan één knoestige wortel te bungelen die uit de aarde steekt. Ik grijp zijn arm, schreeuw om hulp en dan staat opeens Gordon naast me. Hij helpt me Joseph op het terras te trekken. Zodra we hem overeind trekken, zakt hij weer op de grond en even denk ik dat hij een hartaanval krijgt.

'Joseph,' zeg ik, terwijl ik naar zijn gezicht kijk en de kleur en de pijn probeer in te schatten onder de diepe lijnen die altijd van pijn lijken te getuigen, 'waar heb je pijn?'

Hij ziet hoe bang ik ben en geeft een klopje op mijn hand. 'Het is mijn enkel maar, meisje, maak je geen zorgen. Ik ben met mijn voet in een rotsspleet blijven steken. Dat is mijn redding geweest, want anders was ik over de rand gevallen.' Voor een man die zojuist op het nippertje aan de dood is ontsnapt, klinkt zijn stem opmerkelijk kalm. 'Een zwachtel en een paar aspirientjes en ik ben weer helemaal de oude.'

'Ik ga de eerstehulpkist halen en de dokter bellen,' zeg ik. 'Zorg dat hij comfortabel ligt,' zeg ik tegen het kleine gezelschap, 'en leg iets over hem heen om hem warm te houden.' Ik werp een veelbetekenende blik op een gaste die een pashminasjaal om haar schouders gedrapeerd heeft en ga pas weg wanneer ik zie dat zij hem over Josephs gerafelde denim overhemd legt.

In de foyer loop ik Ramon en Aidan tegen het lijf, die al van het ongeluk gehoord hebben en op weg zijn naar het terras met de eerstehulpkist en een gast die zegt dat hij arts is. Ik wil al achter hen aan teruglopen naar het terras, maar bedenk me opeens wat me nog te doen staat. Joseph wordt goed verzorgd, stel ik mezelf gerust terwijl ik naar de liften loop, en niemand zal mij nu missen.

Wanneer ik op de tweede verdieping uit de lift stap, zie ik aan het eind van de gang een vrouw lopen, maar ik zie alleen haar rug en kennelijk is ze op weg naar de trap. Ik wacht tot ze naar beneden gaat en in de bocht van de trap zie ik opeens dat het Hedda is. Gelukkig heeft ze mij niet gezien.

Ik haal het boek uit de etenslift, ga naar Harry's suite, en laat mezelf binnen met behulp van mevrouw Rivera's sleutel. Pas wanneer ik het boek onder de andere schuif – waarbij ik goed oplet of ze nog in de goede volgorde liggen – merk ik hoe erg ik sta te beven. Ik leun tegen de kastdeur, adem de geur van citrus en havannasigaren in en doe mijn ogen dicht. Meteen zie ik Joseph weer vallen en ik doe mijn ogen open, nu niet meer alleen trillend van angst, maar ook van woede.

Verdomme, denk ik, wanneer ik aan Phoebes starre rug denk, aan de magere armen die zij als een koppig kind om haar lichaam had geslagen, en hoe ze zich in Harry's armen opeens slap op de grond had laten zakken – als een tweejarige met een woedeaanval. *Hoe haalt ze het in haar hoofd om Josephs leven in gevaar te brengen met haar aanstellerij!*

Net haar moeder, had Harry gezegd. Dan denk ik aan wat Hedda me heeft verteld in de bibliotheek – hoe Vera Nix haar auto in een ravijn had gereden, zichzelf en haar man van het leven had beroofd en een zes maanden oude baby had achtergelaten om op te groeien zonder ouders. Wie kon het Phoebe kwalijk nemen dat ze was geworden wie ze was? Hoe vaak heb ik de dood van mijn moeder niet de schuld gegeven van wat er allemaal mis is gegaan in mijn eigen leven? Maar ik heb haar in elk geval nog tien jaar gehad, en na haar dood had ik mijn vader nog. En ook al heb ik mijn moeder de manier waarop ze is gestorven vaak genoeg verweten, toch geloof ik niet dat ze mij opzettelijk heeft verlaten – in elk geval niet voor altijd.

Maar Phoebe, bedenk ik me nu, heeft nooit één kwaad woord over haar moeder gezegd – alleen over haar vader en alles wat met het huwelijk te maken heeft. *Elke keer als ik ernaar kijk*, vertelde ze me bij Tea & Sympathy, toen ze me uitlegde waarom ze een patroon van prikkeldraad en doornen in haar moeders trouwring had gegraveerd, *wil ik eraan herinnerd worden dat het huwelijk een val is. Het huwelijk heeft mijn moeder het leven gekost.*

Wat als nu zal blijken dat haar moeder zelfmoord heeft gepleegd omdat zij te weten was gekomen dat haar man verliefd was op mijn moeder? Wat als Phoebe dat nu al vermoedt – ze heeft tenslotte de dagboeken van haar moeder in haar bezit – maar dat ze mij er zelf achter wil laten komen, zodat ik wel gedwongen zal zijn het in het boek over mijn moeder op te nemen? Is dat de reden waarom Phoebe zo graag wil dat ik dit boek schrijf – om mijn moeder aan de kaak te stellen als 'die andere vrouw', de kwade genius achter de dood van *haar* moeder? Ik neem althans aan dat je beter kunt denken dat je moeder zelfmoord heeft gepleegd vanwege een ontrouwe echtgenoot, dan omdat ze een depressie had overgehouden aan jouw geboorte.

Ik voel me slap en duizelig worden bij de gedachte aan zoveel vijandigheid gericht tegen mijn moeder – tegen mij. Ik sluit mijn ogen en denk aan wat Gordon heeft gezegd. Joseph deed pogingen Phoebe over te halen om terug te komen toen zij plotseling tegen hem begon te schreeuwen. Misschien hebben ze het wel heel ergens anders over gehad. Heeft Phoebe geprobeerd van Joseph te weten te komen of haar vader die zomer een relatie heeft gehad met mijn moeder? Ik kan me ongeveer voorstellen hoe Joseph daarop zou reageren en dat Phoebe daar niet blij mee zou zijn. Ik denk aan hoe Phoebe zich door haar knieën liet zakken en hoe Joseph toen was gevallen. Heeft Phoebe opzettelijk geprobeerd hem iets aan te doen, wetend hoeveel hij voor mijn moeder en mij betekende?

Opeens herinner ik me waar ik ben en dat Harry en Gordon – en Phoebe natuurlijk – mij hier elk moment kunnen vinden, en zet de vragen van me af. Later zal ik nog tijd genoeg hebben om over Phoebes motieven na te denken. Voorlopig kan ik maar beter voor haar op mijn hoede zijn. Ik wil de kastdeur al sluiten, maar besluit eerst nog iets anders te doen. Ik voel in Harry's jaszak naar het pistool en ben minder verbaasd dan je zou denken wanneer ik merk dat het weg is.

20

HET NET VAN TRANEN

Toen ik Naoise vertelde waar het net van tranen lag, beloofde hij me dat hij het naar de plek zou brengen waar het zoute water overgaat in zoet en dat hij het daar in de rivier zou gooien, zodat het net een spoor van parels zou verspreiden dat ons terug zou leiden naar de zee. De betovering zou verbroken worden en er zou een einde komen aan Connachars macht.

Ik besefte dat er iets niet in orde was toen ik hoorde dat niet alleen het net van tranen, maar alle juwelen die de vrouw in de groene jurk had gedragen waren verdwenen. Naoise had niet gezegd dat hij die ook zou meenemen. Ik wachtte en wachtte, maar er veranderde niets. De selkies zaten nog steeds gevangen in hun pels, onze mannen gingen nog steeds gebukt onder het gewicht van hun vleugels. Connachar ontbood mij nog steeds elke avond in zijn kamers, alleen legde hij nu niet langer de juwelen om mijn hals, maar zijn blote handen op mijn huid en keek me daarbij in de ogen alsof hij de waarheid uit me trachtte te trekken. Op een avond vertelde hij me dat Naoise was opgepakt en was overgebracht naar de gevangenis in de bocht van de rivier. Hij keek me diep in de ogen toen hij me vertelde wat men met hem had gedaan, hoe zijn vleugels van zijn lichaam waren gerukt.

'En de juwelen,' vroeg ik, terwijl ik mijn best deed om onverschillig te klinken, 'zijn die teruggevonden?'

'Allemaal, behalve de ketting met de groene steen. De ketting die jij altijd droeg. Maar maak je geen zorgen, mijn mannen vinden hem wel en dan zul jij hem weer kunnen dragen.'

De orthopeed waar ik Joseph mee naartoe neem vertelt me dat hij minstens vier weken met krukken zal moeten lopen. Wanneer ik het nieuws aan Harry vertel, zegt hij dat ik hem dan maar zo comfortabel mogelijk moet installeren en vervolgens een vervanger moet aannemen.

'Huur maar twee vervangers in,' zegt hij, 'en laat die jonge Ierse knaap bij de sollicitaties aanwezig zijn en de nieuwelingen inwerken – hij weet inmiddels wel wat Joseph allemaal doet. Zodra hij ze heeft ingewerkt, kan hij beginnen met de organisatie van het Kunstfestival.'

'Zo snel al... daar zal Aidan blij mee zijn.'

Harry kijkt op van het kasboek. 'Ik hoopte dat jij er ook blij mee zou zijn. Wat is er aan de hand? Heb je er bedenkingen bij om meneer Barry meer verantwoordelijkheid te geven?' Ik merk dat het vage *die jonge Ierse knaap* snel vervangen wordt door een naam en realiseer me dat Harry Krons ogenschijnlijke onverschilligheid voor onbelangrijke details – en onbelangrijke personen – van het hotel puur toneelspel is.

'Nee,' zeg ik, 'helemaal niet. Ik denk aan Joseph. Het zal zijn dood worden als hij denkt dat hij wordt vervangen.'

'Tja, dat kunnen we natuurlijk niet hebben. Ik heb wel een ideetje om die Joseph van jou wat afleiding te bezorgen, maar ik wil wel dat hij bereikbaar blijft.' Terwijl Harry even zit na te denken vraag ik me af met welk wonder hij de zwijgzame, recalcitrante Joseph bereikbaar wil maken. 'Ik weet,' zegt Harry, 'dat hij niet in dat ouderwetse huisje van hem kan wonen zolang hij met krukken loopt. We moesten hem maar in een van de suites installeren... Eens even zien,' zegt hij, terwijl hij het computerscherm op zijn bureau aanzet, 'welke suite we beschikbaar hebben...'

'Ik denk niet dat Joseph in het hotel wil...'

'Onzin. Wat dacht je van de Sleepy Hollow-suite? Mijn nichtje had het over een paar kapotte lades en losse vloerplanken...'

'Weet je, daar heb ik het met een van de kamermeisjes – mevrouw Rivera – over gehad en zij zei dat er niets aan die lades mankeerde voordat...'

Harry wuift deze onbelangrijke details weg. 'Dat kan me allemaal niet schelen, ze zijn nu eenmaal kapot en me dunkt dat Joseph een beetje in die suite kan rommelen terwijl hij herstellende is. Dan voelt hij zich nog een beetje nuttig.'

Ik heb nog steeds mijn twijfels bij Harry's plan – en ik kan me niet voorstellen dat Joseph zich zal laten afleiden van het feit dat iemand anders zijn tuinen overneemt – maar het is duidelijk dat het wat Harry betreft een uitgemaakte zaak is. Ik draai me al om om weg te gaan wanneer hij me weer terugroept.
'Nog één ding. Ik vind dat we zo snel mogelijk een begin moeten maken met het vervangen van de sloten door een geautomatiseerd kaartsysteem. Er is gisteravond iets uit mijn suite ontvreemd.'
'Dat is verschrikkelijk,' zeg ik. 'Was het iets kostbaars?'
'Eerder gevaarlijk dan kostbaar, ben ik bang. Het was mijn pistool.'
Bij dat laatste woord kijkt Harry mij recht in de ogen. Ik zeg zo kalm als ik kan: 'Dan zul je de politie op de hoogte moeten brengen.'
'Dat heb ik al gedaan. Ik kan het me niet veroorloven dat er een pistool in omloop is dat op mijn naam staat geregistreerd, maar als het ook maar iets anders was geweest had ik het zelf afgehandeld. Ik heb namelijk een aardig idee wie het heeft weggenomen.'
Ik tel tot tien en wacht af. Ik zie een blik van teleurstelling en verdriet op Harry's gezicht die ik niet eerder heb waargenomen. Het verraadt zijn leeftijd en doet me beseffen hoeveel ik om hem ben gaan geven. Op de manier zoals een dochter om haar vader geeft, zeg ik tegen mezelf. Ik zou het afschuwelijk vinden de reden van zijn teleurstelling te zijn.
'Het kan niemand anders zijn geweest dan Phoebe,' zegt hij ten slotte. 'Zij is de enige die gisteravond in mijn kamer is geweest.'

Hoewel Harry's plannetje om Joseph afleiding te bezorgen gunstiger uitpakt dan ik me had kunnen voorstellen, verbaast het me toch hoe goed de oude tuinman zich aanpast aan zijn revalidatie en het leven in het hotel. Wanneer juli overgaat in augustus en de dagen zo mogelijk nog warmer en droger worden, ben ik bang dat Joseph eventueel op zijn krukken door de tuinen zal gaan kruipen om ervoor te zorgen dat zijn bloemen – en dan met name zijn geliefde rozenstruiken – voldoende water krijgen. In plaats daarvan tref ik hem aan in een comfortabele stoel in de Sleepy Hollow-suite, omringd door een bewonderende kliek van kunststudenten en volkomen opgaand in de plannen voor de nieuwe plantenkas die Harry wil laten bouwen. Behalve de studenten van de kunstacademie, die naar het hotel zijn gekomen om hun tuinhuisjes voor de wedstrijd af te maken, heeft Harry ook een aantal architectuurstudenten van Cooper Union uitgenodigd en een tweede wedstrijd uitgeschreven voor het ontwerp van een nieuwe plantenkas. Joseph is aangewezen als jury.

Aanvankelijk ben ik bang dat de enthousiaste en spraakzame studenten Joseph op zijn zenuwen zullen werken, maar in plaats daarvan zit hij vol overgave vragen te beantwoorden over zijn ontwerpen van de *chuppa's* die hij in de loop der jaren heeft gebouwd. Ik kijk toe hoe zij hun schetsen aan Joseph laten zien, die vervolgens meteen begint uit te weiden over zijn ideeën voor de constructie. Hij geeft kritiek en suggesties voor hun projecten en informeert zelfs naar hun achtergrond en plannen voor de toekomst. Hij lijkt met name zeer gesteld op Natalie Baehr en buigt zich samen met haar urenlang over haar ontwerpen voor sieraden. Ik heb hem nog nooit zo spraakzaam gezien.

Wanneer ik erover nadenk, is het eigenlijk wel logisch. Voor zijn gedwongen vertrek uit Oostenrijk was Joseph student geweest aan een prestigieuze kunstacademie in Wenen. Ik heb hem wel eens gevraagd waarom hij, nadat hij de concentratiekampen had overleefd, niet weer was gaan schilderen. Hij antwoordde nors dat hij weer aan de slag moest, maar een paar weken later, toen we bezig waren een border van blauwe salvia's om de rozen te planten, ging hij op zijn hurken zitten, wees met zijn hand naar de tuinen en zei: 'Is dit niet veel beter dan zo'n doods doek?' en, terwijl hij een roos van een struik plukte, 'ruikt dit niet veel lekkerder dan terpentine?'

Al die jaren is de tuin zijn schilderslinnen geweest, en nu krijgt hij eindelijk erkenning als kunstenaar. En als ik moeite heb met die metamorfose, is dat misschien wel mijn eigen probleem. Misschien ben ik gewoon een beetje jaloers. Zelfs Sophie trekt zich minder van de verandering aan dan ik.

'Misschien had hij naast zijn dagelijkse werkzaamheden een beetje meer ruimte nodig om terug te keren naar wat werkelijk belangrijk voor hem is,' zegt ze tegen me wanneer ik haar eindelijk heb gevonden om haar te vragen wat zij van Josephs nieuwe rol vindt. Ik merk nu pas dat ze steeds moeilijker te vinden is. Jarenlang klaarde zij alle mogelijke klussen in het onderbezette

hotel, maar nu Harry een volledige staf in dienst heeft genomen en een nieuw computersysteem heeft laten installeren, houdt zij naast haar verantwoordelijkheden als boekhoudster kennelijk genoeg vrije tijd over. Vandaag vind ik haar op de achterveranda van de personeelsvleugel, zittend in een schommelstoel, met een ongeopend notitieblok op schoot, genietend van de zonsondergang boven de Catskills. Ze wendt haar blik lang genoeg van de donker wordende horizon af om mij nauwlettend aan te kijken.
'Is er een probleem?' vraagt ze. 'Vind je dat de tuin wordt verwaarloosd?'
Als ze alleen de eerste vraag had gesteld, had ik haar misschien een paar van mijn twijfels kunnen toevertrouwen. Maar dan zie ik haar blik van mij afdwalen, terug naar het veranderende licht boven de bergen in de verte, en haar handen strelen de voorkant van het blok op haar schoot – het is een schetsblok, zie ik nu, geen schrijfblok. Ik beantwoord dus alleen haar tweede vraag.
'Nee,' zeg ik, terwijl ik opsta. 'Alles is prima in orde.'
Ik heb absoluut niets te klagen over Josephs vervangers – Ian en Clarissa, een jong stel, kortgeleden afgestudeerd aan Cornell. En ik ben blij dat Aidan verlost is van de vervelende zware klussen en promotie heeft gemaakt tot coördinator van speciale evenementen. Zijn nieuwe verantwoordelijkheden vereisen wel dat wij moeten leren tien minuten in elkaars gezelschap te kunnen doorbrengen zonder meteen in bed te springen. Aidan doet mij echter versteld staan met zijn serieuze aanpak, die ik niet achter hem had gezocht. Hij is vast van plan een succes te maken van het Kunstfestival. Hij maakt zelfs geen grapjes meer over Sir Harry.
'Dus ze hoeven je alleen maar tot ridder te slaan en je laat al je plannen voor een opstand der horigen onmiddellijk varen,' plaag ik hem op een middag wanneer we in de bibliotheek de gastenlijsten zitten door te nemen. We zitten op de bank achter in de zaal en ik moet onwillekeurig aan de avond van Gordon del Sarto's lezing denken. Ik heb al tussen de kussens gezocht naar mijn kwijtgeraakte loper, maar toen ik hem niet kon vinden, heb ik me er maar bij neergelegd en een duplicaat laten maken van Paloma's sleutel.
'Ja, ik heb me aan de zijde van de onderdrukker geschaard. Dat komt ervan wanneer je het bed deelt met iemand uit de betere kringen.'

Ik wurm mijn voet uit mijn instapper en steek mijn tenen onder zijn broekspijp. 'Ik begrijp het al. Je hebt mij gebruikt om je door list en bedrog op te werken tot coördinator speciale evenementen. Nog even en je gaat op mijn baantje azen.'

'Misschien wil je dat baantje niet eens meer, wanneer je eenmaal zo'n contract met zes cijfers voor je boek in de wacht hebt gesleept. Dan laat je mij hier achter, met Joseph als mijn enige gezelschap.'

'Vergeet niet dat Joseph tegenwoordig wordt omringd door kunststudenten. Misschien wil Natalie je wel gezelschap houden.'

Het is rechtstreekser dan ik eigenlijk had willen zijn en daar zijn we ons allebei van bewust. Na een blik op de binnenplaats (het valt me op dat hij de laatste tijd nog voorzichtiger is dan ik) schuift hij wat dichter naar me toe en laat zijn been tegen het mijne rusten.

'Ik heb je toch verteld dat ik haar die avond alleen maar om haar telefoonnummer heb gevraagd.' Hij verplaatst zijn gewicht en mijn rok kruipt een beetje omhoog. Een koel, vochtig briesje uit de richting van de fontein op de binnenplaats doet me huiveren. 'Maar ik heb het nooit gebruikt.'

Ik zucht, een beetje omdat we deze discussie al wel tien keer hebben gevoerd en een beetje omdat het nog uren duurt voordat we eindelijk alleen kunnen zijn. 'Laat maar, Aidan, ik bedoelde er niets mee. Trouwens,' zeg ik, mijn knie tegen de zijne wrijvend, 'volgens mij ben ik jaloerser op de tijd die ze met Joseph doorbrengt.'

Ik zie dat hij zijn voorhoofd fronst en ik voel hoe zijn been zich aanspant. 'Jezus,' zeg ik, geïrriteerder dan ik van plan ben, 'dat was een grapje, Aidan.'

'Dat weet ik ook wel. Daar gaat het ook niet om, hoewel ik me wel afvraag waarom je zo nodig moet bewijzen dat je niet jaloers bent. Waar het wel om gaat is dat jij voor ons zo'n zelfde soort "onconventionele" relatie wilt als die jij met Jack hebt...'

'Dat is een keuze van Jack en mij samen. Omdat hij een kunstenaar is...'

'En ik maar een doodgewone werkende schooier...' Hij zwijgt en boven het geluid van de fontein uit horen wij allebei stemmen.

'Je weet best dat ik het zo niet bedoelde,' sis ik, terwijl ik een paar centimeter bij hem vandaan schuif. 'Jack verlangde niet meer van mij. Hij hield me op veilige afstand.'

'En als hij je nu eens niet langer op veilige afstand wil houden? Als hij opeens meer wil?'

De stemmen komen dichterbij en ik hoor dat het de gezusters Eden zijn. Ik leun naar voren en trek Aidans klembord wat dichter naar me toe, zodat de zusters zullen denken dat we druk bezig zijn en ons met rust zullen laten. 'Dat maakt niets uit, Aidan, dan zou ik hem vertellen dat het te laat is. Ik heb je toch verteld dat ik met hem ga praten zodra zijn cursus in september is afgelopen.' Ik wuif naar de gezusters Eden en naar de stapels mappen die op tafel liggen, om aan te geven dat Aidan en ik het druk hebben. Minerva wuift terug en wil naar ons toe komen, maar Alice trekt haar mee en loodst haar de aangrenzende Gouden Salon binnen. Ik wil weer wat dichter tegen Aidan aan schuiven, maar hij is een halve meter bij me vandaan gaan zitten en heeft een stapel mappen tussen ons in gelegd.

'Ik kan niet zo'n gesprek met hem voeren wanneer hij me belt uit de telefooncel in de kunstenaarskolonie. En ik kan het hem ook niet in een brief vertellen. Daarvoor is Jack te visueel ingesteld. Ik ben hem een persoonlijke uitleg verschuldigd.'

'Nou, daar zul je dan gauw genoeg de kans voor krijgen,' zegt hij, terwijl hij de bovenste map pakt, waar een inschrijfformulier in zit dat wij allerlei kunstenaarsgroepen hebben toegestuurd. 'Hij heeft een week geleden zijn inschrijfkaart voor het Kunstfestival ingestuurd. Ik vroeg me af wanneer je van plan was mij dat te vertellen.'

Het heeft geen zin een poging te doen om Aidan uit te leggen dat ik niets van Jacks plannen afwist. Ik kan het zelf amper geloven. De laatste keer dat ik Jack heb gesproken zei hij dat hij zo goed bezig was dat hij het evenwicht niet wilde verstoren door een weekend weg te gaan. Het kostte me moeite om niet te laten blijken hoe opgelucht ik was – niet alleen omdat ik hem nu nog niet over Aidan hoefde te vertellen en nog even kon voorkomen dat zij elkaar zouden ontmoeten, maar ook omdat het een bevestiging was van hoe ik over onze relatie ben gaan denken.

Het is echter wel het soort uitleg waar ik altijd een hekel aan heb gehad: *Ik had al een hele tijd het gevoel dat het niet lekker ging, maar ik wilde het voor mezelf niet toegeven, totdat ik opeens verliefd werd op een ander.* Kwam dat even goed uit. En wat dan nog als ik nu opeens zie wat voor halfslachtige, beperkende liefdesrelatie ik al die jaren met Jack heb gehad, hoe hij – oké, hoe wij allebei het excuus van de kunst hebben gebruikt om onze afstand te bewaren? Als het werkelijk voorbij was, had ik dat dan niet kunnen weten zonder met een negenentwintigjarige naar bed te gaan? Wat als de situatie andersom was? Wat als hij me vertelde dat hij zich realiseerde dat onze relatie voorbij was omdat hij naar bed ging met een jongere vrouw? Misschien, bedenk ik me opeens, komt hij me dat hier wel vertellen.

De steek van fysieke pijn die ik bij deze gedachte voel ontkracht het hele verhaal wat ik mezelf over Jack en mij probeer wijs te maken. Het is veel erger dan enige jaloezie die ik heb gevoeld om Aidan en Natalie Baehr.

Hoewel ik weet dat de kunstenaarskolonie strenge regels hanteert voor telefoongesprekken tussen negen uur 's ochtends en vier uur 's middags, besluit ik toch te bellen. Maar niet vanuit het hotel. Het feit dat Jack mij in een telefooncel moet bellen, is niet de enige reden waarom ik hem niet over de telefoon over Aidan heb willen vertellen – de andere reden is dat ik uit ervaring weet hoe gemakkelijk het in het hotel is om mee te luisteren met telefoongesprekken.

Bij de receptie vertel ik Ramon dat ik nog even naar de drukker in Poughkeepsie moet, omdat er op het laatste moment iets is veranderd in het programma voor het Kunstfestival. Ik zeg tegen hem dat ik voor het eten thuis ben en vraag hem het menu voor me te corrigeren. Ik pak de sleuteltjes van de oude Volvo – die deze zomer wordt vervangen door een hele vloot van paarse minibusjes, voorzien van het logo van de Crown Hotels – uit het kantoortje en zwaai naar Janine, die met haar koptelefoon op ingespannen zit te luisteren.

De Volvo voelt aan alsof hij alle hitte van de zomer heeft opgezogen en de leren bekleding is net zo gecraqueleerd als het aarden pad dat naar het parkeerterrein voert, maar desondanks voel ik me net een tiener in de cabriolet van haar vader. Ik draai de raampjes omlaag om de dennengeur op te snuiven. In plaats daarvan ruik ik hete teer en stof. De dennen langs het pad zien er dor uit en hun naalden glimmen koperachtig in de meedogenloze zon. Terwijl ik de berg afrijd heb ik het gevoel dat er iets niet klopt, maar ik kan het pas benoemen wanneer ik helemaal beneden ben. Bij het nieuwe bord van het hotel breng ik de wagen tot stilstand, zet de motor af en luister. Het enige wat ik hoor is het geritsel van droge dennennaalden, dat veel lijkt op het vegen van bezems over een houten vloer. Ik hoor de beek niet.

Ik start de motor weer en rijd naar de rivier. Er staat een telefooncel bij de Agway, maar nu ik bij het hotel vandaan rijd, voelt dat te aangenaam om te stoppen. In mijn vooruit wordt de rivier steeds breder en verandert van het dunne potloodstreepje dat ik vanuit het hotel kan zien in een enorme uitgestrektheid van dorstlessend blauw. De brug en de heuvels aan de overkant – een beeld waar ik al de hele zomer naar kijk – krijgen langzaamaan substantie. Het is net of ik al die weken in een tweedimensionale tekening heb geleefd en dat ik nu van het papier ben gestapt, het echte leven in.

Wanneer ik de brug oprijd heb ik plotseling zin om langs de rivier helemaal naar de stad te rijden. Geen wonder dat ik het werken in het hotel altijd uit de weg ben gegaan. Mijn angstige vermoedens dat het een val was zijn helemaal uitgekomen.

Aan de overkant van de brug kies ik voor de afslag naar Route 9, zonder er eigenlijk bij na te denken hoe ver ik van plan ben te rijden – ik geniet gewoon van het onderweg zijn. Ik vraag me af of mijn moeder zich ook zo voelde, die avond dat Joseph haar naar de overkant van de rivier bracht om haar op de trein naar de stad te zetten – dat ze eindelijk de last van het hotel – en van mij en mijn vader – af kon werpen om een nieuw leven te beginnen.

Ik denk aan de passage in haar boek wanneer de selkies hun pels afwerpen op de plaats in de rivier waar het water van zout in zoet verandert. De Hudson is tot Rip Van Winkle een getijdenrivier en dat is de plek waar je vroeger over moest stappen om door te kunnen reizen naar het noorden en waar mijn moeder heeft gezien hoe die vrouw zich voor de trein wierp. Ik heb altijd gedacht dat het selkieverhaal voor haar het symbool was voor de verandering die haar leven had ondergaan toen zij de stad verliet en naar het hotel kwam, maar wanneer de selkie haar pels afwerpt verandert zij vanaf dat moment ook niet in haar ware zelf. Ze blijft altijd terugverlangen naar de zee en haar oude gedaante. De selkies in de boeken van mijn moeder kunnen niet terug vanwege een verdwenen halssnoer – het net van parels. Maar wat als dat net van parels voor mijn moeder geen verloren voorwerp was, maar een verloren persoon, zonder wiens liefde zij zichzelf niet meer kon zijn?

Wat als zij alleen maar weer zichzelf kon worden door er vandoor te gaan met Peter Kron?

Ik ben zo in gedachten verzonken dat ik niet heb bijgehouden waar ik ben. Ik zie dat de rivier breder is geworden en wanneer ik opeens een bord zie naar de Rip Van Winkle-gevangenis kan ik me bijna niet voorstellen dat ik al zo ver heb gereden. Ik denk aan de reden voor mijn tochtje: Jack bellen en hem vragen naar de reden van zijn komst, maar ik weet nog steeds niet wat ik hem over Aidan moet vertellen. Ik vraag me af hoe mijn moeder er, toen zij ons verliet, zo zeker van kon zijn dat ze ons voor de juiste persoon verliet.

Aan mijn rechterhand zie ik een wegrestaurantje, zo'n ouderwetse *diner* – een originele chroomkleurige Airstream die er echt uitziet als de ideale plek om Jack te bellen – en ik rij de parkeerplaats op. Geheel volgens mijn verwachtingen, beschikt de zaak over zo'n echte telefooncel met een veel gebruikt houten bankje en een lichtje dat gaat branden wanneer je de deur achter je dichttrekt. Ik draai het nummer, laat het gesprek op rekening van mijn creditcard zetten, en bereid me voor om de strijd aan te gaan met de Cerberus van de kunstenaarskolonie, de receptioniste.

'Ja, ik weet dat de tijd tussen negen en vier uitsluitend voor "creatieve output" is,' zeg ik tegen haar, 'maar dit is een noodgeval.'

'Goed dan, ik zal iemand naar zijn atelier sturen,' antwoordt zij op afgemeten toon, waarmee ze mij heel duidelijk tot *cultuurbarbaar* en *vijand van de schone kunsten* bestempelt. Ik denk aan al het schrijven dat ik deze zomer niet heb gedaan en vraag me af of ik beter zou kunnen werken in zo'n beschermde omgeving. Waarschijnlijk zou ik niet veel verder komen dan het haken van een kanten kleedje voor mijn laptop en de hele dag naar eekhoorntjes zitten kijken.

Ik wacht een kwartier. Ik stel me voor hoe Jack moet worden losgerukt van een moment van creatieve inspiratie, zijn met verf besmeurde handen afveegt aan zijn spijkerbroek en een eind door het bos moet lopen om te weten te komen welk noodgeval mij is overkomen. Hoe moet ik hem vertellen dat het noodgeval is dat ik met een jongere man slaap, maar niettemin verteerd wordt door jaloezie bij de gedachte dat hij misschien ook wel een verhouding heeft?

Wanneer ik eindelijk zijn stem hoor, kan ik er alleen maar aan denken hoe vreselijk ik hem heb gemist.
'Wat is er aan de hand, Iris? Is er iets gebeurd?'
'Ik zag je aanmeldingsformulier voor het Kunstfestival en ik wist niet wat ik ervan moest denken. Waarom heb je me niet verteld dat je zou komen?'
Hij slaakt een geërgerde zucht en even ben ik bang dat hij boos zal worden omdat ik hem in zijn werk heb gestoord.
'Ik heb die man aan de balie gevraagd of jij het onder ogen zou krijgen en hij dacht van niet omdat er een nieuwe coördinator voor speciale evenementen was aangesteld, en toen heb ik hem aan de telefoon gekregen en hem specifiek gevraagd jou niets te vertellen. Ik wilde dat het een verrassing zou zijn.'
'Heb je met Aidan gesproken?' Wat had Aidan gezegd? *Ik vroeg me al af wanneer je van plan was mij dat te vertellen.* Maar hij had dus aldoor geweten dat Jack me wilde verrassen.
'Heette hij zo? Ik dacht dat hij wel begreep dat het een verrassing voor jou moest zijn.'
'Maar waarom? Was er iets belangrijks dat je me wilde vertellen?'
'O, Iris, ik weet het niet. Ik heb gewoon een vervelend gevoel bij hoe alles deze zomer is gelopen.'
'Ik dacht dat het schilderen zo lekker ging.'
'Daar gaat het niet om. Ik heb je zo gemist en ik ben gaan beseffen hoe weinig tijd ik aan je heb besteed. Ik heb je verwaarloosd en door een hele week naar het hotel te komen hoopte ik dat een klein beetje goed te kunnen maken. Om je de waarheid te zeggen, maak ik me de laatste tijd een beetje ongerust.'
'Waarover?' vraag ik en doe mijn best niet zo schuldbewust en zenuwachtig te klinken als ik me voel.
'Dat ik je kwijt raak. Dat je in het najaar niet meer terugkomt naar de stad.'
'Waarom zou ik niet terugkomen?'
'Omdat je misschien in het hotel wilt blijven. Ik weet hoeveel het altijd voor je heeft betekend, dus wilde ik je vertellen – verdomme, Iris, dit is niet hoe ik het had willen zeggen – dat als jij echt in het hotel wil blijven, ik naar je toe zou komen.'
'Bedoel je dat je zou overwegen om hier ook te komen wonen?'
'Waarom niet? Volgens mij heb ik wel genoeg van de stad. We

zouden een klein huisje in de omgeving van het hotel kunnen zoeken, misschien met een schuur die ik als atelier zou kunnen gebruiken. Je hebt vaak genoeg gezegd dat onroerend goed daarginds heel goedkoop is.'
'Jack, ik weet gewoon niet wat ik moet zeggen. Dit is allemaal zo onverwacht.'
'Zeg nog maar even niets. Ik moet trouwens toch ophangen – de receptioniste zit me heel boos aan te kijken. We hebben het er nog wel over wanneer ik bij je ben. Dat kan toch gewoon? Ik bedoel, je vindt het toch wel goed dat ik kom?'
Wat kan ik zeggen? Jack en ik zijn al tien jaar samen. Ik ben hem meer verschuldigd dan een korte mededeling vanuit een telefooncel dat het voorbij is. En als hij echt bereid is om te gaan samenwonen, ben ik er dan wel toe bereid om afscheid van hem te nemen?
'Natuurlijk vind ik het goed dat je komt. Volgens mij hebben we wel het een en ander te bespreken.' Daar moet hij het maar mee doen; de enige hint die ik hem geef dat niet alles in orde is. Het laat een vieze smaak in mijn mond achter, die alleen maar erger wordt van de oude koffie en de vette omelet met frietjes van het wegrestaurant. Toch bestel ik nog een tweede kop koffie, want ik zie er tegenop om terug te gaan en Aidan te zien. Bij de kassa treuzel ik nog even bij de ansichtkaarten en souvenirmokken – dikke, crèmekleurige mokken met een blauwe afbeelding van de Acropolis erop – en koop zelfs een kaart omdat ik me bedenk dat dit misschien wel de *diner* is waar Ramon vroeger heeft gewerkt. Even ten zuiden van Peekskill langs Route 9, zei hij altijd. Bovendien hou ik zo tenminste nog iets over aan deze lange, vruchteloze rit. Maar uiteindelijk kan ik het niet langer uitstellen en vertrek.

Ik maak nog één tussenstop voordat ik terugga naar het hotel. Mijn overpeinzingen over de passage in mijn moeders boek over de selkies die hun pels afwerpen, heeft me weer doen denken aan de vrouw die mijn moeder heeft zien sterven op het station van Rip Van Winkle. Sinds ik hier ben heb ik nog geen kans gehad daar verder navraag naar te doen. Het leek niet zo belangrijk toen ik nog dacht dat ik het verloren manuscript van mijn moeder zou vinden, maar nu de zomer bijna voorbij is, moet ik de mogelijkheid toch onder ogen zien dat ik het nooit zal vinden –

of zelfs dat Hedda het bij het verkeerde eind heeft en dat er helemaal geen derde boek bestaat. In dat geval zal ik een andere benadering moeten gebruiken als ik nog steeds een boek over mijn moeder wil schrijven. Afgezien van de volledig ongefundeerde mogelijkheid dat mijn moeder een buitenechtelijke verhouding had, is de enige informatie waar ik deze zomer ben achtergekomen dat mijn moeder op de dag van haar vertrek uit de stad ene Rose McGlynn voor de trein heeft zien springen. Misschien kan ik meer over Rose McGlynn te weten komen als ik erachter kan komen waarom zij zo belangrijk voor mijn moeder was dat zij haar fantasiewereld naar haar heeft vernoemd.

Ik heb niet echt het idee dat ik van de *Poughkeepsie Journal* veel wijzer zal worden dan van de *New York Times*, maar er bestaat altijd een kans dat het verhaal hier meer de plaatselijke aandacht heeft getrokken. De receptionist in het kantoor van de krant wijst me de weg naar de afdeling van de microfiches, waar oude nummers van de krant zijn opgeslagen. Ik pak de jaargang 1949 en draai door naar 22 juni. Ik merk dat ik al handiger met het apparaat omspring dan in mei. Wanneer ik het verhaal vind, zie ik dat het veel langer is dan dat in de *Times*. Ik kopieer het en omdat hier geen Rose-leeszaal is om me terug te trekken, lees ik het onder de knipperende tl-verlichting.

'Tragedie in Rip Van Winkle – bezoekster van gevangenis omgekomen bij treinongeluk', luidt de kop. Ik knipper met mijn ogen naar het kleine, onduidelijke lettertype. Het artikel in de *Times* had niet vermeld dat het meisje op bezoek was geweest bij een gevangene. Volgens de niet met name genoemde 'vriendin' in dát artikel (van wie ik vermoed dat het mijn moeder was), was Rose McGlynn vanuit de stad op weg naar het noorden om werk te gaan zoeken in een hotel.

'De laatste persoon die Rose McGlynn, uit Brooklyn, New York, in levenden lijve heeft gezien, was haar broer John McGlynn, een gevangene in de Rip Van Winkle-gevangenis. Luttele minuten na het bezoek aan haar broer, die tot twintig jaar cel is veroordeeld voor een gewapende overval, wierp Rose McGlynn zich voor de wielen van de trein die haar naar huis had moeten brengen, met achterlating op het perron van een versleten reistas en een veelheid aan onbeantwoorde vragen. Wellicht kon zij de reis alleen naar huis niet meer aan.'

Als het verhaal niet zo triest was, was ik vast in de lach geschoten om het bloemrijke proza. Bovendien had de *Times* beweerd dat zij onder de trein was gekomen die op weg was naar het noorden, in plaats van het zuiden. Wie weet wat de verslaggeefster – Elspeth McCrory, zie ik aan de naamregel – nog meer bij het verkeerde eind had. Maar dat gedeelte over die broer in de gevangenis had zij toch moeilijk helemaal kunnen verzinnen.

'Het verscheiden van deze wilde Ierse Roos' – O, Elspeth, doe me een lol! – 'was de jammerlijke apotheose van een leven vol tragedies, waarvan het een en ander aan het licht kwam gedurende het proces tegen haar broer, toen Rose McGlynn zelf, in een speciaal pleidooi voor clementie ten behoeve van haar broer, het droevige relaas van hun jeugd vertelde.' Elspeth McCrory vervolgt het artikel met een samenvatting van de details van het 'leven vol tragedies'. De kinderen McGlynn verloren hun moeder toen Rose zeventien was en John, de oudste van drie broers, veertien. Hun vader, die niet bij machte was om voor de jongste kinderen te zorgen, droeg de jongens over aan de kinderbescherming – zij werden opgevangen in het St. Christopher-weeshuis voor jongens in het centrum van Brooklyn. Eén van de jongetjes was daar gestorven; de twee anderen waren één voor één het pad van de kleine misdaad opgegaan. Rose McGlynn, die bij familie in Coney Island was gaan wonen, was een bekende verschijning in de rechtbanken van Brooklyn, waar zij meerdere malen om clementie was komen verzoeken voor één van haar broers. (Hoe, vroeg ik me af, was Elspeth McCrory één dag na het treinongeluk aan al deze achtergrondinformatie gekomen?) Rose had een speciale band met John, dus men kon zich haar verdriet wel voorstellen toen hij werd opgepakt en veroordeeld voor het leegroven van de kluis in het hotel waar Rose werkte.

Dat laatste las ik nog een keer over. Volgens Hedda had mijn moeder in het Crown Hotel gewerkt. Het leek voor de hand te liggen dat de vriendin met wie zij naar het noorden reisde in hetzelfde hotel had gewerkt. En dat bleek dus ook zo te zijn.

Elspeth McCrory vervolgde haar relaas met een ademloze beschrijving van de 'Kraak van de Crown-juwelen', de ontvreemding van een verzameling edelstenen met een waarde van meer dan twee miljoen dollar uit de kluis van het Crown Hotel, alsmede de diefstal van een aantal kostbare voorwerpen uit de kamers van gasten. Een deel van die kostbare voorwerpen behoorde toe aan de beroemde dichteres – en schoonzuster van de hoteleigenaar – Vera Nix. De getuigenverklaring van Vera Nix tijdens het proces was van doorslaggevende betekenis geweest voor de veroordeling van de heer McGlynn.

En dan realiseer ik me hoe Elspeth McCrory zo snel achter al die specifieke informatie over Rose McGlynn was gekomen. Het verhaal over de juwelenroof had natuurlijk uitgebreid in alle kranten gestaan. Ze had gewoon de achtergrondinformatie gepikt en in haar eigen verhaal verwerkt. Slim gedaan, Elspeth, maar hoeveel ervan was waar?

Ik zou op dit moment heel wat over hebben voor een uurtje in een bibliotheek – of een computer met toegang tot LexisNexis – maar wanneer ik op mijn horloge kijk, zie ik dat het al over vijven is. De medewerkster van de afdeling microfiches zit al heel luidruchtig haar tas in te pakken en werpt me verwijtende blikken toe. Ik weet niet precies tot hoe laat de bibliotheek van Poughkeepsie open blijft, maar ik weet zeker dat als ik niet op tijd in het hotel terug ben voor het eten, mijn afwezigheid zal opvallen. Trouwens, waarom zou ik naar de bibliotheek gaan wanneer ik aan informatie uit de eerste hand kan komen? Harry zal me ongetwijfeld alles over de juwelenroof in het Crown Hotel kunnen vertellen.

21

HET NET VAN TRANEN

Op de plek waar het rivierwater van zout in zoet verandert legt de selkie haar pels af. Op deze plaats heeft de veroveraar zijn gevangenis gebouwd. Onze mannen – vaders, broers, zoons, geliefden – zitten hier achter hoge muren. De rivier stroomt aan de voet van die stenen muren en het is mogelijk om tussen de tralies door te glippen en naar de poel der tranen te zwemmen, waar de mannen komen om een laatste glimp op te vangen van hun vrouwen. Het is echter wel gevaarlijk, omdat het zilte getijde van de zee hier af en aan stroomt en als een selkie zich in de gevangenis bevindt wanneer het getijde terugvloeit zal zij verdrinken.

Ik nam dat risico echter, om Naoise nog éénmaal te kunnen zien.

Hij zat over het water gebogen bij de poel, zodat ik bij het bovenkomen dwars door zijn spiegelbeeld heen brak. Even moet hij hebben gedacht dat hij nog steeds naar zichzelf keek, toen glimlachte hij en vervolgens fronste hij zijn voorhoofd.

'Je had hier niet moeten komen, Deirdre, het is gevaarlijk.'

'Sinds wanneer maak jij je druk om gevaar?' zei ik lachend, maar toen ik zag hoe hij gebukt leek te gaan onder een ondraaglijke last, liet ik me vermurwen en pakte zijn hand. 'Je dacht ook niet aan gevaar toen je Connachars juwelen stal.'

'Sst.' Hij legde een vinger op zijn lippen en keek achterom in de schaduwen. Toen hij zich omdraaide, zag ik de littekens tussen zijn schouderbladen, waar het mes zijn vleugels had afgesneden.

'Ik heb het voor ons gedaan – om ons uit deze gevangenis te bevrijden. Bovendien waren ze helemaal niet van hem. Hij heeft ze weer van anderen gestolen.'
Ik zuchtte en schrok toen het geluid van de wanden van de kerker weerkaatste. Het vermenigvuldigde zich, alsof de muren al het verdriet wat zij ooit hadden gezien hadden geabsorbeerd en nu terug zuchtten. Maar toen zag ik de andere gestalten in het water – mijn zusters – die waren gekomen om hun mannen nog éénmaal te zien en realiseerde ik me dat de zuchten van hen afkomstig waren.
'Je bent er weinig mee opgeschoten. Hij heeft zijn juwelen weer en jij zit hier.'
Toen boog hij zich tot vlak boven het water, alsof hij uit de rivier wilde drinken, maar in plaats daarvan fluisterde hij in mijn oor.
'Niet alles. Ik heb het beste in veiligheid gebracht. Het net van tranen – het net dat moet worden verbroken om ons te verlossen. Ik heb het verborgen...'
Maar terwijl hij praatte, voelde ik iets aan mijn benen trekken en een ijzige kou door het water stromen. Het tij ging keren. Als ik nu niet wegging zou ik hier in de val zitten. Misschien zou het niet zo erg zijn om hier bij Naoise te blijven – in elk geval beter dan zonder hem op het droge land te moeten leven. Ik voelde hoe de rivier mij trachtte te verlokken om te blijven... en te verdrinken.
'Ga nu,' zei Naoise, 'je moet nu echt gaan,' en hij boog zich naar voren en duwde mij weg, terwijl hij nog één laatste woord in mijn oor fluisterde. Door het water heen zag ik hoe hij mij de rug toekeerde. Ik zag de langwerpige littekens waar zijn vleugels hadden gezeten, zette me angstig af tegen de glibberige rotsen en dook diep. Mijn tranen losten op in de rivier en hun zout vloeide terug in de zee. Het kon me niet schelen of ik het rooster ooit nog zou terugvinden en weer terug kon keren naar het licht en het land. Ik dook dieper en dieper, tot mijn handen langs iets hard schraapten – de tralies – en toen trokken andere handen mij er doorheen.
Ik deed mijn ogen open en schrok van wat ik zag, daar onder de rivier. Mijn zusters, de selkies, lagen te worstelen in het lage getijde; lange, blauwe tentakels van zout water trokken aan hen en vilden hun huid van hun lichaam. Ik keek toe hoe de

pels van één selkie aan lange flarden werd getrokken, waarna iets wits zich eruit losmaakte en stroomopwaarts wegzwom. Een ander werd in tweeën gereten in de worsteling en haar arme, toegetakelde lichaam zonk naar de bodem van de rivier.
	Ik had echter niet veel tijd om medelijden te hebben met mijn zusters, want even later was ik in eenzelfde strijd verwikkeld. Niemand had mij verteld dat het zo zou zijn om je pels af te leggen. En nog erger dan de scherpe zoute vingers die zich in mijn huid groeven was de verschrikkelijke kou van de zoetwaterrivier die mij opeiste. Een kou die was ontsproten aan de gletsjers in het noorden. Het zou beter zijn, dacht ik, om hier te sterven en opgegeten te worden door de vissen, dan in die koude te moeten leven. En toen ik anderen om mij heen naar de bodem zag zinken begreep ik dat zij hadden toegegeven aan die wens.
	Maar toen dacht ik aan wat Naoise op het laatst nog tegen mij had gezegd. Hij had me verteld waar ik het net van tranen kon vinden. Hoe kon ik die wetenschap meenemen naar de bodem van de rivier?
	Dus worstelde ik tegen het getijde in en kwam uiteindelijk boven in het ijskoude water en het verblindende licht van de zon. Ik had nog maar nauwelijks de kracht om me op de oever van de rivier te slepen. Naakt. Alleen. Mijn zusters – de enkelen die het hadden overleefd – waren aan de andere kant van de rivier boven water gekomen. Ik was helemaal alleen in een wereld van modder en ijs en bleef nog een hele tijd liggen wensen dat ik het niet had gehaald.

Wanneer ik vanuit Poughkeepsie terug kom in het hotel, krijg ik te horen dat Harry naar de stad is gegaan om te regelen dat het hotel een aantal schilderijen in bruikleen krijgt voor het Kunstfestival. Het is een teleurstelling dat ik hem nu niet meteen naar de juwelendiefstal kan vragen, maar eigenlijk heb ik het zo druk met de voorbereidingen voor het festival dat ik weinig tijd zou hebben gehad om met hem te praten. Ik heb amper tijd om met Aidan te praten, maar ik merk ook dat hij me uit de weg gaat en dat brengt me in een lastige positie omdat hij immers de festivalcoördinator is. Dus wanneer Ramon mij op de ochtend van de eerste dag van het festival vertelt dat meneer Kron terug is en een aantal Hudson River School-landschappen achter de balie heeft gezet om te worden opgeborgen in de kluis – die daar, zo informeert Ramon mij, te klein voor is – wend ik me tot Joseph om me te helpen een plek te verzinnen om ze op te slaan.

Het is nog vroeg en zijn coterie van kunststudenten heeft zich nog niet bij hem gevoegd. Hij zit in zijn suite voor het raam, met zijn zere voet op een voetenbankje, omringd door de verschoten muurschildering van Ichabod Cranes vlucht voor de geest van de ruiter zonder hoofd. Evenals bij de muurschildering in de Half Moon-suite, is ook hier het uitzicht op de Catskills in de afbeelding verwerkt. De brug die Ichabod Crane moet oversteken lijkt de bergen in de verte te overspannen en de boog ervan komt terug in een klein sierbruggetje in de rozentuin. Joseph, die aan één kant van de brug zit, lijkt zich midden in de baan te bevinden die het vlammende projectiel van het hoofd van de ruiter beschrijft.

Ik ga op de rand van het voetenbankje zitten en omdat ik er nog steeds niet aan kan wennen hem tijdens een gesprek gewoon aan te kijken, in plaats van naast elkaar in een bloembed te werken, kijk ik maar wat uit het raam. Het is een prachtig uitzicht – niet zo spectaculair als de oostzijde van het hotel met zijn panoramische vergezicht over de Hudson-vallei, maar mooi op een wat rustiger manier. De zon heeft deze kant van het gebergte nog niet bereikt. Flarden mist hangen nog boven de grond; het gras is bedekt met een lichte dauw die snel genoeg zal verdampen. In de tuin wemelt het van de kwikzilverachtige vogels die op zoek zijn naar voedsel. De enige gasten die ik zie zijn de gezusters Eden, die in Wilde Roos zitten. Minerva heeft een verrekijker, maar Alice zit met haar ogen dicht, alsof ze mediteert.

'De tuin ligt er prachtig bij,' zeg ik tegen Joseph.

Hij schudt zijn hoofd. 'De bodem is kurkdroog. Ik heb Clarissa en Ian gevraagd de eenjarigen maar geen water meer te geven en zich te concentreren op de rozen en andere overblijvende planten. Dan ziet het er over een paar weken misschien niet zo mooi meer uit, maar het seizoen is bijna afgelopen en in elk geval zullen de rozen het dan wel overleven tot volgend jaar.'

Er klinkt iets melancholieks in de manier waarop hij zegt: *in elk geval zullen de rozen het dan wel overleven.* Alsof hij niet verwacht er dan zelf nog van te kunnen genieten. Ik vraag me af of deze gedwongen vakantie hem het gevoel geeft vervangbaar te zijn en of hij hier in gedachten al een beetje weg is, net zoals hij water toebedeelt aan de langer levende planten en dode takken wegsnoeit.

Ik kan geen betere manier bedenken om hem te vertellen hoe hard ik hem nog steeds nodig heb dan door te doen waar ik hier toch al voor ben gekomen: hem om raad vragen. Ik vertel hem dat de schilderijen die zojuist zijn gearriveerd niet in de hotelkluis passen.

'De kluis zou toch al niet de beste plek zijn om ze neer te zetten; er zijn veel te veel mensen die daar toegang toe hebben. Ik kan je niet zeggen van hoeveel diefstallen uit kluizen van hotels ik in de loop der jaren heb gehoord...'

'Herinner je je de beroving van het Crown Hotel in de jaren veertig?' vraag ik, denkend aan het artikel dat ik in Poughkeepsie heb gelezen.

Joseph draait zich abrupt om van het raam en staart mij aan. 'Wie heeft je daarvan verteld? Meneer Kron?'

Het zou gemakkelijk zijn om te knikken, maar tegen Joseph kan ik niet liegen. 'Ik heb de krant opgezocht van de dag dat mijn moeder hier arriveerde. Een vrouw die Rose McGlynn heette is die dag om het leven gekomen op het station van Rip Van Winkle. Zij was op bezoek geweest bij haar broer die in de gevangenis zat voor het beroven van het Crown Hotel.'

Joseph ziet opeens krijtwit. Ik buig me naar voren en leg even mijn hand op de zijne, die op de leuning van zijn stoel rust. Zijn vingers voelen ijskoud aan.

'Heeft mijn moeder je van Rose McGlynn verteld?' vraag ik hem. 'Had mijn moeder iets te maken met die beroving?'

Joseph trekt zijn hand weg alsof mijn aanraking pijnlijk is. 'Kun jij je werkelijk voorstellen dat jouw moeder zich met zoiets zou hebben ingelaten, Iris?'

'Nou, het lijkt me wel waarschijnlijk dat ze Rose McGlynn kende. Ze reisden samen met dezelfde trein, ze hadden allebei in het Crown Hotel gewerkt, en ze kwamen allebei uit Brooklyn. Als het werkelijk Rose McGlynns broer was die de overval heeft gepleegd...' Ik zwijg omdat Joseph er verslagen uitziet, maar ook omdat ik opeens een idee heb. Rose McGlynns broer heette John. Dat was ook de naam van de man die in het Dreamland Hotel bij mijn moeder was. Ze stonden er ingeschreven als de heer en mevrouw John McGlynn. Misschien is John McGlynn wel die vroegere geliefde met wie zij er vandoor is gegaan.

'Nee,' zegt Joseph, 'John McGlynn was niet de minnaar van je moeder. Je moeder zou je vader nooit op die manier hebben bedrogen.' Joseph tilt zijn voet zo abrupt van het voetenbankje dat het zware gips tegen mijn bovenbeen knalt. Ik geef een gil, niet zozeer van de fysieke pijn – die aanzienlijk is – maar wel omdat ik schrik van Josephs woede. Maar zelf ben ik ook kwaad.
'Ik ben het zo zat dat iedereen me loopt te vertellen dat mijn moeder een heilige was. Ze is gestorven in een hotelkamer, waar ze stond ingeschreven als de vrouw van een andere man. Ze wilde mijn vader verlaten, en mij ook. En als dat iets met die diefstal te maken had, dan wil ik dat weten.'

Joseph is moeizaam opgestaan en steekt zijn hand uit naar zijn krukken, die achter mij tegen de muur staan. Ik pak zijn arm om hem te ondersteunen – en dit houdt hem voldoende op om mijn vragen te beantwoorden.

'Heb je er al bij stilgestaan, Iris, dat dit misschien gevaarlijke vragen zijn om te stellen? Dat er wellicht iemand de dupe van kan worden?' Hij legt zijn grote hand over de mijne – eerst denk ik dat hij mijn hand van zijn arm wil halen, maar in plaats daarvan drukt hij hem tegen zijn borst. Door de dunne stof van zijn overhemd voel ik het kloppen van zijn hart. 'Ik kan je verzekeren dat je moeder geen verhouding had met John McGlynn. Ze is nooit van plan geweest jou of je vader te verlaten.' Hij knijpt nog iets harder in mijn hand. '*Shayna maidela*,' zegt hij, 'ik heb je moeder die avond naar de overkant van de rivier gebracht en ik weet dat ze van plan was om terug te komen. Ze ging iets regelen... moest iemand spreken... maar ik kan je niet vertellen wie. Niet op dit moment. Het is niet aan mij om je dat te vertellen. Denk je dat je me voldoende kunt vertrouwen om nog een poosje geduld te hebben?'

Ik kijk in Josephs bruine ogen, die zo omringd zijn door rimpels dat het net is alsof je in twee diepe poelen kijkt die diep zijn weggezonken in kurkdroge aarde. Er is niemand die ik meer vertrouw dan hij. Bovendien heb ik opeens een vermoeden van wat hij weet en waarom hij het me niet kan vertellen. Ik denk aan de onenigheid die hij met Phoebe had op de avond dat zij naar de afgrond was gelopen en ik weet zeker dat het iets te maken had met mijn moeder en Peter Kron.

'Beloof je me dat je het me zult vertellen zodra dat kan?'
'Als jij mij belooft om heel voorzichtig te zijn.'

Ik knik gehoorzaam, net als toen ik klein was en hij me liet beloven niet door de bloembedden te lopen.

'Mooi zo,' zegt hij, terwijl hij mijn hand loslaat en zijn krukken pakt. 'Dan zal ik je nu laten zien waar je die schilderijen kunt neerzetten.'

We hoeven niet ver te lopen. De Sleepy Hollow-suite heeft twee kasten, eentje in de gang die het woongedeelte met de slaapkamer verbindt (dat is de kast die volgens Phoebe losse vloerdelen had) en één aan de andere kant van het woongedeelte en die heeft, zie ik nu eigenlijk voor het eerst, een dubbel slot en een grendel op de metalen deur. Joseph haalt een zware sleutelbos uit zijn zak en maakt de kast open.

'Zo nu en dan kregen we een gast die een veilige plaats nodig had om zijn kostbaarheden op te bergen en daarom heeft je vader in drie suites een afsluitbare kast laten bouwen, waarvan hij zelf de sleutels bij zich hield. Normaal gesproken openen we ze alleen voor gasten die ons daar specifiek om verzoeken. Het is ideaal om die schilderijen in op te slaan.'

'Maar dan lopen we elke keer dat we een schilderij nodig hebben bij jou in en uit. Ze zijn voor verschillende lezingen, dus dan zouden we je de hele week lastig moeten vallen. Misschien kunnen we een kast in een van die andere kamers gebruiken.'

'De andere suites zijn bezet – tenzij je de kast in meneer Krons suite wilt gebruiken, maar ik vind het niks om jou de hele tijd bij hem over de vloer te laten komen.' Joseph kijkt op van zijn sleutels en kijkt me even recht in de ogen alvorens zijn blik af te wenden. Ik vraag me af of hij net als Phoebe denkt dat ik een verhouding heb met Harry. 'Gebruik deze nu maar, Iris. Je hebt de sleutel van de buitendeur, dus ik hoef niet eens op te staan als je naar binnen wilt. Ik kan de tussendeur tussen de slaapkamer en het woongedeelte afsluiten en de slaapkamer heeft ook een buitendeur die ik kan gebruiken. Ik zal ervoor zorgen dat er niemand binnenkomt die hier niet hoort. Dan doe ik tenminste nog iets.'

Wanneer ik beneden kom staat Aidan in het kantoortje naar de schilderijen te kijken.

'Mooi, hè?' zeg ik tegen hem. 'Heb je die van het hotel al gezien?'

'Deze hier? Lijkt meer op een Griekse tempel. En die kleine heuveltjes hier staan erop afgebeeld alsof het de Zwitserse Alpen zijn. Die rivierschilders wisten wel wat overdrijven was.'
'Het was het hele romantische idee van schoonheid in haar hoogste vorm,' zeg ik, blij dat Aidan weer tegen me praat. 'Ze verheerlijkten het Amerikaanse landschap.'
'Nou,' zegt Aidan, terwijl hij het schilderij weer tegen de muur zet, 'ik mag dan geen expert zijn, zoals die Jack van jou, maar zelfs ik weet dat deze dingen te veel waard zijn om ze zomaar in het kantoortje te laten slingeren.'
Ik besluit zijn opmerking over Jack te negeren. 'Er is een afsluitbare kast in Joseph suite, die we kunnen gebruiken voor deze schilderijen en voor alle andere waardevolle voorwerpen die niet in de kluis passen. Ik wilde ze net naar boven gaan brengen...'
'Waarom heb je mij daar niet voor gevraagd? Vertrouw je me soms niet met zulke dure dingen?'
'Om je de waarheid te zeggen was ik bang dat je zou vinden dat het karweitje te min voor je was...' zeg ik voordat ik er erg in heb. Het is in elk geval de waarheid – ik heb hem de afgelopen week nauwelijks gevraagd om iets voor me te doen – maar het was niet mijn bedoeling het te laten overkomen alsof hij zich aan zijn plichten zou onttrekken.
Aidan kijkt me een ogenblik lang woedend aan, maar buigt dan zijn hoofd en wrijft met zijn hand over zijn nek. 'Zo gaat het niet langer, meisje,' zegt hij, zo zacht dat ik dichterbij moet komen staan om hem te kunnen verstaan. Over zijn schouder zie ik Ramon achter de receptie, maar hij is een gast aan het inschrijven. 'Misschien kan ik maar beter vertrekken.'
Ik leg mijn vingertoppen op zijn elleboog. 'Maar deze baan is een veel te mooie kans voor je.'
'Is dat de enige reden waarom je wilt dat ik blijf?' Wanneer Aidan opkijkt, schrik ik van de blik in zijn ogen – hij kijkt als een dier in het nauw. Misschien wil hij wel echt weg.
'Je weet best dat dat niet zo is... alleen is alles op dit moment zo ingewikkeld. Vertrouw je me genoeg om nog even geduld te hebben?'
Terwijl ik dit zeg, komen de woorden me akelig bekend voor en opeens besef ik dat Joseph diezelfde vraag nog geen halfuur geleden aan mij heeft gesteld. De gast die wordt ingeschreven

trommelt met zijn vingers op de balie terwijl hij wacht tot Ramon zijn creditcard heeft ingevoerd. Achter hem ligt de foyer er verlaten en stil bij in het felle zonlicht dat van het terras naar binnen valt. Een flauw briesje laat de doorzichtige gordijnen voor de openslaande deuren en de sierstroken aan de pas gestoffeerde banken opbollen. Ik heb het gevoel dat het hele hotel op de rand van het klif staat te wachten, als een schip voor anker dat ligt te wachten tot het uit kan varen. Naast mij lijkt ook Aidan klaar te staan om op de vlucht te slaan.

Aidan legt de rug van zijn hand tegen mijn gezicht. 'Ik zal op je wachten, Iris,' zegt hij, 'zolang ik kan.'

Wanneer ik me ervan heb overtuigd dat de schilderijen veilig zijn opgeborgen, ga ik naar de ontbijtzaal, waar ik Harry aantref. Hij zit in een mobieltje te praten, maar gebaart dat ik moet gaan zitten en geeft een ober een teken mij een kopje koffie in te schenken. Intussen voert hij een gesprek dat grotendeels bestaat uit enorme bedragen en geheimzinnige codes.

'Bied langlopend, hoger, vijftigduizend aandelen BONZ, Bob Oscar Nancy Zebra negen punt negenenzestig.'

Het duurt even voordat ik begrijp dat hij een opdracht geeft om aandelen te kopen.

Zodra hij het mobieltje dichtklapt heb ik zijn volledige aandacht. 'Wat zie je er prachtig uit vandaag, Iris. Dat pakje doet me aan Coco Chanel denken.'

Ik schiet in de lach en voel me vrolijk worden. Van de twee mannen die ik tot dusverre heb gesproken, is Harry de eerste die oog heeft voor wat ik vandaag draag – een simpel groen linnen pakje en een paar snoeren nepparels – en de eerste die me aan het lachen maakt.

'Het is van mijn moeder geweest, maar het is bepaald geen Chanel. Zij was heel goed in het namaken van alles wat in de mode was en wat deze parels betreft' – ik draai de kralenkettingen een paar keer om mijn vingers – 'er waren altijd wel gasten die hun namaakjuwelen achterlieten. Er staan dozen vol met dit soort dingen op zolder.'

Harry trekt een wenkbrauw op en steekt een hand uit om aan een van de parels te voelen. 'Ja,' zegt hij, 'nep. Maar weet je zeker dat het allemaal namaak is? Misschien moest ik maar eens een kijkje nemen in die dozen.'

'Och, als er iets echts bij had gezeten, waren de eigenaars het al lang geleden terug komen halen.'

'Je zou ervan staan te kijken hoe slordig sommige mensen kunnen zijn, maar zelf heb ik altijd gevonden dat juwelen bij diegenen horen die ze het beste kunnen dragen. Jij, bijvoorbeeld, zou echte dingen moeten dragen.'

'O,' zeg ik, terwijl ik voel dat ik een kleur krijg, 'ik zou alleen maar bang zijn dat het gestolen zou worden – en dat brengt me trouwens meteen bij het onderwerp waarover ik het met je wilde hebben...'

'Er is toch niets gestolen?' vraagt hij en zijn gezicht staat meteen ernstig.

'O, nee, natuurlijk niet. Ik wilde het alleen met je hebben over de veiligheidsmaatregelen voor het Kunstfestival – voor de schilderijen die je vanmorgen hebt meegebracht.'

'De landschappen van de Hudson River School-schilders? Ik dacht dat ik opdracht had gegeven ze in de kluis te zetten.'

'Ja, maar ze waren te groot,' zeg ik, verbaasd dat hij dat zelf niet heeft kunnen bedenken. Hij moet de kluis toch hebben gezien. 'Joseph stelde voor de afsluitbare kast in zijn suite te gebruiken.'

'Uitstekend idee. Zijn ze er al naartoe gebracht?'

'Daar heeft Aidan Barry al voor gezorgd.'

Ik meen een schaduw over zijn gezicht te zien trekken en vraag me opnieuw af hoeveel Harry van Aidans achtergrond weet.

'Nou, ik ben blij dat ze bij Joseph in de buurt zijn. Ik weet zeker dat hij er niets mee zal laten gebeuren. Niets kan de reputatie van een hotel sneller schaden dan diefstal.'

'Wij hebben hier nog nooit iets ernstigers gehad dan zo nu en dan een enkele vermissing van sieraden, die meestal weer boven water kwamen zodra de gast het arme kamermeisje had beschuldigd. Een echte roof zou afschuwelijk zijn. Is een van jouw hotels wel eens beroofd?' De vraag is eruit voordat ik me mijn belofte aan Joseph herinner. Ik dacht niet eens aan de beroving van het Crown Hotel – maar nu natuurlijk wel.

'In de loop der jaren is het een paar keer gebeurd, je ontkomt er bijna niet aan...' Harry's blik wordt afwezig en dwaalt door de eetzaal, ongetwijfeld om zich ervan te vergewissen dat alles op rolletjes loopt. Eigenlijk moet ik me nu aan mijn belofte aan

Joseph houden en er niet verder op doorgaan, maar aan de andere kant ben ik er vrij zeker van dat Joseph zich niet zozeer zorgen maakte om Harry, maar om Phoebe.
'De kluis van het Crown Hotel is eind jaren veertig toch een keer leeggeroofd? En zijn er toen geen kostbare juwelen gestolen?'
Harry glimlacht, tuit zijn lippen en glimlacht nogmaals, als een man die bij een wijnproeverij een slok Cabernet door zijn mond laat glijden.
'Ja, dat is waar. Dat was in 1949. De meeste gestolen juwelen maakten deel uit van ons familiebezit. Mijn broer, Peter en zijn vrouw, Vera, logeerden in het hotel en Vera droeg de familiejuwelen graag en vaak. Er waren stukken bij die uit de tijd van de Habsburgers – voorouders van ons – stamden. Ik drong er bij mijn broer op aan de juwelen in een bankkluis te bewaren, maar Peter was roekeloos en mijn schoonzuster was extreem eigenwijs – haar dochter heeft het niet van een vreemde – en zij wilde ze per se dragen, ook naar de meest ongeschikte gelegenheden die je je kunt voorstellen. Bohémienachtige feesten in de Village en jazzclubs in Harlem. Ze schepte er zelfs over op hoeveel ze wel niet waard waren. Het leek wel of ze iemand smeekte ze bij haar weg te komen halen.'
Ik herinner me dat Phoebe me heeft verteld dat al haar moeders sieraden na haar dood waren teruggevloeid in het familiebezit. *Al die voorouderlijke rotzooi*, had zij ze genoemd. Dit klinkt echter niet alsof haar moeder er zo op neerkeek – of misschien deed ze dat juist wel en sprong ze er daarom zo nonchalant mee om.
'En toen werden ze dus gestolen,' zeg ik, omdat Harry de draad van het verhaal kwijt lijkt te zijn. 'Zijn ze ooit teruggevonden?'
'Ja. De dief is een paar maanden later opgepakt – de sieraden lagen in zijn hotelkamer. We hebben veel geluk gehad.'
'Je laat het anders niet klinken als een gelukkige gebeurtenis.'
Harry knikt, legt zijn wijsvinger even vlak onder zijn rechteroog en trekt de losse huidplooien omlaag. 'Jij ziet veel, Iris. Nee. De juwelen hadden we terug, maar het leed was al geschied. Het is daarna nooit meer goed gekomen tussen Peter en Vera. Misschien kwam het door de manier waarop Peter haar behandelde. Misschien was mijn broer niet zo geschikt voor het huwelijk.

Hij is na de oorlog altijd een beetje labiel gebleven. Misschien kwam het door wat hij had meegemaakt in het krijgsgevangenenkamp; hij heeft daarna nooit meer kleine ruimtes kunnen verdragen en leek het gevoel te hebben dat de wereld hem een soort vergoeding schuldig was voor het leed dat hem was aangedaan. Hij beloonde gravin Oriana Val d'Este, die hem met gevaar voor eigen leven verborgen had gehouden in haar villa, door haar wijnkelder leeg te drinken en sieraden van haar te stelen – later beweerde hij dat zij hem de sieraden had gegeven om hem te helpen het land te ontvluchten, maar zij vertelde een heel ander verhaal toen ik haar enkele jaren later tegenkwam in Hotel Charlotte in Nice. Misschien bracht de beroving van het Crown Hotel al die onaangename herinneringen weer bij hem boven – of misschien verweet hij Vera dat ze zo nonchalant met de juwelen was omgegaan. In elk geval was hun huwelijk sindsdien een puinhoop. Hij had verhoudingen; zij raakte verslaafd aan morfine. Zij en Peter leefden daarna nog twintig jaar, maar ik heb vaak gedacht dat zij hen allebei een dienst zou hebben bewezen door al veel eerder met hun wagen van een klif te rijden. Hun leven samen moet een hel zijn geweest.'

Het klinkt behoorlijk hard, maar is het werkelijk zoveel erger dan Phoebes beschrijving van het huwelijk van haar ouders en de trouwring waarin zij eigenhandig prikkeldraad en doornen had gegraveerd?

'Dat is het ellendige van diefstal – het is een inbreuk op je persoonlijke leven die verderstrekkende gevolgen heeft dan louter het verlies van materiële zaken.'

Er klinkt een woede in Harry's stem die ik nooit eerder van hem heb gehoord. Ik zie dat de ober bij het tafeltje naast ons opkijkt van het koffie inschenken; zelfs de kok die de omeletten staat te bakken heeft zich, met zijn koekenpan in zijn hand, omgedraaid, beducht voor de mogelijkheid van een boze baas.

'De dief zal wel een flinke gevangenisstraf hebben gekregen,' zeg ik op bijna sussende toon, alsof ik degene ben die hem boos heeft gemaakt.

Harry haalt zijn schouders op. 'Twintig jaar. Ja, daar heb ik wel voor gezorgd. Maar hij was niet eens degene die mij het meest heeft gekwetst. Dat was zijn zuster, die voor mij werkte – een jonge vrouw die ik onder mijn hoede had genomen en die ik wilde helpen. Ze was begonnen achter de inlichtingenbalie, maar had het inmiddels al tot assistent-bedrijfsleidster geschopt – in die tijd een hele prestatie voor een vrouw. Op het gebied van vrouwenemancipatie ben ik mijn tijd altijd behoorlijk vooruit geweest. Het was haar broer die de kluis leeghaalde. En toen kon er natuurlijk maar één logische conclusie worden getrokken.'

'Jij denkt dat zij hem de cijfercombinatie heeft gegeven?'

Harry's ogen worden groot en hij kijkt uit het raam. Ik zie dat hij tranen in zijn ogen heeft en daar schrik ik van. Even later heeft hij zichzelf weer in de hand, kijkt me aan en zegt met koele stem: 'Daar was ik van overtuigd, maar tegen de politie heb ik gezegd dat zij de combinatie niet kende.'

'Maar waarom... Als je toch dacht dat ze je had verraden...'

Zijn rechter mondhoek krult een beetje omhoog in een triest glimlachje en hij zucht.

'O,' zeg ik, wanneer tot me doordringt wat hem zo in verlegenheid brengt, 'je had iets met haar.'

'Ik vrees van wel. Het is altijd een vergissing om een liefdesrelatie aan te gaan met een employé. Ik weet zeker dat jij wat dat betreft verstandiger zult zijn dan ik, Iris. Ik kon de gedachte dat zij samen met haar broer in staat van beschuldiging zou worden gesteld niet verdragen. Maar kennelijk werd het schuldgevoel haar te veel. O, ik wil niet beweren dat ze zich schuldig voelde om wat ze mij had aangedaan, maar wel om hoe het afliep met haar broer. Het arme kind heeft zich op een afschuwelijke manier van het leven beroofd. Ze werd onthoofd door een trein.'

Ik hoef geen afschuw te veinzen om Harry's woorden, want ook al wist ik dat Rose McGlynn op het station van Rip Van Winkle onder een trein was gekomen, ik had nergens iets over een onthoofding gelezen. Ik moet er wel hevig ontdaan uitzien. Ik stel me voor hoe het voor mijn moeder moet zijn geweest om getuige te zijn van zo'n afschuwelijk ongeval. Ik denk aan alle mensen die door deze tragedie zijn getroffen – John McGlynn, Harry, zijn broer Peter, Vera Nix – en aan hoe mijn moeders leven onvermijdelijk met de hunne verweven is geraakt. Was één van hen – John McGlynn of Peter Kron – al die jaren later opeens teruggekeerd in haar leven?

'Iris, heb je mijn vraag wel gehoord?'

'Sorry, Harry, ik zat aan dat arme meisje te denken. Wat een afschuwelijke manier om te sterven. Wat was je vraag?'

'Ik vroeg hoe je dat verhaal over die juwelenroof te weten bent gekomen. Ik wist niet dat het algemeen bekend was.'

In een krantenartikel dat ik heb opgezocht in Poughkeepsie terwijl iedereen dacht dat ik bij de drukker was, zijn de woorden die me als eerste te binnen schieten. De woorden die er echter uitkomen zijn: 'Ik heb het van Joseph gehoord. We hadden het over hotelbeveiliging en hij noemde het als voorbeeld van een geval waar de hotelkluis niet de veiligste plek is om iets op te bergen.'

Tot mijn opluchting zie ik Harry's trieste blik plaats maken voor een glimlach. 'Die Joseph is nog behoorlijk bij de pinken. Volgens mij heeft hij al die jaren zijn talenten verspild in de tuin. We moeten maar eens bedenken hoe we beter gebruik van hem kunnen maken.'

22

HET NET VAN TRANEN

Ik lig nog een hele tijd in de modder omhoog te staren naar de kliffen die boven mij oprijzen. Toen ik de rivier op was komen zwemmen, had er een nevel boven het water gehangen, maar nu is die nevel opgetrokken en in de richting van de bergen gedreven. De dichtstbijzijnde heuvels waren groen en overdekt met dichte wouden. De bergen erachter waren blauw en ik wist dat ook deze bergen bedekt waren met oneindige bossen die als schildwachten de rivier bewaakten. Boven het blauw lag een laag parelmoer, als een zijden onderjurk die op een omgewoeld bed is gelegd. In de plooien glinsterde iets wits – als een diamanten oorbel die in de stof was blijven hangen – en dat was wat mij uiteindelijk deed besluiten om op te staan – om te gaan kijken wat het was.

Mijn benen voelden als twee messen die in mijn heupen staken; de modder zoog aan mijn voeten. Ik had mijn pels afgelegd, maar voelde me nog steeds gevangen in een lichaam dat niet het mijne was. Ik bleef net zolang naar de horizon staan turen tot de kleuren in de verte begonnen te veranderen. Wat ik aanvankelijk voor wolken had aangezien waren in werkelijkheid nog meer bergen. Er leek geen einde aan te komen! Hoeveel stappen zou ik op dit droge land moeten zetten voordat de rivier bereid was mij terug te nemen? Wat ik had aangezien voor een diamanten oorbel – en daarna voor een luchtspiegeling – was een wit paleis, waarvan de pilaren uit de zee van bomen oprezen als een schip dat hoog op de golven deint. Daar moest ik naartoe. Het Paleis van de Twee Manen. Daar had Naoise het net van tranen verstopt.

'Uitrijzend boven de prachtige rivier, omsloten door de nevelige heuvels der legenden, is het hotel dat zich achter u bevindt al meer dan anderhalve eeuw een plek waar kunstenaars en kunstliefhebbers elkaar treffen – een inspiratie voor de kunst, een bakermat van de romantiek.'

De gasten zitten op stoelen die in een halve cirkel zijn opgesteld en houden ter bescherming tegen de zon hun festivalprogramma's boven hun ogen, terwijl Harry de openingstoespraak voor het Kunstfestival houdt. Hij staat midden in het zomerhuisje Halvemaan, dat is versierd met paarse en crèmekleurige crêpepapieren slingers. Achter hem is de hemel zo helder dat je tot aan New Hampshire kunt kijken – een oogverblindende achtergrond. Het enige probleem is dat zijn gezicht, omdat hij met zijn rug naar de ochtendzon staat, niet duidelijk te zien is – hij is niet meer dan een donker silhouet tegen het adembenemende uitzicht.

'Wij weten allemaal dat deze streek aan de wieg heeft gestaan van de eerste Amerikaanse School van landschapschilders. De rivier die u onder u ziet, heeft haar naam aan die stroming gegeven – de Hudson River School – waarvan u deze week vele voorbeelden zult zien en horen. Minder bekend is wellicht de rol die het hotel achter u heeft gespeeld in de totstandkoming van onze eerste typisch Amerikaanse artistieke stroming.'

Een aantal gasten blikt even achterom om naar het hotel te kijken. Aangezien ik onder de zuilengalerij sta – tussen de foyer en het terras, om verlate gasten op te vangen – zien ze mij staan. Ik heb het gevoel dat ik nu een elegant gebaar zou moeten maken om het hotel aan hen te presenteren, maar ik zie dat dat niet nodig is. Ik kan vanaf mijn plek niet zien wat zij zien, maar ik weet hoe het hotel eruit ziet op een heldere ochtend, wanneer de witte gevel in zonlicht baadt en de Corinthische zuilen lijken te veranderen in vuurkolommen.

Harry legt de gasten uit dat het enige wat aan het Amerikaanse landschap ontbrak om het een geschikt onderwerp voor landschapschilders te maken, een associatie met romantiek was. Telkens wanneer ik even achterom kijk in de schaduwrijke koelte van de foyer om de ingang te controleren, mis ik een stukje van zijn verhaal. De meeste gasten zijn inmiddels gearriveerd, behalve die ene op wie ik sta te wachten – Jack, die hier een uur geleden al had moeten zijn.

'... wat vandaag de dag wellicht tot onbedorven wildernis zou worden verheven, schoot jammerlijk tekort aan overblijfselen uit de Oudheid, en daarom werd dit gebouw, met zijn klassieke zuilen, zo'n geliefd onderwerp voor negentiende-eeuwse schilderijen...'

Ik zie dat een vrouw op de achterste rij mij een boze blik toewerpt en besef dat ik aan de verf sta te pulken van de zuil waar ik tegenaan geleund sta. Ik sta overblijfselen uit de Oudheid te vernielen. Ik zet me af tegen de zuil en loop een rondje door de foyer. Harry's toespraak, die me juist heel trots zou moeten maken op het hotel, deprimeert me. Ik wil het Equinox niet zien als een overblijfsel uit de Oudheid of een pittoresk onderwerp voor landschapschilders. Het is mijn thuis. De plek waar ik ben opgegroeid. Wanneer ik een blik werp in de donkere schaduwen van de Sunset Lounge, die op dit tijdstip verlaten is, vang ik heel even een glimp op van mijn moeder die tegen de bar geleund staat, met de welving van haar heup tegen de met leer beklede zijkant, en de weerspiegeling van haar donkere haar en bleke gezicht in de spiegel boven de drankflessen. In de rokerige schaduw hangt nog steeds heel vaag een vleugje van haar parfum en mijn vaders sigaren.

Buiten op het terras eist Harry het hotel op voor een grotere rol in een minder persoonlijk verleden. Hij eist het op voor de kunst. Het bezorgt me een wat opstandig gevoel – een beetje hoe ik me voelde wanneer mijn moeder het druk had met schrijven en ik haar eigenlijk niet mocht storen.

Ik loop de hoofdingang uit, ga op het pad van flagstones staan en volg met mijn ogen de ronde oprit totdat deze tussen de bomen verdwijnt. Misschien rijdt Jack op dit moment al door de bossen. Het uitzicht aan deze kant van het hotel wordt belemmerd door het dichte bos van dennen en eiken, zo dicht dat het ook elk geluid dempt. Ik tuur naar de plek waar de oprit tussen de bomen verdwijnt, alsof ik ze probeer te dwingen Jack aan mij prijs te geven en zie opeens dat de eiken al beginnen te verkleuren. Flarden rood en oranje dansen, als kleine vlammetjes, zachtjes in de ochtendbries. Plotseling voel ik me overspoeld door de melancholieke bui die er de hele ochtend al aan heeft zitten komen. De zomer is bijna voorbij en ik ben nog niets opgeschoten met mijn boek. Ik ben nog geen stap dichter bij het doorgronden van mijn moeder dan aan het begin van het seizoen – zij lijkt zich eerder nog een stap verder in de schaduwen te hebben teruggetrokken. Het enige wat werkelijk goed was aan deze zomer is weg. Aidan heeft de hele week nog geen woord tegen me gezegd en nu is ook Jack – de reden van onze ruzie – niet komen opdagen.

Zelfs dit trieste gevoel komt me vertrouwd voor – hetzelfde vervelende gevoel dat ik elk jaar had aan het eind van de zomer, die oneindig had geleken en dan zo abrupt voorbij was. Al die dingen die ik in de lange vakantie had willen doen en waar weer niets van terecht was gekomen. De tijd die mij stiekem had beslopen, alsof het draaien van de aarde een complete verrassing voor me was.

Ik zie dat Josephs stok tegen de rozenboog van Wilde Roos staat. Ik zie dat hij binnen op het bankje zit en naar de rand van het bos kijkt. Ik vraag me af of hij last heeft van diezelfde einde-van-de-zomermelancholie als ik en of het erger is als je zo oud bent, of dat je dan voortdurend het gevoel hebt dat de tijd je inhaalt en dat het bereiken van het eind van je leven je hetzelfde gevoel bezorgt als het bereiken van het eind van de zomer: namelijk dat er van al je dromen en plannen niets terecht is gekomen.

Ik wil al naar het tuinhuisje lopen wanneer ik opeens zie dat Joseph niet alleen is. Eerst denk ik dat Clarissa, een van de nieuwe tuinlieden, bij hem is, maar wanneer de vrouw die tegenover hem zit zich naar voren buigt, zie ik dat het Phoebe Nix is. Ik schrik er zo van dat ik als aan de grond genageld blijf staan. Misschien moet ik hen echter toch maar gaan storen, voor het geval Phoebe Joseph aan het ondervragen is over wat hij van haar vader en mijn moeder weet, maar dan hoor ik een eigenaardig, onbekend geluid uit het tuinhuisje komen. Joseph lacht. Ik denk dat ik hem in mijn hele leven hooguit één of twee keer heb horen lachen. Nu voel ik me opeens de indringer – de vreemdeling.

Een windvlaag, die van de berghelling door het bos blaast, waait door de tuin en brengt dat allereerste gevoel van herfstkoude met zich mee. Huiverend loop ik terug door de foyer, het zonnige terras op, waar Harry zojuist zijn toespraak beëindigt.

'Het Equinox Hotel heeft een toepasselijke naam' zegt hij, terwijl hij een hand naar zijn gebruinde gezicht brengt om het zweet weg te vegen. Hier op het terras is het godzijdank nog steeds zomer. 'Want het is hier dat de idealen van de romantische periode een equinox, een geheel eigen balans bereiken. Subliem in de uitgestrektheid van het uitzicht...' Harry wuift met zijn rechterarm in de richting van de vallei en de weidse lucht achter hem. '... pittoresk in haar klassieke lijnen en romantische associaties.' Hij heft zijn linkerarm – iets minder hoog, zie ik – om ook het hotel te omvatten. Hij zwijgt even, zijn beide armen zodanig uitgestrekt dat hij net een reusachtige merel is die op de rand van de bergrichel balanceert. 'Het is de ideale omgeving voor een samenkomen van artistieke ideeën – voor het uiting geven aan tegenstrijdigheden, hoe tegenstrijdig sommige van die ideeën wellicht ook lijken te zijn. Voor dit Kunstfestival wil ik de hoop uitspreken dat tegengestelde krachten elkaar hier de hand zullen reiken.' Harry brengt zijn armen samen en slaat zijn handen ineen. 'En ik hoop dat in elk geval een aantal van u hier de romantiek zal leren kennen.'

Het publiek begint te klappen. Dit is voor mij het teken om naar de eetzaal te gaan om erop toe te zien dat de obers klaarstaan met kannen vruchtensap en dat de dienbladen met brood en gebak zijn neergezet. Wanneer ik echter onder de zuilengalerij loop, loop ik Aidan tegen het lijf, die net uit de eetzaal komt.

'Alles onder controle,' zegt hij, terwijl hij met zijn kin in de richting van de eetzaal knikt, waar een heel leger van witte jasjes druk in de weer is en waar het heerlijk naar verse koffie ruikt. 'Toen Harry met zijn armen begon te wapperen, wist ik dat hij bijna klaar moest zijn. Een vent van zijn leeftijd houdt dat soort gymnastische oefeningen nooit lang vol.'

Ik lach, met name omdat het de langste zin is die Aidan tegen mij gesproken heeft sinds we het gesprek hadden over waar de schilderijen moesten worden opgeslagen. 'Ik wilde je nog bedanken omdat je deze week zoveel werk hebt verzet,' zeg ik, terwijl ik in de schaduw van een van de zuilen ga staan. 'Zonder jou had ik het allemaal nooit voor elkaar gekregen.'

'Ach, zonder jou had ik nu nog staan zweten in die drukkerij in Varick Street, in plaats van me hier te kunnen koesteren in de bakermat van de romantische geest.'

'Wat een mal gedoe, hè?'

'Och, ik weet het niet.' Aidan leunt tegen de muur en ik doe hetzelfde. 'In veel van wat hij zei kon ik me wel vinden, vooral dat gedeelte over romantiek.' Hij kijkt me aan en zijn hand, die tegen de muur rust, raakt even mijn arm. 'En dan heb ik het niet

alleen over ons – hoewel dat wel een belangrijke rol speelt – maar ook over deze omgeving in het algemeen. Deze plek heeft iets speciaals, alsof hij in zekere zin buiten de tijd staat, net als... hoe heette dat kleine Schotse plaatsje in die film ook weer? Je weet wel, dat om de honderd jaar te voorschijn komt en weer verdwijnt?'
'Brigadoon?'
'Precies. Misschien komt het door al die mensen die hier zijn geweest en weer zijn vertrokken. Je kunt op de een of andere manier nog steeds hun aanwezigheid voelen in de kamers. Al die reisgezelschappen en gezinnen. Ik kan me best voorstellen dat je je nooit meer echt ergens thuis kunt voelen als je hier bent opgegroeid. Elke andere plek moet een teleurstelling voor jou zijn.'
'Nee, dat is niet...' wil ik zeggen, maar ik zie dat Aidans blik afdwaalt naar ergens achter mij. Inmiddels heeft de zon ook dit schaduwrijke plekje van het terras bereikt en valt op Aidans gezicht als de vlakke kant van een lemmet.
'Nou, misschien gaat dat nu dan voor je veranderen, Iris. Volgens mij is er iemand erg blij je te zien.'
Wanneer ik me omdraai, zie ik Jack met grote passen door de strepen zon en schaduw lopen die door de zuilen worden geworpen. Ik draai me weer om naar Aidan, maar hij is alweer verdwenen, en dat is misschien maar goed ook, want in zijn enthousiaste omhelzing tilt Jack me bijna een halve meter van de grond.
'Je bent laat,' zeg ik, wanneer hij me weer neerzet. 'Je hebt de toespraak van meneer Kron gemist.'
'Eerlijk gezegd heb ik de afgelopen zomer meer dan genoeg onzin over kunst moeten aanhoren. Wacht maar tot je hoort wat ik onderweg hier naartoe heb ontdekt... Ruik ik daar koffie?'
De gasten druppelen nu de eetzaal binnen en vormen rijen bij de koffiekannen. Harry wenkt me naar een groep curatoren, maar ik doe net of ik hem niet zie. Ik ben er nog niet klaar voor om Jack aan iedereen voor te stellen.
'Kom, dan gaan we in de keuken een thermoskan zoeken,' zeg ik, terwijl ik Jack naar binnen loods. 'En dan nemen we die mee naar je kamer.'
'Mijn kamer? Slaap ik dan niet in jouw kamer?'
'Tja, toen je je zonder mij iets te vertellen opgaf voor deze bijeenkomst, heb je natuurlijk ook een kamer toegewezen gekre-

gen. En weet je trouwens niet meer hoe heet het is op zolder?' Ik kan dit alles tegen hem zeggen zonder hem aan te kijken, omdat ik in de kasten naar een thermoskan sta te zoeken. Ik vind er eentje zonder deksel en vul hem uit het koffiezetapparaat. Ik schenk wat melk in een kannetje, geef het aan Jack en zie de beduusde blik op zijn gezicht. 'Is dat al je bagage?' vraag ik, op de plunjezak wijzend die over zijn schouder hangt.
'De rest ligt nog in de auto. Wat is er aan de hand, Iris? Ben je echt boos dat ik zo laat ben? Ik kwam een TE KOOP-bord tegen langs Route Thirty-two en toen ben ik even gaan kijken. Het zou perfect zijn voor ons. Een boerderijtje van tweehonderd jaar oud, met een schuur waar ik kan schilderen...'
Kennelijk ziet Jack het afgrijzen in mijn ogen, want hij zwijgt abrupt. Een boerderij van tweehonderd jaar oud waar wij samen moeten gaan wonen. Een halfjaar geleden zou me dat als muziek in de oren hebben geklonken, maar nu lijkt het meer op een van die zomerplannen waar je nooit meer aan bent toegekomen – een idee waarvan de houdbaarheidsdatum is verstreken.
'Laten we eerst maar eens naar boven gaan om jou te installeren,' zeg ik, terwijl ik Jack een mandje met broodjes overhandig. 'Dan praten we daar verder.'
We lopen al in de richting van de lift wanneer ik zie dat Hedda erin staat.
'Vind je het erg om de trap te nemen?' vraag ik.
Jack schudt zijn hoofd en loopt naar de grote trap. 'Nee, we nemen de personeelstrap,' zeg ik tegen hem, 'als ik een paar van die festivalgangers tegen het lijf loop, kan ik meteen weer allerlei karweitjes gaan lopen doen.'
'En die nieuwe evenementencoördinator dan?'
'Wat is daarmee?'
'Behoort dat niet tot zijn taken?'
'Ja, maar dat kan ik niet tegen de gasten zeggen.' Het trappenhuis is warm en benauwd. Uit de open thermoskan die ik draag klotst hete koffie over mijn pols. Na de eerste verdieping houden we op met praten en sparen onze energie.
'Ik heb je op de vierde verdieping gezet, zodat je dicht bij mijn kamer bent,' zeg ik wanneer we boven zijn.
'Nou, dat is al een hele opluchting, Iris. Als ik zo naar jou luister, mag ik volgens mij al blij zijn dat je me niet in de kelder hebt gestopt.'

Ik wacht met antwoorden tot we in zijn kamer zijn. 'Wat had je dan verwacht, Jack? Ik hoor de hele zomer amper van je en dan blijk je zonder me iets te zeggen plannen te hebben gemaakt om hier naartoe te komen. De afgelopen tien jaar heb ik het onderwerp samenwonen niet mogen aanroeren en nu heb je nota bene al een huis voor ons uitgezocht. Hoe snel verwacht je dat ik kan omschakelen?'

Jack gooit de plunjezak op de grond en houdt zijn handen op, met de palmen naar boven. 'Ik dacht dat jij tevreden was met onze relatie. Wil je zeggen dat het te laat is?'

Ik wend mijn gezicht af omdat ik geen antwoord voor hem heb, maar ook omdat het bloedheet is in de kamer. Ik wrik een raam open en kijk naar buiten, mijn handen plat op de vensterbank. Ik heb geen uitzicht op de vallei meer voor Jack kunnen regelen, dus kijkt hij uit op de tuin en het bos. De bomen lijken zich eindeloos uit te strekken en tussen het gebrande omber van de dennen zie ik hier en daar flarden rood en geel. De aanblik van de verkleurende bladeren geeft me opnieuw het gevoel dat ik geen tijd meer heb, maar wat erger is, al die hectaren naaldbomen doen me denken aan de tijd die ik met Aidan heb doorgebracht onder hun takken. De golf van paniek die ik zojuist voelde was niet alleen om het verglijden van de tijd, maar ook om Aidan.

Jack is achter me komen staan en legt zijn hand op mijn arm. Zoals ik beneden ook al merkte, laat zijn aanraking me koud. 'Ik heb een ander,' zeg ik, terwijl ik me naar hem omdraai. 'Of liever gezegd, die had ik. Ik weet niet of het nog steeds zo is. Dat wilde ik je vertellen.'

Jack doet een stap naar achteren en laat zich op de rand van het bed zakken. 'Dat is informatie die ik liever van je had gekregen voordat ik dwars door twee staten ging rijden om hier te komen.'

'Het spijt me,' zeg ik. Ik kijk om me heen. Ik zie dat er een fruitmand en een ijsemmer met een fles wijn op het bureau staan. Aardigheidje van Ramon en Paloma, neem ik aan. Op het nachtkastje staat een vaas vers afgesneden rozen. Ik loop er naartoe om eraan te ruiken en ga dan naast Jack op het bed zitten. Ik raak zijn hand aan en ben blij dat hij hem niet wegtrekt. 'Maar je zult moeten toegeven dat het twee hele kleine staatjes zijn.'

Wanneer ik Jacks kamer verlaat, neem ik de grote trap naar beneden. Vreemd genoeg voel ik me niet zo akelig als ik had verwacht. Ik heb waarschijnlijk beide relaties verpest, maar ik voel me veel lichter dan vanmorgen. Misschien is het de opluchting omdat ik Jack nu van Aidan heb verteld. Misschien betekent die einde-van-de-zomer melancholie alleen maar dat het tijd is om de dingen waaraan je niet meer bent toegekomen gewoon los te laten.

Op de eerste verdieping zie ik dat de deur van Josephs suite open staat en dat Aidan midden in de kamer staat en een schilderij tegen het licht houdt. Ik loop de kamer binnen, ga naast hem staan en bewonder het schilderij: een ochtendhemel zonder de begrenzing van een horizon, kolossale wolken met roze en oranje tinten die zich uitstrekken over een grenzeloze verte. Ik werp een snelle blik op Aidan en zie een blik van verlangen in zijn ogen die me ernaar doet hunkeren hem ook eens zo naar mij te zien kijken – maar waar hij naar verlangt is om in die peilloze blauwe hemel van het schilderij te verdwijnen.

'Neem je die mee naar de Gouden Salon voor de lezing van vanmiddag?' vraag ik.

'Nee, ik was van plan in die oude Volvo te springen en ermee naar Soho te rijden om te kijken wat ik ervoor kan vangen,' zegt hij, met zijn ogen rollend.

'Aidan,' zeg ik, bijna fluisterend, 'vind je het nu werkelijk zo'n goed idee om zulke grapjes te maken?'

'Gezien mijn niet bepaald respectabele verleden bedoel je? Nee, misschien niet, maar je moet ook weer niet denken dat ik de enige ben die de waarde van deze uit hun krachten gegroeide ansichtkaarten in gedachten loopt op te tellen. Een van de curatoren vertelde me net dat een schilderij van deze zelfde gabber vorige maand op een veiling is verkocht voor een half miljoen dollar. Ik snap niet waarom ze niet gewoon dia's konden gebruiken. Die zijn in elk geval een stuk minder zwaar.' Hij laat de zware lijst door zijn handen glijden, zodat de hemel schuin komt te hangen.

'Ik denk dat meneer Kron het Kunstfestival wat meer geloofwaardigheid wilde geven...'

'Volgens mij loopt hij alleen maar te koop met zijn connecties in de kunstwereld... Maar goed, als er verder niets is, ga ik dit doek maar eens naar de Gouden Salon brengen.'

Ik wil Aidan wel vertellen dat de zaken er niet zo goed voorstaan met Jack – dat we na deze week waarschijnlijk niet meer bij elkaar zullen zijn – maar dan is het net of ik hem aan het lijntje wil houden. Niettemin probeer ik iets te bedenken dat een eind zal maken aan deze koelte tussen ons – die daarnet op het terras even leek te ontdooien, voordat Jack kwam opdagen.

'Jack heeft een kamer op de vierde verdieping,' zeg ik zwakjes, zodat hij in elk geval weet dat Jack niet bij mij op de kamer slaapt.

'Ja, dat weet ik, Iris. Hoe vond hij de rozen? Die moest ik van Joseph speciaal voor hem uit de tuin halen.'

'O, god, Aidan, het spijt me...'

Ik raak even zijn arm aan, maar hij keert zich van me af, draait zich om naar de gangdeur en verstijft. Wanneer ik omkijk, zie ik dat Phoebe Nix vanuit de deuropening naar ons staat te kijken. Ze draagt een van die rechte, vormeloze jurken waar ze zo dol op is – ditmaal met de kleur en de weefselstructuur van te lang gekookte havermoutpap – en slangeleren slippers die op het tapijt tikken wanneer zij de kamer binnenkomt. Ze blijft even voor de open kast staan en wendt zich dan tot Aidan.

'Hier was je dus,' zegt ze, 'wij zitten in de Gouden Salon op dit schilderij te wachten. Dus hier zijn de schilderijen opgeborgen... Ik wist niet dat deze deur toegang gaf tot een kast.'

Ze doet een stap in de richting van de kast, maar Aidan gaat tussen haar en de open deur in staan. 'Sorry, juffrouw Nix, meneer Kron heeft opdracht gegeven dat niemand anders dan Joseph en ik toegang hebben tot deze schilderijen.'

Nadat hij het schilderij even tegen de muur heeft gezet, sluit hij de kastdeur en draait hem op slot.

Phoebe haalt haar schouders op. 'Mij best... zolang jij de schilderijen maar tijdig komt brengen. Ik zou er maar gauw mee naar beneden gaan... als juffrouw Greenfeder tenminste met je klaar is.' Bij die laatste woorden glimlacht Phoebe sluw en ik weet bijna zeker dat ze haar woorden met opzet heeft gekozen.

'Natuurlijk,' zegt Aidan, met een laatste blik op mij, 'ik geloof wel dat juffrouw Greenfeder klaar met me is.' Zonder nog een blik achterom te werpen loopt hij de kamer uit.

'Ik wil je straks nog even spreken, Aidan,' zeg ik tegen zijn rug, wensend dat de woorden wat minder als de reprimande van een werkgever klonken en wat meer als de verontschuldiging

265

van een geliefde. Ik wil wel achter hem aan lopen, maar Phoebe is voor me komen staan, met haar armen om haar dunne middel geslagen. Ze tikt met de achterkant van haar schoen tegen haar hiel tot Aidan buiten gehoorsafstand is.
'Kan ik iets voor je doen, Phoebe?'
'Mijn oom zegt dat je hem vragen hebt gesteld over de juwelendiefstal in het Crown Hotel. Ik wilde graag weten of je van plan ben daarover te schrijven in je boek.'
Ik kijk naar het gangetje naar de slaapkamer en vraag me af of Joseph buiten in de tuin is, of daarbinnen, waar hij ons kan horen. Misschien doet het er ook niet toe. Misschien weet hij al dat ik mijn belofte om niet over de diefstal te praten heb verbroken.
'Joseph is in de tuin,' zegt Phoebe, alsof ze mijn gedachten kan lezen. 'Ik heb hem niet verteld dat je met Harry hebt gesproken, als je daar soms bang voor bent. Ik zeg maar zo: Hoe minder we over die gebeurtenis praten hoe beter. Het heeft niets met het verhaal van je moeder te maken. Ik begrijp niet waarom je er belangstelling voor hebt.'
'Ik denk dat het er misschien wel mee te maken heeft,' zeg ik. 'Mijn moeder was op weg hier naartoe met een vriendin van haar die in het Crown Hotel werkte – en het was haar broer die de kluis heeft leeggeroofd...'
'Ja, de McGlynns. Daar weet ik alles van. Een stelletje ellendige dieven. De broer had tijdens het proces zelfs nog het lef te beweren dat mijn moeder hem geld had aangeboden om haar eigen juwelen te stelen. Natuurlijk geloofde niemand hem, maar de pers smulde ervan – ze zeiden dat mijn moeder in elk geval zo met de familiejuwelen van de Krons had lopen pronken dat zij de diefstal had uitgelokt. Ze verzonnen ook allerlei verhalen dat mijn moeder drugs zou gebruiken, want dat deden schrijfsters nu eenmaal. Mijn moeder was ten tijde van het proces nog maar eenentwintig, maar de pers volhardde erin haar "kinderloos" te noemen, alsof alleen een ontaarde, verslaafde seksmaniak de voorkeur gaf aan schrijven boven koekjes bakken en kinderen krijgen. Toen mijn moeder uiteindelijk toch besloot een kind te krijgen, viel iedereen weer over haar heen omdat ze er zo laat aan begon.'
'Phoebe, ik vind het afschuwelijk dat je moeder zo is behandeld, maar misschien is het leven van mijn moeder ook wel beïnvloed door die diefstal – het moet toch iets voor haar betekend

hebben als zij haar fantasiewereld naar de McGlynns noemde. En toen zij stierf, stond zij bij het hotel ingeschreven als de vrouw van John McGlynn. Misschien gebruikte ze die naam alleen maar om niet herkend te worden of misschien had ze daadwerkelijk met hem afgesproken.'

'Heeft Joseph je dat verteld – dat je moeder naar het Dreamland Hotel is gegaan om John McGlynn te ontmoeten? Ik kan me bijna niet voorstellen dat hij je iets heeft verteld – hij is nu niet bepaald de meest spraakzame man ter wereld.' De spottende klank in haar stem irriteert me. Ik zou haar nu natuurlijk moeten vertellen dat ze er niets mee te maken heeft wat Joseph mij al dan niet heeft verteld, maar haar veronderstelling – in dit geval correct – dat hij mij toch niet in vertrouwen zou nemen, zit me toch dwars.

'Joseph mag dan niet graag over mijn moeder kletsen, maar ze is wel mijn moeder, en als er iets zou zijn wat ik werkelijk wilde weten, zou hij met me vast wel vertellen, uiteindelijk.'

Hoewel ze tot nu toe nog amper een vin heeft verroerd, klopt er een blauwe ader op haar slaap en zie ik dat er ter hoogte van haar oksels donkere zweetkringen in de stof van haar jurk zijn verschenen. Ze draait nerveus aan de gegraveerde trouwring om haar duim.

'Je bedoelt dus dat hij je nog niets heeft verteld, maar dat je denkt dat hij dat nog gaat doen. Je zou er misschien beter aan doen het verder te laten rusten. Er zouden wel eens dingen over je moeder naar boven kunnen komen die je liever niet in druk zou willen zien verschijnen.'

Ik schud mijn hoofd. 'Nee. Ik wil mijn moeder niet voorstellen als een heilige of als het een of andere toonbeeld van onderdrukte creativiteit of het slachtoffer van een patriarchale samenleving of als ook maar iets anders dan wat zij werkelijk was.'

Phoebe glimlacht. 'O, nee? Is je hele leven tot nu toe soms niet gebaseerd op wat je meende te weten van het verhaal van je moeder? Niet getrouwd. Geen kinderen. Tot nu toe zo ver mogelijk bij het hotel uit de buurt gebleven. Je hebt alles vermeden wat je verantwoordelijk achtte voor haar dood – zoals ik dat ook heb gedaan met de dingen waar mijn moeder aan is gestorven. En als het verhaal nu eens anders blijkt te zijn? Wat zou je dan denken van de keuzes die je hebt gemaakt?'

Ik neem aan dat zij denkt het volmaakte dreigement te hebben

gevonden. Eerlijk gezegd zie ik wel dat er iets van waarheid in haar woorden schuilt, maar na op één dag twee romances te hebben verpest, kan ik me niet voorstellen dat er veel andere verkeerde keuzes overblijven om spijt van te hebben.
'We moeten allemaal leven met de consequenties van de keuzes die we maken,' zeg ik.
Ze antwoordt niet meteen. Ze wendt haar blik van me af en kijkt uit het raam naar de bergen in de verte. Het licht valt op haar gezicht, op haar fijne, kleurloze haar dat glinstert als water, en op haar doorschijnende huid. Ze is zo mager dat het licht haar lichaam lijkt te verteren. Ik herinner mezelf eraan dat ze haar moeder nooit echt heeft gekend, en dat haar behoefte om het beeld van haar moeder te beschermen daarom misschien groter is dan de mijne, maar net wanneer ik mijn mening over haar wil herzien – per slot van rekening verdedig ik mijn recht op het schrijven van een boek dat ik al bijna heb opgegeven – draait zij zich weer naar mij om.
'Ik denk niet dat je er nog hetzelfde over denkt,' zegt ze, 'wanneer je ziet wat die consequenties zijn.' Dan loopt ze de kamer uit, heel langzaam, en het tikken van haar leren slipper tegen haar voetzool is nog te horen wanneer zij allang verdwenen is.

23

HET NET VAN TRANEN

En dus zette ik een stap, en daarna nog een, in de richting van het Paleis van de Twee Manen. Elke stap deed mijn voetzolen branden – de huid ervan was zo nieuw en teer – en liep zo onvast op mijn nieuwe benen dat ik me aan de boomstammen aan weerszijden van het pad in evenwicht moest houden. Aanvankelijk joegen de bomen me angst aan en leken ze met elke stap die ik zette dichterbij te komen – maar op een gegeven moment hoorde ik ze tegen mij fluisteren. Hun schaduw verkoelde me, hun stuifmeel dwarrelde op mij neer en bedekte mijn naaktheid. Toen ik omhoog keek naar het zonlicht dat tussen hun takken omlaag scheen, was het net of ik vanaf de bodem van de oceaan omhoog keek naar de sterren. De wind die hun bladeren beroerde was als de stromingen die wij volgen wanneer het eb is.

Ik zag waarom Naoise dacht dat hij thuis was gekomen. Dit bos leek op de zee onder ons Tirra Glynn, waar wij leefden voordat de parel van de slang in duizend scherven uiteen was gespat. Ik herinnerde me wat er met Connachar was gebeurd, hoe de splinters van de parel zich onder zijn huid hadden gedrongen en zich rond zijn hart hadden verzameld. Toen ik omlaag keek, zag ik hoe het groene slik op mijn huid zich tot zijde spon.

Toen ik het bos uitkwam ging ik gekleed in een smaragdgroene japon, zo licht als de wind die door de bomen strijkt en zo groen als de zee.

Het Kunstfestival is niet alleen een geweldig succes, voor mij is het tevens een godsgeschenk, want ik heb het er zo druk mee dat ik er niet aan toekom met Jack en Aidan te praten. Ook Jack gaat al snel helemaal op in de lezingen, seminars en cocktailparty's. Hoewel hij had gezegd dat hij genoeg had van al dat gezeur over kunst, zie ik hem temidden van kleine groepjes van die grote, allesomvattende gebaren maken – alsof hij de lucht staat te schilderen – die hij altijd maakt wanneer hij het over zijn werk heeft. Ik zie ook een kleiner gebaar – het uitwisselen van visitekaartjes met galeriehouders en kunstcritici en presentatoren van televisieprogramma's over kunst – dat voorspelt veel goeds voor Jacks carrière. Ik ben blij dat hij toch iets over zal houden aan deze week.

Jack is niet de enige die geïnspireerd wordt door al dat praten over kunst. Op een avond halverwege de week ga ik naar de personeelsverblijven in de Noordvleugel om een boekhoudkundig probleempje te bespreken met Sophie. Wanneer ik echter voor de deur van haar appartement sta, ruik ik opeens iets vreemds. Ik blijf even voor haar deur staan, die op een kier staat. De radio speelt zachtjes – ik herken de zender Albany NPR aan zijn klassieke programma en het statische geruis – maar ik hoor ook een vaag rasperig geluid en even ben ik bang dat het mijn tante is die naar lucht ligt te happen. Dan herken ik de geur: terpentine. Ik doe een stap naar achteren om – zo voorzichtig alsof ik in het bos een wilde fazant loop te bespieden – door een kier van zo'n acht centimeter naar binnen te gluren en zie hoe mijn tante kleur aanbrengt op een bewolkte hemel boven donkere bergen. Ze schildert een regenstorm boven de bergen achter het hotel. Het rasperige geluid is haar penseel dat met lange streken de regen uit de hemel doet neerdalen. Voor elke streek doet ze een stap naar het doek toe en vervolgens stapt ze weer naar achteren om te zien hoe het is geworden. Ze ziet eruit als een jong meisje dat danspassen oefent met een onzichtbare partner. Ik trek me geruisloos terug; de boekhouding kan wel even wachten.

Op de op twee na laatste dag van het festival jureert Joseph de zomerhuisjeswedstrijd en kent Gretchen Lu en Mark Silverstein de eerste prijs toe voor hun gezamenlijke inzending – een belvedère met de naam 'Vleugel'. Speciaal voor deze gelegenheid heeft Joseph zijn krukken aan de kant gezet. Hij staat kaarsrecht onder de rozenboog van Wilde Roos en spreekt het kleine groepje studenten toe dat zich in een halve kring om hem heen heeft verzameld. De andere aanwezigen, de curatoren, de galeriehouders en de critici, staan in een kring daar omheen, maar het zijn voornamelijk de studenten die hij toespreekt.

'Toen ik hier voor het eerst kwam, was de wereld waar ik vandaan kwam verwoest, maar voor een jood was dat niets nieuws. De Talmoed vertelt ons dat in den beginne het licht van de wereld werd bewaard in prachtige vaten -' Joseph houdt zijn handen voor zijn borst alsof hij een onzichtbare volleybal vasthoudt. '- maar hebzucht en kwaad verbrijzelden die vaten -' Joseph steekt zijn armen uit en spreidt zijn vingers alsof hij een handvol confetti loslaat, maar zijn handen zijn leeg. '- in honderdduizend scherven. Aan ons nu de taak om die scherven te vinden en de vaten weer aan elkaar te lijmen. *Tikkun olam.* Het helen van de wereld. Hoe je het ook doet – door een bloem te planten, een kind iets te leren, een schilderij te schilderen, of een klein huisje met een bankje te timmeren waar een vermoeide oude man wat kan gaan zitten rusten -' Hier geeft Joseph Aidan een teken om het witte laken van het nieuwe zomerhuisje weg te trekken. '- je zet weer een klein stukje van een vat in elkaar waarin het licht van de wereld bewaard kan worden.'

Op dat moment kijken wij allemaal naar het nieuwe huisje – de nieuwe *chuppa*. Het dak, gemaakt van elkaar overlappende dakspanen waar een soort verenpatroon in is uitgesneden, golft boven een enkele lange bank. Aan weerszijden van de bank staan gebeeldhouwde houten zwanen, en hun lange, gebogen halzen vormen de armleuningen. Het hele ding ziet eruit alsof het elk moment het luchtruim kan kiezen.

Harry Kron, die aan de rand van het gezelschap heeft gestaan, komt naar voren om Gretchen en Mark hun prijzengeld te overhandigen. De toeschouwers verplaatsen zich van Wilde Roos naar Vleugel en ik zie dat Joseph tegen de rozenboog geleund staat. Ik loop naar hem toe, maar Natalie Baehr is mij voor en helpt hem op het bankje te gaan zitten. Ik schrik wanneer ik zie hoe wit hij is.

'Het lijkt me beter jou nu maar naar boven te brengen,' zeg ik tegen Joseph. 'Het is hier veel te warm.'

'Ik wil liever nog even in de tuin blijven zitten,' zegt hij, 'maar maak je geen zorgen, *shayna maidela*, ik weet dat je je handen vol hebt aan het grote feest vanavond. Natalie past wel op me en

die aardige Italiaanse jongen wil me vast wel even naar boven helpen.'
Wanneer ik me omdraai zie ik Gordon del Sarto over het gazon aan komen lopen. Ik weet dat hij vanavond zijn grote lezing gaat houden, dus het verbaast me dat hij niet in de bibliotheek zijn dia's zit te ordenen. Hij komt het huisje binnen en gaat tegenover Joseph, naast Natalie op het bankje zitten.
'Heb je het bij je?' vraagt Natalie zodra hij zit.
Gordon haalt een groen flanellen buideltje uit de zak van zijn katoenen jasje. 'De koper bij Barney's kon er maar node afstand van doen. Ik heb haar moeten beloven dat je een andere voor haar zou maken.'
'Barney's?' herhaal ik. Het verbaast me al genoeg dat Gordon en Natalie elkaar blijken te kennen.
Gordon knikt. 'Tijdens onze laatste veiling heb ik een paar keer te maken gehad met de juweleninkoper daar. Toen Joseph me over Natalies werk vertelde, wist ik dat zij er belangstelling voor zou hebben, en dat was ook zo. Ze heeft een hele lijn van Natalie besteld, maar de echte verrassing kwam toen ik zag...'
Gordon zwijgt omdat Natalie hem tussen zijn ribben stompt.
'Je bederft de verrassing,' zegt ze, terwijl ze het flanellen buideltje uit Gordons hand grist. Ze geeft het aan mij. 'Hier, dit is voor u, professor Greenfeder. Als ik uw verhaal niet had gelezen, zou dit allemaal nooit gebeurd zijn.'
Ik draai het zachte zakje om en een waterval van gekleurde stenen valt in mijn hand, als water in een poel. Ook al weet ik dat het gemaakt is van glas en koperdraad, toch heb ik het gevoel dat ik een tiara van Tiffany heb gekregen.
'O, Natalie,' zeg ik, terwijl ik de snoeren ophoud tegen het licht zodat het geslepen glas hele regenbogen door het huisje laat tollen. 'Je hebt mij de ketting van mijn moeder gegeven!'

Enige tijd later ga ik op weg naar mijn kamer om me om te kleden voor Gordons lezing. Ik moet me nu al kleden voor het bal na afloop, want tussendoor zal ik daar geen tijd meer voor hebben. Onderweg naar boven blijf ik op de overloop van de eerste verdieping even staan om naar het grote raam te kijken dat uitkijkt over het terras. Harry heeft opdracht gegeven de kroonluchter die boven het raam hangt tot in het midden van het raam te laten zakken, zodat hij vanaf het terras zichtbaar zal zijn. Het maakt deel uit van een heel scala aan lichteffecten voor vanavond, inclusief schijnwerpers om de gevel van het hotel te verlichten en vuurwerk na het diner. Deze kroonluchter heeft nooit elektrische bedrading gekregen en mijn moeder was altijd te bang voor brand om hem echt te gebruiken, maar Harry heeft er kaarsen in laten zetten. Paloma Rivera en twee andere dienstmeisjes zijn sinds vanmorgen vroeg bezig geweest om de druppels van geslepen glas schoon te maken in azijn. Elke kristallen druppel glinstert in het laatste beetje zonlicht. Ik kan niet wachten om te zien hoe hij er vanavond vanaf het terras uit zal zien, wanneer alle kaarsen branden.

In mijn kamer neem ik een lang bad. Ik gebruik de nieuwe, naar seringen geurende badgel die we deze week hebben binnengekregen – samen met piepkleine lavendelkleurige flesjes shampoo en bodylotion – allemaal voorzien van het gouden logo van de Crown Hotels. Vervolgens ga ik, gewikkeld in een van de nieuwe oversized badlakens met het Crown monogram, voor mijn kast staan en vraag me af wat ik aan zal trekken. Ik heb deze zomer bijna alle jurken gedragen die van mijn moeder zijn geweest, sommige zelfs zo vaak dat ze niet meer naar cederhout ruiken, maar naar mijn parfum en, als ik mijn gezicht in de stof druk, naar Aidan. Ik laat mijn hand over de kleding glijden: de linnen pakjes en de cocktailjurkjes van chiffon, de A-lijn jurken en de katoenen zomerjurkjes – de tere stoffen ruisen langs elkaar en hun vormen bollen op wanneer ik hun hangertjes langs de kledingstang schuif, zodat ze één voor één heel even tot leven lijken te komen, heel even weer de gestalte van mijn moeder lijken te omhullen. Mijn moeder die, op de leuning van een stoel in de lounge zittend, een gast vertelt dat zij is opgehouden met schrijven, een glimp van mijn moeders silhouet in een zomerhuisje, in gezelschap van een man wiens gezicht ik niet kan zien, mijn moeder die met uitgestrekte handen door de gangen loopt, en met haar vingers aan de muren voelt, op zoek naar kortsluiting. Het is het enige wat ik me van die laatste zomer van mijn moeder herinner en nu de zomer op zijn eind loopt, ben ik bang dat dit het enige zal zijn wat ik ooit van haar zal weten.

Ik kom bij de laatste jurk in de kast, die nog verpakt is in de stoffen kledingzak met de naam erop van de winkel waar hij is gekocht. Bergdorf Goodman, Fifth Avenue, New York. Behoorlijk chic voor mijn moeder, denk ik terwijl ik de katoenen kledingzak openmaak; meestal kocht ze kopieën van grote merken of liet een naaister goedkope kopieën maken die zij aankruiste in de modetijdschriften. Wanneer ik mijn hand in de zak steek, glijdt de japon als een plasje groene zijde rond mijn enkels op de grond. Ik raap hem voorzichtig op aan de doorschijnende schouderbandjes van chiffon en zoek naar een rits, die slim verborgen blijkt te zijn in een zijnaad.

Wanneer ik de jurk over mijn hoofd laat glijden denk ik eerst dat hij niet zal passen. Hij lijkt kleiner dan de andere jurken van mijn moeder en heel even, terwijl ik gevangen zit in de nauwe koker van zijde en het zoetige parfum ruik – overigens niet het parfum van mijn moeder – dreig ik in paniek te raken, maar de stof glijdt over mijn heupen, valt soepel over mijn bovenbenen en waaiert uit over mijn enkels. Wanneer ik me omdraai om in de spiegel te kijken, zie ik een geheel ander mens. Het groene satijn, schuin geknipt, valt over elke ronding als water over een rots. Vanaf de schouders valt een draperie van groen chiffon omlaag tot in de holte van mijn onderrug. Wanneer ik er met mijn hand aan voel, merk ik dat er kleine gewichtjes in de stof zijn genaaid om hem zo mooi te laten vallen. Het enige wat niet klopt is de halslijn, die zo diep is dat mijn hals er bloot en kwetsbaar uitziet. Dan herinner ik me het cadeau van Natalie Baehr. Ik zie dat ik haast moet maken, steek snel mijn haar op en bevestig het halssnoer om mijn nek. Het is volmaakt, glinsterend van licht en de traan van groen glas heeft precies dezelfde kleur als de jurk.

Ik loop de trap af – een jurk als deze verdient een lange, trage entrée – en geniet van het golven van de zijde tegen mijn benen en de nevelige gestalte in de donkere vensterruiten die mij begeleidt. Wanneer ik de overloop van de eerste verdieping nader, verdwijnt de gestalte in de zee van kaarslicht van de kroonluchter. Gordon del Sarto, die net met een klein schilderij onder zijn arm uit de suite van Joseph komt, kijkt naar mij op en houdt zijn adem in.

'Iris, je ziet er beeldschoon uit. Wat een oogverblindende creatie. Van welke ontwerper is hij?'

Ik haal mijn schouders op, waarbij ik de kleine gewichtjes in de rugdraperie voel verschuiven. 'Ik heb geen flauw idee. Hij is van mijn moeder geweest.'

'Mag ik even?' vraagt Gordon en voordat ik iets kan zeggen draait hij me om en voelt met zijn vingers onder de rug van mijn

jurk. Ik heb niet eens de tijd om te schrikken of me te generen. 'Als ik het niet dacht,' zegt hij, terwijl hij het labeltje terugstopt onder de draperie. 'Balenciaga. Ik heb vorig jaar een soortgelijke jurk gezien in het modemuseum. Deze jurk is bijzonder kostbaar, weet je.'
'Echt waar? Ik heb geen idee hoe mijn moeder eraan kan zijn gekomen...' Dan dringt het tot me door dat de jurk hoogstwaarschijnlijk is achtergelaten door een gast, net als de nepparels die mijn moeder altijd droeg, en die wetenschap zorgt ervoor dat het satijn opeens een beetje olieachtig aanvoelt tegen mijn huid.
'Dan kan ik hem misschien beter niet dragen... ik bedoel, als het werkelijk een museumstuk is...'
'Doe niet zo belachelijk,' zegt iemand achter mij. Wanneer ik me omdraai, zie ik dat het Aidan is. Hij moet op de trap vlak achter me hebben gelopen. Ik herken hem bijna niet in zijn smoking en herinner me nu dat Harry tijdens de vorige stafvergadering had voorgesteld dat hij er voor deze gelegenheid een zou huren. 'Wat is het nut van zo'n jurk als hij niet gedragen kan worden door een beeldschone vrouw?'
'Precies,' zegt Gordon, 'hij staat je geweldig. En Natalies halssnoer lijkt ervoor gemaakt te zijn. En dat mag je vanwege de verrassing niet afdoen.'
Ik kijk Gordon niet-begrijpend aan.
'Dat zie je wel tijdens mijn lezing, waarvoor we overigens te laat gaan komen als we nu niet snel naar beneden gaan. Zullen we?' Gordon biedt me zijn arm aan. Ik draai me om naar Aidan om te zien of hij mij misschien naar beneden wil begeleiden, maar hij heeft allebei zijn handen in de zakken van zijn smoking gestoken.
'Ga je gang,' zegt hij, 'ik moet nog het een en ander regelen.'
Wanneer we de bibliotheek binnenkomen, heb ik nog steeds mijn hand op Gordons arm en ik zie Phoebes ogen groot worden wanneer zij ons ziet. Nou ja, denk ik, ze heeft anders behoorlijk haar best gedaan mij ervan te overtuigen dat zij en Gordon niets met elkaar hebben. Harry lijkt er ook van op te kijken mij en Gordon samen te zien en ik herinner me dat Phoebe me heeft verteld dat haar oom in de veronderstelling verkeerde dat zij en Gordon een relatie hadden. Denkt hij nu dat ik het vriendje van zijn nichtje inpik? Hij doet echt een beetje koeltjes tegen me. Ik had verwacht dat Harry in elk geval iets over mijn jurk

275

zou zeggen, maar dat doet hij niet. Hij vraagt me of ik al heb gecontroleerd of het vuurwerk is klaargezet op de bergrichel onder het terras. Wanneer ik beken dat ik dat nog niet heb gedaan, kijkt hij geërgerd en zegt dat hij dat dan zelf wel even gaat doen. Ik wil hem achterna gaan, maar op dat moment komt Jack binnen. Hij loopt met Natalie Baehr te praten en wanneer ze mij zien, beginnen ze allebei tegelijk bewonderend te fluiten. Gretchen Lu en Mark Silverstein komen nu ook binnen en zijn ook één en al lof. Tegen de tijd dat iedereen klaar is met zijn complimentjes voel ik me toch wel enigszins in verlegenheid gebracht en is het tijd voor de lezing. Hopend op een briesje uit de tuin ga ik vlak bij de openslaande deuren zitten. Het is een snikhete avond en ik begin te transpireren onder de zware zijde.

'Ons verhaal begint niet in het door oorlog verscheurde Europa van zestig jaar geleden, maar bijna zes eeuwen geleden, in het Italiaanse quattrocento...'

De vorige keer dat ik deze inleiding hoorde, was ik blij dat ik genoeg tijd zou hebben om naar Harry's suite te glippen om het gastenboek te 'lenen'. Nu lijken zes eeuwen een hele tijd om ons voor het eten doorheen te moeten worstelen.

Gordon behandelt de vijftiende-eeuwse achtergrond – de gilden, de rijke kooplieden, toenemende belangstelling voor mode en juwelen – en vraagt dan om de eerste dia, Botticelli's *Lente*. Zodra de lichten doven, voel ik iets langs de achterkant van mijn nek strijken. Ik krimp ineen en denk al dat er een vleermuis per ongeluk naar binnen is gevlogen, maar dan realiseer ik me dat het Hedda Wolfe is, die een rij achter mij zit en de chiffon draperie op mijn rug glad strijkt.

'Mooie jurk,' zegt ze.

Ik slaak een diepe zucht, doodmoe van die rotjurk. Geen wonder dat ik me niet kan herinneren of ik hem mijn moeder ooit heb zien dragen. Het is het soort jurk dat jou draagt.

In mijn ergernis ben ik de draad van Gordons verhaal kwijtgeraakt. Hij beschrijft het hoofdsieraad dat in de vijftiende eeuw zo populair was, de *ferronière*. In plaats van de stijve kronen uit de veertiende eeuw, bestond de *ferronière* uit een losse band, meestal van parels, maar soms ook gecombineerd met andere edelstenen, die het haar uit het gezicht hield en op het voorhoofd hing. Hij toont ons een dia van een van Filippo Lippi's Madonna's, die een enkel parelsnoer op haar voorhoofd draagt.

De parels en de huid van de Madonna zijn even transparant.

Het beeld vervaagt en maakt plaats voor een portret van een edelvrouw, geschilderd door een kunstenaar wiens naam ik niet versta. Zij draagt een prachtig hoofdsieraad van parels, paarlen oorhangers en parelsnoeren om haar hals. Zelfs haar japon is bezet met parels.

'De *ferronière* maakte vaak deel uit van het bruidstoilet. Parels werden niet alleen als een volmaakte versiering beschouwd voor de Maagd Maria, maar ook voor bruidjes, omdat zij zuiverheid en kuisheid vertegenwoordigden. Een *ferronière* van parels kon dus deel uitmaken van een bruidsschat en op die manier overgaan van moeder op dochter. Een dergelijk geschenk werd ook gegeven aan Catalina della Rosa, de enige dochter van rijke Venetiaanse edellieden uit de late vijftiende eeuw.'

De rijk uitgedoste edelvrouw verdwijnt en haar plaats wordt ingenomen door het smalle, ernstige gezichtje van een kind. Zij draagt geen sieraden.

'Dit is Catalina op tienjarige leeftijd. Hoewel zij de dochter was van een van de rijkste mannen van Venetië, had zij op deze jonge leeftijd in het geheim al een plechtige gelofte afgelegd om later te zullen toetreden tot het klooster van Santa Maria Stella Maris. Helaas voor Catalina hadden haar ouders andere plannen voor haar.'

Gordon toont ons achtereenvolgens de portretten van Catalina's vader, haar moeder en de Venetiaanse heer met wie zij zich op haar veertiende moest verloven. Ik ga zo op in de benarde situatie van de arme Catalina – die in het geheim Latijn, Grieks en Hebreeuws studeerde en haren boetekleden onder haar zijden jurken droeg om haar lichaam te kastijden – dat ik eerst niet in de gaten heb dat Phoebe vlak buiten de openslaande deuren op het terras mijn naam staat te sissen. Ik probeer haar te negeren, maar ze gaat alleen maar harder roepen. Bang dat ze Gordons lezing zal verstoren, sta ik op en loop naar buiten.

'Dat is de jurk van mijn moeder,' zegt Phoebe zodra ik buiten sta. 'Ik wil verdomme weten hoe jij daaraan komt.'

Ik sta op het punt me heftig tegen Phoebes aantijging te verzetten wanneer ik me herinner dat ik zelf al had bedacht dat de japon misschien wel door een gast is achtergelaten. Vera Nix heeft hier gelogeerd. Toch erger ik me aan Phoebes toon. Ze behandelt me als een dienstmeid die is betrapt in de kleren van haar meesteres.

'Hoe kom je daarbij? Alsof jij je dat zou kunnen herinneren; je was nog een baby toen zij stierf.'
Zelfs in de schemerig verlichte tuin zie ik dat Phoebes gezicht rood aanloopt. Het is niet mijn bedoeling geweest haar te kwetsen – zij kan er per slot van rekening ook niets aan doen dat haar moeder is gestorven toen zij nog maar een baby was – maar ik besef dat wanneer Phoebe het over haar moeder heeft, zij altijd de indruk weet te wekken dat ze haar heeft gekend. Misschien heeft ze na het lezen van haar dagboeken dat gevoel gekregen en voelt ze zich door mijn opmerking over het feit dat zij haar moeder niet heeft gekend aangesproken in haar rol als biografe. Ik begin in te zien hoe serieus Phoebe die rol opvat en ik begin me ook af te vragen of ik wel net zo geobsedeerd wil worden door mijn moeder als Phoebe door de hare.

'Er bestaat een foto van haar waarop ze hem draagt in *The Stork Club*,' zegt Phoebe, met haar hand tegen haar keel, bijna alsof ze aan de parels voelt die een vrouw bij zo'n jurk hoort te dragen, alleen is haar hals bloot. 'En hij wordt beschreven in een society-artikel. Ik geloof dat het een Dior is.'

'Deze japon is toevallig een Balenciaga,' vertel ik haar, 'maar ik zal de herkomst ervan graag met je bespreken na Gordons lezing...' Ik gebruik de term *herkomst* expres om haar erop te wijzen hoe idioot deze hele kwestie is, maar ik was vergeten hoe weinig humor zij heeft.

'Het is niet het enige wat jouw moeder van de mijne heeft gestolen,' zegt ze, 'en daar kom je wel achter wanneer je je moeders derde boek eenmaal vindt...'

'Ik begin langzamerhand het idee te krijgen dat er helemaal geen zoekgeraakt manuscript bestaat,' zeg ik.

'Misschien heb je gewoon niet goed genoeg gezocht omdat je bang bent voor wat je aan zult treffen.'

Ik slaak een diepe, vermoeide zucht. 'Phoebe, als je dan toch zo zeker weet dat er een manuscript is, waarom ga je het dan zelf niet zoeken? Ik zou je graag vrij toegang geven tot het hele hotel, maar dat heb je jezelf al toegeëigend.'

Phoebes ogen worden groot en even ben ik bang dat ik te ver ben gegaan, dat zij Gordons lezing zal verpesten door een scène te maken, maar zij draait zich zonder een woord te zeggen om en loopt de binnenplaats af. Kennelijk is ze niet van plan Gordons lezing uit te zitten.

Eenmaal terug in de bibliotheek probeer ik de draad van Gordons verhaal weer op te pakken, maar hij lijkt te zijn afgedwaald van de geschiedenis van Catalina della Rosa. In plaats daarvan bespreekt hij een zeventiende-eeuws schilderij dat *Het huwelijk van de zee* voorstelt – een Venetiaans feest ter ere van de verovering door Venetië van Dalmatië en de daaropvolgende maritieme overheersing. Ik leun achterover en bedenk me dat ik misschien wel aan Hedda kan vragen mij te vertellen hoe het verder is gegaan met Catalina. Werd zij gedwongen haar Grieks en Latijn op te geven en met de Venetiaanse edelman te trouwen? Maar Hedda's stoel is leeg.

Voordat ik om me heen kan kijken om te zien waar zij is gaan zitten, hoor ik opeens Catalina's naam weer vallen en ben weer een en al aandacht voor Gordon.

'Catalina's huwelijk zou tijdens dit feest worden voltrokken. Hier laat ik meestal het bruidsportret van Catalina in vol bruidsornaat zien, maar vanavond wil ik u graag vragen enig geduld te hebben, want ik heb een kleine verrassing in petto.'

Gordon trekt aan de rechterkant van zijn vlinderdasje en zijn rechtermondhoek trekt omhoog in een halve glimlach alsof hij in verbinding staat met de das. Ik zie dat hij een snelle blik wisselt met Natalie, die op de voorste rij zit en Gordon stralend van trots aan zit te kijken. Misschien is zij de reden dat Phoebe zo over haar toeren is – ze is niet jaloers op mijn jurk, maar op Natalie.

'Catalina's huwelijksvoltrekking zou onmiddellijk na het huwelijk tussen Venetië en de zee plaatsvinden. Het hoogtepunt van dat feest was altijd het moment waarop de regerende doge een prachtige trouwring in het water van het Lido wierp, en daarbij de spreuk uitsprak: *"Desponsesumus te, mare, in signum veri perpetuique dominii."* Hetgeen in vertaling zoveel wil zeggen als: 'Wij huwen u, zee, in het teken van onze waarachtige en eeuwige heerschappij.'

'Stelt u zich,' zegt Gordon, waarna hij even zwijgt en zijn publiek aankijkt, 'de verbijstering van de toeschouwers voor toen de jonge bruid, Catalina della Rosa, van haar ereplaats naast de doge opstond en, terwijl zij haar kostbare *ferronière* van haar haar trok, de parels en diamanten in de zee gooide, onder het in onberispelijk Latijn uitspreken van de zin: '*Spondeo me, Domine, in signum tui veri perpetuique dominii.*' Een kleine variatie op de oorspronkelijke spreuk, die betekent: "Ik verbind mijzelve, Heer, ten teken van uw waarachtige en eeuwige heerschappij." En toen –' hier zwijgt Gordon weer even, legt zijn handen plat op de katheder en buigt zich naar voren, '– stortte zij zich in zee.'

Er gaat een geroezemoes op onder het publiek, als de wind die door de bomen ruist, terwijl we ons allemaal voorstellen hoe het jonge meisje, in haar wanhoop om een gearrangeerd huwelijk te voorkomen, zichzelf verdrinkt. Ik zie bijna voor me hoe de zware zijden stoffen Catalina meesleurden naar de bodem van de zee, en merk dat ik aan de strakke naden van mijn eigen jurk zit te friemelen en de draperie van mijn rug veeg omdat hij aan mijn warme huid plakt. Het verhaal heeft ook iets eigenaardig bekends, iets met dat beeld van de parels die wegzinken onder water...

'Tot Catalina's grote teleurstelling verdronk zij echter niet. Zij werd nogal smadelijk uit het water gevist en overgebracht naar het familiepaleis, waar zij niets anders aan haar avontuur bleek te hebben overgehouden dan een zware neusverkoudheid. De della Rosa's waren niet bepaald onder de indruk van het feit dat hun dochter zich liever verdronk dan met de man te trouwen die zij voor haar hadden uitgezocht. Plannen voor haar huwelijk werden gewoon doorgezet, totdat een opmerkelijk voorval – een wonder, geloofde menigeen – plaatsvond. Op de dag dat Catalina's huwelijk zou plaatsvinden spoelde de paarlen *ferronière* aan bij het klooster van Santa Maria Stella Maris – hetzelfde klooster waaraan Catalina zich in het geheim al had verbonden. Toen de moeder overste van het klooster Catalina's ouders van dit wonder vertelde, ging Catalina's wens eindelijk in vervulling. Zij mocht toetreden tot de orde der benedictijnse nonnen, waar zij zich de rest van haar leven bezighield met wetenschappelijke projecten, waar wij hier vanavond niet verder over zullen uitweiden omdat we daar geen tijd voor hebben.

'Laten wij in plaats daarvan terugkeren naar het miraculeuze opduiken van de paarlen *ferronière*, die Catalina behoedde voor een liefdeloos huwelijk. Wat is ermee gebeurd? Omdat het werd beschouwd als een instrument van goddelijke interventie, schonken de della Rosa's de *ferronière* aan het klooster van Santa Maria Stella Maris, waar het op het voorhoofd van een standbeeld van de Heilige Maagd Maria werd geplaatst. Nu lijkt het u wellicht vreemd om een beeld van de Heilige Maagd met zo'n opzichtig sieraad te tooien, maar vergeet niet dat het gebruik van de *ferronière* als sieraad voor de Madonna niet geheel en al zonder precedent was.'

Hier gaat Gordon terug in zijn diaverzameling naar de Madonna van Lippi.

'De *ferronière* van de della Rosa's was natuurlijk veel gedetailleerder dan deze. Hij bestond uit diamanten, parels en een grote, druppelvormig geslepen smaragd, maar deze kenmerken werden gewoon opgenomen in de iconografie van Maria. En vergeet ook niet dat dit klooster was gewijd aan Maria Stella Maris – Maria, Sterre der Zee – een metafoor voor de Maagd die teruggaat tot de dertiende eeuw. Wat was een mooiere versiering voor een beeld van Maria Stella Maris dan parels, die immers uit zee komen, en een zeegroene smaragd, stralend als een ster? Jammer genoeg werd het beeld in de oorlog vernietigd, maar wij hebben nog wel een vijftiende-eeuws schilderij van een onbekende kunstenaar dat waarschijnlijk is geïnspireerd op het standbeeld, en waarop de della Rosa *ferronière* staat afgebeeld.'

Gordon moet een aantal dia's overslaan voor hij de goede te pakken heeft. Van alle schilderijen die hij vanavond heeft laten zien is dit waarschijnlijk het minst opmerkelijk als kunstwerk. Het lijkt op negen van de tien afbeeldingen van Maria die je tegenkomt op heiligenportretjes, met bonte kleuren, de figuur van de Madonna zelf een beetje gezet, een onhandige compositie. Zij zit op een rotsblok tegen een achtergrond van zee en lucht en als je niet beter weet, zou je zeggen dat ze zit te picknicken op het strand. Wat mij echter de adem beneemt is het sieraad in haar haar. Een net van parels en diamanten houdt haar haar uit haar gezicht en valt over haar voorhoofd, waar het eindigt in een druppelvormige smaragd.

'Zoals u ziet is niet alleen het gezicht van Maria gekopieerd van Catalina's portret, maar de *ferronière* is ook dezelfde die door Catalina della Rosa wordt gedragen op haar bruidsportret.'

Het portret van Maria schuift naar de rechterkant van het scherm en aan de linkerkant verschijnt het portret van Catalina della Rosa in haar bruidstoilet, haar groene ogen prachtig afstekend tegen de enorme druppelvormige smaragd die op het midden van haar voorhoofd rust.

'En ook dezelfde,' zegt Gordon, terwijl hij Natalie een teken

geeft om het licht weer aan te doen, 'als het halssieraad dat vanavond wordt gedragen door onze vriendelijke hotelmanager, juffrouw Iris Greenfeder.'
Wanneer het licht aangaat, draaien alle toeschouwers zich naar mij om.
'Als u misschien even zou willen opstaan...' zegt Gordon, maar ik sta al en loop naar het scherm, waar de twee afbeeldingen nu veel bleker zijn geworden in het licht.
'Opmerkelijk, vind je niet?' vraagt Gordon aan mij. 'Het viel Natalie meteen op toen ik haar de dia's voor de lezing liet zien.'
'Is dat de originele della Rosa *ferronière*?' vraagt een vrouw in het publiek.
Wanneer ik me omdraai, zijn alle ogen op mij gericht.
'Nee, absoluut niet,' vertelt Gordon. 'De originele della Rosa *ferronière* is tot het uitbreken van de Tweede Wereldoorlog in het bezit gebleven van het klooster van Santa Maria Stella Maris. Wij denken dat de abt de ketting in de catacomben onder de kerk heeft verborgen om hem uit handen te houden van de nazi's, maar helaas werd de kerk in de laatste dagen van de oorlog gebombardeerd en is het sieraad nooit teruggevonden in de puinhopen. De abt werd enkele uren voor de verwoesting van de kerk door een sluipschutter gedood. De meeste autoriteiten zijn de overtuiging toegedaan dat de ketting is vernietigd, maar er bestaat nog een andere theorie, namelijk dat de *ferronière* uit de kerk is weggehaald en is verborgen in een villa ten zuiden van Venetië die toebehoorde aan een nazaat van de della Rosa's. Ik ben op dit moment bezig die mogelijkheid te onderzoeken...'
'Hoe komt u aan die ketting, juffrouw Greenfeder?' vraagt een van de juristen mij op nogal beschuldigende toon. Dit is al de tweede keer vanavond dat ik word beschuldigd van het dragen van gestolen eigendommen. Gelukkig schiet Natalie Baehr mij te hulp.
'Hij is helemaal van glas en imitatiediamanten gemaakt,' zegt zij, terwijl ze opstaat en zich omdraait naar het publiek. 'Ik heb hem nagemaakt aan de hand van een beschrijving in een verhaal dat de moeder van professor Greenfeder heeft geschreven.'
'Goed,' zegt de jurist, 'maar waar heeft uw moeder de ketting dan gezien – als hij al sinds de oorlog wordt vermist?'
Ik wend me tot Gordon om hulp. Ik zie dat zijn 'kleine verrassing' niet helemaal naar wens verloopt, maar hij blijft kalmer dan

ik van hem voor mogelijk had gehouden. 'Dat weten wij niet,' zegt hij, 'maar ik kan me zo voorstellen dat zij een kopie heeft gezien van de Stella Maris Maria, die veel gekopieerd is en in heel veel kerken hangt die zijn gewijd aan Maria, Sterre der Zee.'

'Ja,' zeg ik, en opeens vallen de puzzelstukjes op hun plaats, 'in Brooklyn heb je ook een Maria, Sterre der Zee. Mijn moeder heeft mij daar laten dopen omdat zij daar zelf ook was gedoopt.'

'Zie je wel!' zegt Gordon tegen mij, waarna hij zich weer tot het publiek richt. 'We hebben vanavond dus in elk geval één mysterie over de herkomst van een kunstvoorwerp opgelost. De herkomst van een afbeelding.' Gordon legt zijn hand op mijn elleboog en gebaart met zijn andere hand dat ik weer naar mijn plaats kan gaan. Ik voel me net de vrijwilliger in een goochelvoorstelling die van het podium wordt gestuurd. Ik ga zitten, te versuft om de rest van Gordons lezing te kunnen volgen.

Wanneer de lezing is afgelopen, volg ik de andere gasten naar het terras, dat in gereedheid is gebracht voor het nuttigen van een drankje voor het eten. Eigenlijk moet ik nu gaan kijken of alles in de keuken en in de eetzaal gladjes verloopt en of Harry's plannen voor het vuurwerk zijn uitgevoerd, maar in plaats daarvan pak ik een glas champagne van de bar en ga in Halvemaan zitten. Ik zit op de halfronde bank die uitkijkt op het hotel en kijk omhoog naar de helder verlichte gevel. Het ziet er vanavond uit als een sprookjespaleis, verlicht door de schijnwerpers die Harry vorige week heeft laten installeren. De kroonluchter op de eerste verdieping is een zee van kaarslicht en elke kristallen druppel glinstert als een traan.

Ik zie Jack bij een groepje staan. Hij kijkt naar mij en ik leg mijn hand op de plek naast mij om hem uit te nodigen bij me te komen zitten.

'Ik wist niet of ik je vriendje jaloers moest maken,' zegt hij, terwijl hij naast me komt zitten.

'Ten eerste geloof ik niet dat hij nog steeds mijn vriendje is, en ten tweede heb ik hem de hele avond nog niet gezien.'

Ik zie dat Jack zich moet beheersen om niet meer vragen te stellen, maar het siert hem dat hij erin slaagt van onderwerp te veranderen. 'Je zult wel blij zijn met Gordons ontdekking. Weer een aanwijzing voor leven en werken van je moeder.'

Ik neem een slokje champagne en kijk naar het raam op de eerste verdieping. Een paar gasten staan op de overloop de kroon-

luchter te bewonderen. 'Ik voel me zo belachelijk,' zeg ik. 'Al die jaren ben ik op zoek geweest naar de invloed van sprookjes en Ierse volkslegenden op haar werk en nooit heb ik er een moment aan gedacht het bij de kerk te zoeken. Een katholiek meisje uit Brooklyn! Ik ben zelfs nooit in die kerk van Maria, Sterre der Zee geweest, behalve dan toen ik drie was.'
'Nou, dan ga je nu alsnog. Ik wil wedden dat dat portret er hangt en misschien vind je ook iets over Catalina della Rosa – wie weet, misschien hebben ze wel een stukje van haar in een doosje... zo'n, hoe-heet-zo'n-ding...'
'Een relikwie,' zeg ik. 'En zo begint dit hele project van mij een beetje te voelen. Als een grabbelton vol relikwieën van mijn moeder. Wist je dat Phoebe me heeft gewaarschuwd niets te schrijven waardoor haar moeder in een ongunstig daglicht kan worden gesteld? En vanavond beschuldigde ze me ervan dat ik de jurk van haar moeder draag.' Ik vertel Jack er niet bij dat de jurk misschien echt van Vera Nix is geweest.
'Ze klinkt alsof ze niet hemaal goed bij haar hoofd is.'
'Precies. Kijk maar eens wat een leven in de schaduw van haar moeder met haar heeft gedaan. Zo wil ik niet worden.'
'Dan kun je hier misschien beter weggaan. Laten we samen teruggaan naar de stad, Iris.' Ik voel Jacks hand op de mijne. Ik weet dat dit het moment is waarop ik hem aan moet kijken – hij geeft me een kans om de breuk tussen ons te lijmen – maar in plaats daarvan kan ik mijn ogen niet afhouden van een tafereel dat zich op de overloop van de eerste verdieping ontvouwt. Het groepje gasten is uiteengegaan en heeft plaatsgemaakt voor een eenzame gestalte – een slanke vrouw in een eenvoudige rechte jurk. Vanwege het kaarslicht van de kroonluchter tussen ons in, kan ik het hier vandaan niet goed zien, maar ik denk dat het Phoebe Nix is.
'Verdraaid, Jack, kijk, volgens mij staat Phoebe daar voor Josephs deur. Ze valt hem de hele week al lastig om haar meer te vertellen over het verblijf van haar moeder in het hotel. Ik wil wedden dat ze hem nu gaat vragen of hij zich haar herinnert in deze jurk.'
De deur van Josephs suite gaat open, maar ik kan niet zien wie er opendoet. Waarschijnlijk is het licht in het woongedeelte uit. Phoebe loopt heel even de kamer in, maar komt meteen weer naar buiten, trekt de deur achter zich dicht en loopt weg, in de

richting van de liften. Enkele minuten later zie ik iemand anders uit de richting van de liften komen – niet Phoebe, maar een man.

'Is dat niet die vriend van je?' vraagt Jack. Hij heeft zijn hand van de mijne gehaald, maar dat merk ik nu pas.

'Ja, dat is Aidan. Hij zal wel een schilderij gaan terugbrengen naar de kast in Josephs suite.' Ik zie echter dat Aidan niets bij zich heeft. Voor Josephs deur blijft hij even staan, maar dan gaat hij naar binnen en laat de deur achter zich open staan. Hij verdwijnt in de donkere kamer.

Wanneer ik mijn blik van het helder verlichte raam afwend, zie ik dat Jack naar me zit te kijken. 'Je hebt geen antwoord gegeven op mijn vraag, Iris. Ik vroeg of je met me terug wilde gaan naar de stad.'

Achter Jack zie ik de donkere vallei en de lichtjes langs de rivier. Kleine lichtpuntjes – net vuurvliegjes – glinsteren boven de rivier en even denk ik dat het vuurwerk dat Harry voor vanavond in petto heeft al is begonnen, maar dan knipper ik met mijn ogen en zijn de lichtjes verdwenen. Het waren de nabeelden van de kroonluchterkaarsen waar ik naar heb zitten turen.

Ik kijk weer naar Jack om mijn antwoord te geven, maar voordat ik dat kan doen klinkt er een scherpe knal door de stille avond.

'Dat zal het vuurwerk wel zijn,' zeg ik, uitkijkend over de vallei.

Jack schudt zijn hoofd. 'Het kwam uit het hotel.'

Ik draai me zo snel om dat de chiffon draperie van mijn japon aan het ruwe hout van het bankje blijft haken en ik hoor een scheurend geluid. Een gestalte op de overloop van de eerste verdieping loopt, nee, wankelt naar het raam. Een ogenblik lang is hij gevangen in het schijnsel van honderd kaarsen en dan lijkt het licht rondom hem te exploderen. Eerst denk ik dat de kroonluchter valt, maar het is de weerspiegeling van de kroonluchter in het raam, dat in honderdduizend stukjes uiteen spat wanneer de man op de overloop door het glas valt.

Voordat ik me zelfs maar realiseer dat ik ben opgestaan, zit ik al op mijn knieën naast de man die languit op het terras ligt. Glassplinters drukken in mijn knieën en in de palm van mijn linkerhand, die ik gebruik om me in evenwicht te houden, terwijl ik mijn rechterhand gebruik om voorzichtig naar een polsslag te voelen, maar ik heb het stilzwijgen van zijn lichaam niet nodig om me ervan te vergewissen dat Joseph dood is.

Deel 3

De dochter van de selkie

24

Een week na Josephs dood nam ik de trein terug naar de stad. Tot mijn verbazing zag ik dat de bomen langs de Palisades nog groen waren. Voor mijn gevoel was het jaren geleden dat ik de eerste glimp van herfstkleuren had waargenomen in de bossen achter het hotel en even was het net of ik op de een of andere manier in slaap was gevallen, de jaarwisseling had gemist en in een nieuw voorjaar was ontwaakt. Kon ik maar terug naar het afgelopen voorjaar, dacht ik, terug naar de avond dat Aidan opeens bij me op de stoep stond, terug naar dat ritje in de trein toen ik hem had beloofd hem een baantje in het hotel te bezorgen. Maar er was geen weg terug. Joseph was dood en Aidan, die gezocht werd voor moord, was verdwenen.

Toen wij eindelijk Josephs suite binnengingen – ik wilde Joseph niet op het terras achterlaten, ook al was wel duidelijk dat niemand nog iets voor hem kon doen en het duurde even voordat Harry naar boven kon komen vanaf de bergrichel waar hij de voorbereidingen voor het vuurwerk inspecteerde – was deze verlaten. De Hudson River School-schilderijen waren verdwenen, hoewel het slot op de kastdeur geen sporen van braak vertoonde. In het woongedeelte werden wel enkele sporen aangetroffen van een worsteling: een kapotte lamp, een omgevallen stoel, een van Josephs krukken op de grond, een bloedvlek op het tapijt, vlak bij de plek waar de kruk lag. Nog voordat de DNA-test bevestigde dat het bloed afkomstig was van Aidan (na vergelijking met bloedmonsters uit zijn gevangenisdossier), had de rechercheur uit Kingston al een behoorlijk overtuigend scenario bedacht voor wat er zich in Josephs suite had afgespeeld.

Het was niet alleen mijn getuigenverklaring die Aidan enkele

minuten voor het pistoolschot in de suite plaatste. Toen zij werd ondervraagd, gaf Phoebe toe – zij het met enige tegenzin, viel mij op – dat zij hem na haar vertrek uit Josephs suite op de gang was tegengekomen. 'Hij vertelde me dat hij in opdracht van Harry nog een laatste keer de schilderijen ging controleren.'
Harry ontkende Aidan een dergelijke opdracht te hebben gegeven. 'Sterker nog, ik had die jongen de hele avond nog niet gezien en ergerde me eraan dat hij niet beneden was om toezicht te houden.'
Natuurlijk wist niemand precies wat er was gebeurd nadat Aidan de suite was binnengegaan. Tot twee keer toe vertelde ik rechercheur March dat het in de kamer te donker was om vanaf mijn plek op het terras iets te kunnen zien. Toen hij de vraag voor de derde keer wilde stellen, viel Jack hem in de rede en vertelde de rechercheur dat hij naast mij had gezeten op het terras en dat ik de waarheid vertelde: je kon de gang op de eerste verdieping zien omdat hij werd verlicht door de kroonluchter, maar het licht in Josephs suite was waarschijnlijk uit en van waar wij zaten kon je er niet naar binnen kijken.
'Maar u zat wel met uw gezicht naar het raam toen het pistool werd afgevuurd?' vroeg rechercheur March aan Jack. 'Terwijl juffrouw Greenfeder...'
'Ik keek uit over de vallei,' zei ik. 'Ik dacht dat die knal het begin van het vuurwerk was, maar toen zei Jack dat het uit de richting van het hotel kwam...'
'Kunt u ons vertellen of u Joseph Krupah voor of na het lossen van het schot de kamer hebt zien verlaten?' vroeg rechercheur March aan Jack.
'Ik weet het niet zeker, maar volgens mij stond hij in de deuropening, of misschien een meter of zo de gang in, toen ik de knal hoorde. Hij hinkte en ik dacht nog: *waarom gebruikt hij zijn krukken niet?* Op het moment dat ik de knal hoorde, viel hij voorover, in de richting van het raam, en vervolgens viel hij erdoorheen.'
Het wapen werd twee dagen later gevonden, tussen de struiken op de richel onder het terras – alsof iemand had geprobeerd het van de berg te gooien, maar niet ver genoeg had gegooid. Het was Harry Krons pistool – dat een maand eerder bij de politie als gestolen was opgegeven – en de vingerafdrukken waren ervan afgeveegd.

'Had meneer Barry toegang tot uw suite op de avond dat het pistool werd gestolen?' vroeg rechercheur March aan Harry toen het pistool werd gevonden. Hij had Harry en mij verzocht hem te treffen in de Sleepy Hollow-suite die, omdat het de plaats van het misdrijf was, sinds de avond van de moord door de politie was verzegeld. Ik was sinds die avond niet meer in de suite geweest en had verwacht me er niet op mijn gemak te zullen voelen vanwege het bloed op het kleed en de restanten van vingerafdrukpoeder dat nog op de meubels en het houtwerk zat, maar wat ik het ergste vond, was om in dezelfde stoel bij het raam te zitten waarin ik nog geen week eerder met Joseph had zitten praten, onder de ruiter zonder hoofd, wiens vurige afgehakte kop mij leek toe te grijnzen vanaf de beschilderde muur. Nu zat rechercheur March in de oorfauteuil waar Joseph had gezeten, Harry zat in de identieke stoel aan de andere kant van het raam en ik zat op het voetenbankje tussen hen in.

'Ik laat het aan mijn manager over om te besluiten wie er een loper krijgt,' zei Harry, de vraag aan mij doorspelend.

'Als het goed is, had hij die avond nog geen eigen loper,' zei ik, 'want meneer Kron had hem nog niet aangesteld als coördinator van bijzondere evenementen... Hij werkte alleen nog maar in de tuin...'

'En het is niet de gewoonte lopers uit te delen aan tuinpersoneel?' vroeg rechercheur March mij met nauwelijks verholen minachting. Ik was ervan overtuigd dat hij een hekel aan mij had gekregen op het moment dat ik hem vertelde dat ik op het cruciale moment mijn blik van het raam had afgewend, en die aversie werd nog heviger toen ik hem vertelde dat ik willens en wetens een ex-gedetineerde in het hotel had aangenomen.

'Nee, maar alle kamermeisjes beschikken over lopers...'

Ik zag rechercheur March iets in zijn opschrijfboekje schrijven en vermoedde dat het een aantekening was om alle kamermeisjes te ondervragen of zij hun loper die avond aan iemand hadden uitgeleend. Ik wist dat Paloma waarschijnlijk wel voor mij zou liegen en zou ontkennen dat ze mij die avond haar sleutel had gegeven, maar ik vermoedde dat zij een slechte leugenaar was en dat de leugen haar duur zou komen te staan. Ik had te veel kamermeisjes bij mijn vader geroepen zien worden nadat een gast had geklaagd dat er iets kostbaars uit zijn of haar kamer was ontvreemd. Ik had hen uit zijn kantoor zien komen, bleek van angst en schuldgevoel, zelfs degenen die enkele uren later al van alle blaam werden gezuiverd wanneer het horloge of de portefeuille plotseling toch in de eigen zak van de gast bleek te hebben gezeten.

'Ik was die avond mijn sleutel kwijtgeraakt,' zei ik tegen de rechercheur, terwijl ik hem recht in de ogen keek, niet omdat ik me zo moedig voelde, maar omdat het makkelijker was zijn antipathie onder ogen te zien dan de blik van teleurstelling op Harry's gezicht. 'Ik denk dat ik hem in de bibliotheek ben verloren, waar Gordon del Sarto die avond een lezing gaf.'

'Ik geloof dat meneer Barry nog heeft meegeholpen de diavoorstelling voor te bereiden,' zei Harry.

'Dus het is mogelijk dat meneer Barry de sleutel heeft gevonden en zichzelf toegang heeft verschaft tot de suite van meneer Kron...'

'Maar waarom? Ik bedoel, ik weet hoe graag Aidan uit de gevangenis wilde blijven. Hij heeft er een heel mooi essay over geschreven...' De blik op rechercheur Marchs gezicht weerhoudt mij ervan Aidans prachtig geschreven versie van Tam Lin de hemel in te prijzen.

'Dat is heel fijn, juffrouw Greenfeder. Het doet mij deugd te horen dat mijn belastinggeld wordt gebruikt om gevangenen te leren zich goed uit te drukken. Vertelt u mij eens, weet u ook waarom meneer Barry in de gevangenis zat?'

'Hij heeft me verteld dat hij samen met een neef in een auto zat die gestolen bleek te zijn en gestolen wapens in de kofferruimte bleek te hebben. Hij beweerde niets van die wapens te weten, maar hij wist wel dat zijn neef betrokken was bij het inzamelen van geld voor de IRA.'

Rechercheur March maakt een keelgeluid dat waarschijnlijk moet doorgaan voor lachen. 'Ja, ja. Heeft hij ook verteld dat hij op de vlucht is geslagen toen de auto werd aangehouden?'

'Nee, maar...'

'En dat de agent die de achtervolging inzette door een ander voertuig werd aangereden en op slag dood was?'

Ik schud mijn hoofd.

'Nogal een impulsief type, uw vriend Aidan Barry. Een beetje onberekenbaar, zou je kunnen zeggen.'

Ik denk aan de blik in Aidans ogen toen hij me vroeg of hij beter kon vertrekken. Het gevoel dat hij klaar stond om op de

vlucht te slaan. Misschien had hij de schilderijen gezien als zijn kans op een nieuw leven. Dat dacht rechercheur March althans.
'Ik denk dat het volgende is gebeurd,' zei hij tegen Harry en mij. 'Aidan Barry had waarschijnlijk nog geen vastomlijnde plannen toen hij meneer Krons pistool stal, maar kerels zoals hij moeten altijd een wapen achter de hand hebben, voor het geval dat. Toen u hem die loper bijna in de schoot wierp, heeft hij hem natuurlijk gebruikt om de kamer van zijn baas te doorzoeken en toen hij het pistool vond, heeft hij dat voor alle zekerheid maar meegenomen – die kans kon hij niet laten schieten. Mijn excuses voor het cliché, juffrouw Greenfeder, Engels is nooit mijn beste vak geweest, in tegenstelling tot die meneer Barry van u. Ik weet nog wel dat jullie leraren Engels een hekel hebben aan clichés, maar in dit geval weet ik geen betere manier om het te zeggen, u wel?'
Ik schud mijn hoofd. Geweldig, denk ik, ik ben niet alleen een slechte getuige en waardeloos in het aannemen van personeel, kennelijk heb ik rechercheur March ook nog eens diep beledigd door lerares Engels te zijn. Waarschijnlijk moest ik nu boeten voor de een of andere grammatica-minnende slavendrijfster die hij in groep acht had gehad.
'Vervolgens wacht hij rustig af wat zich in dit mooie hotel van u zal voordoen.' Rechercheur March wees naar het uitzicht op de rozentuin, alsof hij aan wilde geven hoe mooi dit hotel wel niet was, alleen zag de tuin er niet op z'n best uit. In navolging van Josephs laatste instructies, was de beperkte watervoorraad uitsluitend gebruikt voor de overblijvende planten. De borders vol eenjarigen waren aan het afsterven en het gras begon bruin te worden. De hele tuin leek in de rouw te zijn voor de dode tuinman.
'Als wetsdienaar mag ik dit eigenlijk niet zeggen, maar vroeger kwam ik hier 's zomers altijd stiekem in het meer zwemmen. Dat deden heel veel kinderen uit de omgeving. In mijn ogen was het hier een waar paradijs. Maar voor meneer Barry waren die schilderijen nog veel mooier. Hoeveel zei u dat ze waard waren, meneer Kron?'
'Dat hangt natuurlijk van de markt af. De belangstelling voor Amerikaanse landschappen is de laatste tijd erg aangetrokken...'
'Een grove schatting dan, meneer Kron?'
'Op z'n minst een paar miljoen. Op een veiling alles bij elkaar

misschien wel viereneenhalf miljoen, maar op de zwarte markt weet je het natuurlijk nooit.'
'Nou ja, in elk geval een paar miljoen. En uw meneer Barry heeft zo zijn contacten.' Toen hij *uw* meneer Barry zei, keek hij mij recht in de ogen. 'Dat verhaal over wapensmokkel was niet helemaal uit de lucht gegrepen – hij onderhoudt banden met de IRA en misschien weet u dat die organisatie in het verleden al eerder betrokken is geweest bij kunstdiefstal.'
'O, ja,' viel Harry hem in de rede, 'ik geloof dat er een theorie bestaat dat de Isabella Stewart Gardner-roof door de IRA is gepleegd...'
'Dus wanneer hij al die kostbare schilderijen ziet,' vervolgde March, zonder aandacht te schenken aan Harry, '– en wij weten van ene meneer Ramsey van de Cornell Galerie dat Aidan Barry de geldwaarde van een van de schilderijen met hem heeft besproken – besluit hij dat werken in een hotel misschien toch niet zijn ideale tijdspassering is. Misschien ligt rentenieren op de Kaaimaneilanden meer in zijn straatje. Ik denk er zelf ook wel eens aan, vooral wanneer de winter er weer aan zit te komen – het kan hier verschrikkelijk koud worden, maar dat zult u zich nog wel uit uw jeugd kunnen herinneren, juffrouw Greenfeder.'
De rechercheur zweeg even zodat ik kon knikken en toen hij daarna nog steeds niets zei, vroeg ik me af of hij soms verwachtte dat ik herinneringen zou gaan ophalen aan sneeuwrecords en legendarische sneeuwstormen uit onze jeugd. Of misschien moest ik nu wel instorten en opbiechten dat het vooruitzicht van nog een winter in dit eenzame hotel mij ertoe had gedreven een kunstdiefstal te beramen met Aidan Barry en dat ik nu mijn tijd zat af te wachten totdat ik naar het Caribisch gebied kon vluchten. Ik zei niets en ten slotte vervolgde rechercheur March zijn zelfverzonnen scenario.
'En moet je zien hoe gemakkelijk het hem werd gemaakt.' Nu gebaarde hij naar de kast, die dicht en op slot zat. 'Kunstwerken ter waarde van een paar miljoen dollar in een kast, slechts bewaakt door een oude tuinman die niet meer uit de voeten kon. We mogen niet alleen maar slecht over meneer Barry denken. Hij heeft er waarschijnlijk geen rekening mee gehouden dat de oude tuinman voor problemen zou zorgen. Hij ging er waarschijnlijk van uit dat de oude man zou slapen. Het enige wat hij hoefde te doen was de suite binnengaan.' Rechercheur March

stond op, liep naar de voordeur van de suite, en deed net of hij Aidan was die de kamer binnenkwam. 'Iets wat hij de hele week al had gedaan, de kast openmaken.' De rechercheur haalde een sleutel uit zijn zak en maakte de kastdeur open, die tegen de rugleuning van Harry's stoel zwaaide. 'Waarvoor hij ook een sleutel had, de schilderijen te pakken en te maken dat hij wegkwam. Hij zal wel een vriend hebben gehad die een eindje verderop met een auto langs de weg op hem stond te wachten. Helaas lag uw meneer Krupah niet te slapen. Dat weten wij van uw nichtje, meneer Kron. Zij was een paar minuten voordat zij Aidan Barry door de gang zag lopen bij meneer Krupah langsgegaan om hem iets te vragen. Ik heb niet helemaal begrepen waar de vraag precies over ging. Iets over een gestolen jurk?'

Ik zuchtte en bereidde me erop voor het incident met de jurk aan rechercheur March te moeten uitleggen, maar hij houdt een hand op om mij de mond te snoeren. 'Laat maar. Juffrouw Nix heeft me gisteren een halfuur aan mijn kop gezeurd over die jurk. Volgens mij zou ze het liefst zien dat ik dit moordonderzoek op de lange baan schuif en ga uitzoeken wie vijftig jaar geleden haar moeders jurk heeft gestolen. Het enige wat ik belangrijk vind, is dat vijf minuten voordat Aidan Barry de suite binnenging, Joseph Krupah in de woonkamer met juffrouw Nix over de jurk van haar moeder heeft zitten praten. Volgens juffrouw Nix heeft hij haar verteld dat hij naar bed zou gaan, maar het zal hem enkele minuten hebben gekost om van de woonnaar de slaapkamer te gaan, dus toen meneer Barry binnenkwam, bevond meneer Krupah zich nog op de gang. Juffrouw Greenfeder, u bent even meneer Krupah.'

Rechercheur March gaf mij een teken hem door de woonkamer te volgen naar het gangetje dat naar de slaapkamer van de suite leidde. Hij deed de deur half dicht en liet mij daar achter. Ik hoorde hem aan Harry vragen om 'meneer Barry te zijn'. Toen hoorde ik een deur dichtgaan en rechercheur March iets tegen Harry fluisteren wat ik niet kon verstaan. Vervolgens hoorde ik een klik en kraakte er iets.

'Hebt u de deur horen opengaan, juffrouw Greenfeder?' Ik antwoordde dat ik dat inderdaad had gehoord. 'Komt u nu maar binnen.'

Ik liep het woongedeelte binnen en zag Harry met zijn rug naar mij toe bij de kastdeur staan. Even wist ik niet waar de rechercheur was, maar toen zag ik hem tussen de kastdeur en de leunstoel staan, zich uitrekkend om het tafereel te kunnen overzien dat hij in scène had gezet. 'Zoals u ziet, kon meneer Krupah toen hij de kamer binnenkwam meteen zien waar meneer Barry mee bezig was. Hij wist dat de schilderijen achter slot en grendel zaten voor de nacht en dat meneer Barry geen enkele reden had om ervoor terug te komen. Ik wil wedden dat hij altijd al verdenkingen had gekoesterd ten opzichte van meneer Barry en dat het behoorlijk in verkeerde aarde viel toen hij zag hoe de jongeman bezig was de schilderijen te stelen. Volgens mij was hij een trouwe werknemer, die Joseph.' Rechercheur March zweeg even, zodat Harry en ik met zijn woorden konden instemmen. Harry, nog steeds met zijn rug naar mij toe, mompelde iets, maar ik kon geen woord uitbrengen. *Trouwe werknemer.* Moest ik zo samenvatten wat Joseph de afgelopen vijftig jaar voor het hotel en mijn familie had betekend?

'Ik denk dat Joseph Krupah heeft geprobeerd de diefstal te voorkomen. Geen verstandige zet, maar het dwingt wel respect af. Hij gebruikt een van zijn krukken om meneer Barry mee op het hoofd te slaan.' Rechercheur March kwam achter de deur vandaan, tilde zijn arm op boven Harry's niets vermoedende hoofd en liet hem tot ongeveer een centimeter boven de kale kruin neerkomen. 'Gezien de hoeveelheid bloed op het kleed heeft hij hem een flinke mep verkocht.' We kijken allemaal omlaag – Harry draait zich om van de open kast – om naar de donkere plek op het kleed te kijken.

'In de veronderstelling dat meneer Barry buiten bewustzijn is, liep meneer Krupah naar de deur om hulp te gaan halen.' Rechercheur March liep de kamer door en deed de deur naar de gang open. Ik zag het dichtgetimmerde raam op de overloop en een gast die naar de liften liep. 'Alleen kwam meneer Barry weer bij zijn positieven toen Joseph nog in de deuropening stond en teneinde de getuige van zijn misdaad uit de weg te ruimen, pakte hij zijn pistool en schoot. Wonderbaarlijk genoeg werd Joseph door deze kogel niet onmiddellijk uitgeschakeld. Hij stond nog op zijn benen en probeerde zelfs weg te komen.' Rechercheur March rende, met Harry en mij op zijn hielen, de gang op en de gezusters Eden, die net de trap opkwamen, schrokken zich een ongeluk. Rechercheur March maakte een buiging voor hen en vervolgde, op de overloop, zijn verhaal, terwijl de gezusters

Eden ongetwijfeld een eindje verderop bleven staan te luisteren wat er gebeurt. 'Maar helaas rende hij naar de overloop en verloor daar zijn evenwicht. Toen viel hij door het raam. Aidan Barry verzamelde zijn schilderijen, ging via de achtertrap naar beneden – tegen die tijd waren alle gasten en personeelsleden op de commotie op het terras afgekomen – en vertrok via de westkant van het hotel, waar hij hoogstwaarschijnlijk werd opgewacht door een medeplichtige. Wij vermoeden dat zij over de binnenwegen richting Canada zijn gereden. We hebben de Canadese grenspatrouilles nog voor de ochtend op de hoogte gebracht, maar helaas zijn onze vrienden in het noorden niet altijd zo waakzaam als wij wel zouden willen.'

Ik stelde me voor hoe Aidan naar het noorden moet zijn gereden, terwijl de zon opkwam boven de Adirondacks. Het deed me aan een andere zonsopgang denken.

'Hoe heeft hij ze gedragen?'

'Neemt u mij niet kwalijk?'

Rechercheur March liep alweer weg van het raam. De voorstelling was afgelopen.

'De schilderijen. Het waren er zes, inclusief een reusachtig luchtgezicht van het ochtendgloren dat Aidan bijna niet alleen kon dragen. Hoe heeft hij al die zes schilderijen in zijn eentje de trap af gekregen?'

'Dat is een goede vraag, juffrouw Greenfeder. Misschien kreeg hij hulp – het zou de moeite waard zijn om op te letten of iemand van uw staf of management het komende jaar opeens over onvermoede rijkdommen lijkt te beschikken. Wij zullen dat in de gaten houden. Intussen zullen wij ook nog eens het hele hotel plus omgeving doorzoeken voor het geval meneer Barry de schilderijen ergens heeft verborgen om ze later te komen ophalen. Ik vrees dat het wel weer wat onrust voor uw gasten met zich mee zal brengen...'

'Ik ben van plan het hotel dit weekend te sluiten,' zei Harry Kron, 'dus u kunt naar hartelust gaan zoeken. Het personeel en ik zullen u er zelfs bij helpen.'

'Het hotel sluiten?' herhaalde ik. Daar had ik hem nog niet eerder over gehoord. Ik keek de gang in om te zien of de gezusters Eden nog stonden te luisteren, maar tot mijn opluchting waren zij verdwenen. Ik wist dat zij van plan waren nog het hele najaar te blijven.

'Het spijt me, Iris, ik had het je eerder willen vertellen, maar ik heb het de laatste paar dagen ook zo druk gehad. Kijk nu niet zo verslagen; het is niet mijn bedoeling om voorgoed dicht te gaan. Ik wilde snel met de renovatie beginnen en deze ongelukkige tragedie heeft mijn plannen alleen maar in een stroomversnelling gebracht. Er stond maar een handjevol boekingen voor september – geen grote gezelschappen, geen belangrijke gasten – en er zal zeker een soort grauwsluier over het hotel vallen vanwege de tragedie. Wij kunnen de tijd goed gebruiken voor opknapwerkzaamheden – we schuren al het houtwerk, inclusief de vloeren, geven alles een nieuw verfje en vervangen alle gordijnen en tapijten. Wanneer we volgend jaar mei weer opengaan, herken je het hele hotel niet meer terug. En ook al weet ik dat je me nu niet zult geloven, toch zal dan ook het verdriet om Joseph minder zijn. Hij was per slot van rekening geen jonge man meer. Maar ik weet heus wel hoeveel verdriet je nu hebt. Waarom neem je niet een poosje vrij? Ga terug naar de stad. Ik heb je hier niet nodig voor de renovatie – hoewel je je salaris deze winter natuurlijk wel gewoon krijgt doorbetaald...'

Ik weet dat ik dankbaar zou moeten zijn voor Harry's edelmoedigheid, maar toch is het een van de dingen die me gedurende mijn reis langs de Hudson behoorlijk dwarszit, het idee dat ik op de loonlijst van het hotel sta, terwijl ik het achterlaat om het helemaal kaal te laten slopen door de bouwploeg. Ik weet niet eens wie ik nu eigenlijk in de steek denk te laten – Joseph, die ik toch niet meer kan helpen, tante Sophie, die al naar de Mandelbaums in Florida is vertrokken, of het hotel zelf. In de laatste glimp die ik er vanaf het station van opving, leek het zo onwerkelijk en onwaarschijnlijk, een witte tempel aan de rand van een rotsklif boven de Hudson, dat ik nu al het gevoel heb dat het een plek is die ik zelf heb verzonnen en die, als ik hem ooit terug probeer te vinden, opgeslokt zal zijn door het bos, teruggegeven aan de bergen.

Wanneer ik op het Grand Central Station tegen de forenzenstroom moet inlopen, kan ik al bijna niet meer geloven dat zo'n prachtige, koele plek echt bestaat. Ik herinner me dat mijn moeder op haar eerste reis naar het noorden het gevoel beweerde te hebben gehad dat het hotel net zo ver van haar afstand als de sterrenbeelden in het gemarmerde, gewelfde plafond. Voelde zij zich, toen zij die allerlaatste keer terugkeerde, net als ik nu: alsof ik terug ben gekomen van een reis naar de maan? Tegen de tijd dat ik buiten in een rij op een taxi sta te wachten ben ik kletsnat van het zweet en sta ik naar adem te happen in de benauwde atmosfeer. Ik probeer mijn koffer over te nemen in mijn linkerhand, maar die zit nog steeds in het verband vanwege de snijwonden die ik heb opgelopen toen ik op het terras naast Joseph in de glasscherven was neergeknield. Ik voel ook dat het verband om mijn knieën is losgeraakt en dat mijn spijkerbroek tegen de korsten schuurt. Wanneer ik me eindelijk dankbaar laat wegzinken in de kapotte achterbank van een taxi zonder airconditioning, zie ik op elke knie een vochtige donkere plek, waar het bloed zich heeft verspreid. Ik draai het raampje omlaag en zie de stad voorbij glijden. Het naargeestige witte marmer van de centrale bibliotheek, de platanen in Bryant Park, hun bladeren slap en bruin, de fruit- en groentekraampjes in Hell's Kitchen, de Red Branch Pub op Ninth Avenue, waar ik die avond met Aidan voor heb gestaan toen we van het station naar mijn huis liepen. Wanneer ik me realiseer dat ik tussen de gezichten van de voetgangers naar het zijne zoek doe ik, ondanks de hitte, het raampje dicht, leun achterover en concentreer me de rest van de rit op de taximeter.

Nadat ik de taxi heb betaald, blijf ik even op de hoek staan en kijk over West Street uit in de richting van de rivier. Ik probeer mijn moed te verzamelen voor de klim van vier verdiepingen naar mijn appartement. Maar ik moet ook toegeven dat ik mezelf moet wapenen om de leegte onder ogen te zien die mij wacht in het kleine torenkamertje waar ik al die jaren met zoveel plezier heb gewoond. Ik ben nog nooit met zo'n gevoel van teleurstelling thuisgekomen. Met elke trap die ik beklim begin ik erger op te zien tegen die lege kamer. Ik ben er altijd naar teruggekeerd als naar een kloostercel, een plek van bezinning waar ik me eindelijk kon afwenden van de rest van de wereld en kon schrijven. Dit was de wereld die ik voor mezelf had geschapen, een lege torenkamer met uitzicht op de rivier, een plek waar datgene wat mijn moeder was overkomen mij nooit zou gebeuren. Ik zou nooit hoeven vluchten voor de afleiding van een man en kind, simpelweg omdat ik die nooit zou hebben. Wat had Phoebe gezegd? *Heb jij soms je hele leven niet gebaseerd op wat je van het verhaal van je moeder meende te weten? Ongetrouwd.*

Geen kinderen... Je bent alles uit de weg gegaan wat je verantwoordelijk achtte voor haar dood.
Wanneer ik echter de deur opendoe, word ik verwelkomd door licht en frisse lucht. Het verstikkende hok waar ik zo tegenop heb gezien biedt een weids uitzicht over de rivier en de lucht. Het is zo'n opluchting voor me dat het even duurt voordat ik besef waarom het helemaal niet eenzaam lijkt. Dat is omdat ik niet alleen ben. Onder de open ramen, languit uitgestrekt op mijn bank, zijn onderarm over zijn ogen om ze af te schermen voor het late middagzonnetje, ligt Aidan, in diepe slaap verzonken.

25

Ik zou nu meteen weer naar beneden kunnen gaan en de politie kunnen bellen. Ik heb tijd genoeg om erover na te denken, terwijl ik vanuit de deuropening naar de slapende Aidan sta te kijken. Lang genoeg voor de zon om tot vlak boven de skyline van New Jersey te zakken, aan de overkant van de rivier. Bovendien heb ik er redenen genoeg voor, die ik in gedachten opsom terwijl het licht op Aidans arm en gezicht van goud- in roodkleurig verandert. Het rood doet me denken aan het bloed op het terras nadat ze Josephs lichaam hadden weggehaald, en aan de bloedvlek op het kleed in Josephs suite. Ik zie een verbandje op Aidans voorhoofd, en zwarte hechtingen die onder het witte gaas vandaan komen. Dit is dus niet de eerste plek waar hij naartoe is gegaan; hij heeft ook nog andere hulp gehad. Maar wat doet hij dan hier?

Dat is wat mij uiteindelijk doet besluiten de deur dicht te doen en aan mijn bureau te gaan zitten. Als Aidan, zoals rechercheur March beweerde, zoveel contacten heeft, heeft hij geen enkele reden om hier te zijn. Hoewel ik me erop voorbereid niet alles te geloven wat hij zegt – denk aan de DNA-testen, houd ik mezelf voor, vergeet niet dat je hem Josephs kamer hebt zien binnengaan – ben ik toch benieuwd naar zijn verhaal.

Hij blijft echter zo lang slapen dat ik ongeduldig word – en honger krijg. Ik was van plan geweest om eerst mijn bagage boven te brengen en dan naar de Koreaanse kruidenier op de hoek te gaan, maar ik durf nu niet weg te gaan, want ik ben bang dat hij dan weg is wanneer ik terugkom. Wanneer ik in de koelkast kijk, tref ik daar verse eieren en melk aan en op het aanrecht staat een doos McCann's Ierse havermout, met een extra plastic zakje er omheen. Dat laatste detail vind ik echt aandoenlijk – een man op de vlucht, die toch goed uitkijkt dat er geen beestjes in de havermout gaan zitten. Verder zie ik dat de paar borden die hij heeft gebruikt netjes afgewassen zijn en in het afdruiprek zijn neergezet. De theedoek ligt keurig opgevouwen op het aanrecht. Het zijn de etensgeuren waarvan hij uiteindelijk wakker wordt. Ik sta met mijn rug naar hem toe voor het fornuis, wanneer ik opeens zijn stem hoor.

'Ik neem aan dat het een goed teken is dat je de politie niet hebt gebeld,' zegt hij, 'of ben je soms bezig mijn galgenmaal klaar te maken?'

Ik loop naar hem toe met de borden met eieren en geroosterd brood en twee koppen thee – sterk, met melk en suiker, zoals hij het graag drinkt. Ik drink mijn thee meestal zonder melk en suiker, maar ik herinner me uit de romans van Barbara Pym dat zoete thee een probaat middel schijnt te zijn tegen shock en ik verwacht wel een flink aantal verrassingen wanneer Aidan eenmaal begint te praten. Ik hoop althans dat wat hij te zeggen heeft me zal verrassen. Het enige alternatief is dat ik het hele verhaal al van rechercheur March heb gehoord.

Hij maakt plaats voor me op de bank, maar in plaats daarvan trek ik mijn bureaustoel naar me toe. Hij strijkt zijn haar naar achteren en nu zie ik pas hoe ver de hechtingen onder zijn haar doorlopen.

'Joseph heeft je een flinke knal verkocht,' zeg ik, terwijl ik een slokje van mijn thee neem en net doe alsof mijn gezicht vertrekt omdat de thee zo heet is.

'Denkt de politie dat?' vraagt hij. 'Dat Joseph dit heeft gedaan?' Hij wijst op zijn voorhoofd en schudt dan zijn hoofd. 'Joseph heeft me niet geslagen.'

'Wie dan wel?'

'Dat weet ik niet. Ik weet alleen dat het dezelfde persoon is die Joseph heeft neergeschoten.'

Ik neem nog een slokje van mijn thee. 'Ik heb je gezien vanaf het terras,' vertel ik hem. 'Ik zag je Josephs kamer binnengaan en vijf minuten later hoorden we een schot en toen heeft Jack Joseph naar buiten zien rennen en door het raam zien vallen.'

Aidan knikt. Het valt me op dat hij zijn eten nog niet heeft aangeraakt. Hij is de afgelopen week afgevallen en ziet heel erg bleek. Hij heeft weer diezelfde holle blik die hij in de gevangenis

had. 'Dat zei Jack,' herhaalt hij. 'Waarom verbaast me dat niet?'
'Jack heeft geen enkele reden om te liegen over wat hij heeft gezien. Ik had hem al verteld dat het voorbij was tussen hem en mij.' Dit is slechts een halve leugen. Het is wat ik Jack wilde gaan vertellen toen het schot werd gelost en het is wat ik hem de volgende dag alsnog heb verteld.
'Nee, hij loog niet,' zegt Aidan. 'Ik kan me goed voorstellen dat het er zo moet hebben uitgezien vanaf de plek waar jullie zaten en ik weet bijna zeker dat ik je niet op andere gedachten zal kunnen brengen. Zal ik je mijn verhaal vertellen, of neem je genoegen met de versie van de politie?'
'Ik zal mijn best doen er onbevooroordeeld naar te luisteren,' zeg ik.
Aidan buigt zich naar voren op de bank en even denk ik dat hij naar mijn hand wil reiken, maar hij wil alleen zijn thee maar pakken. Hij vouwt zijn handen om de beker, alsof hij zich eraan wil warmen, of misschien om maar iets te doen te hebben, want hij blijft de beker tijdens zijn verhaal de hele tijd vasthouden zonder ook maar één keer een slok van zijn thee te nemen.
'Zodra ik de suite binnenkwam, wist ik dat er iets niet in orde was. De kamer was donker en het lichtknopje werkte niet. Ik probeerde de lamp op het bijzettafeltje, maar die deed het ook niet.'
'Toen Harry en ik de suite binnengingen, was het licht nog steeds uit, maar de lampen deden het wel. We hebben ze zelf aangedaan.'
'Ik heb daarover nagedacht. Iemand kan de stroomonderbreker voor de eerste verdieping hebben omgezet. De meeste gasten waren op het feest, dus niemand hoeft dat te hebben gemerkt. Ik heb nog even overwogen een zaklamp te gaan halen, maar er viel voldoende licht door de ramen naar binnen – Harry had buiten immers al die schijnwerpers laten installeren – om de schilderijen te controleren.'
'Waren ze er allemaal nog?'
'Volgens mij wel. Ik was ze net aan het tellen – voor alle zekerheid – toen iemand me van achteren een klap op mijn hoofd gaf en ik op de grond viel.'
'Maar als je niet hebt gezien wie je heeft geslagen, hoe weet je dan dat het Joseph niet was?'
'Op het moment dat ik de vloer raakte, ging de deur van de

slaapkamer open en kwam Joseph binnen – ik herkende hem aan zijn manke been. Hij zag me op de grond liggen, maar in plaats van naar me toe te komen, liep hij naar de deur. Daar schrok ik van, want ik nam aan dat hij wegliep voor wat – of wie – hij achter mij zag. Ik probeerde me om te draaien, maar toen zette iemand zijn voet op mijn hoofd. Heel hard. Op dezelfde plek waar ik die klap had gehad. Toen begon het zwart voor mijn ogen te worden. Ik herinner me nog wel een vierkant van licht en iemand die daar middenin stond – ik was al bang dat ik de tunnel van licht inging, op weg naar mijn eindbestemming – maar toen explodeerde er iets en leek het alsof degene die in het licht stond naar het raam vloog. Waarschijnlijk ben ik toen heel even buiten bewustzijn geraakt, want toen ik weer bijkwam, was de druk op mijn hoofd verdwenen en was ik helemaal alleen in de kamer. Alleen in een kamer waaruit zojuist voor een paar miljoen dollar aan schilderijen was gestolen en waarin een pistool was afgegaan – dat kon ik ruiken. Er was niet veel fantasie voor nodig om te zien welke indruk dit moest wekken. Ik ging ervandoor. Via de achtertrap, door de personeelsvleugel – door de zijuitgang naar buiten en het bos door. Toen ik aan de voet van de berg bij de Agway uitkwam, heb ik een paar vrienden in de stad gebeld om hun te vragen mij op te komen pikken. Tegen de ochtend kwam het verhaal naar buiten en hoorde ik dat Joseph dood was. Ik vond het heel erg, Iris, dat ik niet bij je kon zijn. Ik weet hoeveel hij van je hield.'

Hij zwijgt – moe van de herinnering aan al dat vluchten. Ik voel me ook buiten adem. Buiten is het donker geworden en ik ruik de rivier – de bedompte lucht van laag tij. De onaangeroerde eieren op onze borden zijn inmiddels koud geworden. Ik sta op en breng de borden naar de gootsteen.

'Ik kan het je niet kwalijk nemen als je me niet gelooft,' zegt hij. 'Eigenlijk verwachtte ik dat ook niet, maar ik wilde het je toch vertellen. Ik moest het je vertellen.'

Ik draai me om en til mijn handen op, met de palmen naar boven, als een soort standbeeld van onpartijdige gerechtigheid. 'Wat kan iemand anders voor reden hebben gehad om Joseph dood te schieten? Als jij het niet hebt gedaan, wie dan wel?'

'Degene die mij op mijn hoofd heeft geslagen en de schilderijen heeft meegenomen. Toen ik op de grond viel, werd Joseph wakker van het lawaai en kwam kijken wat er aan de hand was.'

Het is een plausibele theorie en ik zou niets liever willen dan hem klakkeloos geloven, maar ik kan het niet. 'En wat deed je daar trouwens? Volgens Harry had hij je niet gevraagd nog even bij de schilderijen te gaan kijken...'
'Nee, dat klopt, hij heeft het me ook niet rechtstreeks gevraagd. Dat heeft die leeghoofdige nicht van hem gedaan.'
'Phoebe?'
'Ja. Ik kwam haar tegen op de gang toen ik naar beneden liep om naar het feest te gaan. Heeft ze dat soms niet tegen de politie gezegd?'
'Nee, ze zei dat ze je had gezien, en dat jij haar had verteld dat je van Harry de schilderijen moest gaan controleren.'
Aidan tuurt in zijn beker alsof hij dwars door de koude, ondoorzichtige vloeistof de theeblaadjes probeert te lezen, en dan schudt hij zijn hoofd.
'Weet je, ik had al zo'n gevoel dat ze loog. Zoals ze me aankeek en erop stond dat ik direct terug zou gaan naar de suite... Toen ik de sleutel in het slot stak, zag ik dat zij nog steeds in de gang stond, alsof ze zich ervan wilde verzekeren dat ik deed wat zij mij had opgedragen.'
Ik ga naast Aidan op de bank zitten, doe mijn ogen dicht en haal me de gang van de eerste verdieping voor de geest. Toen ik klein was, was het een van mijn lievelingsplekjes om te spelen, omdat de overloop daar groter was en de kroonluchter zo mooi was om naar te kijken... en ook om iets anders... Want als ik maar lang genoeg wachtte zou ik er misschien mijn moeder zien.
'Waar stond ze?' vraag ik aan Aidan.
'Wat? Dat zei ik toch, in de gang...'
'*Waar* in de gang? Bij de liften?'
'Nee, dichterbij. Bij de volgende deur, geloof ik.'
'De deur naar de slaapkamer van de suite?' vraag ik.
Aidan kijkt op van zijn thee. 'Jij denkt dat Phoebe de slaapkamer van de suite is binnengegaan, heeft gewacht tot ik de kastdeur zou openen en mij toen een klap op mijn hoofd heeft gegeven? Maar waarom?'
'Omdat ze iets wilde hebben wat in die gesloten kast zat. Weet je nog hoe verbaasd ze was toen ze een keer de suite binnenkwam en zag dat er zich aan die kant van de kamer een kast bevond?'
Aidan knikt en ik zie dat zijn bleke gezicht weer een beetje

kleur krijgt. 'Ze heeft de rest van die week als een hondje achter me aan gelopen,' zegt hij. 'Ik vond haar een echte *noodge* –' ik schiet in de lach om de Jiddische uitdrukking, die Aidan vrijwel zeker van mijn tante heeft opgepikt. '– maar misschien wachtte ze haar kans wel af om een kijkje in die kast te nemen. Denk je dat ze op die schilderijen uit was?'

'Nee, ik denk dat ze het op het derde boek van mijn moeder had gemunt. Ik denk dat ze er die eerste keer dat ze in de suite was ook al naar had gezocht – daarom waren die laden kapot en zaten de vloerplanken in de gangkast los.'

'Maar hoe kwam ze op het idee dat het boek in die suite zou liggen?'

'Haar ouders hadden in de suite er pal onder – Sunnyside – gelogeerd.' Ik doe nogmaals mijn ogen dicht om me de overloop bij de Sleepy Hollow-suite voor de geest te halen en zie het beeld uit mijn droom: een deur die meetrilt op het geluid van typen. Daarom speelde ik graag op die gang – mijn moeder moet die suite hebben gebruikt om te typen en ik hing dan wat op de gang rond om een glimp van haar op te kunnen vangen. 'Misschien hoorde Vera Nix mijn moeder daar typen, heeft ze dat in haar dagboek geschreven en is Phoebe zo op het idee gekomen dat het manuscript daar verborgen moest zijn...' Ik zwijg midden in mijn zin en kreun.

'Wat is er?'

'De eerste regel van het selkieverhaal – *in een land tussen zon en maan*. De Sleepy Hollow-suite bevindt zich boven Sunnyside en één verdieping onder Half Moon. Tussen de zon en de maan. Hoe is het mogelijk dat Phoebe daar achter is gekomen en ik niet?'

'Maar waarom heeft Phoebe zoveel belangstelling voor het boek van *jouw* moeder?'

'Als Vera Nix al bang was dat er iets in het boek zou komen te staan waaraan zij liever geen ruchtbaarheid wilde geven, wil Phoebe nu misschien wel het geheim van haar moeder beschermen. Per slot van rekening is Phoebes hele carrière erop gericht haar moeder in een gunstig daglicht te stellen.'

'Maar wat kan Vera Nix voor verschrikkelijks op haar geweten hebben gehad?'

Het valt me op dat Aidan en ik van rol gewisseld hebben – dat hij nu de ondervrager is en ik de verweerder – die haar eigen onschuld tracht aan te tonen. En als ik dat niet kan? In de stilte die volgt bedenkt Aidan waarschijnlijk zijn volgende plan. Waar gaat hij nu naartoe? Ik weet nu al dat ik het niet over mijn hart kan verkrijgen om hem aan te geven, maar ik weet ook dat ik hem niet kan helpen. Ik hoop voor hem dat rechercheur March gelijk had en dat hij goede connecties heeft. Ik denk niet dat ik de gedachte zou kunnen verdragen dat hij weer in de gevangenis zou zitten – of nog erger. Ik herinner me Elspeth McCrory's sensationele kop in de *Poughkeepsie Journal*: 'Vrouw na bezoek aan gedetineerde omgekomen bij treinongeluk.' Ik heb nu volgens mij een aardig idee hoe Rose McGlynn zich moet hebben gevoeld.

'Wat zei je daar?'

Ik realiseerde me niet dat ik hardop had gesproken. 'Sorry, ik dacht aan een afschuwelijk verhaal over een vrouw die zichzelf van het leven beroofde nadat zij haar broer in de gevangenis had opgezocht.'

'Opwekkende gedachte. Ik verwacht niet dat je zelfmoord pleegt, Iris, maar het zou leuk zijn als je zo nu en dan een cake voor me bakt. Misschien kan ik weer bij je in de klas komen...'

'Aidan, wacht eens even. Ik weet toch iets wat haar moeder kan hebben gedaan. Phoebe begon er zelf over – maar alleen om het meteen weer te ontkennen. Ze zei dat toen John McGlynn – dat is die man wiens zuster zich voor de trein wierp – terecht stond, hij beweerde dat Vera Nix hem geld had gegeven om haar eigen juwelen te stelen, zodat zij ze konden verkopen en de opbrengst samen konden delen. Niemand geloofde hem destijds, maar stel nu eens dat het waar was?'

'Het zou niet de eerste keer zijn dat een rijke vrouw haar kostbaarheden laat stelen, zodat zij het verzekeringsgeld kan opstrijken en de opbrengst met de dief kan delen. Als die Vera Nix erg in geldnood zat...'

'Volgens Phoebe verzon de pers allerlei verhalen over vermeend drugsgebruik, maar Harry zei dat zij geen drugsprobleem had. Als die verhalen nu eens niet verzonnen waren...'

'Dan had ze een dure verslaving. Misschien was ze geld schuldig aan mensen die het niet fijn vonden als hun leningen niet op tijd werden afgelost. Maar als niemand die John McGlynn tijdens zijn proces geloofde, waarom was Phoebe dan zo bang dat het alsnog naar buiten zou komen?'

'Mijn moeder werkte in het Crown Hotel waar de diefstal plaatsvond. Zij kende Rose en John McGlynn. Zij reisde samen met Rose op de dag dat zij zich onder die trein wierp.'

Aidan buigt zich naar mij toe en komt zo dichtbij dat ik de donkere kringen onder zijn ogen kan zien en zijn adem op mijn gezicht voel. 'Dus als je moeder wist dat Vera Nix John McGlynn de bak in heeft laten draaien, zou zij daarover geschreven kunnen hebben in haar laatste boek.'

'Aan de andere kant: het is maar een fantasieverhaal. Het is een heel verhaal over een sieraad dat gestolen is en ik neem aan dat het gebaseerd kan zijn op de diefstal van de juwelen in het Crown Hotel. Er komt ook een vrouw in voor in net zo'n groene jurk als ik tijdens die feestavond droeg en waarvan Phoebe beweerde dat hij van haar moeder was geweest. Misschien is de vrouw in het verhaal Vera Nix en komen we er in Boek Drie – *De dochter van de selkie* – achter dat zij achter de diefstal zat, maar het blijft een fantasy-roman. Wie zou er nu nog van alles achter gaan zoeken?'

'Maar die zomer kwam Phoebes moeder naar het hotel. Stel nu eens dat jouw moeder Vera Nix confronteerde met wat zij wist?'

'Dan zou het nog steeds mijn moeders woord tegen het hare zijn geweest.'

Misschien kon jouw moeder wel bewijzen dat Vera Nix bij de diefstal betrokken was. Wie weet – zij was kamermeisje in het hotel. Misschien had ze een brief gevonden die Vera Nix had geschreven. Denk nu eens na, Iris, wat is er na die zomer met je moeder gebeurd?'

'Dat weet je best, Aidan. Zij is samen met een onbekende man omgekomen bij een hotelbrand.'

'Je hebt me verteld dat ze het stoffelijk overschot van die man niet hebben teruggevonden in de kamer waar zij is gestorven. Wat als ze helemaal geen afspraak had met een man? Stel dat ze had afgesproken met Vera Nix om haar het bewijs te overhandigen?'

Aidan legt zijn hand op mijn wang en dat is het moment waarop ik besef hoe warm ik het heb. Ik gloei als een kacheltje. Alsof het vuur dat mijn moeder heeft verteerd nu ook mij verteert.

'Wil je daarmee zeggen dat je denkt dat Vera Nix mijn moeder heeft vermoord?' Het komt eruit op een fluistertoon, alsof ik bang ben dat de woorden in de openlucht vlam zullen vatten.

'Ik zeg alleen dat het tot de mogelijkheden behoort dat Phoebe Nix dat denkt. Ze dacht ook dat Joseph wist waar je moeder die avond naartoe ging en met wie zij had afgesproken... Wat is er?' Nu heb ik het niet meer warm, maar krijg ik het juist koud, alsof ik in ijskoud water ben gesprongen om mijn gloeiende huid af te koelen. 'Die dag dat ze de suite binnenkwam – weet je nog, toen je dat schilderij van die lucht in je handen had? Nou, toen jij weg was, vroeg ze mij of Joseph mij soms had verteld met wie mijn moeder de avond van haar dood had afgesproken. Ik liet haar in de waan dat hij me dat heus wel zou vertellen als ik het graag wilde weten. En tijdens de lezing die avond daagde ik haar praktisch uit om het manuscript te gaan zoeken. Als zij Joseph heeft vermoord, is dat mijn schuld, Aidan, het was niet alleen dat hij tussen haar en het manuscript in stond – ik heb ervoor gezorgd dat zij hem als bedreiging zag.'

'We weten niet of het zo is gegaan, en ook al is dat wel het geval, dan kon jij niet weten dat zij gek genoeg was om te moorden voor haar moeders goede naam.' Hij hield nog steeds zijn hand tegen mijn wang. Ik buig mijn hoofd, zodat mijn voorhoofd in de palm van zijn hand rust. Zijn hand voelt koel aan tegen mijn voorhoofd. Hij slaat zijn arm om mijn schouders en trekt me wat dichter tegen zich aan.

'Ik had het moeten weten,' mompel ik in zijn nek. 'Juist ik had toch moeten weten hoe het is om te worden geobsedeerd door een moeder die heel jong is gestorven. Ik ben net zo erg als zij – ik heb net zo lang in de geschiedenis van mijn moeder zitten wroeten tot het Joseph zijn leven kostte en jij gezocht werd voor moord – maar ik kan nu niet meer ophouden. Ik moet erachter zien te komen wat er in 1949 precies is gebeurd in het Crown Hotel en wat iemand ertoe kan hebben gebracht in 1973 mijn moeder te vermoorden in het Dreamland Hotel. Ik ben ervan overtuigd dat we dan zullen weten wie Joseph heeft vermoord.'

'Dat klinkt als een heleboel werk,' zegt hij, terwijl hij het haar uit mijn gezicht strijkt. 'Wil je dat ik wegga?'

Ik kijk in zijn ogen en zie die rusteloze blik die ik al eerder heb gezien, het gevoel dat hij klaar staat om te vluchten. Ik kruip dicht tegen hem aan en sla mijn armen om hem heen. Ik laat mijn handen langs zijn schouderbladen omlaag glijden en voel een trilling onder zijn huid die mij ernaar doet verlangen hem heel dicht tegen me aan te houden, om te voorkomen dat hij bij me wegvliegt. Het duurt een paar minuten voordat ik in de gaten heb dat het trillen dat ik onder zijn huid voelde van mij komt.

26

Aidan vertrekt vlak voordat het licht begint te worden. Hij vertelt me niet waar hij naartoe gaat, maar geeft me wel een telefoonnummer waar ik een boodschap voor hem kan achterlaten, en spreekt een plek in Inwood Park met me af waar hij me de middag na mijn telefoontje om twaalf uur zal ontmoeten.

'Net als in het verhaal van Tam Lin, die met Margaret afspreekt bij de bron. Misschien kan ik wat gewijd water en aarde meenemen uit Josephs tuin...' Mijn stem sterft weg en Josephs naam valt als een schaduw tussen ons in. Aidan staat op om zich aan te kleden en kijkt uit het raam, waar hij ziet dat het boven de rivier langzaam licht wordt. Dan komt hij naast me op bed zitten en laat zijn hand in één vloeiende beweging over mijn hele lichaam glijden, van mijn voorhoofd tot mijn tenen. 'Als je over een week nog niet hebt gebeld, verwacht ik niet meer van je te horen en zal ik daar begrip voor hebben. Ik neem je niets kwalijk, Iris.'

'Ik bel je, Aidan, zodra ik iets heb gevonden.'

Wanneer hij weg is, blijf ik in bed liggen wachten tot het laat genoeg is om de bibliothecaris van het John Jay College te bellen. Toen ik daar vorig jaar les gaf, had ik mijn klas meegenomen naar de bibliotheek voor een rondleiding door de criminologische archieven en had ik zelf een hele tijd met de bibliothecaris over Scandinavische volksverhalen zitten praten.

'Natuurlijk,' zegt Charles Baum even later, 'wij zijn altijd bereid ex-docenten te helpen bij hun research. Ik zal een pasje voor je klaarleggen bij de balie. Als je hulp nodig hebt bij het vinden van de juiste zaak, geef je maar een gil.'

Onderweg naar John Jay ga ik even langs bij de stomerij annex kleermakerij op Eighth Avenue waar meneer Nagamora werkt. Hij zit niet achter zijn naaimachine bij het raam en even raak ik in paniek bij de gedachte dat er in de loop van de zomer misschien iets met hem is gebeurd. Hij is per slot van rekening geen jonge man meer. Wanneer ik het meisje achter de toonbank naar hem vraag, verdwijnt zij tussen de rekken vol kledingzakken en een paar tellen later klinkt er weer een geritsel tussen de dunne plastic zakken en komt meneer Nagamora te voorschijn. Vlak voordat hij mij herkent is zijn gezicht nog zo glad als steen, maar dan glimlacht hij en worden honderden piepkleine rimpeltjes zichtbaar.

'Professor Greenfeder,' zegt hij, met een plechtige buiging, 'mijn familie wil u graag ontmoeten.' Het meisje komt weer te voorschijn, samen met een oudere vrouw en een kleine jongen, één voor één prijsgegeven door het ritselende plastic, als plastic boeien die opduiken in een rimpelloos meer. Zij maken allemaal een buiging wanneer zij aan mij worden voorgesteld. De oude vrouw, die ik aanvankelijk aanzie voor zijn vrouw, blijkt zijn zus te zijn en de jonge vrouw en het jongetje zijn zijn nicht en achterneefje. Meneer Nagamora haalt iets uit de zak van zijn vest – zelfs in de subtropische hitte van de stomerij draagt hij datzelfde wollen vest – en begint het open te vouwen. Het doet me denken aan de manier waarop Joseph zijn zakdoek openvouwde om het zweet van zijn voorhoofd te wissen, maar het blijken enkele velletjes wit papier te zijn, die hij helemaal openvouwt, waarna hij de grote 10 laat zien die in de bovenhoek staat gekrabbeld. Het is meneer Nagamora's verhaal 'De vrouw van de kraanvogel'. Ik herinner me hoe lang ik over die tien heb geaarzeld en voor één keer in mijn leven ben ik nu eens blij met iets dat ik in een opwelling heb gedaan.

Wanneer ons publiek zich weer heeft teruggetrokken haal ik het bundeltje groene zijde uit mijn boekentas en leg het op de toonbank tussen ons in.

'Ah,' zegt hij, terwijl hij de stof heel voorzichtig streelt, hetgeen mij doet denken aan de manier waarop Aidan mij vanmorgen heeft gestreeld. 'Prachtige zijde.' Hij slaat de rokband terug, kijkt naar het label en knikt bij het lezen van de naam van de ontwerper. Dan laat hij zijn vingers langs de naden glijden, alsof de steken een soort braille zijn. 'Heel mooi gemaakt,' zegt hij. 'Is deze jurk van uw moeder geweest?'

'Ja,' antwoord ik, omdat dat makkelijker is dan hem het hele dubieuze verhaal van de jurk te vertellen, 'maar ik heb hem aangehad en toen is hij gescheurd.' Hij heeft de scheur in de draperie al gevonden en ziet ook de gaatjes die de glassplinters erin hebben gemaakt toen ik naast Joseph neerknielde. Hij rolt iets tussen zijn vingertoppen en houdt dan een piepklein glassplintertje tussen de punten van zijn nagels.

'Ik heb een ongelukje gehad,' zeg ik, en merk tot mijn schaamte dat mijn stem een beetje trilt. Meneer Nagamora steekt zijn hand op om mij de mond te snoeren. Het is hetzelfde gebiedende gebaar dat hij gebruikte toen ik probeerde zijn verhaal te onderbreken en dat ik destijds uitlegde als een soort echo van zijn vader – zijn vader, de zijdewever. Opeens dringt tot me door wat me eigenlijk meteen bij mijn binnenkomst al aan meneer Nagamora is opgevallen. Hij gedraagt zich hier anders dan in de klas. Alle nederigheid is uit hem verdwenen. Ik weet echter zeker dat het niet door de tien komt die ik hem heb gegeven; het komt door het vertellen van zijn vaders verhaal. Hij is nog steeds bezig het te vertellen.

'Kan ik maken,' zegt hij, en even vergeet ik dat we het over de jurk hebben.

Ik knik. 'Dank u, meneer Nagamora.'

Hij klopt zachtjes op de zijden stof, maar het voelt alsof hij me een klopje op mijn hand geeft. Dan schrijft hij een bonnetje uit en vertelt me dat de jurk van mijn moeder aanstaande donderdag klaar is.

Gedurende de rest van mijn wandeling naar John Jay denk ik aan meneer Nagamora's veranderde houding – de manier waarop het vertellen van zijn vaders verhaal een ware transformatie voor hem heeft betekend. Ik denk ook aan mijn andere studenten wiens leven sinds het afgelopen voorjaar is veranderd: mevrouw Rivera, die samen met Ramon in het hotel is gebleven om te helpen bij de renovatie, Gretchen Lu, die me heeft verteld dat ze het prijzengeld van de wedstrijd wil gebruiken om een jaar lang allerlei textielfabrieken in verschillende landen af te reizen (Mark wilde zijn deel van het geld gebruiken als aanbetaling voor een flatje in Hoboken), en Natalie Baehr, die een sieradenlijn aan Barney's heeft verkocht. Zelfs Aidan lijkt een soort rol te spelen in een versie van het verhaal dat hij afgelopen voorjaar bij mij heeft ingeleverd – gevangen in een niemandsland waar mijn geloof in hem, mijn vermogen om verder te kijken dan de gedaanten van de betovering, hem kan redden of juist niet. Zoveel verandering, voortgekomen uit één kleine opstelopdracht! En mijn eigen leven? Welke reeks van gebeurtenissen heb ik in gang gezet toen ik Phoebe Nix het selkieverhaal van mijn moeder toestuurde?

Wanneer ik voor de ingang van John Jay sta, heb ik het gevoel door een van die doolhoven te hebben gelopen die ze in kloosters wel gebruiken voor meditatie – dat ik een pad volg dat is uitgezet door onzichtbare handen. Het volgen van dit pad heeft echter niets kalmerends; ik voel me duizelig.

Charles Baum heeft zoals beloofd een pasje voor me klaargelegd bij de bewaking. Van alle hogescholen waar ik heb lesgegeven – met uitzondering van de gevangenis natuurlijk – houdt John Jay er de strengste beveiliging op na. Ik neem aan dat dat inherent is aan de cultuur van een instituut dat geldt als de meest toonaangevende strafrechtopleiding in het land – de meeste New Yorkse politiemannen die strafrecht gaan studeren, doen dat hier. Het heeft ook een van de beste criminologische bibliotheken van de stad en daarom ben ik hier vandaag.

Ik neem de roltrap naar de centrale hal, langs een rij vlaggen die me het gevoel geeft dat ik het gebouw van de Verenigde Naties binnenkom, en glazen vitrines met een foto-expositie van *De Ieren in de geschiedenis van de politie van New York*, naar de beveiligingsbalie bij de ingang van de bibliotheek. Dan ga ik weer naar de begane grond (de bibliotheek is een onafhankelijk instituut binnen het gebouw en je kunt er alleen via de centrale hal komen) om een vrije computer te zoeken met toegang tot LexisNexis.

Toen ik mijn klas meenam naar deze bibliotheek had Charles Baum ons het gebruik van LexisNexis uitgelegd en ook hoe je een specifieke rechtszaak kon opzoeken. Helaas was ik meer bezig geweest met controleren of mijn studenten wel goed oplettten dan zelf aandachtig te luisteren. Ik zit een beetje te zoeken en zic dan opeens een gedrukte folder liggen waarin precies wordt beschreven hoe je jurisprudentie kunt opzoeken in LexisNexis. Ik klik op Juridische Research, dan op Jurisprudentie en geef vervolgens een zoekopdracht voor 'John McGlynn' en 'Crown Hotel'. Terwijl ik wacht, houd ik mijn adem in. Ik herinner me vaag dat de zaak alleen op het scherm komt als er beroep is aangetekend en ik kan me niet herinneren dat Elspeth McCrory in de *Poughkeepsie Journal* iets over een hoger beroep heeft gezegd.

Het blijkt echter dat John McGlynn een behoorlijk goede reden had om beroep aan te tekenen. Uit het doolhof van juridische termen in de Beschikking en de Noten, maak ik op dat zijn hoger beroep was gebaseerd op de vooronderstelling dat de verklaring van een van de belangrijkste getuigen op zijn proces als dubieus werd beschouwd omdat zij eerder niet in staat was gebleken de verdachte tijdens een confrontatie te identificeren en omdat zij in de loop van het proces haar verklaring een aantal malen had gewijzigd.

Ik ga via de Syllabus, die de belangrijkste punten van het beroep samenvat, naar de Motivering, die uitweidt over de bijzonderheden van het proces. Op de avond van 21 augustus 1948 werd de receptionist van het Crown Hotel verzocht de kluis te openen opdat Vera Nix, de bewoonster van de penthouse suite en schoonzus van de hoteleigenaar, een diamanten ketting kon pakken die zij eerder die avond in de kluis had opgeborgen. Toen hij aan dit verzoek voldeed, ontdekte de receptionist dat de kluis helemaal leeg was. Juffrouw Nix verklaarde tegenover de politie dat de verdachte, John McGlynn, op het moment dat zij de ketting om halfnegen die avond – 'net voordat we vertrokken naar een feest in het Plaza' – in de kluis had gelegd, bij de receptie 'had staan flirten met een van de kamermeisjes.

Ik had hem wel eens gezien en je ziet hem ook moeilijk over het hoofd omdat hij zo knap is – op een ietwat wilde, Heathcliffachtige manier – en heel populair bij de jonge Ierse meisjes die in het hotel werken. Volgens mij werkt zijn zuster ook in het hotel. Hoe dan ook, toen ik het kantoortje binnen wilde gaan om mijn diamanten in de kluis op te bergen, viel het mij op dat hij ernaar stond te kijken.'

Op grond van dit flinterdunne bewijs was de politie naar John McGlynn op zoek gegaan in zijn appartement in Coney Island, maar kreeg aldaar van zijn hospita te horen dat hij zijn huur die ochtend had opgezegd en zonder opgave van een nieuw adres de stad was uitgegaan. Dit was kennelijk voldoende om de politie ervan te overtuigen dat zij hun dief hadden gevonden. Een week later werd John McGlynn opgepakt in een motel in de buurt van

Saratoga Springs, New York. Hij werd herkend toen hij op de renbaan geld op een van de paarden zette. De politie volgde hem naar zijn motelkamer, waar zij de juwelen aantroffen die uit de kluis van het Crown Hotel waren gestolen.

Het feit dat John McGlynn ten tijde van zijn arrestatie de gestolen sieraden in zijn bezit had, was voldoende om hem te veroordelen. Zijn hoger beroep was gebaseerd op aanvullend bewijsmateriaal dat pas na zijn veroordeling aan het licht kwam. Kennelijk had Vera Nix een halfjaar voor de diefstal uit de kluis aangifte gedaan van de vermissing uit haar kamer van een aantal sieraden. Zij verklaarde in de woonkamer van haar suite een kamermeisje te hebben betrapt dat zich 'ophield met een jongeman' en vermoedde dat het meisje met de jongeman had samengespannen om haar juwelen te ontvreemden. Ze verklaarde dat de man de broer was van de assistent-bedrijfsleidster van het hotel en dat het meisje, 'volgens dat kleine naamplaatje dat ze allemaal dragen', Katherine Morrissey heette.

Ik lees de tekst snel door, maar wanneer ik mijn moeders naam zie, laat ik de cursor even los en leun achterover in mijn stoel. Ik probeer me mijn moeder voor te stellen in het uniform van een kamermeisje, terwijl zij samen met een jongeman op heterdaad wordt betrapt in een van de kamers. Wanneer ik me een beeld probeer te vormen van John McGlynn – knap op een 'wilde, Heathcliff-achtige manier' – zie ik Aidan voor me. Het zwarte haar en de volle zwarte wimpers om de blauwgroene ogen, de bleke huid die in de buitenlucht rozig wordt. Maar mijn moeder zie ik niet voor me. Ik kan me haar gewoon niet voorstellen in zo'n compromitterende situatie, terwijl ze verschrikt opspringt en haar uniform glad trekt – ik kan me haar trouwens helemaal niet in zo'n uniformpje voorstellen – blozend en buigend voor de grote dame, Vera Nix. Misschien komt het omdat niemand zich zijn moeder graag voorstelt in een seksuele context, maar volgens mij heeft het meer te maken met mijn moeders waardigheid, haar hele manier van doen.

Ik herinner me echter wel dat mijn moeder, wanneer er een kamermeisje door een gast van diefstal werd beschuldigd, er altijd op stond dat mijn vader de gast even bezighield in zijn kantoor, terwijl zij naar de kamer in kwestie ging om zelf te gaan zoeken. Vaak vond zij het 'gestolen voorwerp' dan terug op de grond of tussen het beddengoed, of achteloos achtergelaten onder een boek op het nachtkastje. Op een keer had een bekende societyweduwe, Caroline Minton genaamd, het lef om te suggereren dat het kamermeisje haar granaten broche aan mijn moeder had gegeven, zodat die hem weer in de kamer terug kon leggen. Mijn moeder was zwijgend het kantoor uitgelopen, had de piccolo opdracht gegeven mevrouw Mintons koffers uit haar kamer te halen en had haar wagen van het parkeerterrein laten halen en de bagage laten inladen. De hotelrekening was verscheurd en mevrouw Minton werd verzocht om, als zij ooit weer in deze omgeving zou komen, andere accommodatie te zoeken. Ik kan me niet voorstellen dat de vrouw die doodkalm mevrouw Minton uit het Equinox zette, angstig in elkaar was gedoken voor Vera Nix. Misschien wil ik het me gewoon niet voorstellen. Ik moet toegeven dat als mijn moeder werkelijk door Vera Nix valselijk beschuldigd was van diefstal, dit wel kon verklaren waarom zij haar eigen werknemers zo heftig verdedigde tegen soortgelijke valse aantijgingen.

Ik kijk weer naar het scherm om te zien waarin deze eerdere beschuldiging heeft geresulteerd, en zie mijn vermoedens onmiddellijk bevestigd. Toen Vera Nix werd gevraagd het kamermeisje dat zij in flagrante delicto had betrapt te identificeren, had zij de verkeerde vrouw gekozen. Ze kreeg drie kansen om Katherine Morrissey uit een aantal vrouwen te halen, en slaagde daar niet één keer in. De aanklacht was ingetrokken. Toen dit voorval na John McGlynns veroordeling aan het licht kwam, werd het als voldoende reden beschouwd om mevrouw Nix' getuigenverklaring tijdens zijn proces in twijfel te trekken. Kennelijk had Vera Nix een slecht geheugen voor gezichten – of in elk geval voor de gezichten van de vele kamermeisjes, piccolo's, hotelbedienden, kapsters, manicures, secretaresses en obers die haar regelmatig bedienen in het Crown Hotel. Hoewel zij beweerde dat John McGlynn heel makkelijk te herkennen was aan zijn knappe voorkomen, was zij niet in staat zijn gezicht uit een aantal recente foto's te halen. De foto die zij als die van John McGlynn aanwees, bleek er een te zijn van de filmster Laurence Olivier, die in 1939 de rol van Heathcliff had gespeeld.

Misschien waren het dus helemaal niet mijn moeder en haar vriendje geweest in de suite van Vera Nix. Misschien was het wel een ander ongelukkig Iers meisje – of misschien had Vera Nix het hele verhaal verzonnen. Maar waarom? Zij had mijn moeder bij naam genoemd. Ze mocht dan misschien niet meer weten hoe mijn moeder eruit zag, maar haar naam had ze wel onthouden. Ze moet haar wel heel graag in de problemen hebben willen brengen.

Ik staar naar de knipperende cursor op het scherm voor me, tot ik opeens merk dat een kloppende ader boven mijn rechteroog hetzelfde ritme aanhoudt. Het enige wat ik kan bedenken is dat iemand Vera Nix misschien heeft verteld dat haar man een verhouding had met een kamermeisje met de naam Katherine Morrissey, en dat zij het hele verhaal toen heeft verzonnen om het meisje te laten ontslaan. En door er ook maar meteen een vriendje bij te verzinnen, kon ze haar man er nog even fijntjes op wijzen dat hij niet het enige licht was in het leven van zijn vriendinnetje.

De rest van de het dossier vertelt me niet veel nieuws. Hoewel de verklaring van Vera Nix onontvankelijk was verklaard, bestond er nog steeds voldoende bewijs – bezit van gestolen voorwerpen, het vluchten van de plaats van de misdaad, een verleden van kleine diefstallen – om John McGlynns veroordeling te handhaven. Ik print het dossier uit en ga weer terug naar de afdeling periodieken om de krantenartikelen over de zaak op te zoeken.

Onder 'Beroving Crown Hotel' vind ik zeven verwijzingen in de *New York Times*, vier in de *Herald Tribune* en twaalf in de *Daily News*. Ik voel ook dat ik honger begin te krijgen. Wanneer ik op mijn horloge kijk, zie ik dat het al na twaalven is. Ik heb niet ontbeten – na de eieren die ik de vorige avond voor Aidan en mezelf had gemaakt, had ik echt geen zin meer gehad om weer eieren te gaan staan bakken – en ik had zo'n haast gehad om naar de bibliotheek te gaan dat ik onderweg ook niets had gekocht. Eigenlijk wil ik nu ook niet stoppen. Achter de doffe, zeurende pijn in mijn rechteroog en de waas van honger en vermoeidheid, begint zich in mijn gedachten heel langzaam een beeld te vormen. Het is gewoon een te groot toeval dat het de verklaring van Vera Nix was die de politie op het spoor van John McGlynn had gezet en dat zij al voor de beroving van de hotelkluis had geprobeerd hem en mijn moeder van diefstal te beschuldigen. Kennelijk had Vera Nix het heel erg op mijn moeder gemunt en of dat nu gerechtvaardigd was of niet, zij moet bijna wel hebben geloofd dat mijn moeder een verhouding had met haar man.

Het bedienen van de microfiche-viewer is niet erg bevorderlijk voor mijn hoofdpijn. Terwijl het filmpje zich ontrolt, vervaagt het ouderwetse lettertype van de woorden tot een grauwe smurrie. Ik neem vluchtig de eerste artikelen over de beroving en het proces door, maar daar word ik niet echt iets wijzer van. Pas wanneer ik bij het hoger beroep ben begin ik weer wat aandachtiger te lezen. Toen Vera Nix' verklaring eenmaal in diskrediet was gebracht, verschenen er verscheidene weinig flatteuze artikelen over haar. Zo staat er een column op de societypagina van de *Tribune* waarin Vera Nix wordt verweten dat zij de familieparels van de Krons droeg in een café in Greenwich Village, en verder vind ik een behoorlijk wrede spotprent van Vera die, in avondjurk en behangen met juwelen, de *Daily Worker* zit te lezen, met haar voeten, in donzen muiltjes, op de rug van een knielend kamermeisje. Ik begrijp waarom Phoebe zo verbitterd is over de manier waarop haar moeder in de pers werd afgeschilderd, maar wat mij eerlijk gezegd nog het meest verrast is dat dit alles is. Het laatste artikel waarin Vera Nix wordt genoemd, ontkent het gerucht dat zij er in de rechtszaal van beschuldigd zou zijn de roof zelf te hebben georganiseerd. Daarna verdwijnt haar naam uit de verslagen.

Het laatste artikel dat ik opzoek draagt de kop 'Zuster pleit voor clementie bij veroordeling broer.' Ik had op een foto van Rose McGlynn gehoopt, maar in plaats daarvan staat er een foto bij van John McGlynn, in uniform en met een pet op, leunend tegen een trommel met de woorden ST. CHRISTOPHER'S HOME BAND erop. Ik herinner me uit Elspeth McCrory's artikel dat Rose McGlynns jongere broers waren overgedragen aan het katholieke weeshuis en maak hieruit op dat Rose in haar verzoek om clementie melding had gemaakt van deze trieste episode in het leven van haar broer. Ik begin te lezen, maar inmiddels voel ik me zo licht in mijn hoofd, dat ik het gevoel heb dat mijn hersenen vloeibaar beginnen te worden. Ik besluit dit artikel te kopiëren en mee te nemen naar het Griekse restaurantje aan de overkant van de straat.

Wanneer ik weer door de hal loop, blijf ik even staan om naar de vitrine met zwartwitfoto's te kijken van generaties jonge Ierse politieagenten, misschien wel omdat ze mij aan die laatste foto van John McGlynn doen denken. Gek eigenlijk, denk ik, dat die Ieren tegenwoordig opeens overal in mijn leven opduiken. Ik heb nooit zo stilgestaan bij mijn moeders Ierse afkomst – met uitzondering van het selkieverhaal dat ze mij altijd vertelde, had ze het er zelf eigenlijk ook nooit over. Ze voedde me niet katholiek op (afgezien van dat ene bezoekje aan Brooklyn om me te laten dopen), en sprak nooit over haar familie. Toen zij er niet meer was, was het, zeker met een naam als Greenfeder, gemakkelijk om te vergeten dat ik ook nog Iers bloed had.

In het restaurantje bestel ik een sandwich en ijsthee en haal Rose McGlynns pleidooi voor haar broer te voorschijn, dat in de *Times* woordelijk was afgedrukt.

'Onze moeder stierf toen John nog maar veertien jaar was,' vertelde zij het hof:

> en hoe erg ik dat ook vond, ik was in elk geval oud genoeg om voor mezelf te zorgen. John en mijn twee jongere broertjes, Allen en Arden, hadden nog een moeder nodig. Mijn vader was niet in staat voor hen te zorgen. Hij was zo kapot van mijn moeders dood dat hij, hoewel hij vóór haar dood nooit een druppel had aangeraakt, aan de drank raakte. De verstandhouding tussen hem en mijn moeders familie was heel slecht en daarom wilde niemand van hen de drie jongens in huis nemen en opvoeden. Mijn vaders zussen zeiden dat ze mij wel wilden hebben, maar de jongens niet. Ik zou wel willen dat ik toen toch een manier had bedacht om hen bij me te houden, maar ik kon amper voor mezelf zorgen. Toch neem ik het mezelf kwalijk. Het is echt triest als een gezin uit elkaar wordt gerukt, zoals dat bij ons is gebeurd.

Ik zal nooit de dag vergeten dat wij de jongens naar het weeshuis brachten. Let wel, de zusters dominicanen waren erg vriendelijk en de monseigneur zelf kwam in de kapel met mijn vader en mij praten. Hij zei dat heel veel gezinnen in moeilijke tijden, wanneer zij niet zelf voor hen konden zorgen, hun zonen in het St. Christopher's-weeshuis achterlieten. Hij zei dat we ons nergens voor hoefden te schamen, maar toen we de jongens achterlieten, in dat grote, kille gebouw waar niemand hen kende, voelde ik me alsof we ze van een pier in zee hadden gegooid – zoals ze wel eens met jonge poesjes doen. Sinds die dag heeft mijn vader me nooit meer recht in de ogen gekeken en mijn broers, nu ja, die ging ik elke zondag opzoeken. Ze zagen er goed uit – waarschijnlijk kregen ze er beter te eten dan ze thuis ooit hadden gekregen – maar er ontbrak altijd iets in hun blik. En wanneer het tijd was om weer weg te gaan, begonnen de jongste twee, Allen en Arden, te huilen en klemden zij zich vast aan mijn benen. John deed dat niet. Je kon merken dat hij zich groot hield voor de kleintjes en eigenlijk vond ik dat zo mogelijk nog hartverscheurender. Hij was nog zo jong, maar veranderde daar al heel snel in een oude man. Hij liep zelfs met een kromme rug, maar volgens de nonnen kwam dat omdat hij als baby ondervoed was geweest.

Toen overleed Arden. Hij had als baby polio gehad en was nooit erg sterk geweest. Ze zeiden dat hij aan een longontsteking was gestorven. Ik merkte dat John zichzelf de schuld gaf voor zijn dood. Ik wil hier niet beweren dat het weeshuis niet alles voor hem heeft gedaan wat in hun macht lag, maar toen John eruit kwam, was het net of er iets aan hem ontbrak. Ik heb geprobeerd hem te helpen waar ik kon. Ik heb een baan voor hem geregeld in het Hotel – meneer Kron, de eigenaar, was zo vriendelijk hem aan te nemen – maar nu zou ik willen dat ik dat nooit had gedaan. Hij had zo lang helemaal niets gehad, dat het eigenlijk niet goed voor hem was om in de buurt te zijn van mensen die zoveel hadden. Ik weet niet of hij de juwelen van mevrouw Nix heeft gestolen of niet, maar ik weet wel dat hij nooit iemand kwaad zou doen. Misschien stond de kluis open en kon hij zich niet beheersen. Misschien heeft mevrouw Nix iets tegen hem gezegd over het verkopen van de juwelen en heeft hij haar verkeerd begrepen. Ik weet het niet. Wat ik wel weet, is dat mijn broer een goed mens is, dat hij altijd een goede broer is geweest voor mij en onze twee jongere broertjes, en dat hij niet veel geluk heeft gehad in zijn leven. Daarom wil ik u hier eerbiedig verzoeken niet te hard over hem te oordelen, en niet te vergeten dat hij een jongen is die al heel jong zijn moeder heeft verloren en beter verdient dan wat deze wereld hem tot nu toe heeft kunnen bieden.'

Rose McGlynn hield haar pleidooi in mei 1949 tijdens het nieuwe gerechtelijk onderzoek dat naar haar broer werd ingesteld. In zijn vonnis zei de rechter dat hij de ongelukkige familiegeschiedenis van de verdachte in aanmerking had genomen, maar dat hij het niet beschouwde als een excuus voor crimineel gedrag. 'Juffrouw McGlynn zelf is een duidelijk argument dat tegen zulke excuses pleit. Zij heeft haar moeder op jonge leeftijd verloren en moest haar middelbare school van Maria, Sterre der Zee verlaten voordat zij haar diploma had behaald en toch heeft zij zich, door pure volharding en het vaste voornemen op het rechte pad te blijven, vanuit haar armoede opgewerkt tot een verantwoordelijke vertrouwenspositie in het Crown Hotel. Als zij dat kon, waarom kon haar broer het dan niet?'

Ik kan me voorstellen hoe bitter het vonnis van de rechter voor Rose McGlynn moet zijn geweest. Het moet voor haar nauwelijks te verkroppen zijn geweest om haar succes als argument te horen gebruiken voor de schuld van haar broer. Geen wonder dat ze had besloten de stad te verlaten. Opeens denk ik aan Harry's suggestie dat Rose haar broer wellicht de cijfercombinatie van de kluis heeft gegeven. Als dat werkelijk waar was, moet haar schuldgevoel ondraaglijk zijn geweest. Dan zou het te begrijpen zijn dat zij zich na een laatste bezoek aan haar broer in de gevangenis voor de trein had geworpen.

Ik lees het artikel nog een keer door, tot ik weer bij het vonnis van de rechter ben – de plek waar hij vertelt dat Rose McGlynn van school moest: Maria, Sterre der Zee. Dezelfde naam als de kerk waar ik ben gedoopt. Volgens mijn moeder had ze me daar mee naartoe genomen omdat zij er zelf was gedoopt, maar ze had nooit verteld dat het ook de naam was van een katholieke meisjesschool; toch moet zij daar dus op school hebben gezeten, samen met Rose McGlynn. Rose McGlynn en mijn moeder moeten sinds hun kinderjaren vriendinnen zijn geweest, hetgeen betekent dat mijn moeder ook John McGlynn al die jaren heeft gekend. Zij moet hebben meegemaakt hoe het gezin McGlynn uiteen viel, hoe de jongens naar een weeshuis gingen en hun zuster vergeefse pogingen deed hen te behoeden voor een leven vol misdaad. Het verhaal is niet alleen meelijwekkend, het is ook bekend. Ik herken het van mijn moeders fantasiewereld, die zij Tirra Glynn noemde, en het verhaal van Naoise, die het net van tranen van de boze koning Connachar stal en werd verbannen naar een fort op de oevers van de verdronken rivier. Wanneer Deirdre Naoise in zijn gevangenis opzoekt en zij ziet hoe de andere selkies hun pels afwerpen in de rivier, ziet zij ook hoe sommige van hen uiteen worden gereten door de stroom, net zoals Rose McGlynns lichaam werd verpletterd onder een aanstormende trein.

Mijn moeder moet zich als de enige overlevende hebben gevoeld van een verschrikkelijke orkaan. In het boek gaat Deirdre op weg naar het Paleis van de Twee Manen, gekleed in een groene jurk die is geweven uit het stuifmeel dat in het bos op haar neerdwarrelt. Mijn moeder reisde verder naar het Equinox Hotel met haar geheimen... En wat nog meer?
Ik tik met mijn vinger op de naam van de school. Maria, Sterre der Zee. Het net van tranen. Ik denk aan de dia's bij Gordons lezing, het vijftiende-eeuwse portret van de Maagd Maria, gezeten op een rots aan zee, gekroond met een krans van parels en diamanten die sprekend lijkt op het halssnoer dat mijn moeder in haar boeken beschrijft. Wat als het sieraad – hoe had Gordon het ook weer genoemd? Een *ferronière?* – wat als dat de oorlog toch had overleefd en op de een of andere manier in bezit was gekomen van Vera Nix? Ik denk terug aan Gordons lezing en herinner me dat hij de mogelijkheid aankaartte dat de *ferronière* was verborgen door een nazaat van de della Rosa's. Ik herinner me ook dat Peter Kron zich, volgens Harry, na zijn ontsnapping uit een krijgsgevangenenkamp verborgen had gehouden in een Italiaanse villa. Als hij de *ferronière* had gestolen en hem door Vera had laten dragen, kan het dus een van de stukken zijn geweest die John McGlynn had gestolen. Het kan niet bij de teruggevonden juwelen hebben gezeten – dan had Gordon het moeten weten – maar misschien had John McGlynn het, in de wetenschap dat dit een bijzonder kostbaar stuk was en hoogstwaarschijnlijk niet in het politierapport stond vermeld, op een speciale plek verborgen. En toen zijn zuster hem in de gevangenis kwam opzoeken had hij haar verteld waar het lag. Is het mogelijk dat zij het op haar beurt aan mijn moeder heeft verteld voordat zij zich op het station van Rip Van Winkle voor de trein stortte?

Mijn hoofd begint weer een beetje tot rust te komen. Ik popel om het nummer te bellen dat Aidan me heeft gegeven en hem te vertellen wat ik te weten ben gekomen, maar het is nog niet genoeg. Er ontbreekt nog iets. En de enige plek die ik kan verzinnen om het te gaan zoeken is Brooklyn.

27

Onderweg naar de ondergrondse koop ik een stadsplattegrond van New York. Gelukkig staan er ook kerken op en ik vind de Heilige Maria Sterre der Zee in Court Street, tussen Nelson en Luquer in het Carroll Gardens-district in Brooklyn. Ik ben niet zo goed bekend in Brooklyn, voornamelijk omdat ik een hekel heb aan de metro. Ik vertel mensen meestal dat ik last heb van claustrofobie, maar in werkelijkheid heb ik er een hekel aan om onder de grond te gaan. Ik heb zelfs moeite met sommige bibliotheken – zoals de Beinecke-bibliotheek van Yale – waar de boekenrekken in de kelder staan.

Vandaag wordt mijn fobie echter de kop in gedrukt door de maalstroom van gedachten die door mijn hoofd kolkt. Ik zie Vera Nix in haar groene sirenenjurk, John McGlynn in zijn St. Christopher's Band-uniform, mijn moeder en Peter Kron en, een eindje buiten deze cirkel zwevend, Harry Kron. Het enige gezicht dat wazig blijft is dat van Rose McGlynn. Ik haal haar pleidooi voor de rechtbank te voorschijn en lees de passage nog eens over waarin zij vertelt over haar bezoekjes aan haar broers in het weeshuis. *Ze zagen er goed uit – waarschijnlijk kregen ze er beter te eten dan ze thuis gewend waren – maar er ontbrak altijd iets in hun blik.* En even later zei ze over John: *Hij was nog zo jong, maar veranderde daar heel snel in een oude man. Hij liep zelfs met een kromme rug, maar volgens de nonnen kwam dat omdat hij als baby ondervoed was geweest.*

Ik word een beetje misselijk van het lezen van die kleine lettertjes in de bewegende trein. Ik doe mijn ogen dicht en zie dat er zich een nieuwe figuur bij de draaimolen in mijn hoofd heeft gevoegd: een groteske half-man/half-zwaan met kille zwarte ogen.

Het is een wezen uit mijn moeders boeken, een van de mannen die in gevleugelde wezens veranderen. De transformatie van man in beest, zoals mijn moeder het beschreef, is heel pijnlijk. De zich ontwikkelende vleugels breken hun rug, en hun ogen worden kil. Ik herinner me één speciale regel uit het tweede boek van mijn moeder. *Maar toen Naoise zich naar mij omdraaide, zag ik in zijn ogen dat het dier dat in hem groeide hem al had overgenomen.*
Ik huiver, ondanks de verstikkende hitte in de metro. Als mijn moeder John en Rose McGlynn van kinds af aan had gekend, moest zij die transformatie hebben gezien. Ze zag John niet alleen in een keiharde crimineel veranderen, ze zag ook zijn zuster zelfmoord plegen, zag haar van het perron stappen, haar oude koffer achterlatend als een afgeworpen huid, om verpletterd te worden onder de aanstormende trein. Onthoofd, had Harry gezegd. Geen wonder dat mijn moeder desondanks op de trein was gestapt en haar reis naar het noorden, naar het hotel waar zij samen met Rose had willen gaan werken, had voortgezet. In de stad restten haar alleen nog maar akelige herinneringen. Het Hotel Equinox, en mijn vader, moeten haar zijn voorgekomen als een oase van rust na de gruwelijke dingen waarvan zij getuige was geweest. Maar toen was er, vierentwintig jaar later, in de zomer van 1973, iets gebeurd wat die gruwelijke dingen weer terug had gebracht.

Ik ben zo in gedachten verzonken dat ik bijna niet merk dat de trein de halte Carroll Street heeft bereikt. Net voordat de deuren dichtgaan stap ik uit en ren met twee treden tegelijk de trap op, om zo snel mogelijk weer in de frisse lucht te staan en terug te keren naar het heden. De hele ochtend heeft het verleden aan me getrokken, als een terugtrekkend getijde dat me probeerde mee te sleuren naar zee, en nu ben ik aangespoeld aan de voet van Maria Sterre der Zee, beschermheilige van zeelieden, schipbreukelingen en verstekelingen. Het eerste wat me opvalt is dat de kerk bij lange na niet in de buurt van de zee staat. Ik kijk op mijn stadsplattegrond en zie dat de dichtstbijzijnde waterkant de Red Hook-dokken zijn. Het tweede wat me opvalt is dat de zwarte ijzeren poorten voor de kerk met een ketting zijn afgesloten.

Ik kijk om me heen door Court Street. De straat ligt er rustig bij in de namiddagzon en ik loop naar de hoek. Even verderop zie ik diepe, schaduwrijke tuinen en statige stadswoningen die worden bewaakt door gipsen heiligenbeelden. De buurt voelt stil en besloten en, net als de kerk, niet bereid om zijn geheimen prijs te geven. In Luquer Street vind ik de pastorie van de kerk en bel aan. Op een klein bordje onder de bel staat: GELIEVE EENMAAL TE BELLEN EN GEDULDIG TE WACHTEN . Ik bel één keer en wacht, aanvankelijk geduldig, maar daarna steeds minder, tien minuten. Ik loop weer terug naar Court Street en zie pal tegenover de kerk een cafeetje dat *Le Trianon* heet. Voor de deur staan bankjes in de schaduw van een lindeboom, waar een stelletje in neopreen fietskleding ijsthee zit te drinken, terwijl hun reusachtige rottweiler water lebbert uit een bak die aan het bankje is vastgemaakt. Ik loop er naartoe.

Wanneer ik het café binnenga, is het net of ik toch een kerk binnenkom, en dat komt voornamelijk door de plafondschildering van Michelangelo's God en Adam, die op een bed van wolken en blauwe hemel rusten. Alles aan *Le Trianon* is mooi – de handgeblazen lampen, die de vorm hebben van lelies, de marmeren tafels en de uitgebreide keuze aan thee en gebak. Zelfs de man achter de toonbank, klein maar gespierd en als twee druppels water lijkend op Adam op het plafond, is knap. Ik bestel ijskoude groene thee en een kaneelbroodje en vraag hem of de kerk aan de overkant altijd gesloten is.

'Ja, sinds er een paar jaar terug een stuk of wat zilveren kandelaars van het altaar zijn gestolen. Ze gaan 's ochtends heel vroeg open voor de ochtendmis en 's avonds om halfnegen nog een keer.'

'Verdorie,' zeg ik, 'ik ben er speciaal voor gekomen.'

'Heb je al geprobeerd aan te bellen bij de pastorie?'

'Ik heb één keer gebeld en geduldig gewacht.'

Hij begint te lachen. 'De dames die daar op kantoor werken zijn er waarschijnlijk wel, maar hebben gewoon geen zin om van hun stoel te komen. Ik zou het nog maar eens proberen.'

'Bedankt,' zeg ik, terwijl ik de ijsthee en het broodje van hem aanpak. 'Waarom heet de kerk trouwens Maria Sterre der Zee? We zijn hier helemaal niet in de buurt van de zee.'

Hij wijst naar de achterkant van het café, waarmee hij, neem ik aan, de buurten ten zuiden en westen van ons bedoelt. 'Toen de kerk honderdvijftig jaar geleden werd gebouwd kwam het water hier nog veel dichterbij en stonden er nog niet zoveel gebouwen om het uitzicht te belemmeren.'

'Echt waar? Ik had niet verwacht dat de kerk al zo oud was. En is de buurt altijd Italiaans geweest?'

'Mijn grootouders zijn hier vlak na de oorlog komen wonen,' zegt hij, 'en zij zeiden dat hier toen nog veel Ieren woonden. Nu hebben we advocaten en effectenhandelaren die bereid zijn een paar duizend per maand neer te tellen voor een studio-appartement. Ben je op zoek naar woonruimte hier in de buurt?'

'Zo te horen kan ik dat niet betalen. Nee, ik vermoed dat mijn moeder op de school heeft gezeten die bij de kerk hoort. Ik ben in die kerk gedoopt.'

'O ja? Nou, als je dan toch hier uit de oude buurt komt, probeer dan maar niet meer om die oude tangen in de pastorie wakker te krijgen. Ga liever naar de school en vraag naar Gloria. Zeg tegen haar dat haar neef Danny je heeft gestuurd en dan weet zij wel iemand die je de kerk kan laten zien. Bovendien beheert zij alle archieven van de school, van nu tot aan de oertijd.'

'Bedankt, dat is geweldig. O, en trouwens, ik ben weg van je plafond.'

Danny rolt zijn ogen omhoog naar de geschilderde hemel nog geen anderhalve meter boven zijn hoofd. 'Mijn broer Vincent, de kunstenaar. Ik ben maar een doodgewone bakker. Het is best leuk, als je het tenminste niet erg vind dat je God de hele dag boven je hoofd hebt hangen.'

Ik ga buiten op een bankje zitten (de fietsers en de rottweiler zijn weg) en zie de kinderen uit school komen terwijl ik mijn thee drink en mijn broodje eet (dat zo luchtig en lekker is dat ik me afvraag wie de echte kunstenaar van de familie is: Danny of Vincent?). Kinderen komen in keurige rijen de voordeur uit en splitsen zich naar links en naar rechts naar minibusjes die in Nelson en Luquer Street staan te wachten. Ik zie moeders op klompen en in lange Indiase rokken en moeders in mantelpakjes en op hoge hakken en ook een paar vaders in met verfspetters besmeurde overalls of gekreukte Brooks Brothers overhemden – de stropdassen in hun zakken gepropt – hand in hand met hun kinderen naar buiten komen. Ik weet niet wat ik van mijn moeders oude buurt had verwacht, maar in elk geval niet deze mooie buitenwijk, die veel te mooi is opgeknapt en gerenoveerd om nog steeds mijn moeders geheimen te herbergen. Dit is een buurt waar Jack en ik hadden kunnen gaan wonen, denk ik. Hij had best een atelier kunnen vinden in de nieuwe, bloeiende kun-

stenaarswijk en dan hadden we een stadswoning kunnen opknappen voordat de huren enorm gingen stijgen.
 Wanneer de verkeersstroom voor de schooldeuren begint af te nemen, steek ik de straat over en ga naar binnen. De secretaresses zitten nog op hun plek en troosten een jongetje wiens moeder niet op tijd is om hem op te halen, terwijl zij intussen hun tassen pakken om naar huis te gaan. Ik kies de vrouw uit die er het oudst uitziet – en die bovendien heel erg op Danny van *Le Trianon* lijkt – en vraag haar of zij Gloria is.
 'Ik zat hier aan de overkant met je neef Danny te praten en hij zei dat je mij misschien kon helpen bij het zoeken naar mijn moeders gegevens. Ik denk dat ze hier eind jaren dertig, begin jaren veertig op school heeft gezeten. En verder hoopte ik eigenlijk een kijkje in de kerk te kunnen nemen...'
 Gloria en een van de jongere secretaresses kijken elkaar aan. 'Heb je het al bij de pastorie geprobeerd?' vraagt het jongere meisje.
 'Ik heb een keer aangebeld.'
 'Is Anthony hier nog, Tonisha?' vraagt Gloria. Tonisha knikt en drukt al op een intercomknopje op haar telefoon.
 'Ik ga wel met je mee naar de kerk. Als je de archieven wilt inzien, zul je mee moeten naar de kelder en daar zelf opzoeken wat je nodig hebt. Mijn rug kan het niet aan om me over al die dossiers te bukken.' Wanneer Gloria opstaat zie ik dat ze een bochel heeft en met een stok loopt.
 'Als het heel erg ongelegen komt...'
 'Welnee, het is juist goed voor me om van mijn luie kont te komen. Maar het is er wel koud...' Ze kijkt naar mijn dunne T-shirt en katoenen rok. 'Hier, trek maar een van mijn truien aan.' Er hangen verschillende truien aan een scheve kapstok in de hoek. Ze kiest er een voor me uit in een afgrijselijke kleur groen, met flets roze boorden. Wanneer ik hem aantrek begint de synthetische wol meteen te kriebelen en ruik ik de een of andere lotion. Zonnebrandlotion, denk ik, terwijl ik achter Gloria aan de keldertrap afloop; het fletse roze heeft precies de kleur van zonnebrandlotion en het groen is het groen van giftige klimop. Maar wanneer we afdalen in de kelder ben ik blij met de warmte van de trui. Als ik al had gedacht dat de buurt op straatniveau te netjes was om nog sporen van het verleden te bevatten, is de kelder van de kerk in elk geval een hele geruststelling voor me, want die

ruikt en ziet er net zo oud uit als de catacomben. De wanden zijn uit de rotsen gehakt. De vloer is zo te zien van aangestampte aarde.

Gloria trekt aan een koordje aan het plafond en een kaal peertje verlicht de spelonkachtige ruimte.

'Wauw, wat is het hier groot,' zeg ik, terwijl ik mijn best doe om in de donkere hoeken te kijken. Ik schrik van wat eruit ziet als spookachtige gedaantes in een uitgehakte nis.

'De kelderruimte loopt helemaal door tot onder de kerk,' zegt Gloria, waarna zij op de spookachtige groep in de hoek wijst, een kruis slaat en zegt: 'Dat zijn de afgezette heiligen. Je weet wel, van wie het Vaticaan heeft besloten dat het geen heiligen meer zijn. De kerk zet hun standbeelden hier neer.'

'Hoe wordt een heilige afgezet?' vraag ik, terwijl ik mijn blik afwend van de holle ogen van de marmeren en bronzen beelden, die me aankijken met de veelzeggende, meelijwekkende blik van honden in het asiel.

Gloria haalt haar schouders op en trekt een wiebelige bureaustoel met kapotte bekleding en een ontbrekende armleuning naar een rij dossierkasten tegenover de nis met afgedankte heiligen. 'De Kerk besluit op een gegeven moment dat het bij nader inzien toch geen echte heiligen waren, zoals bijvoorbeeld Sint-Christoffel' – ze raakt even het medaillon om haar hals aan, waarop naar ik aanneem de uit zijn ambt ontzette heilige staat afgebeeld – 'of dat zij geen echte wonderen hebben verricht, zoals de Heilige Catalina. In welk jaar zei je dat je moeder hier naar school ging?'

'Ze is geboren in 1924, dus als het goed is, heeft ze rond 1942 eindexamen gedaan.'

Gloria trekt een lade open en wenkt mij naderbij. Ze rolt haar stoel naar achteren, haalt een knot wol uit de zak van haar vest en begint te breien. Ik zie dat het dezelfde flets roze kleur is als de rand van de trui die ik aanheb.

Ik ga voor de metalen dossierkast op mijn hurken zitten, krimp even ineen van de pijn in mijn knieën, en probeer de namen te lezen die met de hand op de witte etiketten van donkerbruine dossiermappen zijn geschreven. De mappen zijn zo dicht op elkaar gepakt dat elke keer als ik een map naar voren schuif de scherpe rand van de volgende map in mijn nagelriemen snijdt. Het kriebelige handschrift – ik stel me er een reeds lang geleden overleden non bij voor met dezelfde spookachtige, holle ogen als de beelden wiens blik ik in mijn gebogen en pijnlijke rug voel boren – is bijna niet te lezen. Bovendien heeft de non in kwestie er kennelijk nooit het nut van ingezien een strikt alfabetische volgorde aan te houden.

'Komt de Mc voor of na de gewone M?' vraag ik, opkijkend van de lade.

Gloria kijkt op van haar breinaalden, die gewoon door blijven tikken. 'Ik heb geen idee, maar als je de kerk nog wilt bekijken zul je je moeten haasten. Anthony gaat om halfvijf eten.'

Ik loop alle M-en langs, maar vind geen Morrissey of McGlynn.

'Wat als ze voortijdig van school ging?' vraag ik. Ik bedenk me dat mijn moeder het nooit over het behalen van haar diploma heeft gehad, en van Rose McGlynn weet ik zeker dat ze eerder van school is gegaan.

Gloria zucht, laat haar roze breiwerk in haar schoot zakken en raakt haar medaillon aan. Misschien vraagt ze de heilige Christopher om haar voortaan te bewaren voor dit soort idioten en ik durf ook te wedden dat Danny het vanavond flink voor zijn kiezen gaat krijgen. Ze wijst met een breinaald in de richting van de afgedankte heiligen. 'Daar staan nog een paar dozen met leerlingen die hun school niet hebben afgemaakt,' zegt ze. 'Ik geloof dat ze per tien jaar zijn gerangschikt.'

Er zit wel een soort perverse logica in dat de drop-outs de eeuwigheid mogen delen met de uit de gratie geraakte heiligen. Ik stel me een hiernamaals voor met net zulke groepjes als op de middelbare school, terwijl vrouwen als mijn moeder en Rose McGlynn samen met de ex-heiligen in het voorgeborchte van de hel zweven – alleen geloof ik dat de katholieke Kerk dat voorgeborchte ook heeft afgeschaft. Ik kniel aan de voeten van een vaalwitte heilige en begin in de map van 1940 naar mijn moeder en haar vriendin te zoeken.

Even later heb ik hen allebei gevonden. Hun dossiers zijn met een elastiekje bij elkaar gebonden, en aan het bovenste is met een paperclip een briefje bevestigd. Ik haal het briefje, waarop de roestige afdruk van de paperclip zichtbaar is, eraf en lees het. 'Beste Monseigneur Ryan,' heeft zij-met-het-kriebelige-handschrift geschreven:

Bijgevoegd vind u de dossiers van de twee meisjes die ervan worden beschuldigd tijdens de mis van afgelopen zondag geld uit de collecteschaal te hebben gestolen. U zult zich wel herinneren dat wij Rose McGlynn al meteen verdachten vanwege de recente vervelende ontwikkelingen in haar familie en toen wij haar ondervroegen, heeft zij haar schuld niet ontkend. Later die middag kwam er echter een andere leerlinge, Katherine Morrissey, naar mijn kantoor om te zeggen dat zij verantwoordelijk was voor de diefstal. Het viel mij op dat beide meisjes identieke heiligenmedaillons droegen die ik nog niet eerder had gezien. Toen ik hen, afzonderlijk uiteraard, vroeg hoe zij aan die medaillons kwamen, kregen zij een kleur en konden er geen bevredigende verklaring voor geven. (Beide meisjes komen uit arme gezinnen en de medaillons zijn van goud en vrij kostbaar.) Ik kwam tot de conclusie dat de meisjes het geld hadden gestolen en er de medaillons voor hadden gekocht. Ik moet eerlijk bekennen dat ik in de verleiding kwam hen te vergeven toen ik me realiseerde dat het geld was gebruikt om een religieus voorwerp mee te kopen, maar toen zag ik dat het medaillons van Santa Catalina waren, een lokale volksheldin wier heiligverklaring onlangs door de Kerk is herroepen. (Het spijt mij u te moeten vertellen dat meisjes in deze buurt tot deze zogenaamde heilige bidden om haar te vragen een goede man voor hen te vinden.) Ik raakte nog dieper teleurgesteld in de karakters van de meisjes toen mij een foto van de meisjes (hierin bijgesloten) onder ogen kwam waarop zij in een plaatselijk pretpark aan het stoeien zijn met een jongeman. Als u goed kijkt, en misschien een vergrootglas gebruikt, zult u zien dat de meisjes het bewuste medaillon op de foto dragen. Ik neem aan dat zij ze tijdens dit ongeoorloofde uitstapje hebben gekocht. In het licht van hun beider bekentenis van de diefstal en dit bewijs van onzedelijk gedrag, moet ik helaas hun verwijdering van Maria, Sterre der Zee aanbevelen.

Het briefje is getekend Zuster Amelia Dolores, moeder-overste. Het is verwarrend om nu al voor de tweede keer vandaag te moeten lezen dat mijn moeder wordt beschuldigd van diefstal. Ik zou liever geloven dat Rose McGlynn het geld had gestolen, maar ik herinner me ook het gouden medaillon in het sieradendoosje van mijn moeder en de manier waarop ze het van mijn hals trok toen ze het mij zag dragen. Mijn vader zei dat ze zo reageerde omdat ze zich had afgekeerd van de katholieke Kerk, maar nu vraag ik me af of het kettinkje haar aan dit misdrijf en de schandelijke gevolgen ervan had herinnerd.

Wanneer ik het briefje opvouw en het weer onder de paperclip schuif, zie ik dat er iets op de achterkant geschreven staat, op de helft van het papier die op de map lag. Dit briefje is in een ander, groter en ronder, handschrift geschreven.

'Beste Monseigneur, bij deze wil ik u erop wijzen dat de jongen op de foto Rose McGlynns jongere broertje, John McGlynn is. Ik vermoed dat hij verantwoordelijk is voor de diefstal van het geld en dat de meisjes hem alleen maar willen beschermen.' Dit addendum is getekend Zuster Agatha Dorothy.

Ik sla de map open en de zwartwitfoto, in de loop der jaren geelbruin geworden, valt in mijn schoot. Met de zee op de achtergrond leunen ze tegen een houten reling – John McGlynn, die ik herken van zijn St. Christopher's-foto, geflankeerd door twee mooie meisjes. Op het eerste gezicht zou je bijna denken dat de meisjes zusjes zijn. Ze dragen allebei strak aangesnoerde rokken en witte kanten blouses. Hun haar is in hetzelfde naar achteren gekamde pagemodel geknipt en ze hebben hun lippen met dezelfde donkere lippenstift gekleurd. Ik kan nog net de ovalen hangertjes aan de hals van beide meisjes zien, maar je zou er een behoorlijk vergrootglas voor nodig hebben om hun kettinkjes als heiligenmedaillons te kunnen herkennen. Er is echter geen vergrootglas voor nodig om de verschillen tussen de twee meisjes te zien. Mijn moeders haar krult op in de lichte bries; haar groene ogen, omringd door donkere wimpers, zijn zelfs op de zwartwitfoto opvallend. Het andere meisje is slechts een bleke schaduw van haar; je kunt duidelijk zien dat zij mijn moeder probeert te imiteren, maar haar haar valt steil op haar schouders, ze heeft sproeten en kijkt met half dichtgeknepen ogen in de camera. Niet dat zij niet mooi is, maar Rose McGlynn haalt het gewoon niet bij mijn moeder.

Ik kijk naar Gloria, maar zij heeft kennelijk net een steek laten vallen, want ze zit mopperend over haar breiwerk gebogen. Ik laat de foto van mijn schoot in de open boekentas naast mijn voeten glijden. Dan neem ik snel de rest van het dossier door, maar er staat verder niets bijzonders in. Beide meisjes haalden goede cijfers. Ik zie dat Zuster Angela Dorothy hun lerares Engels was en dat de meisjes bij haar alleen maar hoge cijfers haalden. Het was echter Rose McGlynn, en niet mijn moeder, die in de derde klas de opstelwedstrijd had gewonnen. Ook al staat er weinig belangwekkends in, toch kost het me moeite de twee dossiermappen te laten wegschimmelen aan de voeten van de afgewezen heilige, zelfs wanneer ik zie dat het plaatje onderaan het beeld haar, heel toepasselijk, identificeert als Santa Catalina, de 'volksheldin' van wie de meisjes een medaillon hadden gekocht met het gestolen geld uit de collecteschaal. Gloria zit nog steeds steken uit te halen en laat intussen een stroom van Italiaanse verwensingen los op de uitgehaalde massa roze wol, dus laat ik ook de mappen maar in mijn boekentas glijden, waarna ik mijn pijnlijke rug strek en tegen Gloria zeg dat ik klaar ben om te kerk te gaan bekijken.

De kerk is prachtig; de enorme ruimte werkt als een helende balsem na de benauwde, vochtige kelder. De slanke jongeman met paardenstaart en overall – hij stelt zich voor als Anthony Acevedo – doet één voor één de lichten aan terwijl ik door het middenpad naar voren loop, zodat elk deel van het gewelfde plafond verlicht wordt, tot ik voor het grote koor sta en ook het licht boven het altaar aangaat. In de dikke, stenen muren zitten schitterende glas-in-loodramen en de figuren op de ramen lijken wel boven het altaar te zweven. In het middelste raam staat de Maagd Maria op een rots in een stormachtige zee. Tot mijn teleurstelling wordt haar hoofd slechts bedekt door de kap van haar blauwe mantel. Geen met juwelen bezette kroon, geen net van tranen.

Ik draai me om naar Anthony, die naast mij is komen staan. 'Bedankt dat je me de kerk hebt laten zien,' zeg ik tegen hem, 'hij is werkelijk prachtig.'

Hij knikt, maar houdt dan zijn hoofd een beetje schuin, legt zijn vinger op de huid onder zijn rechteroog en trekt er zachtjes aan. 'U was op zoek naar iets anders,' zegt hij, 'dat zie ik aan u.'

'Ik dacht dat ze een kroon zou hebben,' zeg ik en doe mijn best om niet als een pruilend kind te klinken. 'Ik bedoel, ik heb een keer een schilderij van Maria Sterre der Zee gezien waarop ze een kroon droeg.'

Anthony kijkt verrukt. Hij buigt zich naar voren en fluistert, ook al zijn we helemaal alleen in de kerk, in mijn oor: 'Dan zoekt u Santa Catalina. Kom maar mee.'

'Maar ik dacht dat zij ontheiligd was,' zeg ik, terwijl ik achter Anthony aan het hele schip van de kerk doorloop, weg van het altaar. Hij gaat een klein kapelletje binnen, vlak bij de voordeur. Er staat een heel woud van kaarsen, bijna allemaal helemaal opgebrand, maar sommige nog nasputterend van de mis van de vorige avond. Behalve de lucht van gesmolten was ruik ik nog iets anders, iets zoets, en dan zie ik dat er rozenblaadjes in de vloeibare was drijven.

'De vrouwen die hier kaarsen komen aansteken brengen de rozenblaadjes mee vanwege haar naam – Catalina della Rosa. Katherine van de Roos.' Anthony wijst op een olieverfschilderij boven de kaarsen. Anderhalve eeuw walmende kaarsen heeft het geen goed gedaan – ik kan de in een blauwe mantel gehulde figuur op het schilderij nauwelijks onderscheiden.

'Is dat geen afbeelding van Maria?' vraag ik, wanneer ik het traditionele roodblauwe kleurenschema herken van mijn lessen kunstgeschiedenis op school.

'Ja, daarom hangt het ook nog steeds in de kerk. Maar er bestaat een legende dat het meisje dat model heeft gestaan voor dit schilderij Catalina della Rosa was.'

Ik ga wat dichterbij staan en herken het schilderij van de dia die Gordon – was het werkelijk nog maar een week geleden? – aan het eind van zijn lezing heeft laten zien, het portret van Maria op het strand, dat was nageschilderd van het bruidsportret van Catalina della Rosa. Ik kijk omhoog naar haar gezicht en daar, half verborgen onder oude vernis en rookaanslag, hangt de druppel van smaragd aan een kroon van diamanten en parels. Mijn moeders net van tranen. Uit mijn tas haal ik de vergeelde foto van mijn moeder en John en Rose McGlynn op het strand, met hun nieuwe, glanzend gouden medaillons om hun hals. Ze lijken allemaal zo gelukkig. Het moet een volmaakte, onschuldige dag zijn geweest. Had Zuster Agatha Dorothy, die ik me net zo mollig en rond voorstel als haar handschrift – gelijk toen ze opperde dat John McGlynn het geld had gestolen? Had hij het geld gestolen om zijn zus en haar vriendin te trakteren op een dagje aan het strand en ritjes in alle attracties van Coney Island, en om medaillons voor hen te kopen van hun lievelingsheilige? Ik zal het waarschijnlijk nooit weten, maar ik weet zeker dat die dag – het strand, de medaillons – voor mijn moeder het begin van het einde moet hebben geleken toen zij van school werd gestuurd en ook later, toen John werd veroordeeld voor een nog veel ernstiger misdrijf. Geen wonder dat zij zich het hoofdsieraad van de heilige herinnerde als een net van tranen.

Anthony legt even zijn hand op mijn arm. Ik verwacht dat hij in verlegenheid is gebracht door mijn tranen, maar in plaats daarvan leidt hij mijn hand naar het metalen kistje waar de lonten liggen voor het aansteken van de kaarsen. Ik houd het dunne stukje hout boven een van de brandende kaarsen totdat het vlam vat, maar aarzel voordat ik het bij een van de onaangestoken kaarsen houd.

'Waar vragen de vrouwen die hier komen bidden om?' vraag ik hem, terwijl ik terugdenk aan de brief van Zuster Amelia Dolores. 'Een man om mee te trouwen?'

'Nee,' antwoordt Anthony. 'Volgens mijn zus bidden ze tot Santa Catalina om haar te vragen hen ervan te weerhouden met de verkeerde man te trouwen.'

28

Voordat ik Maria, Sterre der Zee weer verlaat, vertelt Anthony mij hoe ik bij het St. Christopher's-weeshuis voor jongens moet komen, dat nu 'St. Christopher's maatschappelijk werk' heet. Het is nog geen twintig minuten lopen door Court Street en over Atlantic Avenue.

'Vraag naar Zuster D'Aulnoy,' zegt hij tegen me, 'en zeg maar dat Anthony, van Maria, Sterre der Zee u heeft gestuurd.'

Zuster D'Aulnoy, denk ik, terwijl ik Court Street in loop. Zij heeft in elk geval maar één naam, in tegenstelling tot Amelia Dolores en Agatha Dorothy. Na een leven waarin nonnen nauwelijks een rol hebben gespeeld, word ik er opeens door overspoeld. Mijn tante Sophie heeft me eens een ander verhaal verteld dan dat over mijn uitgestelde doop om me duidelijk te maken hoe mijn moeder tegenover de katholieke Kerk stond. Nadat mijn zieltje enigszins aan de late kant op driejarige leeftijd alsnog was gered van het vagevuur, had mijn moeder geprobeerd me naar een katholiek kleuterschooltje in Kingston te sturen. Op een dag hadden zij en Sophie me er naartoe gebracht en kreeg ik nog voordat we binnen waren een ongelooflijke woedeaanval. 'Je was helemaal door het dolle heen,' zei Sophie, 'omdat je vond dat je het verkeerde lunchtrommeltje had meegekregen of zoiets. Je moeder was zelf al behoorlijk boos op je, maar toen kwam er een non langs die haar vertelde wat zij zou doen als dat haar kind was. "O," zei je moeder, "dan zal dat wel de reden zijn waarom God mij moeder heeft gemaakt en u non." Dat was je laatste dag op een katholieke school.'

Het gebouw dat ik aan de overkant van Atlantic Avenue zie staan is groot en vierkant en saai, zes verdiepingen gele baksteen.

De muur aan de kant van Atlantic Avenue ziet eruit als een muur waar ooit een ander gebouw tegenaan heeft gestaan dat inmiddels is afgebroken, een soort verbaasde uitdrukking, als een kind dat in de klas betrapt wordt op dagdromen. Om dat een beetje goed te maken, heeft St. Christopher's het logo – een reusachtige hand met een klein, gestileerd kindje erin – in dezelfde lichtgroene kleur als de architraaf aan de voorkant van het gebouw geschilderd.

Het is een imposant gebouw en terwijl ik de straat oversteek, hoop ik maar dat Zuster D'Aulnoy meer op Agatha Dorothy lijkt dan op Amelia Dolores. De persoon die ik aantref, nadat de bewaking haar door middel van een telefoontje heeft verzocht naar de ingang te komen, is een kleine, gezette vrouw met kort grijs haar in burgerkleren die eruit zien alsof ze uit de catalogus van L.L. Bean zijn besteld. Behalve het kleine zilveren kruisje om haar hals en een geëmailleerd RK-speldje op haar marineblauwe vest, vertoont zij geen uiterlijke kenmerken van een non.

Ze brengt me naar haar kantoortje. Het enige bewijs dat wij ons niet in een kantoorgebouw bevinden is het feit dat de glazen deuren aan het eind van de gang toegang geven tot een klein kapelletje.

'Anthony Acevedo belde me om me te vertellen dat u research doet voor een boek over uw moeder,' zegt Zuster D'Aulnoy, terwijl zij plaatsneemt achter een bureau dat volgestapeld ligt met dossiermappen.

'Ja, mijn moeder is in deze buurt opgegroeid en heeft op de school van Maria, Sterre der Zee gezeten...'

Zuster D'Aulnoy zet haar bril met halve glazen af en laat hem aan een oranje koordje om haar hals bungelen, waar hij al gauw verstrikt raakt met het zilveren kruisje. In afwachting van mijn verhaal vouwt ze haar handen in haar schoot en leunt achterover in haar stoel. Niets in haar manier van doen wijst op enig ongeduld, maar wanneer ik om me heen kijk, naar de stapels mappen, de felgekleurde Post-it blaadjes die elk vrij plekje opfleuren met boodschappen als 'Koekjes!' en 'Basketballen voor Staten Island-tehuis!', de foto's aan de muren van jongens – jonge jongens, zwart, Latijns-Amerikaans, blank, jongens in militaire uniformen, jongens tijdens diploma-uitreikingen, jongens in basketbalkleding – weet ik dat Zuster D'Aulnoy waarschijnlijk een handvol dringende dingen zou moeten doen in de tijd die ik nu in beslag ga nemen. Hetgeen natuurlijk een slecht excuus is om tegen een non te liegen, maar dat is precies wat ik vervolgens doe.

'... en haar broers werden na de dood van hun moeder in dit weeshuis ondergebracht.' Nu ik eenmaal een begin heb gemaakt is het verder niet zo moeilijk meer. Ik hoef alleen het verhaal van mijn moeder maar te verwisselen voor dat van haar vriendin. Bovendien, fluistert een klein stemmetje mij in om het wat minder erg te maken, heeft mijn moeder zich het verhaal zelf toegeëigend. Zij verwerkte alles wat de McGlynns was overkomen in haar zelf verzonnen wereld – Tirra Glynn. Rose was haar beste vriendin en John, dat weet ik bijna zeker, haar jeugdvriendje. Hun verhaal was er de oorzaak van dat zij in 1949 de stad was ontvlucht en hun verhaal bracht haar in 1973 weer terug naar Brooklyn, waar zij de dood vond. Het komt door hen dat ik haar ben kwijtgeraakt, dus in zekere zin zijn ze mij wel een soort familietrouw verschuldigd.

'Ik geloof dat een van mijn ooms, Arden McGlynn, hier is overleden en dat de andere twee, John en Allen, uiteindelijk in de gevangenis zijn beland. Dat is tenminste wat ik in de krantenverslagen heb gelezen.' Ik haal het gekopieerde verslag van Rose's pleidooi voor de rechtbank te voorschijn en overhandig het aan Zuster D'Aulnoy, maar zij werpt er slechts een vluchtige blik op en blijft mij aankijken met haar zachte, blauwe ogen.

'En uw moeder heeft nooit over hen gesproken?'

'Nee... Het moet erg pijnlijk voor haar zijn geweest dat het gezin op deze manier uiteen is gevallen.' Terwijl ik dit zeg, in dit kleine kantoortje dat misschien wel dezelfde kamer is waar Rose haar broertjes ontmoette wanneer zij op bezoek kwam, realiseer ik me voor het eerst hóe pijnlijk het geweest moet zijn. Net als ik had Rose al heel jong haar moeder verloren, maar in tegenstelling tot wat mij overkwam, raakte zij ook haar hele wereld kwijt. Haar vader stortte in, haar jongere broertjes werden overgedragen aan vreemden. In haar pleidooi voor de rechter zei ze dat het haar speet dat zij ze niet bij zich had kunnen houden – maar hoe had ze dat gekund? Ze was nog maar zeventien.

'Ik begrijp dat het erg pijnlijk moet zijn geweest voor uw familie,' zegt Zuster D'Aulnoy, 'maar het kwam wel vaker voor. Toen St. Christopher's werd gesticht waren alle jongens die hier kwamen wezen, die vaak op straat leefden en in hun levensonderhoud voorzagen – als je dat zo kon noemen – met het verkopen van kranten. Maar in de crisistijd waren veel gezinnen niet meer in staat hun kinderen te eten te geven, en klopten zij bij St. Christopher's aan om hen de zorg voor de allerjongsten uit handen te nemen. Onze archieven uit die tijd zijn niet erg compleet – kinderen kwamen en gingen – maar ik wil u toch graag helpen het verhaal voor uzelf te kunnen afronden. Wat wilt u precies weten?'

'Ik wil graag weten hoe oud de jongere broertjes waren en hoe Arden is overleden en...' Ik zwijg, omdat ik zelf opeens ook niet meer zo goed weet wat ik van dit bezoekje had verwacht. Ik kijk naar de gezichten aan de muren. Ik zie dat sommige foto's niet van jongens zijn, maar van mannen van middelbare leeftijd voor woningen of bedrijven, met gezinnen en aan tafels van de Rotary Club. Oud leerlingen van St. Christopher's laten trots zien wat er van hen geworden is – wezen die zijn uitgegroeid tot huisvaders met gezinnen.

'Ik wil graag weten of Allen en John nog leven. Ik bedoel, dat zou toch kunnen en het zou toch ook kunnen dat zij nog steeds contact hebben met het St. Christopher's?'

Eerst zegt Zuster D'Aulnoy helemaal niets. Ik zie hoe ze mij taxerend opneemt en even ben ik bang dat ze mijn bedrog doorziet. Als ze niet gelooft dat de broers McGlynn mijn ooms zijn, verstrekt ze me vast ook geen informatie over hun verblijfplaats.

'Dan zou ik in de archieven in de kelder onder het souterrain moeten kijken...' Alweer een kelder! Mijn bezoek aan Brooklyn begint verdacht veel op een grottenexpeditie te lijken, maar dan lijkt Zuster D'Aulnoy mijn tegenzin op te merken, of anders wil ze de bewuste dossiers misschien liever eerst zelf inkijken. '... Ik stel voor dat u in de kapel op mij wacht. Als ik iets vind, kom ik het daar bij u brengen.'

Na de overweldigende ruimte van Maria, Sterre der Zee, lijkt deze kapel laag en sober. Door de glas-in-loodramen die in de dikke, witgepleisterde muren zijn aangebracht, valt slechts een piepklein straaltje groenachtig licht naar binnen. Het plafond is onderverdeeld in lichtblauwe vierkanten, die waarschijnlijk in die kleur zijn geschilderd om de hemel te verbeelden, maar in plaats daarvan is het net of je onder water staat.

'Zag de kapel er in de jaren veertig ook al zo uit?' vraag ik aan Zuster D'Aulnoy.

'Naarmate wij steeds minder katholieke bewoners kregen, zijn de banken en het altaar weggehaald. Maar we hebben de ramen met de afbeelding van Sint-Christoffel die Jezus naar de overkant van de rivier draagt, intact gelaten. Er is trouwens toch meer van de rivier dan van de heilige op te zien. Hier...' Zij wijst op een van de stoelen die tegen de muren staan. '... gaat u hier maar even zitten terwijl ik de dossiers van uw ooms ga zoeken...' Ze legt haar hand even op mijn arm. 'Veel mensen vinden het een heerlijk rustig plekje.'
Ze loopt de kapel uit – geruisloos op zachte zolen – en ik zit naar de muur met glas-in-loodramen te staren. Eerlijk gezegd heb ik me nooit zo op mijn gemak gevoeld in kerken en synagogen, maar ik heb er dan ook erg weinig ervaring mee. Ik weet nooit wat ik met mijn handen en mijn ogen en mijn gedachten moet. Meestal haal ik me mijn lessen kunstgeschiedenis van vroeger maar voor de geest en richt ik mijn aandacht op koepelplafonds, middenschepen en vierbladige ramen in plaats van de kruiswegstaties – en vandaag is geen uitzondering. Ik kijk naar de glas-in-loodramen. Zuster D'Aulnoy had gelijk, je ziet meer van de rivier dan van de heilige. Gerangschikt langs de lange muur van het middenschip verbeelden zij één enkele episode: de reus Sint Christoffel die de kleine Christus naar de overkant van de rivier draagt. Eerst is de rivier kalm en ondiep, maar wanneer Sint-Christoffel aan zijn tocht begint wordt het water steeds woester en dieper. Op het middelste raam is het water al bijna tot boven zijn hoofd gestegen en raken zijn tenen, die hij als een balletdanser heeft gestrekt, nog maar nauwelijks de bodem van de rivier. Hij rekt zijn nek uit om zijn hoofd boven water te houden en houdt met zijn rechterarm het kindje Jezus vlak boven het wateroppervlak. In de volgende twee ramen is het water nog steeds niet gezakt. In plaats daarvan slingert de stroming – verbeeld door krullen blauw en groen glas – zich als stroken zeewier om de armen en benen van de reus en wanneer ik opsta om het beter te kunnen zien, zie ik zelfs slangen of alen die zich vastbijten in het vlees van de heilige. Ik heb deze gebeurtenis uit het leven van Christus nog nooit zo afgebeeld gezien, maar het doet me ook aan iets anders denken: mijn moeders beschrijving van de selkies die onder de verdronken rivier hun pels afwerpen, op de plek waar het zoute water zich vermengt met zoet.
'Bijzonder, vindt u niet?' Ik schrik alsof ik word betrapt op

het ontheiligen van wijwater – of het stelen van geld van de collecteschaal, waar mijn moeder van beschuldigd werd – maar het is Zuster D'Aulnoy maar, die op haar schoenen met zachte zolen de kapel in komt lopen om naast mij voor de ramen te komen staan. 'Ze zijn rond de eeuwwisseling gemaakt door een oud-leerling van St. Christopher's. Je kunt de invloed van de art-nouveau zien in de golvende welvingen van de stroom en de manier waarop het water in verschillende wezens verandert. In zijn brieven aan de monseigneur heb ik gelezen dat hij wilde verbeelden hoe Sint-Christoffel het Christuskind veilig naar de overkant van de woest kolkende rivier draagt, net zoals het tehuis hem veilig door de roerige tijd van zijn jeugd als weeskind had geleid.'

Ik kijk naar het laatste raam, dat laat zien hoe Sint-Christoffel uit het water komt. De heilige oogt uitgeput en verslagen door de vloedgolf, niet triomfantelijk. Uit de staf in zijn hand beginnen spontaan takken en groen gebladerte te groeien, waaronder hij kan schuilen. Het doet mij aan het boek van mijn moeder denken, waarin de selkie Deirdre uit de verdronken rivier komt, ontdaan van haar pels, en door het bos loopt, dat haar vervolgens kleedt met zijn gebladerte. En dan herinner ik me opeens het glas-in-loodraam in de Red Branch Pub, met de afbeelding van Naoise en zijn broers – natuurlijk, die heetten Allen en Arden! – die Deirdre over het water wegvoerden van de boze koning Connachar. Mijn moeder moet de twee verhalen met elkaar hebben vervlochten. Ik weet zeker dat mijn moeder deze ramen in gedachten had toen zij Deirdres metamorfose onder water beschreef en dat doet vermoeden dat zij John McGlynn hier heeft bezocht.

'Wilt u de dossiers van uw ooms inzien?'

Even schrik ik van mijn vergeten leugen. Het was niet mijn oom, denk ik, maar mijn moeders vriendje, de jongen die zij achterliet in de gevangenis aan de rivier.

'Het verbaast me dat u het zo snel hebt gevonden,' zeg ik, om Zuster D'Aulnoy's vorsende blik af te leiden – ze zal wel jaren ervaring hebben in het doorzien van leugens. 'Helemaal in die kelder onder het souterrain.'

'Daar lag het niet,' zegt ze, terwijl ze mij weer naar de stoelen tegenover het raam loodst. 'De naam McGlynn kwam me al bekend voor en toen herinnerde ik me dat een van onze bestuursleden een paar maanden geleden om de dossiers van de jongens had gevraagd. Ze lagen nog op mijn bureau.'

'Wie?...' Ik wil naar de naam van het bestuurslid vragen, maar Zuster D'Aulnoy zet haar bril al op om mij iets voor te lezen. Ik wil niet de indruk wekken meer belangstelling voor het bestuurslid te hebben dan voor mijn 'ooms', maar ik neem me voor hier niet weg te gaan voordat ik de naam weet.

'Ik herinnerde het me ook omdat de non die hun toelatingspapieren heeft ingevuld, een volledig verslag van de familiesituatie heeft geschreven. Zuster Dominica was bewonderenswaardig grondig. Wilt u het horen?'

Ik knik, wensend dat Zuster D'Aulnoy de papieren aan mij zou geven, maar zij lijkt vastberaden als een soort tussenpersoon te fungeren tussen mij en haar voorgangster.

'John McGlynn – de vader – kwam in maart 1941 naar St. Christopher's om opvang te zoeken voor zijn drie zoons omdat zijn vrouw, Deirdre...'

'Deirdre? Heette zijn vrouw Deirdre?'

Zuster D'Aulnoy kijkt mij over haar halve brilletje verbaasd aan. 'Ja, Deirdre. Dat is de naam van uw grootmoeder. Heeft uw moeder u nooit de naam van haar eigen moeder verteld?'

Ik schud mijn hoofd. Mijn moeder heeft me inderdaad nooit de naam van haar eigen moeder verteld – iets dat me nu doet blozen van schaamte. Wanneer Zuster D'Aulnoy dit ziet, buigt zij zich weer over het dossier en leest verder.

'... omdat zijn vrouw, Deirdre, onlangs was overleden in het kraambed. Het zou mevrouw McGlynns zevende kind zijn geworden...' Zuster D'Aulnoy ziet dat ik iets wil vragen en houdt een waarschuwende hand op. '... de laatste twee kinderen, waarvan zij thuis was bevallen, waren vrij snel na de geboorte overleden en zij was zo bang dat dit weer zou gebeuren dat zij naar het Ziekenhuis van de Heilige Familie was gegaan. Helaas gaf de heer McGlynn, wellicht uit verwarring vanwege zijn verdriet en, zo gebiedt de waarheid mij te zeggen, overmatig drankgebruik, het ziekenhuis de schuld voor de dood van zijn vrouw. Hij beweerde dat de artsen het leven van de baby voor dat van zijn vrouw hadden laten gaan. Hij meende ook dat de zwakke gezondheid van zijn vrouw het gevolg was van de vele zwangerschappen en bevallingen – en daar gaf hij de Kerk de schuld van.'

'Alsof hij er zelf niets mee te maken had gehad.' Zodra de

woorden eruit zijn, sla ik mijn hand voor mijn mond. Geen wonder dat mijn moeder me van dat katholieke kleuterschooltje had gehaald. Ik reageer slecht op nonnen. Tot mijn verrassing neemt Zuster D'Aulnoy mijn opmerking echter voor kennisgeving aan en toont zij, misschien nog wel verrassender, meer medeleven met John McGlynn dan ik.

'Hij was niet de eerste – en ook zeker niet de laatste – die de Kerk het propageren van grote gezinnen en het verbod op voorbehoedmiddelen kwalijk nam. Arme vrouw. Stelt u zich voor, zeven kinderen – en op de geboortebewijzen van de jongens zie ik dat ze nog maar negenendertig was toen ze overleed! Maar ik ben bang dat Zuster Dominica weinig mededogen met hem had. "Ik waarschuwde hem voor het tegenspreken van de Kerk, vooral in aanwezigheid van zijn jonge dochter, die met hem mee was gekomen, maar hij was te ver heen in zijn verdriet om naar mij te luisteren, waarop het meisje me, in plaats van mij te bedanken, vertelde dat haar vader niets zei wat zij zelf niet al lang had gedacht. Aangezien het meisje oud genoeg is om voor zichzelf te kunnen zorgen, vrees ik dat wij haar niet kunnen helpen en dat wij dus alleen ons best kunnen doen voor de jongens."'

Zuster D'Aulnoy zwijgt, maar aan de beweging van de lichtblauwe ogen achter haar dikke brillenglazen zie ik dat ze in stilte verder leest.

'Ja? En de jongens?'

'Ze geeft hier een korte samenvatting van hun gezondheid, hun fysieke voorkomen en persoonlijke hygiëne, en dat lijkt allemaal wel in orde te zijn, behalve voor het jongste broertje, Arden. Hij had een verschrompeld armpje.'

'Een verschrompeld armpje?'

'Ja, hij had als baby polio gehad.'

'Is hij niet degene die hier is overleden?'

Zuster D'Aulnoy bladert de rest van het dossier door en haalt er een officieel document uit. 'Een jaar nadat hij hier is toegelaten is hij overleden. Ik neem aan dat hij een zwakke gezondheid had overgehouden aan zijn ziekte.' Zuster D'Aulnoy kijkt op van het dossier en ik zie een blik die ik niet had verwacht – een verontschuldigende blik.

'U moet zich wel realiseren dat het St. Christopher's niet alleen maar van dit soort verhalen kent. Veel van de jongens die hier in de loop der jaren hebben gewoond is het juist heel goed vergaan – ze hebben carrières en gezinnen gekregen...' Ik denk aan de foto's aan de muur in haar kantoortje. 'Ik zou u een paar bijzonder inspirerende brieven van oud-leerlingen kunnen laten lezen. Hoewel de jongens hier niet meer wonen – ze wonen nu in woongroepen – bezoekt een groot aantal van hen universiteiten hier in de buurt. Ik heb de monseigneur voorgesteld de bovenste verdiepingen van dit gebouw om te laten bouwen tot slaapzalen voor die jongens, maar tot dusverre hebben we dat nog niet kunnen financieren...' Haar stem sterft weg. '... maar dat verandert niets aan het feit dat uw ooms hier een minder gelukkige tijd hebben gehad.' Ik ben blij als zij zich weer over het dossier buigt. Ik ben niet degene bij wie zij zich moet verontschuldigen, maar voor zover ik weet zijn er geen McGlynns meer om dit verhaal aan te horen, dus doe ik het maar.

'De oudste jongen, John, schijnt een nogal veelbelovende leerling te zijn geweest. De monseigneur had hem zelfs al aanbevolen voor een studiebeurs voor St. John's College, maar na Ardens dood verslechterde zijn gedrag. Op zijn achttiende verliet hij St. Christopher's zonder diploma. Er staat hier een hele serie adressen van hem, bijna allemaal in Coney Island – ik neem aan dat zijn zus, Rose, daar was gaan wonen. Hij kwam vaak terug om Allen een weekendje mee te nemen, maar...' Zuster D'Aulnoy buigt zich hoofdschuddend over een andere brief. Een paar van de papieren die zij al heeft doorgenomen dwarrelen op de grond. Ik kniel om ze op te rapen.

'Tijdens een van hun uitstapjes werden Allen en John opgepakt voor winkeldiefstal in Flatbush. Daarna mocht Allen het tehuis niet meer verlaten en geen bezoek meer ontvangen.'

'Ook Ro... mijn moeder niet meer? Maar dat was toch niet eerlijk?'

'Kennelijk was je moeder van Maria, Sterre der Zee gestuurd vanwege het stelen van geld van de collecteschaal. Men was van oordeel dat de familie een slechte invloed had op de jongen. Toch is het jammer. Ik zie hier verschillende brieven van Rose met het verzoek om Allen te mogen zien... maar ik zie geen kopieën van antwoorden.'

'Zuster D'Aulnoy zet haar bril af. Ik kijk naar haar op – ik zit nog steeds op mijn knieën papieren bij elkaar te zoeken en de marmeren vloer voelt koud aan onder mijn zere knieën – en zie de tranen in haar ogen. Ze steekt haar hand naar me uit, gaat tot mijn afgrijzen op haar hurken zitten, slaat een arm om mijn schouders en pakt met haar andere hand mijn beide handen vast. 'Je arme moeder,' zegt ze. 'Het moet haar hart hebben gebroken.'

Hierna probeer ik zo snel mogelijk weg te komen. Ik weet niet wat ik erger vind: de familiegeschiedenis van de McGlynns of het feit dat ik me voor een nazaat heb uitgegeven. Zuster D'Aulnoy belooft me te zullen uitzoeken wat er met de jongens is gebeurd en loopt helemaal met me mee naar de uitgang, waarbij ze mijn hand vasthoudt alsof ik een kind ben. Ze wijst me op de foto's aan de muur van de oprichters van St. Christopher's, portretten van dominicaner nonnen die hier hebben lesgegeven, jongemannen in militaire uniformen die medailles in ontvangst nemen, groepsfoto's van jongens tijdens picknicks, basketbalwedstrijden en diploma-uitreikingen. Verder zijn er ook nog foto's van chic geklede mannen en vrouwen op liefdadigheidsdiners. We zijn bijna aan het eind van de gang wanneer ik een bekend gezicht zie. Het is een ingelijste krantenfoto. Het bijschrift luidt: 'Belangrijkste leden van de raad van toezicht van St. Christopher's tijdens het jaarlijkse liefdadigheidsdiner, 1962.' De groep die, glimlachend naar de camera, aan een halfronde tafel zit, bestaat uit vijf mannen en een vrouw. Een van de mannen herken ik als Peter Kron, maar dat is niet het gezicht waarvoor ik ben blijven staan. Dat is het gezicht van Hedda Wolfe, die naast Peter zit en één hand – ik zie dat de vingers slank zijn en nog niet misvormd door artritis – op zijn arm heeft gelegd.

'U zei zo-even dat een bestuurslid onlangs om het dossier van de McGlynns had gevraagd. Was dat Hedda Wolfe?'

Zuster D'Aulnoy kijkt me aan alsof ze wil gaan vertellen dat dat vertrouwelijke informatie is, maar dan geeft ze zich gewonnen – ongetwijfeld met het oog op mijn tragische familiegeschiedenis. 'Ja, kent u mevrouw Wolfe? Zij en meneer Kron – niet die op de foto, maar zijn broer – zijn twee van onze langst zittende bestuursleden.'

'Eh... ik heb van haar gehoord. Zij is een beroemd literair agente.' Ik vraag me af hoe zij van het bestaan van Rose McGlynn en haar broers afweet en waarom ze mij niets heeft verteld over de relatie tussen hen en mijn moeder. Ik krijg weer het gevoel dat ik eerder vandaag ook al had, dat ik een doolhof aan het volgen ben dat iemand anders voor me heeft uitgezet, maar deze keer maakt mij dat niet duizelig maar kwaad.

Omdat ze nog steeds mijn hand vasthoudt, kan ik mijn ontmoeting met Zuster D'Aulnoy niet beëindigen met een zakelijke handdruk. Ze lijkt mij niet los te willen laten, weer zo'n McGlynn-weesje dat helemaal alleen de wijde wereld wordt ingestuurd door St. Christopher's, achtergelaten aan de oever van de rivier. Het liefst zou ik haar nu mijn leugen opbiechten – haar vertellen dat mijn moeder alleen maar Johns jeugdliefde was geweest en niet zijn zus, dat ik niet beter weet dan dat mijn moeder nog gewoon een vader en een moeder had toen ze uit de stad wegging – maar wanneer ze mij in haar zachte armen trekt, verzet ik me niet. Per slot van rekening ben ik een wees en net zo alleen op de wereld als al die jongens die ooit hun weg naar deze deuren hebben gevonden.

Het verkeer op Atlantic Avenue is een onaangename verrassing na de rust in de kapel. Ik kom bijna onder een auto wanneer ik weer oversteek naar Court Street. Ik draai me nog eens om om in het stervende daglicht naar het gebouw te kijken en zie dat een van de engelen op de hoek van het gebouw maar één vleugel heeft; de andere vleugel is afgebroken. Ik blijf er een hele tijd naar staan kijken, denkend aan Ardens verschrompelde armpje, en de wezens in de verhalen van mijn moeder, wiens vleugels door hun wervelkolom heen groeien, en ook aan het verhaal dat Gretchen Lu me al die maanden geleden op de groentemarkt vertelde, over een zus die haar broers tracht te redden door niet meer te praten en hemden van netels voor hen te breien, alleen was het haar niet meer gelukt de mouw van het laatste hemd af te krijgen en kreeg het jongste broertje een gebroken vleugel in plaats van een arm. Dan draai ik me om en loop naar de ondergrondse die mij terug zal brengen naar Manhattan.

29

Het is al donker wanneer ik op het station van 14th Street de metro uitkom en ik voel me zo moe, alsof ik zojuist de East River ben overgezwommen – en net zo nat ook trouwens, van het zweten in een trein zonder airconditioning. Mijn geschaafde knieën voelen aan alsof ik de hele weg heb gekropen. Wat ik het liefste wil is naar huis gaan, een koude douche nemen en Chinees bestellen, maar als ik dit laatste bezoek tot morgen uitstel, duurt het nog een dag voordat ik Aidan kan bellen. Nog een dag dat hij zich zal zitten afvragen of ik hem ooit nog zal bellen.

Ik loop in westelijke richting over 14th Avenue naar de wijk waar veel vleesverwerkende bedrijven zijn gevestigd. De trendy nieuwe boetieks en galeries zijn al dicht, maar de kramen met hun vers geslachte vlees zijn nog open en de stank van bloed vermengt zich met die van de rivier. Ik maak bijna rechtsomkeert, maar dan zie ik dat er licht brandt op Hedda's verdieping en, terwijl ik uit de weg spring voor de waterslang van een vleesverkoper, druk ik op haar bel. Ze laat mij meteen binnen, zonder te vragen wie ik ben, alsof ze op mij heeft zitten wachten – of op iemand anders.

Iemand anders, denk ik, aan haar laag uitgesneden zijden truitje, een dubbel snoer roomblanke parels en haar strakke kuitbroek te zien. Als zij al verrast is mij te zien, weet ze het uitstekend te verbergen; niet dat ik haar gezichtsuitdrukking goed kan zien, want ze staat een heel eind boven mij op de metalen trap, haar gezicht verborgen in de schaduwen.

'Iris, eindelijk! Ik probeer je al de hele dag te bellen. Heb je mijn boodschap gekregen?'

'Nee, ik kom net terug uit Brooklyn,' zeg ik, terwijl ik de trap

op loop. Tijdens mijn eerste – en enige – bezoek was het mij niet opgevallen hoe het geluid van voetstappen op de metalen trap door de lege ruimte van de eerste verdieping van het pakhuis galmt.
'Brooklyn!' zegt Hedda, wanneer ik bij haar sta op de overloop. Ik zie dat ze de deur van haar appartement half gesloten houdt.
'Ja, ik ben in het St. Christopher's-weeshuis voor jongens geweest. Ik geloof dat je het kent?'
Een van haar handen – niet de hand die de deurknop vasthoudt – beweegt naar haar parels, die tegen elkaar klikken in de galmende ruimte, en gaat dan naar haar haar, alsof ze een losse pluk naar achteren wil strijken, maar haar haar zit zoals altijd onberispelijk, als een glanzende, zilveren vleugel. 'In dat geval zou ik maar binnenkomen,' zegt ze, de deur voor me openhoudend. 'We moeten praten.'

Ze gaat me voor door de woonkamer, langs de wenteltrap die naar een tweede verdieping leidt, naar de keuken. In tegenstelling tot de kille, zakelijke inrichting van het woongedeelte, is de keuken verrassend gezellig, vol kopperen pannen en honingkleurige kastjes. Ze biedt me een stoel aan een oude eiken kloostertafel aan en pakt een half volle fles witte wijn uit de koelkast.
'Nee, dank je,' zeg ik wanneer ze mij een glas wijn aanbiedt, dat er net zo uitnodigend koel uitziet als de groene fles die net uit de koeling komt. Ik moet mijn hoofd erbij houden. 'Ik wil wel graag een glas water.' Zoals gewoonlijk vind ik het een aandoenlijk gezicht om Hedda te zien worstelen met zo'n simpel werkje als het inschenken van een glas ijswater uit een glazen kan, maar ik verzet me tegen de neiging om medelijden met haar te voelen. *Ze heeft je voorgelogen*, houd ik mezelf voor, *en het kan heel goed zijn dat haar leugens Joseph het leven hebben gekost.*
Ze geeft me mijn glas water en schenkt voor zichzelf een glas wijn in, zet het op tafel en gaat tegenover mij zitten.
'Zo,' zegt ze, 'St. Christopher's. Dan ben je dus op de hoogte van je moeders relatie met de McGlynns.'
'Ja, hoewel ik jou daar niet bepaald voor hoef te bedanken. Heeft mijn moeder je over Rose en John McGlynn verteld?' Zij schudt haar hoofd en neemt een slokje wijn – zo'n minuscuul

slokje dat ik vermoed dat ze er alleen haar antwoord mee probeert uit te stellen. Tot nu toe heb ik in al onze gesprekken een respectvolle houding aangenomen, maar ze lijkt niet verbaasd of van haar stuk gebracht door mijn woede. Sterker nog, er speelt zelfs een glimlachje om haar mond.
'Nee, ze heeft het nooit over hen gehad. Ik denk dat ik hen op dezelfde manier op het spoor ben gekomen als jij – door het lezen van verslagen over de beroving van het Crown Hotel en de rechtszaak. Vervolgens legde ik natuurlijk het verband tussen de naam McGlynn en Tirra Glynn en de naam waaronder zij zich had ingeschreven in het hotel waar zij is omgekomen. Ben je zo bij het St. Christopher's terechtgekomen?'
'Ja,' geef ik toe, 'een paar maanden na jou, kennelijk. Je had me heel wat tijd en moeite kunnen besparen.'
'Het is niet mijn taak om jou tijd en moeite te besparen. Ik neem aan dat een deel van het boek over je moeder over de zoektocht naar haar geheimen zal gaan. Ik hoop dat je een gedetailleerd dagboek bijhoudt...'
'Dit gaat niet langer over mijn boek, Hedda. Joseph is dood.'
'*Ik* heb je niet verteld om een ex-delinquent in dienst te nemen om op kostbare schilderijen te passen, Iris. Ik zou niet weten wat Joseph met jouw research te maken had.'
'Waarom ben je dan de hele zomer bezig geweest hem uit te horen? En maak me nu niet wijs dat je alleen maar een paar goede tips voor de bemesting van je tuin wilde hebben.'
Hedda neemt een wat grotere slok wijn en heeft haar beide handen nodig om het glas zonder morsen terug te zetten op de tafel. Dan schuift ze haar stoel wat dichter naar mij toe. Haar bewegingen zijn zo onhandig dat haar parels als castagnetten tegen elkaar kletteren. 'Het ging over iets heel anders,' zegt ze op zachtere toon, 'over iemand anders die ooit te gast is geweest in het hotel.'
'Peter Kron?'
Ze kijkt de andere kant op, of liever gezegd over mijn schouder naar de trap, alsof de man wiens naam ik zojuist heb genoemd zich boven in haar boudoir heeft verstopt. Alleen is Peter Kron al dertig jaar dood. Wanneer ze mij weer aankijkt, glanzen haar ogen, maar of het van de tranen of uit woede is, weet ik niet.
'Hoe kom je erbij dat Peter Kron iets voor mij zou betekenen?'

'Nou, om te beginnen door die foto van jou en hem op het liefdadigheidsdiner voor St. Christopher's in 1962 en...' Ik wil eigenlijk zeggen *en door je reactie op het horen van zijn naam*, maar de tranen die over haar gezicht beginnen te stromen maken dat laatste overbodig.

Ik wacht tot zij zich weer enigszins in de hand heeft – de politie zou een beroerde verhoorder aan mij hebben – en wend mijn blik af wanneer zij de rug van haar handen gebruikt om de tranen weg te vegen, waarbij ze er alleen maar in slaagt haar mascara uit te laten lopen.

'Het is waar,' zegt ze ten slotte. 'Ik hield van Peter Kron en hij hield van mij. Het eerste bureau waarvoor ik werkte vertegenwoordigde zijn vrouw, de grote dichteres Vera Nix. Hij belde vaak op omdat zij hem dan had verteld dat ze een gesprek met ons had, maar dan was ze er natuurlijk nooit. Er zijn schrijvers – let wel, ik heb het niet over jouw moeder – die denken dat hun artistieke talenten hen het recht geven om te doen waar ze zin in hebben. Het brak mijn hart om te zien wat ze die arme man allemaal aandeed. Je kon aan hem zien dat hij niet sterk was – dat hij in de oorlog vreselijke dingen had meegemaakt en dat dat waarschijnlijk de reden was waarom hij niet de kracht had om bij haar weg te gaan. Ik had instructies gekregen van mijn baas. Wanneer hij belde, moest ik zeggen dat juffrouw Nix aan het lunchen was met meneer Lyle, maar dat ik de naam van het restaurant niet meer wist. Alsof ik ooit iets vergat! Maar ik kon beter overkomen als een dom, hersenloos wicht dan dat Vera Nix met een andere vent werd betrapt.' Hedda staat op om haar wijnglas bij te vullen. De bleekgroene vloeistof klotst door het glas en over de rand.

'Op een dag besloot ik dus mijn instructies niet helemaal tot de letter op te volgen. Ik zei: "O ja, juffrouw Nix en meneer Lyle zijn uren geleden al gaan lunchen." "En jij bent de reservering zeker weer kwijtgeraakt, Heddie," zei hij. "Nee, hoor, meneer Kron, deze keer niet, ze zijn in het Plaza." Ik wist dat hij, als ik een hotel zou noemen, er meteen naartoe zou gaan. En dus ging ik ook. Ik wachtte op hem in de Palmenzaal en toen hij binnenkwam, heb ik hem alles verteld – niet alleen over al die zogenaamde lunches, maar ook de verhalen die ik had gehoord over wat zij werkelijk deed wanneer ze de stad uitging om lezingen te houden en dingen die ik haar over hem had horen zeggen.

Ik vertelde hem dat ik vond dat zij hem misdadig behandelde en dat hij veel beter verdiende. "Maar verdien ik dan een meisje zoals jij, Heddie, dat de moed heeft om eerlijk te zijn?" Ik zei dat hij dat inderdaad verdiende. We hebben dat hele weekend in het Plaza doorgebracht – ik wist dat zij de stad uit zou gaan – en vanaf dat moment ontmoetten wij elkaar daar altijd wanneer zij niet in de stad was. Dit gebeurde allemaal halverwege de jaren vijftig, een paar jaar voordat ik jouw moeder ging vertegenwoordigen, dus je ziet dat zij er niets mee te maken had.'

'Maar later heb je van Peter gehoord dat hij haar in het Crown Hotel had gekend. Heeft hij je verteld dat zij een verhouding hadden?'

'Ja. Hij zei dat hij heel kort iets met haar had gehad – ik wist natuurlijk best dat ik niet de eerste was – en dat Vera erachter was gekomen en haar ervan had beschuldigd iets uit haar kamer te hebben gestolen zodat zij zou worden ontslagen.'

'Dat was tijdens het hoger beroep van John McGlynn,' zeg ik. 'Vera Nix beschuldigde mijn moeder van diefstal, maar wist haar bij een confrontatie niet uit een aantal vrouwen te halen.'

'Natuurlijk. Iemand vertelde haar dat Peter een verhouding had met een kamermeisje dat Katherine Morrissey heette, hetzelfde kamermeisje dat waarschijnlijk wel twee keer per dag in haar suite kwam, maar ze had nooit de moeite genomen haar aan te kijken. Ondanks het feit dat ze graag haar vertier zocht in wijken als Harlem en de Village gaf ze geen donder om de werkende klasse. Je ziet wat een monster zij was...'

'Ik twijfel er niet aan dat ze een monster was – monster genoeg misschien, om nog steeds een wrok tegen mijn moeder te koesteren toen zij haar twintig jaar later weer tegenkwam in het Equinox Hotel, vooral als ze dacht dat haar man nog steeds een verhouding met haar had.'

'Maar dat weten we niet zeker. Joseph heeft me bezworen dat het niet zo was.'

'Dus dat probeerde je van Joseph – en van mij – te weten te komen: of Peter die zomer nog steeds verliefd was op mijn moeder.'

Hedda reikt met haar hand over de tafel en legt haar vingers op de mijne. Ze zijn klam van de gemorste wijn en de kou – heel anders dan Zuster D'Aulnoys warme handen. 'Ik weet dat je je waarschijnlijk afvraagt waarom dat in vredesnaam nog belangrijk voor me was, zoveel jaren na Peters dood. Maar hij maakte die zomer een einde aan onze relatie – omdat Vera er eindelijk in had toegestemd om een kind te krijgen, zei hij, maar ik heb me altijd afgevraagd of dat de echte reden was. Er is nadien nooit meer iemand geweest die zoveel voor me betekende als hij. Ik wil graag weten of hij net zoveel om mij gaf als ik om hem.'

'En wat ben je van Joseph te weten gekomen?' vraag ik, mijn hand onder de hare vandaan trekkend.

'Hij dacht niet dat zij een verhouding hadden. Hij zei dat Kay en Peter altijd aan het kibbelen waren wanneer hij ze samen zag... en volgens mij weet ik ook waarom. Toen Peter zich realiseerde dat Katherine Greenfeder Katherine Morrissey was, vertelde hij me dat hij haar wilde zien omdat hij geloofde dat zij de stad had verlaten met iets van Vera in haar bezit...'

'Mijn moeder zou nooit iets hebben gestolen wat van die vrouw was!'

'Nee, dat ben ik met je eens, maar Peter zei dat het iets was wat hij haar had gegeven. Ik vermoed dat hij haar niet had verteld dat het van zijn vrouw was... Eerlijk gezegd heeft hij mij een keer hetzelfde geflikt. Hij gaf me een paar oorbellen die ik later op een oude krantenfoto terugzag aan de oren van Vera.'

Eigenlijk wil ik wel even iets kwijt over het karakter van een man die de sieraden van zijn vrouw weggeeft aan zijn minnaressen, maar ik bedenk me dat het misschien wel averechts werkt als ik nu lelijke dingen over Peter Kron ga zeggen. Hedda zit al aan haar derde glas wijn en ik heb zo'n vermoeden dat ze een kwade dronk heeft. Wat ik nodig heb is informatie, geen ruzie.

'Heeft Joseph ook gezegd of Peter Kron het van mijn moeder heeft teruggekregen?'

Hedda schudt haar hoofd, zodat die ellendige parels weer beginnen te rammelen. 'Hij zei dat Peter half augustus onverwacht vertrok, maar wel regelmatig het hotel bleef bellen om naar Kay te vragen...'

'Hoe wist Joseph dat?'

'Dat had hij van Janine, jullie telefoniste, gehoord.'

'En stond mijn moeder hem dan te woord?'

'Aanvankelijk niet, nee, maar toen liet hij een keer een boodschap achter – een naam, zei Joseph, alleen wist Janine niet meer welke naam – en daarna nam Kay zijn volgende telefoontje aan. Dat was de laatste week van september...'

'Vlak voordat zij vertrok voor die conferentie in de stad. Ze moet met hem hebben afgesproken in het Dreamland Hotel. Hij moet een manier hebben gevonden om haar ertoe te bewegen datgene wat ze van hem had gekregen terug te geven...' Ik kijk op en zie Hedda's lichtgrijze ogen. Haar tranen zijn verdwenen, haar blik is helder – haar ogen zijn niet eens rood van het huilen. Zelfs haar haar zit nog onberispelijk.

'Het net van tranen. Het halssnoer uit Gordons lezing dat van Catalina della Rosa is geweest. Dat wilde Peter van mijn moeder terug hebben. En daar ben jij ook al die tijd al op uit – niet op een memoire of mijn moeders verdwenen manuscript. Je dacht dat ik tijdens het zoeken naar het manuscript de ketting misschien zou vinden, maar intussen wist je best dat er helemaal geen derde boek is...'

'Nee, Iris, daar vergis je je in. Je moeder heeft wel degelijk een derde boek geschreven – dat heeft ze mij zelf verteld en volgens Joseph heeft ze dat hele laatste jaar zitten schrijven. Ik dacht dat dat laatste boek misschien zou kunnen verklaren wat er was gebeurd – zoals het selkieverhaal en de gevleugelde mannen het verhaal van de McGlynns en de beroving van het Crown Hotel vertellen en hoe zij en Rose de stad zijn ontvlucht...'

'Jij dacht dat het je zou vertellen of zij en Peter – als ik me niet vergis, moet hij de boze koning Connachar zijn – weer verliefd waren geworden. Je hebt me gewoon gebruikt.'

'Niet meer dan jij mij zou hebben gebruikt om je ambitie om schrijfster te worden te vervullen. Toe nou, Iris, je was bereid je eigen moeder te gebruiken om je naam op een boekomslag te zien.'

Ik doe mijn mond open om te protesteren, maar klap hem meteen weer dicht. Ze heeft natuurlijk gelijk.

'Oké. Laten we elkaar nu niet de schuld in de schoenen gaan schuiven. Wat ik wil weten, is wie Joseph heeft vermoord. Jij en ik waren niet de enigen die hem de hele zomer lastig hebben gevallen met vragen. Dat heeft Phoebe ook gedaan. Wat denk je dat zij van mijn moeder en haar vader wist?'

'Zij was die zomer nog niet eens geboren.'

'Ze heeft de dagboeken van haar moeder. Die is ze aan het bewerken...'

Hedda begint te lachen. 'Ze is die dagboeken nu al tien jaar aan het "bewerken". Het is het lachertje van de uitgeverswereld –

het gerucht gaat dat de dagboeken van Vera Nix niets anders bevatten dan het geraaskal van een dronken, krankzinnige vrouw. Tegen de tijd dat Phoebe alle drugs en andere illegale of immorele praktijken eruit heeft "bewerkt", is er niet genoeg meer van over om een stripboekje mee te vullen.'

'Wat als een van die illegale praktijken waarover Vera Nix schreef nu eens de moord op mijn moeder was?'

Ik verwacht verbazing, maar in plaats daarvan zie ik aan de manier waarop Hedda's ogen nerveus van links naar rechts schieten dat dit geen nieuw idee is. Niettemin klinkt haar stem smalend. 'Dus jij denkt dat Vera Nix Peter naar het Dreamland Hotel is gevolgd, hem daar met Kay heeft betrapt, en haar heeft vermoord? En toen? Heeft ze toen soms ook het hele hotel in de fik gestoken?'

'Eerlijk gezegd dacht ik eerst dat zij daar met mijn moeder had afgesproken omdat die haar iets moest geven – het een of andere bewijs voor haar betrokkenheid bij de diefstal uit het Crown Hotel, maar jouw idee bevalt me eigenlijk beter. Het verklaart de brand – die kan Peter hebben aangestoken om de misdaad van zijn vrouw te verhullen. Monster of geen monster, ze was wel in verwachting van zijn kind. En hij wist dat het hotel brandgevaarlijk was van al die keren dat hij de preken van zijn broer had moeten aanhoren over brandbeveiliging in hotels.'

'Het zou kunnen...' zegt Hedda, terwijl zij haar blik afwendt.

'Jij wist het meteen al, hè? Of niet soms? Toen mijn moeder stierf, wist je meteen dat Vera Nix haar had vermoord. Maar je hebt de politie niets verteld omdat je nog steeds Peter wilde beschermen. En toen hij en Vera stierven was het te laat – dan zou iedereen hebben geweten dat je bewijsmateriaal had achtergehouden.'

'Wat had het voor zin gehad? Alle betrokkenen waren dood.'

'Niet allemaal. Mijn vader en ik zouden dan in elk geval hebben geweten dat ze er niet vandoor is gegaan met een minnaar.'

'Je vader heeft geen moment aan Kay getwijfeld. Wat jou betreft – ik heb je de mogelijkheid geboden om zelf achter de waarheid te komen en kijk eens, dat is je gelukt. Denk je dat je net zo hard je best had gedaan als ik niet had aangeboden je boek voor je te verkopen? Zou ik je op het goede spoor hebben gezet als ik bang was geweest voor wat je zou ontdekken?'

'Je hebt me op dit spoor gezet zonder me te vertellen dat sommige mensen wellicht tot moord in staat waren om hun geheimen voor zichzelf te houden. Heb je je nooit afgevraagd wat Phoebe zou doen als ooit uit zou dreigen te komen dat haar moeder de mijne had vermoord?'

'Dus jij denkt dat Phoebe Joseph heeft doodgeschoten? Omdat hij wist dat Kay die avond met Peter had afgesproken? Het is een mogelijkheid. Ik heb altijd gedacht dat Phoebe Vera's geestelijke labiliteit heeft geërfd, maar waarom zou zij denken dat Joseph eindelijk aan iemand zou gaan vertellen met wie Kay die avond had afgesproken, nadat hij eerst al die jaren zijn mond had gehouden?'

'Omdat jij en ik hem allebei de hele zomer aan zijn hoofd hebben lopen zeuren... en omdat ik haar misschien op het idee heb gebracht dat Joseph op het punt stond mij iets te vertellen,' geef ik schoorvoetend toe.

'Toch moet ze werkelijk krankzinnig zijn geweest om Joseph te vermoorden als hij niet eens kon bewijzen dat Kay een afspraak had met Peter...'

'Maar als hij dat bewijs nu eens wel had – een brief misschien, waarin Peter haar om het halssnoer vroeg – het halssnoer zelf misschien – of mijn moeders laatste boek, waarin het hele verhaal staat beschreven?'

'Waarom zou zij denken dat het manuscript zich in die kamer bevond?'

'Omdat Vera Nix in haar dagboek had geschreven dat zij mijn moeder hoorde typen in de Sleepy Hollow-suite.'

'Dus ze ging naar Josephs kamer om het manuscript te zoeken, of het halssnoer – of hem onder bedreiging van een vuurwapen te dwingen het haar te geven – en schoot hem neer toen hij weigerde het haar te geven, waarna ze ook nog eens jouw vriendje een klap op zijn hoofd gaf...'

'Ik denk dat ze al van plan was om Aidan in de val te lokken – ze vertelde hem dat hij de schilderijen nog even moest controleren...' Ik zie Hedda's opgetrokken wenkbrauw en besef opeens dat ik haar zojuist heb laten weten dat ik contact heb gehad met Aidan, maar ik ga niettemin verder. Ik heb het gevoel dat zij wel de laatste persoon is die op dit moment naar de politie zou stappen. '... ze is via de slaapkamerdeur de suite binnengekomen, wachtte tot Aidan de kast opendeed, gaf hem een klap op zijn hoofd, en toen Joseph hem te hulp wilde komen, schoot ze hem neer. Zoals ze aldoor al van plan was geweest – opdat hij niemand meer kon vertellen dat mijn moeder op de avond van haar dood op weg was geweest naar een afspraak met Peter Kron. Ik weet niet of ze het manuscript heeft gevonden, maar ik ben er vrij zeker van dat ze het halssnoer niet heeft gevonden.'

Hedda laat peinzend haar hand over haar parels glijden en in plaats van dat irritante klikkende geluid, klinken ze nu opeens als regendruppels. 'Waarom niet? Hoe weet je dat Phoebe het halssnoer niet heeft gevonden?'

'Omdat ik denk dat het niet in Josephs suite lag. Ik weet zelfs niet zeker of Joseph wel wist waar het was. Maar volgens mij weet ik het nu wel.'

30

Uiteindelijk was het niet iets wat Hedda zei dat tot die laatste onthulling leidde – de geheime bergplaats van het net van tranen – het waren haar parels. Het geluid dat ze bleven maken wanneer zij zich bewoog en ze met elkaar in aanraking kwamen. Het deed me aan mijn moeders parels denken en het geluid dat die maakten wanneer zij zich over me heen boog om me een nachtzoen te geven en haar parels naar voren vielen en tegen elkaar aan klikten. Dat geluid heb ik gehoord op de avond dat mijn moeder wegging. Wanneer ik mijn ogen dichtdoe, is het weer net zo echt voor me als toen ik tien was en mijn moeder zich over me heen boog – ik kan haar parfum bijna ruiken en de zachte kraag van haar jas voelen... Ik doe mijn ogen open, alsof ik mijn moeder wil verrassen, en even zie ik haar ook echt – een nabeeld van de allerlaatste keer dat ik haar heb gezien – in haar groene jas, met de bontkraag dichtgeknoopt tot onder haar kin. Als zij parels had gedragen, hadden die onder haar jas gehangen en dus niet naar voren kunnen vallen om dat klikkende geluid te maken. Iets anders moet dat geluid hebben gemaakt en ik denk nu dat dat het gestolen halssnoer was – dat mijn moeder het uit haar zak haalde en ergens in mijn slaapkamer verstopte. Ik doe mijn ogen weer dicht en hoor haar stem het selkieverhaal vertellen, hoewel ze mij dat die laatste avond niet had verteld. 'In een tijd voordat de rivieren verdronken in de zee, in een land tussen zon en maan...'

Phoebe mocht dan hebben gedacht dat die regels verwezen naar de Sleepy Hollow-suite, tussen Half Moon en Sunnyside, maar ik denk aan een heel andere plek, *tussen zon en maan*. Toen op mijn hemelbed de oude sierknoppen waren losgeraakt, had

Joseph er een houten zon en maan voor gemaakt. Ik denk dat mijn moeder op het allerlaatste moment besloot het net van tranen niet mee te nemen – misschien was ze bang haar leven niet meer zeker te zijn zodra Peter Kron het weer in zijn bezit had – en dat zij het in de beddenstijl had verborgen, onder de zon en de maan. Ze liet het voor mij achter, zoals ook de selkie haar dochter een afscheidsgeschenk gaf – een halssnoer geweven uit zeeschuim en dauw.

Ik heb het nummer gebeld dat Aidan me heeft gegeven en ik heb naar de vertrektijden van de trein geïnformeerd en op mijn stadsplattegrond gekeken hoe ik van station Marble Hill naar Inwood Park moet komen. Er rest mij nu niets anders meer dan een poosje te gaan slapen om uit te rusten voor de lange reis die me morgen te wachten staat. Ik betwijfel of ik de slaap zal kunnen vatten, maar wanneer ik mijn ogen sluit, hoor ik de stem van mijn moeder – het resultaat van mijn verwoede pogingen om me alles te herinneren van die laatste avond met haar – die mij het selkieverhaal vertelt. Ik luister tot het gedeelte waar de dochter van de selkie haar moeder haar pels brengt en zij beiden onder de warme pels in slaap vallen. Ik kan bijna voelen hoe zij met haar vingers de klitten uit mijn haar kamt, terwijl zij haar verhaal vertelt.

In mijn droom volg ik mijn moeder de zee in. Wij zwemmen samen naar de monding van een grote rivier en het warme, zilte getijde draagt ons alsof wij gedragen worden in de handpalm van een reus. Pas wanneer ik de koude vingers van het zoete rivierwater voel, word ik bang. Ik probeer mijn moeders hand te pakken – zij zwemt boven mij, tussen mijzelf en het wateroppervlak, waar de zon in het water schijnt – maar wanneer ik haar aanraak, laat haar huid los in mijn hand. *Maar ik dacht dat ik je je echte lichaam had teruggegeven.* Ik kan de woorden niet uitspreken omdat wij onder water zijn, maar zij draait zich naar mij om alsof zij ze toch heeft gehoord. Ze draait zich om in een zuil van zonneschijn die door het water schijnt en ze draait en ze draait en ze blijft draaien, haar gezicht donker tegen het schitterende licht, haar huid van haar wegvallend als de schil van een appel.

Badend in het zweet word ik wakker, uitgedroogd en koortsig. Wanneer ik de lakens wegtrap, zie ik bloedvlekken van de snijwonden op mijn knieën die weer zijn opengegaan. Zelfs nadat ik een koude douche heb genomen en twee grote glazen water heb gedronken, heb ik nog het gevoel dat ik gloei en bovendien doet mijn keel pijn. Ik neem mijn temperatuur op en zie dat ik achtendertig graden koorts heb. Ik neem een paar aspirientjes, verbind mijn knieën en ga op weg naar het Grand Central Station. Ik heb niet alleen besloten de trein te nemen omdat ik schoon genoeg heb van de ondergrondse, maar ook omdat ik dan bij Marble Hill kan uitstappen, naar Inwood Park kan wandelen, om vervolgens weer op de trein te stappen, naar het hotel. Ik neem geen koffer mee, alleen mijn canvas boekentas met daarin mijn toilettas, omdat ik nog niet zeker weet of ik Aidan wel wil vertellen dat ik naar het hotel ga. Misschien wil hij dan met me mee en dat is wel het domste wat hij kan doen.

Op station Marble Hill stap ik uit de trein en steek de 225th Street Bridge over, over het Harlem Ship Canal, dat de grens van Manhattan zou zijn geweest als de wijk Marble Hill niet ten noorden van het kanaal had gelegen. Op de stalen brug blijf ik even staan om naar een grote C te kijken die op een uitstekende rots is geschilderd en een glimp van de Hudson op te vangen voorbij de Henry Hudson Bridge. Tijdens een rondwandeling door de buurt waaraan ik een paar jaar geleden heb deelgenomen, heb ik me laten vertellen dat die C er ergens in de jaren dertig op is geschilderd door het roeiteam van de Columbia Universiteit en dat het kanaal – dat de Harlem River met de Hudson verbindt – in 1917 is gegraven om ijzer te kunnen vervoeren naar een munitiefabriek. Voordat het kanaal er was, stonden de twee rivieren slechts met elkaar in verbinding door de Spuyten Duyvil Creek, die soms meer moeras was dan water. Wanneer ik Inwood Park bereik, zie ik een herinnering aan dat moeras – een getijde-estuarium, lees ik op een van de informatieborden die zijn aangebracht door Parkbeheer, waarvan het water stijgt en daalt met het getijde van de zee. Een eenzame zilverreiger, rank en wit, loopt kieskeurig in de modder te pikken. In de nevelige atmosfeer – en als je je ogen een beetje dichtknijpt om de paar skateboarders en picknickers op het gras niet te hoeven zien – kun je je Manhattan voorstellen zoals het was toen Nederlandse kolonisten het van de Algonquins kochten. Een moerasachtig eiland – niet eens een echt eiland – omringd door drie rivieren en een kreek aan de monding van de zee. Een plaquette op de rots waar ik met Aidan heb afgesproken herdenkt die koop – of in elk geval de tulpenboom, die er niet meer staat, waaronder de koop heeft plaatsgevonden.

Ik ben vroeg, dus leun ik wat tegen de rots en kijk hoe een paar tieners liggen te luieren op het gras – een groepje meisjes in topjes en korte broeken, die een tube zonnebrandcrème aan elkaar doorgeven, een paar jongens in oversized katoenen broeken, die een frisbee heen en weer staan te gooien en na elke worp hun broek weer moeten ophijsen, en een jongen met geblondeerd stekeltjeshaar in zo'n zelfde uniform van oversized broek en zwart T-shirt, die op zijn zij een boek ligt te lezen met een zeemeermin op de omslag. Hij klapt het boek dicht, slentert naar mij toe, en verandert als bij toverslag in Aidan. Aidan in een vermomming van gebleekt haar en een zonnebril, die erin slaagt er tien jaar jonger uit te zien dan hij in werkelijkheid is.

'Waaraan zag je het?' vraagt hij nadat hij me heeft gezoend. Twee van de tienermeisjes buigen zich naar elkaar toe en beginnen te lachen. Het was al erg genoeg toen ik een zesendertigjarige was die iets had met een negenentwintigjarige; nu lijkt het wel of ik op schooljongetjes val.

'Het boek,' zeg ik, op de oude paperback onder zijn arm wijzend. 'Het is mijn moeders boek. *Het net van tranen* – het tweede deel van de trilogie. En het laatste. Mijn vader heeft altijd een hekel gehad aan deze uitgave, vanwege de zeemeermin.'

'Ja, daar verbaasde ik me al over, want er komt in het hele verrekte boek geen zeemeermin voor.'

Ik glimlach, blij met het bewijs dat hij het heeft gelezen. 'Hoe ben je eraan gekomen?'

'Gevonden in een tweedehands boekwinkel in Riverdale. Ik dacht dat ik wel wat research kon doen in mijn vakantie.' Aidan draait zich om naar het grasveld en ziet dat de tienermeisjes naar ons kijken. 'Laten we een eindje lopen,' zegt hij. 'Ik weet een plekje waar we wat meer privacy hebben.'

Het pad waar Aidan mij naartoe leidt is volkomen verlaten. Het wordt overschaduwd door de hoge bomen en het wordt door het oprukkende struikgewas steeds smaller. Na een poosje ziet het er helemaal niet meer uit als een pad en moeten we achter elkaar lopen, Aidan voorop.

'Weet je zeker dat je weet waar we zijn?' vraag ik, terwijl ik een zwerm kleine insecten wegsla die zich rond mijn hoofd hebben verzameld.

'Ik ben praktisch in dit park opgegroeid,' zegt hij, half omkijkend. Vanuit deze hoek, met de zonnebril en het gebleekte haar, lijkt hij helemaal niet meer op Aidan. Een onredelijke, koude golf van paniek stroomt door mij heen – of misschien is het helemaal niet zo onredelijk, denk ik. Per slot van rekening loop ik hier achter een gezochte crimineel door het struikgewas van een stadspark waar een lichaam jarenlang kan liggen ontbinden voordat iemand het ooit ontdekt.

Zich niet bewust van mijn angsten babbelt Aidan opgewekt door over het park – over dat het een van de oudste stukken ongekapt bos is in de staat New York, hoe je er in de bossen nog de ruïnes kunt vinden van de landhuizen van miljonairs en hoe hier rond de eeuwwisseling botten zijn ontdekt van een prehistorische mastodont. Dan zwijgt hij abrupt, draait zich om op het smalle pad en slaat zijn armen om me heen. We zijn allebei zo glibberig van het zweet dat zijn armen, die langs mijn armen en onder mijn kletsnatte T-shirt glijden, aanvoelen als een slang die zich rond mijn lichaam kronkelt; zijn mond, warm en dwingend op de mijne, lijkt de lucht uit mijn longen te zuigen en ik balanceer tussen een worsteling naar de oppervlakte en een verlangen om me dieper in zijn omhelzing te laten wegzinken.

Wanneer hij zijn mond van de mijne haalt, fluistert hij in de holte van mijn hals: 'Ik had niet gedacht dat ik je terug zou zien.'

Ik weet niet wat ik moet zeggen, dus klem ik me nog maar wat steviger aan hem vast. Het zweet verbindt ons zodanig met elkaar dat ik niet meer weet waar zijn huid eindigt en de mijne begint.

Wij steken een brug over die naar de spoorlijn voert en komen uiteindelijk bij een stuk grasland met bankjes langs de rivier. We gaan op het allerlaatste bankje zitten, waar we helemaal tot aan de Tappan Zee kunnen kijken, waar de rivier even breed is als de zee. Ik vertel Aidan alles wat ik bij John Jay, Maria, Sterre der Zee en St. Christopher's te weten ben gekomen.

'Geen wonder dat je moeder haar wereld naar die familie heeft genoemd – zij hadden nog meer pech in hun leven dan de meeste Ieren die ik ken. Als je het boek van je moeder leest, maak je alle verschrikkingen mee die een volk ooit maar heeft meegemaakt – de manier waarop de ruggen van die arme mannen in tweeën splijten en de lichamen van de vrouwen uiteen worden gereten door de rivier. Het wonderlijke is dat ze voornamelijk over de

familie van haar vriendin schrijft, niet over haar eigen familie.'
'Nou ja, Tirra Morrissey klinkt toch anders dan Tirra Glynn. Ik denk trouwens wel dat het gedeelte over Deirdres relatie met Connachar is afgeleid van haar eigen geschiedenis met Peter Kron, maar ik denk dat Naoise John McGlynn is, dat het beeld van de gebroken vleugels afkomstig is van de standbeelden op het gebouw van St. Christopher's en wat er met de arm van Arden McGlynn is gebeurd, en de selkie die in de rivier uiteen wordt gereten, Rose is die onder de trein valt. Vergeet niet dat Rose haar beste vriendin was, en ik weet zeker dat ze verliefd was op John. Zij waren familie voor haar.'

Ik laat hem de foto zien van mijn moeder met Rose en John op het strand van Coney Island en dan vertel ik hem over mijn gesprek met Hedda.

'Ik twijfel er niet aan dat Phoebe Joseph nog liever zou vermoorden dan hem te laten bewijzen dat haar moeder een moordenares was, maar er is één ding dat ik niet helemaal begrijp,' zegt Aidan. 'Dat halssnoer dat in je moeders boek wordt beschreven en wat zij het net van tranen noemt – denk je dat Peter Kron dat in Italië heeft gestolen en het aan zijn vrouw heeft gegeven, en dat John McGlynn het toen weer van haar heeft gestolen?'

'Ja. Weet je nog dat Gordon zei dat er een mogelijkheid bestaat dat de *ferronière* uit de kerk is weggehaald en in een villa is verstopt door nazaten van de della Rosa's? Peter Kron heeft ondergedoken gezeten in de villa van de een of andere gravin. Na zijn eerste lezing zag ik Gordon met Joseph praten. Hij bedankte hem voor een tip die hij van hem had gekregen – Joseph zei dat het iets te maken had met een gravin die hij na de oorlog had gekend. Harry vertelde me dat hij met de gravin had gesproken die Peter na de oorlog onderdak had geboden en dat die ontmoeting in Hotel Charlotte in Nice had plaatsgevonden. Daar werkte Joseph na de oorlog. Ik denk dat Joseph bezig was om Gordon te helpen de diefstal van de *ferronière* in verband te brengen met Peter Kron...'

'Maar je zei toch dat Phoebe niets van haar vader moest hebben?'

'Dat is zo, maar het feit dat hij de *ferronière* in zijn bezit had, kon natuurlijk een verband leggen tussen Vera en de diefstal... en de moord op mijn moeder.'

Aidan knikt en zet zijn zonnebril af en ik zie dat hij donkere kringen onder zijn ogen heeft. Hij lijkt niet helemaal overtuigd door mijn uitleg – of misschien is hij gewoon te moe om het helemaal te kunnen volgen.

'Volgens mij zullen we meer weten zodra ik het halssnoer heb gevonden,' zeg ik. 'Ik denk dat mijn moeder er op de een of andere manier een boodschap bij heeft achtergelaten om uit te leggen wat er is gebeurd. Dat is per slot van rekening de reden waarom de selkie in het verhaal het net van tranen voor haar dochter achterlaat – als teken van haar liefde voor haar.'

'Eigenlijk wil ik met je mee.'

'Je weet dat dat niet kan, Aidan. En ik ben niet alleen – Ramon is er ook.'

'Misschien zou je Jack kunnen vragen om mee te gaan.'

'Aidan...'

'Eerlijk, Iris, ik zou echt niet jaloers zijn. Ik weet liever dat je veilig bent. Beloof me dat je nu eerst naar huis gaat en Jack belt om te vragen of hij morgen met je mee gaat.'

'Oké,' zeg ik, terwijl ik over zijn schouder naar de brede rivier kijk. 'Dat zal ik doen. En kan ik dan zodra ik iets meer weet een boodschap achterlaten op hetzelfde telefoonnummer?'

Aidan zet zijn zonnebril weer op en knikt. Ik vraag me af of hij die angstige, rusteloze blik probeert te verbergen die voorafgaat aan vluchten. Ik denk aan wat rechercheur March me heeft verteld; dat hij was weggerend van een gestolen auto en dat de politieman die de achtervolging inzette daarbij om het leven was gekomen.

'Ik ontdek vast iets wat je onschuld bewijst,' zeg ik tegen Aidan. 'Blijf jij nu maar in de stad, waar ik je kan bereiken. Beloof je me dat?'

In plaats van te antwoorden geeft hij me zijn exemplaar van *Het net van tranen*. 'Neem jij dit maar. Ik heb het uit. Je moet het nog maar eens lezen. Misschien geeft het je wat nieuwe ideeën over wat er met je moeder is gebeurd.'

'Dat zal ik doen,' zeg ik, terwijl ik het boek in mijn tas stop. 'Ik was toch vergeten iets te lezen mee te nemen voor de treinreis.'

Hij staart me aan, maar het enige wat ik kan zien is de weerkaatsing van mijn eigen spiegelbeeld in de spiegelglazen van zijn zonnebril.

'Het is een goed boek,' zegt hij. 'Als je toch in het hotel bent, moet je toch nog maar eens goed naar het vervolg zoeken. Ik zou best willen weten hoe het de mensen van Tirra Glynn verder is vergaan.'

Ik ben blij dat Aidan niet aanbiedt me naar het station te brengen, zodat hij niet kan zien dat ik niet op de ondergrondse naar het centrum stap. Tegen de tijd dat ik in de trein stap loopt het tegen vijven en ben ik zo moe van onze wandeling door het benauwde bos dat ik me op een stoel laat vallen zonder er erg in te hebben dat ik achteruit rijd. Ik doe mijn ogen dicht tegen de schittering van de rivier en doezel half weg. Ik blijf me echter wel bewust van het licht dat door mijn oogleden schijnt en in mijn onrustige, half-slapende toestand verandert dat in de zon die in mijn dromen van vannacht door het water scheen. Ik zie mijn moeders silhouet scherp afgetekend tegen het licht, haar gezicht in de schaduwen, haar lichaam zwevend en onwerkelijk.

Ik word wakker van een por van een medepassagier, een dikke man die zich over mij heen buigt en uiendampen in mijn gezicht ademt. 'We moeten eruit,' zegt hij. 'Technische storing. Ze sturen een andere trein.'

Vlak voordat de trein wegrijdt, wankel ik het perron op en zoek een bankje om op te zitten, maar die zijn allemaal al bezet door mopperende forenzen die niets anders doen dan op hun horloge kijken en vervolgens in zuidelijke richting over het spoor turen. Ik vind een muur om tegenaan te leunen en staar mokkend naar de rivier en de zon die in het westen ondergaat achter de heuvels. Het uitzicht komt me bekend voor en even later herken ik de halte als die van Rip Van Winkle. Hoewel ik me meen te herinneren dat de man met de uienadem het over een *technische storing* had, heb ik een griezelig gevoel van déjà vu. Dit is het station waar mijn moeder heeft staan wachten tot het stoffelijk overschot van Rose McGlynn van het spoor was verwijderd, zodat zij de reis naar het Equinox Hotel kon hervatten. Ik herinner me dat ze me toen ik klein was een versie van het verhaal vertelde waarin ze zei dat ze op dit station op een trein had staan wachten (ze zei niets over de zelfmoord van haar vriendin) en had overwogen om terug te gaan naar de stad. De mogelijkheid dat zij zich bijna had afgewend van haar lot om mijn vader te ontmoeten en mij te krijgen had mij altijd beangstigd, maar nu sta ik me af te vragen hoe zij in vredesnaam gewoon haar weg heeft kunnen vervolgen na wat er hier was gebeurd. Ik sta net te overwegen om de brug over het spoor over te steken en een trein terug naar de stad te nemen – Aidan had eigenlijk wel gelijk dat ik Jack mee moest nemen – wanneer ik de vrouw die voor me staat haar tas zie neerzetten en naar het spoor zie lopen. Zonder erbij na te denken loop ik naar voren, langs haar tas, en pak haar arm. Verschrikt draait zij zich om. Ik kan haar gezicht niet zien omdat zij de zon in de rug heeft.

'Ja?' zegt ze verbaasd. 'Ken ik u?'

Ik schud mijn hoofd en doe een stap naar achteren. 'Het spijt me. Ik zag u voor iemand anders aan.'

Ze glimlacht nerveus en wijst dan naar het spoor. 'Kijk,' zegt ze, 'daar komt de trein.'

31

Er staat niemand om mij af te halen van het station – geen Joseph, geen Aidan – dus neem ik een taxi om mij over de rivier naar het hotel te brengen.
'Ik dacht dat het oude Equinox eindelijk gesloten was,' merkt de taxichauffeur op wanneer wij over de brug rijden.
'Dat is maar tijdelijk. Het wordt opgeknapt.'
'In de stad wordt anders gezegd dat het voorgoed dicht is.'
'In het voorjaar gaat het echt weer open,' verzeker ik de chauffeur.
Maar wanneer we voor de hoofdingang tot stilstand komen, begin ik zelf ook te twijfelen. Het hotel is in duisternis gehuld. Zelfs de buitenverlichting is uit.
'Zo te zien is er niemand thuis,' merkt de taxichauffeur laconiek op wanneer ik hem betaal.
'De receptionist en een van de dienstmeisjes zijn ingehuurd om hier de hele winter te blijven. De werkploeg zal al wel weg zijn en de elektriciteit hebben uitgeschakeld voor de een of andere reparatie – of misschien hebben ze per ongeluk een kabel geraakt...'
De taxichauffeur, die weinig belangstelling heeft voor mijn overwegingen en er niet mee lijkt te zitten mij hier in mijn eentje achter te laten, schakelt zijn taxi in de eerste versnelling.
'Misschien heb ik morgen weer een taxi nodig,' zeg ik.
Hij wacht net lang genoeg om mij een kaartje te geven met het nummer van het taxibedrijf erop en rijdt dan weg over de ronde oprijlaan. Zijn achterlichten verdwijnen tussen de donkere bomen. Wanneer dat licht is verdwenen sta ik in een bijna totale duisternis. Ik had al gezien dat het volle maan is, maar hij staat

nog niet hoog genoeg aan de hemel om deze kant van het hotel te verlichten. Zelfs zonder licht kan ik echter zien hoe triest de tuin erbij ligt. De borders van eenjarigen zijn helemaal verdord en staan in verdroogde groepjes bijeen voor de verwaarloosde heggen; de rozenstruiken, met hun dunne uitlopers vol dode bloemen hangen treurig tegen de rozenhekken. Kennelijk zijn de tuinlieden, Ian en Clarissa, ontslagen, ook al was Harry eigenlijk van plan ze nog een paar weken aan te houden. Een noordenwind blaast door de tuin, schudt een paar bladeren los en laat de verdorde vegetatie ritselen. Rillend wens ik dat ik een trui had meegenomen – je vergeet zo gemakkelijk dat het hier kouder is – en ga naar binnen.

In de foyer valt het maanlicht door de terrasdeuren aan de oostzijde van het hotel naar binnen en verlicht de witte lakens die de meubels en het tapijt bedekken. In het midden van de hal staan twee trapleren. Op de balie, die ook is afgedekt met witte lappen, staan grote verfblikken. Bij nadere inspectie blijken de blikken niet alleen verf te bevatten maar ook verschillende vlekkenoplossers en verder een enorme hoeveelheid vloerlak – een stuk of dertig twintig-literblikken. Onder een van de blikken ligt een hele stapel kwitanties, alsmede een inventarislijst, in Ramons handschrift, waarop elk voorwerp staat vermeld en ook waar het voor dient. Een ander velletje papier is op de grond gevallen en wanneer ik me buk om het op te rapen, blaast er een briesje naar binnen, dat het papier doet opdwarrelen. Ik richt me op en loop naar de terrasdeuren, waarvan er eentje openstaat – op zijn plaats gehouden door alweer een blik lak. Dat hebben de schilders waarschijnlijk gedaan voor de ventilatie, maar het is wel slordig om een deur open te laten terwijl hier niemand is. Ik doe de deur dicht en op slot en lees het papier in mijn handen. Het is een aan Ramon gerichte fax van Harry, waarin deze hem het adres geeft van een groothandel in sanitair in Syracuse die de spullen in voorraad heeft die nodig zijn voor de nieuwe badkamers. De fax is van vandaag en geeft Ramon opdracht ervoor te zorgen dat de spullen klaarstaan wanneer morgen de loodgieters komen. Geen wonder dat Ramon er niet is – het is meer dan vijf uur rijden naar Syracuse en het tijdstip waarop de fax is verstuurd is tien over drie in de middag. Dat kan hij nooit voor sluitingstijd hebben gehaald. Hij en Paloma zullen wel besloten hebben er vanavond naartoe te rijden, de spullen morgenochtend op te halen en er dan mee terug te rijden. Als ik Ramon een beetje ken, zal hij de toeristische route door de Catskills nemen en met Paloma langs alle oude hotels rijden waar hij heeft opgetreden, zelfs die waar hij alleen maar heeft rondgelopen met een dienblad op zijn schouder.

Ik ga het kantoortje binnen, controleer of de telefoons nog werken – wat inderdaad het geval is – en pak een zaklantaarn uit de voorraadkast. Even overweeg ik een taxi te bellen en morgen terug te komen, maar ik kan niet wachten om te zien of ik gelijk heb wat betreft mijn moeders geheime bergplaats. Bovendien heb ik zo vaak stroomstoringen meegemaakt in het hotel; ik denk dat ik de weg naar de zolderverdieping nog wel geblinddoekt kan vinden.

De grote trap wordt rijkelijk verlicht door de ramen op elke overloop. Nu alle lichten uit zijn wordt het uitzicht over de Hudson-vallei en de rivier in de maneschijn tenminste niet gehinderd door kunstlicht. Wanneer ik de trap oploop is het net alsof ik opstijg in een zuil van licht die naar binnen valt vanaf de rivier, en boven de miniatuurwereld van de vallei zweef. Toen ik een jaar of vier, vijf was, maakte mijn moeder me een keer midden in de nacht wakker, wikkelde me in haar jas en nam me door de donkere gangen mee naar de overloop van de vierde verdieping. Een ijsstorm had een stroomstoring veroorzaakt en de hele vallei met een laag ijzelkristallen bedekt. 'Kijk,' zei mijn moeder, 'net alsof we in een sneeuwbol zitten.'

Wanneer ik op de vierde verdieping aankom, blijf ik even voor het raam staan om uit te kijken over de vallei. Ik herinner me mijn moeders zachte hand op de mijne en de zachtheid van de bontkraag tegen mijn gezicht. Destijds had ik het gevoel dat mijn moeder dit hele spektakel speciaal voor mij had georganiseerd, en wel met hetzelfde gemak waarmee zij een echte sneeuwbol om kon draaien om de miniatuursneeuw te laten vallen. Toen ik ouder werd, twijfelde ik er nog steeds geen moment aan dat zij het vermogen bezat om een wereld in de palm van haar hand te houden, de wereld die zij had geschapen, een wereld van fabelwezens uit een land onder de zee, van vrouwen die hun huid aflegden en mannen die konden vliegen. Nu vraag ik me af hoeveel controle ze eigenlijk over die andere wereld had. Misschien had ze gehoopt de controle in handen te houden door de demonen van haar jeugd te veranderen in fantasiewezens, maar in plaats daarvan was de wereld die zij had gecreëerd versmolten met het leven dat zij hier voor zichzelf en mij en mijn vader had geschapen.

Wanneer ik op de vierde verdieping de gang inloop, zijn er geen ramen meer waar licht door naar binnen valt. Ik knip mijn zaklamp aan en laat mijn vingers langs de muren glijden om de weg naar de zoldertrap en mijn kamer te vinden. Na een paar stappen merk ik dat mijn schoenen aan de vloer blijven plakken; elke stap die ik zet maakt een zacht zuigend geluid. Ik blijf staan, adem diep in en stik bijna in de dampen. Geen wonder dat de arbeiders de deuren beneden open hebben gezet – de eerste laag lak zit al op de vloeren – het hele hotel stinkt ernaar. Ze hadden veel meer ramen open moeten zetten voor de ventilatie en ik neem me voor dat straks zelf te doen voordat ik wegga. Voorlopig kan ik echter niets veranderen aan de schade die mijn voetstappen aanrichten – ik zal Ramon morgenochtend vertellen dat deze gang opnieuw moet worden gelakt. Bij de zoldertrap aangekomen blijkt gelukkig dat die nog niet in de lak is gezet.

Bij mijn kamerdeur moet ik de zaklamp even neerleggen om in mijn tas naar mijn sleutel te zoeken. Eerst vervloek ik mezelf wanneer ik hem niet kan vinden – nu moet ik weer helemaal naar beneden voor een loper – maar dan herinner ik me dat ik hem in het sieradenvakje van mijn toilettas heb gestopt. Ik maak de deur open, laat de sleutel in het slot zitten en leg de zaklamp op mijn bureau, met de lichtstraal op mijn bed gericht, op de afgebladderde gele verf van de beddenknop in de vorm van een zon. Eerst de zon maar eens proberen, besluit ik, maar niet voordat ik een kaars heb aangestoken voor meer licht.

Het losschroeven van de beddenknop is moeilijker dan ik had verwacht – waarschijnlijk heeft Joseph hem vastgelijmd – en ik begin al te denken dat het, als het zo moeilijk gaat, niet erg waarschijnlijk is dat mijn moeder hier iets heeft verborgen, wanneer hij opeens los schiet. Ik schijn met de zaklamp in de holle beddenstijl. Niets. Wanneer ik het houten zonnetje wil pakken dat ik op het nachtkastje heb gelegd, valt de zaklamp achter het bed.

De zaklamp zit klem tussen de plank aan het hoofdeinde van het bed en de muur en ik moet het bed naar voren trekken – waarop de zaklamp op de vloer klettert. Het doet me denken aan mijn laatste clandestiene actie – het onvreemden van het gastenboek van 1973 uit Harry's suite. Gelukkig is er nu niemand in het hotel die de herrie kan horen.

Waarschijnlijk is het de gedachte aan het gastenboek die mij aanzet tot wat ik vervolgens doe. Wanneer ik de zaklamp van de grond heb opgeraapt schijn ik ermee over de achterkant van het hoofdeinde en zie dat het ongeverniste triplex aan deze kant grof tegen de zijkanten van het hoofdeinde is geniet en dat één kant helemaal los zit. Ik laat mijn hand onder de losse plank glijden en voel meteen de zachte leren rand van een gebonden boek. Ik slaag erin het onder de plank vandaan te trekken. Het is een gastenboek, maar wanneer ik het licht van de zaklamp op de rug laat schijnen staat er geen datum op. Ik sla het open en zie dat de pagina's eruit zijn gesneden. Hun plaats wordt ingenomen door een stapel getypte manuscriptblaadjes, samengehouden door een elastiek. Op de eerste pagina staan de woorden: *De dochter van de selkie: herinneringen aan een jeugd in Brooklyn.*

Op de rand van het bed zittend verwijder ik het elastiek, sla de eerste bladzijde op en lees de eerste zin: 'In een tijd voordat de rivieren verdronken in de zee, in een land tussen zon en maan...' en word overspoeld door een golf van teleurstelling. Het is slechts een vroege kladversie van het eerste Tirra Glynn-boek. Misschien heeft mijn moeder het hier verstopt toen ze nog een kamermeisje was... maar dan lees ik verder en zie dat dit helemaal geen roman is. Na een paar regels van het selkieverhaal die, zie ik nu opeens, tussen aanhalingstekens staan, neemt de verteller het woord. 'Dit was toen ik klein was mijn lievelingsverhaal. Mijn moeder vertelde het me, zoals haar moeder het haar had verteld, een lange lijn van moeders, helemaal terug voerend tot het kleine eilandje waar haar familie vandaan kwam, Cloch Inis, Steeneiland, gelegen tussen Grian Inis, Zoneiland, en Gealach Inis, Maaneiland.'

Het land tussen zon en maan. Ik ruk mezelf los van het boek. Ik heb straks nog genoeg tijd om te lezen. Ik kan bijna niet geloven dat, na alle moeite die ik heb gedaan om mijn moeders geheimen uit het web van haar fantasiewereld te ontwarren, de antwoorden hier al die tijd hebben gelegen – boven mijn hoofd wanneer ik lag te slapen – niet verwerkt in sprookjes of fantasieën, maar gewoon als opgeschreven herinneringen.

Ik ben maar een heel klein beetje teleurgesteld als opeens tot me doordringt dat het bestaan van dit boek het schrijven van mijn eigen boek overbodig maakt. Mijn moeder heeft haar eigen verhaal geschreven. Daar heeft ze mij niet voor nodig.

Ik leg het boek opzij en ga aan de slag met de beddenknop in de vorm van een maan, die meteen losschiet. Zonder eerst de zaklamp te pakken steek ik mijn vingers in het gat en voel meteen iets fluweelzachts. Dode muis, denk ik met een rilling, maar wanneer ik mezelf ertoe dwing het voorwerp te pakken, zie ik dat het iets van echt fluweel is. Een fluwelen sieradenbuideltje. Ik keer het om in de palm van mijn hand, die ik onder het schijnsel van de zaklamp houd. Het duurt even voordat tot me doordringt wat ik in mijn hand heb en wat het betekent en het volgende moment hoor ik een vreemd geluid van de verdieping onder mij – een geluid alsof iemand dik plakband van een pakje trekt – het geluid van voetstappen op natte lak. Ik kijk nog eens naar wat ik in mijn handen houd en weet dan opeens wie eraan komt en wat mij te doen staat.

Tegen de tijd dat Harry voor mijn deur staat, zit ik op de rand van mijn bed, dat ik weer tegen de muur heb geschoven.

'Kindje toch,' zegt Harry, met zijn hand op de deurknop, 'ik wist wel dat je het zou vinden! Ik wist wel dat mijn vertrouwen in jou zou worden beloond!' Hij haalt de sleutel uit het slot, laat hem in zijn zak glijden en haalt uit diezelfde zak een pistool te voorschijn. Dan doet hij de deur achter zich dicht en komt naar het bed toe.

'De *ferronière* en het manuscript. Goed gedaan! Je vindt het vast niet erg als ik eerst naar het sieraad kijk, want eerlijk gezegd ben ik nooit zo'n liefhebber geweest van sciencefiction.'

Met mijn blik strak op het pistool gevestigd, overhandig ik hem het buideltje. 'Het is geen fantasieverhaal,' zeg ik, 'het is een memoire. Van mijn moeders leven.' Harry laat de inhoud van het buideltje in zijn hand glijden en houdt het snoer edelstenen in het licht van de zaklantaarn. Ze glinsteren als waterdruppels in de donkere kamer.

'Mooi, vind je niet? Geen vakkundiger goudsmeden dan die uit het Italiaanse quattrocento. En het is niet alleen de waarde van de stenen – die, dat kan ik je verzekeren, in de miljoenen loopt – maar de geschiedenis van het stuk, de verhalen... Je moeder heeft de waarde waarschijnlijk zelfs nog verhoogd door het een rol te laten spelen in haar romans. Ik zal het als rente beschouwen op een langlopende lening.'

'Ik neem aan dat je broer Peter het heeft gestolen,' zeg ik, 'en dat het, toen jij daarachter kwam, te laat was om het nog terug te geven aan de gravin.'

Harry begint te lachen. 'Peter? Ik ben bang dat hij, toen ik hem aantrof in de villa van gravin Val d'Este, door de angst en de alcohol in zo'n staat van verdoving verkeerde dat hij een vijftiende-eeuws erfstuk niet meer had kunnen onderscheiden van een prullerig snuisterijtje van de markt. De gravin vertelde me dat zij geloofde dat de *ferronière* nog verborgen was in de kerk van Santa Maria Stella Maris. Toen mijn bataljon de stad binnentrok – slechts enkele uren nadat hij door de geallieerden was heroverd – ging ik dan ook meteen naar de kerk. De abt had het halssnoer verborgen, maar toen ik hem vertelde dat ik monumentenofficier was en dat wij alle nationale kunstschatten naar een veilige locatie moesten overbrengen, liet hij me zien waar hij het had verstopt. Helaas werd de abt toen getroffen door een vijandelijke kogel – de stad krioelde van de sluipschutters – en later werd de hele kerk gebombardeerd. Dus je begrijpt wel dat het voor eeuwig verloren was gegaan als ik het niet had meegenomen.'

Ik knik alsof deze uitleg hem zou vrijpleiten van het vermoorden van een abt of alle andere misdaden die hij sindsdien moet hebben gepleegd om zijn diefstal geheim te houden, maar hij is zo verrukt over zijn teruggevonden schat dat hij nauwelijks aandacht voor mij heeft. Ik realiseer me dat het hem niet kan schelen wat ik ervan vind. Als dat wel zo was, zou hij wel zijn meegegaan in mijn suggestie dat Peter degene was die de juwelen had gestolen. Het kan hem niet schelen omdat hij niet van plan is mij hier achter te laten. Die wetenschap bezorgt me net zo'n gevoel als een duik in het ijskoude meertje onder de waterval – pijnlijk, maar ook gevolgd door een soort opluchting.

'Je zult wel erg kwaad zijn geweest toen John McGlynn het halssnoer bleek te hebben gestolen – nadat je al die moeite had gedaan om het in je bezit te krijgen.'

'Integendeel, ik heb John McGlynn er zelf voor betaald om het voor mij te stelen. Peter – die stomme idioot – had het aan Vera gegeven. Eigenlijk was dat mijn eigen schuld, want ik had het aan haar laten zien. Ik had het misschien wel van haar terug kunnen krijgen, maar ik wilde de rest van de familiejuwelen van de Krons ook bij haar vandaan halen. Dat stomme mens zou het grootste deel ervan ongetwijfeld zijn kwijtgeraakt – dus ik wilde

twee vliegen in één klap slaan. Het enige probleem was dat John, toen hij de juwelen op de afgesproken plek voor mij achterliet, verzuimde om de *ferronière* erbij te doen. Hij dacht dat hij die wel kon houden...'
'Omdat hij wist waar die vandaan kwam. Dat had Rose hem verteld. Zij kende het verhaal van Maria, Sterre der Zee. En omdat jij hem zelf ook had gestolen, dacht hij dat je het er wel bij zou laten zitten.'
'Stommeling. Toen moest ik hem natuurlijk wel laten oppakken door een paar vrienden van me die bij de politie zaten. De juwelen die hij me al had teruggegeven had ik van tevoren in zijn hotelkamer laten verstoppen, maar toen bleek dat hij de *ferronière* al op een andere plek had verborgen.'
'Waarom vertelde hij de politie niet dat jij hem voor het stelen van de juwelen had ingehuurd?'
'Wie denk je dat ze zouden hebben geloofd? Een rijke steunpilaar van de gemeenschap of een dropout met een tuchtschoolverleden en een strafblad? Ik geloof dat hij het er nog wel met zijn advocaat over heeft gehad, maar gelukkig was hij zo slim zich er door hem van te laten overtuigen er maar niet over te beginnen ten overstaan van een jury. Maar hij was niet slim – of geduldig – genoeg om twintig jaar te wachten om de *ferronière* uit haar schuilplaats te halen. Hij kon het niet laten om alles aan zijn zus te vertellen.'
'Dus toen heb je een van je mannetjes naar het treinstation van Rip Van Winkle gestuurd om haar zo bang te maken dat ze zou vertellen waar het halssnoer was.' Ik haal me het station voor de geest. De vrouw die voor me stond en even haar tas neerzette om naar de rand van het perron te lopen. 'Alleen ging hij een beetje te ver; hij maakte haar zo bang dat ze vlak voor de aanstormende trein op de rails viel.'
Harry maakt een afkeurend geluidje. 'Dat heb je ervan als je belangrijke zaken niet zelf afhandelt. Dan wordt het een rommeltje. Hoe weet jij trouwens dat ik het niet zelf heb gedaan?'
'Omdat jij zou hebben geweten dat het meisje dat onder de trein viel niet Rose McGlynn was. Het was Katherine Morrissey. Rose McGlynn...' Ik doe mijn ogen dicht en probeer me het tafereel voor te stellen. Het meisje dat zich omdraait en achteruit stapt, in de richting van de rails, het andere meisje dat juist een stap naar voren doet. '... mijn moeder, stond achter haar. Toen

zij zag wat er was gebeurd – toen zij begreep waartoe jij bereid was om je eigendom terug te krijgen – pakte zij Katherines tas en liet haar eigen tas op het perron staan, zodat iedereen zou denken dat het dode meisje Rose McGlynn was en jij niet langer naar haar zou zoeken.'
'Heel goed, Iris, je hebt de hersens van je moeder. Helaas heb je ook haar roekeloosheid geërfd. Stel je voor hoeveel lef zij moet hebben gehad om in die boeken het hele verhaal te vertellen in de vorm van een sprookje en ook nog eens de *ferronière* heel nauwkeurig te beschrijven.'
'Maar jij hebt haar boeken nooit gelezen; zo ben je er dus niet achtergekomen.'
'Nee, dat heb ik aan jou te danken. Op het moment dat ik je in die galerie zag, wist ik dat je een dochter van Rose moest zijn.' Hij legt de kille metalen loop van de revolver onder mijn kin en gebruikt hem om mijn gezicht een beetje naar hem op te tillen. Het is voor het eerst in mijn leven dat ik niet blij ben om te horen dat ik zo op mijn moeder lijk. Ik vraag me af of hij van plan is mij dood te schieten en vervolgens Aidan de schuld in de schoenen te schuiven.
'Maar als jij er pas dit jaar achter bent gekomen, wie heeft dan in het Dreamland Hotel mijn moeder vermoord?'
'Tja, dat is een interessant verhaal – jammer dat je niet meer de kans zult krijgen om het op te schrijven. Ik was die zomer in Europa, dus hoorde ik er pas van toen ik in het najaar weer terugkwam. Ik wist dat er iets met Peter was gebeurd, want zijn langzame, beschaafde afdaling naar het alcoholisme, die al jaren gaande was, was opeens in een ware stroomversnelling geraakt. Ik stelde hier en daar wat vragen, hoorde van de brand in het Dreamland Hotel en wist er uiteindelijk uit op te maken dat Vera Peter naar dat hotel was gevolgd en hem met de een of andere vrouw had betrapt. Toen ik erachter kwam dat de meisjesnaam van de vrouw in kwestie Katherine Morrissey luidde, was dat geen verrassing voor me en ik stond er verder niet te lang bij stil. Ik wist dat zij jaren terug een verhouding hadden gehad. Het was echter wel slordig dat ik geen verdere informatie heb ingewonnen. Wat ik vermoed is dat Peter probeerde het halssnoer terug te krijgen van Kay – die hij natuurlijk herkende als Rose – en dat Vera hun 'zakelijke ontmoeting' aanzag voor een romantisch rendez-vous.'

'Dus Vera schoot mijn moeder neer omdat ze dacht dat zij Katherine Morrissey was.' Eigenlijk vind ik dit nog wel het meest pijnlijk van alles wat ik tot nu toe heb gehoord. Dat mijn moeders dood een vergissing was – een geval van persoonsverwisseling.

Harry legt mijn tranen uit als doodsangst. 'Het spijt me ontzettend, Iris, dat het zo moet eindigen, en ik wilde dat ik een makkelijker manier wist om me van je te ontdoen. Peter en Vera hebben niet beseft hoeveel geluk ze hadden dat het lichaam van je moeder zo volledig was verbrand dat er geen kogel werd gevonden, maar ik kan niet verwachten net zoveel geluk te hebben.'

Op het moment dat hij het woord *brand* uitspreekt, word ik me opeens bewust van de geur die aan zijn kleren hangt, de misselijkmakend zoete dampen van vloerlak.

'Ben je niet bang dat de brand verdacht zal zijn?'

'Een oud hotel, slordige werklui, al die blikken lak vlak bij het waakvlammetje in de keuken, alle vloeren bedekt met het spul... het zal niet alleen gemakkelijk te verklaren zijn, als het goed is zal het ook genadig snel gaan. Waarschijnlijk raak je al buiten bewustzijn van de rook.' Hij komt zo snel in actie dat ik geen tijd meer heb om te reageren. De hand met het pistool zwaait naar achteren en komt dan weer neer – een korte flits van kil metaal, een explosie van wit licht in mijn hoofd en dan duisternis.

32

Nu ben ik degene die aan de oppervlakte drijft en neerkijkt op mijn moeder die onder mij zwemt. Zij probeert me iets te vertellen, maar wanneer ze haar mond opendoet, komen er geen woorden uit, alleen luchtbelletjes die opstijgen door het water en naast mijn hoofd uiteenspatten – één, twee zachte explosies, gevolgd door een reeks scherpere knallen die veel weg hebben van morsesignalen. Mijn moeder doet haar mond heel wijd open en een heel grote luchtbel drijft langzaam naar mij toe, glimmend als de plastic kledingzakken in meneer Nagamora's stomerij. Wanneer hij openspat, komt het water om mij heen in beroering en trekt zich samen in een harde, sterke stroming die mij uit het water en boven op iets hards smijt. Ik wil mijn moeder vastpakken, maar voel alleen de harde modder van de rivieroever, die heel langzaam, terwijl ik moeizaam mijn ogen open, verandert in de koude, houten vloer van mijn zolderkamer.

De explosies onder mij zijn opgehouden, maar ik weet wat het waren – dertig twintig-literblikken vloerlak in de buurt van een waakvlam. Mezelf van de vloer hijsen vergt zoveel inspanning dat ik me afvraag of ik met lak aan de vloer ben vastgeplakt, maar behalve het plakkerige restant aan mijn schoenen, voelen mijn kleren en huid droog aan. Ik voel alleen iets vochtigs aan mijn rechterslaap, waar Harry me met de kolf van zijn pistool heeft geslagen.

De herinnering aan het pistool doet wonderen om mijn hoofd weer helder te maken. Hoewel mijn zaklantaarn is verdwenen, schijnt er genoeg licht door het raam naar binnen om de kamer enigszins te verlichten – hetgeen betekent dat de maan inmiddels hoog genoeg aan de hemel staat om de westkant van het hotel te bereiken. Hoe lang ben ik bewusteloos geweest? Lang genoeg voor Harry om naar beneden te gaan, de blikken lak naar de keuken te sjouwen en ervoor te zorgen dat ze dicht genoeg bij de waakvlam staan om te ontploffen. Om helemaal zeker van zijn zaak te zijn heeft hij vast gewacht tot ze vlam vatten.

Ik sleep mezelf naar het raam en trek me aan de rand van de vensterbank omhoog om naar buiten te kunnen kijken. Vijf verdiepingen onder mij liggen de tuin en de oprijlaan van het hotel er verlaten bij. De zomerhuisjes en bloembedden, de smalle kiezelpaadjes en heggen zien er vanaf deze hoogte uit als een miniatuurlandschap – een kerstdorpje in een etalage, verlicht door flikkerende rode en oranje lampjes... Mijn mond wordt droog als ik me realiseer dat de tuin wordt verlicht door het vuur op de begane grond.

Ik probeer mijn kamerdeur, maar die zit op slot. Ik steek mijn hand in mijn broekzak, maar die is leeg. Heeft hij me gefouilleerd en de extra sleutel gevonden die ik daar had verstopt voordat hij binnenkwam? Of kan die uit mijn zak zijn gevallen toen ik zelf viel? Ik laat me naast het bed op de grond vallen, en voel met mijn handpalmen plat op de vloer of ik de sleutel ergens kan vinden. Ik probeer mezelf te dwingen kalm te blijven en grondig te zoeken en het gevoel te negeren dat de vloer al warm aanvoelt – dat de vlammen al aan het plafond onder mij lekken.

Hoe lang, hoe lang zingt het door mijn hoofd terwijl ik over de grond kruip. Hoe lang heeft het vuur ervoor nodig om door vier verdiepingen heen te razen en de zolder te bereiken? Zal iemand in de stad de vlammen zien en hulp sturen? Maar dan is het toch al te laat – dat hebben we hier altijd geweten – daarom heeft mijn vader ook een pompsysteem laten installeren dat water uit het meer haalt. Het pompsysteem dat Harry aan het begin van de zomer heeft laten afsluiten. Is hij dit aldoor van plan geweest? Om het hotel te laten afbranden zodra hij had wat hij wilde? Ik probeer de vragen voorlopig van me af te zetten. *Later*, beloof ik mezelf; en er *zál* een later zijn, al is het alleen maar omdat ik het niet kan verdragen dat hij hier zomaar weg kan rijden en het uitgebrande hotel als het lege schild van een insect achter zich kan laten.

Ik heb elke vierkante centimeter van de vloer om het bed afgezocht, maar ik heb de sleutel niet gevonden. Ik ga op mijn hurken zitten en probeer me te herinneren waar ik precies op het bed zat toen Harry me neersloeg. Ik probeer me voor te stellen hoe ik ben gevallen. Dan herinner ik me dat wanneer ik vroeger iets kwijt was – een oorbel, een bladwijzer – mijn moeder altijd met haar hand tussen het ledikant en het matras voelde en het verloren gewaande voorwerp er vervolgens met een zwierig gebaar uithaalde, als een goochelaar die een geldstuk achter het oor van een kind vandaan tovert. Ik steek mijn hand tussen het matras en het koude metalen ledikant en vind stof. Maar dan, halverwege het ledikant, glijden mijn vingers in een lus van stof en wanneer ik die eruit trek, zie ik dat het het versleten lintje is dat mijn moeder ooit aan de reservesleutel heeft bevestigd. Hij moet zijn blijven steken toen ik op de grond viel, anders zou Harry hebben gehoord dat hij de houten vloer raakte.

Ik houd mijn adem in wanneer ik de sleutel in het slot steek – misschien heeft Harry de deur op de een of andere manier gebarricadeerd – en de deur zwaait open in de donkere gang. Ik kijk nog één keer achterom en zie dat hij het gastenboek op het bed heeft laten liggen. Kennelijk had hij geen belangstelling voor het verhaal van mijn moeder. Ik pak het boek, stop het in mijn boekentas – die ik als een rugzak over mijn schouders slinger – en verlaat de kamer voordat ik kan bedenken wat ik nog meer achterlaat. Niets bijzonders, houd ik mezelf voor. Dan ruik ik de rook en sla mijn hand voor mijn mond. Ik ren de kamer weer binnen, grijp een handdoek uit de badkamer, maak hem nat en gebruik hem om mijn mond mee te bedekken terwijl ik me op de tast een weg door de gang baan.

Wanneer ik de vierde verdieping bereik, hoor ik het vuur onder me – een razend geluid, dat vreemd genoeg nog het meest op stromend water lijkt. Het enige geluid dat ik ken dat er enigszins op lijkt is het geluid van de waterval na een zware regenbui. Met één hand op de muur en één hand om de natte handdoek tegen mijn mond en neus te klemmen, loop ik de donkere gang in. De achtertrap, die naar de keuken voert, is misschien veiliger, omdat die zich in een dicht trappenhuis bevindt, maar wanneer ik de deur open doe, komt er een enorme rookwolk naar buiten, die me bijna bedwelmt. Ik sla de deur snel weer dicht, ga op mijn knieën zitten en kruip met mijn schouder tegen de muur net zo lang verder tot ik weer wat gemakkelijker kan ademen. Wanneer het vuur in de keuken is begonnen, is het eigenlijk wel logisch dat de achtertrap zich als eerste met rook heeft gevuld. Ik kan alleen maar hopen dat het vuur zich nog steeds tot deze kant – de noordkant van het hotel – beperkt en dat de grote trap nog intact is. Terwijl ik naar de trap loop, luister ik naar het geraas van de vlammen om te zien of ik kan horen of het geluid zwakker wordt naarmate ik in zuidelijke richting loop. In plaats daarvan lijkt het geluid juist aan te zwellen, een dof gebulder dat gelijke tred houdt met het bonken van mijn hart en geleidelijk aan de vorm aanneemt van menselijke stemmen – vreselijke gegil en gejammer, waarvan ik weet dat ik het me maar inbeeld.

Ik blijf staan om te luisteren. Ik sta nu boven aan de grote trap en zie uit het raam dat het terras onder mij is verlicht als voor een galabal, alleen zijn de schaduwen die ik er zie bewegen niet van dansende gasten, maar van de vlammen die het hotel verzwelgen. Het vuur klinkt als een menigte schreeuwende mensen. Ik zie onmiddellijk een beeld voor me van alle gasten die hier in de lange geschiedenis van het hotel ooit gelogeerd hebben – al hun stemmen, bevrijd door de vlammen, tegen elkaar in schreeuwend – maar dan hoor ik één stem die luid en duidelijk boven alle andere uit mijn naam roept.

Ik haal de handdoek weg van mijn mond en roep terug. 'Aidan!'

Ik meen zijn stem van de verdieping onder mij te horen en begin de trap af te dalen, terwijl ik intussen Aidans naam blijf roepen. Wanneer ik echter de derde verdieping bereik, is de overloop verlaten. Ik blijf staan om te luisteren, maar wat ik hoor is geen stem, het is het breken van glas ergens onder mij, vergezeld gaand van een menselijke schreeuw.

'Aidan?' roep ik nogmaals. Heb ik me maar verbeeld dat hij het was? Kan het Harry zijn – op de een of andere manier gevangen geraakt in zijn eigen inferno, en als het Harry is, ben ik dan bereid mijn eigen leven te wagen om hem te redden? Want als het brekende glas is wat ik denk dat het is – de ramen op de overloop die exploderen van de hitte – moet ik nu eigenlijk naar de trap aan de zuidkant van het hotel gaan en langs die kant proberen weg te komen.

'Aidan?' roep ik nogmaals wanneer ik de overloop op de tweede verdieping bereik. Behalve het versplinterde glas van het gesprongen raam is de overloop verlaten.

Ditmaal hoor ik werkelijk mijn naam. Niet van onder mij, maar van boven. Nu weet ik zeker dat ik me de stem maar inbeeld – dat Aidan mij te hulp is gekomen is niet realistischer dan mijn visioen van mijn moeder in de rivier.

Ik laat me op de vloer zakken, niet zozeer om de rook te ontwijken die zich steeds dichter samenpakt als wel omdat ik opeens heel erg moe ben. Ik vraag me af of mijn moeder zich ook zo voelde toen ze hier wegging om Peter Kron in het Dreamland Hotel te ontmoeten – een toegeven aan de onontkoombaarheid van het noodlot waaraan zij zo op het nippertje was ontsnapt op het station van Rip Van Winkle. Maar omdat zij zich de identiteit van een andere vrouw had toegeëigend, had zij misschien toch al die tijd al het gevoel gehad in geleende tijd te leven.

Ik raak mijn hals aan en het metalen schijfje daar voelt koel aan. Ik maak het kettinkje los om er nog één laatste keer naar te kijken – niet naar het portretje van de heilige, maar naar de woorden die in de achterkant zijn gegraveerd: VOOR ROSE, MET VEEL LIEFS, VAN HAAR BROER JOHN. Dit is wat mijn moeder in de beddenstijl voor mij heeft achtergelaten – niet het net van tranen, maar het geheim van haar identiteit. Het halssnoer waarmee Harry er vandoor is gegaan, is de kopie van Natalie Baehr, die ik in mijn toilettas had zitten. Zodra hij het bij goed licht ziet, zal hij begrijpen dat het nep is. Zo heb ik in elk geval toch nog een verrassing voor Harry achtergelaten. Mijn moeder moet het echte exemplaar toch hebben meegenomen naar haar afspraak met Peter Kron, ook al moet zij hebben vermoed dat hij haar zou vermoorden zodra hij het in zijn bezit had. Ik denk wel dat ik weet waarom ze toch is gegaan. Waarschijnlijk heeft Peter gedreigd haar broer kwaad te doen. Dat zal de naam zijn geweest die hij telefonisch als boodschap voor haar had achtergelaten en waarmee hij uiteindelijk haar aandacht had getrokken. Natuurlijk ging ze naar hem toe als ze daarmee haar broer kon helpen – zoals ze jaren eerder ook voor hem was opgekomen voor de rechtbank.

Ik doe het kettinkje weer om – ook al beantwoordt het niet al mijn vragen, het zal er zeker een paar opwerpen wanneer ik ermee wordt gevonden – maar houd mijn vingers om het koele metaal geklemd. Catalina della Rosa, beschermheilige van alleenstaande vrouwen. Door haar bruidsparels in het Venetiaanse kanaal te gooien was zij aan een gearrangeerd huwelijk ontsnapt. Hoe had Anthony Acevedo het gezegd? Santa Catalina weerhield je ervan de verkeerde man te trouwen. Mijn moeder was de stad en Harry Kron ontvlucht en had mijn vader gevonden. Zij hield van mijn vader. Daarvan ben ik nu wel overtuigd. Ze is niet weggegaan voor een andere man, maar om haar broer te helpen – een kind dat ze al moest beschermen voordat ik zelfs nog maar was geboren, net zoals de selkie was teruggekeerd naar haar kinderen in zee.

Wanneer ik opnieuw mijn naam hoor, lijkt het geluid uit de dieptes van de zee te komen en wanneer ik mijn ogen opendoe, is de rook zo dik dat het net is of ik door troebel water kijk. Opeens wijkt de duisternis uiteen voor een lichtstraal en zie ik een gestalte boven mij staan. Wanneer hij zich over me heen buigt, zie ik de bochel op zijn rug waar de vleugels op het punt staan door zijn huid heen te breken.

Ja, denk ik, terwijl ik het medaillon om mijn hals aanraak, Aidan is voor mij de juiste man.

'Kom op, Iris, nu niet wegzakken. Adem hier maar in.' Hij geeft me een natte zakdoek om voor mijn mond te houden, neemt zijn zaklamp in zijn andere hand en probeert mij omhoog te hijsen. 'We moeten door het raam naar buiten,' zegt hij, wanneer het mij niet lukt om op te staan.

'Dat kan jij makkelijk zeggen, jij hebt vleugels.'

Aidan lacht, maar zijn lach gaat over in een hoestbui. Ik bedenk me dat gevleugelde engelen niet hoesten. 'Als je alleen maar dat soort onzin kunt uitkramen, zou ik me de moeite maar besparen. Kom op.' Ditmaal sta ik op en loodst Aidan me naar de trap die omlaag voert naar de eerste verdieping. De trap is inktzwart van de rook en ik hoor het gebulder van de vlammen, als een beest dat voor ons op de loer ligt.

'Ik dacht dat we het raam uit moesten,' zeg ik.

'Het raam op de eerste verdieping,' zegt hij, terwijl hij me een duwtje geeft. 'Tenzij jij zulke vleugels hebt als die mannen in de boeken van je moeder. Ik heb een paar lakens bij elkaar gezocht, maar die reiken vanaf de tweede verdieping niet tot aan de grond.' Terwijl we de trap aflopen blijft Aidan tegen me praten, waarschijnlijk om me te kalmeren, alsof ik een schichtig paard ben dat oogkleppen op moet om uit een brandende schuur te worden weggeleid. 'Vraag je je niet af hoe ik wist dat je hier was?' Hij wacht niet af, maar geeft antwoord op zijn eigen vraag. 'Ik wist dat je van plan was om hier naartoe te gaan toen je zei dat je een boek was vergeten voor in de trein – dat betekende dat je een langere reis van plan was dan een ritje naar de stad. Toen ben ik je gevolgd naar het station van Marble Hill en zag je daar op de trein stappen. Ik heb de volgende trein genomen. Ik heb een lift gekregen tot vlak over de brug, maar die man ging maar tot aan de afslag naar het hotel, dus moest ik lopend de berg op. Op een gegeven moment zag ik Harry's auto naar beneden komen – ik had me langs de kant van de weg verborgen – en dat joeg me de stuipen op het lijf. Ik dacht dat hij je al moest hebben vermoord. Toen ik bij de tuin was, zag ik meteen het vuur al in de keuken. In het kantoortje heb ik snel de politie in Kingston gebeld om Harry's kenteken door te geven. Dat wordt interessant voor de politie wanneer ze hem aanhouden, stinkend naar vloerlak en wegrijdend van zijn eigen brandende hotel.'

We hebben de overloop bereikt en hij trapt de triplex platen eruit die voor het kapotte raam zijn getimmerd. Ik hoor ze op het flagstone terras kletteren. Onwillekeurig denk ik aan Josephs lichaam op die stenen. 'Hij heeft Joseph vermoord,' zeg ik tegen Aidan. 'Het is niet genoeg dat ze hem oppakken voor poging tot moord op mij en het in brand steken van het hotel.'

'Nou, dan moesten we maar maken dat we hier wegkomen, zodat we ons verhaal aan de politie kunnen gaan vertellen.' Aidan sleurt mij naar het raam, doet zijn rugzak af – die ik voor uitbottende vleugels had aangezien – en haalt er een dikke prop lakens uit. 'Raad eens waar ik deze vandaan heb?' vraagt hij terwijl hij de lakens aan elkaar begint te knopen.

Ik schud mijn hoofd en kijk de trap af die naar de foyer leidt. De vlammen kruipen via de traploper omhoog en likken al aan de houten balustrade op de overloop. Terwijl ik sta te kijken, schieten ze omhoog langs de muur tegenover het raam, aangetrokken door de luchtschacht van de trap. Ik zie het plafond boven de kroonluchter zwart worden en gaan bobbelen.

'Er lag geen laken meer op de bedden – verdomd efficiënt personeel heeft u hier, juffrouw Greenfeder...' Aidan bindt een kant van de aan elkaar geknoopte lakens aan een radiator naast het raam en trekt eraan om de sterkte van de knoop te testen. 'Maar opeens herinnerde ik me nog een paar lakens die we in de etenslift op de tweede verdieping hadden gepropt.' Aidan kijkt op van het aantrekken van alle knopen die hij in de lakens heeft gelegd. 'Weet je nog, Iris?'

Ik knik en zie zijn ogen groot worden. Op hetzelfde moment

voel ik een verzengende pijn in mijn rug, alsof iemand zuur naar me heeft gegooid... Aidan grijpt me vast, gooit me op de grond en gebruikt het gewicht van zijn lichaam om de vlammen te doven. Dan klemt hij mijn handen om de aaneengeknoopte lakens en duwt me het raam uit.

'Goed vasthouden,' zegt hij. Ik hang buiten in de koude lucht en kijk naar hem op. Zijn hoofd en schouders steken donker af tegen de heldere vlammen achter hem.

Ik ben degene die jou zou moeten vasthouden, probeer ik te zeggen, maar het gebulder van het vuur overstemt mijn woorden wanneer de vlammen uit het raam slaan.

33

Een van de vele gevaren – nog afgezien van ernstige infecties en nierfalen – waar een brandwondenslachtoffer voor komt te staan is uitdroging. Daarom is het water dat wordt gebruikt om de dode huid te verwijderen een zoutoplossing. Ik kon het zout in de doucheruimte al ruiken voordat de behandeling begon. Er waren nog wel meer geuren, maar ik probeerde me te concentreren op de geur van zout. Vervolgens begon de morfine te werken – de verpleegsters wisten de dosering zo te timen dat je er de hele behandeling mee haalde – en deed ik mijn ogen dicht en probeerde aan de zee te denken. Het was gewoon een manier om de pijn te verdragen, maar ik heb me daarna wel afgevraagd of het de zee niet voorgoed voor mij had bedorven.

Ik had eerstegraads brandwonden op tien procent van mijn lichaam. Toen de canvas tas – waarin mijn moeders memoires zaten – vlam vatte, had Aidan hem van mijn rug getrokken. Mijn brandwonden bestonden uit twee lange stroken langs mijn schouderbladen, aan weerszijden van de plek waar het gastenboek tegen mijn rug had gelegen. Het boek, dat in de brand verloren is gegaan, en Aidans snelle reflexen, beschermden het grootste gedeelte van de huid van mijn rug.

Aidan had minder geluk.

Toen de vlammen uit het raam sloegen, zat hij op zijn knieën op de vensterbank, met zijn handen om de aan elkaar geknoopte lakens. De achterkant van zijn T-shirt vatte vlam en toen moet hij gesprongen zijn, want ik zag zijn benen zich vlak boven mijn hoofd afzetten en zijn lichaam in de lucht een draai maken. Op de een of andere manier slaagde hij erin zich aan de lakens vast te klemmen. Ik klom zo snel als ik kon naar beneden; hij volgde.

Halverwege moet de pijn hem te veel zijn geworden en liet hij los. Ik probeerde zijn val te breken, maar toen hij tegen mij aan viel, viel ik achterover op het terras. Hij viel met zijn achterhoofd op de stenen – niet zo hard als wanneer ik zijn val niet had gebroken, maar hard genoeg om buiten bewustzijn te raken. Of misschien was het de pijn van zijn brandwonden die hem het bewustzijn deed verliezen. Ik doofde het vuur op zijn rug met de lakens die wij hadden gebruikt om beneden te komen, maar ik kon zien dat het vuur tot op het bot was doorgedrongen.

Inmiddels hoorde ik aan de andere kant van het hotel sirenes de berg opkomen. Ik trok Aidan naar de rand van de bergrichel, zo ver mogelijk bij het brandende hotel vandaan – en rende naar de voorkant om hulp te halen. Twee brandweerlieden kwamen met mij mee en droegen hem naar de ambulance. Ik ging met hem mee. Ik kan me niet herinneren nog achterom te hebben gekeken naar het hotel, of er zelfs nog maar aan te hebben gedacht. Het laatste wat ik van het Equinox zag was een paar uur later vanuit de traumahelikopter die Aidan en mij naar het brandwondencentrum van het Manhattan University Hospital bracht.

De zon kwam al op aan de oostzijde van de berg, maar er hing een muur van rook op de plek waar ooit het hotel had gestaan. Achter die rook lagen de Catskills en van waar ik lag in de helikopter was het net of er een nieuwe bergrichel aan het gebergte was toegevoegd – een klif gehouwen uit gevlekt grijs marmer, dooraderd met vuurrode kwarts. Ik zag hoe de muur van rook zich verplaatste, van de berg loskwam en in oostelijke richting naar de rivier dreef, en ik dacht aan het verhaal van Henry Hudsons schip de *Halve Maen*, dat boven de Catskills zweefde. Terwijl mijn eerste morfine-injectie me onder zeil bracht, stelde ik me voor hoe dat spookschip de rivier onder mij afvoer, op weg naar zee.

De eerste die ik zag toen ik in het ziekenhuis ontwaakte, was tante Sophie. Ik begreep niet hoe zij zo snel vanuit Florida had kunnen overkomen, tot ik hoorde dat ik achtendertig uur buiten bewustzijn was geweest. Ze vertelde me dat Aidans toestand stabiel was, maar dat hij nog niet bij bewustzijn was geweest. Hij had derdegraads brandwonden over dertig procent van zijn lichaam. In de loop van de daaropvolgende paar weken leerde ik heel veel over verbrandingspercentages en lichaamspercentages.

Het is altijd weer de brandende vraag – geen opzettelijke woordspeling, hoewel het een heel gematigde is vergeleken bij sommige grappen die ik al op de brandwondenafdeling heb gehoord – hoeveel van je huid je kunt opgeven zonder alles kwijt te raken.

De verpleegsters vertelden me dat het waarschijnlijk een zegen was dat hij buiten bewustzijn was en tijdens sommige van mijn behandelingen was ik het daar hartgrondig mee eens. Het vuur had zijn gezicht en de voorkant van zijn lichaam ongemoeid gelaten, dus lag hij er heel vredig bij – alsof hij sliep. Hij was Tam Lin die in het bos in slaap valt en wordt meegenomen door de elfen. Straks zou hij langs de bron rijden en zou ik hem van zijn betoverde hengst trekken en een cirkel van aarde en wijwater om hem heen sprenkelen. Ik zou hem vasthouden, wat er ook gebeurde.

Aanvankelijk wilde ik geen bezoek ontvangen, behalve tante Sophie en Aidans moeder, Eveline, een kleine vrouw, vroeg oud geworden door het vele roken, die zonder iets te zeggen aan Aidans bed zat met een rozenkrans in haar handen. Ik wilde dat de tijd zou stilstaan terwijl Aidan sliep, net zoals iedereen in het kasteel blijft slapen zolang Doornroosjes betovering nog niet is verbroken. Ik wilde het einde van het verhaal pas kennen wanneer hij er weer in terug was. Maar toen begon Sophie kleine stukjes en beetjes van wat mijn bezoek haar vertelde aan mij door te geven en begon ik het aan Aidan te vertellen – als broodkruimels op het pad om hem de weg uit het bos te wijzen.

'Ze hebben Harry aangehouden op de snelweg,' zei ik tegen hem. 'Hij zat niet alleen van top tot teen onder de vloerlak, maar hij had ook drie Hudson River School-schilderijen in zijn kofferbak. En de nep-*ferronière* in zijn zak. Hij is gearresteerd voor brandstichting en poging tot moord – op mij – en voor de moord op Joseph. Jouw arrestatiebevel is ingetrokken.'

'Volgens mij zag ik zijn ooglid een beetje bewegen,' zei Eveline. 'Ik denk dat hij je stem graag hoort.'

Ik vond het ongelooflijk dat Eveline Barry mij niet de schuld gaf van de toestand van haar zoon. Dat zou ik wel hebben gedaan. Ze leek deze ongelooflijke pech te accepteren met een grimmige vastberadenheid om dag in dag uit aan zijn bed te zitten totdat Fiona, haar zus, haar kwam halen om naar huis te gaan. Onderweg naar huis liepen ze altijd even bij St. Patrick's naar binnen om een kaarsje te branden 'voor jullie allebei'. Ik dacht dat Eveline dat bewegen van zijn ooglid had verzonnen, maar vanaf die dag besloot ik iedereen te ontvangen die op bezoek kwam en mij een nieuw stukje van het verhaal kon vertellen, dat ik dan op mijn beurt kon doorvertellen aan Aidan. Dat zou dan mijn cirkel van aarde en wijwater zijn.

Ik had er niet op gerekend dat Phoebe Nix mijn eerste bezoekster zou zijn. Ook al wist ik dat zij Joseph niet had neergeschoten, toch kon ik niet voorwenden dat ik haar aardig vond nu ik wist dat haar moeder de mijne had vermoord. Vooral niet toen ze me ook nog eens vertelde dat ze dat altijd al had gedacht.

'In haar dagboeken schreef ze bijna voortdurend over Kay Morrissey. Ze kon maar niet geloven dat een of ander kamermeisje met wie Peter een verhouding had gehad schrijfster was geworden. Dat zat haar nog het meeste dwars. Toen ze in het hotel logeerde, hoorde ze hoe je moeder in de kamer boven de hare zat te typen en daar werd ze stapelgek van – ze was ervan overtuigd dat ze over haar verhouding met Peter schreef.'

'Dus daarom had je je die avond in Josephs kamer verborgen – je dacht dat mijn moeders manuscript in die afgesloten kast lag, bij de schilderijen. Je zei tegen Aidan dat Harry wilde dat hij de schilderijen ging controleren, zodat hij de kast zou openmaken... Maar hoe verwachtte je dan in de kast te komen?'

Phoebe haalt haar schouders op. 'Ik was van plan hem te overvallen door plotseling de kamer binnen te komen en... ik weet het niet... hem er gewoon van te overtuigen dat hij me in de kast moest laten kijken...'

Ik kijk haar aan en zij wendt haar blik af. Ik kan onmogelijk geloven dat zij zo'n belabberd plan had... Maar dan dringt opeens tot me door dat ze eigenlijk van plan was geweest Aidan te *verleiden* om haar in de kast te laten kijken.

'Hoe haalde dat mens het in haar hoofd?' klaag ik later tegen een comateuze Aidan. 'Alsof ze ooit kans had gemaakt bij jou! En toen vertelde ze me ook nog dat haar moeder na de brand in het Dreamland Hotel nooit meer had kunnen schrijven. Alsof ze verwachtte dat ik zou zeggen: "Jeetje, het spijt me dat de moord op mijn moeder jouw moeder een schrijfblokkade heeft bezorgd."'

Ik vind dat Aidan een beetje verwijtend kijkt, dus ga ik verder. 'Ze heeft zich wel verontschuldigd voor het feit dat ze me had willen voorschrijven wat ik wel en wat ik niet mocht schrijven. *Dat was erg onprofessioneel van me*, zei ze en toen vertelde ze me dat ze zich al had voorbereid op alles wat ik eventueel in mijn boek zou schrijven. Ik heb maar niet gezegd dat ik het hele idee van dat boek al heb laten varen.' Aidan blijft zwijgen en ik voeg eraan toe: 'Ik weet het, mijn moeders boek is verloren gegaan bij de brand, dus ik zou die memoires nog wel kunnen schrijven, maar ik heb het gevoel dat mijn moeder haar eigen memoires heeft opgeschreven opdat ik het dan niet meer zou hoeven doen. Ik weet dat het idioot klinkt – en ik zal het ook nooit zeker weten – maar ik denk dat ze het daarom *De dochter van de selkie* heeft genoemd. De moeder in het selkieverhaal wil dat haar dochter vrij is en ik denk dat mijn moeder dat ook voor mij wilde. Ze zou niet hebben gewild dat ik mijn hele leven bezig zou zijn om *haar* verhaal te vertellen, ze zou liever willen dat ik mijn eigen verhaal vertel.'

Mijn volgende bezoekster is Hedda. Zij komt bij me binnen als een boeteling die om vergeving komt smeken. Ze had geen idee dat Harry het halssnoer terug probeerde te krijgen en dat hij Joseph had vermoord. Als ze dat had geweten, zou ze me hebben verteld dat hij die avond dat ik bij haar was boven in haar appartement zat – zo was hij er namelijk achtergekomen dat ik op weg was naar het hotel om de ketting te zoeken.

'Hij deed me zo aan Peter denken,' vertelt ze me op een fluistertoon die eerder thuishoort in een biechthokje dan het drukke dagverblijf van de brandwondenafdeling. 'Daarom voelde ik me deze zomer zo tot hem aangetrokken.' Hedda legt haar hand op de mijne. Sinds de laatste keer dat ik haar heb gezien is ze aan haar handen geopereerd en het gaasverband doet me aan het gaas denken waarmee ze de dode huid van Aidans rug wrijven. Ik trek mijn hand weg. Wanneer Aidan weer bijkomt, zal ik haar misschien kunnen vergeven, maar nu nog niet.

Jack komt een paar keer langs – net als Ramon, Paloma, Natalie en een paar van mijn andere leerlingen. Meneer Nagamora brengt soep voor me mee van zeewier en miso, en beweert dat mijn huid daar sneller van zal genezen. Hij komt zo vaak dat ik uiteindelijk doorkrijg dat hij voor Sophie komt. In de laatste week van september neemt hij haar mee naar een concert en zij neemt hem op haar beurt mee naar een tentoonstelling van Indonesisch textiel in het Brooklyn Museum.

Wanneer Zuster D'Aulnoy komt, vraag ik haar om mee te gaan naar Aidans kamer, niet omdat ik een heilige tussenkomst verwacht, maar omdat ik denk dat een non in zijn kamer misschien zijn aandacht zal trekken. Ik begin met haar te vertellen dat ik heb gelogen toen ik bij haar was in St. Christopher's, dat ik op dat moment helemaal niet wist dat Rose McGlynn mijn moeder was of dat John, Arden en Allen mijn ooms waren.

'Maar nu zie je maar dat je achteraf gezien toch niet gelogen hebt. Soms leidt God ons naar de waarheid wanneer we denken dat we daar heel ver van zijn afgedwaald.'

Ik kijk naar Aidan, die nog steeds vast zit aan allerlei slangetjes die hem voeden en het gif van zijn brandwonden uit zijn lichaam halen. Zijn huid is nu zelfs bleker dan hij in de gevangenis ooit is geweest. Ik herinner me iets wat hij in het essay had geschreven dat hij bij me had ingeleverd. *Volgens mij is het soms, wanneer je aan iets naars gewend bent – zoals in de gevangenis zitten of ontvoerd worden door elfen – beter om daar maar mee te leren leven dan te proberen er verandering in te brengen. Want stel dat je de kans krijgt om dingen te veranderen en je maakt er een zooitje van? Wat als het je laatste kans was?*

'Ik had de waarheid liever niet geweten,' zeg ik tegen Zuster D'Aulnoy, 'als dit de prijs is die ik ervoor moest betalen.'

Ze volgt mijn blik naar Aidans gezicht. Ik verwacht een opbeurende preek, zoiets als: *De waarheid zal u vrij maken*, maar in plaats daarvan schudt zij mismoedig haar hoofd. 'Wij kunnen niet kiezen welke waarheden God aan ons onthult – maar we kunnen wel kiezen wat we met die waarheid doen – met wie we hem delen en hoe.'

Ze haalt een opgevouwen papiertje – een felroze Post-it briefje – uit de zak van haar vest en steekt haar hand uit om het aan me te geven. 'Ik heb het een en ander uitgezocht. Je oom John is een jaar voordat hij zijn straf had uitgezeten in de gevangenis overleden aan een beroerte. Allen, zijn jongere broer, leeft nog. St. Christopher's begon een jaar of tien geleden donaties van hem te ontvangen van een adres in Coney Island. Toen ik naar dat adres ging, vertelde zijn hospita dat hij naar een verzorgingstehuis in de buurt van de promenade was verhuisd. Daar woont hij nu nog. Hij is inmiddels zeventig en zijn gezondheid is niet al te best. Ik heb begrepen dat hij een ruig leven heeft geleid, maar een jaar of tien geleden is opgehouden met drinken en zijn hos-

pita vertelde me dat hij een rustige en keurige huurder was.'
Terwijl ze me dit allemaal vertelt, houdt Zuster D'Aulnoy de hand met het roze papiertje naar mij uitgestoken. Zelfs wanneer ik zie dat de arm begint te trillen van de inspanning die het haar kost om hem omhoog te houden pak ik het niet van haar aan. 'Ik denk dat hij je wel iets over je moeder zal kunnen vertellen.' Ik wend mijn blik van haar en Aidan af en kijk naar het raam, waar een heel stel duiven – op de dertigste verdieping! – luidruchtig zitten te wezen op de uitstekende richel voor de vensterbank. 'Misschien kun jij hem ook het een en ander over zijn zus vertellen,' voegt zij eraan toe.

Ik zucht, een echo van het gekoer van de duiven voor het raam, neem het briefje van haar aan en stop het ongelezen in mijn zak.

'Ik weet niet of ik hem wel zo lang alleen wil laten,' zeg ik, op Aidan doelend. 'Bovendien heb ik de pest aan de metro.'

Wanneer ik de volgende dag een potje zit te kaarten met Sophie, meneer Nagamora en Aidans tante Fiona, doet Aidan zijn ogen open. Sophie is net aan het winnen. Aidan kijkt naar ons en merkt op dat hij eens een film heeft gezien over een stel kerels die een potje schaken om de ziel van een andere man, maar dat hij had gedacht dat zijn ziel toch wat meer waard was dan een spelletje kaart. Mijn kaarten dwarrelen op de grond wanneer ik naar het bed ren en Sophie holt de gang op om een verpleegster te roepen. Fiona gaat Eveline uit de kantine halen.

'Ik heb telkens weer dezelfde droom,' vertelt hij mij, 'over vogels die in mijn rug pikken. Is er niet zo'n ouwe Griek wiens ingewanden elke dag weer door een vogel worden opgegeten?'

'Prometheus – dat was zijn straf voor het stelen van vuur van de goden. De artsen zeggen dat de ergste behandelingen achter de rug zijn.' Dit is slechts een halve leugen, want wat ze ons gisteren hebben verteld is dat Aidan ongeveer halverwege zijn genezing is. Over een paar weken hopen ze een nieuwe synthetische huid op de onbedekte plekken op zijn rug te kunnen transplanteren.

Op dat moment komen Fiona en Eveline terug, gevolgd door de arts. Tegen de tijd dat Aidan is bijgepraat over zijn toestand is hij alweer in slaap gevallen. Fiona en Eveline gaan weg om nog wat kaarsjes te branden bij St. Patrick's. Voordat meneer Naga-

mora vertrekt, zegt Sophie dat hij me iets te vertellen heeft, maar dat ik dan wel met hen mee moet gaan naar de stomerij. Ik wil Aidan niet alleen laten, maar de verpleegster verzekert me dat hij nu zeker een paar uur zal slapen.
'Ga maar,' zegt een van de verpleegsters tegen me, 'het gaat nu de goede kant op.'
Terwijl ik met Sophie en meneer Nagamora in de bus zit, neurie ik dat zinnetje voor me uit. *Het gaat nu de goede kant op.* Mijn absolute favoriet, besluit ik.
De stomerij is gesloten en de rest van meneer Nagamora's familie is al naar huis. Sophie gaat me voor door een tunnel van ruisend plastic, waarbij ze de kledingzakken uit de weg duwt alsof ze al haar hele leven in een stomerij heeft gewerkt, naar een achterkamer die aan een klein tuintje grenst. Ik zie dat het schilderij van de regenstorm boven de bergen aan de muur hangt.
'Laat jij het maar aan Iris zien, Isao, dan zet ik intussen thee.'
'Wat moet ik zien?' vraag ik.
'We wilden je niets vertellen zolang je nog zoveel zorgen had om Aidan,' roept Sophie vanuit de keuken – zelfs wanneer ze niet in de kamer is regisseert zij de voorstelling. 'Omdat we wisten dat je je hoofd er niet bij had. Maar nu het allemaal wat rustiger is – nu ja, iemand moet het de politie toch vertellen.'
'Wat dan?' vraag ik aan meneer Nagamora. 'Ik heb de politie alles verteld wat ik weet.'
Meneer Nagamora knikt heftig. 'Ja,' zegt hij, 'maar je kon dit ook helemaal niet weten. Jij kon er niets aan doen. Maar het is maar goed dat je de jurk bij mij hebt gebracht.'
'Welke jurk?' vraag ik, maar dan zie ik hem hangen, in een plastic kledinghoes, aan de deur achter meneer Nagamora's rug. 'Jullie gaan me toch niet vertellen dat Phoebe Nix hier is geweest om de jurk van haar moeder terug te halen?'
'Ik heb een theorie over die jurk,' zegt Sophie, die met een dienblad beladen met een theepot, kopjes en een schaal *rugelach* uit de keuken komt. 'Je moeder had hem al toen ze voor het eerst in het hotel kwam – ik zag hem in haar kast hangen en... nou ja, je kent mij, ik vroeg haar hoe ze aan zo'n kostbaar gevalletje kwam. Ik zag dat ik haar in verlegenheid bracht. Ze zei dat hij van een vriendin was. Ze zei dat een man hem aan haar had gegeven, maar dat ze hem niet bij zich kon houden omdat de vrouw van die man haar erin had gezien en woedend was omdat

hij haar dezelfde jurk had gegeven. Stel je eens voor! Nu ja, destijds dacht ik dat er vast geen vriendin was – en dat zij degene was die de jurk had gekregen. Maar nu denk ik dat Peter Kron hem aan Katherine Morrissey had gegeven – de echte Katherine Morrissey – en dat je moeder hem alleen maar had omdat zij natuurlijk haar koffer had meegenomen. Ik heb je moeder hem nooit zien dragen. Ze moet hebben gedacht dat hij haar vriendin ongeluk had gebracht. Maar toen begon ik me af te vragen waarom ze hem dan al die jaren had bewaard, terwijl ze hem nooit droeg en... Laat haar maar zien wat we hebben gevonden, Isao, ik kan niet wachten om de uitdrukking op haar gezicht te zien.'

Meneer Nagamora trekt een metalen dossierkast open en haalt er een klein lakdoosje uit met een beschildering van dansende kraanvogels. Hij maakt het open en reikt het mij met twee handen aan. Zijn gezicht vertoont wel duizend rimpeltjes van verrukking. De zijdewever die zijn mooiste zeil aan de scheepskapitein presenteert. Het doosje zit vol edelstenen. Parels, diamanten en een smaragd in de vorm van een traan.

'Waar?...' Maar natuurlijk heb ik het al geraden. De gewichtjes die de draperie aan de groene jurk op zijn plaats hielden. Mijn moeder had het net van tranen in de groene jurk genaaid.

Twee dagen later neem ik de metro naar Coney Island.

'Je moet er naartoe,' vindt Aidan. 'Het moet Allen zijn geweest die problemen heeft gekregen met Peter Kron, want John McGlynn was toen al dood. Je moeder is teruggegaan naar Brooklyn omdat Peter iets van hem wist. We zullen het nooit weten als jij niet naar hem toe gaat – die oude man kan elk moment doodgaan aan een hartaanval.'

'Ik hoef niets meer te weten,' zeg ik, half gemeend. 'Moet je zien wat het resultaat is van dat uitpluizen van mijn moeders verhaal.'

Aidan pakt mijn hand. 'Wij zijn het resultaat,' zegt hij. 'Bovendien wil ik weten hoe het afloopt.'

Dus ga ik. Weer de ondergrondse in, helemaal tot het eindpunt. Ik volg de routebeschrijving naar Bel Mar – aangenaam wonen voor senioren aan zee, dat een flatgebouw aan de promenade blijkt te zijn. Allen McGlynn ontvangt mij in de Buena Vista-bezoekersruimte. Ik weet niet wat ik had verwacht, maar in elk geval niet dit kleine, kale mannetje in een gelig vissersvest en een grasgroen golfhemd. Iemand moet hem ooit eens hebben verteld dat groen mooi bij zijn ogen kleurde. Het is het enige aan hem waarin ik mijn moeder herken, maar ik concentreer op een punt achter hem, het kleine strookje Atlantische Oceaan dat nog net zichtbaar is boven de boulevard. Ik wil niet meteen ontroerd raken door familiegelijkenissen – niet voordat ik weet welke rol hij heeft gespeeld in de dood van mijn moeder.

'Zuster D'Aulnoy zegt dat u misschien enig licht kunt doen schijnen op wat er in 1973 met mijn moeder is gebeurd,' zeg ik tegen het punt boven zijn schouder. Een broeder in een wit uniform schuift de glazen schuifpui open, en laat de zeelucht binnen. Ik moet meteen weer denken aan de behandelkamer in het brandwondencentrum – waar Aidan op dit moment waarschijnlijk is. 'Hebt u haar dat jaar gezien?'

Allen wrijft met een gerimpelde hand over zijn glimmende, roze schedel. 'Vlak voor zijn dood had ik van John gehoord dat zij nog leefde. Ik denk dat hij het vervelend vond om mij helemaal alleen achter te laten en ik had hem wel eens verteld dat ik haar soms erger miste dan onze eigen moeder. Ik herinnerde me haar veel beter...'

'En toen bent u haar op gaan zoeken in het hotel?'

Hij knikt en kijkt nerveus om zich heen. Hij glimlacht even naar iemand die zijn hand naar hem opsteekt, maar de glimlach verdwijnt meteen weer. Dit belooft niet de familiereünie te worden die hij had verwacht.

'Ik heb jou ook gezien, aan de andere kant van de tuin. Rose heeft me je aangewezen. Nu denk je waarschijnlijk dat ik haar om geld kwam vragen, maar dan vergis je je. Niet dat ik geen geld nodig had. Ik was destijds verslaafd aan gokken en ook aan de drank, wat ik nu allemaal achter me heb gelaten door mezelf over te geven aan een hogere macht...' Ik wiebel net onrustig genoeg heen en weer op mijn stoel om hem te laten merken dat ik me niet helemaal kan vinden in die religieuze prietpraat. Het was één ding om Zuster D'Aulnoy over God te horen praten, maar het gaat me te ver om dit aan te moeten horen van een man die wellicht indirect de dood van mijn moeder op zijn geweten heeft. '... en ik was de helft van alle woekeraars in Brooklyn geld schuldig. Maar daar heb ik tegenover haar met geen woord over gerept. Ik was alleen maar heel erg blij om haar te zien. Toen ik klein was, vertelde ze ons altijd verhaaltjes – dezelfde

verhaaltjes die onze moeder ons vertelde voordat zij stierf...'
'Hoe is ze er dan achter gekomen dat u zoveel geld schuldig was?'
'Dat had Peter Kron haar verteld. Hij moet ons samen in het hotel hebben gezien en toen is hij achter mijn adres gekomen. Hij bood aan mijn schuldbriefjes van me over te nemen – anders, zei hij tegen haar, waren een paar kerels uit Red Hook van plan allebei mijn benen te breken.' Hij kijkt om zich heen en laat zijn stem dalen. 'Zou je er bezwaar tegen hebben dit gesprek buiten op de promenade voort te zetten?'
Ik neem aan dat hij liever niet heeft dat zijn canastamaatjes te veel over zijn verleden te weten komen, en het ligt op het puntje van mijn tong om zoiets te zeggen, maar dan kijk ik hem aan. Dit is de broer van mijn moeder, zeg ik tegen mezelf, van wie ze zoveel hield dat ze haar eigen leven voor hem op het spel wilde zetten. 'Natuurlijk,' zeg ik, 'ik wil wel even naar de zee gaan kijken.'
Buiten op de promenade geniet ik van de zon en de wind. We wandelen een eindje en gaan dan op een beschut bankje met uitzicht op zee zitten. Het is gemakkelijker om naar de rest van zijn verhaal te luisteren wanneer wij allebei naar de zee kunnen kijken.
'Rosie vertelde me dat Peter Kron iets wilde hebben wat zij had – het een of andere sieraad. Ik nam aan dat het deel uitmaakte van de buit die John uit het Crown Hotel had gestolen. Ze zei dat het haar niets kon schelen om het aan hem terug te geven, maar dat ze bang was dat hij ons, zodra hij het in zijn bezit had, allebei zou vermoorden. Ik begreep niet waarom hij dat zou doen, maar zij zei dat het iets te maken had met waar die ketting vandaan kwam en dat Peter bang was dat zijn broer erachter zou komen dat hij hem had. Ze vertelde me dat ze met Peter had afgesproken in het Dreamland Hotel en dat ze hem de ketting daar zou overhandigen, maar dat ik op de promenade op haar moest wachten en niet naar het hotel mocht komen, voor het geval er iets mis zou gaan. En kennelijk is er iets misgegaan.'
'Peters vrouw is hem naar het hotel gevolgd en heeft haar daar doodgeschoten,' vertel ik hem. 'Zij dacht dat ze een verhouding hadden.'
Hij knikt, staat op en gaat met zijn rug naar de zee staan. 'Ik stond die avond hier op haar te wachten, toen ik zag dat het

Dreamland Hotel in brand stond.' Hij wijst naar een plek tussen twee hoge gebouwen. 'Daar stond het, tussen die twee gebouwen.'

Ik kijk naar de plek op aarde waar mijn moeder is gestorven. Ik neem aan dat dat belangrijk is – mensen zetten wel eens kruisen langs de kant van de weg om aan te geven waar een auto is verongelukt; in Italië leggen ze bloemen in het steegje waar het laatste maffia-slachtoffer is vermoord – maar ik voel niets van mijn moeders geest in dat stukje lucht tussen de twee gebouwen. Ik voel het echter wel in de man die naast me staat. Zijn gezicht is nat van de tranen en zijn hand trilt wanneer hij ermee over zijn lichtgroene ogen wrijft.

'Toen heb ik de stad verlaten. Ik ben op een trein gestapt en ben het halve land doorgereisd, naar Oregon. Twintig jaar lang ben ik van de ene stad naar de andere gereisd, totdat ik uiteindelijk weer terugkwam waar ik was begonnen. Ik had veel eerder naar je toe moeten komen, maar ik dacht dat het misschien beter was je met rust te laten – het kon immers zijn dat Peter Krons broer nog steeds op zoek was naar die ketting en ik was bang dat ik zijn aandacht op jou zou vestigen als ik contact met je opnam.'

'Wilde u dan niet weten wat er met het halssnoer was gebeurd?'

Hij schudt zijn hoofd en kijkt me voor het eerst sinds we buiten zijn recht in de ogen. 'Nee,' zegt hij. Ik weet dat hij de waarheid spreekt. Het is niet de waarheid waar ik naar op zoek was, maar zoals Zuster D'Aulnoy het zegt: je kunt niet altijd je eigen waarheid kiezen.

Ik vraag me af wat hij zou vinden van de plannen die op dit moment voor het halssnoer worden gemaakt. Gordon del Sarto is, dank zij de tip van Joseph, inderdaad gravin Oriana Val d'Este op het spoor gekomen en het blijkt dat zij minstens zoveel recht op de *ferronière* kan doen gelden als de katholieke Kerk. De rechtszaak zou wel eens jaren kunnen duren. Bij wijze van alternatief hebben Hedda Wolfe en Zuster D'Aulnoy de Kerk en de gravin voorgesteld het halssnoer te laten veilen en de opbrengst aan het St. Christopher's te schenken. Er is al sprake van een studentenbeurs en een slaapzaal – op de bovenste verdieping van het oude weeshuis – voor jongens die eigenlijk te oud zijn om nog te mogen blijven. Ik denk dat Allen McGlynn het wel een mooi plan zou vinden, maar ik besluit er nu nog niets over te zeggen. Het duurt nog maanden voordat het lot van het halssnoer definitief zal worden beslist – dan kan ik het hem alsnog vertellen.

'Het St. Christopher's organiseerde altijd een soort zomerkamp voor de wezen hier op het strand,' zegt Allen. Hij gaat weer op het bankje zitten en het valt me op hoe moe hij eruit ziet. 'Rose kwam mij en John dan altijd ophalen om erbij te zijn. Dan aten we een ijsje en zaten aan het water en dan vertelde Rose ons alle oude verhalen die onze moeder ons altijd vertelde. Ze zei dat dat de beste manier was om haar in onze herinnering te houden. Maar toen hielden Rose's bezoekjes opeens op en vergat ik hoe de verhalen gingen.'

Hij veegt met zijn manchet over zijn ogen en wil opstaan. 'Nou, ik denk dat dat alles is wat ik je kan vertellen. Ik hoop dat je er een beetje mee geholpen bent...'

Ik trek aan zijn mouw om hem weer te gaan laten zitten.

'Ik kan u wel een van haar verhalen vertellen,' zeg ik, 'als u dat wilt.'

Hij kijkt zo blij dat ik er een kleur van krijg. Ik draai mijn hoofd om en richt mijn blik op de blauwe horizon. 'In een tijd voordat de rivieren verdronken in de zee,' begin ik, 'in een land tussen zon en maan...'